Contemporánea

Philip Roth (1933-2018) obtuvo el Premio Pulitzer en 1997 por *Pastoral Americana*. En 1998 recibió la Medalla Nacional de las Artes en la Casa Blanca y, en 2002, el máximo galardón de la Academia Americana de las Artes y Letras, la Medalla de Oro de Narrativa, previamente otorgada a John Dos Passos, William Faulkner y Saul Bellow, entre otros. Ha sido galardonado en dos ocasiones con el National Book Award, el PEN/Faulkner Award y el National Book Critics Circle Award.

En 2005, *La conjura contra América* recibió el premio de la Society of American Historians, concedido a «su destacada novela histórica en 2003-2004 sobre un tema histórico norteamericano» y el Premio W. H. Smith por el mejor libro del año, convirtiendo a Roth en el primer escritor en ganarlo dos veces en los cuarenta y seis años de historia del premio.

En 2005, Roth se convirtió en el tercer escritor norteamericano vivo cuya obra publicó la Library of America en una edición completa y definitiva. En 2011 recibió la National Humanities Medal en la Casa Blanca, y fue nombrado posteriormente el cuarto ganador del Man Booker International Prize. En 2012 ganó el máximo galardón de España, el Premio Príncipe de Asturias, y en 2013 ganó el más prestigioso de Francia, el Comandante de la Legión de Honor.

Philip Roth

La conjura contra América

Traducción de
Jordi Fibla

DEBOLS!LLO

Título original: *The Plot against America*

Segunda edición en esta colección: marzo de 2015
Tercera reimpresión: junio de 2018

© 2004, Philip Roth
© 2005, Penguin Random House Grupo Editorial, S. A. U.
Travessera de Gràcia, 47-49. 08021 Barcelona
© 2005, Jordi Fibla Feito, por la traducción

Printed in Spain – Impreso en España

ISBN: 978-84-9032-145-4
Depósito legal: B-20.174-2012

Compuesto en La Nueva Edimac, S. L.

Impreso en Novoprint
Sant Andreu de la Barca (Barcelona)

P 3 2 1 4 5 4

Penguin
Random House
Grupo Editorial

A S. F. R.

ÍNDICE

1

Junio de 1940 - octubre de 1940
VOTAD POR LINDBERGH O VOTAD POR LA GUERRA

El temor gobierna estas memorias, un temor perpetuo. Por supuesto, no hay infancia sin terrores, pero me pregunto si no habría sido yo un niño menos asustado de no haber tenido a Lindbergh por presidente o de no haber sido vástago de judíos.

En junio de 1940, cuando se produjo el primer sobresalto —la nominación, por parte de la Convención Republicana en Filadelfia, de Charles A. Lindbergh, el héroe norteamericano de la aviación y de fama internacional, como candidato a la presidencia—, mi padre tenía treinta y nueve años, era agente de seguros y tenía una educación de enseñanza media elemental, con unos ingresos de algo menos de cincuenta dólares a la semana, cantidad suficiente para pagar a tiempo las facturas básicas, pero poco más. Mi madre, que había querido estudiar magisterio pero no se lo pudo costear, que al finalizar la enseñanza secundaria había vivido en casa de su familia y trabajado como secretaria en una empresa, que había evitado que nos sintiéramos pobres durante la peor época de la Depresión, administrando el salario que mi padre le entregaba cada viernes con tanta eficiencia como la que mostraba en el manejo de la casa, tenía treinta y seis. Mi hermano, Sandy, alumno de séptimo curso con un talento prodigioso para el dibujo, tenía doce, y yo, alumno de tercero con un trimestre de adelanto —y coleccionista embrionario de sellos, estimulado, como les sucedía a millones de niños, por el filatélico más importante del país, el presidente Roosevelt—, tenía siete.

Vivíamos en el primer piso de una pequeña casa de «dos familias y media» (dos pisos completos en las dos primeras plantas y medio piso en la última planta), en una calle bordeada de árboles y formada por casas de madera con escalinatas de ladrillo rojo en la entrada, cada entrada con un tejado a dos aguas y un jardincillo delimitado por un seto bajo. Habían erigido la barriada de Weequahic poco después de la Primera Guerra Mundial, en unos terrenos agrícolas que se extendían por el borde no urbanizado de Newark, y, en un gesto imperialista, una media docena de calles recibieron los nombres de jefes navales victoriosos en la guerra entre España y Estados Unidos, mientras que al cine del barrio lo llamaron Roosevelt, nombre del quinto primo de FDR y vigesimosexto presidente del país. Nuestra calle, la avenida Summit, estaba en la cima de la colina, un promontorio tan alto como cabe esperar en cualquier ciudad portuaria que no suele alzarse más de treinta metros por encima de las salinas al norte y el este y las aguas de la bahía profunda que se halla justo al este del aeropuerto y que se curva alrededor de los depósitos de petróleo en la península de Bayonne, donde se mezclan con las de la bahía de Nueva York para fluir más allá de la estatua de la Libertad y penetrar en el Atlántico. Si mirábamos hacia el oeste desde la ventana trasera de nuestro dormitorio, a veces el alcance de nuestra visión tierra adentro llegaba hasta el oscuro límite de la vegetación arbórea de los Watchungs, una sierra baja bordeada de grandes fincas y barrios residenciales ricos y escasamente poblados —el extremo del mundo conocido— que se hallaba a unos doce kilómetros de nuestra casa. A una manzana al sur se encontraba la población obrera de Hillside, la mayoría de cuyos habitantes eran gentiles. La linde con Hillside señalaba el comienzo del condado de Union, una Nueva Jersey por completo distinta.

En 1940 éramos una familia feliz. Mis padres eran personas sociables y hospitalarias, sus amigos habían sido seleccionados entre los colegas de mi padre y las mujeres con las que mi madre había ayudado a organizar la Asociación de Padres y Profesores en la recién construida escuela de la avenida Chancellor, adonde íbamos mi hermano y yo. Todos eran judíos. Los hombres del barrio o bien tenían negocios (los dueños de la confitería, el colmado, la joyería, la tienda de prendas de vestir, la de muebles, la estación de servicio y la charcutería, o propietarios de pequeños talleres industriales junto a la línea Newark-Irvington, o autónomos que trabajaban como fontaneros, electricistas, pintores de brocha gorda o caldereros), o eran vendedores de a pie, como mi padre, que un día tras otro por las calles de la ciudad y las casas de la gente iba vendiendo sus géneros a comisión. Los médicos y abogados judíos, así como los comerciantes triunfadores que poseían grandes tiendas en el centro de la ciudad, vivían en casas unifamiliares en las calles que partían de la vertiente oriental de la colina donde estaba la avenida Chancellor, más cerca del parque Weequahic, con sus prados y árboles, ciento veinte hectáreas de terreno ajardinado cuyo estanque con botes, campo de golf y pista de carreras de caballos trotones separaba la sección de Weequahic de las plantas industriales y las terminales de carga que se sucedían a lo largo de la Ruta 27 y el viaducto del Ferrocarril de Pensilvania al este de esa zona, el floreciente aeropuerto más al este y el mismo borde del continente todavía más al este, los depósitos y muelles de la bahía de Newark, donde se descargaban mercancías procedentes del mundo entero. En el borde occidental del barrio, el extremo sin parque donde vivíamos, residía algún que otro maestro de escuela o farmacéutico, pero por lo demás pocos eran los profesionales entre nuestros vecinos más cercanos y, desde luego, allí no vivía ninguna de las prósperas familias de empresarios o fabricantes. Los hombres trabajaban cincuenta, sesenta, o incluso setenta o más horas a la semana; las mujeres lo hacían continuamente, con escasa ayuda de aparatos ahorradores de esfuerzo, lavando la ropa, planchando camisas, remendando calcetines, dando vuelta a los cuellos, cosiendo botones, protegiendo las prendas de lana contra la polilla, puliendo muebles, barriendo y fregando los suelos, lavando las ventanas, limpiando los fregaderos, las bañeras, los lavabos y los fogones, pasando el aspirador por las alfombras, cuidando de los enfermos, yendo a la compra, cocinando, dando de comer a los parientes, aseando armarios y cajones, supervisando las tareas de pintura y las reparaciones domésticas, preparándolo todo para las prácticas religiosas, pagando las facturas y llevando las cuentas de la familia, al mismo tiempo que se ocupaban de la salud, la ropa, la limpieza, los estudios, la nutrición, la conducta, los cumpleaños, la disciplina y la moral de sus hijos. Unas pocas mujeres trabajaban con sus maridos en las cercanas calles comerciales, ayudadas por sus hijos mayores al salir de la escuela y los sábados, repartiendo encargos y ocupándose de las existencias y la limpieza.

El trabajo, más que la religión, era lo que, a mi modo de ver, identificaba y distinguía a nuestros vecinos. En el vecindario nadie llevaba barba ni vestía al anticuado estilo del Viejo Mundo, y nadie usaba kipá ni en la calle ni en las casas que solía visitar con mis amigos de la infancia. Los adultos ya no realizaban las prácticas externas, reconocibles, de la religión, si es que la practicaban en serio de alguna manera, y, aparte de los tenderos más viejos, como el sastre y el carnicero *kosher* (y los abuelos achacosos o decrépitos que se veían obligados a vivir con sus vástagos adultos), casi nadie del barrio hablaba con acento. En 1940, los padres judíos y sus hijos que vivían en el rincón sudoeste de la ciudad más grande de Nueva Jersey hablaban entre ellos en un inglés norteamericano que se parecía más a la lengua hablada en Altoona o Binghamton que a los dialectos que hablaban a las mil maravillas nuestros homólogos judíos en los cinco distritos situados al otro lado del Hudson. Troqueladas en el escaparate de la carnicería y grabadas en los dinteles de las pequeñas sinagogas del barrio había palabras hebreas, pero en ningún otro lugar, excepto en el cementerio, tenía uno ocasión de ver el alfabeto del libro de oraciones más que en las cartas familiares en la lengua materna empleadas sin cesar por prácticamente todo el mundo para todos los fines concebibles, importantes o triviales. En el quiosco que se alzaba ante la esquina de la confitería, el número de clientes que compraban *Racing Form* era diez veces superior a los que se llevaban el diario en yiddish, el *Forvertz*.

Israel aún no existía, seis millones de judíos aún no habían dejado de existir, y la relación que tenía con nosotros la lejana Palestina (bajo protectorado británico desde la disolución, en 1918, por parte de los aliados victoriosos, de las remotas provincias del extinto Imperio otomano) era un misterio para mí. Cuando un forastero que llevaba barba y a quien jamás había visto sin sombrero se presentaba cada pocos meses, después de que hubiera oscurecido, para pedir en un inglés chapurreado una contribución destinada al establecimiento de una patria nacional judía en Palestina, yo, que no era un niño ignorante, no acababa de entender qué estaba haciendo aquel hombre en nuestro rellano. Mis padres nos daban, a mí o a Sandy, un par de monedas para depositarlas en su alcancía, y yo siempre pensaba que ese acto generoso obedecía menos a la amabilidad que al deseo de no herir los sentimientos de un pobre viejo que, año tras año, parecía incapaz de meterse en la cabeza el hecho de que, desde hacía tres generaciones, ya teníamos una patria. Cada mañana, en la escuela, juraba fidelidad a la bandera de nuestra patria. Junto con mis compañeros de clase, entonaba un canto a sus maravillas en el salón de actos. Celebraba con entusiasmo las festividades nacionales, y sin pensar dos veces en mi afinidad con los fuegos artificiales del Cuatro de Julio, el pavo de Acción de Gracias o los dos encuentros consecutivos de béisbol que se celebraban entre los mismos equipos el 30 de mayo, el día en que se decoran las tumbas de los soldados. Nuestra patria era los Estados Unidos de América.

Entonces los republicanos proclamaron a Lindbergh candidato a la presidencia y todo cambió.

Durante casi una década, Lindbergh fue un gran héroe en nuestro barrio, como lo era en todas partes. La realización de su vuelo de treinta y tres horas y media sin escalas, en solitario, desde Long Island a París en el minúsculo monoplano *Spirit of Saint Louis* incluso coincidió casualmente con el día de primavera de 1927 en que mi madre supo que estaba embarazada de mi hermano mayor. En consecuencia, el joven aviador cuya audacia había emocionado a América y al mundo entero y cuyo logro señalaba un futuro de progreso aeronáutico inimaginable, llegó a ocupar un lugar especial en la galería de anécdotas familiares que generan la primera mitología cohesiva de cualquier niño. El misterio del embarazo y el heroísmo de Lindbergh se combinaron para otorgar a mi propia madre una distinción que bordeaba lo divino: nada menos que una anunciación global había acompañado a la concepción de su primer hijo. Más adelante, Sandy dejaría constancia de aquel momento con un dibujo que ilustraba la yuxtaposición de esos dos espléndidos acontecimientos. En el dibujo —completado a la edad de nueve años y que, involuntariamente, emitía cierto tufo a cartel soviético—, Sandy la imaginaba a kilómetros de casa, entre una alegre multitud en la esquina de Broad y Market. Es una esbelta joven de veintitrés años, de cabello oscuro y con una sonrisa que refleja un saludable júbilo, de manera soprendente está sola y lleva un delantal de cocina con flores estampadas en el cruce de las dos vías más concurridas de la ciudad, una mano muy abierta ante el delantal, donde la anchura de sus caderas es aún engañosamente juvenil, mientras que con la otra solo ella entre la multitud señala al cielo, al *Spirit of Saint Louis*, que sobrevuela visiblemente el centro de Newark, justo en el momento en que ella se da cuenta de que, en una proeza no menos triunfal para un ser humano que la de Lindbergh, ha concebido a Sanford Roth.

Sandy tenía cuatro años y yo, Philip, aún no había nacido cuando, en marzo de 1932, el primer hijo de Charles y Anne Morrow Lindbergh, un niño cuyo nacimiento veinte meses atrás había sido ocasión de júbilo nacional, fue secuestrado de la nueva y aislada casa familiar, en la rural Hopewell, estado de Nueva Jersey. Unos dos meses y medio después se descubrió por casualidad el cadáver en descomposición del bebé, en un bosque a pocos kilómetros de distancia. O bien lo habían asesinado o bien había muerto por accidente, tras ser arrancado de la cuna y, en la oscuridad, todavía envuelto en la ropa de cama, sacado a través de la ventana del cuarto infantil del primer piso y bajado hasta el suelo por una escala improvisada, mientras su madre estaba ocupada en sus habituales actividades nocturnas en otra parte de la casa. En febrero de 1935, cuando concluyó el juicio por rapto y asesinato en Flemington, Nueva Jersey, con la condena de Bruno Hauptmann —un ex presidiario alemán de treinta y cinco años que vivía en el Bronx con su esposa alemana—, la audacia del primer piloto del mundo en efectuar el vuelo transatlántico en solitario estaba impregnada de un patetismo que le convertía en un titán mártir comparable a Lincoln.

Después del juicio, los Lindbergh abandonaron Estados Unidos con la esperanza de que una expatriación temporal protegiera a un nuevo bebé Lindbergh y ellos pudieran recuperar en cierta medida la intimidad que ansiaban. La familia se trasladó a un pueblecito de Inglaterra, y desde allí, como ciudadano particular, Lindbergh empezó a viajar a la Alemania nazi, unos viajes que lo convertirían en un infame para la mayoría de los judíos norteamericanos. En el transcurso de cinco visitas, durante las que pudo familiarizarse de primera mano con la magnitud de la maquinaria bélica alemana, fue agasajado con ostentación por el mariscal del aire Göring y condecorado ceremoniosamente en nombre del Führer, y por su parte expresó con toda franqueza la alta consideración en que tenía a Hitler, dijo de Alemania que era la «nación más interesante» del mundo y calificó a su líder de «gran hombre». Y todo este interés y admiración los manifestó después de que las leyes de Hitler de 1935 hubieran privado a los judíos de Alemania de sus derechos civiles y sociales y de sus propiedades, anulado su ciudadanía y prohibido que contrajeran matrimonio con arios.

En 1938, cuando empecé a ir a la escuela, el de Lindbergh era un nombre que provocaba en nuestra casa la misma clase de indignación que las retransmisiones radiofónicas dominicales del padre Coughlin, el sacerdote de la zona de Detroit que editaba un semanario de derechas llamado *Justicia social* y cuya virulencia desataba las pasiones de una audiencia considerable cuando el país pasaba por momentos difíciles. En noviembre de 1938 —el año más oscuro y siniestro para los judíos de Europa en dieciocho siglos— tuvo lugar el peor pogromo de la historia moderna, la *Kristallnacht*, instigado por los nazis en toda Alemania: las sinagogas fueron incendiadas, las residencias y los negocios de los judíos fueron destruidos y, durante una noche que presagiaba el monstruoso futuro, millares de judíos fueron sacados a la fuerza de sus casas y transportados a campos de concentración. Cuando le sugirieron a Lindbergh que, como respuesta a esa violencia sin precedentes perpetrada por un Estado contra sus propios ciudadanos, considerase la posibilidad de devolver la Cruz de Oro decorada con cuatro cruces gamadas que le había concedido, en nombre del Führer, el mariscal del aire Göring, se negó a hacerlo, diciendo que renunciar públicamente a la Cruz de Servicio del Águila Alemana constituiría un «insulto innecesario» a los dirigentes nazis.

Lindbergh fue el primer norteamericano famoso vivo al que yo aprendí a odiar (de la misma manera que el presidente Roosevelt fue el primer norteamericano famoso vivo a quien me enseñaron a amar), y por ello su nombramiento por parte de los republicanos como contendiente electoral de Roosevelt en 1940 atacó, como ninguna otra cosa lo había hecho hasta entonces, aquel enorme legado de seguridad personal que yo había dado por supuesto como hijo americano de padres americanos en una escuela americana de una ciudad americana en una América en paz con el mundo.

La única amenaza comparable había tenido lugar poco más de un año antes, cuando a mi padre, agente de seguros de la sucursal que Metropolitan Life tenía en Newark, y en vista de su alto rendimiento durante la peor época de la Depresión, le ofrecieron el ascenso a ayudante de dirección encargado de los agentes en la oficina de la compañía, que se hallaba a doce kilómetros de nuestra casa, en Union, una población cuyo único rasgo distintivo, que yo supiera, era un autocine donde proyectaban películas incluso cuando llovía, y adonde la empresa esperaba que mi padre se trasladase con su familia si aceptaba el cargo. Como ayudante del director, mi padre no tardaría en ganar setenta y cinco dólares a la semana, y en los siguientes años llegaría hasta cien, una cantidad que en 1939 era una fortuna para personas con nuestras expectativas. Y puesto que en Union había casas unifamiliares que, debido a la Depresión, se vendían por unos pocos miles de dólares, él podría satisfacer una ambición que abrigaba desde su adolescencia, cuando vivía en un pequeño piso en un bloque de Newark: convertirse en un norteamericano propietario de su casa. El «orgullo de la propiedad» era una de las expresiones favoritas de mi padre, y para un hombre de su extracción social encarnaba una idea tan real como el pan, una idea que no tenía nada que ver con el espíritu competitivo ni el consumo ostentoso, sino con su condición de viril sostén de la familia.

El único inconveniente estribaba en que como Union, al igual que Hillside, era una población de clase trabajadora gentil, muy probablemente mi padre sería el único judío en una oficina de unos treinta y cinco empleados, mi madre la única judía de nuestra calle y Sandy y yo los únicos niños judíos de la escuela.

El sábado posterior al ofrecimiento a mi padre del ascenso (un ascenso que, por encima de todo, satisfaría el anhelo que tenía una familia en la época de la Depresión de un minúsculo margen de seguridad económica), después de almorzar los cuatro fuimos a Union para echar un vistazo a la localidad. Pero una vez allí, cuando recorríamos en el coche arriba y abajo las calles residenciales, mirando las casas de dos plantas, no del todo idénticas pero, de todos modos, cada una de ellas con puerta de tela metálica en el porche delantero, una extensión de césped segado, algunos arbustos y un sendero de carbonilla que conducía al garaje para un solo vehículo, casas muy modestas pero aun así más espaciosas que nuestro piso de dos dormitorios y muy parecidas a las casitas blancas de las películas sobre esos pueblecitos que son la sal de la tierra americana, una vez estuvimos allí nuestro inocente optimismo acerca del ascenso de la familia a la clase propietaria de sus casas fue suplantado, como era bastante predecible, por ciertas inquietudes acerca del alcance de la caridad cristiana. Mi madre, normalmente enérgica, respondió a la pregunta de mi padre («¿Qué te parece, Bess?») con un entusiasmo que incluso un niño podía notar que era fingido. Y pese a lo pequeño que yo era, pude figurarme el motivo: sin duda estaba pensando «La nuestra será la casa "donde viven los judíos". Será lo de Elizabeth una vez más».

Cuando mi madre era niña allí, en un piso situado sobre la tienda de comestibles de su padre, Elizabeth era un puerto industrial de Nueva Jersey que tenía la cuarta parte de la extensión de Newark y donde predominaba la clase obrera irlandesa, sus políticos y una vida parroquial muy cohesionada que giraba en torno a las numerosas iglesias de la población, y aunque nunca había oído a mi madre quejarse de que hubiese sido directamente maltratada durante su infancia en Elizabeth, no fue hasta que contrajo matrimonio y se trasladó al nuevo vecindario judío de Newark cuando descubrió la confianza en sí misma que le había conducido a convertirse primero en representante de las madres de primaria de la Asociación de Padres y Profesores, luego en vicepresidenta de la APP, encargada de establecer un Club de Madres de Parvulario y, finalmente, en presidenta de la APP, que, tras asistir en Trenton a una conferencia sobre parálisis infantil, propuso que cada 30 de enero, cumpleaños del presidente Roosevelt, se celebrara un baile al estilo del Desfile de Monedas,* propuesta que fue aceptada por la mayor parte de las escuelas de Newark. En la primavera de 1939 se hallaba en su segundo año de éxito como dirigente de ideas progresistas (ya daba apoyo a un joven profesor de sociología muy interesado en aportar una «educación visual» a las aulas de Chancellor) y ahora, sin poder evitarlo, se imaginaba privada de cuanto había logrado al convertirse en esposa y madre domiciliada en la avenida Summit. Si teníamos la buena suerte de comprar una casa en cualquiera de las calles de Union que ahora veíamos con su mejor aspecto primaveral, y mudarnos a ella, no solo la categoría de mi madre bajaría a la misma de su infancia y adolescencia como hija de un tendero judío inmigrante en la Elizabeth irlandesa y católica, sino que también, lo que era peor, Sandy y yo nos veríamos obligados a revivir la juventud de nuestra madre, con las limitaciones de ser un extraño en el vecindario.

Pese a la decepción de mi madre, mi padre se esforzaba por animarnos: nos hizo reparar en lo limpio y bien cuidado que parecía todo, nos recordó a Sandy y a mí que vivir en una de aquellas casas significaría que ya no tendríamos que compartir un pequeño dormitorio y un solo armario y nos explicó los beneficios derivados de pagar una hipoteca en vez de un alquiler, una lección de economía elemental que se interrumpió bruscamente cuando tuvo que frenar ante un semáforo en rojo al lado de una tienda de bebidas que parecía un parque y dominaba una esquina del cruce. Había mesas de color verde con bancos ado-

---

* En el original «March of Dimes». Franklin D. Roosevelt, víctima de la poliomielitis, creó en 1938 la Fundación Nacional para la Parálisis Infantil. Ese mismo año, el locutor de radio Eddie Cantor pidió a los radioyentes que enviaran las monedas de diez centavos que les sobraran a la Casa Blanca para constituir un fondo contra la polio. Así comenzó la llamada «March of Dimes», y la Casa Blanca recibió millares de monedas enviadas por adultos y niños. El dinero obtenido se combinó con los fondos que aportaban los «bailes de cumpleaños», fiestas celebradas el día del cumpleaños de Roosevelt. *(N. del T.)*

sados a la sombra de unos frondosos árboles, y camareros con chaqueta blanca decorada con trencillas iban rápidamente de un lado a otro en la soleada tarde de fin de semana, manteniendo en equilibrio bandejas cargadas de botellas, jarras y platos, y hombres de todas las edades estaban reunidos en cada una de las mesas, fumando cigarrillos y pipas y tomando largos tragos de altas jarras y tazones de cerámica. También había música, la de un acordeón que tocaba un hombre menudo y robusto, con pantalones cortos, calcetines altos y un sombrero adornado con una larga pluma.

–¡Hijos de puta! –exclamó mi padre–. ¡Cabrones fascistas!

Y entonces el semáforo se puso en verde y seguimos adelante en silencio para ver el edificio de oficinas donde él estaba a punto de tener la oportunidad de ganar más de cincuenta dólares a la semana.

Fue mi hermano quien aquella noche, cuando fuimos a acostarnos, me explicó por qué mi padre había perdido el dominio de sí mismo y soltado aquellos tacos delante de sus hijos: la acogedora media hectárea de terreno llena de alegría al aire libre en el centro de la ciudad se llamaba «jardín de cerveza», y el lugar tenía algo que ver con el Bund germanoamericano, el cual, a su vez, tenía algo que ver con Hitler, y este, era necesario decírmelo, tenía todo que ver con la persecución de los judíos.

El antisemitismo, embriagador como una bebida alcohólica. Eso es lo que imaginé de la gente que aquel día bebía tan alegremente en su cervecería al aire libre, como los nazis en todas partes, engullendo una jarra tras otra de antisemitismo como si ingiriesen el remedio universal.

Mi padre tuvo que tomarse una mañana libre para ir a la oficina central en Nueva York –al alto edificio cuya torre más elevada estaba coronada por el faro al que la compañía llamaba con orgullo «La luz que nunca se apaga»– e informar al inspector de las agencias de que no podía aceptar el ascenso que ansiaba.

–La culpa es mía –dijo mi madre en cuanto él empezó a contar, durante la cena, lo que había ocurrido en el piso dieciocho de la avenida Madison número 1.

–Nadie tiene la culpa –replicó mi padre–. Antes de marcharme le expliqué lo que iba a decirle, fui y se lo dije, y asunto zanjado. No nos trasladamos a Union, muchachos. Nos quedamos aquí.

—¿Y qué hizo él? —inquirió mi madre.

—Escuchó todo lo que tenía que decirle.

—¿Y entonces? —preguntó ella.

—Se levantó y me dio la mano.

—¿No te dijo nada?

—Me dijo: «Buena suerte, Roth».

—Estaba enojado contigo.

—Hatcher es un caballero de la vieja escuela. Un gentil fornido que pasa del metro ochenta. Tiene el aspecto de un actor de cine. Sesenta años de edad y rebosante de salud. Esas son las personas que tienen la sartén por el mango, Bess... No pierden el tiempo enfadándose con alguien como yo.

—¿Y ahora qué? —inquirió mi madre, dando a entender que, fuera cual fuese el resultado de su entrevista con Hatcher, no sería bueno y podría ser funesto.

Y yo creí entender por qué. «Aplícate y lo conseguirás», tal era el axioma que nos habían enseñado nuestros padres. Sentados a la mesa del comedor, mi padre repetía una y otra vez a sus hijos: «Si alguien te pregunta "¿Puedes hacer este trabajo? ¿Serás capaz?", debes responder "Por supuesto". Cuando descubra que no eres capaz, ya habrás aprendido, y el trabajo será tuyo. Y quién sabe, podría resultar que es la oportunidad de tu vida». Sin embargo, allá en Nueva York él no había actuado así.

—¿Qué ha dicho el Jefe? —le preguntó ella.

Los cuatro llamábamos «el Jefe» a Sam Peterfreund, el director de la oficina de Newark donde trabajaba mi padre. En aquellos tiempos en que, sin hacerlas públicas, existían cuotas para mantener al mínimo las admisiones de judíos en universidades y escuelas profesionales, y en que había una discriminación indiscutible en las grandes empresas y unas rígidas restricciones a la afiliación judía en millares de organizaciones sociales e instituciones comunitarias, Peterfreund fue uno de los primeros entre el pequeño grupo de judíos que alcanzaron un cargo directivo en Metropolitan Life.

—Fue él quien te propuso para el cargo —comentó mi madre—. ¿Cómo debe de sentirse?

−¿Sabes lo que me dijo cuando volví? ¿Sabes lo que me dijo acerca de la oficina de Union? Que está llena de borrachos, que incluso es famosa por la cantidad de borrachos que trabajan allí. No quiso influir en mi decisión por anticipado. No quería interponerse en mi camino si eso era lo que yo deseaba. Famosa por los agentes que trabajan dos horas por la mañana y se pasan el resto del tiempo en la taberna o haciendo algo peor. Y yo tenía que ir allí, el nuevo judío, el gran jefe judío para quien los gentiles arden en deseos de trabajar, tenía que ir allí y recogerlos del suelo en el bar. Tenía que ir allí y recordarles las obligaciones que tienen hacia sus mujeres e hijos. Ah, cuánto me habrían querido esos muchachos, por hacerles ese favor. Puedes imaginar lo que me habrían llamado a mis espaldas. No, estoy mejor en mi puesto actual. Todos estamos mejor.

−Pero ¿puede despedirte la compañía por no haber aceptado?

−Lo hecho, hecho está, cariño. Asunto resuelto.

Pero mi madre no daba crédito a la versión de mi padre de lo que el Jefe le había dicho; creía que se lo había inventado para que ella dejara de sentirse culpable por haberse negado a mudarse con sus hijos a una ciudad gentil que era un refugio del Bund germanoamericano y, en consecuencia, le había privado a él de la gran oportunidad de su vida.

En abril de 1939, los Lindbergh regresaron para reanudar su vida familiar en Estados Unidos. Solo unos meses después, en septiembre, cuando ya se había anexionado Austria y había ocupado Checoslovaquia, Hitler invadió y conquistó Polonia, y Francia y Gran Bretaña respondieron declarando la guerra a Alemania. Por entonces Lindbergh había sido movilizado como coronel del Cuerpo Aéreo del Ejército, y entonces empezó a viajar por el país por encargo del gobierno estadounidense, cabildeando por el desarrollo de la aviación norteamericana y para expandir y modernizar la sección del aire de las fuerzas armadas. Cuando Hitler ocupó rápidamente Dinamarca, Noruega, Holanda y Bélgica, casi derrotó a Francia y la segunda gran guerra europea estaba bastante avanzada, el coronel del Cuerpo Aéreo se convirtió en el ídolo de los aislacionistas, así como en el enemigo de FDR, al añadir a su misión el objetivo de evitar que Norteamérica se viese arrastrada a la guerra y ofreciera cualquier ayuda a los británicos o los franceses. Existía ya una fuerte animosidad entre él y Roosevelt, pero ahora que, en grandes mítines, emisiones radiofónicas y revistas populares, declaraba abiertamente que el presidente engañaba al país con promesas de paz mientras en secreto hacía campaña y trazaba planes para nuestra intervención en la guerra, algunos miembros del Partido Republicano empezaron a apoyar a Lindbergh como el hombre dotado de la magia necesaria para impedir que «el belicista de la Casa Blanca» consiguiera un tercer mandato.

Cuanto más presionaba Roosevelt al gobierno para revocar el embargo de armas y aligerar el rigor con que mantenía la neutralidad del país, a fin de evitar la derrota de los británicos, tanto más directo se volvía Lindbergh, hasta que finalmente pronunció el famoso discurso radiofónico en Des Moines en una sala llena de entusiastas partidarios, un discurso en el que señaló entre «los grupos más importantes que han presionado para que este país vaya a la guerra» a un grupo que constituía menos del tres por ciento de la población y al que se refería alternativamente como «el pueblo judío» y «la raza judía».

«Ninguna persona honesta y con visión de futuro –afirmó Lindbergh– puede considerar aquí y ahora su política a favor de la guerra sin ver los peligros que entraña semejante política tanto para nosotros como para ellos.»

Y entonces, con una franqueza notable, añadió:

Unos pocos judíos clarividentes se percatan de ello y se oponen a la intervención. Pero la mayoría siguen sin hacerlo ... No podemos culparles de que salgan en defensa de los que creen que son sus propios intereses, pero nosotros debemos defender los nuestros. No podemos permitir que las pasiones y los prejuicios de otros pueblos lleven a nuestro país a la destrucción.

Al día siguiente, las mismas acusaciones que habían provocado el clamor de aprobación del público que escuchaba a Lindbergh en Iowa fueron enérgicamente denunciadas por los periodistas liberales, por el secretario de prensa de Roosevelt, por las agencias y las organizaciones judías e incluso, desde el interior del Partido Republicano, por Dewey, el fiscal del distrito de Nueva York, y por Wendell Willkie, abogado de empresas de servicios públicos, ambos potenciales candidatos a la presidencia. Tan severa fue la crítica por parte de miembros del gabinete demócrata, como el secretario de Interior, Harold Ickes, que Lindbergh renunció a su grado de coronel del ejército en la reserva antes que servir bajo el mandato de FDR como comandante en jefe. Pero el comité América Primero, la organización de base más amplia que encabezaba la batalla contra la intervención, siguió apoyándole, y Lindbergh continuó siendo el más popular ganador de prosélitos de la neutralidad por la que abogaba aquella organización. Para muchos miembros de América Primero, ni siquiera con los hechos en la mano se podía discutir la afirmación efectuada por Lindbergh de que «el mayor peligro que [los judíos] representan para este país radica en el alcance de sus posesiones y su influencia en nuestra industria cinematográfica, nuestra prensa, nuestra radio y nuestro gobierno». Cuando Lindbergh escribía con orgullo acerca de «nuestra herencia de sangre europea», cuando advertía contra «la dilución causada por razas extranjeras» y «la infiltración de sangre inferior» (frases todas ellas que aparecen en sus anotaciones de diario de aquellos años), estaba dejando constancia de unas convicciones personales que compartía con una parte considerable de las bases de América Primero, así como con un furibundo electorado más extenso de lo que un judío como mi padre, a pesar del odio implacable que sentía por el antisemitismo —o como mi madre, con su profundamente arraigada desconfianza hacia los cristianos , jamás podría haber imaginado que florecería de un extremo al otro de Norteamérica.

La Convención Republicana de 1940. Aquella noche, la del martes 27 de junio, mi hermano y yo fuimos a acostarnos mientras la radio estaba encendida en la sala de estar, y nuestros padres, junto con nuestro primo Alvin, mayor que nosotros, escuchaban juntos la retransmisión en directo desde Filadelfia. Después de seis votaciones, los republicanos aún no habían seleccionado un candidato. Ni un solo delegado había pronunciado todavía el nombre de Lindbergh y, a causa de un cónclave de ingenieros en una fábrica del Medio Oeste, donde él había asesorado sobre el diseño de un nuevo avión de caza, no estaba presente ni se esperaba que lo estuviera. Cuando Sandy y yo fuimos a acostarnos, la convención seguía dividida entre Dewey, Willkie y dos poderosos senadores republicanos, Vandenberg, de Michigan, y Taft, de Ohio, y no parecía que los peces gordos como el ex presidente Hoover, a quien FDR desbancó en 1932, con una victoria abrumadora, o como el gobernador Alf Landon, a quien FDR derrotó de una manera incluso más ignominiosa cuatro años después, con la victoria más aplastante de la historia, estuvieran a punto de llegar a un acuerdo en la trastienda.

Como era la primera noche calurosa del verano, las ventanas de todas las habitaciones estaban abiertas y, sin poder evitarlo, Sandy y yo seguíamos desde la cama los acontecimientos que retransmitía la radio en la sala de estar, la radio del piso de abajo y, puesto que un callejón apenas lo bastante ancho para permitir el paso de un solo vehículo separaba una casa de la siguiente, las radios de nuestros vecinos a uno y otro lado. Como esto sucedía mucho antes de que los acondicionadores de aire que permitían mantener las ventanas cerradas redujeran los ruidos del vecindario en las noches de verano, la emisión cubría la manzana entera desde Keer a Chancellor, una manzana en la que no vivía un solo republicano en ninguna de las treinta y tantas casas de dos familias y media ni en el nuevo bloque de pisos que se alzaba en la esquina de la avenida Chancellor. En calles como la nuestra, los judíos votaban sin vacilación por el Partido Demócrata siempre que FDR encabezara la lista.

Pero éramos dos críos y, pese a todo, nos dormimos, y probablemente no nos habríamos despertado hasta la mañana siguiente de no haber sido porque Lindbergh, cuando los republicanos se encontraban estancados en la vigésima votación, efectuó una imprevista entrada en la sala de la convención a las 3.18 de la madrugada. Aquel héroe esbelto, alto y guapo, un hombre ágil, de aspecto atlético, que aún no había cumplido los cuarenta, llegó vestido con su traje de piloto después de haber aterrizado con su avión en el aeropuerto de Filadelfia tan solo unos minutos antes, y al verle una ola de entusiasmo redentor hizo ponerse en pie a los mustios congresistas, que exclamaron «¡Lindy! ¡Lindy! ¡Lindy!» durante treinta gloriosos minutos y sin que la presidencia los interrumpiera. Detrás de la triunfal ejecución de este espontáneo drama pseudorreligioso estaban las maquinaciones del senador por Dakota del Norte Gerald P. Nye, un aislacionista de derechas que se apresuró a presentar la candidatura de Charles A. Lindbergh, de Little Falls, Minnesota, tras lo cual dos de los miembros más reaccionarios del Congreso (Thorkelson, de Montana, y Mundt, de Dakota del Sur) secundaron la nominación, y a las cuatro en punto de la madrugada del viernes 28 de junio el Partido Republicano eligió por aclamación como candidato al fanático que había denunciado a los judíos en una emisión radiofónica de alcance nacional como «otro pueblo» que empleaba su enorme «influencia … para llevar a nuestro país a la destrucción», en vez de hacer honor a la verdad reconociendo que éramos una pequeña minoría de ciudadanos enormemente superados en número por nuestros compatriotas cristianos, unas personas cuyos prejuicios religiosos, en general, les impedían alcanzar el poder público y, sin ninguna duda, no menos leales a los principios de la democracia norteamericana que un admirador de Adolf Hitler.

—¡No!

Esa fue la palabra que nos despertó, un «¡No!» gritado por una voz viril en cada vivienda de la manzana. No era posible. No. No para presidente de Estados Unidos.

Al cabo de unos segundos, mi hermano y yo estábamos de nuevo junto a la radio con el resto de la familia, y nadie se molestó en decirnos que volviéramos a la cama. A pesar del calor que hacía, mi pudorosa madre se había puesto una bata sobre el fino camisón (también a ella la había despertado el ruido), y ahora estaba sentada en el sofá al lado de mi padre, cubriéndose la boca con la mano como si tratara de contener el vómito. Entretanto, mi primo Alvin, incapaz de seguir sentado, empezó a caminar de un lado a otro de la sala de cinco metros por tres con el brío propio de un vengador que recorriera la ciudad en busca de su Némesis para liquidarla.

La cólera de aquella noche fue una auténtica forja rugiente, un horno cuyas llamas te envuelven y convierten en acero. Y no remitió, no lo hizo mientras Lindbergh permanecía silencioso en la tribuna de Filadelfia, oyendo una vez más los vítores de quienes le consideraban el salvador de la nación, ni cuando pronunció el discurso aceptando la nominación de su partido y junto con ella el mandato de mantener a Estados Unidos al margen de la guerra europea. Todos esperábamos aterrados oírle repetir en la convención su maligno vilipendio de los judíos, pero el hecho de que no lo hiciera no tuvo el menor efecto en el estado de ánimo de todas las familias que habitaban en la manzana y que se echaron a la calle casi a las cinco de la madrugada. Familias enteras a cuyos miembros hasta entonces solo había visto de día y completamente vestidos, llevaban pijamas y camisones bajo las batas de baño y pululaban en zapatillas al amanecer, como si un terremoto los hubiera echado de sus casas. Pero lo que más asustaba a un niño era la cólera, el enojo de unos hombres a los que yo conocía como despreocupados y parlanchines o como silenciosos y diligentes padres de familia que se pasaban el día entero desatascando desagües o reparando calderas o vendiendo manzanas al por menor y luego, por la noche, echaban un vistazo al periódico, escuchaban la radio y se quedaban dormidos en el sillón de la sala de estar, seres sencillos que casualmente eran judíos irrumpían ahora en la calle y soltaban maldiciones sin preocuparse del decoro, al verse bruscamente arrojados de nuevo a la espantosa lucha de la que creían haber librado a sus familias gracias a la providencial migración de la generación anterior.

Yo habría imaginado que el hecho de que Lindbergh no mencionara a los judíos en su discurso de aceptación era un augurio prometedor, una indicación de que las protestas que le hicieron renunciar a su nombramiento de oficial del ejército habían sido aleccionadoras o que había cambiado de parecer desde el discurso de Des Moines o que ya se había olvidado de nosotros o que en el fondo sabía muy bien que nuestra entrega a Estados Unidos era irrevocable, que, si bien Irlanda les seguía importando a los irlandeses, Polonia a los polacos e Italia a los italianos, nosotros no conservábamos ninguna lealtad, ni sentimental ni de ningún otro tipo, hacia aquellos países del Viejo Mundo en los que nunca habíamos sido bien recibidos y a los que no teníamos intención de regresar jamás. Si yo hubiera podido pensar con detenimiento en el significado de aquellos momentos y formularlo con esas palabras, probablemente eso es lo que habría pensado. Pero los hombres que estaban en la calle pensaban de un modo distinto. Para ellos, que Lindbergh no hubiera mencionado a los judíos no era más que una treta, el inicio de una campaña de engaño destinada a hacernos callar tanto como a pillarnos desprevenidos. «¡Hitler en América! —exclamaban los vecinos—. ¡El fascismo en América! ¡Tropas de asalto de las SS en América!» Tras haberse pasado toda la noche sin dormir, no había nada que aquellos apabullados mayores nuestros no pensaran ni dijeran en voz alta, al alcance de nuestros oídos, antes de que empezaran a regresar a sus casas (donde todos los receptores de radio seguían atronando), los hombres para afeitarse, vestirse y tomar una taza de café antes de dirigirse al trabajo y las mujeres para vestir a sus hijos, darles el desayuno y prepararse para las tareas de la jornada.

Roosevelt levantó los ánimos de todo el mundo con su enérgica respuesta cuando supo que su adversario iba a ser Lindbergh en vez de un senador de la talla de Taft o un fiscal tan agresivo como Dewey o un abogado de alto nivel tan afable y apuesto como Willkie. Se decía que, cuando le despertaron a las cuatro de la madrugada para darle la noticia, predijo desde su cama en la Casa Blanca: «Cuando esto haya terminado, ese joven lamentará no solo haberse metido en política, sino también haber aprendido a volar». Tras lo cual volvió a caer de inmediato en un sueño profundo… o tal era la anécdota que nos aportó tanto consuelo al día siguiente. Curiosamente, en la calle, cuando lo único en lo que cualquiera podía pensar era en la amenaza que representaba para nuestra seguridad aquella afrenta de transparente injusticia, la gente se había olvidado de FDR y el baluarte que representaba contra la opresión. La pura sorpresa de la nominación de Lindbergh había despertado un atávico sentido de indefensión que tenía más que ver con Kishinev y los pogromos de 1903 que con la Nueva Jersey de treinta y siete años después, y, en consecuencia, se habían olvidado de que Roosevelt había nombrado a Felix Frankfurter como juez del Tribunal Supremo y elegido a Henry Morgenthau para el cargo de secretario del Tesoro, de que el financiero Bernard Baruch era un íntimo asesor del presidente y de que allí estaban la señora Roosevelt, Ickes y el secretario de Agricultura, Wallace, tres personas de las que se sabía que, lo mismo que el presidente, eran amigos de los judíos. Estaba Roosevelt, estaba la Constitución de Estados Unidos, estaba la Declaración de Derechos y estaban los periódicos, la prensa libre de Norteamérica. Incluso el *Newark Evening News*, que era republicano, publicó un editorial en el que recordaba a los lectores el discurso de Des Moines y cuestionaba abiertamente lo acertado del nombramiento de Lindbergh, y *PM*, el nuevo y popular diario neoyorquino de izquierdas, que costaba cinco centavos y que mi padre había empezado a traer a casa cuando volvía del trabajo junto con el *Newark News* (y cuyo eslogan decía: «*PM* está en contra de quienes intimidan a los demás»), dirigió su ataque contra los republicanos en un largo editorial, así como en las noticias y los artículos de prácticamente cada una de sus treinta y dos páginas, sin que faltaran en la sección de deportes artículos contrarios a Lindbergh firmados por Tom Meany y Joe Cummiskey. En la primera plana aparecía una gran foto de la medalla nazi de Lindbergh y, en la Revista Gráfica Diaria, donde se afirmaba publicar fotografías que otros periódicos descartaban (fotos controvertidas de bandas de linchadores y cuerdas de presos, de esquiroles blandiendo porras, de las inhumanas condiciones de vida imperantes en las cárceles norteamericanas), una página tras otra mostraba al candidato republicano durante su gira por la Alemania nazi en 1938, culminando con una foto del personaje a toda página, con la infame medalla al cuello, estrechando la mano de Hermann Göring, el dirigente nazi por encima del cual solo estaba Hitler.

Un domingo por la noche aguardamos mientras se sucedían las comedias radiofónicas hasta que, a las nueve, apareció Walter Winchell y procedió a decir lo que habíamos esperado que dijera y de la manera tan despectiva como queríamos que lo dijera. Se alzaron aplausos en todo el callejón, como si el famoso periodista no estuviera encerrado en un estudio de radio al otro lado de la gran línea divisoria que era el río Hudson, sino que se encontrara allí, entre nosotros, atacando como un loco —el nudo de la corbata aflojado, el cuello de la camisa desabrochado, el Fedora gris echado hacia atrás—, arremetiendo contra Lindbergh desde un micrófono situado sobre el hule que cubría la mesa de la cocina de nuestros vecinos de al lado.

Era la última noche de junio de 1940. Después de un día caluroso, había refrescado lo suficiente para sentarnos cómodamente dentro de casa sin sudar, pero cuando Winchell cerró la emisión, a las nueve y cuarto, a nuestros padres les apeteció que los cuatro saliéramos a estirar las piernas en la agradable noche. Solo íbamos a pasear hasta la esquina y volver, tras lo cual mi hermano y yo nos acostaríamos, pero se hizo casi medianoche antes de que nos metiéramos en la cama, y era imposible que unos niños tan abrumados por la agitación de sus padres pudieran conciliar el sueño. Puesto que la intrépida belicosidad de Winchell también había hecho salir de sus casas a todos nuestros vecinos, lo que había comenzado para nosotros como un alegre paseo nocturno terminó como una fiesta improvisada para todos los habitantes de la manzana. Los hombres sacaron sillas de playa de los garajes y las desplegaron por los callejones, las mujeres salieron de las casas con jarras de limonada, los niños más pequeños correteaban como locos de la escalinata de un porche a la de otro, y los mayores, sentados en grupos, reían y charlaban, y todo porque el judío norteamericano más conocido después de Albert Einstein le había declarado la guerra a Lindbergh.

Al fin y al cabo, era Winchell quien había introducido en su columna periodística el famoso sistema de separar, y de alguna manera validar mágicamente, por medio de tres puntos cada noticia de plena actualidad, basándola siempre del modo más tenue en los hechos, y era Winchell quien había tenido la idea de disparar a la cara de las masas crédulas perdigonadas de chismorreo con las que arruinaba reputaciones, comprometía a celebridades, concedía fama, y hacía y deshacía carreras en el mundo del espectáculo. Su columna era la única que se publicaba en centenares de periódicos a lo largo y ancho del país, y su cuarto de hora del domingo por la noche era el programa radiofónico de noticias más popular del país, pues el fuego graneado del discurso de Winchell y su agresivo cinismo prestaban a cada primicia el aire sensacional de una revelación. Le admirábamos como una persona informada y astuta, amigo de J. Edgar Hoover, el director del FBI, así como vecino del mafioso Frank Costello y confidente del círculo íntimo de Roosevelt, incluso en ocasiones invitado a la Casa Blanca para que divirtiera al presidente mientras tomaban una copa, el luchador callejero que está en el ajo y severo hombre de mundo a quien sus enemigos temían y que estaba de nuestro lado. Walter Winschel (también conocido como Weinschel), natural de Manhattan, pasó de ser un bailarín de vodevil neoyorquino a bisoño columnista de Broadway que hizo fortuna encarnando las pasiones de los nuevos diarios iletrados más vulgares, aunque desde la ascensión de Hitler, y mucho antes de que ningún otro periodista hubiera tenido la clarividencia o la ira necesarias para enfrentarse a ellos, fascistas y antisemitas se habían convertido en su enemigo número uno. Ya había etiquetado como «ratzis» al Bund germanoamericano y acosado a su dirigente, Frutz Kuhn, acusándole en la radio y en la prensa de ser agente secreto extranjero, y ahora —después de la broma de FDR, el editorial del *Newark News* y la concienzuda denuncia de *PM*— Walter Winchell solo tenía que revelar la «filosofía pronazi de Lindbergh» a sus treinta millones de oyentes el domingo por la noche y decir de la candidatura a la presidencia de Lindbergh que era la mayor amenaza jamás dirigida contra la democracia norteamericana para que todas las familias judías de la pequeña avenida Summit, que se extendía a lo largo de una manzana, parecieran de nuevo estadounidenses que gozaban de la vitalidad y el brío de una ciudadanía segura, libre y protegida en vez de lanzarse a la calle con ropa de dormir, como locos huidos de un manicomio.

Mi hermano era conocido en todo el vecindario por su habilidad para dibujar «cualquier cosa» —una bicicleta, un árbol, un perro, una silla, un personaje de tira cómica de Li'l Abner—, aunque últimamente le interesaban las caras de la gente. Los chicos se reunían siempre a su alrededor para mirar lo que hacía, cada vez que, al salir de la escuela, se instalaba con su gran bloc de espiral y su portaminas, y empezaba a dibujar a las personas cercanas. Era inevitable que los espectadores le gritaran «Dibuja a ese, dibuja a esa, dibújame», y Sandy les satisfacía, aunque solo fuera para que dejaran de gritarle al oído. Entretanto, su mano se movía sin cesar, alzaba la vista, la bajaba, arriba, abajo… y, ¡mira!, allí estaba Fulano, en la hoja de papel. Todos le preguntaban cuál era el truco, de qué modo lo hacía, como si el calco —como si la pura magia— pudiera haber jugado algún papel en la hazaña. Sandy respondía a ese incordio con un encogimiento de hombros o una sonrisa: el truco para hacerlo consistía en ser el muchacho tranquilo, serio, nada pretencioso que era. La atención compulsiva de que era objeto dondequiera que fuese, cuando lograba plasmar en el papel los parecidos que le solicitaban, aparentemente no afectaba al elemento impersonal que subyacía a su don, la modestia innata que era su punto fuerte y que más adelante dejó de lado por su cuenta y riesgo.

En casa, ya no copiaba ilustraciones de *Collier's* ni fotos de *Look*, sino que las estudiaba en un manual de arte sobre la figura. Consiguió el libro como premio en un concurso de carteles del Arbor Day* para escolares, que había coincidido con un programa de plantación de árboles en la ciudad, administrado por el Departamento de Parques y Propiedad Pública. Incluso hubo una ceremonia en la que mi hermano estrechó la mano de la señora Bannwart, que era inspectora de la Agencia de Árboles de Sombra. El diseño del cartel ganador se basaba en un sello rojo de dos centavos perteneciente a mi colección y que conmemoraba el sesenta aniversario del Arbor Day. El se-

---

* «Día del Árbol», a finales de abril o principios de mayo, en que se plantan árboles. La palabra *arbor* significa también «pérgola», «cenador». *(N. del T.)*

llo me parecía especialmente bello porque, visible dentro de cada uno de sus bordes estrechos y verticales, había un esbelto árbol cuyas ramas se arqueaban en lo alto para reunirse y formar una pérgola, y hasta que entré en posesión del sello y pude examinar con la lupa sus marcas distintivas, el nombre familiar de la festividad había engullido el significado de la palabra *arbor*. (La pequeña lupa, junto con un álbum para doscientos cincuenta sellos, unas pinzas filatélicas, un calibrador de perforaciones, fijasellos engomados y un platillo de caucho negro llamado «detector de filigranas», era un regalo que me habían hecho mis padres en mi séptimo cumpleaños. Por diez centavos más me compraron también un librito de algo más de noventa páginas titulado *Manual del coleccionista de sellos*, donde, bajo el epígrafe «Cómo empezar una colección de sellos», leí con fascinación esta frase: «Los viejos archivos comerciales o la correspondencia privada a menudo contienen sellos de emisiones suspendidas que son de gran valor, por lo que si tienes amigos que vivan en casas antiguas y que hayan acumulado material de esa clase en los desvanes, procura conseguir sus viejos sobres y fajas de periódicos franqueados». Nosotros no teníamos desván, ninguno de nuestros amigos que vivían en pisos tenían desván, pero los había bajo los tejados de las casas unifamiliares de Union; aquel terrible sábado del año anterior, cuando recorríamos la población, había visto desde mi asiento de la parte trasera del coche las ventanitas de los desvanes a cada lado de las casas, y por la tarde, una vez en casa, lo único que pasaba por mi mente eran los viejos sobres franqueados y los sellos en relieve de las fajas que rodeaban los periódicos enviados a los suscriptores, que estaban guardados secretamente en aquellos desvanes, y pensaba en que ahora no tendría ninguna ocasión de «conseguirlos» porque era judío.)

El atractivo del sello conmemorativo del Arbor Day estaba sumamente realzado porque representaba una actividad humana en vez del retrato de una persona famosa o una imagen de un lugar importante, y todavía más, una actividad realizada por niños: en el centro del sello, un niño y una niña de unos diez u once años están plantando un árbol joven, el niño cavando con una pala mientras la niña, que sujeta el tronco del árbol con una mano, lo mantiene con firmeza en el hoyo. En el cartel de Sandy, el niño y la niña presentan posiciones distintas y se encuentran en lados opuestos del árbol, el muchacho está representado como diestro en vez de zurdo, lleva pantalones largos en lugar de cortos y uno de sus pies está sobre la hoja de la pala, empujándola para hundirla en la tierra. En el cartel de Sandy hay también un tercer niño, uno de más o menos mi edad, que ahora es el único que lleva pantalones cortos. Está apartado a un lado del arbolillo, y se dispone a verter el contenido de una regadera, de la misma manera que yo sostuve una cuando posé para Sandy, vestido con mis mejores pantalones cortos escolares y calcetines altos. Añadir a ese niño fue idea de mi madre, a fin de distinguir la obra artística de Sandy de la del sello del Arbor Day —y protegerle de la acusación de que «copiaba»—, pero también para dotar al cartel de un contenido social que insinuaba un tema en modo alguno corriente en 1940, ni en el arte de los carteles ni en cualquier otra parte, y que por razones de «gusto» incluso podría haber resultado inaceptable para los jueces.

El tercer niño que plantaba el árbol era de raza negra, y lo que estimuló a mi madre para sugerirle que lo incluyera, aparte del deseo de imbuir en sus hijos la virtud cívica de la tolerancia, fue otro de mis sellos, una flamante emisión de diez centavos que formaba parte del «grupo de los educadores», cinco sellos que había adquirido en la estafeta de correos por un total de veintiún centavos y pagado durante el mes de marzo con mi asignación semanal de cinco centavos. En cada uno de los sellos, por encima del retrato central, había la imagen de una lámpara que el Departamento Postal de Estados Unidos identificaba como la «Lámpara del conocimiento», pero que a mí me parecía la lámpara de Aladino, por el muchacho de *Las mil y una noches* con la lámpara mágica, el anillo y los dos genios que le dan cualquier cosa que él les pida. Yo le habría pedido a un genio los más codiciados de todos los sellos norteamericanos: primero, el célebre sello de correo aéreo de veinticuatro centavos, emitido en 1918, cuyo valor se cifraba en 3.400 dólares, y en el que el avión representado en el centro, el caza Jenny Voladora del Ejército, está boca abajo; y luego los tres famosos sellos emitidos en 1901, cuando tuvo lugar la Exposición Panamericana, que también presentaban errores de impresión, con los centros invertidos, y que valían más de mil dólares cada uno.

En el sello verde del grupo de los educadores, sobre la imagen de la Lámpara del conocimiento, estaba Horace Mann; en el rojo de dos centavos, Mark Hopkins; en el violeta de tres, Charles W. Eliot; en el azul de cuatro, Frances E. Willard; en el marrón de diez centavos figuraba Booker T. Washington, el primer negro que apareció en un sello norteamericano. Recuerdo que, tras haber colocado el sello de Booker T. Washington en el álbum, al mostrarle a mi madre que había completado la serie de cinco, le pregunté:

—¿Crees que habrá alguna vez un judío en un sello?

—Probablemente —replicó ella—. Algún día, sí. Al menos, eso espero.

La verdad es que habrían de pasar veintiséis años más para que se lograra, y tendría que ser un judío de la categoría de Einstein.

Sandy ahorraba su asignación semanal de veinticinco centavos, más la calderilla que ganaba recogiendo nieve a paladas, rastrillando hojas y lavando el coche de la familia, hasta que tenía lo suficiente para ir en bicicleta a la papelería de la avenida Clinton, donde vendían material artístico y, durante varios meses, comprar carboncillo, papel de lija para afilarlo, papel carbón y el pequeño dispositivo metálico tubular por el que soplaba para aplicar la fina vaporización fijadora a fin de evitar que el carbón se emborronara. Tenía grandes sujetapapeles de pinza, un tablero de conglomerado, lápices amarillos Ticonderoga, gomas de borrar, blocs y papel de dibujo, un equipo que él guardaba en una caja de la tienda de alimentación, en el fondo del armario de nuestro dormitorio, y que mi madre no estaba autorizada a tocar cuando hacía limpieza. Su enérgica minuciosidad (heredada de nuestra madre) y su increíble perseverancia (heredada de nuestro padre) no hacían más que aumentar mi respeto reverencial por un hermano del que todo el mundo decía que estaba destinado a grandes cosas, mientras que la mayoría de los chicos de su edad no parecían destinados ni siquiera a comer a la mesa con otro ser humano. Yo era el buen hijo, obediente en casa y en la escuela, la tozudez en gran parte latente y la disposición a atacar pospuesta para más adelante, y, sin embargo, aún demasiado joven para conocer el potencial de la propia cólera. Y en ningún otro aspecto era yo menos intransigente que con él.

Cuando cumplió los doce años, a Sandy le regalaron una gran carpeta de cartón duro que se doblaba a lo largo de una juntura cosida y tenía fijados en el borde superior dos trozos de cinta, que él ataba en un lazo para mantener las hojas bien cerradas. La carpeta medía aproximadamente sesenta por cuarenta y cinco centímetros, y era demasiado grande para guardarla en un cajón del aparador de nuestro dormitorio o para apoyarla verticalmente contra la pared en el atestado ropero que los dos compartíamos. Le dieron permiso para guardarla, junto con sus blocs de dibujo de espiral, en posición horizontal debajo de la cama, y allí colocaba los dibujos que consideraba los mejores, empezando por su obra maestra de la composición, realizada en 1936, el ambicioso dibujo de nuestra madre que señalaba al *Spirit of Saint Louis* rumbo a París. Sandy tenía varios de gran tamaño del heroico aviador, a lápiz y a carboncillo, guardados en su carpeta. Formaban parte de una serie que estaba recopilando de norteamericanos destacados y que se concentraba sobre todo en las eminencias vivientes que más reverenciaban nuestros padres, como el presidente Roosevelt y su esposa, el alcalde de Nueva York, Fiorello La Guardia, el presidente de Trabajadores Mineros Unidos, John L. Lewis, y la novelista Pearl S. Buck, galardonada con el premio Nobel en 1938 y cuyo retrato mi hermano había copiado de la sobrecubierta de uno de sus bestséllers. La carpeta contenía varios retratos de miembros de la familia, de los que al menos la mitad eran de nuestro único abuelo superviviente y de la abuela materna, a quien los domingos, cuando mi tío Monty la traía de visita, en ocasiones Sandy utilizaba como modelo. Bajo el influjo de la palabra «venerable», dibujaba todas las arrugas que podía encontrarle en la cara y cada nudo de sus dedos artríticos, mientras, tan obediente como lo había sido durante toda su vida, dedicada a fregar los suelos arrodillada y cocinar para una familia de nueve en una cocina de carbón, la menuda y rolliza abuela permanecía sentada en la cocina y «posaba».

Unos días después del programa radiofónico de Winchell, estábamos solos en casa cuando Sandy sacó de debajo de su cama la carpeta y la llevó al comedor. La abrió sobre la mesa, reservada para agasajar al Jefe y para las celebraciones familiares especiales, separó con cuidado el papel de calco que protegía cada dibujo y los alineó sobre la mesa. En el primero, Lindbergh llevaba el gorro de piloto con las correas sueltas colgando sobre cada oreja; en el segundo, el gorro estaba parcialmente oculto detrás de las gafas protectoras, alzadas hasta la frente; en el tercero no llevaba gorro, no había nada que le distinguiera como aviador, salvo la mirada inflexible fija en el lejano horizonte. Aquilatar el valor de aquel hombre, tal como Sandy lo había representado, no era difícil. Un héroe viril. Un valeroso aventurero. Una persona natural, de enorme fortaleza y rectitud combinadas con una peculiar carencia de emoción. Cualquier cosa menos un temible malvado o una amenaza para la humanidad.

–Va a ser presidente –me dijo Sandy–. Alvin dice que Lindbergh va a ganar.

Estas palabras me confundieron y asustaron de tal modo que fingí que mi hermano bromeaba y me eché a reír.

–Alvin se va a Canadá para ingresar en el ejército canadiense –siguió diciéndome–. Va a luchar con los británicos contra Hitler.

–Pero nadie puede derrotar a Roosevelt –repliqué.

–Lindbergh lo hará. América va a ser fascista.

Nos quedamos inmóviles, bajo el hechizo intimidante de los tres retratos. Nunca hasta entonces había tenido una sensación tan intensa de lo frágil que es uno a los siete años.

–No le digas a nadie que tengo estos dibujos –me pidió.

–Pero mamá y papá ya los han visto –repliqué–. Han visto todos tus dibujos. Y los demás también.

–Les he dicho que los rompí.

Nadie era más sincero que mi hermano. No era tranquilo porque fuese reservado y mentiroso, sino porque nunca se molestaba en portarse mal, así que no tenía nada que ocultar. Pero entonces algo externo había transformado el significado de aquellos dibujos, convirtiéndolos en lo que no eran, así que les dijo a nuestros padres que los había destruido y, al actuar así, él mismo se había convertido en lo que no era.

–Supón que los encuentran –le dije.

–¿Cómo los van a encontrar?

–No lo sé.

–Claro que no lo sabes. Tú mantén la boca cerrada y nadie descubrirá nada.

Obedecí a mi hermano por diversas razones, una de ellas la de que el tercero de los sellos de correos norteamericanos más antiguos que tenía (y que de ninguna manera podía romper y tirar) era un sello de correo aéreo de diez centavos, emitido en 1927 para conmemorar el vuelo transatlántico de Lindbergh. Era un sello azul, más o menos el doble de ancho que de alto, cuya imagen central, un dibujo del *Spirit of Saint Louis* volando hacia el este sobre el océano, le había proporcionado a Sandy el modelo para el avión del dibujo que celebraba su concepción. Junto al borde blanco a la izquierda del sello está la costa norteamericana, con las palabras «Nueva York» adentrándose en el Atlántico, y junto al borde de la derecha las costas de Irlanda, Gran Bretaña y Francia, con la palabra «París» en el extremo de un arco de puntos que indica la trayectoria del vuelo entre las dos ciudades. En lo alto del sello, directamente debajo de las letras blancas que componen vigorosamente la frase CORREOS DE ESTADOS UNIDOS, figuran las palabras «LINDBERGH–CORREO AÉREO» en un tipo de letra algo más pequeña pero, desde luego, lo bastante grande para que pueda leerlo un niño de siete años con vista perfecta. El sello valía ya veinte centavos en el *Catálogo oficial de sellos de correo* de Scott, y lo que comprendí de inmediato fue que su valor no haría más que aumentar (y con tal rapidez que se convertiría en mi posesión más preciada) si Alvin tenía razón y ocurría lo peor.

Durante los largos meses de vacaciones, jugábamos en la acera a un nuevo juego llamado «Declaro la guerra», utilizando una pelota de goma barata y un trozo de tiza. Con la tiza trazabas un círculo de metro y medio o dos metros de diámetro, dividido en tantos segmentos, a modo de porciones de pastel, como jugadores participaban, y anotabas en cada porción el nombre de uno de los diferentes países extranjeros que habían salido en los noticiarios durante el año. A continuación, cada jugador elegía «su» país y se colocaba a horcajadas en el borde del círculo, con un pie dentro y el otro fuera, de modo que, cuando llegara el momento, pudiera emprender una huida precipitada. Entretanto, un jugador designado, con la pelota en alto, anunciaba lentamente, con una cadencia inquietante: «Declaro… la… guerra… a…». Había una pausa cargada de suspense, y entonces el chico que declaraba la guerra hacía botar la pelota en el suelo al tiempo que gritaba «¡Alemania!» o «¡Japón!» u «¡Holanda!» o «¡Italia!» o «¡Bélgica!» o «¡Inglaterra!» o «¡China!», a veces incluso «¡Estados Unidos!», y todo el mundo echaba a correr excepto el niño contra el que se había lanzado el ataque por sorpresa. Su tarea consistía en hacerse con la pelota cuando rebotaba, tan rápido como pudiera, y gritar: «¡Alto!». Todos los que ahora estaban aliados contra él debían detenerse, y el país en cuestión iniciaba el contraataque, tratando de eliminar a un país agresor tras otro, golpeando a cada uno tan fuerte como pudiera con la pelota. Empezaba por lanzarla contra los que estaban más cerca de él y su posición avanzaba con cada golpe letal.

Jugábamos sin cesar a ese juego. Hasta que llovía y los nombres de los países desaparecían temporalmente, y la gente tenía que pisarlos y saltar por encima de ellos cuando caminaban por la calle. En aquella época, en nuestro vecindario no había otras pintadas dignas de mención, solo aquellos restos de jeroglíficos de nuestros sencillos juegos callejeros. Por inocuos que fuesen, ponían fuera de sí a algunas de las madres, obligadas a oírnos durante horas a través de las ventanas abiertas. «Eh, chicos, ¿es que no podéis hacer otra cosa? ¿No podríais encontrar otra clase de juego?» Pero no podíamos; tampoco nosotros podíamos pensar en otra cosa que en declarar la guerra.

El 18 de julio de 1940, la Convención Demócrata reunida en Chicago designó por abrumadora mayoría y en la primera votación a FDR para un tercer mandato presidencial. Escuchamos por la radio su discurso de aceptación, pronunciado en el tono de clase alta y lleno de confianza que, en el curso de casi ocho años, había estimulado a millones de familias corrientes como la nuestra a mantener la esperanza en medio de las penalidades.

Había algo en el decoro intrínseco del discurso que, por extraño que fuese, no solo calmaba nuestra inquietud, sino que también otorgaba a nuestra familia una importancia histórica, al mezclar expertamente nuestras vidas con la suya, así como con la de toda la nación, cuando se dirigía a nosotros en la sala de estar llamándonos «conciudadanos». Que los norteamericanos pudieran elegir a Lindbergh, que los norteamericanos pudieran elegir a cualquiera en lugar del presidente que había estado al frente durante dos mandatos y cuya voz bastaba para expresar superioridad sobre el tumulto de los asuntos humanos... en fin, eso era impensable, y desde luego lo era para un norteamericano tan pequeño como yo, que nunca había conocido otra voz presidencial.

Más o menos un mes y medio después, el sábado anterior al día del Trabajo, Lindbergh sorprendió al país con su ausencia en el desfile de celebración de la festividad que tenía lugar, y en el que se había programado que lanzara su campaña con un desfile de vehículos por el corazón de la clase obrera de la América aislacionista (y la fortaleza antisemita del padre Coughlin y Henry Ford), para presentarse en cambio sin previo aviso en el aeródromo de Long Island, desde donde hacía trece años había iniciado su espectacular vuelo transatlántico. Habían llevado en secreto hasta allí, en el remolque de un camión y bajo una lona impermeable, el *Spirit of Saint Louis*, y el aparato había pasado la noche en un hangar alejado, aunque cuando, a la mañana siguiente, Lindbergh hizo rodar el avión por la pista, todos los servicios telegráficos de Norteamérica y todas las emisoras de radio y los periódicos de Nueva York habían enviado un reportero para que presenciara el despegue, esta vez en dirección oeste, a través de Norteamérica, hasta California, en vez de poner rumbo al este y cruzar el Atlántico hasta Europa. Por supuesto, en 1940 el servicio aéreo comercial llevaba más de una década transportando carga, pasajeros y correo de un continente a otro, y lo hacía en gran parte como resultado del incentivo que supuso la solitaria hazaña de Lindbergh y sus diligentes esfuerzos como asesor —con unos emolumentos de un millón de dólares al año— de las líneas aéreas recién organizadas. Pero no era el rico defensor de la aviación comercial quien lanzaba su campaña aquel día, ni tampoco era el Lindbergh que había sido condecorado en Berlín por los nazis, ni el Lindbergh que, en una retransmisión radiofónica de alcance nacional, había culpado abiertamente a los influyentes judíos del intento de llevar el país a la guerra, ni siquiera era el estoico padre del bebé raptado y asesinado por Bruno Hauptmann en 1932. No, era más bien el desconocido piloto de correo aéreo que se había atrevido a hacer lo que jamás había hecho ningún aviador antes de él, el adorado Águila Solitaria, todavía juvenil e intacto pese a los años de fama extraordinaria. Durante el fin de semana festivo que cerró el verano de 1940, Lindbergh no mejoró, ni mucho menos, el récord del vuelo sin escalas entre una costa y la otra que él mismo había establecido hacía una década con un avión más avanzado que el viejo *Spirit of Saint Louis*. Sin embargo, cuando llegó al aeropuerto de Los Ángeles, una multitud formada principalmente por trabajadores aeronáuticos (decenas de miles, empleados por los nuevos y grandes fabricantes en Los Ángeles y sus alrededores) mostró un entusiasmo tan desbordante como el de quienes le habían recibido en cualquier otro de sus viajes.

Los demócratas consideraron el vuelo un ardid publicitario orquestado por el personal de Lindbergh, cuando lo cierto era que la decisión de volar a California la había tomado el mismo Lindbergh solo unas pocas horas antes, y no los profesionales asignados por el Partido Republicano para dirigir al novato a través de su primera campaña política y que, como todos los demás, habían esperado que apareciera en Detroit.

Pronunció su discurso, sin adornos y conciso, con un tono agudo, monótono, del Medio Oeste, decididamente opuesto al de Roosevelt. Su indumentaria de vuelo, con botas de caña alta, pantalones de montar y un suéter ligero sobre la camisa y la corbata, era una réplica de aquella con la que había cruzado el Atlántico, y habló sin quitarse el gorro de cuero ni las gafas de vuelo, que descansaban sobre su frente exactamente tal como Sandy las había colocado en el dibujo al carboncillo que guardaba debajo de su cama.

—Mi intención al presentar mi candidatura a la presidencia —informó a la estridente multitud, cuando dejaron de corear su nombre— es preservar la democracia norteamericana y evitar que Estados Unidos intervenga en otra guerra mundial. Vuestra elección es sencilla. No se trata de elegir entre Charles A. Lindbergh y Franklin Delano Roosevelt, sino entre Lindbergh y la guerra.

Eso fue todo: cuarenta y siete palabras, si se incluye la A. de Augustus.

Tras una ducha, un tentempié y una hora de siesta en el aeropuerto de Los Ángeles, el candidato subió de nuevo al *Spirit of Saint Louis* y voló a San Francisco. Al anochecer estaba en Sacramento. Y en todos los lugares de California donde aterrizó aquel día parecía como si el país no hubiera conocido el crack bursátil y las penalidades de la Depresión (ni los triunfos de FDR, por cierto), como si nadie pensara ni siquiera en la guerra, aquella guerra que era la causa de que Lindbergh estuviera allí, para evitar nuestra intervención en ella. Lindy bajó del cielo en su famoso aeroplano, y así estábamos de nuevo en 1927. Aquel hombre volvía a ser Lindy, el Lindy que hablaba sin rodeos, que nunca tenía que parecer superior con sus gestos o sus palabras porque sencillamente era superior, el intrépido Lindy, al mismo tiempo juvenil y con una grave madurez, el inquebrantable individualista, el legendario norteamericano que consigue lo imposible confiando exclusivamente en sí mismo.

En el transcurso del mes y medio siguiente, Lindbergh pasó una jornada completa en cada uno de los cuarenta y ocho estados, hasta que, a finales de octubre, regresó a la pista de aterrizaje de Long Island, de donde partiera el fin de semana del día del Trabajo. Durante el día saltaba de una ciudad grande, una población mediana o un pueblo a otro, aterrizando en carreteras si no había una pista cercana, y despegaba desde una extensión de pasto cuando volaba para hablar con los campesinos y sus familias en los condados rurales más remotos del país. Las observaciones que hacía en la pista de aterrizaje eran transmitidas por emisoras de radio locales y regionales, y varias veces a la semana, desde la capital del estado donde pernoctaba, retransmitía un mensaje a la nación. Este era siempre sucinto y en estos términos: «Ya es demasiado tarde para evitar la guerra en Europa, pero no lo es para impedir que Norteamérica intervenga en esa guerra. FDR está engañando a la nación. Un presi-

43

dente que hace falsas promesas de paz llevará al país a la guerra. La alternativa es simple. Votad por Lindbergh o votad por la guerra».

Cuando Lindbergh era un joven piloto, en la época en que la aviación era una novedad, junto con un compañero mayor y más experto que él, había divertido a las multitudes del Medio Oeste lanzándose en paracaídas o deslizándose sin paracaídas por el ala del avión, y ahora los demócratas se apresuraron a menospreciar su campaña rural con el *Spirit of Saint Louis* comparándola con aquellas acrobacias. En las conferencias de prensa, Roosevelt ya no se molestaba en hacer una broma desdeñosa cuando los periodistas le preguntaban por la heterodoxa campaña de Lindbergh, sino que se limitaba a comentar el temor expresado por Churchill de una inminente invasión alemana de Gran Bretaña o a anunciar que pediría al Congreso que aportara los fondos necesarios para el primer reclutamiento obligatorio que se producía en América en tiempo de paz o a recordar a Hitler que Estados Unidos no toleraría ninguna injerencia en la ayuda transatlántica que nuestros buques mercantes proporcionaban al esfuerzo de guerra británico. Desde el principio estuvo claro que la campaña del presidente consistiría en permanecer en la Casa Blanca, donde, en contraste con lo que el secretario Ickes denominó «payasadas de feria», se proponía encarar los peligros de la situación internacional con toda la autoridad que le había sido otorgada, trabajando las veinticuatro horas del día si era necesario.

En dos ocasiones durante su gira por los estados, y debido a las malas condiciones atmosféricas, Lindbergh se extravió y transcurrieron varias horas antes de que se restableciera el contacto por radio con él y pudiera decirle al país que todo iba bien. Pero entonces, en octubre, el mismo día que los norteamericanos se quedaron atónitos al saber que, en el último de los destructivos ataques nocturnos contra Londres, los alemanes habían bombardeado la catedral de Saint Paul, una noticia de urgencia a la hora de la cena informó de que habían visto estallar en el aire, sobre las montañas Alleghenies, al *Spirit of Saint Louis*, y que el aparato había caído a tierra envuelto en llamas. Esta vez transcurrieron seis largas horas antes de que una segunda noticia de urgencia corrigiera a la primera, en el sentido de que había sido un problema en el motor y no una explosión en pleno vuelo lo que había obligado a Lindbergh a efectuar un aterrizaje de emergencia en un terreno traicionero, en las montañas del oeste de Pensilvania. Sin embargo, hasta que se difundió la enmienda, nuestro teléfono no dejó de sonar: amigos y familiares que llamaban para especular con nuestros padres sobre la información inicial acerca del avión incendiado, un accidente que probablemente había sido fatal. Delante de Sandy y de mí nuestros padres no dijeron que esperaban que no hubiera ocurrido tal cosa, pero tampoco se contaron entre los jubilosos cuando, hacia las once de la noche, llegó la noticia de que, lejos de haber caído envuelto en llamas, el Águila Solitaria había bajado sano y salvo del avión indemne y solo esperaba a que llegase una pieza de recambio para despegar y reanudar su campaña.

La mañana de octubre en que Lindbergh aterrizó en el aeropuerto de Newark, entre las personas que aguardaban para darle la bienvenida a Nueva Jersey se encontraba el rabino Lionel Bengelsdorf, de B'nai Moshe, el primero de los templos conservadores de la ciudad, organizado por judíos polacos. B'nai Moshe se encontraba a pocas manzanas del centro del antiguo gueto, que, con sus vendedores callejeros, era todavía el distrito más pobre de la ciudad, aunque allí ya no vivían los fieles de B'nai Moshe, sino una comunidad de negros pobres, inmigrantes recientes llegados del Sur. Durante años, B'nai Moshe había ido perdiendo terreno en la competencia por hacerse con la feligresía acomodada; en 1940, esas familias o bien habían abandonado el conservadurismo, o bien se habían afiliado a las congregaciones reformistas de B'nai Jeshurun y Oheb Shalom, cuyas impresionantes sedes se alzaban entre las antiguas mansiones de High Street, o se habían unido a otro templo conservador de mucho arraigo, B'nai Abraham, situado varios kilómetros al oeste y ahora adyacente a los hogares de los médicos y abogados judíos que vivían en Clinton Hill. El nuevo B'nai Abraham era el templo más espléndido de la ciudad, un edificio circular de austero diseño, al llamado «estilo griego», y lo bastante grande para contener a un millar de fieles en las grandes celebraciones religiosas. El año anterior, Joachim Prinz, un exiliado a quien la Gestapo de Hitler había expulsado de Berlín, había sustituido al jubilado Julius Silberfeld como rabino del templo, y ya destacaba como un hombre enérgico con amplitud de miras en el aspecto social y que ofrecía a sus prósperos feligreses una perspectiva de la historia judía fuertemente influida por sus propias experiencias en la sangrienta escena de los crímenes nazis.

La emisora WNJR retransmitía semanalmente los sermones del rabino Bengelsdorf a la plebe que él denominaba su «congregación radiofónica», y había publicado varios libros de poesía religiosa que tenía la costumbre de regalar a los adolescentes en la ceremonia de *bar mitzvah* y a los recién casados. Nacido en Carolina del Sur en 1879, era hijo de un inmigrante, mercader de telas, y cada vez que se dirigía a sus oyentes judíos, ya fuese desde el púlpito o por la radio, su elegante acento meridional, junto con sus sonoras cadencias —y las cadencias de su apellido polisilábico—, causaban una impresión de digna profundidad. Por ejemplo, con respecto a su amistad con el rabino Silberfeld, de B'nai Abraham, y el rabino Foster, de B'nai Jeshurun, había dicho cierta vez a sus radioyentes: «Estaba escrito: de la misma manera que Sócrates, Platón y Aristóteles pertenecieron al mundo antiguo, nosotros pertenecemos al mundo religioso». E iniciaba la homilía sobre la abnegación, en la que ofrecía a los oyentes una explicación del motivo por el que un rabino de su categoría se contentaba con seguir al frente de una congregación menguante, diciendo: «Tal vez os interese mi respuesta a las preguntas que me han hecho miles de personas: "¿Por qué renuncias a los beneficios comerciales de un ministerio peripatético? ¿Por qué prefieres quedarte en Newark, en el templo B'nai Moshe, como tu único púlpito, cuando cada día tienes seis oportunidades de dejarlo por otras congregaciones?"». Había estudiado en las grandes instituciones docentes de Europa, así como en universidades norteamericanas, y tenía la reputación de que hablaba diez lenguas, que estaba versado en filosofía clásica, teología, historia del arte e historia antigua y moderna, que jamás transigía en cuestiones de principios, que nunca consultaba las notas en el atril y que siempre tenía a mano una serie de fichas sobre los temas que más le interesaban en cada momento, donde diariamente añadía nuevas reflexiones e impresiones. Era también un jinete excelente, y se sabía de él que solía detener el caballo para anotar alguna idea, empleando la silla de montar como pupitre improvisado. Cada mañana, a primera hora, se ejercitaba cabalgando por los caminos de herradura del parque de Weequahic, acompañado, hasta que ella murió de cáncer en 1936, de su esposa, la heredera del fabricante de joyas más rico de Newark. La mansión de su familia en la avenida Elizabeth, al otro lado del parque, donde la pareja había vivido desde su boda en 1907, contenía un tesoro de objetos artísticos judíos que se decía que figuraba entre las colecciones privadas más valiosas del mundo.

En 1940, Lionel Bengelsdorf había servido en su templo durante más tiempo que cualquier otro rabino norteamericano. Los periódicos se referían a él como el dirigente religioso de los judíos de Nueva Jersey y, al informar sobre sus numerosas apariciones públicas, invariablemente mencionaban su «don para la oratoria» junto con las diez lenguas que dominaba. En 1915, cuando se celebró el doscientos cincuenta aniversario de la fundación de Newark, se sentó al lado del alcalde Raymond y pronunció la invocación tal como cada año había pronunciado las invocaciones en los desfiles del día del Recuerdo y el Cuatro de Julio: «UN RABINO ENSALZA LA DECLARACIÓN DE INDE-PENDENCIA», era el titular que aparecía cada cinco de julio en el *Star-Ledger*. En sus sermones y charlas, en los que afirmaba que «el desarrollo de los ideales norteamericanos» era la primera prioridad de los judíos y la «americanización de los americanos» el mejor medio de preservar nuestra democracia contra «el bolchevismo, el radicalismo y el anarquismo», a menudo citaba el último mensaje de Theodore Roosevelt a la nación, en el que el presidente dijo: «Aquí la fidelidad no puede estar dividida. Cualquiera que se considere norteamericano pero diga que también es algo más, no es en absoluto norteamericano. Aquí cabe una sola bandera, la bandera norteamericana». El rabino Bengelsdorf había hablado de la americanización de los americanos en todas las iglesias y las escuelas públicas de Newark, ante la mayor parte de las hermandades y los grupos cívicos, históricos y culturales del estado, y las noticias que aparecían en los periódicos de Newark acerca de sus discursos contenían los nombres de decenas de ciudades de todo el país que le habían llamado para dirigir conferencias y convenciones, y no únicamente sobre ese tema, sino también sobre cuestiones que abarcaban desde la delincuencia y el movimiento de la reforma penitenciaria —«El movimiento de la reforma penitenciaria está saturado de los principios éticos y los ideales religiosos más elevados»— hasta las causas de la guerra —«La guerra es el resultado de las ambiciones mundanas de los pueblos europeos y su esfuerzo por alcanzar las metas de grandeza militar, poder y riqueza»—, pasando por la importancia de las guarderías infantiles —«Las guarderías son como jardines de flores humanas en los que a cada niño se le ayuda a crecer en una atmósfera de deleite y alegría»—, los males de la era industrial —«Creemos que el mérito del trabajador no debe calcularse por el valor material de su producción»— y el movimiento sufragista, a cuya propuesta de extender el derecho de voto a las mujeres se oponía con firmeza, argumentando que «si los hombres no son capaces de manejar los asuntos del estado, ¿por qué no ayudarles a que lo sean? Ningún mal se ha curado jamás duplicándolo». A mi tío Monty, que detestaba a todos los rabinos pero que sentía hacia Bengelsdorf un odio especialmente virulento que se remontaba a la época de su infancia como alumno en régimen de beneficencia de la escuela religiosa del B'nai Moshe, le gustaba decir de él: «Ese presuntuoso hijo de puta lo sabe todo... Lástima que no sepa nada más».

La presencia del rabino Bengelsdorf en el aeropuerto (donde, según el pie de foto en la primera plana del *Newark News*, estuvo en primera fila para estrechar la mano de Lindbergh cuando salió de la carlinga del *Spirit of Saint Louis*) consternó a gran número de los judíos de la ciudad, mis padres entre ellos, lo mismo que las palabras que, según el periódico, pronunció durante la breve visita de Lindbergh. «Estoy aquí —dijo el rabino Bengelsdorf al *News*— para disipar cualquier duda sobre la auténtica lealtad de los judíos norteamericanos hacia los Estados Unidos de

América. Ofrezco mi apoyo a la candidatura del coronel Lindbergh porque los objetivos políticos de mi gente son idénticos a los suyos. Norteamérica es nuestra amada patria. Nuestra religión es independiente de cualquier territorio aparte de este gran país, al que, ahora y como siempre, ofrecemos nuestra entrega y lealtad absolutas como los ciudadanos más orgullosos. Quiero que Charles Lindbergh sea mi presidente no a pesar de que soy judío, sino porque soy judío... un judío norteamericano.»

Tres días después, Bengelsdorf participó en la enorme concentración que tuvo lugar en el Madison Square Garden y que señaló el final de la gira aérea de Lindbergh. Por entonces faltaban dos semanas para las elecciones, y aunque parecía que el apoyo a Lindbergh aumentaba en los estados sureños, tradicionalmente demócratas, y se preveía una lucha muy reñida en la mayor parte de los estados del Medio Oeste, más conservadores; las encuestas a nivel nacional indicaban que el presidente tenía una cómoda ventaja en el voto popular e iba bastante adelantado en los votos electorales. Se decía que los líderes del Partido Republicano estaban desesperados por la testaruda negativa de su candidato a permitir que nadie, aparte de él, determinara la estrategia de su campaña, y por ello, a fin de alejarlo de la austeridad repetitiva de su recorrido por las zonas rurales y envolverlo en una atmósfera más similar a la de la bulliciosa convención de Filadelfia, donde tenía lugar la nominación, se organizó el acto de Madison Square Garden la tarde del segundo lunes de octubre, y fue retransmitido por radio a toda la nación.

A los quince oradores que presentaron a Lindbergh aquella noche se les llamó «norteamericanos sobresalientes de toda condición». Entre ellos figuraba un dirigente agrícola que habló del daño que una guerra causaría a la agricultura del país, todavía en crisis desde la Primera Guerra Mundial y la Depresión; un dirigente sindical que se refirió al desastre que una guerra representaría para los trabajadores norteamericanos, cuyas vidas estarían reglamentadas por las agencias del gobierno; un fabricante que habló de las catastróficas consecuencias a largo plazo para la industria norteamericana de una expansión excesiva en tiempo de guerra y de los gravosos impuestos; un clérigo protestante que se refirió al efecto embrutecedor de la guerra moderna en los jóvenes que lucharían en ella, y un sacerdote católico que habló del inevitable deterioro de la vida espiritual de una nación amante de la paz como la nuestra y de la destrucción de la decencia y la amabilidad a causa del odio que engendra la guerra. Finalmente habló un rabino de Nueva Jersey, Lionel Bengelsdorf, que cuando le llegó el turno de colocarse ante el atril fue objeto de una bienvenida especialmente cordial por parte de los seguidores de Lindbergh, que abarrotaban la sala, y que estaba allí para explicar a fondo que en la asociación de Lindbergh con los nazis no había ningún tipo de complicidad.

—Sí, lo han comprado —comentó Alvin—. El tongo está servido. Le han puesto una anilla de oro en su gruesa nariz judía y ahora pueden llevarlo a donde quieran.

—Eso no lo sabes —replicó mi padre, pero no porque no le sulfurase la conducta de Bengelsdorf—. Escúchale —le dijo a Alvin—. Préstale atención, es lo justo.

Dijo esto sobre todo porque Sandy y yo estábamos presentes, para evitar que el alarmante giro de los acontecimientos nos pareciera tan terrible como se lo parecía a los adultos. La noche anterior me había caído al suelo mientras dormía, algo que no me ocurría desde mi ascenso desde la cuna a la cama y, para evitar que me cayera, mis padres tuvieron que poner un par de sillas de cocina al lado del colchón. Cuando, de una manera automática, se consideró que mi caída, al cabo de varios años, solo podía haberse debido a la aparición de Lindbergh en el aeropuerto de Newark, insistí en que no recordaba haber tenido una pesadilla acerca de Lindbergh, que solo recordaba haberme despertado en el suelo, entre la cama de Sandy y la mía, aunque sabía que prácticamente ya nunca me dormía sin imaginar los dibujos de Lindbergh guardados en la carpeta de mi hermano. Deseaba preguntarle a Sandy si no podría esconderlos en el trastero del sótano en vez de hacerlo debajo de la cama que estaba al lado de la mía, pero como había jurado no hablar a nadie de los dibujos —y como no podía prescindir de mi sello con la efigie de Lindbergh— no me atrevía a plantear el asunto, aunque lo cierto era que los dibujos me obsesionaban y hacían que mi hermano, cuya confianza necesitaba más que nunca, me resultara inabordable.

Era una fría noche. La calefacción estaba encendida y las ventanas cerradas, pero, aunque no pudieras oírlos, sabías que los aparatos de radio estaban encendidos en toda la manzana y que las familias que, por lo demás, no escucharían lo que se decía en una concentración a favor de Lindbergh, lo hacían porque estaba previsto que hablara el rabino Bengelsdorf. Entre sus propios feligreses, algunas personas importantes ya habían empezado a pedir su dimisión, si no su destitución inmediata, de la junta de administración del templo, mientras que la mayoría que seguía prestándole su apoyo intentaba creer que el rabino no hacía más que ejercer su derecho democrático a la libertad de expresión y que, por mucho que les horrorizase su apoyo público a Lindbergh, no tenían derecho a silenciar una conciencia tan renombrada como la suya.

Aquella noche, el rabino Bengelsdorf reveló a Estados Unidos el que, según él, era el verdadero motivo de los vuelos que Lindbergh, en misiones privadas, había realizado a Alemania durante la década de 1930.

—Al contrario de lo que afirma la propaganda difundida por sus detractores —nos informó la voz del rabino—, ni una sola vez visitó Alemania como simpatizante ni como partidario de Hitler, sino que en cada ocasión viajó como asesor secreto del gobierno norteamericano. Lejos de traicionar a Estados Unidos, como siguen diciendo los equivocados y los malintencionados, el coronel Lindbergh ha contribuido, casi en solitario, a reforzar la preparación militar de Estados Unidos, impartiendo sus conocimientos a nuestros militares y haciendo cuanto estaba en su mano por fomentar la causa de la aviación norteamericana y extender las defensas aéreas del país.

—¡Jesús! —exclamó mi padre—. Pero si todo el mundo sabe...

—¡Chsss...! —susurró Alvin—. Deja que hable el gran orador.

—Sí, en mil novecientos treinta y seis, mucho antes del comienzo de las hostilidades en Europa, los nazis concedieron una medalla a Lindbergh —siguió diciendo Bengelsdorf—, y es cierto que el coronel aceptó la medalla. Pero entretanto, amigos míos, entretanto explotaba en secreto su admiración a fin de proteger y preservar mejor nuestra democracia y mantener nuestra neutralidad por medio de la fuerza.

—No puedo creerlo... —empezó a decir mi padre.

—Inténtalo —musitó Alvin maliciosamente.

—Esta no es la guerra de Norteamérica —aseguró Bengelsdorf, y la multitud reunida en el Madison Square Garden aplaudió durante un minuto entero—. Esta es la guerra de Europa —les dijo el rabino. De nuevo prolongados aplausos—. Es una más en una serie de guerras europeas que dura mil años y que se remonta a los tiempos de Carlomagno. Es su segunda guerra devastadora en menos de medio siglo. ¿Y puede alguien olvidar el trágico coste que su última gran guerra tuvo para Estados Unidos? Cuarenta mil americanos muertos en acción. Ciento noventa y dos mil americanos heridos. Sesenta y seis mil americanos fallecidos a causa de enfermedades. Trescientos cincuenta mil americanos discapacitados a causa de su participación en aquella guerra. ¿Y hasta qué extremo pagaremos ahora un precio astronómico? La cifra de nuestros muertos... dígame, presidente Roosevelt, ¿tan solo se duplicará o triplicará, o tal vez se cuadruplicará? Dígame, señor presidente, ¿qué clase de país dejará como secuela la enorme matanza de muchachos americanos inocentes? Por supuesto, el acoso y la persecución de la población judía alemana por parte de los nazis me angustia tanto como a cualquier judío. Cuando estudiaba teología en las facultades de las grandes universidades alemanas, en Heidelberg y Bonn, trabé amistad con personas muy distinguidas, importantes estudiosos que hoy, tan solo porque son alemanes de origen judío, han sido despedidos de los puestos académicos que han ocupado durante largo tiempo y que son implacablemente perseguidos por los matones nazis que se han puesto al frente de su país. Me opongo con todas mis fuerzas al trato que les dan, de la misma manera que se opone el coronel Lindbergh. Sin embargo, ¿cómo será posible paliar el cruel destino que les ha sobrevenido en su propia tierra si nuestro gran país entra en guerra con quienes los atormentan? En todo caso, el aprieto en que se encuentran todos los judíos de Alemania no haría más que empeorar de un modo inconmensurable... Me temo que empeoraría trágicamente. Sí, soy judío, y como tal sus sufrimientos me afectan en lo más hondo, como si fuesen los de mi familia. Pero soy un ciudadano norteamericano, amigos míos —el público volvió a aplaudir–, he nacido y me he criado como norteamericano, y por ello os pregunto: ¿cómo se aliviaría mi dolor si Norteamérica entrara ahora en la guerra y, junto con los hijos de nuestras familias protestantes y los de nuestras familias católicas, los hijos de nuestras familias judías fueran a luchar y morir por decenas de miles en el sangriento campo de batalla europeo? ¿Cómo se reduciría mi dolor teniendo que consolar a mis propios feligreses…?

Fue mi madre, por lo común el miembro menos apasionado de nuestra familia, el que generalmente serenaba a los demás cuando nos mostrábamos efusivos, quien de improviso encontró tan intolerable el acento sureño de Bengelsdorf que tuvo que abandonar la sala. Pero, hasta que Bengelsdorf terminó su discurso y abandonó el escenario entre las aclamaciones del público que llenaba el Garden, nadie más se movió ni dijo una sola palabra más. Yo no me habría atrevido a hacerlo, y mi hermano estaba absorto, como solía ocurrirle en tales ocasiones, dibujándonos a todos mientras escuchábamos la radio. El silencio de Alvin encerraba un odio letal, y mi padre, despojado, quizá por primera vez en su vida, de aquella pasión incesante con la que abordaba la lucha contra la decepción y los reveses de la vida, estaba tan agitado que no podía hablar.

Pandemónium. Un regocijo inefable. Lindbergh había salido por fin al escenario del Garden, y mi padre, como un loco impulsado por un resorte, se había levantado del sofá y apagado la radio en el preciso momento en que mi madre regresaba a la sala de estar.

–¿A quién le apetece tomar algo? –preguntó con lágrimas en los ojos–. ¿Una taza de té, Alvin?

Su tarea consistía en lograr, de la manera más serena y juiciosa posible, que nuestro pequeño mundo doméstico siguiera siendo un oasis de paz. Eso era lo que dotaba de plenitud a su vida y eso era lo que estaba tratando de hacer, y, sin embargo, ninguno de nosotros habíamos visto jamás que esa sencilla ambición le hiciera parecer tan ridícula.

–¿Qué diablos está pasando? –se puso a gritar mi padre–. ¿Para qué diantres ha hecho eso? ¡Ese estúpido discurso…! ¡Cree acaso que ahora un solo judío irá a votar por ese antisemita gracias a ese discurso estúpido y embustero? ¿Es que ha perdido el juicio por completo? ¿Qué cree ese hombre que está haciendo?

—Está volviendo *kosher* a Lindbergh, legitimándolo —replicó Alvin—. Lo legitima para los gentiles.

—¿Qué es lo que legitima? —inquirió mi padre exasperado por lo que parecía una bobada sarcástica de Alvin en un momento de tanta confusión—. ¿Qué está haciendo?

—No lo han llevado allí para que se dirija a los judíos. No lo han comprado para eso. ¿Es que no lo entiendes? —le preguntó Alvin ahora exaltado por lo que consideraba la verdad subyacente—. Lo que hace en ese escenario es hablarles a los gentiles… Les da a los gentiles de todo el país su permiso personal de rabino para que voten a Lindy el día de las elecciones. ¿No te das cuenta, tío Herman, de lo que han conseguido que haga el gran Bengelsdorf? ¡Acaba de garantizar la derrota de Roosevelt!

Aquella noche, hacia las dos de la madrugada, cuando estaba profundamente dormido, volví a caerme de la cama, pero esta vez recordé lo que había estado soñando antes de chocar contra el suelo. Era una pesadilla, desde luego, y giraba en torno a mi colección de sellos, a la que le había ocurrido algo. El diseño de dos series de sellos había cambiado de un modo atroz sin que yo supiera cuándo ni cómo había sido. En sueños, había sacado el álbum del cajón de mi mesilla, donde lo guardaba para llevarlo a casa de mi amigo Earl, y caminaba con él como lo había hecho antes decenas de veces. Earl Axman tenía diez años y estaba en quinto curso. Vivía con su madre en el nuevo bloque de pisos de cuatro plantas y obra vista de color amarillo que habían construido hacía tres años en el gran solar vacío cercano a la esquina de Chacellor y Summit, en diagonal a la acera de enfrente de la escuela primaria. Antes de mudarse a aquel bloque, había vivido en Nueva York. Su padre, Sy Axman, era músico de la Orquesta Casa Loma de Glen Gray, y tocaba el saxo tenor junto al saxo alto de Glen Gray. El señor Axman estaba divorciado de la madre de Earl, una rubia de belleza artificiosa que durante una breve temporada había sido cantante de la orquesta, antes de que Earl naciera, y que, según mis padres, procedía de Newark y en realidad era morena, una chica judía llamada Louise Swig que se fue al South Side y alcanzó cierta fama a nivel local en revistas musicales de la Asociación de Jóvenes Hebreos. Entre todos los niños a los que yo conocía, Earl era el único cuyos padres estaban divorciados, y el único cuya madre se maquillaba mucho y llevaba blusas que dejaban ver los hombros y faldas con volantes que se hinchaban con el viento y que llevaban una gran enagua debajo. Cuando estaba con Glen Gray, también había grabado un disco con la canción «Gotta Be This or That», y Earl me lo ponía con frecuencia. Nunca conocí a otra madre como ella. Earl no la llamaba «mamá», sino «Louise», algo que resultaba escandaloso. En su dormitorio tenía un armario lleno de enaguas, y cuando Earl y yo estábamos en su casa, él me las enseñaba. En cierta ocasión incluso me dejó tocar una y, mientras yo permanecía indeciso, me susurró: «Donde quieras». Entonces abrió un cajón del tocador, me mostró los sostenes y me dijo que podía tocar alguno, pero esa vez rechacé el ofrecimiento. Todavía era lo bastante joven para admirar unos sostenes desde lejos. Sus padres daban a Earl un dólar entero a la semana para gastarlo en sellos, y cuando la Orquesta Casa Loma no tocaba en Nueva York y estaba de gira, el señor Axman le enviaba a Earl sobres con sellos de correo aéreo que tenían matasellos de numerosas ciudades. Incluso había uno enviado desde «Honolulú, Oahu», donde Earl —que no dejaba de revestir de esplendor a su ausente padre (como si para el hijo de un agente de seguros tener por padre a un saxofonista de una orquesta famosa y por madre a una cantante rubia oxigenada no fuese bastante asombroso)— afirmaba que habían llevado al señor Axman a una «casa particular» para ver el sello hawaiano «Misionero» de dos centavos matasellado, emitido en 1851, cuarenta y siete años antes de que Hawai fuese anexionada a Estados Unidos, un tesoro inimaginable valorado en cien mil dólares cuyo motivo central no era más que el número 2.

Earl poseía la mejor colección de sellos del vecindario. Me enseñó todo lo práctico y todo lo esotérico que en mi niñez aprendí sobre los sellos: su historia, el coleccionismo de sellos nuevos en vez de usados, los aspectos técnicos como el papel, la impresión, el color, el pegamento, las sobreimpresiones, las pequeñas marcas piramidales en ciertos sellos estadounidenses y peruanos del siglo XIX, las impresiones especiales, las grandes falsificaciones y los errores de diseño, y, como el prodigioso pedante que era, inició mi educación hablándome del coleccionista francés monsieur Herpin, que acuñó el término «filatelia», y me explicó que derivaba de dos palabras griegas, la segunda de las cuales, *ateleia*, que significa «exención de impuestos», nunca acabó de tener sentido para mí. Y cada vez que dejábamos de hablar de sellos en la cocina de su casa y él abandonaba por un momento su actitud dominante, soltaba una risita y me decía: «Ahora vamos a hacer algo espantoso». Y así fue como llegué a ver la ropa interior de su madre.

En el sueño, me encaminaba a casa de Earl con mi álbum de sellos apretado contra el pecho cuando alguien gritó mi nombre y empezó a perseguirme. Me metí en un callejón, salí corriendo y me escondí en un garaje, donde examiné el álbum por si se habían desprendido sellos cuando, al huir de mi perseguidor, tropecé y el álbum se me cayó en el mismo lugar de la acera donde siempre jugábamos a «Declaro la guerra». Cuando lo abrí por la página donde estaba la serie del bicentenario de Washington, emitida en 1932 (doce sellos cuyo valor oscilaba entre el medio centavo, marrón oscuro, y los diez centavos, amarillo), me quedé pasmado. Washington ya no estaba en los sellos. La parte superior de cada uno de ellos no había cambiado: escrita en lo que había aprendido a reconocer como letra redonda pálida y espaciada en una o dos líneas, figuraba la leyenda: «Correos de Estados Unidos». Los colores de los sellos tampoco habían cambiado —el de dos centavos, rojo; el de cinco, azul; el de ocho, verde aceituna, y así sucesivamente—, su tamaño seguía siendo el mismo y los marcos de los retratos conservaban el mismo diseño individual que en la serie original, pero en vez de un retrato distinto de Washington en cada uno de los doce sellos, los retratos eran ahora el mismo y ya no de Washington sino de Hitler, y en la cinta debajo de cada retrato tampoco figuraba el apellido «Washington». Tanto si la cinta estaba curvada hacia abajo, como en el sello de medio centavo y el de seis, como si lo estaba hacia arriba, en el de cuatro, cinco y siete, o era recta con los extremos alzados, como en el de un centavo y medio, el de dos, el de tres, el de ocho y el de nueve, la palabra escrita en la cinta era «Hitler».

Al examinar la página contigua del álbum para ver si le había sucedido algo a mi serie de diez sellos sobre los parques nacionales, emitida en 1934, fue cuando me caí de la cama y me desperté en el suelo, esta vez gritando. El Parque Nacional Yosemite en California, el Gran Cañón en Arizona, Mesa Verde en Colorado, Crater Lake en Oregón, Acadia en Maine, Mount Rainier en Washington, Yellowstone en Wyoming, Zion en Utah, Glacier en Montana, las montañas Great Smoky en Tennessee, y de un lado a otro de cada uno de ellos, de un lado a otro de los precipicios, bosques, ríos, cumbres, géiseres, gargantas, costa granítica, de un lado a otro del mar azul intenso y de las altas cataratas, de un lado a otro de cuanto en Norteamérica era lo más azul y lo más verde y lo más blanco y lo que sería preservado para siempre en prístinas reservas, estaba impresa una esvástica negra.

2

Noviembre de 1940 - junio de 1941
JUDÍO BOCAZAS

En junio de 1941, solo seis meses después de la toma de posesión de Lindbergh, nuestra familia recorrió en automóvil los cuatrocientos ochenta kilómetros hasta Washington, D.C., para visitar los lugares históricos y los famosos edificios gubernamentales. Mi madre había depositado sus ahorros en una cuenta del Club Navideño de la Caja de Ahorros Howards durante casi dos años, un dólar a la semana apartado del presupuesto familiar para cubrir la mayor parte de los gastos del futuro viaje. Lo habíamos planeado en la época en que FDR desempeñaba su segundo mandato como presidente y los demócratas controlaban ambas cámaras, pero ahora, con los republicanos en el poder y el nuevo inquilino de la Casa Blanca considerado un enemigo traicionero, hubo una breve discusión familiar en la que se planteó la posibilidad de viajar al norte, para ver las cataratas del Niágara, realizar el crucero, enfundados en impermeables, por las Mil Islas del río San Lorenzo y luego cruzar la frontera de Canadá y visitar Ottawa. Algunos de nuestros amigos y vecinos ya habían empezado a hablar de marcharse del país y emigrar a Canadá en caso de que la administración Lindbergh se volviera abiertamente antisemita, por lo que un viaje a Canadá también nos familiarizaría con un posible refugio en caso de persecución. En febrero, mi primo Alvin ya se había marchado a Canadá para incorporarse a las fuerzas armadas canadienses, tal como había dicho que haría, y luchar en el lado británico contra Hitler.

Hasta su partida, Alvin había sido pupilo de mi familia durante casi siete años. Su difunto padre era el mayor de los hermanos de mi padre; murió cuando Alvin tenía seis años, y la madre del chico –prima segunda de mi madre y la que presentó a mis padres– murió cuando Alvin contaba trece, y por ello se alojó en nuestra casa durante los cuatro años de sus estudios en el instituto de Weequahic. Era un muchacho despierto, que jugaba y robaba, y a quien mi padre se propuso salvar. En 1940, Alvin tenía veinte años y vivía en una habitación amueblada de alquiler, encima de un salón de limpiabotas en la calle Wright, justo al doblar la esquina del mercado de verduras, y por entonces llevaba casi dos años trabajando en Steinheim & Sons, una de las dos grandes empresas de construcción judías de la ciudad. La otra era la de los hermanos Rachlin. Alvin consiguió el empleo por medio del anciano Steinheim, el fundador de la empresa y uno de los clientes a los que mi padre había asegurado.

El viejo Steinheim, que tenía un fuerte acento y no sabía leer en inglés pero que, según mi padre, estaba «hecho de acero», todavía asistía a los servicios religiosos de las grandes festividades en la sinagoga de nuestro barrio. Varios años atrás, en un Yom Kippur, cuando el viejo vio a mi padre con Alvin delante de la sinagoga, confundió a mi primo con mi hermano mayor y dijo: «¿A qué se dedica el chico? Que venga a trabajar con nosotros». Abe Steinheim, que había convertido la pequeña empresa constructora de su padre inmigrante en un negocio multimillonario (aunque solo después de que, a consecuencia de una virulenta querella familiar, sus dos hermanos hubieran quedado en la calle), se interesó de inmediato por el corpulento y fornido Alvin, le gustó la confianza en sí mismo que mostraba su porte, y en vez de destinarlo a la sala de correo o darle un puesto de meritorio en la oficina, le convirtió en su chófer: hacía recados, entregaba mensajes, le llevaba a los solares en construcción para inspeccionar a los subcontratistas (a los que llamaba «los oportunistas», aunque según Alvin, era él quien los engañaba y se aprovechaba de todo el mundo). Durante el verano, los sábados le llevaba en coche a Freehold, donde Abe poseía media docena de trotones a los que hacía correr por la vieja pista, unos caballos a los que le gustaba referirse como «hamburguesas». «Hoy una de nuestras hamburguesas corre en Freehold», y allá iban en el Cadillac para ver cómo su caballo perdía siempre. Nunca ganaba dinero en las carreras, pero eso era lo de menos para él. Los sábados sus caballos corrían para la Road Horse Association en la bonita pista del parque de Weequahic, y los periódicos habían recogido sus manifestaciones acerca de restaurar la pista de Mount Holly, cuyos días de gloria habían quedado muy atrás; de esta manera Abe Steinheim llegó a ser presidente de la federación de carreras hípicas del estado de Nueva Jersey y consiguió una placa fija en su coche que le autorizaba a subirse y circular por la acera, hacer sonar una sirena y aparcar donde quisiera. Y así fue como entabló amistad con los funcionarios del condado de Monmouth y se introdujo en la alta sociedad aficionada a la hípica que residía en la costa, gentiles de Wall Township y Spring Lake que lo llevaban a almorzar a sus clubes de lujo, donde, como Abe le dijo a Alvin: «Todo el mundo me ve y no hacen más que cuchichear, no pueden dejar de cuchichear: "Mira qué tenemos ahí", pero se dejan invitar sin problemas a bebidas y cenas caras, así que al final merece la pena». Tenía un pesquero que faenaba en alta mar amarrado en el abra del río Shark, y salía a navegar con ellos, les ofrecía licor y contrataba personal para que pescara para ellos; de este modo, cada vez que se erigía un nuevo hotel en cualquier punto desde Long Branch hasta Point Pleasant, se construía sobre un solar que los Steinheim habían conseguido casi de balde, pues Abe, lo mismo que su padre, tenía la gran prudencia de comprar solo a precio reducido.

Cada tres días, Alvin lo llevaba a lo largo de las cuatro manzanas que separaban su oficina del número 744 de la calle Broad, para que le hicieran un rápido corte de pelo en la barbería que estaba en el vestíbulo, detrás del estanco donde Abe Steinheim adquiría sus Trojans y sus puros de dólar y medio. Por aquel entonces, Broad 744 era uno de los dos edificios más altos del estado, donde el National Newark y el Banco de Essex ocupaban las veinte plantas superiores, mientras que los abogados y financieros prestigiosos de la ciudad ocupaban las restantes, y cuya barbería era frecuentada por los hombres más ricos de Nueva Jersey; sin embargo, uno de los cometidos de Alvin consistía en telefonear sin apenas antelación y decirle al barbero que se preparase, que Abe estaba a punto de llegar y que echara a cualquiera que estuviese sentado en el sillón. El día que Alvin consiguió el empleo, durante la cena, mi padre nos dijo que Abe Steinheim era el hombre más original y fascinante, el constructor más grande que jamás había habido en Newark.

—Y un genio —añadió mi padre—. No ha llegado a donde está sin ser un genio. Brillante. Y guapo... Rubio. Robusto, que no gordo. Siempre de punta en blanco. Abrigos de pelo de camello. Zapatos de color blanco y negro. Bonitas camisas. Impecablemente vestido. Y una mujer hermosa... refinada, con clase, nacida Freilich, una Freilich de Nueva York, una mujer muy rica por derecho propio. Abe es astuto a más no poder. Y el hombre tiene redaños. Preguntadle a cualquiera en Newark: el proyecto más arriesgado, y Steinheim lo acepta. Construye donde nadie más se atrevería a hacerlo. Alvin aprenderá de él. Le observará y se dará cuenta de lo que significa trabajar las veinticuatro horas del día por algo que te pertenece. Podría ser un estímulo importante para Alvin.

En buena parte para que mi padre pudiera vigilarlo y para que mi madre se cerciorara de que no sobrevivía solo a base de perritos calientes, Alvin acudía a nuestra casa un par de veces a la semana para comer decentemente y, de forma milagrosa, en vez de recibir durante la cena severos sermones acerca de la honradez, la responsabilidad y el duro trabajo (como sucedió después de ser pillado con la mano en la caja de la estación de servicio Esso donde trabajaba al salir de la escuela, cuando, hasta que mi padre convenció a Simkowitz, el propietario, de que retirase los cargos y él mismo devolvió el dinero, Alvin parecía destinado al reformatorio Rahway), conversaba con mi padre de política, especialmente sobre el capitalismo, un sistema que, desde que mi padre le hiciera interesarse por la lectura de la prensa y comentar las noticias, Alvin deploraba pero que mi padre defendía, razonando pacientemente con su rehabilitado sobrino, y no como un miembro de la Asociación Nacional de

Fabricantes, sino como un firme partidario del New Deal, la política económica de Roosevelt.

—No tienes que hablarle de Karl Marx al señor Steinheim —le advirtió a Alvin—, porque si lo haces, el hombre no vacilará... te pondrá de patitas en la calle. Aprende de él. Para eso estás allí. Aprende de él y sé respetuoso, y esta podría ser la oportunidad de tu vida.

Pero Alvin no soportaba a Steinheim y le vilipendiaba constantemente, decía de él que era un farsante, un matón, un agarrado, un gritón, un timador, un hombre sin un solo amigo, que la gente no aguantaba estar cerca de él, «y yo —se quejaba Alvin— tengo que llevarle por ahí en coche». Era cruel con sus hijos, ni siquiera se interesaba por su nieto, y a su flaca esposa, que nunca se atrevía a decir ni hacer nada que le desagradara, la humillaba cada vez que le venía en gana. Todos sus familiares tenían que vivir en pisos del edificio de lujo que Abe había construido en una calle bordeada de grandes robles y arces cerca del Upsala College, en East Orange; desde el alba al anochecer, los hijos trabajaban para él en Newark y, pese a semejante dedicación, él los trataba a gritos, y después, por la noche, les telefoneaba a sus casas de East Orange y seguía gritándoles. El dinero lo era todo para él, aunque no para comprar cosas, sino para estar siempre en condiciones de capear el temporal: para proteger su posición, asegurar sus posesiones y comprar a precio reducido cualquier parcela que le interesara, que era como amasó su fortuna después del crack bursátil. Dinero, dinero, dinero... estar en medio del caos, en medio de los tratos, y conseguir todo el dinero del mundo.

—Un tipo se retira a los cuarenta y cinco años de edad con cinco millones de pavos. Cinco millones en el banco, que es como tener tropecientos millones, ¿y sabéis lo que dice Abe? —nos pregunta Alvin a mi hermano de doce años y a mí.

La cena ha terminado y está con nosotros en el dormitorio, los tres descalzos sobre las camas, Sandy en la suya, Alvin en la mía y yo a su lado acurrucado entre su fuerte brazo y su fuerte pecho. Y es algo maravilloso: anécdotas sobre la avaricia de ese hombre, el gran celo que pone en su trabajo, su vitalidad desenfrenada y su asombrosa arrogancia, unas anécdotas que nos cuenta un primo también desenfrenado, incluso después de los esfuerzos de mi padre, un primo cautivador que, sentimental sigue siendo de lo más tosco y que a los veintiún años ya tiene que afeitarse la negra barba dos veces al día para no parecer un delincuente habitual. Anécdotas sobre los descendientes carnívoros de los simios gigantes que en tiempos remotos habitaron los bosques y que han abandonado los árboles, donde se pasaban el día mordisqueando hojas, para ir a Newark a trabajar en el centro de la ciudad.

—¿Qué dice el señor Steinheim? —le pregunta Sandy.

—Pues dice lo siguiente: «El tipo tiene cinco millones. Eso es todo lo que tiene. Todavía es joven, está en la flor de la vida, con la oportunidad de valer algún día cincuenta, sesenta, incluso cien millones, y me dice: "Me retiro de la partida. No soy como tú, Abe. No voy por ahí arriesgándome a que me dé un ataque al corazón. Tengo suficiente para dejarlo y pasarme el resto de la vida jugando al golf"». ¿Y qué dice Abe? «Ese tipo es un gilipollas integral.» A cada subcontratista que acude el viernes a la oficina para cobrar por la madera, el vidrio, los ladrillos, Abe le dice: «Mira, andamos mal de dinero, esto es todo lo que puedo hacer», y les paga la mitad, la tercera parte, si puede solo la cuarta parte, y esas personas necesitan el dinero para sobrevivir, pero ese es el método que Abe aprendió de su padre. Está construyendo tanto que hace lo que le da la gana y aun así nadie intenta matarlo.

—¿Intentaría alguien matarlo? —le pregunta Sandy.

—Sí —responde Alvin—, yo.

Cuéntanos lo del aniversario de boda —le pido.

—El aniversario de boda… —repite él—. Sí, cantó cincuenta canciones. Contrata a un pianista —nos dice Alvin, exactamente tal como cuenta la anécdota de Abe junto al piano cada vez que se lo pido—, y a nadie le dejan decir ni una palabra, nadie sabe lo que está sucediendo, todos los invitados se pasan la noche entera comiendo, y él, vestido de esmoquin junto al piano, cantando una canción tras otra, y cuando los invitados se van él sigue ahí junto al piano, todavía cantando todas las canciones populares que se le ocurren, y ni siquiera escucha cuando se despiden de él.

—¿Te grita a ti? —le pregunto a Alvin.

—¿A mí? A todo el mundo. Dondequiera que vaya se pone a gritar. Los domingos por la mañana le llevo a Tabatchnick's. La gente hace cola para comprar bagels y salmón ahumado. Entramos y empieza a gritar; hay una cola de seiscientas personas, pero él grita: «¡Aquí está Abe!», y todo el mundo se hace a un lado; Abe debe de hacer pedidos por valor de cinco mil dólares, y vamos a casa y allí está la señora Steinheim, que pesa cuarenta y cinco kilos y sabe cuándo tiene que quitarse de en medio, y él telefonea a sus tres hijos y en cinco segundos contados ahí están, y los cuatro se zampan una comida para cuatrocientas personas. En lo único que gasta es en comida. Comida y puros. Nombrad cualquier tienda, Tabatchnick's, Kartzman's, no le importa quién esté allí, cuánta gente, él entra y compra la tienda entera. Cada domingo por la mañana se comen hasta la última rodaja de todo lo que haya, esturión, arenque, bacalao negro, bagels, encurtidos, y entonces los llevo a la oficina de alquiler para ver cuántos pisos están vacantes, cuántos alquilados, cuántos se están reparando. Siete días a la semana. Nunca se detiene. Nunca se toma unas vacaciones. No hay mañana, ese es su lema. Si alguien pierde un minuto de trabajo, se sube por las paredes. No puede irse a dormir sin saber que al día siguiente habrá más contratos que aportarán más dinero, y esa maldita situación me tiene harto. Para mí, ese hombre es solo una cosa: un reclamo ambulante para derribar el capitalismo.

Mi padre afirmaba que las quejas de Alvin eran cosas de crío y que las decía para no revelar cómo le iba en el trabajo, sobre todo después de que Abe decidiera que iba a enviarle a Rutgers. «Eres demasiado listo para ser tan bobo», le dijo a Alvin, y entonces sucedió algo más allá de lo que mi padre, siendo realista, podría haber esperado. Abe telefonea al presidente de la Universidad de Rutgers y empieza a gritarle: «Vas a admitir a este muchacho, sin que importe dónde cursó la enseñanza media; el chico es huérfano, un genio en potencia, y vas a concederle una beca completa. Yo, a cambio, te construiré un edificio universitario, el más hermoso del mundo… ¡pero no tendrás ni una letrina a menos que este huérfano entre en Rutgers con todos los gastos pagados!». A Alvin le explica: «Nunca me ha gustado tener un chófer oficial que fuese idiota. Me gustan los chicos como tú, que se esfuerzan. Irás a Rutgers, volverás a casa y en verano harás de chófer para mí, y cuando te gradúes y seas miembro de la Phi Beta Kappa, entonces los dos nos sentaremos a hablar».

Abe habría querido que Alvin empezara la carrera en New Brunswick en septiembre de 1941 y que al cabo de cuatro años regresara al mundo de los negocios con un título universitario; sin embargo, en febrero Alvin partió hacia Canadá. Mi padre estaba furioso con él. Discutieron durante semanas antes de que finalmente, sin avisarnos, Alvin tomó en la Penn Station de Newark el expreso directo a Montreal.

—No comprendo tu moralidad, tío Herman. No quieres que sea un ladrón pero no te importa que trabaje para un ladrón.

—Steinheim no es un ladrón, es un constructor —replicó mi padre—. Hace lo que hacen todos, y actúan así porque el negocio de la construcción es feroz. Pero sus edificios no se caen, ¿no es cierto? ¿Acaso infringe la ley, Alvin? ¿Lo hace?

—No, solo explota al obrero siempre que puede. No sabía que tu moralidad también estaba a favor de eso.

—Mi moralidad apesta —dijo mi padre—, todo el mundo en la ciudad conoce mi moralidad. Pero no se trata de mí, sino de tu futuro. Se trata de ir a la universidad. Cuatro años de educación universitaria gratuita.

—Gratuita porque intimida al presidente de Rutgers como intimida a todo el jodido mundo.

—¡Deja que el presidente de Rutgers se preocupe de eso! ¿Qué te pasa? ¿De veras quieres decirme que el peor ser humano jamás nacido es un hombre que quiere darte una formación y buscarte un lugar en su empresa constructora?

—No, no, el peor ser humano jamás nacido es Hitler y, francamente, prefiero luchar contra ese hijo de puta que desperdiciar mi tiempo con un judío como Steinheim, que solo deshonra a los demás judíos con su jodido...

—Mira, no me hables como a un crío... y guárdate también tus «jodidos». Ese hombre no deshonra a nadie. ¿Crees que si trabajaras para un constructor irlandés sería mejor? Inténtalo, ve a trabajar para Shanley, verás qué persona tan encantadora es… Y los italianos, ¿crees que ellos serían mejores? Steinheim dispara con la boca, los italianos disparan con pistolas.

—¿Y Longy Zwillman no dispara con pistolas?

—Por favor, lo sé todo de Longy, crecí en la misma calle con Longy. ¿Qué tiene que ver nada de esto con Rutgers?

—Tiene que ver conmigo, tío Herman, y con estar endeudado con Steinheim durante el resto de mi vida. ¿No le basta con tener tres hijos a los que ya ha destruido? ¿No le basta con que deban asistir a todas las celebraciones judías con él y pasar el día de Acción de Gracias y la Nochevieja con él? ¿También he de estar yo allí para que me grite? Todos ellos trabajando en la misma oficina y viviendo en el mismo edificio y esperando una sola cosa: repartírselo todo el día que se muera. Puedo asegurarte, tío Herman, que su duelo no durará mucho.

—Te equivocas. Te equivocas de medio a medio. A esos muchachos les importan otras cosas aparte del dinero.

—¡Eres tú quien se equivoca! ¡Los tiene en su mano gracias al dinero! ¡Ese hombre es un energúmeno, y ellos se quedan y lo aceptan por miedo a perder el dinero!

—Se quedan porque son una familia. Todas las familias pasan por muchas cosas. Una familia es paz y es guerra. Ahora mismo estamos teniendo algo de guerra. Lo comprendo. Lo acepto. Pero esa no es razón para abandonar los estudios universitarios que no seguiste en su momento, y que ahora tienes ocasión de realizar y, en vez de eso, como un novato inexperto, irte a luchar contra Hitler.

—Bien —dijo Alvin, como si al final tuviera pruebas no solo contra su patrono sino también contra su pariente protector—, así que, después de todo, eres un aislacionista. Tú y Bengelsdorf. Bengelsdorf, Steinheim… hacen buena pareja.

—¿De qué? —le gritó con acritud mi padre, perdida finalmente la paciencia.

—De farsantes judíos.

—Ah… —replicó mi padre—. ¿De modo que ahora también estás contra los judíos?

—De esa clase de judíos, de los que son una vergüenza para los demás judíos… ¡Sí, estoy totalmente en contra de ellos!

La discusión se prolongó durante cuatro noches consecutivas; a la quinta, un viernes, Alvin no se presentó a cenar, a pesar de que mi padre se había propuesto hacerle acudir con regularidad hasta que, una vez vencida su resistencia, el muchacho recuperase el juicio, el muchacho al que mi padre había logrado cambiar sin ayuda de nadie y que, de ser un inútil, había pasado a convertirse en la conciencia de la familia.

A la mañana siguiente, supimos por Billy Steinheim, quien tenía más amistad con Alvin que sus hermanos y estaba lo bastante preocupado para llamarnos por teléfono a primera hora del sábado, que, tras recibir su salario, Alvin había arrojado las llaves del Cadillac a la cara del padre de Billy y se había ido, y cuando mi padre subió al coche y se dirigió a toda prisa a la calle Wright para hablar con Alvin en su habitación, enterarse con detalle de lo que había pasado y calibrar el daño que había causado a sus posibilidades; el propietario del salón de limpiabotas, que era el casero de Alvin, le dijo que el inquilino había pagado el alquiler, había hecho el equipaje y se había marchado a luchar contra el peor ser humano jamás nacido. Dada la magnitud de la indignación de Alvin, nadie menos nefando habría servido.

Los resultados de las elecciones de noviembre ni siquiera estuvieron igualados. Lindbergh consiguió el cincuenta y siete por ciento del voto popular y, con un triunfo aplastante, ganó en cuarenta y siete estados. Los únicos donde perdió fueron Nueva York, el estado natal de FDR, y, tan solo por dos mil votos, Maryland, donde la gran población de funcionarios federales votó abrumadoramente por Roosevelt, mientras que el presidente pudo retener —como no le fue posible en ningún otro lugar por debajo de la línea Mason-Dixon— la lealtad de casi la mitad de los votantes demócratas del viejo sur. Aunque a la mañana siguiente a las elecciones predominaba la incredulidad, sobre todo entre los encuestadores, el día después todo el mundo pareció entenderlo todo, y los comentaristas de radio y los columnistas de la prensa presentaron la noticia como si la derrota de Roosevelt hubiera estado predeterminada. Según sus explicaciones, lo ocurrido era que los norteamericanos no habían sido capaces de romper con la tradición de los dos mandatos presidenciales que George Washington había instituido y que ningún presidente antes de Roosevelt se había atrevido a cuestionar. Por otro lado, después de la Depresión, la renaciente confianza tanto de jóvenes como mayores se había visto estimulada por la relativa juventud de Lindbergh y su aspecto elegante y atlético, en tan marcado contraste con los serios impedimentos físicos con los que FDR cargaba como víctima de la poliomielitis. Y estaba también el prodigio de la aviación y el nuevo estilo de vida que prometía: Lindbergh, que ya era el dueño del aire y había batido el récord de vuelo de larga distancia, podía conducir con conocimiento de causa a sus compatriotas al mundo desconocido del futuro aeronáutico, al tiempo que les garantizaba con su conducta puritana y anticuada que los logros de la ingeniería moderna no tenían por qué erosionar los valores del pasado. Los expertos llegaron a la conclusión de que los norteamericanos del siglo XX, cansados de enfrentarse a una crisis cada década, ansiaban la normalidad, y lo que Charles A. Lindbergh representaba era la normalidad elevada a unas proporciones heroicas, un hombre decente con cara de honradez y una voz normal y corriente que había demostrado al planeta entero, de un modo deslumbrante, el valor para ponerse al frente, la fortaleza para moldear la historia y, naturalmente, la capacidad de trascender la tragedia personal. Si Lindbergh prometía que no habría guerra, entonces no la habría: para la gran mayoría de la población era así de sencillo.

Peores aún para nosotros que el resultado de las elecciones, fueron las semanas que siguieron a la toma de posesión, cuando el nuevo presidente norteamericano viajó a Islandia para entrevistarse personalmente con Adolf Hitler y, tras dos días de conversaciones «cordiales», firmar un «acuerdo» que garantizaba unas relaciones pacíficas entre Alemania y Estados Unidos. Hubo manifestaciones contra el Acuerdo de Islandia en una docena de ciudades norteamericanas, y discursos apasionados en la Cámara Baja y el Senado pronunciados por congresistas demócratas que habían sobrevivido a la aplastante victoria republicana y que condenaban a Lindbergh por tratar con un tirano fascista asesino como su igual y aceptar como lugar de su reunión un reino insular históricamente fiel a una monarquía democrática cuya conquista los nazis ya habían llevado a cabo, una tragedia nacional para Dinamarca, claramente deplorable para el pueblo y su rey, pero que la visita de Lindbergh a Reykjavik parecía aprobar tácitamente.

Cuando el presidente regresó a Washington desde Islandia (una formación de vuelo de diez grandes aviones de patrulla de la armada que escoltaban al nuevo Interceptor Lockheed bimotor que él mismo pilotaba), el discurso que dirigió a la nación constó solo de cinco frases. «Ahora está garantizado que este gran país no participirá en la guerra en Europa.» Así comenzaba el histórico mensaje, y proseguía hasta su conclusión del modo siguiente: «No nos uniremos a ningún bando bélico en ningún lugar del globo. Al mismo tiempo, seguiremos armando a Estados Unidos y adiestrando a nuestros jóvenes de las fuerzas armadas en el uso de la tecnología militar más avanzada. La clave de nuestra invulnerabilidad es el desarrollo de la aviación norteamericana, incluida la tecnología de los cohetes. De este modo, nuestros límites continentales serán inexpugnables a los ataques desde el exterior, mientras mantenemos una neutralidad estricta».

Diez días después, el presidente firmó el Acuerdo de Hawai en Honolulú con el príncipe Fumimaro Konoye, primer ministro del gobierno imperial japonés, y con Matsuoka, el ministro de Asuntos Exteriores. Como emisarios del emperador Hirohito, ambos habían firmado ya en Berlín, en septiembre de 1940, una triple alianza con los alemanes y los italianos, un acuerdo en el que los japoneses refrendaban el «nuevo orden en Europa» establecido bajo el liderazgo de Italia y Alemania, que, a su vez, refrendaba el «Nuevo Orden en el Gran Este Asiático» establecido por Japón. Asimismo, los tres países prometieron ayudarse militarmente en caso de que alguno de ellos fuese atacado por una nación no comprometida en la guerra europea o en la sino-japonesa. Al igual que el Acuerdo de Islandia, el Acuerdo de Hawai convertía a Estados Unidos en un miembro, en todos los aspectos salvo el nombre, de la triple alianza del Eje, al extender el reconocimiento norteamericano a la soberanía de Japón en

Asia oriental y garantizar que Estados Unidos no se opondría a la expansión japonesa en el continente asiático, incluida la anexión de las Indias holandesas y la Indochina francesa. Japón prometió reconocer la soberanía de Estados Unidos en su propio continente, respetar la independencia política de la mancomunidad norteamericana de las Filipinas (programada para que entrara en vigor en 1946) y aceptar los territorios norteamericanos de Hawai, Guam y Midway como posesiones estadounidenses permanentes en el Pacífico.

En el período subsiguiente a los acuerdos, se alzaron por doquier los gritos de norteamericanos que decían: «¡No a la guerra, no a que los jóvenes luchen y mueran, nunca más!». Decían que Lindbergh podía tratar con Hitler, que este le respetaba por ser quien era, que Mussolini e Hirohito le respetaban por ser quien era. Los únicos que estaban contra él, afirmaba la gente, eran los judíos. Y, en efecto, así era en Norteamérica. Todo lo que los judíos podían hacer era preocuparse. En la calle, nuestros mayores especulaban sin cesar acerca de lo que nos harían, y en quién podíamos confiar para que nos protegiera y cómo podríamos protegernos a nosotros mismos. Los niños como yo volvíamos a casa de la escuela asustados y perplejos, incluso llorosos, debido a lo que los chicos mayores comentaban entre ellos, lo que, durante sus comidas en Islandia, Lindbergh le había dicho de nosotros a Hitler y lo que este le había dicho a Lindbergh de nosotros. Uno de los motivos por los que mis padres decidieron mantener los planes, trazados mucho tiempo atrás, de visitar Washington fue el de convencernos a Sandy y a mí, tanto si ellos mismos se lo creían como si no, de que no había cambiado nada aparte de que FDR ya no era el presidente. Estados Unidos no era un país fascista y no lo sería, al margen de lo que Alvin había predicho. Había un nuevo presidente y un nuevo Congreso, pero uno y otros estaban obligados a respetar la ley tal como figuraba en la Constitución. Eran republicanos, eran aislacionistas y, entre ellos, sí, había antisemitas (como también los había entre los sureños del propio partido de FDR), pero había una gran distancia entre eso y la condición de nazi. Además, uno solo tenía que escuchar a Winchell los domingos por la noche, cuando arremetía contra el nuevo presidente y «su amigo Joe Goebbels», o escuchar su enumeración de los terrenos que el Departamento de Interior estaba considerando para levantar en ellos campos de concentración (terrenos situados principalmente en Montana, el estado natal del vicepresidente partidario de la «unidad nacional» de Lindbergh, el demócrata aislacionista Burton K. Wheeler) para no tener duda del entusiasmo con que la nueva administración estaba siendo escrutada por los reporteros favoritos de mi padre, como Winchell, Dorothy Thompson, Quentin Reynolds y William L. Shirer, y, desde luego, por la redacción de *PM*. Incluso yo esperaba mi turno para echar un vistazo a *PM* cuando mi padre lo traía a casa por la noche, y no solo para leer la tira cómica de *Barnaby* u hojear las páginas de fotografías, sino para tener en mis manos una prueba documental de que, pese a la increíble rapidez con que parecía estar alterándose nuestra condición de norteamericanos, seguíamos viviendo en un país libre.

Después de que Lindbergh jurase su cargo el 20 de enero de 1941, FDR regresó con su familia a la finca de Hyde Park, Nueva York, y desde entonces no se le había vuelto a ver ni escuchar. Puesto que fue en la casa de Hyde Park, en su infancia, donde empezó a interesarse por el coleccionismo de sellos (cuando su madre, según se decía, le dio sus propios álbumes de cuando era niña), yo le imaginaba allí dedicando todo su tiempo a ordenar los centenares de ejemplares que había acumulado durante los ocho años pasados en la Casa Blanca. Como sabía cualquier coleccionista, ningún presidente anterior había encargado la emisión de tantos sellos nuevos, como tampoco había habido ningún otro presidente involucrado de una manera tan estrecha con el Departamento Postal. Prácticamente, mi primer objetivo cuando tuve mi álbum fue acumular todos los sellos de los que me constaba que FDR había intervenido en su diseño o sugerido personalmente, empezando por el de tres centavos de Susan B. Anthony, emitido en 1936, que conmemoraba el decimosexto aniversario de la enmienda que autorizaba el voto a las mujeres, y el de cinco centavos de Virginia Dare, emitido en 1937, que señalaba el nacimiento en Roanoke trescientos cincuenta años atrás del primer inglés nacido en Norteamérica. El sello del día de la Madre, emitido en 1934 y diseñado originalmente por FDR, en cuyo ángulo izquierdo figuraba la leyenda «En memoria y honor de las madres de América» y, en el centro, el célebre retrato de su madre realizado por el artista Whistler, me lo dio mi propia madre en una hoja de cuatro para contribuir al avance de mi colección. Ella también me había ayudado a comprar los siete sellos conmemorativos que Roosevelt aprobó durante su primer año en la presidencia, y que yo deseaba tener porque en cinco de ellos destacaba la cifra «1933», el año en que nací.

Antes de partir hacia Washington, pedí permiso a mis padres para llevarme el álbum de sellos. Ella se negó al principio, por temor a que lo perdiera y luego me sintiera desolado, pero luego se dejó convencer cuando insistí en la necesidad de llevar por lo menos los sellos del presidente, es decir, la serie de dieciséis que poseía desde 1938 y que progresaba secuencialmente y por valor desde George Washington hasta Calvin Coolidge. El sello dedicado al Cementerio Nacional de Arlington, de 1922, y los del Lincoln Memorial y los edificios del Capitolio, de 1923, eran demasiado caros para mi presupuesto, pero de todos modos ofrecí como una razón más para llevarme la colección en el viaje el hecho de que los tres famosos lugares estaban claramente representados en blanco y negro en la página del álbum reservada para ellos. La verdad es que tenía miedo de dejar el álbum en el piso vacío debido a la pesadilla que había tenido, temeroso de que, ya fuese porque no había extraído el sello de correo aéreo de diez centavos en el que figuraba Lindbergh, ya porque Sandy había mentido a nuestros padres y sus dibujos de Lindbergh seguían intactos debajo de la cama, o porque una traición filial conspiraba con la otra, durante mi ausencia se produjera una maligna transformación y mis desprotegidos Washingtons se convirtieran en Hitlers y hubiera esvásticas impresas sobre mis parques nacionales.

En cuanto entramos en Washington, nos equivocamos al girar en medio del denso tráfico y, mientras mi madre trataba de interpretar el mapa de carreteras y dirigir a mi padre hasta el hotel, apareció ante nosotros el objeto blanco más grande que había visto en mi vida. En lo alto de una pendiente, en el extremo de la calle, se alzaba el Capitolio de Estados Unidos, con la ancha escalera que ascendía hacia la columnata y coronado por la compleja cúpula de tres pisos. Sin darnos cuenta, nos habíamos dirigido directamente al corazón mismo de la historia norteamericana, y, aunque no habríamos sabido expresarlo con claridad, era con la historia norteamericana, delineada en su forma más estimulante, con lo que contábamos para que nos protegiera contra Lindbergh.

—¡Mirad! —exclamó mi madre volviéndose hacia Sandy y hacia mí en el asiento trasero—. ¿No es emocionante?

La respuesta, naturalmente, era afirmativa, pero Sandy parecía haberse sumido en un silencio patriótico, y yo le imité y dejé que el silencio expresara también mi temor reverencial.

En aquel momento, un policía motorizado se detuvo junto a nosotros.

—¿Qué pasa, Jersey? —nos preguntó a través de la ventanilla abierta.

—Buscamos nuestro hotel —respondió mi padre—. ¿Cómo se llama, Bess?

Mi madre, embelesada un momento antes por la imponente majestad del Capitolio, palideció de inmediato y su voz sonó tan débil cuando intentó hablar que no era audible por encima del tráfico.

—Tengo que sacarles de aquí —gritó el policía—. Hable alto, señora.

—¡El hotel Douglas! —le dijo con vehemencia mi hermano, mientras trataba de ver bien la motocicleta—. En la avenida K, agente.

—¡Muy bien, chico!

El policía alzó el brazo, indicando a los coches que estaban detrás de nosotros que se detuvieran y que el nuestro le siguiera mientras cambiaba de sentido y avanzaba en la dirección contraria por la avenida Pennsylvania.

—Nos están dando tratamiento de reyes, ¿eh? —comentó mi padre riendo.

—Pero ¿cómo sabes adónde nos lleva? —inquirió mi madre—. ¿Qué está ocurriendo, Herman?

Precedidos por el policía, pasamos ante un edificio federal tras otro, hasta que Sandy señaló entusiasmado una extensión de césped ondulante a nuestra izquierda.

—¡Allí! —exclamó—. ¡La Casa Blanca!

Al oírle, mi madre empezó a llorar.

—Ya no es... —intentó explicarnos un momento antes de llegar al hotel, cuando el policía nos saludó con un gesto de la mano y partió rugiendo en su moto—, ya no es como vivir en un país normal. Lo siento muchísimo, hijos míos... Perdonadme, por favor. —Pero entonces se echó a llorar de nuevo.

En el Douglas nos destinaron una pequeña habitación que daba a la parte de atrás, con una cama de matrimonio para mis padres y catres para mi hermano y yo, y en cuanto mi padre le dio una propina al botones que había abierto la puerta y dejado las maletas dentro de la habitación, mi madre volvió a tener pleno dominio de sí misma, o por lo menos lo fingió mientras ordenaba el contenido de las maletas en la cómoda y observaba apreciativamente que los cajones acababan de ser forrados con papel.

Habíamos estado en la carretera desde las cuatro de la madrugada, y pasada la una de la tarde salimos a la calle en busca de un sitio donde almorzar. El coche estaba aparcado delante del hotel, y a su lado se encontraba un hombrecillo de rostro anguloso, con un traje gris de chaqueta cruzada, que al vernos se alzó el sombrero.

—Me llamo Taylor, amigos —nos dijo—. Soy guía profesional de la capital de la nación. Si no quieren perder tiempo, les conviene contratar mis servicios. Conduciré su coche para que no se pierdan, les llevaré a ver los lugares de interés, les diré todo lo que hay que saber, esperaré para recogerlos, me aseguraré de que coman donde el precio sea bueno y la comida sabrosa, y el coste de todo ello, usando su propio automóvil, es de nueve dólares al día. Aquí tienen mi autorización. —Abrió un documento de varias páginas para mostrárselo a mi padre—. Emitido por la Cámara de Comercio —explicó—. Verlin M. Taylor, señor, guía oficial del distrito desde mil novecientos treinta y siete. El quince de enero de mil novecintos treinta y siete, para ser exacto, el mismo día que se reunió el septuagésimo Congreso de Estados Unidos.

Los dos se dieron la mano y, adoptando su mejor actitud de agente de seguros resolutivo, mi padre examinó los papeles del guía antes de devolvérselos.

—Me parece muy bien —le dijo—, pero no creo que podamos permitirnos nueve pavos al día, señor Taylor. Al menos, no una familia como la nuestra.

—Lo comprendo. Pero si va por su cuenta, señor, al volante y sin conocer las calles, y trata de encontrar un sitio para aparcar en esta ciudad... Bueno, usted y su familia no verán la mitad de lo que podrían ver conmigo, y tampoco lo disfrutarán tanto ni por asomo. Mire, podría llevarles a un bonito local para que almuercen, esperarles en el coche, y después iríamos directamente al monumento a Washington. Luego, bajando por el Mall, veríamos el Lincoln Memorial. Washington y Lincoln. Nuestros dos presidentes más grandes... Así me gusta empezar siempre. Como usted sabrá, Washington nunca vivió en Washington. El presidente Washington eligió el lugar, firmó el proyecto de ley que lo convertía en sede permanente del gobierno, pero fue su sucesor, John Adams, el primer presidente que se trasladó a la Casa Blanca en mil ochocientos. El uno de noviembre, para ser exacto. Su esposa, Abigail, se reunió con él al cabo de dos semanas. Entre los muchos objetos interesantes que contiene la Casa Blanca, hay un recipiente de cristal para el apio que perteneció a John y Abigail Adams.

—Bueno, eso es algo que no sabía —replicó mi padre—, pero déjeme que consulte antes con mi esposa. —En voz baja le preguntó a ella—: ¿Podemos permitirnos esto? Desde luego, es todo un experto.

—Pero ¿quién le ha enviado? —susurró nuestra madre—. ¿Cómo ha reconocido nuestro coche?

—Ese es su trabajo, Bess, descubrir quiénes son los turistas. Así es como se gana la vida.

Mi hermano y yo estábamos apiñados junto a ellos, esperando que nuestra madre se callara y contratáramos a aquel guía hablador, de cara angulosa y piernas cortas, mientras durase nuestra estancia en la ciudad.

—¿Qué queréis vosotros? —nos preguntó mi padre a Sandy y a mí.

—Bueno, si no es demasiado caro… —empezó a decir mi hermano.

—Olvidaos del precio —replicó mi padre—. ¿Os gusta este señor o no?

—Es todo un personaje, papá —susurró Sandy—. Parece uno de esos patitos de tiro al blanco. Me gusta cuando dice «para ser exacto».

—Mira, Bess —dijo mi padre—. Este hombre es un auténtico guía de Washington, D. C. No creo que haya sonreído jamás en su vida, pero es un hombrecillo despierto y no podría ser más educado. Veamos si acepta siete pavos. —Entonces se apartó de nosotros, avanzó hacia el guía, hablaron seriamente durante unos minutos y, una vez hecho el trato, los dos volvieron a estrecharse las manos y mi padre alzó la voz para decir—: ¡Bueno, vamos a comer! —Como siempre, parecía rebosante de energía, incluso cuando no había nada que hacer.

Habría sido difícil decir qué era lo más increíble: si estar fuera de Nueva Jersey por primera vez en mi vida, encontrarme a quinientos kilómetros de casa en la capital de la nación o que un desconocido con el apellido del duodécimo presidente de Estados Unidos, cuyo perfil adornaba el sello rojo violeta de doce centavos en el álbum que tenía en el regazo, fijado entre el azul de once centavos de Polk y el verde de trece de Fillmore, nos llevara en nuestro propio automóvil como un chófer.

—Washington —nos estaba diciendo el señor Taylor— se divide en cuatro secciones: noroeste, nordeste, sudeste y sudoeste. Con unas pocas excepciones, las calles que se extienden al norte y el sur están numeradas, mientras que las que se extienden al este y el oeste se denominan mediante letras. De todas las capitales existentes en el mundo occidental, esta es la única ciudad desarrollada exclusivamente para proporcionar una sede al gobierno nacional. Eso es lo que la diferencia no solo de Londres y París, sino también de nuestros propios Nueva York y Chicago.

—¿Habéis oído eso? —preguntó mi padre mirándonos por encima del hombro a Sandy y a mí—. ¿Has oído, Bess, lo que acaba de decir el señor Taylor sobre lo especial que es Washington?

—Sí —respondió ella, y me tomó la mano para asegurarse y asegurarme de que todo iría bien. Pero yo solo tenía una preocupación desde el momento en que llegamos a Washington hasta que nos fuimos: evitar que mi colección de sellos sufriera daño alguno.

La cafetería en la que nos dejó el señor Taylor era limpia y barata, y la comida tan buena como él había dicho que sería, y cuando terminamos de comer y salimos a la calle, el guía acercó el coche y aparcó delante en doble fila.

—¡Qué puntualidad! —exclamó mi padre.

—Con el paso de los años —comentó el señor Taylor—, uno aprende a calcular cuánto tarda en comer una familia. ¿Ha estado bien, señora Roth? —le preguntó a nuestra madre—. ¿Ha sido todo de su gusto?

—Todo muy bueno, gracias.

—Entonces estamos listos para visitar el monumento a Washington —anunció el guía, y emprendimos la marcha—. Ustedes saben, claro está, a quién conmemora el monumento, a nuestro primer presidente y, en opinión de la mayoría, nuestro mejor presidente junto con Lincoln.

—Yo incluiría a FDR en esa lista, ¿sabe usted? —dijo mi padre—. Un gran hombre, y la gente de este país lo ha echado del cargo. Y mire lo que tenemos en cambio.

El señor Taylor escuchó cortésmente, pero no respondió a esta observación.

—Bien —siguió diciendo el guía—, todos ustedes habrán visto fotos del monumento a Washington, pero no siempre permiten hacerse una idea de lo impresionante que resulta. Con una altura de ciento sesenta y nueve metros y tres centímetros, es la obra de mampostería más alta del mundo. El nuevo ascensor eléctrico les llevará a la cima en un minuto y quince segundos. Si lo prefieren, pueden subir a pie por una escalera de caracol de ochocientos noventa y tres escalones. La vista desde allá arriba abarca un radio de entre veinticuatro y treinta y dos kilómetros. Merece realmente la pena. Ahí… ¿lo ven? Ahí delante.

Al cabo de unos minutos, el señor Taylor encontró un lugar para aparcar cerca del monumento y, cuando bajamos del coche, trotó a nuestro lado con las piernas arqueadas mientras seguía informándonos.

—El monumento fue saneado por primera vez hace algunos años. Imagínese qué trabajo de limpieza, señora Roth. Emplearon agua mezclada con arena y cepillos con cerdas de acero. Tardaron cinco meses y el coste fue de cien mil dólares.

—¿Bajo la presidencia de FDR? —le preguntó mi padre.

—Eso creo, sí.

—¿Y lo sabe la gente? ¿Le importa a la gente? No. Quieren que un piloto de correo aéreo dirija el país en lugar de él. Y eso no es lo peor.

El señor Taylor permaneció en el exterior mientras entrábamos en el monumento. En el ascensor, nuestra madre, que había vuelto a tomarme la mano, se acercó a nuestro padre y le susurró:

—No debes hablar de esa manera.

—¿De qué manera?

—Acerca de Lindbergh.

—¿Eso? Solo estaba expresando mi opinión.

—Pero no sabes quién es ese hombre.

—Claro que lo sé. Es un guía autorizado con documentos que lo prueban. Esto es el monumento a Washington, Bess, y me estás diciendo que me guarde lo que pienso como si el monumento a Washington estuviera en Berlín.

Su manera tan directa de hablar consternó todavía más a nuestra madre, sobre todo porque las demás personas que aguardaban el ascensor podrían oír nuestra conversación. Mi padre se volvió hacia otro de los padres, que estaba con su mujer y dos hijos, y le preguntó:

—¿De dónde son ustedes? Nosotros somos de Jersey.

—De Maine —respondió el hombre.

—¿Oís eso? —nos preguntó mi padre a mi hermano y a mí.

En total entramos en el ascensor unos veinte adultos y niños, llenando casi la mitad de la carabina, y mientras ascendía por la estructura de columnas de hierro, mi padre empleó el minuto y cuarto que se tardaba en llegar a lo alto en preguntar a las restantes familias de dónde era cada una.

Cuando finalizamos la visita, el señor Taylor nos esperaba en el exterior. Nos pidió a Sandy y a mí que le dijéramos lo que habíamos visto desde las ventanas a casi ciento setenta metros de altura, y después nos acompañó en un rápido recorrido alrededor del monumento mientras nos contaba la intermitente historia de su construcción. Entonces nos hizo unas fotos con nuestra cámara Brownie, tras lo cual mi padre, pese a las objeciones del señor Taylor, insistió en hacerle una foto junto a mi madre, Sandy y yo con el monumento a Washington como telón de fondo; finalmente subimos al coche y, con el señor Taylor de nuevo al volante, avanzamos por el Mall hacia el Lincoln Memorial.

Esta vez, mientras aparcaba, el señor Taylor nos advirtió de que el Lincoln Memorial no era comparable a ningún otro edificio en ningún lugar del mundo, y que debíamos estar preparados para encajar tan formidable impresión. Entonces nos acompañó desde la zona de aparcamiento hasta el gran edificio con columnas, las anchas escaleras de mármol que conducían, tras la columnata, a la sala interior y a la estatua de Lincoln que se alzaba en su enorme trono, y su rostro esculpido me pareció la amalgama más sagrada posible, el rostro de Dios y el de América en uno solo.

—Y le pegaron un tiro, esos perros asquerosos —dijo mi padre con gravedad.

Los cuatro nos detuvimos al pie de la estatua, que estaba iluminada para que todo alrededor de Abraham Lincoln pareciera tener una magnificencia colosal. Lo que de ordinario pasaba por magnífico palidecía en comparación, y no había defensa posible, ni para adultos ni para niños, contra la solemne atmósfera de la hipérbole.

—Cuando uno piensa en lo que este país les hace a sus presidentes más grandes...

—No empieces, Herman —le dijo mi madre en tono suplicante.

—No estoy empezando nada. Eso fue una gran tragedia. ¿No es cierto, chicos? ¿El asesinato de Lincoln?

El señor Taylor se nos acercó y nos dijo en voz baja:

—Mañana iremos al Teatro Ford, que fue donde le dispararon, y al otro lado de la calle, a la Casa Petersen, para ver el lugar donde murió.

—Estaba diciendo, señor Taylor, que es atroz lo que este país les hace a sus grandes hombres.

—Gracias a Dios que tenemos al presidente Lindbergh —dijo la voz de una mujer a escasa distancia.

Era una anciana que permanecía apartada del resto de la gente, sola, consultando una guía; su observación no parecía dirigida a nadie en particular y, sin embargo, había sido provocada de alguna manera por las palabras de mi padre, que casualmente había oído.

—¿Está comparando a Lincoln con Lindbergh? —protestó mi padre—. Lo que hay que oír…

En realidad, la anciana señora no estaba sola, sino con un grupo de turistas, entre ellos un hombre de la edad de mi padre que podría haber sido su hijo.

—¿Tiene algún problema? —le preguntó a mi padre avanzando con paso enérgico hacia nosotros.

—A mí nada —respondió mi padre.

—¿Tiene algún problema con lo que esta señora acaba de decir?

—No, señor. Estamos en un país libre.

El desconocido dirigió a mi padre una larga mirada de extrañeza, y después, uno a uno, nos miró a mi madre, a Sandy y a mí. ¿Y qué era lo que veía? Un hombre estilizado, de músculos bien perfilados, ancho de pecho y metro setenta y cinco de estatura, apuesto en un tono menor, los ojos de un verde grisáceo suave, y el ralo cabello castaño muy corto en las sienes, por lo que revelaba al mundo sus orejas algo más cómicamente de lo necesario. La mujer era esbelta pero fuerte y vestía con pulcritud, tenía un mechón de cabello ondulante sobre una ceja, las mejillas redondeadas con una pizca de colorete, la nariz prominente, los brazos rechonchos, las piernas bien formadas, las caderas delgadas y los ojos vivaces de una muchacha con la mitad de sus años. Ambos adultos mostraban un exceso de prudencia y un exceso de energía, y estaban acompañados por dos muchachos que aún presentaban solo superficies suaves, hijos pequeños de padres jóvenes, muy atentos, con buena salud e incorregibles tan solo en su optimismo.

Y el desconocido reflejó la conclusión que había extraído de sus observaciones cabeceando con expresión burlona. Después, siseando ruidosamente para que nadie malinterpretara el juicio que le merecíamos, volvió al lado de la anciana y el grupo de turistas, caminando lentamente y con un balanceo que, unido a la anchura de sus hombros, parecía expresar una advertencia. Desde allí le oímos referirse a mi padre como «un judío bocazas», palabras a las que poco después siguieron las de la anciana señora: «Cómo me gustaría abofetearle…».

El señor Taylor se apresuró a llevarnos a una sala más pequeña, contigua a la cámara principal, donde había una lápida con la inscripción del Discurso de Gettysburg y un mural cuyo tema era la Emancipación.

—Escuchar tales palabras en un lugar como este —dijo mi padre, la voz ahogada, temblorosa de indignación—. ¡En un santuario dedicado a semejante hombre!

Entretanto, el señor Taylor señalaba la pintura.

—¿Ven lo que hay ahí? Un ángel de la verdad está liberando a un esclavo.

Pero mi padre no podía ver nada.

—¿Cree usted que oiría decir tal cosa aquí si Roosevelt fuese presidente? La gente no se atrevería, no se les pasaría por la cabeza, en la época de Roosevelt… Pero ahora que nuestro gran aliado es Adolf Hitler, ahora que el mejor amigo del presidente de Estados Unidos es Adolf Hitler, ahí tiene, ahora creen que pueden decir lo que les venga en gana. Es vergonzoso. Esto empieza en la misma Casa Blanca…

¿A quién hablaba si no era a mí? Mi hermano seguía al señor Taylor haciéndole preguntas acerca del mural, y mi madre intentaba contenerse y no decir nada, debatiéndose contra las mismas emociones que antes, en el coche, la habían abrumado, y entonces sin una justificación tan patente como la que tenía ahora.

—Lee eso —me pidió mi padre, aludiendo a la lápida con el Discurso de Gettysburg—. Anda, léelo. «Todos los hombres han sido creados iguales.»

—Herman —le dijo mi madre con la voz ahogada—. No puedo soportarlo más.

Salimos a la luz del día y nos reunimos en el escalón superior. El alto monolito del monumento a Washington estaba a ochocientos metros de distancia, en el otro extremo del estanque espejeante de la avenida ajardinada que conducía al Lincoln Memorial. Había olmos plantados por todas partes. Era el panorama más bello que había visto jamás, un paraíso patriótico, el Jardín del Edén americano extendido ante nosotros, y estábamos allí apiñados, la familia expulsada.

—Escuchad —dijo mi padre, haciendo que mi hermano y yo nos acercásemos más a él—. Creo que es hora de que vayamos a hacer una siesta. Ha sido un día muy largo para todos. Propongo que volvamos al hotel y descansemos una o dos horas. ¿Qué dice usted, señor Taylor?

—Como quiera, señor Roth. He pensado que, después de cenar, podrían disfrutar de un paseo en coche para ver Washington de noche, con los famosos monumentos iluminados.

—Eso sería perfecto —replicó mi padre—. ¿Te parece bien, Bess? —Pero no era tan fácil animar a mi madre como a Sandy y a mí—. Cariño —le dijo—, hemos dado con un chiflado. Con dos chiflados. De haber ido a Canadá podríamos habernos topado con alguien de la misma calaña. No vamos a dejar que eso nos fastidie el viaje. Ahora nos tomaremos un buen descanso, el señor Taylor nos esperará y luego volveremos a salir. Mira —añadió abarcando el paisaje con el brazo extendido—. Esto es algo que todo norteamericano debería ver. Volveos, muchachos. Echad un último vistazo a Abraham Lincoln.

Le obedecimos, pero ya no podía experimentar el arrobamiento del patriotismo. Mientras iniciábamos el largo descenso por la escalinata de mármol, oí que unos chicos, a nuestras espaldas, preguntaban a sus padres: «¿De veras es él? ¿Está enterrado ahí, debajo de todo eso?». Mi madre se encontraba a mi lado, tratando de actuar como si el pánico no la estuviera invadiendo, y de repente comprendí que sobre mí había recaído la tarea de sostenerla, de convertirme enseguida en una nueva y valiente criatura que tenía en su interior algo de Lincoln. Pero todo lo que pude hacer cuando ella me ofreció la mano fue tomarla y apretársela, como el ser sin madurar que era yo, un niño cuya colección de sellos todavía representaba las nueve décimas partes de su conocimiento del mundo.

Una vez en el coche, el señor Taylor programó el resto de la jornada. Volveríamos al hotel, haríamos una siesta y, a las seis menos cuarto, iría a buscarnos y nos llevaría a cenar. Podíamos volver a la cafetería cercana a Union Station donde habíamos comido, o podía recomendarnos un par de restaurantes a precios populares de cuya calidad respondería. Y, después de la cena, nos llevaría a recorrer el Washington nocturno.

—No se inmuta usted por nada, ¿eh, señor Taylor? —le dijo mi padre.

El hombre se limitó a replicar con un evasivo movimiento de la cabeza.

—¿De dónde es? —le preguntó mi padre.

—De Indiana, señor Roth.

—Indiana. Imaginaos, chicos. ¿Y en qué población vivía?

—En ninguna. Mi padre era mecánico, reparaba maquinaria agrícola. Siempre íbamos de un lado a otro.

—Vaya, eso es admirable, señor —le dijo mi padre, por razones que no podían estar claras para el señor Taylor—. Debería estar orgulloso de sí mismo.

De nuevo el señor Taylor se limitó a asentir con un gesto de la cabeza: era un hombre serio, con un ceñido traje y algo decididamente militar en su eficiencia y su porte, como una persona oculta, salvo que no había nada que ocultar, todo cuanto en él era impersonal se veía con claridad. Charlaba por los codos acerca de Washington, D.C., y mantenía la boca cerrada sobre todo lo demás.

Cuando llegamos al hotel, el señor Taylor aparcó el coche y nos acompañó al interior, como si no fuese solo nuestro guía sino también nuestra carabina, y fue una suerte que lo hiciera, porque en el vestíbulo del pequeño hotel descubrimos nuestras cuatro maletas junto al mostrador de recepción.

El hombre que estaba ahora en la recepción se presentó como el gerente.

Cuando mi padre le preguntó qué hacían allí nuestras maletas, el gerente respondió:

—Deberán disculparnos, señores. Hemos tenido que hacer el equipaje por ustedes. Nuestro empleado de la tarde cometió un error. La habitación que les dio estaba destinada a otra familia. Aquí tienen su depósito. —Y le tendió a mi padre un sobre que contenía un billete de diez dólares.

–Pero mi esposa les escribió y ustedes nos respondieron. Hicimos la reserva meses atrás y por eso enviamos el depósito. ¿Dónde están las copias de las cartas, Bess?

Ella señaló las maletas.

–La habitación está ocupada y no queda ninguna libre, señor –dijo el gerente–. No les cobraremos por el uso de la habitación que han hecho hoy, ni tampoco la pastilla de jabón que falta.

–¿Que falta? –La simple mención de esa palabra le hizo perder el dominio de sí mismo–. ¿Me está diciendo que la hemos robado?

–No, señor, no le estoy diciendo eso. Tal vez uno de los niños la ha cogido como recuerdo. No pasa nada. No vamos a regatear por esa minucia ni a registrarles los bolsillos en busca del jabón.

–¿Qué significa todo esto? –exigió saber mi padre, y golpeó el mostrador con el puño bajo las narices del gerente.

–Si va a montar una escena, señor Roth…

–Eso es –dijo mi padre–. ¡Voy a montar una escena hasta que averigüe qué ocurre con esa habitación!

–En ese caso, no me deja otra opción que llamar a la policía –replicó el gerente.

Entonces mi madre, que nos rodeaba los hombros a mi hermano y a mí en actitud protectora y a una distancia prudencial del mostrador, llamó a mi padre por su nombre, tratando de impedir que fuese más allá. Pero ya era demasiado tarde para eso. Siempre lo había sido. Mi padre nunca habría consentido en ocupar silenciosamente el lugar que el gerente quería asignarle.

–¡Todo esto es culpa del maldito Lindbergh! –exclamó–. ¡Todos ustedes, pequeños fascistas, tienen ahora las riendas!

–¿He de llamar a la policía del Distrito, señor, o cogerá su equipaje y se marchará de inmediato con su familia?

–Llame a la policía –replicó mi padre–. Hágalo.

Aparte de nosotros, había cinco o seis clientes en el vestíbulo. Habían entrado durante la discusión, y se quedaron allí para ver cómo acababa el asunto.

Fue entonces cuando el señor Taylor se acercó a mi padre.

–Está en todo su derecho, señor Roth –le dijo–, pero la policía no es una buena solución.

—No, es la solución correcta. Llame a la policía —le repitió mi padre al gerente—. En este país hay leyes contra la gente como usted.

El gerente descolgó el teléfono y, mientras marcaba, el señor Taylor recogió nuestro equipaje y, con dos maletas en cada mano, lo sacó del hotel.

—Se acabó, Herman —dijo mi madre—. El señor Taylor se ha llevado las maletas.

—No, Bess —replicó él en tono cortante—. Estoy harto de sus impertinencias. Quiero hablar con la policía.

El señor Taylor entró apresuradamente en el vestíbulo y, sin detenerse, avanzó hacia el mostrador, donde el gerente estaba finalizando la llamada. Se dirigió en voz baja a mi padre.

—Hay un agradable hotel no muy lejos de aquí. He telefoneado desde la cabina que hay ahí delante. Disponen de una habitación para ustedes. Es un bonito hotel en una bonita calle. Vayamos allá y registremos a la familia.

—Gracias, señor Taylor, pero en estos momentos estamos esperando a la policía. Quiero que le recuerden a este hombre las palabras del Discurso de Gettysburg que he leído labradas allá arriba.

Los curiosos intercambiaron sonrisas cuando mi padre mencionó el Discurso de Gettysburg.

—¿Qué ha pasado? —le susurré a mi hermano.

—Antisemitismo —me susurró él.

Desde donde estábamos vimos a los dos policías que llegaban en sus motocicletas. Les vimos apagar los motores y entrar en el hotel. Uno de ellos se detuvo al lado de la puerta, desde donde podía vigilar a todo el mundo, mientras el otro se acercaba al mostrador de recepción y hacía una seña al gerente para que se reuniera con él en un lugar donde pudieran hablar con discreción.

—Agente… —le llamó mi padre.

El policía giró sobre sus talones.

—Sólo puedo atender a una de las partes querellantes a la vez, señor —le dijo, y siguió hablando con el gerente, con una mano en el mentón, en actitud reflexiva.

Mi padre se volvió hacia nosotros.

—Es lo que hay que hacer, muchachos. —A mi madre le dijo—: No hay nada por lo que debamos preocuparnos.

El policía terminó de hablar con el gerente y entonces se acercó a mi padre. No sonreía, como lo había hecho de una manera intermitente mientras escuchaba al gerente, pero de todos modos habló sin el menor indicio de enojo y en un tono que al principio parecía amistoso.

—¿Cuál es el problema, Roth?

—Enviamos un depósito para pasar tres noches en este hotel, y recibimos una carta de confirmación. Mi mujer tiene los papeles en la maleta. Hoy llegamos aquí, nos registramos, ocupamos la habitación y deshacemos el equipaje, vamos a visitar la ciudad y, cuando volvemos, nos echan porque la habitación estaba reservada para otros clientes.

—¿Y el problema…? —inquirió el policía.

—Somos una familia de cuatro, agente. Hemos venido en coche desde Nueva Jersey. No pueden echarnos a la calle sin más.

—Pero si otra persona reserva una habitación… —objetó el policía.

—¡Pero es que no hay nadie más! Y si lo hubiera, ¿por qué habría de tener prioridad sobre nosotros?

—Mire, el gerente le ha devuelto su depósito. Incluso ha hecho el equipaje por ustedes.

—No me comprende, agente. ¿Por qué nuestras reservas valen menos que las otras? He estado con mi familia en el Lincoln Memorial. Allí, en la pared, figura el Discurso de Gettysburg. ¿Sabe qué frase está escrita ahí? «Todos los hombres han sido creados iguales.»

—Pero eso no significa que todas las reservas de hotel hayan sido creadas iguales.

La voz del policía llegó a los curiosos que estaban a una distancia prudencial en el vestíbulo. Incapaces de controlarse, algunos de ellos se echaron a reír.

Mi madre nos dejó solos a Sandy y a mí para adelantarse e intervenir. Había estado esperando un momento en que su intervención no emperoase las cosas, y, pese a que su respiración estaba acelerada, pensó que aquel era el momento oportuno.

—Vámonos, cariño —le rogó a mi padre—. El señor Taylor nos ha encontrado una habitación cerca de aquí.

—¡No! —gritó mi padre, y apartó bruscamente la mano con la que ella había tratado de asirle el brazo—. Este policía sabe por qué nos han echado. Él lo sabe, el gerente lo sabe, todo el mundo en este vestíbulo lo sabe.

—Creo que debería hacer caso a su esposa —le dijo el policía—. Creo que debería hacer lo que ella le dice, Roth. Abandone el establecimiento. —Moviendo la cabeza en dirección a la puerta, añadió—: Y antes de que se me acabe la paciencia...

Mi padre ofreció algo más de resistencia, pero también le quedaba algo de buen juicio y pudo comprender que su discusión había dejado de tener interés para todo el mundo excepto para él. Salimos del hotel bajo las miradas de los presentes. El único que habló fue el otro policía. Desde donde estaba apostado, al lado de la gran maceta que había junto a la puerta, asentía con una expresión afable y, cuando nos acercamos, me revolvió el cabello.

—¿Cómo va, jovencito?

—Bien —respondí.

—¿Qué tienes ahí?

—Mis sellos —le dije, pero seguí caminando antes de que pudiera pedirme ver mi colección, a fin de evitar que me detuviera.

El señor Taylor nos esperaba en la acera delante del hotel.

—Esto no me había ocurrido jamás en la vida —le dijo mi padre—. He estado toda mi vida con gente, personas de todas las clases, de todas las condiciones, y nunca...

—El Douglas ha cambiado de dueños —le interrumpió el señor Taylor—. Tiene nuevos propietarios.

—Pero tenemos amigos que se han alojado aquí y se han ido muy satisfechos —terció mi madre.

—En fin, señora Roth, ha cambiado de dueños. Pero les he conseguido una habitación en el Evergreen, y todo va a salir bien.

En aquel momento se oyó un estrépito y un avión sobrevoló Washington a poca altura. En la calle, los transeúntes se detuvieron y uno de ellos alzó los brazos al cielo, como si hubiera empezado a nevar en junio.

Sandy, que podría reconocer por su silueta cualquier cosa que volara, Sandy el experto, señaló el cielo y gritó:

—¡Es el Lockheed Interceptor!

—¡Es el presidente Lindbergh! —explicó el señor Taylor—. Cada tarde, más o menos a esta hora, da una vueltecita a lo largo del Potomac. Vuela hasta las Alleghenies y después baja a lo largo de las montañas Blue Ridge hasta llegar a la bahía de Chesapeake. A la gente le gusta verlo.

—Es el avión más rápido del mundo —dijo mi hermano—. El Messerschmitt Ciento diez de los alemanes vuela a quinientos ochenta kilómetros por hora. El Interceptor vuela a ochocientos. Puede maniobrar mejor que cualquier caza del mundo.

Todos lo contemplamos junto a Sandy, que era incapaz de ocultar su fascinación por el mismo Interceptor en que el presidente había volado a Islandia para entrevistarse con Hitler. El aparato ascendió vertiginosamente a una gran potencia antes de desaparecer en el cielo. En la calle, los transeúntes prorrumpieron en aplausos, alguien gritó: «¡Hurra por Lindy!», y luego siguieron su camino.

En el Evergreen, mis padres durmieron juntos en una cama individual y nosotros en la otra. Esas camas eran lo mejor que el señor Taylor había podido conseguir en tan poco tiempo, pero tras lo sucedido en el Douglas nadie se quejó (ni de que las camas no estaban exactamente hechas para el descanso ni de que la habitación era incluso más pequeña que la de nuestro alojamiento anterior ni de que el minúsculo baño, a pesar de haber sido intensamente rociado con desinfectante, no olía bien), sobre todo porque, al llegar, nos recibió con deferencia una jovial mujer que estaba en la recepción y quien cargó nuestras maletas en un carrito fue un negro entrado en años con uniforme de botones, un hombre desgarbado a quien la mujer llamaba Edward B., el cual, tras abrir la puerta de la habitación en la planta baja, situada en el extremo inferior del conducto de ventilación, anunció con humor: «¡El hotel Evergreen da la bienvenida a la familia Roth a la capital de la nación!», y nos hizo pasar como si la cripta débilmente iluminada fuese una suite del Ritz. Mi hermano no había dejado de mirar a Edward B. desde el momento en que cargó nuestro equipaje, y a la mañana siguiente, antes de que los demás nos hubiéramos despertado, se vistió con sigilo, tomó su cuaderno de dibujo y fue rápidamente al vestíbulo para dibujarlo. Resultó que estaba de servicio un botones negro distinto, sin los pintorescos surcos en la piel de Edward B., aunque desde el punto de vista artístico era también un hallazgo: muy oscuro, con rasgos faciales marcadamente africanos, de una clase que hasta entonces Sandy solo había podido dibujar basándose en una foto de un numero atrasado de *National Geographic*.

Pasamos la mayor parte de la mañana con el señor Taylor, que nos llevó a ver el Capitolio y el Congreso, y más tarde el Tribunal Supremo y la Biblioteca del Congreso. El señor Taylor conocía la altura de cada cúpula y las dimensiones de cada vestíbulo y los orígenes geográficos del mármol que cubría todos los suelos y los nombres de las personas y los acontecimientos conmemorados en cada pintura y mural de cada edificio gubernamental en el que entrábamos.

—Es usted algo serio —le dijo mi padre—. Un muchacho de un pueblecito de Indiana... Debería participar en el concurso *Información, por favor*.

Después del almuerzo, fuimos en el coche hacia el sur, a lo largo del Potomac, y entramos en Virginia para visitar Mount Vernon.

—Por supuesto, Richmond, Virginia, era la capital de los once estados sureños que abandonaron la Unión para formar los Estados Confederados de América —nos explicó el señor Taylor—. Muchas de las grandes batallas de la guerra civil se libraron en Virginia. A unos treinta y dos kilómetros al oeste está el parque nacional del Campo de Batalla de Manassas. Allí se encuentran los dos campos de batalla donde los confederados derrotaron a las fuerzas de la Unión, cerca del riachuelo de Bull Run, primero a las órdenes del general P. G. T. Beauregard y el general J. E. Johnston, en julio de mil ochocientos sesenta y uno y luego las del general Robert E. Lee y el general Stonewall Jackson, en agosto de mil ochocientos sesenta y dos. El general Lee estaba al frente del Ejército de Virginia, y el presidente de la Confederación, que gobernaba desde Richmond, era Jefferson Davis, si recuerdan ustedes la historia. Al sudoeste, a doscientos kilómetros de aquí, está Appomattox, Virginia. Ya saben lo que ocurrió en su palacio de justicia en abril de mil ochocientos sesenta y cinco. El nueve de abril, para ser exacto. El general Lee se rindió al general U. S. Grant, poniendo así fin a la guerra civil. Y todos ustedes saben lo que le ocurrió a Lincoln seis días después: le pegaron un tiro.

—Esos perros asquerosos —volvió a decir mi padre.

—Bueno, ahí está —dijo el señor Taylor cuando la casa de Washington apareció a la vista.

—Oh, qué bonita es —comentó mi madre—. Mirad el porche. Mirad los altos ventanales. Hijos, esto no es una réplica, es la auténtica casa donde vivió George Washington.

—Y su esposa Martha —le recordó el señor Taylor—, con sus dos hijos adoptivos, a los que el general adoraba.

—¿Ah sí? —dijo mi madre—. Eso no lo sabía. Mi hijo menor tiene un sello con el retrato de Martha Washington. Enséñale tu sello al señor Taylor.

Lo encontré de inmediato, el marrón de centavo y medio emitido en 1938 que representaba a la esposa del presidente de perfil, con el cabello cubierto con lo que mi madre identificara para mí, cuando me hice con el sello, como algo entre un casquete y una redecilla.

—En efecto, ella es —dijo el señor Taylor—. Y, como sin duda saben, figura también en un sello de cuatro centavos de mil novecientos veintitrés y en otro de ocho centavos de mil novecientos dos. Y ese sello de mil novecientos dos, señora Roth, es el primero en el que apareció una mujer estadounidense.

—¿Lo sabías? —me preguntó mi madre.

—Sí —repliqué, y para mí todas las complicaciones surgidas por el hecho de ser una familia judía en el Washington de Lindbergh se desvanecieron en un instante y me sentí como en la escuela cuando, al comienzo de una reunión general de todos los alumnos, te ponías en pie y cantabas el himno nacional con todo el esmero de que eras capaz.

—Fue una gran compañera para el general Washington —nos dijo el señor Taylor—. Martha Dandridge era su nombre de soltera. Viuda del coronel Daniel Parke Custis. Sus dos hijos eran Patsy y John Parke Custis. Al casarse con Washington aportó una de las mayores fortunas de Virginia.

—Eso es lo que les digo siempre a mis chicos —dijo mi padre, riendo como no le habíamos oído reír en todo el día—. Casaos como lo hizo el presidente Washington. Es tan fácil querer a una rica como a una pobre.

La visita a Mount Vernon fue lo más grato del viaje, tal vez por la belleza del entorno, los jardines, los árboles y la casa, que se alzaba imponente en un risco desde el que se dominaba el Potomac; tal vez debido a lo insólito que era para nosotros el mobiliario, la decoración y el papel de las paredes, un papel acerca del cual el señor Taylor sabía una infinidad de cosas; tal vez porque vimos a pocos metros de distancia la cama con cuatro columnas en la que dormía Washington, la mesa en la que escribía, sus espadas y los libros que leía; o tal vez simplemente porque estábamos a veinticuatro kilómetros de Washington, D.C. y del espíritu de Lindbergh que se cernía sobre todas las cosas.

La finca de Mount Vernon estaba abierta hasta las cuatro y media, de modo que tuvimos mucho tiempo para ver todas las habitaciones y las dependencias exteriores, pasear por los alrededores y por último visitar la tienda de recuerdos, donde cedí a la tentación de comprar un abrecartas de peltre que era una réplica de diez centímetros de un mosquete con bayoneta del período de la Revolución. Lo compré con doce de los quince centavos que había ahorrado para la visita que haríamos al día siguiente a la división de sellos del Departamento de Grabado e Impresión, mientras que Sandy tuvo la prudencia de comprar con sus ahorros una biografía ilustrada de Washington, un libro cuyas imágenes podría utilizar en la creación de más retratos para la serie patriótica que guardaba en la carpeta debajo de su cama.

Terminaba el día, e íbamos camino de la cafetería para tomar algo cuando un avión que se veía a lo lejos, volando a escasa altura, avanzó hacia nosotros. Cuando el ruido se intensificó, la gente se puso a gritar: «¡Es el presidente! ¡Es Lindy!». Hombres, mujeres y niños salieron corriendo a la gran extensión de césped que había delante de la casa y saludaron agitando los brazos al avión que se aproximaba y que, al cruzar el Potomac, ladeó las alas. «¡Hurra! —gritó la gente—. ¡Hurra por Lindy!» Era el mismo caza Lockheed que habíamos visto sobre la ciudad la tarde anterior, y no teníamos más opción que permanecer allí como patriotas y mirar con los demás mientras el aparato daba la vuelta y sobrevolaba de nuevo la casa de George Washington antes de seguir el Potomac hacia el norte.

—¡No era él...! ¡Era ella!

Alguien que aseguraba haber visto el interior de la carlinga había empezado a difundir la noticia de que el piloto del Interceptor era la esposa del presidente. Y podría ser cierto. Lindbergh la había enseñado a volar cuando todavía era su joven prometida y a menudo ella volaba a su lado en los viajes aéreos, de modo que ahora la gente empezó a decirles a sus hijos que la persona a la que acababan de ver volando sobre Mount Vernon era Anne Morrow Lindbergh, un acontecimiento histórico que no olvidarían jamás. Por entonces, su audacia como piloto del avión estadounidense más avanzado, combinada con sus recatados modales como hija bien educada de las clases privilegiadas y sus dotes literarias como autora de dos libros publicados de poesía lírica, la habían situado en las encuestas como la mujer más admirada de la nación.

Así pues, nuestra perfecta excursión se frustró, y no solo por el vuelo recreativo de un avión pilotado por uno u otro de los Lindbergh que casualmente había pasado sobre nuestras cabezas por segundo día consecutivo, sino por lo que la acrobacia, como la llamó mi padre, había infundido a todo el mundo excepto a nosotros. «Sabíamos que las cosas estaban mal —les dijo mi padre a sus amigos en cuanto se sentó a telefonear cuando regresamos a casa—, pero no de esta manera. Había que estar allí para ver cómo están las cosas. Ellos viven en un sueño y nosotros en una pesadilla.»

Fue lo más elocuente que le había oído decir jamás, un comentario que posiblemente tenía mayor precisión que cualquiera de las cosas escritas por la mujer de Lindbergh.

El señor Taylor nos llevó de regreso al Evergreen para que pudiéramos asearnos y descansar, y a las cinco menos cuarto apareció puntualmente y nos llevó a la barata cafetería cercana a la estación de ferrocarril. Nos dijo que luego nos reuniríamos para dar el paseo nocturno por Washington pospuesto el día anterior.

—¿Por qué no se queda con nosotros esta noche? —le propuso mi padre—. Debe de sentirse muy solo, comiendo siempre sin compañía.

—No querría invadir su intimidad, señor Roth.

—Escuche, es usted un guía magnífico, y nos gustaría que cenara con nosotros. Corre de nuestra cuenta.

La cafetería estaba incluso más concurrida de noche que de día, todas las mesas estaban ocupadas y los clientes hacían cola esperando a que les sirvieran tres hombres con delantales y gorros blancos, tan atareados que no tenían tiempo de hacer un alto para secarse el sudor de la cara. En nuestra mesa mi madre se consolaba retomando su papel materno a la hora de comer —«Procura no bajar la barbilla hasta el plato cuando tomas un bocado, cariño»—, y el hecho de tener al señor Taylor sentado entre nosotros como si fuese un pariente o un amigo de la familia, aunque no era una aventura tan novelesca como ser expulsados del hotel Douglas, proporcionaba la oportunidad de ver comer a alguien que había crecido en Indiana. Mi padre era el único de nosotros que prestaba atención a los demás clientes, que reían, fumaban y atacaban con diligencia el plato especial afrancesado de la noche (rosbif *au jus* y pastel de pacana *à la mode*), mientras él permanecía allí sentado acariciando su vaso de agua, tratando al parecer de imaginar cómo era posible que los problemas de aquella gente fuesen tan distintos de los suyos.

Cuando por fin expresó sus pensamientos, que seguían teniendo prioridad sobre la comida, no se dirigió a ninguno de nosotros sino al señor Taylor, que estaba empezando a comer la porción de pastel con queso americano por encima que había elegido de postre.

—Somos una familia judía, señor Taylor. Ahora ya sabe, si es que no lo sabía ya, que ese fue el motivo de que nos echaran ayer. Fue un golpe muy fuerte. No es fácil superarlo así como así. Es un golpe porque, aunque podría haber sucedido sin ese hombre en la presidencia, él es el presidente y no es amigo de los judíos. Es amigo de Adolf Hitler.

—Herman —susurró mi madre—, vas a asustar al pequeño.

—El pequeño ya lo sabe todo —replicó él, y siguió dirigiéndose al señor Taylor—: ¿Ha escuchado alguna vez a Winchell? Permítame que le cite a Walter Winchell: «¿Hubo algo más en su acuerdo diplomático, otras cosas de las que hablaron, otras cosas en las que convinieron? ¿Llegaron a un acuerdo acerca de los judíos de Norteamérica y, en ese caso, en qué consistió?». Esa es la clase de redaños que tiene Winchell. Esas son las palabras que tiene el valor de decirle al país entero.

Sorprendentemente, alguien se había acercado tanto a nuestra mesa que estaba medio inclinado sobre ella, un anciano grueso, bigotudo y con una servilleta de papel fijada bajo el cinturón, que parecía inflamado por lo que se proponía decir, fuera lo que fuese. Había estado comiendo en una mesa cercana y sus acompañantes se inclinaban hacia nosotros, deseosos de escuchar lo que vendría después.

—Eh… ¿qué está haciendo, amigo? —le dijo mi padre—. Retírese, ¿quiere?

—Winchell es un judío a sueldo del gobierno británico —afirmó el hombre.

Lo que ocurrió a continuación fue que las manos de mi padre se alzaron con violencia de la mesa, como si fuera a clavar el cuchillo y el tenedor en la especie de ganso relleno al horno que era la panza del desconocido. No era necesario que hiciera nada más para expresar su repugnancia y, sin embargo, el hombre del bigote no se inmutó. El bigote no era un pequeño parche oscuro y recortado como el de Hitler, sino de un estilo menos oficioso y más extravagante, un voluminoso y blanco mostacho de morsa como el que exhibía el presidente Taft en el sello rojo claro de cinco centavos emitido en 1938.

—Si ha existido jamás un judío bocazas con demasiado poder… —dijo el desconocido.

—¡Basta ya! —exclamó el señor Taylor, al tiempo que se levantaba y, pese a su corta estatura, se interponía entre el hombretón inclinado hacia nosotros y mi indignado padre, avasallado por aquel absurdo volumen físico.

Judío bocazas. Y por segunda vez en menos de cuarenta y ocho horas…

Dos de los hombres con delantal que estaban detrás del mostrador de servicio se apresuraron a acercarse y asir a nuestro atacante.

—Esto no es la taberna de la esquina —le dijo uno de ellos—; y no lo olvide, señor.

Lo llevaron a su mesa y lo obligaron a sentarse; después, el que le había reprendido se acercó hasta la nuestra y nos dijo:

—Voy a servirles todo el café que deseen. Permítanme que les traiga más helado a los chicos. Quédense y terminen de cenar. Soy el dueño, me llamo Wilbur, y todo el postre que quieran corre a cuenta de la casa. Y, ya puestos, les traeré más agua fría.

—Gracias —replicó mi padre, hablando con un extraño tono impersonal, como de máquina—. Gracias —repitió—. Gracias.

—Herman, por favor —susurró mi madre—. Vámonos de aquí.

—De ninguna manera. No. Estamos terminando de comer. —Se aclaró la garganta para continuar—. Vamos a recorrer Washington de noche. No volveremos al hotel hasta que hayamos visto la ciudad de noche.

En otras palabras, íbamos a llegar al final de la velada sin que nos intimidaran. Para Sandy y para mí eso significaba tomar nuevos y grandes platos de helado, que nos trajo a la mesa uno de los hombres que estaban tras el mostrador.

Transcurrieron unos pocos minutos antes de que la cafetería volviera a animarse con el chirrido de las sillas y el tintineo de cubiertos y platos, aunque no era todavía la cháchara habitual en un restaurante lleno de comensales.

—¿Quieres tomar más café? —le preguntó mi padre a mi madre—. Ya has oído al dueño, quiere volver a llenar tu taza.

—No, no quiero más —musitó ella.

—¿Y usted, señor Taylor? ¿Café?

—No, muchas gracias.

—Bueno —le dijo mi padre al señor Taylor, con rigidez, sin convicción, pero empezando a superar ya la desagradable situación por la que habían pasado—. ¿Qué clase de trabajo tenía usted antes de dedicarse a esto? ¿O siempre ha sido guía en Washington?

Y fue entonces cuando volvimos a oír la voz del hombre de antes para hacernos saber que, como Benedict Arnold anteriormente, Walter Winchell se había vendido a los británicos.

—Oh, no os preocupéis —les estaba asegurando a sus amigos—, los judíos se enterarán muy pronto.

En medio de aquel silencio no había posibilidad de llamarse a equívocos, sobre todo porque el hombre no se había molestado en modular la provocación de ninguna manera. La mitad de los clientes ni siquiera alzaron la vista, fingiendo que no habían oído nada, pero un número considerable de ellos se volvieron para mirar directamente a quienes iba dirigida la ofensa.

Yo había visto embrear y emplumar a alguien una sola vez, en una película del Oeste, pero pensé que en esa ocasión nos iban a embrear y emplumar, e imaginé toda nuestra humillación adherida a la piel como una gruesa capa de suciedad de la que nunca nos podríamos desprender.

Mi padre se interrumpió un momento, obligado a decidir una vez más si trataba de controlar la situación o ceder ante ella.

—Le estaba preguntando al señor Taylor —le dijo de repente a mi madre mientras le tomaba ambas manos— a qué se dedicaba antes de ser guía. —Y la miró como si la estuviera hechizando, como si dominara el arte de impedir que tu voluntad se librase de la suya y pudieras actuar por tu cuenta.

—Sí, lo he oído —replicó ella. Y entonces, aunque la angustia le llenaba de nuevo los ojos de lágrimas, se irguió en la silla y le dijo al señor Taylor—: Sí, por favor, cuéntenoslo.

—Seguid comiendo el helado, muchachos —nos pidió mi padre, dándonos unas palmaditas en los antebrazos, hasta que le miramos a los ojos—. ¿No está bueno?

—Sí —respondimos.

—Pues entonces seguid comiendo tranquilamente. —Nos sonrió para hacernos sonreír, y entonces le dijo al señor Taylor—: Hablábamos de lo que hacía antes... ¿Cuál era su profesión, señor?

—Era profesor universitario, señor Roth.

—¿De veras? —dijo mi padre—. ¿Habéis oído eso, chicos? Estáis cenando con un profesor universitario.

—Profesor de historia —añadió el señor Taylor, por mor de la exactitud.

—Debería haberlo supuesto —admitió mi padre.

—En una pequeña universidad en el noroeste de Indiana —nos dijo el señor Taylor a los cuatro—. En mil novecientos treinta y dos hubo una reducción de la mitad del personal y me quedé sin trabajo.

—¿Y qué hizo entonces? —le preguntó mi padre.

—Bueno, puede usted imaginarse. Con el desempleo que había y las huelgas, hice un poco de todo. Coseché menta en Indiana, empaqueté carne en el matadero de Hammond, empaqueté jabón en la fábrica Cudahy, en Chicago Este, trabajé durante un año en una fábrica de medias de Indianápolis. Incluso trabajé una temporada en Logansport, en el manicomio que hay allí, como camillero de personas con enfermedades mentales. Finalmente los tiempos difíciles me llevaron hasta aquí.

—¿Y cómo se llamaba la universidad donde enseñaba? —le preguntó mi padre.

—Wabash.

—¿Wabash? —repitió mi padre, aliviado por el mismo sonido de la palabra—. Todo el mundo ha oído hablar de ese centro.

—¿Cuatrocientos veintiséis alumnos? No estoy tan seguro de que todo el mundo haya oído hablar de él. De lo que todo el mundo ha oído hablar es de lo que en cierta ocasión dijo uno de nuestros distinguidos graduados, aunque no es conocido seguramente por haber sido alumno de Wabash. Es conocido porque fue el vicepresidente norteamericano entre mil novecientos doce y mil novecientos veinte, es decir, nuestro vicepresidente durante dos mandatos, Thomas Riley Marshall.

—Claro —dijo mi padre—. El vicepresidente Marshall, el gobernador demócrata de Indiana. Vicepresidente bajo otro gran demócrata, Woodrow Wilson. Un hombre muy digno, el presidente Wilson. —Tras haber estado dos días bajo la tutela del señor Taylor, también él se encontraba ahora en vena expositiva—. Fue el presidente Wilson quien tuvo el valor de nombrar a Louis D. Brandeis para el Tribunal Supremo. El primer judío de este país que llegó al Tribunal Supremo. ¿Sabíais eso, muchachos?

Lo sabíamos, no era la primera vez que nos lo decía. Tan solo era la primera vez que lo decía con voz resonante en una cafetería como aquella de Washington, D. C.

El señor Taylor prosiguió con el tema.

—Y lo que el vicepresidente dijo se ha hecho famoso en toda la nación desde entonces. Un día en el Senado de Estados Unidos, cuando presidía un debate, les dijo a los senadores reunidos: «Lo que este país necesita –dijo–, es un buen puro de cinco centavos».

Mi padre se echó a reír. Aquella era en verdad una observación campechana, que le granjeó a Brandeis la simpatía de toda su generación, y que incluso Sandy y yo conocíamos por habérsela oído repetir a nuestro padre. Así que se rió afablemente, y después, para gran asombro no solo de su familia sino probablemente de todo el mundo en la cafetería, ante quienes ya había ensalzado a Woodrow Wilson por nombrar a un judío como miembro del Tribunal Supremo, afirmó:

–Lo que este país necesita ahora es un nuevo presidente.

No se produjo ningún revuelo. Nada. De hecho, al no dar su brazo a torcer, casi parecía haber ganado la batalla.

–¿Y no hay un río llamado Wabash? –le preguntó después mi padre al señor Taylor.

–Es el afluente más largo del Ohio. Atraviesa el estado de este a oeste a lo largo de setecientos sesenta y cuatro kilómetros.

–Y también hay una canción –recordó mi padre, casi en tono soñador.

–Tiene usted razón –replicó el señor Taylor–. Una canción muy famosa. Quizá tan famosa como la misma «Yankee Doodle». Escrita por Paul Dresser en mil ochocientos noventa y siete. «On the Banks of the Wabash, Far Away.»

–¡Claro! –exclamó mi padre.

–La canción favorita de nuestros soldados en la guerra hispanonorteamericana de mil ochocientos noventa y ocho –nos contó el señor Taylor–, adoptada como himno del estado de Indiana en mil novecientos trece. El cuatro de marzo, para ser exacto.

–Claro, claro, la conozco… –afirmó mi padre.

–Espero que todo norteamericano la conozca –dijo el señor Taylor.

Y de repente, con una viva cadencia, mi padre empezó a cantarla, y en voz bastante alta para que todos los presentes en la cafetería le oyeran.

–«Entre los sicomoros brillan las luces de las velas…»

–Muy bien –dijo nuestro guía con admiración–, magnífico… –Y, embrujado por el virtuosismo de barítono de mi padre, la pequeña y solemne enciclopedia sonrió por fin.

—Mi marido tiene una voz muy bonita —dijo mi madre con los ojos secos.

—Tiene mucha razón —replicó el señor Taylor.

Y aunque no hubo aplausos, aparte de los de Wilbur detrás del mostrador de servicio, en aquel momento nos levantamos bruscamente para irnos, antes de permitirnos saborear en exceso nuestro pequeño triunfo y de que el hombre del mostacho presidencial se pusiera hecho una furia.

3

Junio de 1941 - diciembre de 1941
SEGUIMIENTO DE CRISTIANOS

El 22 de junio de 1941, el Pacto de No Agresión entre Hitler y Stalin –firmado por ambos dictadores dos años atrás, días antes de invadir y repartirse Polonia– fue infringido sin previo aviso cuando Hitler, tras haber invadido la Europa continental, se lanzó a la conquista del enorme territorio que se extendía desde Polonia, a través de Asia, hasta el Pacífico, llevando a cabo un ataque masivo hacia el este contra las tropas de Stalin. Aquella noche el presidente Lindbergh se dirigió a la nación desde la Casa Blanca para hablar de la colosal expansión de la guerra de Hitler, e incluso asombró a mi padre con su abierta alabanza del Führer. «Con este acto –declaró el presidente–, Adolf Hitler se ha convertido en la mayor salvaguardia del mundo contra la expansión del comunismo y sus males. Con esto no minimizo el esfuerzo del Japón imperial. Entregados a la modernización de la China corrupta y feudal de Chang Kai-chek, los japoneses también ponen un gran empeño en desarraigar a la fanática minoría comunista china, cuyo propósito es apoderarse de ese vasto país y, al igual que los bolcheviques en Rusia, convertir China en un campo de concentración comunista. Pero es a Hitler a quien el mundo entero debe estar agradecido esta noche por haber atacado a la Unión Soviética. Si el ejército alemán triunfa en su lucha contra el bolchevismo soviético (y existen todas las razones para creer que lo conseguirá), América jamás tendrá que enfrentarse a la amenaza de un voraz estado comunista que imponga su pernicioso sistema al resto del mundo. Solo puedo confiar en que los internacionalistas que aún quedan en el Congreso de Estados Unidos reconozcan que, si hubiéramos permitido que nuestra nación fuese arrastrada a esta guerra mundial al lado de Gran Bretaña y Francia, ahora nuestra gran democracia sería aliada del régimen maligno de la URSS. Esta noche el ejército alemán puede estar librando la guerra que, de lo contrario, habrían tenido que librar las tropas americanas.»

Sin embargo, el presidente recordó a sus compatriotas que nuestras tropas ya estaban preparadas, y lo estarían durante largo tiempo, gracias al reclutamiento en tiempo de paz establecido por el Congreso a petición suya, veinticuatro meses de adiestramiento militar obligatorio para los jóvenes de dieciocho años, seguidos de ocho años en la reserva, lo cual contribuiría en grado sumo a la realización de su doble objetivo de «mantener a América al margen de todas las guerras extranjeras y mantener todas las guerras extranjeras al margen de América». «Un destino independiente para América», tal era la frase que Lindbergh había repetido unas quince veces en su discurso sobre el estado de la Unión, y de nuevo al finalizar su alocución la noche del 22 de junio. Cuando le pedí a mi padre que me explicara el significado de estas palabras (absorbido como estaba por los titulares y agobiado por la ansiedad de mis pensamientos, cada vez hacía más preguntas sobre el significado de todo), frunció el ceño y dijo: «Significa dar la espalda a nuestros amigos. Significa ser amigos de sus enemigos. ¿Sabes qué significa, hijo? Significa destruir todo aquello que América defiende».

Bajo los auspicios de Solo Pueblo (organización que la Oficina de Absorción Americana recién creada por Lindbergh describía como «un programa de trabajo voluntario que inicia a la juventud urbana en las costumbres tradicionales de la tierra»), mi hermano partió el último día de junio de 1941 para realizar un «aprendizaje» de verano en la granja de un cultivador de tabaco de Kentucky. Como hasta entonces nunca se había ausentado de casa, como la familia nunca había vivido con tanta incertidumbre y como mi padre oponía vigorosas objeciones a lo que la existencia de la OAA suponía para nuestra condición de ciudadanos, y como también Alvin, que ya estaba sirviendo en el ejército canadiense, se había convertido en una fuente perpetua de preocupación, la despedida de Sandy fue muy emotiva. Lo que dio fuerza a mi hermano para resistirse a los argumentos de nuestros padres contra su participación en Solo Pueblo –y, además, había sembrado la idea de presentar su solicitud–, fue el apoyo que había recibido de la enérgica hermana menor de mi madre, Evelyn, ahora ayudante ejecutiva del rabino Lionel Bengelsdorf, que había sido nombrado por la nueva administración como primer director de la filial de la OAA en el estado de Nueva Jersey. El objetivo declarado de la OAA era la realización de programas para «estimular a las minorías nacionales y religiosas de Norteamérica a incorporarse de un modo más profundo en la sociedad en general», aunque en la primavera de 1941 la única minoría por la que la OAA parecía interesarse en serio era la nuestra. Solo Pueblo se proponía extraer a centenares de muchachos judíos de entre doce y dieciocho años de las ciudades en las que habían vivido y asistido a la escuela para hacerlos trabajar durante dos meses como braceros y jornaleros con familias campesinas a centenares de kilómetros de sus hogares. En los tablones de anuncios del Chancellor y del Weequahic, el instituto que había al lado de casa, y donde la población estudiantil como la nuestra era casi totalmente judía, habían fijado avisos en los que se ensalzaba el nuevo programa de verano. Un día de abril, un representante de la OAA de Nueva Jersey vino para hablar con los chicos de doce años en adelante acerca de la misión del programa, y aquella noche Sandy se presentó a la hora de cenar con un formulario de solicitud que requería la firma de uno de los padres.

–¿Comprendes lo que tratan de hacer realmente con este programa? –le preguntó mi padre a Sandy–. ¿Comprendes por qué Lindbergh quiere separar a los chicos como tú de sus familias y enviarlos al quinto pino? ¿Tienes idea de lo que hay detrás de todo esto?

–Pero esto no tiene nada que ver con el antisemitismo, si es lo que piensas. Solo tienes una cosa en la cabeza, y solo una. Esto es una gran oportunidad, ni más ni menos.

–¿Una oportunidad de qué?

—De vivir en una granja, de ir a Kentucky, de dibujar todo lo que hay allí. Tractores, establos, animales... Toda clase de animales.

—Pero no te envían a un sitio tan alejado para que dibujes animales —replicó mi padre—. Te envían para que des de comer a los animales. Te envían para que esparzas estiércol. Al final de la jornada estarás tan agotado que no podrás tenerte en pie, y ya no digamos dibujar un animal.

—Y tus manos —terció mi madre—. En las granjas hay alambre espinoso, hay máquinas con hojas afiladas. Podrías lesionarte las manos, ¿y qué pasaría entonces? Nunca volverías a dibujar. Creía que este verano asistirías al curso de arte de la escuela, que el señor Leonard te enseñaría dibujo.

—Eso puedo hacerlo siempre... ¡pero esto es ver Norteamérica!

A la noche siguiente la tía Evelyn vino a cenar, invitada por mi madre durante las horas en que Sandy iba a estar en casa de un amigo haciendo los deberes; ese día mi hermano no estaría presente para ser testigo de la discusión que sin duda se produciría entre tía Evelyn y mi padre a propósito de Solo Pueblo, y que en efecto tuvo lugar cuando entró en casa y dijo que se ocuparía de la solicitud de Sandy en cuanto llegara a la oficina.

—No tienes que hacernos ningún favor —le dijo mi padre sin sonreír.

—¿Quieres decir que no le dejas ir?

—¿Por qué debería hacerlo? ¿Por qué habría de hacerlo? —preguntó él.

—¿Por qué diablos no habrías de hacerlo, a menos que seas otro judío temeroso de su sombra? —replicó tía Evelyn.

Su desacuerdo no hizo más que intensificarse durante la cena, cuando mi padre sostuvo que Solo Pueblo era el primer paso de un plan de Lindbergh para separar a los niños judíos de sus padres y socavar la solidaridad de la familia judía, y tía Evelyn dio a entender sin demasiada delicadeza que el temor más grande de un judío como su cuñado era que sus hijos pudieran librarse de acabar siendo tan estrechos de miras y amedrentados como él.

Alvin era el renegado por el lado paterno, tía Evelyn la inconformista por el materno, maestra suplente de enseñanza primaria en el sistema docente de Newark, que varios años atrás había intervenido en la fundación del Sindicato de Enseñantes de Newark, de izquierdas y en gran parte judío, cuyos pocos centenares de afiliados competían con una asociación de profesores más seria, además de apolítica, para negociar los contratos con el ayuntamiento. En 1941 Evelyn acababa de cumplir los treinta y, hasta dos años antes, cuando mi abuela materna murió de insuficiencia cardíaca tras una década de dolencia coronaria que la convirtió en una inválida, fue Evelyn quien había cuidado de ella en el minúsculo apartamento que era la planta superior de una casa de dos familias y media que madre e hija compartían en la calle Dewey, no lejos de la escuela de la avenida Hawthorne donde Evelyn solía hacer sustituciones. En los días en que una vecina no estaba libre para vigilar a la abuela, mi madre iba en autobús a la calle Dewey y cuidaba de ella hasta que Evelyn regresaba del trabajo, y algunas noches de sábado, cuando Evelyn iba a Nueva York para ver una obra de teatro con sus amigos intelectuales, o bien mi padre traía a la abuela en el coche para que pasara la noche con nosotros, o bien mi madre regresaba a la calle Dewey para cuidar de ella. Muchas de las noches que tía Evelyn iba a Nueva York no volvía a casa, incluso cuando había planeado volver después de medianoche, por lo que mi madre se veía obligada a pasar la noche lejos de su marido y sus hijos. Y también había tardes en las que Evelyn no regresaba hasta varias horas después de haber salido de la escuela, debido a una relación sentimental intermitente que mantenía desde hacía largo tiempo con un maestro suplente de Newark Norte, al igual que Evelyn un enérgico defensor del sindicato y, al contrario que ella, casado, italiano y padre de tres hijos.

Mi madre siempre sostenía que, de no haberse visto obligada a cuidar de su madre enferma durante todos aquellos años, Evelyn habría sentado cabeza una vez obtenido el diploma de magisterio, se habría casado y nunca habría tenido aquella serie de relaciones «deshonrosas» con hombres casados que eran sus colegas. Su larga nariz no impedía que la gente considerase a tía Evelyn «muy atractiva», y era cierto, como observó mi madre, que cuando la menuda Evelyn entraba en una sala (una morena vivaz, con una silueta femenina perfecta, aunque en miniatura, enormes ojos oscuros y oblicuos como los de un gato y un rojo de labios carmesí que siempre causaba asombro) todo el mundo se volvía a mirarla, tanto las mujeres como los hombres. Se recogía en un moño el cabello lacado de un lustre metálico, llevaba las cejas depiladas de un modo espectacular, y cuando iba a hacer sustituciones en la escuela se ponía una falda de color brillante a juego con unos zapatos de tacón alto, un ancho cinturón blanco y una blusa semitransparente de color pastel. Mi padre consideraba que su atuendo era de mal gusto para una maestra de escuela, y el director de la escuela en Hawthorne opinaba lo mismo, pero mi madre, que, equivocada o no, se reprochaba a sí misma que Evelyn hubiera tenido que «sacrificar su juventud» cuidando de su madre, era incapaz de juzgar con dureza la audacia de su hermana, incluso cuando Evelyn renunció a la enseñanza, dejó el sindicato y, al parecer sin el menor reparo, abandonó sus lealtades políticas para trabajar con el rabino Bengelsdorf en la OAA de Lindbergh.

Pasarían varios meses antes de que a mis padres se les ocurriera pensar que tía Evelyn era la querida del rabino, y que lo era desde que él la conoció en la recepción posterior a su discurso en el Sindicato de Enseñantes de Newark sobre «El desarrollo de los ideales americanos en el aula», y solo llegaron a saberlo porque, al abandonar la OAA de Nueva Jersey para ocupar el cargo de director federal de la sede nacional en Washington, Bengelsdorf anunció a la prensa de Newark la noticia de su compromiso, a los sesenta y tres años, con su ayudante y activista de treinta y uno.

Cuando partió para luchar contra Hitler, Alvin imaginaba que la manera más rápida de ver acción sería embarcarse en uno de los destructores canadienses que protegían a los buques de la marina mercante que transportaban suministros a Gran Bretaña. Los periódicos informaban con regularidad de que submarinos alemanes habían hundido uno o más barcos canadienses en el Atlántico Norte, a veces tan cerca del continente como en las zonas pesqueras de la costa de Terranova, algo especialmente alarmante para los británicos, puesto que Canadá se había convertido casi en su único proveedor de armas, alimentos, medicinas y maquinaria después de que la administración Lindbergh anulara la legislación sobre ayuda promulgada por el Congreso de Roosevelt. En Montreal, Alvin conoció a un joven desertor norteamericano que le dijo que se olvidara de la armada, ya que eran los comandos canadienses los que entraban en acción, realizaban incursiones nocturnas en el continente ocupado por los nazis, saboteaban instalaciones vitales para los alemanes, hacían saltar por los aires arsenales de municiones y, junto con comandos británicos confabulados con movimientos europeos de resistencia clandestinos, destruían muelles y astilleros a lo largo de la costa de Europa occidental. Cuando le contó a Alvin las numerosas maneras de matar a un hombre que te enseñaban los comandos, Alvin desistió de sus planes iniciales y fue a alistarse. Como el resto de las fuerzas armadas canadienses, los comandos estaban ansiosos de aceptar en sus filas a ciudadanos estadounidenses cualificados, y así, al cabo de cuatro meses de adiestramiento, destinaron a Alvin a una unidad de comando activa y lo enviaron a una zona de estacionamiento de tropas secreta en las islas británicas. Y fue entonces cuando por fin tuvimos noticias de él, al recibir una carta de seis palabras que decía: «Me voy a luchar. Hasta pronto».

Pocos días después de que Sandy subiera solo al tren nocturno con destino a Kentucky, mis padres recibieron una segunda carta, esta vez no de Alvin sino del Departamento de la Guerra en Ottawa, en la que decían al familiar más próximo de Alvin que su sobrino había sido herido en el frente y que estaba convaleciente en un hospital de Dorset, Inglaterra. Aquella noche, tras recoger los platos de la cena, mi madre se sentó a la mesa de la cocina con una estilográfica y la caja de hojas y sobres con monograma reservados para la correspondencia importante. Mi padre se sentó delante de ella y yo me quedé detrás, mirando por encima de su hombro para observar cómo su caligrafía cursiva se desplegaba de un modo uniforme gracias a la mecánica de escritura a mano que había empleado cuando era secretaria y que nos había enseñado a Sandy y a mí, los dedos corazón y anular colocados para apoyar la mano y el índice más cerca de la plumilla que el pulgar. Pronunciaba cada frase en voz alta antes de escribirla, por si mi padre quería cambiar o añadir algo:

> Queridísimo Alvin:
> Esta mañana hemos recibido una carta del gobierno canadiense en la que nos dicen que has sido herido en el frente y que estás en un hospital de Inglaterra. La carta no da más detalles, aparte de una dirección de correo para escribirte.
> En este momento estamos sentados a la mesa de la cocina tío Herman, Philip y tía Bess. Queremos saberlo todo acerca de tu estado. Sandy se ha ido a pasar el verano fuera de casa, pero le escribiremos enseguida para informarle sobre ti.
> ¿Hay alguna posibilidad de que vuelvan a enviarte a Canadá? En caso afirmativo, iríamos en coche hasta allí para verte. Entretanto, te enviamos nuestro cariño y quedamos a la espera de tus noticias desde Inglaterra. Por favor, escríbenos o pide a alguien que lo haga por ti. Cualquier cosa que quieras que hagamos, la haremos.
> Una vez más, te queremos y te echamos de menos.

Firmamos los tres al pie del mensaje. Transcurrió casi un mes antes de obtener respuesta.

> Estimados señores Roth:
> El cabo Alvin Roth recibió su carta del 5 de julio. Soy la enfermera jefe de su unidad, y le he leído la carta varias veces para asegurarme de que entendía de quién era y lo que decía.
> En estos momentos, el cabo Roth no se encuentra con ánimos para escribir. Ha perdido la pierna izquierda por debajo de la rodilla y ha resultado gravemente herido en el pie derecho. Este se encuentra en proceso de curación y la herida no le dejará secuelas. Cuando la pierna izquierda esté en condiciones, se le colocará una prótesis y se le enseñará a caminar con ella.
> El cabo Roth está pasando por unos momentos difíciles, pero deseo asegurarles que con el tiempo podrá reanudar su vida civil sin problemas físicos importantes. Este hospital está especializado en casos de amputaciones y de quemaduras. He visto a muchos hombres sufrir las mismas dificultades psicológicas del cabo Roth, pero la mayoría de ellos las han superado, y estoy convencida de que el cabo Roth también lo hará.
> Atentamente,
> Teniente A. F. COOPER

Una vez a la semana, Sandy escribía a casa diciendo que estaba bien e informándonos del calor que hacía en Kentucky, y siempre finalizaba con una frase acerca de la vida en la granja: «Hay una cosecha extraordinaria de moras», o «Las moscas están volviendo locos a los novillos», «Hoy han cortado alfalfa» o «Ha empezado el desmoche», al margen de lo que significara esa palabra. Al final, debajo de su firma, y tal vez para demostrarle a su padre que tenía el vigor suficiente para dedicarse a su arte incluso después de haber pasado la jornada trabajando en la granja, incluía el esbozo de un cerdo («Este cerdo —anotaba—, ¡pesa más de ciento cincuenta kilos!»), un perro («Suzie, la perra de Orin, especialista en espantar a las serpientes»), un cordero («Ayer el señor Mawhinney llevó treinta corderos a los corrales»), o un establo («Acaban de pintar este sitio con creosota. ¡Puaj!»). En general, el dibujo ocupaba mucho más espacio que el mensaje y, algo que apesadumbraba a mi madre, las preguntas que ella le hacía en su propia carta semanal no solían tener respuesta. Naturalmente, yo sabía que mi madre se desvivía por igual por sus dos hijos, pero hasta que Sandy se marchó a Kentucky no supe lo mucho que él significaba para ella como una persona independiente de su hermano menor. Aunque no iba a dejarse abatir por estar separada durante dos meses de un hijo que ya tenía trece años, durante todo el verano hubo en ella un trasfondo de tristeza, visible en ciertos gestos y expresiones faciales, especialmente en la mesa de la cocina cuando la cuarta silla arrimada para la cena permanecía vacía una noche tras otra.

Tía Evelyn nos acompañaba cuando fuimos a la Penn Station para recoger a Sandy el sábado de finales de agosto en que regresó a Newark. Era la última persona que mi padre deseaba que viniera, pero al igual que cuando, contra sus propias inclinaciones, acabó por permitir que Sandy presentara su solicitud de ingreso en Solo Pueblo y aceptó el trabajo de verano en Kentucky, había cedido a la influencia que su cuñada ejercía sobre su hijo para no dificultar más una situación cuyo peligro, en última instancia, aún no estaba del todo claro.

En la estación, tía Evelyn fue la primera de nosotros que reconoció a Sandy cuando bajó del vagón al andén, con unos cinco kilos de peso más que cuando se marchó y el cabello castaño tirando a rubio por haber trabajado en los campos bajo el sol del verano. También había crecido cinco centímetros, de modo que ahora los pantalones le quedaban muy por encima de las puntas de sus zapatos y, en conjunto, yo tenía la impresión de que se trataba de mi hermano disfrazado.

—¡Eh, granjero, aquí! —le gritó tía Evelyn, y Sandy vino a paso largo hacia nosotros, las maletas balanceándose a los costados y luciendo una nueva manera de andar, la de alguien acostumbrado a la vida al aire libre, a juego con su nuevo físico.

—Bienvenido, forastero —le dijo mi madre, y, con la actitud de una jovencita, le echó alegremente los brazos al cuello y las palabras que le susurró al oído («¿Ha habido alguna vez un chico más guapo?») provocaron su queja («¡Basta ya, mamá!»), lo cual, naturalmente, hizo reír de buena gana a los demás miembros de la familia.

Todos le abrazamos y, de pie junto al tren al que Sandy había subido a mil doscientos kilómetros de distancia, flexionó los bíceps para que yo los tocara. En el coche, cuando empezó a responder a nuestras preguntas, percibimos lo áspera que se había vuelto su voz y oímos por primera vez la longitud de las vocales y el acento nasal propios del Oeste.

Tía Evelyn estaba exultante. Sandy habló de su último trabajo en los campos: había ido con Orin, uno de los hijos de los Mawhinney, a recoger las hojas de tabaco rotas durante la cosecha. Nos dijo que solían ser las más bajas de la planta y que las llamaban «volantes», y resultaba que eran un tabaco de calidad superior que alcanzaba el precio más alto en el mercado. Pero los hombres que cortan las hojas en la plantación de doce hectáreas no pueden molestarse en recoger las hojas del suelo, pues tienen que cortar unos tres mil palos de tabaco al día a fin de tenerlo todo almacenado en el granero de curación en dos semanas. «Espera, espera… ¿qué es un "palo de tabaco", cariño?», le preguntó tía Evelyn, y él satisfizo de buen grado su curiosidad con la explicación más extensa posible. Y entonces ella quiso saber qué era un granero de curación, qué era el desmoche, qué era la poda de chupones, qué era la desparasitación, y cuantas más preguntas le hacía tía Evelyn, con tanta más autoridad respondía Sandy, de modo que cuando llegamos a la avenida Summit y mi padre aparcó el coche en el callejón, mi hermano seguía hablando del cultivo de tabaco como si esperase de todos nosotros que fuéramos al patio de atrás y empezáramos a preparar el trozo de terreno cubierto de hierbajos al lado de los cubos de basura para plantar la primera cosecha cultivada en Newark de *white burley*, el tabaco de hojas delgadas y color claro cultivado en Kentucky. «El dulzón *burley* de los Luckys es lo que les da el sabor», nos informó, y entretanto yo ansiaba tocarle de nuevo los bíceps, que para mí no eran menos extraordinarios que el acento regional, si de eso se trataba y, como quisiera llamarse aquel extraño mejunje fonético, no era el inglés que hablábamos nosotros, los naturales de Nueva Jersey.

Tía Evelyn estaba exultante, pero mi padre se sentía frustrado, apenas decía palabra, y aquella noche durante la cena pareció especialmente apagado cuando Sandy se puso a hablar del dechado de virtudes que era el señor Mawhinney. En primer lugar, el señor Mawhinney se había graduado por la facultad de agricultura de la Universidad de Kentucky, mientras que mi padre, como la mayoría de los niños de los suburbios newarquianos antes de la Primera Guerra Mundial, no había pasado de la enseñanza primaria. El señor Mawhinney no solo poseía una granja, sino tres (la más pequeña de ellas alquilada a unos arrendatarios), unas tierras que pertenecían a su familia desde los tiempos de Daniel Boone, y mi padre no poseía nada más impresionante que un coche que ya tenía seis años. El señor Mawhinney sabía ensillar un caballo, conducir un tractor, manejar una trilladora, usar una sembradora de fertilizante, trabajar un campo tan fácilmente con un tiro de mulas como con una yunta de bueyes; sabía llevar a cabo la rotación de las cosechas y contratar a braceros, tanto blancos como negros; sabía reparar herramientas, afilar las puntas de arados y segadoras, instalar vallas, tender alambre espinoso, criar gallinas, desinfectar ovejas, descornar al ganado, sacrificar a los cerdos, ahumar tocino, curar jamón con azúcar, y cultivaba unas sandías que eran las más dulces y jugosas que Sandy había comido jamás. Gracias al cultivo del tabaco, el maíz y las patatas, el señor Mawhinney podía vivir directamente de la tierra, y durante la cena del domingo (en la que el granjero de metro noventa y ciento quince kilos de peso comía más pollo frito con salsa de crema que el resto de los comensales juntos), solo tomaba alimentos procedentes de animales que él mismo había criado, y todo lo que mi padre podía hacer era vender pólizas de seguros. Por supuesto, el señor Mawhinney era cristiano, miembro inveterado de la abrumadora mayoría que hizo la Revolución y fundó la nación y conquistó la naturaleza salvaje y subyugó a los indios y esclavizó a los negros y emancipó a los negros y segregó a los negros, uno más entre los millones de buenos, limpios, trabajadores cristianos que se establecieron en la frontera, cultivaron los campos, construyeron las ciudades, gobernaron los estados, se sentaron en el Congreso, ocuparon la Casa Blanca, amasaron la riqueza, poseyeron la tierra y las acerías y los clubes de béisbol y los ferrocarriles y los bancos, que incluso poseían y supervisaban el lenguaje, uno de aquellos invulnerables nórdicos y anglosajones protestantes que dirigían Norteamérica y siempre la dirigirían, generales, dignatarios, magnates, los hombres que daban las órdenes y tenían la última palabra y leían la cartilla cuando les parecía, mientras que mi padre, claro, no era más que un judío.

Sandy recibió la noticia acerca de Alvin cuando tía Evelyn ya se había ido a casa. Mi padre estaba sentado a la mesa de la cocina, trabajando en sus libros de contabilidad y preparándose para salir a efectuar sus cobros de la noche, y mi madre estaba en el sótano con Sandy, clasificando las prendas de vestir que se había llevado a Kentucky, decidiendo cuáles remendar y cuáles tirar antes de meter todas las demás en la pila de lavar. Mi madre siempre hacía al momento cualquier cosa que debiera hacerse, y estaba dispuesta a dar cuenta de la ropa sucia antes de acostarse. Yo estaba allí con ellos, incapaz de apartarme de mi hermano. Él siempre había sabido todo lo que yo desconocía, y había regresado de Kentucky sabiendo todavía más.

−Tengo que hablarte de Alvin −le dijo mi madre−. No he querido decírtelo por carta porque… bueno, no quería asustarte, cariño. −Luego, tras hacer acopio de fuerzas y estar segura de que no iba a llorar, añadió en voz baja−: Han herido a Alvin. Está en un hospital, en Inglaterra. Se está recuperando de sus heridas.

Sandy se quedó estupefacto.

—¿Quién lo hirió? —preguntó, como si ella le estuviera contando algo ocurrido en el vecindario en lugar de en la Europa ocupada por los nazis, donde continuamente había mutilaciones, heridas y muertes.

—No conocemos los detalles —respondió mi madre—, pero no ha sido una herida superficial. Tengo que decirte algo muy triste, Sanford. —Y pese a su empeño en mantener alto nuestro ánimo, la voz empezó a temblarle cuando dijo—: Alvin ha perdido una pierna.

—¿Una pierna?

No hay muchas palabras menos abstrusas que «pierna», pero él no comprendió a la primera lo que le estaban diciendo.

—Sí. Según una carta que hemos recibido de una de sus enfermeras, la pierna izquierda por debajo de la rodilla. —Como si pudiera consolar de alguna manera a mi hermano, añadió—: Si quieres leerla, la carta está arriba.

—Pero… ¿cómo caminará?

—Van a ponerle una pierna artificial.

—Pero no entiendo quién le hirió. ¿Cómo fue?

—Bueno, estaba allí… luchando contra los alemanes; supongo que debió de haber sido uno de ellos —respondió mi madre.

Evitando todavía lo que empezaba a comprender a medias, Sandy le preguntó:

—¿Qué pierna?

—La izquierda —repitió ella con tanta ternura como le fue posible.

—¿La pierna entera? ¿Toda?

—No, no, no —se apresuró ella a tranquilizarle—. Ya te lo he dicho, cariño… por debajo de la rodilla.

De repente, Sandy se echó a llorar, y como tenía hombros, pecho y muñecas mucho más voluminosos que la primavera anterior, como sus hombros eran ahora musculosos como los de un hombre en lugar de delgados como los de un niño, me alarmé tanto al ver las lágrimas que corrían por sus bronceadas mejillas que también empecé a llorar.

—Es horrible, cariño —dijo mi madre—. Pero Alvin no está muerto. Sigue vivo, y ahora por lo menos ya no está en la guerra.

—¿Qué? —estalló Sandy—. ¿Has oído lo que acabas de decirme?

—¿Qué quieres decir? —replicó ella.

—¿No te has escuchado a ti misma? Has dicho: «Ya no está en la guerra».

—Y no lo está, ya no. Y como no lo está, ahora volverá a casa antes de que pueda pasarle nada más.

—Pero ¿por qué estaba en la guerra, mamá?

—Porque...

—¡Por culpa de papá! —exclamó Sandy.

—No, cariño, eso no es verdad. —Y se apresuró a cubrirse la boca con la mano, como si fuese ella quien había pronunciado aquellas palabras imperdonables—. No es así —objetó—. Alvin se marchó a Canadá sin decírnoslo. Se fugó aquel viernes por la noche. Recuerda lo terrible que fue. Nadie quería que Alvin se fuese a la guerra... Se marchó sin más, por su cuenta.

—Pero papá quiere que todo el país vaya a la guerra, ¿no es cierto? ¿No es por eso por lo que votó a Roosevelt?

—Baja la voz, por favor.

—Primero dices que gracias a Dios Alvin ya no está en la guerra...

—¡Te digo que bajes la voz! —le interrumpió ella, y la tensión de todo aquel día llegó a abrumarla tanto, que perdió los estribos y le dijo al muchacho al que tanto había añorado durante todo el verano—: ¡No sabes de qué estás hablando!

—¡Pero tú no quieres escuchar! —le gritó él—. Si no fuese por el presidente Lindbergh...

¡Aquel nombre de nuevo...! Habría preferido oír la explosión de una bomba que tener que oír una vez más el nombre que nos atormentaba a todos nosotros.

En aquel preciso instante mi padre apareció bajo la débil luz del rellano, en lo alto de la escalera del sótano. Probablemente era una suerte que desde donde estábamos, junto al hondo fregadero, todo lo que podíamos ver de él fuesen los pantalones y los zapatos.

—Está trastornado por lo de Alvin —le dijo mi madre alzando la vista hacia él para explicarle a qué se debían los gritos—. He cometido un error. —Entonces se dirigió a Sandy—: No debería habértelo dicho esta noche. No es fácil para un chico que vuelve a casa tras haber tenido una experiencia como la tuya...

nunca es fácil ir de un sitio a otro… y, además, estás tan cansado… —Y entonces, impotente, abandonándose a su propia fatiga, nos ordenó—: Ahora mismo vais a subir los dos para que pueda lavar la ropa.

Así que nos volvimos para subir la escalera y descubrimos que, por fortuna, mi padre ya había desaparecido del rellano y se había ido en el coche para llevar a cabo sus cobros nocturnos.

(En la cama, una hora después. Están apagadas todas las luces de la casa. Hablamos en susurros.)

¿Te lo has pasado bien?

Me lo he pasado de miedo.

¿Y por qué te lo has pasado tan bien?

Vivir en una granja es estupendo. Tienes que levantarte temprano y estar fuera todo el día, con un montón de animales. He dibujado muchos, ya te los enseñaré. Y cada noche comíamos helado. La señora Mawhinney lo prepara ella misma. Allí hay leche fresca.

Toda la leche es fresca.

No, nosotros la tomábamos directamente de la vaca. Aún estaba caliente. La poníamos en el fogón, la hervíamos, quitábamos la nata de encima y nos la bebíamos.

¿No te puedes enfermar?

Por eso la hierves.

Pero no la bebes directamente de la vaca.

Lo intenté una vez, pero no sabe muy bien. Es demasiado cremosa.

¿Ordeñaste una vaca?

Orin me enseñó a hacerlo. Es difícil. Orin hacía salir la leche a chorro, y los gatos le rodeaban para intentar bebérsela.

¿Tenías amigos?

Bueno, Orin es mi mejor amigo.

¿Orin Mawhinney?

Sí, tiene mi edad. Va a la escuela de allí. Trabaja en la granja. Se levanta a las cuatro de la madrugada para hacer algunas tareas. No es como nosotros. Va a la escuela en autobús. La escuela está a unos tres cuartos de hora en autobús, y de noche, cuando vuelve a casa, hace más tareas y los deberes antes de irse a la cama. A la mañana siguiente se levanta a las cuatro. Ser hijo de un granjero es un trabajo muy duro.

Pero son ricos, ¿no?

Son bastante ricos.

¿Cómo es que ahora hablas así?

¿Y por qué no? Así es como hablan en Kentucky. Tendrías que oír a la señora Mawhinney. Es de Georgia. Cada mañana prepara tortitas para desayunar. Con beicon. El señor Mawhinney ahúma su propio beicon. En una caseta especial para ahumar. Sabe cómo hacerlo.

¿Comías beicon cada mañana?

Cada mañana. Es delicioso. Y los domingos, al levantarnos, comíamos tortitas, beicon y huevos. De sus propias gallinas. Los huevos… son casi rojos en el centro, de tan frescos. Vas, se los quitas a las gallinas, los llevas a la cocina y te los comes allí mismo.

¿Comías jamón?

Cenábamos jamón un par de veces a la semana. El señor Mawhinney prepara su propio jamón. Tiene una receta familiar especial. Dice que si un jamón no ha estado colgado durante un
año para que envejezca, él no se lo come.

¿Comías salchichas?

Sí. Él también hace las salchichas. Pican la carne en una máquina de hacer salchichas. A veces comíamos salchichas en vez de
beicon. Están buenas. Y chuletas de cerdo. También están buenas. Muy buenas… La verdad es que no sé por qué nosotros no
las comemos.

Porque son carne de cerdo.

¿Y qué? ¿Por qué crees que crían cerdos los granjeros? ¿Para
que la gente los mire? Es como todo lo demás que comes. Te lo
comes y punto, y está realmente bueno.

¿Vas a seguir comiendo todo eso?

Claro.

Pero allí hacía mucho calor, ¿no?

Durante el día. Pero íbamos a comer a la casa, tomates y emparedados con mayonesa. Y limonada, mucha limonada. Descan-
sábamos un rato y luego volvíamos a los campos y hacíamos lo
que tuviéramos que hacer. Desherbar. Nos pasábamos la tarde
desherbando, el maíz, el tabaco. Orin y yo teníamos una huer-
ta, y también la desherbábamos. Trabajábamos con los braceros
y había algunos negros jornaleros. Y hay un negro, Randolph,
que es arrendatario y había sido bracero. El señor Mawhinney
dice que es un agricultor de primera.

¿Entiendes a los negros cuando hablan?

Claro.

¿Puedes imitarlos?

Dicen *bacca* en vez de tabaco y cosas por el estilo. Pero no hablan mucho. Lo que más hacen es trabajar. Cuando llega la matanza del cerdo, el señor Mawhinney tiene a Clete y el Viejo Henry para destripar a los animales. Son negros, hermanos, y se llevan las tripas a casa y se las comen fritas. Menudillos.

¿Te comerías eso?

¿Es que tengo pinta de negro? El señor Mawhinney dice que los negros están empezando a marcharse de la granja porque creen que pueden ganar más dinero en la ciudad. A veces, los sábados por la noche, detienen al Viejo Henry. Por beber. El señor Mawhinney paga la multa para sacarlo, porque el lunes lo necesita.

¿Tienen zapatos?

Algunos. Los niños van descalzos. Los Mawhinney les dan la ropa que ya no quieren. Pero son felices.

¿Alguien dijo algo del antisemitismo?

Ni siquiera piensan en eso, Philip. Yo era el primer judío que conocían. Me lo dijeron. Pero nunca decían nada malo. Aquello es Kentucky. Allí la gente es muy amistosa.

Bueno… ¿te alegras de estar en casa?

Más o menos. No sé.

¿Volverás el año que viene?

Claro.

¿Y si mamá y papá no te dejan?

Iré de todos modos.

Como si fuese una consecuencia directa de que Sandy hubiera comido beicon, jamón, chuletas de cerdo y salchichas, la transformación de nuestras vidas parecía no tener fin. El rabino Bengelsdorf iba a venir a cenar. Tía Evelyn lo había invitado.

—¿Por qué nosotros? —le preguntó mi padre a mi madre.

Habíamos terminado de cenar, Sandy estaba en la cama escribiendo a Orin Mawhinney y yo me había quedado con ellos en la sala de estar, decidido a ver cómo iba a tomarse mi padre la noticia ahora que todo a nuestro alrededor parecía agitarse al mismo tiempo.

—Es mi hermana —respondió mi madre con un punto de beligeranica—, él es su jefe… No puedo negarme.

—Yo sí que puedo —dijo él.

—No harás algo así.

—Entonces, ¿quieres explicarme de nuevo por qué merecemos este gran honor? ¿El pez gordo no tiene nada más importante que hacer que venir aquí?

—Evelyn quiere que conozca a tu hijo.

—Eso es ridículo. Tu hermana siempre ha sido ridícula. Mi hijo es un alumno de octavo de la escuela de la avenida Chancellor. Se ha pasado el verano arrancando hierbajos. Todo esto es ridículo.

—Mira, Herman, vendrán el jueves por la noche, y haremos todo lo posible para que se sientan bien. Puede que le odies, pero no es un don nadie.

—Eso ya lo sé —dijo él con impaciencia—. Precisamente por eso le odio.

En esa época, cuando deambulaba por la casa, siempre llevaba en las manos un número de *PM*, ya fuera enrollado a modo de arma —como si se estuviera preparando, en caso de que le llamasen, para ir a la guerra—, ya fuera abierto por una página donde había algo que quería leerle en voz alta a mi madre. Aquella noche en concreto estaba perplejo por la facilidad con que

118

los alemanes proseguían su avance por Rusia, y así, agitando el periódico con exasperación, soltó de repente:

—¿Por qué no pelean de una vez esos rusos? Tienen aviones, ¿por qué no los usan? ¿Por qué no hay allí nadie que plante cara? Hitler entra en un país, cruza la frontera, se mete dentro y, hala, es suyo. Inglaterra es el único país de Europa que se enfrenta a ese perro. Todas las noches bombardea las ciudades inglesas, y ellos vuelven a la carga y siguen combatiéndolo con la RAF. Dios bendiga a los hombres de la RAF.

—¿Cuándo invadirá Hitler Inglaterra? —le pregunté—. ¿Por qué no la invade ahora?

—Eso formaba parte del trato que hizo con el señor Lindbergh allá en Islandia —me explicó mi padre—. Lindbergh quiere ser el salvador de la humanidad y negociar la paz que ponga fin a la guerra, así que, después de que Hitler se apodere de Rusia, después de que conquiste Oriente Medio y después de conquistar todo lo que le venga en gana, Lindbergh convocará una falsa conferencia de paz, del tipo que les encantará a los alemanes. Allí estarán los alemanes, y el precio para conseguir la paz mundial y para que Gran Bretaña se libre de la invasión alemana será que los británicos instalen en Inglaterra un gobierno fascista inglés. Que haya un primer ministro fascista en Downing Street. Y cuando los ingleses digan que no, entonces Hitler los invadirá, y con el consentimiento de nuestro presidente el conciliador.

—¿Es eso lo que dice Walter Winchell? —le pregunté, pensando que todo lo que acababa de explicarme era demasiado inteligente para que lo hubiera deducido por sí mismo.

—Es lo que digo yo —replicó, y probablemente era cierto. La presión de lo que estaba ocurriendo aceleraba la educación de todo el mundo, incluida la mía—. Pero demos gracias a Dios por tener a Walter Winchell. Sin él estaríamos perdidos. Es el único profesional que han dejado en la radio para expresar su opinión contra esos sucios perros. Es repugnante. Peor que repugnante. Lento pero seguro, ya no queda nadie en Norteamérica dispuesto a manifestarse en contra de que Lindbergh le bese el trasero a Hitler.

—¿Y los demócratas?

—No me preguntes por los demócratas, hijo. Ya estoy bastante enfadado sin necesidad de entrar en eso.

El jueves por la noche mi madre me pidió que la ayudara a poner la mesa en el comedor, y después me envió a mi dormitorio para que me vistiera con mis mejores ropas. Tía Evelyn y el rabino Bengelsdorf llegarían a las siete, cuarenta y cinco minutos más tarde de la hora a la que normalmente habríamos terminado de cenar en la cocina, pero el rabino no podía venir antes a nuestra casa debido a sus obligaciones oficiales. Aquel hombre era el traidor a quien mi padre, en general tan respetuoso con el clero judío, había acusado en voz alta de hacer «un discurso estúpido y embustero» a favor de Lindbergh en el Madison Square Garden, el «farsante judío», según Alvin, que había garantizado la derrota de Roosevelt al «legitimar a Lindbergh para los gentiles», y por ello resultaba asombroso constatar la generosidad con que íbamos a alimentarle. Por mi parte, recibí instrucciones por anticipado para que no usara las toallas limpias del baño ni me acercara al sillón de mi padre, donde iba a sentarse el rabino antes de la cena.

Primero todos nos sentamos rígidamente en la sala de estar, mientras mi padre ofrecía al rabino un vaso de whisky o, si lo prefería, un chupito de *schnapps*, cosas ambas que Bengelsdorf rechazó a favor de un vaso de agua del grifo.

—Newark tiene la mejor agua potable del mundo —dijo el rabino, y lo dijo como lo decía todo, con una profunda consideración. Recibió con deferencia el vaso que, sobre un platillo, le ofrecía mi madre, a quien yo aún recordaba aquel día de octubre, alejándose de la radio para no tener que escuchar sus alabanzas a Lindbergh—. Tenéis una casa muy agradable —le dijo a mi madre—. Todo en su lugar, todo perfectamente colocado. Revela el amor por el orden que comparto. Veo que os gusta mucho el color verde.

—Verde bosque —replicó mi madre, tratando de sonreír y complacer, pero hablando con dificultad y todavía incapaz de mirarle a los ojos.

—Deberíais estar muy orgullosos de vuestro precioso hogar. Es un honor para mí que me hayáis invitado.

El rabino era muy alto, de físico parecido al de Lindbergh, un hombre delgado, calvo, con un traje oscuro de tres piezas y zapatos negros relucientes; ya solo su postura erguida me parecía que expresaba fidelidad a los ideales más elevados de la humanidad. A juzgar por el acento melifluo sureño que oí por la radio, había imaginado a un hombre de aspecto mucho menos severo, pero incluso sus gafas resultaban intimidantes, en parte porque eran unos anteojos ovalados, como ojos de búho, que pellizcaban la nariz para mantenerse en su lugar, similares a los que usaba Roosevelt, y en parte porque el mismo hecho de que los llevara, y te examinara con ellos como si lo hiciera a través de un microscopio, dejaba claro que no era un hombre con quien fuese conveniente estar en desacuerdo. No obstante, cuando hablaba su tono era cálido, amistoso, incluso confiado. Yo seguía esperando que nos tratara con desprecio o nos mandoneara, pero lo único que hizo fue hablar con aquel acento (que no se parecía en nada al de Sandy), y en voz tan baja que a veces tenías que retener la respiración para escucharle y comprobar lo docto que era.

—Y tú debes de ser el muchacho que nos ha enorgullecido tanto a todos —le dijo a Sandy.

—Soy Sandy, señor —replicó mi hermano ruborizándose intensamente.

A mi modo de ver, era una brillante respuesta a una pregunta que otro muchacho con un éxito como el suyo, que hubiera tratado de ceñirse a la modestia sancionada por el uso, no habría podido dar con tanta celeridad. No, nada podía perturbar ahora a Sandy, no con aquellos músculos y aquel pelo aclarado por el sol y la abundancia de carne porcina que se había zampado sin pedir permiso a nadie.

—¿Y qué tal te fue el trabajo allá, bajo el sol ardiente de los campos de Kentucky? —le preguntó el rabino con aquel curioso acento que deformaba casi todas las palabras, aunque «Kentucky» lo pronunció tal como se escribe y no a la nueva manera de Sandy, como si la primera sílaba fuese *Kin*.

—He aprendido mucho, señor. He aprendido mucho acerca de mi país.

La expresión de tía Evelyn era claramente aprobadora, nada más lógico, puesto que la noche anterior le había proporcionado por teléfono la respuesta a esa pregunta. Como siempre tenía que ser superior a mi padre, nada más placentero para ella que moldear la existencia del hijo mayor de su cuñado delante de sus narices.

—Tu tía Evelyn me ha dicho que has estado en una plantación de tabaco.

—Sí, señor. Tabaco *white burley*.

—¿Sabías, Sandy, que el tabaco fue la base económica del primer asentamiento inglés en Norteamérica, el de Jamestown en Virginia?

—No lo sabía —admitió, pero añadió al instante—: Aunque no me sorprende saberlo. —Y, en un abrir y cerrar de ojos, lo peor quedó atrás.

—Los pioneros de Jamestown sufrieron muchas adversidades —le dijo el rabino—. Pero lo que les salvó del hambre y evitó la extinción del asentamiento fue el cultivo de tabaco. Piensa en ello. Sin el tabaco, el primer gobierno representativo en el Nuevo Mundo nunca se habría reunido en Jamestown, como lo hizo en mil seiscientos diecinueve. Sin el tabaco, la colonia de Jamestown habría fracasado, y las Primeras Familias de Virginia, cuya riqueza se debía a sus plantaciones de tabaco, nunca habrían adquirido prominencia. Y cuando recuerdas que las Primeras Familias de Virginia son los antepasados de los estadistas virginianos que fueron los Padres Fundadores de nuestro país, te das cuenta de la importancia vital del tabaco en la historia de nuestra república.

—Así es —replicó Sandy.

—Yo nací en el sur de Estados Unidos. Nací catorce años después de la tragedia de la guerra civil. Cuando era joven, mi padre luchó por la Confederación. Su padre vino de Alemania para instalarse en Carolina del Sur, en mil ochocientos cincuenta. Era buhonero. Tenía una carreta y un caballo, lucía una larga barba y vendía sus artículos tanto a negros como a blancos. ¿Has oído hablar de Judah Benjamin? —le preguntó el rabino a Sandy.

—No, señor —respondió este, pero se rehízo rápidamente al preguntar—: ¿Puedo preguntarle quién era?

—Pues era judío y la segunda persona más importante del gobierno de la Confederación después de Jefferson Davis. Era un abogado judío que sirvió a Davis como fiscal general, secretario de la Guerra y secretario de Estado. Antes de la secesión del Sur había servido en el Senado como uno de los dos senadores por Carolina del Sur. En mi opinión, la causa por la que el Sur hizo la guerra no fue ni legal ni moral, pero siempre he tenido a Judah Benjamin en la mayor estima. Por aquel entonces, un judío era una rareza en Estados Unidos, tanto en el Norte como en el Sur, pero no creas que entonces no había que hacer frente al antisemitismo. Sin embargo, Judah Benjamin se acercó al mismo pináculo del triunfo político en el gobierno de la Confederación. Después de que se perdiera la guerra, se trasladó a Inglaterra, donde se convirtió en un distinguido abogado.

En este punto, mi madre se levantó y fue a la cocina, supuestamente para echar un vistazo a la cena que estaba preparando, y tía Evelyn le dijo a Sandy:

—Este sería un buen momento para que el rabino vea los dibujos que has hecho en la granja.

Sandy se puso en pie y se acercó al sillón donde estaba sentado el rabino para entregarle los diversos cuadernos de dibujo que había llenado de bocetos durante el verano y que había mantenido sobre el regazo desde que todos nos reunimos en la sala de estar.

El rabino tomó uno de los cuadernos y empezó a pasar lentamente las páginas.

—Cuéntale al rabino algo de cada dibujo —le sugirió tía Evelyn.

—Esto es el granero —dijo Sandy—. Es donde cuelgan el tabaco para curarlo después de la cosecha.

—Bueno, esto es un granero, desde luego, y estupendamente dibujado. Me gusta mucho el juego de luz y sombra. Tienes mucho talento, Sanford.

—Y esto es una planta de tabaco. Tienen este aspecto. La forma es triangular, como puede ver. Son grandes. Esta aún tenía la flor en lo alto. Era así antes de que la podaran.

—Y esta planta de tabaco —dijo el rabino pasando a una nueva página— con la bolsa arriba... nunca lo había visto.

—Así es como consiguen la semilla. Esta es una planta para obtener semillas. Cubren la flor con una bolsa de papel y la atan bien fuerte. Así la flor se mantiene como ellos la quieren.

—Bien, pero que muy bien... —comentó el rabino—. No es nada fácil dibujar una planta con precisión y, además, convertirla en una obra de arte. Mira cómo has sombreado los reversos de las hojas. Muy bueno, de veras.

—Y esto es un arado, claro —dijo Sandy—, y eso de ahí una azada. Una azada de mano, para desherbar, aunque también puede hacerse con las manos.

—¿Y quitabas muchas hierbas? —le preguntó con cierta sorna el rabino.

—¡Vaya si lo hacía! —exclamó Sandy, y el rabino Bengelsdorf sonrió, perdido por completo su aire intimidante—. Y esta es la perra —siguió diciendo Sandy—. La perra de Orin. Está dormida. Y este es uno de los negros, el Viejo Henry, y estas son sus manos. Me pareció que tenían carácter.

—¿Y quién es este?

—El hermano del Viejo Henry. Se llama Clete.

—Me gusta tu manera de dibujarlo, lo cansado que parece el hombre, encorvado de ese modo. Conozco a estos negros, crecí con ellos y los respeto. ¿Y esto? ¿Qué representa esto? —inquirió el rabino—. Aquí, con los fuelles.

—Bueno, hay una persona dentro. Está rociando las plantas de tabaco para matar a los gusanos. Tiene que vestirse así de la cabeza a los pies, con grandes guantes y ropa gruesa abotonada hasta arriba para no quemarse. Cuando echa el insecticida con los fuelles puede quemarse. El polvo es verde, y cuando ha terminado tiene la ropa llena de él. He tratado de conseguir el aspecto del polvo, he intentado que la zona donde está el polvo sea más clara, pero no creo que me haya salido bien.

—Bueno, no hay duda de que dibujar polvo es difícil —dijo el rabino, y empezó a pasar con un poco más de rapidez las páginas restantes, hasta que llegó al final y cerró el cuaderno—. No has desaprovechado la experiencia de Kentucky, ¿eh, jovencito?

—Me ha gustado mucho —replicó Sandy, y mi padre, que había permanecido silencioso e inmóvil en el sofá desde que le cediera al rabino su sillón favorito, se levantó.

—Tengo que ayudar a Bess —dijo en el mismo tono en que podría haber dicho: «Ahora voy a matarme saltando por la ventana».

–Los judíos de América –nos dijo el rabino a la hora de cenar– no son como los de cualquier otra comunidad judía en la historia del mundo. Tienen la mayor oportunidad concedida a nuestro pueblo en los tiempos modernos. Los judíos de América pueden participar plenamente en la vida nacional de su país. Ya no tienen que vivir aparte, una comunidad paria separada del resto. Todo lo que se requiere es el valor que vuestro hijo ha demostrado yendo por sí solo al desconocido Kentucky para trabajar allí como bracero en una granja. Creo que Sandy y los demás muchachos judíos como él integrados en el programa de Solo Pueblo deberían servir de ejemplo no solo para todos los niños judíos de este país, sino también para todos los judíos adultos. Y este no es un sueño que solo yo tengo; es el sueño del presidente Lindbergh.

Nuestra dura prueba había tomado de improviso el peor cariz posible. Yo no había olvidado la escena de Washington, cuando mi padre se enfrentó con el gerente del hotel y el intimidante policía, y por ello, ahora que el nombre de Lindbergh había sido mencionado con deferencia en la casa, pensé que había llegado el momento en que se enfrentaría a Bengelsdorf.

Pero un rabino era un rabino, y no lo hizo.

Mi madre y tía Evelyn sirvieron la cena, tres platos seguidos por una tarta veteada hecha en el horno aquella misma tarde. Utilizamos la vajilla «buena» y la cubertería «buena», y en el comedor nada menos, donde teníamos la mejor alfombra, los mejores muebles, los mejores manteles y donde nosotros mismos solo comíamos en ocasiones especiales. Desde mi lado de la mesa veía los retratos fotográficos de la familia colocados sobre los estantes del mueble que cubría una pared y que constituía nuestro santuario conmemorativo. Enmarcados allí estaban los dos abuelos, la abuela materna, una tía materna y dos tíos, uno de ellos el tío Jack, el padre de Alvin y el querido hermano mayor de mi padre. Después de que el rabino Bengelsdorf hubiera invocado el nombre de Lindbergh, me sentí más confuso que nunca. Un rabino era un rabino, pero mientras tanto Alvin se encontraba en un hospital militar canadiense en Montreal, aprendiendo a caminar con una pierna artificial tras haber perdido su propia pierna izquierda luchando contra Hitler, y en mi propia casa, donde lo normal era que llevase cualquier cosa excepto mi ropa buena, había tenido que ponerme mi única corbata y mi única chaqueta para impresionar al mismo rabino que había ayudado a elegir al presidente que era amigo de Hitler. ¿Cómo no iba a estar confuso, cuando nuestra desgracia y nuestra gloria eran una y la misma cosa? Algo esencial había sido destruido y se había perdido, nos estaban coaccionando para que fuésemos una cosa distinta a los americanos que éramos y, sin embargo, a la luz de la araña de vidrio tallado, entre el mobiliario macizo y oscuro del comedor, estábamos comiendo el asado a la cazuela de mi madre en compañía del primer visitante famoso al que jamás habíamos agasajado.

Para confundirme más y hacerme pagar el precio completo por mis pensamientos, de improviso Bengelsdorf se puso a hablar de Alvin, de cuyo percance se había enterado a través de tía Evelyn.

—Me entristece que esta familia haya sufrido una baja. Comparto de corazón vuestro padecimiento. Evelyn me ha dicho que cuando le den el alta a vuestro sobrino vendrá a pasar la convalecencia con vosotros. Sin duda sois conscientes de la angustia mental que semejante mutilación puede provocar en una persona que aún está en la flor de la juventud. Hará falta todo el amor y la paciencia que podáis tener para ayudarle a reanudar una vida útil. Su caso es especialmente trágico porque no había ninguna necesidad de ir a Canadá para unirse a las fuerzas armadas. Alvin Roth es por nacimiento un ciudadano de Estados Unidos, y nuestro país no está en guerra con nadie y no requiere el sacrificio en combate de la vida o la integridad física de ninguno de sus jóvenes. Algunos de nosotros hemos hecho todo lo posible para que así fuese. Me he encontrado con una considerable hostilidad por parte de muchos miembros de la comunidad judía por mi apoyo a la campaña de Lindbergh en las elecciones de mil novecientos cuarenta. Pero mi aversión hacia la guerra me ha ayudado a sobrellevarlo. Ya es bastante terrible que el joven Alvin haya perdido una pierna en una batalla librada en el continente europeo, que no tenía nada que ver con la seguridad de América ni con el bienestar de nuestros compatriotas...

Siguió hablando de esa guisa, repitiendo más o menos lo que dijera en el Madison Square Garden en favor de que Estados Unidos siguiera manteniéndose neutral, pero en aquellos momentos yo solo pensaba en Alvin. ¿Iba a quedarse con nosotros? Miré a mi madre. Ella no nos había dicho nada. ¿Cuándo llegaría? ¿Dónde dormiría? Ya era bastante malo, como mi madre había dicho en Washington, que no viviéramos en un país normal; ahora nunca volveríamos a vivir de nuevo en una casa normal. Una vida de mayor sufrimiento aún estaba tomando forma a mi alrededor, y quería gritar: «¡No! Alvin no puede quedarse aquí... ¡Solo tiene una pierna!».

Estaba tan alterado que transcurrió un rato antes de percatarme de que el decoro que reinaba en el comedor había terminado y que mi padre ya no aceptaba que lo dejaran al margen. De alguna manera se las había arreglado para superar los obstáculos que presentaban las credenciales de Bengelsdorf y sus propias insuficiencias; había dejado de intimidarle la grandeza rabínica y, apremiado por su irrefrenable sensación del desastre inminente, y profundamente irritado por la condescendencia, le estaba cantando las cuarenta a Bengelsdorf, con anteojos y todo.

—¡Hitler no es simplemente un dictador más, rabino! —le oí exclamar—. Ese loco no está librando una guerra como las que ha vivido la humanidad desde hace mil años. Está librando una guerra como nadie ha visto jamás en este planeta. Ha conquistado Europa. Está en guerra con Rusia. Cada noche bombardea Londres, lo reduce a escombros y mata a centenares de civiles británicos inocentes. Es el peor antisemita de la historia. Y, sin embargo, su gran amigo, nuestro presidente, acepta la palabra de Hitler cuando este le dice que tienen un «acuerdo». Hitler tenía un acuerdo con los rusos. ¿Lo mantuvo? Tenía un acuerdo con Chamberlain. ¿Lo mantuvo? El objetivo de Hitler es conquistar el mundo, y eso incluye a los Estados Unidos de América. Y puesto que allá donde va liquida a los judíos, cuando llegue el momento vendrá y liquidará a los judíos de aquí. ¿Y qué hará entonces nuestro presidente? ¿Protegernos? ¿Defendernos? Nuestro presidente no levantará un dedo. Ese es el acuerdo al que llegaron en Islandia, y cualquier adulto que piense lo contrario está loco.

El rabino Bengelsdorf no se mostró en absoluto impaciente con mi padre, sino que le escuchó respetuosamente, como si simpatizara al menos con algo de lo que le decía. Solo a Sandy parecía resultarle difícil guardarse sus sentimientos, y cuando nuestro padre se refirió en tono desdeñoso a Lindbergh como «nuestro presidente», se volvió hacia mí y me hizo una mueca que revelaba hasta qué punto se había desviado de la órbita familiar por el simple hecho de haberse adaptado, como un norteamericano corriente, a la nueva administración. Mi madre estaba sentada a la derecha de mi padre y, cuando este terminó, le asió la mano, aunque no estaba claro si era para expresarle lo orgullosa que se sentía de él o para darle a entender que debía callarse. En cuanto a tía Evelyn, que imitaba en todo al rabino, ocultaba sus pensamientos tras una máscara de indulgencia mientras su frívolo cuñado se atrevía a oponerse con su insignificante vocabulario a un intelectual que hablaba diez idiomas.

Bengelsdorf no respondió de inmediato, sino que aguardó durante un ominoso intervalo antes de replicar.

—Ayer mismo, por la mañana, estuve en la Casa Blanca hablando con el presidente. —Tras decir esto, se llevó el vaso de agua a los labios, dándonos tiempo para que nos repusiéramos—. Le felicité porque ha logrado disipar en un grado notable la desconfianza de los judíos que se remonta a los viajes que hizo a Alemania a finales de los años treinta, cuando evaluaba en secreto la importancia de la fuerza aérea alemana para el gobierno norteamericano. Le informé de que muchos de mis propios feligreses, que habían votado por Roosevelt, eran ahora firmes partidarios suyos, agradecidos de que hubiera sellado nuestra neutralidad y nos ahorrara los sufrimientos de otra gran guerra. Le dije que Solo Pueblo y otros programas similares estaban empezando a convencer a los judíos de Norteamérica de que él no es en absoluto su enemigo. Hay que reconocer que, antes de llegar a presidente, en ocasiones había realizado declaraciones públicas basadas en clichés antisemitas. Pero entonces hablaba por ignorancia, y así lo admite hoy. Me complace deciros que bastaron dos o tres sesiones a solas con el presidente para lograr que renunciara a sus ideas erróneas y apreciara la naturaleza múltiple de la vida judía en Norteamérica. No es un mal hombre, en absoluto. Es un hombre dotado de una enorme inteligencia natural y una gran probidad, justamente famoso por su valor personal y que ahora desea que le ayude a derribar esas barreras de ignorancia que siguen separando a los cristianos de los judíos y a estos de los cristianos. Porque, lamentablemente, también hay ignorancia entre los judíos, muchos de los cuales insisten en considerar al presidente Lindbergh un Hitler americano cuando saben muy bien que no es un dictador que alcanzó el poder con un golpe de Estado sino un líder demócrata que obtuvo su cargo gracias a una victoria aplastante en unas elecciones imparciales y libres y que no ha mostrado la menor inclinación por el gobierno autoritario. No glorifica al Estado a expensas del individuo, sino al contrario, estimula el individualismo emprendedor y un sistema de libre empresa sin la carga que representa la interferencia del gobierno federal. ¿Dónde está el estatismo fascista? ¿Dónde están los matones fascistas? ¿Dónde están los camisas pardas y la policía secreta nazi? ¿Cuándo habéis observado una sola manifestación de antisemitismo fascista procedente de nuestro gobierno? Lo que Hitler perpetró contra los judíos de Alemania en mil novecientos treinta y cinco, con la promulgación de las Leyes de Nuremberg, es la antítesis total de lo que el presidente Lindbergh se ha comprometido a hacer por los judíos de Norteamérica mediante el establecimiento de la Oficina de Absorción Americana. Las Leyes de Nuremberg privaron a los judíos de sus derechos civiles y los excluyeron por completo de la pertenencia a su nación. Lo que he aconsejado al presidente Lindbergh es que inicie programas que inviten a los judíos a intervenir tanto como lo deseen en la vida nacional, una vida nacional de cuyo disfrute, sin duda estaréis de acuerdo, tenemos tanto derecho como el que más.

Un torrente de frases de tal calado informativo como aquellas jamás se había escuchado en torno a la mesa de nuestro comedor, ni probablemente en ningún lugar de nuestra manzana, y por ello resultó pasmoso que, cuando el rabino finalizó preguntándole a mi padre en un tono bastante suave, incluso íntimo: «Dime, Herman, ¿empieza a disipar tus temores lo que acabo de explicar?», este respondiera rotundamente:

–No, no. En modo alguno. –Y entonces, sin que le importara causar una ofensa que no solo contrariaría al rabino, sino que sería un insulto a su dignidad y provocaría su vengativo desdén, mi padre añadió–: Escuchar a una persona como tú hablar de esa manera… Francamente, me alarma todavía más.

A la noche siguiente tía Evelyn telefoneó para informarnos entusiasmada de que, entre el centenar de muchachos de Nueva Jersey que habían ido al oeste aquel verano bajo el patrocinio de Solo Pueblo, Sandy había sido seleccionado como «oficial de reclutamiento» a nivel estatal para hablar como veterano a los jóvenes judíos que reunieran los requisitos adecuados y a sus familiares acerca de los numerosos beneficios del programa de la OAA y animarles a presentar su solicitud. Esa fue la venganza del rabino. Ahora, el hijo mayor de nuestro padre era miembro honorario de la nueva administración.

Poco después de que Sandy empezara a pasar las tardes en el centro de la ciudad, donde estaba la oficina de la OAA de tía Evelyn, mi madre se puso su mejor traje (la chaqueta gris a medida y la falda a rayas finas que se ponía para presidir las reuniones de la APP y cuando actuaba como observadora durante las votaciones en el sótano de la escuela en época electoral) y salió en busca de trabajo. Durante la cena nos anunció que había encontrado empleo como vendedora de vestidos de señora en Hahne's, unos grandes almacenes del centro. La habían contratado para la época de vacaciones, seis días a la semana y la noche del miércoles, pero como era una secretaria con experiencia abrigaba la esperanza de que durante las próximas semanas surgiera un empleo en la planta administrativa de los almacenes y la contrataran después de Navidad como empleada permanente. Nos explicó a Sandy y a mí que sus ingresos contribuirían a costear el aumento de los gastos ocasionados por el regreso de Alvin, aunque su verdadera intención (que solo conocía su marido) era depositar el dinero en una cuenta bancaria de Montreal, por si teníamos que huir y empezar de cero en Canadá.

Mi madre se había ido, mi hermano se había ido y Alvin pronto estaría de vuelta en casa. Mi padre había viajado en coche hasta Montreal para visitarle en el hospital militar. Un viernes por la mañana, horas antes de que Sandy y yo nos levantáramos para ir a la escuela, mi madre le preparó el desayuno, llenó el termo, envolvió la comida (tres bolsas de papel marcadas con un lápiz de sombreado de Sandy: *A* para almuerzo, *M* para merienda y *C* para cena), y mi padre partió hacia la frontera, quinientos sesenta kilómetros al norte. Puesto que su jefe solo podía darle el viernes libre, tendría que viajar todo ese día para ver a Alvin el sábado y después conducir todo el domingo de regreso para poder presentarse en la reunión de personal la mañana del lunes. A la ida se le pinchó un neumático y otros dos corrieron la misma suerte a la vuelta, y, a fin de llegar a tiempo a la reunión, tuvo que pasar de largo nuestro barrio y seguir directamente por la carretera hasta el centro. Cuando le vimos a la hora de cenar, llevaba más de un día sin pegar ojo y no se había aseado como era debido desde hacía más tiempo. Nos dijo que Alvin parecía un cadáver, que había perdido peso hasta quedarse en unos cincuenta kilos. Al oír aquello, me pregunté cuánto pesaría la pierna que había perdido, y aquella noche intenté, sin éxito, pesar la mía en la báscula del baño.

—Ha perdido el apetito —nos contó mi padre—. Le ponen la comida delante y él la aparta. Ese chico, pese a lo fuerte que es, no quiere vivir, no quiere nada salvo estar ahí tumbado, consumido, con esa terrible expresión. Le dije: «Te conozco desde que naciste, Alvin. Eres un luchador. No tires la toalla. Tienes la fortaleza de tu padre. Tu padre podía recibir el golpe más duro y aun así seguir adelante. Y tu madre también». Y luego le dije: «Cuando murió tu padre, ella tuvo que recuperarse, no le quedaba alternativa, debía cuidar de ti». Pero no sé si me escuchaba. Yo tenía alguna esperanza —siguió diciendo, la voz cada vez más ronca—, porque mientras estaba allí, con todos aquellos muchachos enfermos en sus camas a mi alrededor, mientras estaba sentado junto a su cama en aquel hospital... —Y no pudo pasar de ahí. Era la primera vez que yo veía llorar a mi padre. Un hito de la infancia, cuando las lágrimas de otra persona son más insoportables que las tuyas propias.

—Es porque estás tan cansado... —le dijo mi madre. Se levantó de la silla y, tratando de calmarle, se acercó a él y empezó a acariciarle la cabeza–. Cuando termines de cenar, te das una ducha y te acuestas.

Él ladeó la cabeza para apoyarla con fuerza en la mano de mi madre y empezó a sollozar sin poder contenerse.

–Le volaron la pierna –le dijo, y mi madre nos hizo una seña a Sandy y a mí para que la dejásemos consolarlo a solas.

Comenzó una nueva vida para mí. Había visto a mi padre derrumbarse, y mi infancia ya nunca volvería a ser la misma. La madre que siempre había estado en casa ahora se pasaba el día entero trabajando en Hahne's, el hermano con el que siempre había podido contar trabajaba para Lindbergh al salir de la escuela, y el padre que había plantado cara de un modo tan desafiante a todos aquellos antisemitas bisoños en la cafetería de Washington lloraba ruidosamente con la boca muy abierta (lloraba al mismo tiempo como una criatura abandonada y como un hombre sometido a tortura), porque se veía impotente para detener lo imprevisto. Y la elección de Lindbergh me había dejado muy claro que el despliegue de lo imprevisto estaba en todas partes. Lo implacablemente imprevisto, que había dado un vuelco erróneo, era lo que en la escuela estudiábamos como «historia», una historia inocua, donde todo lo inesperado en su época está registrado en la página como inevitable. El terror de lo imprevisto es lo que oculta la ciencia de la historia, que transforma el desastre en épica.

Como estaba solo, empecé a pasar todo mi tiempo libre al salir de la escuela con Earl Axman, mi mentor filatélico, y no solo para examinar su colección con mi lupa o para echar una ojeada al desconcertante surtido de prendas íntimas que había en el cajón del tocador de su madre. Puesto que hacía los deberes en un momento y no tenía más tarea que la de poner la mesa para la cena, ahora estaba totalmente disponible para hacer travesuras. Y como, por las tardes, la madre de Earl siempre parecía estar en el salón de belleza o de compras en Nueva York, Earl tenía libertad para proponérmelas. Era casi dos años mayor que yo y, puesto que sus glamurosos padres estaban divorciados (precisamente porque eran glamurosos), él nunca parecía haberse molestado en ser un chico modélico. Últimamente, cada vez más irritado porque yo lo era, me había dado por musitar en la cama: «Vamos a hacer alguna trastada», la sugerencia con la que Earl alternativamente me excitaba y me enervaba cada vez que se cansaba de lo que estábamos haciendo. El espíritu aventurero me atraería tarde o temprano, pero, desilusionado por la sensación de que mi familia se escabullía y se alejaba de mí, al igual que mi país, estaba preparado para conocer las libertades que un muchacho de una familia ejemplar se podía permitir cuando dejaba de esforzarse por complacer a todo el mundo con su pureza juvenil y descubría el goce culpable de actuar secretamente por su cuenta.

Lo que empecé a hacer con Earl fue seguir a la gente. Él llevaba meses haciéndolo un par de veces a la semana: iba solo al centro de la ciudad y merodeaba por las paradas de autobús en busca de hombres que regresaban a sus casas al salir del trabajo. Cuando el elegido tomaba el autobús, Earl subía también y viajaba discretamente a su lado hasta que el hombre se apeaba; entonces él bajaba y lo seguía a prudente distancia hasta su casa.

—¿Para qué? —le pregunté.

—Para ver dónde viven.

—Pero ¿eso es todo? ¿No hay más?

—Es mucho —respondió Earl—. Voy hasta el final, incluso salgo de Newark. Voy a donde me parezca. La gente vive en todas partes.

—¿Cómo vuelves a casa antes que tu madre?

—Ahí está el truco… llegar tan lejos como pueda y volver antes de que ella lo haga.

No tuvo reparo en confesarme que el dinero para el autobús lo birlaba de los bolsos de su madre, y después, tan regocijado como si estuviera haciendo saltar la cerradura de la caja fuerte de Fort Knox, abrió un ancho cajón de la cómoda del dormitorio, que contenía gran cantidad de bolsos apilados sin orden ni concierto. Los fines de semana que pasaba en Nueva York con su padre, registraba los bolsillos de los trajes colgados en el armario, y el domingo, cuando cuatro o cinco músicos de la Orquesta Casa Loma iban al apartamento para jugar al póquer, él ayudaba a amontonar sus abrigos sobre la cama y luego les registraba los bolsillos y escondía la calderilla en un calcetín sucio que tenía en el fondo de su maleta. A continuación entraba con aire despreocupado en la sala de estar y se pasaba la tarde mirando el juego de cartas y escuchando las anécdotas divertidas que contaban sobre sus actuaciones en el Paramount y la Essex House y el Casino Glen Island. En 1941 la orquesta acababa de regresar de Hollywood, donde habían intervenido en una película, así que, entre mano y mano, hablaban de los astros de la pantalla y el aspecto que tenían, una información privilegiada que Earl me transmitía y después yo comunicaba a Sandy, que invariablemente decía: «Eso son gilipolleces», y me aconsejaba que no andara por ahí con Earl Axman.

—Tu amigo sabe demasiado para ser tan crío —me dijo.

—Tiene una gran colección de sellos.

—Sí —replicaba Sandy—, y tiene una madre que sale con cualquiera. Sale con hombres que ni siquiera son de su edad.

—¿Cómo lo sabes?

—Todo el mundo en la avenida Summit lo sabe.

—Yo no lo sé —le dije.

—Bueno, eso no es todo lo que no sabes.

Y, muy satisfecho conmigo mismo, pensé «Puede que haya algo que tú tampoco sepas», pero, no sin nerviosismo, tuve que preguntarme si la madre de mi mejor amigo no sería lo que los chicos mayores llamaban «una puta».

Resultó que era mucho más fácil de lo que habría creído acostumbrarme a robarles a mis padres, y más fácil de lo que habría pensado seguir a la gente, aunque las primeras veces no hubo un solo momento en que no me sintiera aturdido, empezando por el hecho de estar en el centro de la ciudad sin nadie que me vigilara a las tres y media de la tarde. En ocasiones íbamos hasta la Penn Station en busca de alguien, unas veces a Broad y Market, otras subíamos por Market hasta el palacio de justicia para esperar en la parada del autobús y capturar allí a nuestra presa. Nunca seguíamos a mujeres. Earl decía que no nos interesaban. Tampoco seguíamos a nadie que nos pareciera judío. Nuestra curiosidad se dirigía a los hombres, los hombres cristianos adultos que trabajaban todo el día en el centro de Newark. ¿Adónde iban cuando regresaban a casa?

Mi aprensión llegaba al máximo cuando subíamos al autobús y pagábamos. El dinero del billete había sido robado, estábamos donde no deberíamos estar y no teníamos ni idea de adónde nos dirigíamos... y cuando llegábamos a dondequiera que fuese, la emoción me aturdía demasiado para comprender lo que Earl me decía cuando me susurraba al oído el nombre del barrio. Me había perdido, era un niño extraviado... eso era lo que fingía. ¿Qué comería? ¿Dónde dormiría? ¿Me atacarían los perros? ¿Me detendrían y acabaría en la cárcel? ¿Me llevaría algún cristiano a su casa y me adoptaría? ¿O acabarían por secuestrarme como le ocurrió al hijo de Lindbergh? O bien fingía que estaba perdido en alguna región remota que desconocía, o bien que, con la connivencia de Lindbergh, Hitler había invadido América y Earl y yo huíamos de los nazis.

Y mientras me invadían los temores, doblábamos furtivamente las esquinas, cruzábamos las calles y nos agazapábamos detrás de los árboles para pasar desapercibidos hasta el momento culminante en que el hombre al que seguíamos llegaba a su casa, y observábamos cómo abría la puerta y entraba. Entonces, desde cierta distancia, contemplábamos la casa, la puerta de nuevo cerrada, y Earl decía algo como: «¡Cuánto césped...!», o «El verano ha terminado, ¿por qué siguen puestos los mosquiteros?», o «Mira ahí, en el garaje. ¿Lo ves? Es el nuevo Pontiac». Y entonces, como el intento de acercarse sigilosamente a las ventanas para mirar sin ser observado rebasaba incluso la habilidad que como mirón judío tenía Earl Axman, regresábamos a la parada del autobús que nos llevaría a la Penn Station. Con frecuencia a esa hora, cuando todo el mundo ya había salido del trabajo, el autobús que iba al centro no llevaba a más pasajeros que nosotros, y era como si el conductor fuera un chófer, el autobús municipal nuestra limusina particular y nosotros dos los chicos más atrevidos del mundo. Earl era un muchacho de diez años, de piel muy blanca y en exceso alimentado, ya con cierta forma de barril, las mejillas infantiles rollizas, pestañas largas y prietos rizos negros perfumados con la brillantina de su padre, y cuando el autobús iba vacío se tendía en el largo asiento del fondo, en una postura de pachá que encarnaba a la perfección su temperamento arrogante, mientras que yo, sentado a su lado, enjuto y huesudo, lucía la sonrisa de veneración semiavergonzada del pequeño compinche.

Desde la Penn Station íbamos a casa en el autobús de la línea 14, el cuarto audaz viaje en autobús de la tarde. A la hora de cenar pensaba «He seguido a un cristiano y nadie lo sabe. Podrían haberme raptado y nadie lo sabe. Con el dinero que teníamos entre los dos, podríamos, si hubiéramos querido…», y a veces estaba a punto de descubrirme ante mi sagaz madre porque, bajo la mesa de la cocina (y exactamente como cuando Earl estaba tramando algo), no podía dejar de balancear la rodilla. Y una noche tras otra me iba a la cama embargado por la emoción del nuevo y gran objetivo que le había encontrado a mi vida de ocho años: huir. Cuando estaba en la escuela y, a través de la ventana abierta, oía que un autobús avanzaba por la cuesta de la avenida Chancellor, en lo único que podía pensar era en ir subido en él; todo el mundo exterior se había convertido en un enorme autobús, de la misma manera que para un niño de Dakota del Sur lo era un poni: el poni que lo lleva a los límites de la huida permisible.

Me uní a Earl como aprendiz de embustero y ladrón a finales de octubre y, sin que disminuyera lo más mínimo la sensación de trascendencia, nuestras excursiones secretas continuaron en noviembre, cuando el tiempo iba siendo más frío, y luego en diciembre, cuando aparecieron los adornos navideños en el centro de la ciudad y hubo un exceso de hombres entre los que elegir en casi cada parada de autobús. En las mismas aceras se vendían árboles navideños, algo que yo nunca había visto hasta entonces, y quienes los vendían a un dólar el árbol eran chicos que parecían sufrir penalidades o matones recién salidos del reformatorio. Al principio, ver cómo el dinero cambiaba de manos con aquella facilidad, al aire libre, me pareció que contravenía la ley y, sin embargo, nadie parecía preocuparse por ocultar la transacción. Había abundancia de policías, agentes con porra que hacían la ronda enfundados en sus grandes abrigos azules, pero con aire de estar bastante contentos y saber de qué iba todo aquello, es decir, que era Navidad. Desde el día de Acción de Gracias, una o dos veces por semana se desencadenaban grandes ventiscas, por lo que a ambos lados de las calles recién despejadas se alzaban sucios montículos de nieve que alcanzaban ya la altura de un coche.

Sin ser molestados por la multitud que deambulaba al caer la tarde, los vendedores separaban un árbol de los restantes, lo llevaban a la concurrida acera y lo apoyaban sobre el tronco serrado para que el cliente lo examinara. Resultaba extraño ver aquellos árboles cultivados por algún agricultor a muchos kilómetros de la ciudad, amontonados en calles céntricas a lo largo de las barandillas de hierro colado ante las iglesias más antiguas de la ciudad y apoyados en las fachadas de los imponentes edificios de bancos y compañías de seguros, y aspirar su aroma rústico. En nuestro barrio no se vendían árboles, porque no había nadie que los comprara, y por eso en el mes de diciembre, si se notaba algún olor, era el de algo que un siseante gato de callejón había recogido de un cubo de basura volcado en un patio, y el de la cena que se calentaba en la cocina de un piso cuya ventana empañada estaba un poco abierta para que penetrara el aire del callejón, y el de las emanaciones de gas carbónico nocivo que lanzaban las chimeneas de las calderas, y el del cubo de ceniza arrastrado desde el sótano para ser vaciado en algunos trechos de la resbaladiza acera. En comparación con las fragancias de la húmeda primavera de Jersey Norte, el cenagoso verano y el inestable y caprichoso otoño, los olores de un crudo invierno apenas eran distinguibles, o así lo había creído yo hasta que fui al centro con Earl y vi los árboles, aspiré su olor y descubrí que, como tantas otras cosas, para los cristianos en diciembre era diferente. Con los millares de bombillas y los cantores de villancicos y la banda del Ejército de Salvación armando jolgorio y en cada esquina otro Papá Noel riéndose, era el mes del año en que el centro de mi ciudad natal les pertenecía absolutamente. En el parque militar había un árbol navideño de doce metros de altura, y en la fachada del edificio de la administración pública pendía un gigantesco árbol navideño metálico iluminado mediante reflectores, que, según el *Newark News*, medía veinticuatro metros de altura, mientras que yo apenas llegaba a metro cuarenta.

El último viaje que hice con Earl tuvo lugar una tarde, pocos días antes de las vacaciones navideñas, cuando tomamos el autobús de Linden detrás de un hombre que llevaba en cada mano sendas bolsas de unos grandes almacenes llenas de regalos y decoradas para la temporada en rojo y verde; solo diez días más tarde, la señora Axman sufriría un colapso nervioso y se la llevarían en ambulancia en plena noche, y poco después, el día de Año Nuevo de 1942, el padre de Earl se lo llevaría a él, con colección de sellos incluida. A finales de enero apareció un camión de mudanzas, y me quedé mirando cómo sacaban los muebles de la vivienda, incluido el tocador con la ropa interior de la madre de Earl, y nadie en la avenida Summit jamás volvió a ver a los Axman.

Como entonces el frío crepúsculo invernal llegaba con tanta rapidez, seguir a la gente a casa desde la parada del autobús hacía que nos sintiéramos más satisfechos de nosotros mismos, como si estuviéramos actuando mucho después de medianoche, cuando otros niños llevaban horas durmiendo. El hombre con las bolsas siguió en el autobús más allá de Hillside, continuó por Elizabeth y se apeó en la primera parada después del gran cementerio, no lejos de la esquina donde había crecido mi madre, sobre la tienda de comestibles de su padre. Bajamos muy discretamente detrás de él, los dos indistinguibles entre un millar de escolares de la localidad, con el camuflaje habitual de invierno: el chaquetón con capucha, unos gruesos mitones de lana y unos informes pantalones de pana con los extremos metidos en unos chanclos de goma que se ajustaban mal, la mitad de sus irritantes hebillas desatadas. Pero debido a que nos imaginábamos más ocultos de lo que estábamos por la creciente oscuridad, o porque nuestra destreza había disminuido con el paso del tiempo, debíamos de haberle seguido menos hábilmente de lo que habría sido propio de nuestra práctica, lo cual llegaría a comprometer al «dúo invencible», el sobrenombre que, no sin jactancia, Earl había puesto al par de seguidores de cristianos que éramos.

Tuvimos que recorrer dos largas manzanas con majestuosas casas de ladrillo a ambos lados, resplandecientes con la iluminación navideña, a las que Earl identificó en un susurro como «mansiones de millonarios»; siguieron dos manzanas más cortas con casas de madera mucho más pequeñas y modestas, como las que habíamos visto a centenares en las calles por las que habíamos caminado, cada una de ellas con una guirnalda navideña en la puerta. En la segunda de las dos manzanas el hombre viró por un estrecho sendero de ladrillo que se curvaba hacia una casa baja, como una caja de zapatos con tejado de ripia, que emergía coquetamente entre la nieve amontonada como el adorno comestible de una gran tarta escarchada. Había lámparas de luz tenue en la planta baja y el piso superior, y luces en el árbol navideño que veíamos parpadear a través de una de las ventanas al lado de la entrada. Mientras el hombre dejaba en el suelo las bolsas para sacar las llaves, nos acercamos cada vez más al ondulante y blanco césped, hasta que, a través de la ventana, pudimos vislumbrar los adornos que decoraban el árbol.

—Mira —me susurró Earl—. ¿Ves lo de arriba? En lo más alto del árbol... ¿Lo ves? ¡Es Jesús!

—No, es un ángel.

—¿Y qué crees que es Jesús?

—Creía que era su Dios —susurré.

—Y el jefe de los ángeles... ¡y ahí está!

Esa fue la culminación de nuestra búsqueda: Jesucristo, que, según el razonamiento de los cristianos, lo era todo y, según mi razonamiento, lo había fastidiado todo, porque de no ser por los cristianos no existiría el antisemitismo y, si no fuese por el antisemitismo, no habría habido un Hitler y, de no haber habido un Hitler, Lindbergh nunca habría llegado a presidente, y si Lindbergh no hubiese sido presidente...

De repente el hombre al que seguíamos, y que ahora estaba en la puerta abierta con las bolsas en las manos, se volvió y en voz baja, como si exhalara un anillo de humo, nos dijo:

—Chicos.

Tan atónitos estábamos de haber sido sorprendidos que, por lo menos yo, me sentí obligado a dar un paso adelante por el sendero que conducía a la casa y, como el niño modélico que había sido dos meses atrás, tranquilizar mi conciencia diciéndole mi nombre, pero el brazo de Earl me retuvo.

—No os escondáis, chicos —dijo el hombre—. No tenéis por qué.

—¿Y ahora qué? —le susurré a Earl.

—¡Chsss...! —susurró él a su vez.

—Sé que estáis ahí, chicos, y se está haciendo muy oscuro —nos advirtió en tono amistoso—. ¿No os estáis helando ahí fuera? ¿No os gustaría tomar una buena taza de cacao caliente? Entrad, pequeños, entrad antes de que empiece a nevar. Hay cacao caliente, y tengo una tarta con especias, y una tarta con semillas, y muñequitos de jengibre, y galletitas con forma de animales de todos los colores, y hay malvavisco... Hay malvavisco, muchachos, en la alacena hay malvavisco que podemos tostar en el fuego.

Cuando miré de nuevo a Earl para averiguar qué debíamos hacer, él ya estaba de camino a Newark.

—Vamos, corre —me gritó por encima del hombro—, date prisa, Phil... ¡Es marica!

4

Enero de 1942 - febrero de 1942
EL MUÑÓN

En enero de 1942 Alvin, tras haber prescindido primero de la silla de ruedas y luego de las muletas y, tras un período de rehabilitación en el hospital durante el cual los enfermeros militares canadienses le enseñaron a caminar con su pierna artificial sin ayuda de nadie, fue dado de alta. Recibiría del gobierno canadiense una pensión mensual por su discapacidad, poco más de la mitad de lo que mi padre ganaba cada mes en la Metropolitan, más otros trescientos dólares en concepto de paga de licenciamiento. Como veterano mutilado, tenía derecho a más beneficios si decidía quedarse en Canadá, donde a los voluntarios extranjeros incorporados a las fuerzas armadas canadienses, si lo deseaban, se les concedía de inmediato la ciudadanía al licenciarse. Tío Monty le preguntó por qué no se hacía canadiense. Ya que no soportaba Estados Unidos, ¿por qué no se quedaba allí y sacaba tajada?

Monty era el más despótico de mis tíos, lo cual probablemente explicaba que fuese también el más rico. Había hecho su fortuna con la venta al por mayor de frutas y verduras en el mercado de la calle Miller que estaba cerca de las vías del ferrocarril. El padre de Alvin, el tío Jack, fue quien inició el negocio, después incorporó a Monty y, tras la muerte de tío Jack, Monty trajo a su hermano menor, mi tío Herbie. Cuando también invitó a mi padre a participar, en la época en que mis padres eran unos recién casados sin blanca, este rechazó el ofrecimiento, pues Monty ya le había mandoneado lo suficiente durante su adolescencia. Mi padre podía igualar el prodigioso gasto de energía de Monty, y su capacidad para soportar toda clase de penalidades no era menos notable, pero, por los enfrentamientos de su juventud, sabía que no podría estar a la altura del innovador que fue el primero en hacer la apuesta de conseguir que hubiera tomates maduros en Newark en invierno, por el procedimiento de comprar carretadas de tomates verdes en Cuba y hacerlos madurar en unas habitaciones con calefacción especial en el crujiente primer piso de su almacén de la calle Miller. Cuando estaban listos, Monty los envasaba en cajas de cuatro y obtenía grandes ganancias, y a partir de entonces fue conocido como el Rey del Tomate.

Mientras que nosotros vivíamos en un primer piso de alquiler y de cinco habitaciones en Newark, los tíos dedicados a la venta de verduras al por mayor vivían en el sector judío de Maplewood, un barrio residencial, donde cada uno poseía una casa de estilo colonial, grande, blanca, con ventanas provistas de postigos, una extensión de verde césped en la parte delantera y un lustroso Cadillac en el garaje. Para bien o para mal, el profundo egoísmo de un Abe Steinheim o un tío Monty o un rabino Bengelsdorf (todos ellos judíos de evidente dinamismo, cuya problemática condición de descendientes de don nadies parecía haberlos impulsado a desempeñar el papel más importante que pudieran conseguir como norteamericanos) no era una de las características de mi padre, como tampoco albergaba el menor anhelo de supremacía, y por ello, aunque el orgullo personal era una fuerza impulsora y su mezcla de fortaleza y combatividad, como la de ellos, estaba muy alimentada por los agravios que comportaba ser un chico pobre al que los otros chicos llamaban *kike*, el término despectivo contra los judíos, a él le bastaba con ser algo (en vez de todo) y serlo sin destrozar las vidas de quienes le rodeaban. Mi padre había nacido para competir pero también para proteger, e infligir daño a un enemigo no le estimulaba como le sucedía a su hermano mayor (por no mencionar al resto de los emprendedores y brutales *machers*, los peces gordos). Estaban los jefes que mandaban y después los mandados, y normalmente los jefes mandaban por una razón, y mandaban en sus propios negocios por una razón, ya fuese en la construcción o en las verduras o en rabinato o en asuntos turbios. Era lo mejor que podían hacer para no verse obstaculizados —y, a sus propios ojos, humillados—, al menos por la discriminación que la jerarquía protestante ejercía sobre el noventa y nueve por ciento de la población judía, a la que mantenía, empleada, y sin quejarse, en las corporaciones dominantes.

—Si Jack viviera —dijo Monty—, el chico no habría salido por esa puerta. Nunca deberías habérselo permitido, Herm. Se marcha a Canadá para convertirse en un héroe de guerra y acaba en esto, un puñetero lisiado durante el resto de su vida.

Era el domingo anterior al sábado en que regresaría Alvin, y tío Monty, con ropa limpia en vez de la cazadora llena de lamparones, los viejos pantalones con salpicaduras y la sucia gorra que conformaban su atuendo habitual en el mercado, se apoyaba en el fregadero de la cocina, un cigarrillo oscilante entre los labios. Mi madre no estaba presente. Se había excusado, como solía hacerlo cuando nos visitaba Monty, pero yo era pequeño y mi tío me hipnotizaba, como si realmente fuese el gorila que ella le llamaba en privado cuando le vencía la exasperación por la ordinariez de su cuñado.

—Alvin no puede soportar a tu presidente —replicó mi padre—, y por eso se marchó a Canadá. No hace tanto tiempo, tampoco tú lo soportabas, pero ahora ese antisemita es amigo tuyo. Todos vosotros, los judíos ricos, me decís que la Depresión ha terminado, y no gracias a Roosevelt sino al señor Lindbergh. El mercado de valores está en alza, los beneficios están en alza, los negocios son florecientes... ¿y por qué? Porque tenemos la paz de Lindbergh en vez de la guerra de Roosevelt. ¿Y qué otra cosa puede importar, qué más cuenta para vosotros, aparte del dinero?

—Hablas como Alvin, Herman. Hablas como un crío. ¿Qué cuenta aparte del dinero? Cuentan tus dos hijos. ¿Quieres que Sandy vuelva un día a casa como Alvin? ¿Quieres que le ocurra lo mismo a Phil? Estamos fuera de la guerra y vamos a seguir estándolo. No veo que Lindbergh me haya hecho ningún daño.

Yo esperaba que mi padre respondiera: «Espera y verás», pero, probablemente porque me encontraba allí y estaba ya bastante asustado, no lo hizo.

En cuanto Monty se marchó, mi padre me dijo:

—Tu tío no quiere usar la cabeza. Volver a casa como Alvin... Eso no va a suceder.

—Pero ¿y si Roosevelt vuelve a ser presidente? —repliqué—. Entonces habría guerra.

—Tal vez sí y, tal vez no —replicó mi padre—, nadie puede predecir eso.

—Pero si hubiera guerra, y si Sandy fuese bastante mayor, entonces le llamarían para luchar en la guerra. Y si fuera a la guerra, lo que le ha pasado a Alvin podría pasarle a él.

—Mira, hijo, a cualquiera puede pasarle cualquier cosa, pero normalmente no le pasa.

«Menos cuando pasa», pensé, pero no me atreví a decírselo, porque él ya estaba molesto por mis preguntas y quizá ni sabría cómo responder si seguía interrogándole. Puesto que lo que tío Monty le había dicho acerca de Lindbergh era exactamente lo mismo que le dijo el rabino Bengelsdorf, y también lo que Sandy me decía en secreto, empecé a preguntarme si mi padre sabía de qué estaba hablando.

Cerca de un año después de que Lindbergh tomara posesión de su cargo, Alvin regresó a Newark en un tren nocturno desde Montreal, acompañado por una enfermera de la Cruz Roja canadiense y sin la mitad de una de las piernas con las que había partido. Fuimos en coche al centro para recibirle en la Penn Station, como lo hiciéramos el verano anterior para recibir a Sandy, solo que esta vez mi hermano nos acompañaba. Unas semanas antes, por el bien de la armonía familiar, me autorizaron a ir con tía Evelyn y con él para sentarme entre el público y escuchar cómo Sandy impresionaba a los reunidos en una sinagoga a unos sesenta kilómetros al sur de Newark, en New Brunswick, animándoles a inscribir a sus hijos en Solo Pueblo con anécdotas de su aventura en Kentucky y una exposición de sus dibujos. Mis padres me habían dejado claro que el cometido de Sandy en Solo Pueblo era algo que no debía mencionarle a Alvin. Ellos se lo explicarían todo, pero solo después de que Alvin se hubiera acostumbrado a estar en casa y pudiera comprender mejor cómo había cambiado América después de su marcha al Canadá. No se trataba de ocultarle nada a Alvin ni de mentirle, sino de protegerle de cuanto pudiera dificultar su recuperación.

Aquella mañana el tren de Montreal llegó con retraso, y para pasar el rato (y porque ahora no había un solo momento al día en que su mente no estuviera inmersa en la situación política) mi padre compró el *Daily News*. Sentado en un banco de la Penn Station ojeó el diario, un periódico neoyorquino de derechas sensacionalista al que él se refería siempre como un «periodicucho», mientras los demás íbamos de un lado a otro del andén, esperando con inquietud el comienzo de la siguiente fase de nuestra vida. Cuando los altavoces anunciaron que el tren de Montreal llegaría incluso más tarde de lo esperado, mi madre, rodeándonos a Sandy y a mí con los brazos, nos condujo de regreso al banco para esperar allí juntos. Entretanto mi padre había leído todo lo que había podido soportar del *Daily News* y lo había tirado a una papelera. Puesto que en nuestra familia se miraba hasta la última moneda, me quedé tan perplejo al verle tirar el diario solo minutos después de haberlo comprado como me había quedado antes al verle leerlo.

—¿Puedes creer a esta gente? —inquirió—. Ese perro fascista sigue siendo su héroe.

Lo que no dijo fue que, al cumplir la promesa que hiciera durante la campaña de mantener a Estados Unidos fuera de la guerra mundial, el perro fascista se había convertido ya en el héroe de prácticamente todos los periódicos del país, con excepción de *PM*.

—Bueno… —dijo mi madre cuando el tren entró por fin en la estación y empezó a detenerse—, aquí llega vuestro primo.

—¿Qué tenemos que hacer? —le pregunté, mientras ella nos hacía levantarnos y los cuatro avanzábamos hacia el borde del andén.

—Saludarle. Es Alvin. Darle la bienvenida a casa.

—¿Y su pierna? —susurré.

—¿Qué pasa con ella, cariño?

Me encogí de hombros. Entonces mi padre me puso las manos en los hombros.

—No tengas miedo —me dijo—. No tengas miedo de Alvin ni de su pierna. Que vea lo mayor que te has hecho.

Sandy se apartó de los demás y echó a correr hacia el vagón que se había detenido a unos cincuenta metros vía abajo. Una mujer con uniforme de la Cruz Roja sacaba a Alvin del tren en una silla de ruedas, mientras que la persona que corría hacia él gritando su nombre era el único de nosotros que había sido conquistado por el bando contrario. Ya no sabía qué pensaba de mi hermano, pero lo mismo me sucedía de mí mismo, tan ocupado estaba tratando de recordar que debía ocultar los secretos de todos mientras hacía lo posible por reprimir mis temores, y procurando no dejar de creer en mi padre ni tampoco en los demócratas ni en FDR ni en cualquier otro que me impidiera unirme al resto del país en su adoración por el presidente Lindbergh.

—¡Has vuelto! —le gritó Sandy—. ¡Estás en casa!

Y entonces vi cómo mi hermano, que solo acababa de cumplir catorce años pero ya era fuerte como un joven de veinte, se arrodillaba en el suelo de hormigón del andén para poder rodear mejor con los brazos el cuello de Alvin. Entonces mi madre empezó a llorar y mi padre se apresuró a tomarme de la mano, ya fuese para tratar de impedir que me derrumbara, ya para protegerse de su propio torrente de sentimientos.

Pensé que ahora me tocaba a mí correr al encuentro de Alvin, así que dejé a mis padres, fui hacia la silla de ruedas y, una vez allí, imitando a Sandy, rodeé a mi primo con los brazos solo para descubrir el mal olor que emitía. Al principio pensé que el hedor tenía que proceder de la pierna, pero lo cierto era que salía de su boca. Contuve la respiración, cerré los ojos y solo solté a Alvin cuando noté las muletas de madera atadas al lado de la silla de ruedas, y por primera vez me atreví a mirarle a la cara. Nunca había visto a nadie tan esquelético ni tan abatido. Sin embargo, no había temor ni rastro alguno de llanto en sus ojos, que examinaban a mi padre con ferocidad, como si fuese el tutor quien había cometido el acto imperdonable cuya consecuencia era la invalidez del pupilo.

—Herman —le dijo, pero eso fue todo.

—Estás aquí —dijo mi padre—, estás con nosotros. Vamos a llevarte a casa.

Entonces mi madre se inclinó para besarle.

—Tía Bess —le dijo Alvin.

La pernera izquierda del pantalón pendía flácida desde la rodilla, una imagen con la que los adultos están en general familiarizados, pero que a mí me alarmó, aunque ya conocía a un hombre sin piernas, un hombre cuyo cuerpo empezaba en las caderas y que no era más que un muñón todo él. Le había visto antes, mendigando en la acera ante la oficina de mi padre en el centro de la ciudad, pero, por más que me abrumara la colosal monstruosidad, nunca había tenido que pensar mucho en ello, puesto que no había ningún peligro de que viniera a vivir a nuestra casa. Cuando le iba mejor era en la temporada de béisbol, pues, a medida que los hombres que trabajaban allí salían de las oficinas al final de la jornada, él desgranaba los resultados de los encuentros de la tarde con una voz cuya profundidad y tono declamatorio resultaban incongruentes, y cada uno de ellos dejaba caer un par de monedas en el maltrecho cubo de la colada que era su recipiente para las limosnas. Entonces se alejaba en una pequeña plataforma de madera contrachapada a la que estaban fijadas unas ruedas de patines, y en la que parecía vivir. Aparte de recordar los gruesos guantes de trabajo deteriorados por la intemperie que usaba durante todo el año —para protegerse las manos, que eran su medio de desplazamiento—, no puedo describir el resto de su atuendo, porque el temor de quedarme pasmado mirándolo, mezclado con el temor a ver siempre me impedían mirarle el tiempo suficiente para reparar en cómo vestía. El hecho de que estuviera vestido me parecía tan milagroso como el de que, de alguna manera, fuese capaz de orinar y defecar, y no digamos recordar los resultados de los partidos. Cada vez que, el sábado por la mañana, iba con mi padre a la oficina vacía de la compañía de seguros (en gran parte por el placer de dar vueltas en su sillón giratorio mientras él examinaba el correo de la semana), él y aquel hombre que era un muñón siempre se saludaban con una amistosa inclinación de cabeza. Entonces descubrí que la grotesca injusticia de un hombre reducido a la mitad no tan solo sucedía, algo de por sí bastante incomprensible, sino que, además, le sucedía a un hombre llamado Robert, un nombre de varón tan corriente como cualquier otro y con seis letras, como el mío.

–¿Cómo va eso, Pequeño Robert? –le preguntaba mi padre cuando los dos entrábamos en el edificio.

–¿Qué tal, Herman? –contestaba Pequeño Robert.

Finalmente le pregunté a mi padre:

–¿Tiene apellido?

–¿Lo tienes tú? –replicó él.

–Sí.

–Bueno, pues él también.

–¿Cuál es? ¿Pequeño Robert y qué más?

–Si he de serte sincero, hijo, no lo sé.

Desde el momento en que me enteré de que Alvin regresaba a Newark para convalecer en nuestra casa, cada vez que me acostaba rígido en la oscuridad para obligarme a dormir, visualizaba involuntariamente a Robert en su plataforma con los guantes de trabajo puestos: primero mis sellos cubiertos de esvásticas, y luego a Pequeño Robert, el muñón viviente.

–Pensaba que ya andarías con la pierna artificial que te iban a dar –oí que mi padre le decía a Alvin–. No esperaba que te dieran el alta en estas condiciones. ¿Qué ha ocurrido?

Sin molestarse en mirarle, Alvin respondió bruscamente:

–El muñón se estropeó.

–¿Qué quieres decir? –quiso saber mi padre.

–Nada. No te preocupes.

–¿Tiene equipaje? –le preguntó mi padre a la enfermera.

Pero antes de que ella pudiera responder, lo hizo Alvin:

–Pues claro que tengo equipaje. ¿Dónde crees que está mi pierna?

Sandy y yo, con Alvin y su enfermera, fuimos hacia el mostrador de recogida de equipajes en el vestíbulo principal, mientras que mi padre, a quien mi madre decidió acompañar en el último momento muy probablemente para hablar de todo lo que no habían previsto acerca del estado mental de Alvin, se apresuraba a buscar el coche que estaba en el aparcamiento del bulevar Raymond. En el andén, la enfermera había llamado a un mozo, y entre los dos ayudaron a Alvin a levantarse. Entonces el mozo se hizo cargo de la silla de ruedas mientras la enfermera caminaba al lado de Alvin, que iba dando brincos hacia la escalera mecánica. Allí la mujer ocupó su lugar como escudo humano, y él saltó tras ella, asiendo la barandilla móvil de la escalera que descendía. Sandy y yo íbamos detrás de Alvin, fuera del alcance de su nada fragante aliento, y Sandy se colocó instintivamente para sujetarlo si perdía el equilibrio. El mozo, que transportaba la silla de ruedas del revés por encima de su cabeza, con las muletas atadas al lado, subió por la escalera fija paralela a la mecánica, y ya estaba en el vestíbulo principal para recibirnos cuando Alvin saltó de la escalera mecánica y nosotros le seguimos. El mozo puso la silla del derecho en el suelo del vestíbulo y la colocó firmemente para que Alvin volviera a sentarse, pero nuestro primo giró sobre su único pie y se alejó con vigorosos saltitos, dejando a la enfermera, a quien no le había expresado su agradecimiento ni de la que se había despedido, mirándole mientras se alejaba rápidamente por el concurrido suelo de mármol en dirección a la consigna.

—¿No puede caerse? —le preguntó Sandy a la enfermera—. Va demasiado deprisa. ¿Y si resbala y se cae?

—¿Ese? —replicó la enfermera—. Ese chico puede ir brincando a cualquier parte. No se caerá. Es el campeón mundial de brincos. Habría preferido venir saltando desde Montreal que contar con mi ayuda para venir en tren hasta aquí. —Entonces nos confió a mi hermano y a mí, dos niños protegidos, totalmente ignorantes de la amargura de semejante pérdida—: Había visto antes a hombres enfadados. Había visto a los que se habían quedado sin un solo miembro, pero jamás había visto a nadie tan enfadado como él.

—¿Enfadado por qué? —le preguntó Sandy con inquietud.

La enfermera era una mujer robusta, de ojos grises y severos y el cabello corto como el de un soldado bajo su gorra gris de la Cruz Roja, pero cuando respondió lo hizo en el tono maternal más suave, con una dulzura que fue otra más entre las sorpresas de la jornada, como si Sandy fuese uno de los enfermos a su cargo.

—Por lo que hace enfadarse a la gente... por cómo salen las cosas.

Mi madre y yo tuvimos que tomar el autobús para volver a casa, porque no había bastante espacio en el pequeño Studebaker familiar. Cargaron la silla de ruedas de Alvin en el maletero, aunque, como era del tipo antiguo que no se plegaba, fue preciso atar bien el capó con un cordel resistente. La bolsa de lona (con la pierna artificial en su interior) estaba tan llena que Sandy ni siquiera pudo levantarla con mi ayuda, y tuvimos que arrastrarla por el suelo del vestíbulo y a través de la puerta hasta la calle; allí mi padre se hizo cargo de ella y, con la ayuda de Sandy, la depositó de lado en el asiento. Mi hermano se sentó encima de la bolsa y efectuó el trayecto de regreso a casa prácticamente doblado por la cintura, con las muletas de Alvin sobre el regazo. Los extremos de estas, provistos de una contera de goma, sobresalían por una de las ventanillas traseras, y mi padre ató alrededor de ellos su pañuelo de bolsillo para advertir a los demás conductores. Mi padre y Alvin iban delante, y yo, pese a la poca gracia que me hacía, me disponía a apretujarme entre ellos, a la derecha del cambio de marchas, cuando mi madre me dijo que quería que la acompañase a casa en el autobús. Lo que quería en realidad era librarme de seguir presenciando aquella penosa situación.

—No te preocupes —me dijo cuando doblamos la esquina hacia el paso subterráneo donde estaba la cola del autobús de la línea 14—. Es muy normal que estés afectado. Todos lo estamos.

Negué que estuviera afectado de ninguna manera, pero me sorprendí a mí mismo mirando por la parada del autobús en busca de alguien a quien seguir. Por lo menos media docena de rutas tenían su origen en aquella parada de la Penn Station, y, en el preciso momento en que mi madre y yo permanecimos en el bordillo del paso subterráneo esperando un autobús de la línea 14, descubrí a la persona apropiada para seguirla, un hombre de negocios con un maletín, que, con mi imperfecta capacidad para discernir los rasgos reveladores que Earl dominaba con tanta maestría, no me pareció judío. Sin embargo, solo pude contemplar con melancolía cómo se cerraba la puerta tras él y se alejaba sin que yo pudiera espiarlo desde un asiento cercano.

Una vez que estuvimos solos en el autobús, mi madre me dijo:

—Cuéntame qué es lo que te preocupa. —No le respondí, y entonces ella empezó a explicarme el comportamiento de Alvin en la estación de ferrocarril—. Alvin está avergonzado, le avergüenza que le veamos en una silla de ruedas. Cuando se marchó era fuerte e independiente. Ahora quiere ocultarse, siente deseos de gritar y emprenderla a golpes con algo, y eso es terrible para él. Y también es terrible para un chico como tú estar obligado a ver de esa manera a tu primo mayor. Pero todo eso va a cambiar. En cuanto él comprenda que ni en su aspecto ni en lo que le ha ocurrido hay nada de lo que deba avergonzarse, recuperará el peso que ha perdido, empezará a ir a todas partes con su pierna artificial y volverá a ser tal como lo recuerdas, antes de marcharse a Canadá... ¿Te sirve esto de ayuda? ¿Te tranquiliza un poco lo que te estoy diciendo?

—No necesito tranquilizarme —respondí, pero en realidad quería preguntarle: «El muñón... ¿qué significa eso de que se ha estropeado? ¿Tengo que mirarlo? ¿Tendré que tocarlo alguna vez? ¿Van a arreglárselo?».

Un sábado, un par de semanas atrás, había bajado al sótano con mi madre y la había ayudado a vaciar las cajas que contenían las pertenencias de Alvin, las cuales mi padre había recogido en la habitación de la calle Wright después de que mi primo se escapara para unirse al ejército canadiense. Todo lo que se podía lavar mi madre lo restregó en la tabla de la pila dividida por un tabique, una parte para enjabonar y la otra para aclarar, y luego fue metiendo una prenda tras otra en la escurridora, cuya manivela yo accionaba para extraer el agua del aclarado. Detestaba aquella escurridora; cada prenda salía aplanada de entre sus dos rodillos y parecía como si le hubiera pasado un camión por encima, y siempre que estaba en el sótano, por el motivo que fuese, temía dar la espalda al cacharro. Pero en ese momento me armé de valor para echar cada prenda escurrida, húmeda y deformada en el cesto de la colada, y después llevarlo arriba para que mi madre pusiera a secar la ropa en el tendedero que estaba en el patio. Yo le daba las pinzas mientras ella se inclinaba por la ventana y tendía la colada, y aquella noche, después de la cena, cuando se quedó en la cocina planchando las camisas y pijamas que yo la había ayudado a recoger, me senté a la mesa de la cocina y me puse a doblar la ropa interior de Alvin y a formar una pelota con cada par de sus calcetines, decidido a lograr que todo saliese bien por ser el mejor niño que podría imaginarse, mucho, mucho mejor que Sandy, e incluso mejor que yo mismo.

Al día siguiente, cuando volví de la escuela, tuve que hacer dos viajes para llevar la ropa buena de Alvin a la sastrería que se encontraba a la vuelta de la esquina, donde estaba también nuestra tintorería habitual. Aquella misma semana la recogí, la llevé a casa y lo coloqué todo (abrigo, traje, chaqueta informal y dos pantalones) en perchas de madera, en la mitad del armario de mi dormitorio que le habían destinado, y guardé las demás prendas limpias en los dos cajones superiores que habían pertenecido a Sandy. Puesto que Alvin iba a dormir en nuestra habitación (a fin de facilitarle en lo posible el acceso al baño), Sandy ya se había preparado para trasladarse a la galería, en la parte delantera del piso, colocando sus pertenencias en el mueble de pared del comedor, al lado de los manteles y servilletas. Una noche, pocos días antes de la fecha en que estaba previsto el regreso de Alvin, le lustré los zapatos marrones y los negros, obviando lo mejor que pude cualquier incertidumbre sobre si seguía siendo necesario sacar brillo a los cuatro zapatos. Hacer que su calzado reluciera, limpiarle la ropa buena, colocar pulcramente en los cajones de la cómoda sus prendas recién lavadas… y todo ello una simple plegaria, una plegaria improvisada implorando a los dioses domésticos que protegieran nuestras humildes cinco habitaciones y cuanto contenían de la furia vengativa de la pierna desaparecida.

Traté de calcular por lo que veía a través de la ventanilla del autobús cuánto tiempo quedaba antes de que llegáramos a la avenida Summit y fuese demasiado tarde para que mi destino no quedara sellado. Estábamos en la avenida Clinton, pasando ante el hotel Riviera, donde, como yo nunca dejaba de recordar, mis padres pasaron su noche de bodas. Habíamos dejado atrás el centro de la ciudad, estábamos a medio camino de casa, y justo delante se alzaba el templo B'nai Abraham, la gran fortaleza oval construida para servir a los judíos ricos de la ciudad, y para mí no menos ajena que si hubiera sido el Vaticano.

—Yo podría usar tu cama —me dijo mi madre—, si es eso lo que te preocupa. De momento, hasta que todos volvamos a acostumbrarnos a la situación anterior, podría dormir en tu cama junto a la de Alvin, y tú podrías dormir con papá en nuestra cama. ¿No estaría mejor?

Le respondí que preferiría dormir solo en mi cama. Ella sugirió entonces:

—¿Y si Sandy durmiera en su cama en vez de hacerlo en la galería, Alvin durmiera en la tuya y tú donde Sandy iba a dormir, en el sofá cama de la galería? ¿Te sentirías muy solo en la parte delantera de la casa, o te gustaría más así?

¿Que si me gustaría…? Me habría encantado. Pero ¿cómo podría Sandy, que ahora trabajaba para Lindbergh, compartir una habitación con alguien que había perdido una pierna en la guerra contra los amigos nazis de Lindbergh?

Estábamos girando por la plaza Clinton desde la parada de la avenida Clinton, la familiar esquina residencial donde, antes de que Sandy me abandonara para irse con tía Evelyn los sábados por la tarde, los dos solíamos apearnos para ir a ver el programa doble del cine Roosevelt, cuya marquesina con letras negras se hallaba a una manzana de distancia. Pronto el autobús pasaría ante los estrechos callejones y las casas de dos familias y media alineadas a lo largo de la plaza Clinton —unas calles muy parecidas a la nuestra, pero cuya batería de porches de ladrillo rojo con tejado a dos aguas no despertaban en nosotros ni una sola de las emociones esenciales de la infancia, como lo hacían los nuestros—, antes de llegar al gran giro final por la avenida Chancellor. Allí empezaba la chirriante subida de la cuesta, y el autobús pasaba ante los elegantes pilares acanalados del nuevo y magnífico instituto, ante la robusta asta de la bandera de mi escuela primaria y, más allá, hasta la cima de la colina, donde, según nuestro profesor de tercer curso, un grupo de lenni lenapes, indios de la nación delaware, había vivido en un pequeño poblado cocinando sobre piedras calientes y haciendo dibujos en sus cacerolas. Ese era nuestro destino, la parada de la avenida Summit, situada en diagonal con respecto a las fuentes de bombones recién hechos y expuestos con derroche en los escaparates adornados con encajes de Anna Mae, la pastelería que había sucedido a las tiendas de los indios y cuyo tentador aroma endulzaba el aire a menos de dos minutos a pie de nuestra casa.

En otras palabras, el tiempo de que disponía para aceptar mi traslado a la galería era medible con precisión y se estaba agotando, un cine tras otro, una confitería tras otra, un porche tras otro, y, sin embargo, lo único que podía decir era «No, no, estaré bien donde estoy», hasta que a mi madre no le quedara nada consolador que sugerirme y, a su pesar, siguiera sombríamente silenciosa, de un modo que no auguraba nada bueno, sin disimulo, como si los acontecimientos de la mañana por fin le estuvieran afectando como me habían afectado a mí. Entretanto, puesto que no sabía durante cuánto tiempo podría seguir ocultando que no soportaba a Alvin a causa de la pierna que le faltaba y la pernera del pantalón vacía y su pestilente olor y la silla de ruedas y las muletas y el hecho de que no nos miraba a ninguno de nosotros cuando hablaba, empecé a fingir que seguía a un pasajero de nuestro autobús que no parecía judío. Fue entonces cuando me di cuenta, al emplear todos los criterios que me había transmitido Earl, de que mi madre parecía judía. Su pelo, su nariz, sus ojos... Mi madre parecía inequívocamente judía. Así que a mí debía de ocurrirme lo mismo, porque me parecía mucho a ella. No lo sabía.

El mal olor de Alvin se debía al lamentable estado de su dentadura.

—Cuando tienes problemas, pierdes los dientes —explicó el doctor Lieberfarb tras examinarle la boca con su espejito y decir «Ajá» diecinueve veces, y aquella misma tarde inició las perforaciones.

El dentista iba a hacer gratis todo el trabajo porque Alvin se había ofrecido voluntario para luchar contra los fascistas y porque, al contrario que «los judíos ricos» que dejaban atónito a mi padre al creerse seguros en la América de Lindbergh, el doctor Lieberfarb no se dejaba engañar acerca de lo que «los muchos Hitlers de este mundo» aún podían reservarnos. Diecinueve empastes de oro eran una fortuna, pero de esa manera el dentista mostraba su solidaridad con mi padre, mi madre, conmigo y con los demócratas, en contraposición a tío Monty, tía Evelyn, Sandy y todos los republicanos que entonces disfrutaban del amor de sus compatriotas. Diecinueve empastes también requerían mucho tiempo, sobre todo para un dentista que había estudiado en la escuela nocturna mientras de día trabajaba como embalador de mercancías en el puerto de Newark, y cuyo toque nunca había sido muy suave. Lieberfarb perforó durante meses, pero ya en las primeras semanas eliminó suficientes caries para que ya no resultara tan duro dormir, más o menos, al lado de la boca de Alvin. El muñón era algo muy distinto. «Estropeado» significa que el extremo del muñón se echa a perder: se abre, se agrieta, se infecta. Salen forúnculos, llagas, edemas, y no se puede fijar la prótesis para caminar, por lo que hay que prescindir de ella y recurrir a las muletas hasta estar curado y en condiciones de resistir la presión sin volver a lesionarse. Los médicos le decían: «Has perdido el encaje», pero él no había perdido el encaje, nunca lo había tenido, aseguraba Alvin, porque, para empezar, la persona que le confeccionó la pierna artificial no le había tomado bien las medidas.

—¿Cuánto tarda en curarse? —le pregunté la noche en que finalmente me dijo lo que significaba que el muñón se había «estropeado».

Sandy, en la parte delantera de la casa, y mis padres en su dormitorio ya hacía horas que dormían, lo mismo que Alvin cuando empezó a gritar «¡Baila! ¡Baila!», y, con un alarmante grito sofocado, se incorporó en la cama totalmente despierto. Cuando encendí la luz y le vi cubierto de sudor, me levanté y abrí la puerta del dormitorio, y, aunque de repente yo también estaba empapado en sudor, crucé de puntillas la pequeña sala del fondo, pero no fui a la habitación de mis padres para informarles de lo que había ocurrido, sino al baño en busca de una toalla para Alvin. Él se enjugó la cara y el cuello y se quitó la chaqueta del pijama para secarse el pecho y los sobacos, y entonces vi por fin en qué se había convertido la parte superior del hombre, puesto que la parte inferior había volado por los aires. Ni heridas ni suturas ni cicatrices que le desfigurasen, pero tampoco el menor atisbo de fuerza, tan solo la pálida piel de un muchacho enfermizo que se adhería a las protuberancias óseas.

Era la cuarta noche que dormíamos juntos. Las tres noches anteriores Alvin había tenido la delicadeza de ponerse el pijama en el baño y volver dando brincos para colgar su ropa en el armario, y como por las mañanas se vestía también en el baño, yo aún no había tenido que mirar el muñón y podía fingir que desconocía su existencia. Por la noche me volvía hacia la pared y, fatigado por mis preocupaciones, me dormía al instante y permanecía dormido hasta que, a primera hora de la mañana, Alvin se levantaba, iba saltando al baño y volvía a la cama. Lo hacía sin encender la luz, y yo temía que tropezara con algo y se cayera. De noche, cada uno de sus movimientos hacía que me entraran ganas de huir, y no tan solo por el muñón. Fue en la cuarta noche, después de secarse con la toalla y yacer allí solo con el pantalón del pijama, cuando Alvin se alzó la pernera izquierda para echar un vistazo al muñón. Supuse que eso era una señal esperanzadora, que empezaba a sentirse menos absurdamente nervioso, al menos conmigo, y aun así seguía sin querer mirarle… pero lo hice, intentando portarme como un valiente en mi cama. Lo que vi extendido desde la articulación de la rodilla era una cosa de unos diez a quince centímetros de longitud que parecía la cabeza alargada de un animal amorfo, una superficie sobre la que Sandy, con unos pocos trazos bien situados, podría haber dibujado ojos, nariz, boca, dientes y orejas para hacer que pareciera una rata. Entonces vi lo que describía la palabra «muñón»: el residuo romo de algo completo que debía estar allí y que en otro tiempo estuvo. De no saber qué aspecto tiene una pierna, aquello podría haber parecido normal, dada la manera en que la piel sin vello se redondeaba suavemente en el muñón, como si fuese obra de la naturaleza y no el resultado de una secuencia tentativa de amputaciones quirúrgicas.

—¿Está curado? —le pregunté.

—Todavía no.

—¿Cuánto tardará?

—Una eternidad —replicó. Me quedé perplejo. «Entonces, ¡esto es interminable!», pensé—. Es frustrante a más no poder —siguió diciendo Alvin–. Te las arreglas ya con la pierna que te han hecho, y el muñón se estropea. Usas las muletas y empieza a hincharse. No importa lo que hagas, el muñón siempre está mal. Dame las vendas que están en el cajón de la cómoda.

Hice lo que me pedía. Iba a tener que tocar las envolturas elásticas de color beige que usaba para impedir que el muñón se hinchara cuando no tenía puesta la pierna artificial. Estaban enrolladas en un ángulo del cajón, al lado de los calcetines. Cada venda tenía unos ocho centímetros de anchura y un gran imperdible fijado en el extremo para evitar que se desenrollara. No deseaba meter la mano en aquel cajón más de lo que deseaba bajar al sótano y meterla entre los rodillos de la escurridora, pero lo hice, y cuando le llevé las vendas a la cama, una en cada mano, me dijo «Buen chico», y me hizo reír al acariciarme la cabeza como si fuese la de un perro.

Temeroso de ver lo que ocurriría a continuación, me senté en la cama y observé.

–Te pones este vendaje para que no se hinche –me explicó. Se sujetó el muñón con una mano y con la otra quitó el imperdible y empezó a desenrollar una de las vendas, siguiendo una pauta entrecruzada sobre el muñón; siguió hacia la articulación de la rodilla y luego unos centímetros más arriba–. Te pones este vendaje para que no se hinche –repitió en tono fatigado, con una paciencia exagerada–, pero no puedes vendar la parte lesionada porque entonces no se curaría. Así que vas avanzando y retrocediendo, hasta que te vuelves majareta. –Cuando terminó de desenrollar la venda e insertó el imperdible para sujetar el extremo, me mostró el resultado–. Tienes que apretarlo fuerte, ¿ves? –Inició una operación similar con la segunda venda. Cuando terminó, el muñón volvió a recordarme un pequeño animal, esta vez uno al que había que poner con sumo cuidado un bozal para que no hundiera los dientes afilados como cuchillas en la mano de su captor.

–¿Cómo has aprendido a hacer eso? –le pregunté.

–No tienes que aprender. Te lo pones y ya está. Aunque –añadió de repente– está demasiado apretado. Tal vez sí que hay que aprender. ¡Maldito hijo de puta! O está demasiado suelto o demasiado apretado, el muy jodido. Te vuelve loco... todo este jodido asunto. —Retiró el imperdible que aseguraba la segunda venda y deshizo ambos vendajes para empezar de nuevo—. Ya ves —me dijo tratando ahora de reprimir la irritación por la futilidad de todo—, lo bueno que se saca de todo esto.

Y comenzó a vendarse de nuevo, algo que, lo mismo que la curación, parecía destinado a prolongarse eternamente en nuestro dormitorio.

Al día siguiente, al salir de la escuela, corrí directamente a casa, donde sabía que no habría nadie: Alvin estaba en el dentista, Sandy había ido a alguna parte con tía Evelyn, los dos ayudando inexplicablemente a Lindbergh a conseguir sus fines, y mis padres no regresarían del trabajo hasta la hora de la cena. Como Alvin había adoptado la costumbre de utilizar las horas diurnas para dejar que la lesión se curase y las noches para envolver el muñón a fin de impedir que se hinchara, encontré enseguida las dos vendas en el ángulo del cajón superior de la cómoda, donde él las había vuelto a colocar enrolladas por la mañana. Me senté en el borde de la cama, me alcé la pernera izquierda del pantalón e, impresionado al observar que lo que restaba de la pierna de Alvin no era mucho más amplio que mi propia pierna, empecé a vendarme. En la escuela me había pasado el día rememorando lo que le había visto hacer la noche anterior, pero cuando llegué a casa a las tres y veinte, y apenas había empezado a colocar el vendaje alrededor de mi propio muñón imaginario, noté contra la carne por debajo de la rodilla lo que resultó ser una costra de borde irregular procedente de la parte inferior ulcerada del muñón de Alvin. La costra debía de haberse desprendido durante la noche (Alvin, o bien había hecho caso omiso, o bien no se había dado cuenta) y ahora estaba adherida a mi piel y aquello rebasaba con creces lo que yo era capaz de soportar. Aunque las arcadas empezaron en el dormitorio, gracias a que salí corriendo por la puerta trasera y bajé por la escalera trasera al sótano, conseguí poner la cabeza sobre la pila doble segundos antes de que llegara el auténtico vómito.

Encontrarme a solas en la húmeda caverna del sótano era una dura prueba en cualquier circunstancia, y no solo debido a la escurridora. Con su friso de moho y suciedad a lo largo de las paredes encaladas y agrietadas (manchas con todas las tonalidades del arco iris excremental y manchas de filtraciones que parecían haber rezumado de un cadáver), el sótano era un macabro reino independiente que se extendía bajo toda la casa y que apenas recibía iluminación a través de la media docena de ranuras de vidrio cubierto de mugre que daban al cemento de los callejones y al patio delantero lleno de hierbajos. En medio del suelo de hormigón había una concavidad en pendiente, en cuyo fondo se encontraban varios desagües del tamaño de platillos. En la boca de cada uno de ellos había un pesado disco negro con perforaciones concéntricas del tamaño de monedas de diez centavos, e imaginaba yo que, no sin dificultad, unas criaturas vaporosas y malevolentes surgían por allí trazando espirales desde las entrañas de la tierra a mi mundo. El sótano era un espacio desprovisto no solo de una ventana por la que entrara el sol, sino de todo aquello que humaniza un lugar y procura una sensación de seguridad, y cuando, en el primer curso del instituto, estudié mitología griega y romana y leí en el libro de texto acerca del Hades, Cerbero y el río Estigio, siempre recordaba nuestro sótano. Una bombilla de treinta vatios pendía sobre la pila de lavar en la que había vomitado, y otra cerca de las calderas de carbón —ardiendo y voluminosamente alineadas como el Plutón trino de nuestro averno—, y otra, casi siempre fundida, colgada de un cable eléctrico dentro de cada uno de los trasteros.

Nunca podría aceptar que en invierno recayera sobre mí la responsabilidad de meter el carbón a paladas en la caldera a primera hora de la mañana, luego cubrir el fuego por la noche antes de acostarme y, una vez al día, llevar un cubo de cenizas frías al contenedor de basura que estaba en el patio trasero. Sandy ya era lo bastante fuerte para ocuparse de eso en lugar de mi padre, pero pocos años después, cuando partiera como todos los demás chicos norteamericanos de dieciocho para recibir adiestramiento militar durante dos años en el nuevo ejército de ciudadanos del presidente Lindbergh, yo heredaría la tarea y solo la abandonaría cuando también me llamaran a filas. Imaginar un futuro en el que estaría solo en el sótano haciéndome cargo de la caldera era tan inquietante, a los nueve años, como pensar en la inevitabilidad de la muerte, algo que también había empezado a atormentarme en la cama cada noche.

Pero el sótano me asustaba sobre todo por los que ya estaban muertos, mis dos abuelos, la madre de mi madre y la tía y el tío que en otro tiempo constituyeron la familia de Alvin. Puede que sus cuerpos hubieran sido enterrados frente a la Ruta 1 de la línea Newark-Elizabeth, pero, a fin de vigilar nuestros asuntos y examinar nuestra conducta, sus fantasmas habitaban dos plantas por debajo de nuestro piso. Tenía pocos o ningún recuerdo de ellos, aparte del de la abuela que murió cuando yo contaba seis años, y, sin embargo, cada vez que me encaminaba al sótano no dejaba de avisar a cada uno de ellos de que iba hacia allí y les rogaba que mantuvieran las distancias y no me acosaran una vez que estuviera entre ellos. Cuando Sandy tenía mi edad solía combatir su propio temor bajando los escalones a la carrera mientras gritaba: «Sé que estáis aquí, mala gente... ¡Tengo un arma!», mientras que yo susurraba al bajar: «Perdonadme cualquier cosa mala que haya hecho».

Allí estaban la escurridora, los desagües, los muertos (los fantasmas de los muertos que miraban y juzgaban y condenaban mientras yo vomitaba en la pila doble donde mi madre y yo habíamos lavado la ropa de Alvin), y allí estaban los gatos de callejón que desaparecían en el sótano cuando quedaba entornada la puerta trasera y entonces maullaban desde dondequiera que estuviesen agazapados en la oscuridad, y allí estaba la penosa tos de nuestro vecino del piso de abajo, el señor Wishnow, una tos que desde el sótano daba la sensación de que los dientes de una sierra manejada por dos hombres lo estaban cortando por la mitad. Al igual que mi padre, el señor Wishnow trabajaba como agente de seguros en la Metropolitan, pero llevaba más de un año cobrando la pensión de invalidez, demasiado enfermo de cáncer de boca y garganta para hacer nada más que permanecer en casa y escuchar los seriales de radio durante el día, cuando no estaba dormido, o toser de una manera incontrolable. Con la bendición de la sede central, su esposa había ocupado su lugar (la primera mujer agente de seguros en la historia del distrito de Newark) y ahora trabajaba las mismas largas horas que mi padre, que generalmente, casi todos los sábados y los domingos, tenía que salir después de cenar para efectuar los cobros de las primas y sondear a posibles clientes, pues los fines de semana eran las únicas ocasiones en que podía tener la esperanza de encontrar en casa a un cabeza de familia dispuesto a escuchar su rollo. Antes de que mi madre hubiera empezado a trabajar como dependienta en Hahne's, iba al piso de abajo un par de veces al día para ver cómo seguía el señor Wishnow; y ahora, cuando la señora Wishnow telefoneaba para decir que no podría volver a casa a tiempo para preparar una cena apropiada, mi madre hacía un poco más de lo que nosotros cenábamos y Sandy y yo, antes de sentarnos a cenar, bajábamos en sendas bandejas un plato de comida caliente para el señor Wishnow y otro para Seldon, el único hijo del matrimonio. Seldon nos abría la puerta y, con la bandeja en las manos, maniobrábamos a través de la sala y entrábamos en la cocina, muy concentrados para que no se derramara nada, y depositábamos los platos en la mesa, a la que el señor Wishnow ya estaba sentado esperando, con una servilleta de papel colgada del cuello del pijama, pero con todo el aspecto de ser incapaz de alimentarse por sí mismo por mucha necesidad que tuviera de nutrirse. «¿Estáis bien, muchachos?», nos preguntaba con la voz de trapo desgarrado que le quedaba. «¿Por qué no me cuentas un chiste, Phillie? Me iría bien un buen chiste», admitía, pero diciéndolo sin amargura, sin tristeza, tan solo demostrando la jovialidad suave, defensiva, de quien todavía se aferra a la vida sin ninguna razón aparente. Seldon debía de haberle contado a su padre que yo sabía hacer reír a los chicos en la escuela, así que me pedía en broma que le contara un chiste cuando tan solo con su proximidad había arrasado mi capacidad de hablar. Lo mejor que yo podía hacer era tratar de mirar a una persona de la que sabía que se estaba muriendo —y, peor aún, que estaba resignada a morir— sin permitir a mis ojos que vieran en los suyos la horripilante evidencia del sufrimiento físico que debía soportar camino de una vida espectral en nuestro sótano con todos los demás muertos. A veces, cuando había que ir a la farmacia para reponer los medicamentos del señor Wishnow, Seldon corría escaleras arriba para preguntarme si quería acompañarle, y como yo sabía por mis padres que el padre de Seldon estaba condenado —y como el mismo Seldon actuaba como si no supiera nada de ello— no tenía manera de negarme, aunque nunca me había gustado estar con alguien que deseara entablar amistad de una manera tan evidente. De un modo transparente, Seldon era un niño condicionado por su soledad, inmerecidamente pleno de pesar y que se esforzaba demasiado por tener una sonrisa permanente, uno de esos muchachos flacos, pálidos, de expresión amable, que azoran a todo el mundo al lanzar una pelota como lo haría una niña, pero también era el chico más listo de nuestra clase y el mago de la aritmética en toda la escuela. Curiosamente, no había nadie en clase de educación física mejor dotado que Seldon para trepar por las cuerdas que pendían del alto techo del gimnasio, una agilidad aérea que, según uno de nuestros profesores, se relacionaba por completo con su insuperable habilidad en el manejo de los números. Ya era un pequeño campeón de ajedrez –su padre le había enseñado a jugar–, y por ello cada vez que le acompañaba a la farmacia sabía que no habría modo de librarme de acabar más tarde ante el tablero de ajedrez en la penumbrosa sala de su casa, oscura para ahorrar electricidad y oscura porque ahora las cortinas estaban siempre corridas para impedir que los curiosos malsanos del barrio escudriñaran el descenso paso a paso de Seldon hacia la orfandad. Sin dejarse abatir por mi firme resistencia, Seldon el Solitario (como le había apodado Earl Axman, a quien el colapso mental de su madre había precipitado hacia una alarmante catástrofe familiar de otro orden) trataría de enseñarme por millonésima vez a mover las piezas y a jugar mientras, detrás de la puerta del dormitorio, su padre tosía tanto y con tanta fuerza que parecía que no hubiese solo un padre, sino cuatro, cinco, seis padres allí dentro, tosiendo hasta la muerte.

En menos de una semana ya era yo quien vendaba el muñón de Alvin, y para entonces había practicado lo suficiente conmigo mismo, y sin volver a vomitar, para que él no tuviera que quejarse ni una sola vez de que el vendaje estaba demasiado flojo o demasiado apretado. Lo hacía por la noche, incluso después de que el muñón se hubiera curado y él caminara regularmente con la pierna artificial, para evitar que volviera a hinchársele. Mientras el muñón se curaba, la pierna artificial había permanecido al fondo del armario ropero, oculta en gran parte por los zapatos que estaban en el suelo y los pantalones que colgaban del travesaño. De todos modos, era difícil no reparar en ella, pero yo estaba decidido a no verla, y no supe de qué estaba hecha hasta el día en que Alvin la sacó y se la puso. Dejando aparte que reproducía de una manera inquietante la forma de la mitad inferior de una pierna auténtica, todo en ella era horrible, pero horrible y asombroso al mismo tiempo, empezando por lo que Alvin llamaba su arnés: una especie de corsé ceñido al muslo, de cuero oscuro, que se ataba con unos cordones por delante y que se extendía desde algo más abajo de la nalga hasta la parte superior de la rodilla y estaba unido a la prótesis mediante unas articulaciones de acero con bisagras a cada lado de la rodilla. El muñón, cubierto con un largo calcetín blanco de lana, encajaba con precisión en un alvéolo acolchado en lo alto de la prótesis, hecho de madera ahuecada con orificios para la aireación, y no, como yo había imaginado, con un trozo de caucho negro parecido a una cachiporra de cómic. En el extremo de la pierna había un pie artificial que se flexionaba solo unos pocos grados y estaba acolchado con una plantilla de esponja. Se atornillaba pulcramente a la pierna sin que se viera en absoluto el dispositivo mecánico, y, aunque parecía más una horma de madera que un pie vivo con cinco dedos independientes, cuando Alvin se ponía los calcetines y los zapatos (los primeros lavados por mi madre, los segundos lustrados por mí) daba la impresión de que ambos pies eran suyos.

El primer día en que volvió a hacer uso de la pierna artificial, Alvin se ejercitó en el callejón, caminando de un lado a otro desde el garaje hasta el extremo del escuálido seto que rodeaba la pequeña extensión del patio delantero, pero nunca un paso más, hasta donde los transeúntes pudieran verle. El segundo día volvió a ejercitarse solo por la mañana, pero cuando regresé de la escuela me hizo salir con él para otra sesión de ejercicio, y esta vez no solo se concentró en el acto de caminar sino también en simular que el buen estado del muñón y el encaje de la prótesis, así como el largo futuro de cojo que tenía por delante, no pesaran en su mente. Durante la semana siguiente, Alvin deambuló por la casa con la pierna artificial todo el día, y a la otra semana me dijo: «Ve a buscar el balón de fútbol». Pero nosotros no teníamos balón de fútbol americano; poseer un balón era algo tan fuera de lo corriente como poseer un uniforme completo de fútbol americano, y ningún chico que no fuese «rico» lo tenía. Y no podía ir y pedir uno prestado en el patio de la escuela a menos que se jugara allí, así que lo que hice (yo, que hasta entonces no había robado nada más que algo de calderilla a mis padres), lo que hice sin un momento de vacilación fue ir a la avenida Keer, donde estaban las casas unifamiliares, con césped delante y detrás, e inspeccionar cada sendero de acceso hasta que vi lo que andaba buscando: un balón que robar, un auténtico balón Wilson de cuero, despellejado por el roce contra el pavimento, con cordones de cuero desgastados y la vejiga para inflar, que algún niño con dinero había dejado allí descuidado. Me lo puse bajo el brazo y eché a correr sin parar hasta la avenida Summit, como si fuera a marcar un tanto para nuestro venerado equipo de Notre Dame.

Aquella tarde practicamos pases en el callejón durante cerca de una hora, y por la noche, cuando examinamos juntos el muñón detrás de la puerta cerrada de nuestro dormitorio, no vimos ninguna señal de que se hubiese estropeado, a pesar de que cuando me lanzaba sus perfectas espirales zurdas Alvin había apoyado prácticamente todo su peso en el miembro artificial. «No tenía alternativa –habría aducido en mi defensa si aquel día me hubieran sorprendido robando el balón en la avenida Keer–. Mi primo Alvin quería un balón de fútbol, señoría. Perdió la pierna luchando contra Hitler y ahora está en casa y quería un balón. ¿Qué otra cosa podía hacer?»

Por entonces había transcurrido ya un mes desde la espantosa llegada a la Penn Station, y, aunque no era precisamente agradable, no sentía una especial repugnancia cuando, al ir a buscar mis zapatos por la mañana, extendía el brazo hasta el fondo del armario para coger la prótesis de Alvin, y dársela, mientras él, sentado en la cama sin más prenda de vestir que los calzoncillos, esperaba su turno para ir al baño. La adustez estaba desapareciendo y, como entre comidas se hinchaba a puñados de cualquier cosa que hubiese en la nevera, empezaba a ganar peso, sus ojos no parecían tan enormes y el cabello había vuelto a crecerle espeso, un cabello ondulado tan negro que tenía un pálido brillo, y mientras estaba allí sentado, medio desvalido, con el muñón al aire, un chiquillo que le idolatraba tenía cada mañana algo más que idolatrar, y lo que causaba tanta lástima era un poco menos imposible de soportar.

Pronto Alvin dejó de limitarse al callejón, y sin tener que depender de las muletas o el bastón que le humillaba usar en público, iba a todas partes con su pierna artificial, compraba para mi madre en la carnicería, la panadería y la verdulería, se comía un perrito caliente en la esquina, tomaba el autobús no solo para ir al dentista de la avenida Clinton, sino hasta la calle Market para comprarse una camisa nueva en Larkey's, y también, como yo ignoraba, con la paga del licenciamiento en el bolsillo se dejaba caer por los campos deportivos que había detrás del instituto para ver si alguno de los tipos que andaban por allí quería jugar al póquer o a los dados. Un día, cuando salí de la escuela, los dos hicimos sitio en el trastero para meter la silla de ruedas, y aquella noche, después de cenar, le dije a mi madre algo que se me había ocurrido acerca de Alvin en la escuela: «Si Alvin tuviese una cremallera en un lado de la pernera, ¿no le sería más fácil ponerse y quitarse los pantalones cuando lleva puesta la pierna artificial?». A la mañana siguiente, camino del trabajo, mi madre llevó unos pantalones militares de Alvin a una costurera vecina para que descosiera un lado y pusiera una cremallera de unos quince centímetros en la pernera izquierda sin remangar. Aquella noche, cuando Alvin se puso los pantalones tras descorrer la cremallera, la pernera del pantalón pasó con facilidad por encima de la prótesis, sin necesidad de maldecir a todo bicho viviente solo porque se estaba vistiendo. Y, cuando cerró la cremallera, no se le veía. «¡Ni siquiera se nota que está ahí!», exclamé. A la mañana siguiente metimos todos sus pantalones en una bolsa de papel para que mi madre los llevara a la costurera. «No sé qué haría sin ti —me dijo Alvin aquella noche, cuando nos fuimos a dormir—. No podría ponerme los pantalones sin ti», y me dio, para que la conservara siempre, la medalla canadiense que le habían concedido «por su comportamiento en circunstancias excepcionales». Era una medalla de plata circular, con el perfil del rey Jorge VI en una cara y, en la otra, un león triunfante erguido sobre el cadáver de un dragón. Como es natural, aprecié mucho aquello y empecé a llevar la medalla habitualmente, pero con la estrecha cinta verde de la que pendía sujeta con un alfiler a la camiseta, para que nadie la viera y empezara a poner en tela de juicio mi lealtad a Estados Unidos. Solo los días en que teníamos educación física y debía quitarme la camisa para los ejercicios dejaba la medalla en un cajón de mi cuarto.

¿Y qué ocurría entretanto con Sandy? Como estaba tan atareado, al principio no pareció reparar en mi vertiginosa transformación en ayuda de cámara personal de un héroe de guerra condecorado por los canadienses y que a su vez me había condecorado a mí, y cuando lo hizo —y al principio se sintió abatido, no tanto por la relación de Alvin conmigo, que era de esperar desde que compartíamos la habitación, sino por la hostil indiferencia que Alvin mostraba hacia él— era demasiado tarde para desbancarme del gran papel de sostén (con sus repugnantes deberes) que prácticamente me había visto obligado a adoptar y que, para sorpresa de Sandy, había suscitado tan sublime reconocimiento en los últimos años de mi larga trayectoria como su hermano pequeño.

Y había logrado todo esto sin que aludiera una sola vez a la afiliación de Sandy, a través de tía Evelyn y el rabino Bengelsdorf, a nuestra detestable administración actual. Todo el mundo, mi hermano incluido, había evitado hablar de la OAA y de Solo Pueblo en presencia de Alvin, convencido de que, hasta que llegara a comprender de qué manera la enorme popularidad de la política aislacionista de Lindbergh había empezado a granjearle incluso el apoyo de muchos judíos —y comprender también cómo era mucho menos traidor de lo que podía parecer que un muchacho de la edad de Sandy se hubiera dejado atraer por la aventura que ofrecía Solo Pueblo—, nada podría mitigar la indignación del miembro de la familia más abnegado y que más visceralmente aborrecía a Lindbergh. Pero Alvin ya parecía haber percibido que Sandy le había defraudado y, siendo como era, no se molestaba en disimular sus sentimientos. Yo no había dicho nada, mis padres no habían dicho nada y, desde luego, Sandy no había dicho nada que le incriminase ante Alvin y, no obstante, este había llegado a saber (o se comportaba como si lo supiera) que el primero en darle la bienvenida a casa en la estación de ferrocarril había sido también el primero en alinearse con los fascistas.

Nadie estaba seguro de lo que haría Alvin a continuación. Tendría dificultades para encontrar trabajo porque no todo el mundo iba a contratar a alguien considerado un inválido, un traidor o ambas cosas. Mis padres decían que, sin embargo, era esencial desbaratar cualquier inclinación que Alvin pudiera tener a no hacer nada y limitarse a estar enfurruñado y autocompadecerse durante el resto de su vida arreglándoselas con su pensión. Mi madre quería que empleara la paga mensual por invalidez para estudiar en la universidad. Había hecho indagaciones y se había informado de que, si estudiaba un año en la Academia de Newark, y obtenía notables en las asignaturas en las que, cuando estaba en Weequahic, sacaba aprobados y suspensos, era más que probable que al año siguiente pudiera ingresar en la Universidad de Newark. Pero no podía imaginarse a Alvin volviendo voluntariamente al instituto, ni siquiera en una escuela privada del centro de la ciudad. Con veintidós años, y después de lo que había padecido, necesitaba conseguir un empleo con futuro lo antes posible, y a tal fin mi padre propuso a Alvin que se pusiera en contacto con Billy Steinheim. Billy era el hijo de Abe que se hizo amigo de Alvin cuando este era su chófer, y si Billy quería exponerle a su padre los argumentos a favor de darle a Alvin una segunda oportunidad, tal vez accederían a encontrarle un puesto en la empresa, un trabajo humilde por el momento pero con el que podría redimirse ante Abe Steinheim. Si fuese necesario, y solo en ese caso, Alvin podía empezar con el tío Monty, quien ya había ofrecido a su sobrino un empleo en el mercado de verduras; eso sucedió en aquellos primeros y malos días, cuando el muñón de Alvin estaba gravemente lesionado, aún se pasaba en cama la mayor parte del tiempo y no permitía que se alzaran las persianas de nuestra habitación por miedo a ver un solo atisbo del pequeño mundo en el que antes estuvo integrado. Al regresar en el coche con mi padre y Sandy desde la Penn Station, cerró los ojos cuando apareció ante su vista el instituto, para no recordar las innumerables veces que había salido de aquel edificio brincoteando al final de las clases, sin el impedimento de ningún problema físico y equipado para hacer todo lo que quisiera.

Fue la misma tarde anterior a la visita de tío Monty cuando regresé de la escuela un poco más tarde de lo habitual (me había tocado el turno de limpiar las pizarras) y, al llegar a casa, descubrí que Alvin se había ido. No lo encontré ni en su cama ni en el baño ni en ningún otro lugar del piso, por lo que salí y le busqué en la parte trasera del jardín y entonces, perplejo, volví corriendo a la casa, donde, desde el pie del hueco de la escalera, oí unos leves sonidos quejumbrosos que procedían de abajo... ¡Fastasmas, los sufrientes fantasmas de los padres de Alvin! Cuando bajé sigilosamente las escaleras del sótano para comprobar si era posible verlos tanto como oírlos, lo que descubrí en cambio, junto a la pared delantera del sótano, fue a Alvin mirando por la pequeña ranura de vidrio horizontal que, al nivel de la calle, daba a la avenida Summit. Llevaba puesta su bata de baño y asía con una mano el estrecho alféizar a fin de mantener el equilibrio. La otra mano no podía verla. La estaba usando para algo de lo que yo aún no sabía nada porque era demasiado joven. A través de un circulito de ventana que había despejado de mugre, miraba a las chicas del instituto que vivían en la avenida Keer y que regresaban a casa desde Weequahic caminando por nuestra calle. Las piernas que pasaban junto al seto era todo lo que podía ver, pero eso bastaba, y le hacía gemir; yo creí que era angustia porque él ya no tenía dos piernas con las que andar. Retrocedí en silencio escaleras arriba, salí por la puerta trasera y me acuclillé en el rincón más alejado de nuestro garaje, tramando mi huida a Nueva York para vivir con Earl Axman. Solo cuando estaba oscureciendo, y porque tenía deberes que hacer, regresé a la casa, deteniéndome primero para echar un vistazo al sótano y comprobar si Alvin seguía allí. No estaba, así que me atreví a bajar la escalera, pasé con rapidez junto a la escurridora y alrededor de los desagües y, una vez en la ventana y de puntillas, tratando solo de mirar la calle como él lo había hecho, descubrí que en la pared encalada debajo de la ventana había una abundante sustancia húmeda, resbaladiza y espesa, parecida a jarabe. Como no sabía qué era la masturbación, naturalmente tampoco sabía qué era eyacular. Pensé que se trataba de pus. Pensé que era flema. No sabía qué pensar, excepto que era algo terrible. Ante aquella especie de descarga todavía misteriosa para mí, imaginé que se trataba de algo que se enconaba en el cuerpo de un hombre y después le salía a chorros por la boca cuando la aflicción le consumía por completo.

La tarde en que tío Monty nos visitó para ver a Alvin, iba camino del centro, hacia la calle Miller, donde, desde los catorce años trabajaba por las noches en el mercado. Llegaba alrededor de las cinco y no volvía a casa hasta las nueve de la mañana siguiente donde hacía una copiosa comida y se pasaba el día durmiendo. Tal era la vida que llevaba el miembro más rico de nuestra familia. A sus dos hijas les iba mejor. Linda y Annette, que eran algo mayores que Sandy y mostraban la dolorosa timidez de las chicas que se mueven de puntillas alrededor de un padre tiránico, tenían montones de vestidos y asistían al instituto de Columbia, en el barrio residencial de Maplewood, donde había más chicos judíos que tenían montones de ropa y padres, como Monty, que poseían un Cadillac para él y un segundo coche en el garaje a disposición de la esposa y los hijos mayores. Con ellos vivía, en la gran casa de Maplewood, mi abuela, que también tenía montones de ropa, prendas compradas para ella por su hijo más triunfador que tan solo se ponía en las grandes festividades y los domingos en que Monty le pedía que se arreglara para ir a comer fuera con la familia. Los restaurantes no eran lo bastante *kosher* para satisfacer su nivel de exigencia, por lo que pedía siempre la comida de presidiario a base de pan y agua *à la carte*; además, nunca había sabido cómo actuar en un restaurante. En cierta ocasión, al ver a un ayudante de camarero que llevaba una tambaleante carga de platos a la cocina, se levantó de la mesa para echarle una mano. Tío Monty le gritó «¡No, mamá! *Loz im tsu ru!* ¡Deja en paz al chico!», y cuando la abuela le apartó de un manotazo, Monty tuvo que tirar de ella hacia la mesa asiéndole la manga de su vestido con ridículas lentejuelas. Tenía a una mujer negra, conocida como «la chica», que iba en autobús desde Newark para limpiar dos días a la semana, pero eso no impedía a la abuela arrodillarse cuando no la veía nadie para restregar los suelos de la cocina y el baño, o lavar la ropa en una tabla pese a que en el bien equipado sótano de Monty había una flamante lavadora Bendix de noventa y nueve dólares. Mi tía Tillie, la mujer de Monty, se quejaba sin cesar de que su marido dormía todo el día y nunca estaba en casa de noche, aunque los demás miembros de la familia sin excepción consideraban que, mucho más que su propio Oldsmobile nuevo, esa era su mayor suerte.

Alvin estaba en la cama y todavía en pijama a las cuatro de la tarde aquel día de enero en que Monty vino por primera vez a verle y se atrevió a hacerle la pregunta cuya respuesta ninguno de nosotros conocía con exactitud: «¿Cómo diablos te las arreglaste para perder una pierna?». Puesto que Alvin se había mostrado tan poco sociable cuando yo volvía de la escuela y respondía con un gruñido de hastío a cualquier cosa que yo le ofreciera para animarle, no esperaba que nuestro pariente menos simpático obtuviera respuesta alguna.

Pero la presencia de tío Monty, con el sempiterno cigarrillo colgando de la comisura de su boca, era tan intimidante que ni siquiera Alvin, en aquellos primeros días, pudo decirle que se callara y le dejase en paz. Aquella tarde en concreto Alvin fue incapaz de repetir el insolente desaire que le llevó a brincar como un prodigio por el vestíbulo de la Penn Station cuando volvió a casa como amputado.

—En Francia —respondió Alvin a la gran pregunta.

—El peor país del mundo —le dijo Monty, y con conocimiento de causa. Cuando tenía veintiún años, en el verano de 1918, Monty había luchado en Francia contra los alemanes en la segunda y sangrienta batalla del Marne, y luego en el bosque de Argonne, cuando los aliados penetraron en el frente occidental germano, y, por lo tanto, lo sabía todo de Francia—. No te pregunto dónde —siguió diciendo—. Te estoy preguntando cómo.

—Cómo —repitió Alvin.

—Escúpelo, muchacho. Te hará bien. —Eso también lo sabía: que le haría bien a Alvin—. ¿Dónde estabas cuando te alcanzaron? Y no me digas que «en el lugar equivocado». Toda tu vida has estado en el lugar equivocado.

—Estábamos esperando a que el barco nos sacara de allí. —Cerró los ojos, como si deseara no abrirlos nunca más. Pero en vez de detenerse ahí, como yo rogaba que hiciera, añadió de repente : Disparé contra un alemán.

—¿Y…? —dijo Monty.

—Estuvo allí gritando durante toda la noche.

—¿Y bien? Vamos, sigue. Estuvo gritando. ¿Y qué pasó?

—Al amanecer, antes de que llegara el barco, me arrastré hasta donde estaba, como a unos cincuenta metros. Para entonces ya había muerto. Pero me arrastré hasta llegar a él y le disparé dos veces en la cabeza. Entonces escupí sobre el hijo de puta. Y en aquel instante lanzaron la granada. Me alcanzó en las dos piernas. Uno de los pies quedó torcido del revés. Roto y torcido. Ese pudieron arreglarlo. Me operaron y lo arreglaron. Lo enyesaron. Lo enderezaron. Pero el otro había desaparecido. Bajé la vista y solo vi un pie hacia atrás y una pierna que colgaba. La pierna izquierda ya casi amputada.

Eso era lo que había sucedido, y no tenía nada que ver con la realidad heroica que yo había imaginado neciamente.

—Allí solo, en tierra de nadie, podría haberte alcanzado uno de los tuyos —comentó Monty—. Aún no es de día, todo está en penumbra, un tipo oye disparos y, siente pánico y… zas, tira de la anilla.

Respecto a esa conjetura, Alvin no dijo nada.

Cualquier otro habría comprendido y se habría apiadado, aunque solo fuera por el sudor que perlaba la frente de Alvin, las gotitas estancadas en el hueco de su garganta y el hecho de que aún no había abierto los ojos. Pero mi tío no; comprende, desde luego, pero no se apiada.

—¿Y cómo es que no te dejaron allí? Después de esa proeza, ¿cómo es que no te dejaron allí para que te murieras?

—Había barro por todas partes —replicó Alvin con expresión ausente—. El suelo estaba lleno de barro. Lo único que recuerdo es que había barro.

—¿Quién te salvó, despojo?

—Me recogieron. Debía de haber perdido el sentido. Vinieron a buscarme.

—Estoy tratando de imaginar cómo funciona tu cerebro, Alvin, y no lo consigo. Escupe. Él escupe. Y esa es la historia de cómo pierde una pierna.

—Hay cosas que no sabes por qué las haces —terció entonces. ¿Qué sabía yo? Pero le estaba diciendo a mi tío—: Las haces y ya está, tío Monty. No puedes evitarlo.

—No puedes, Phillie, cuando eres un despojo profesional. —Después se dirigió a Alvin—: ¿Y ahora qué? ¿Vas a quedarte ahí acostado y viviendo de la pensión de invalidez? ¿Vas a vivir como un fullero sin suerte? ¿O has considerado tal vez la posibilidad de ganarte la vida como los demás estúpidos mortales? Cuando decidas levantarte de la cama, hay un trabajo para ti en el mercado. Empezarás desde abajo, lavando el suelo con la manguera y clasificando tomates, desde abajo con los que empujan las carretillas y los que hacen las tareas menos importantes, pero tendrás un empleo allí, trabajando para mí, y un sueldo semanal. Ya sé que rapiñabas la mitad de lo que pagaban los clientes en la gasolinera de la Esso, pero aun así te aceptaré porque eres el hijo de Jack, y por mi hermano Jack yo hago cualquier cosa. No estaría donde estoy sin Jack. Jack me enseñó el negocio de las verduras, y después se murió. Del mismo modo que Steinheim quería enseñarte el negocio de la construcción. Pero a ti nadie puede enseñarte, despojo. Él le tira las llaves a Steinheim a la cara. Él es demasiado importante para Abe Steinheim. Solo Hitler es lo bastante grande para Alvin Roth.

En la cocina, en un cajón con los agarradores y el termómetro del horno, mi madre guardaba una aguja larga y gruesa e hilo fuerte para atar el pavo de Acción de Gracias una vez relleno. Era el único instrumento de tortura, aparte de la escurridora, que teníamos, y yo quería ir a buscarlo para cerrar con él la boca de mi tío.

En la puerta del dormitorio, antes de marcharse al mercado, Monty se volvió para recapitular. A los matones les gusta recapitular. La redundante y reprochadora recapitulación, sin nada que la iguale excepto los anticuados azotes.

—Tus compañeros lo arriesgaron todo para salvarte. Fueron allí y te sacaron a rastras bajo el fuego, ¿no es cierto? ¿Y para qué? ¿Para que pudieras pasar el resto de tu vida jugando a los dados con Margulis? ¿Para que puedas jugar al póquer de siete cartas en el patio de la escuela? ¿Para que puedas volver a la gasolinera y dejar en pelotas a Simkowitz? Has cometido todos los errores habidos y por haber. Todo cuanto haces lo haces mal. Incluso te equivocas cuando disparas contra los alemanes. ¿Por qué será? ¿Por qué arrojas llaves a la gente? ¿Por qué escupes? Alguien que ya está muerto… ¿y vas y le escupes? ¿Por qué? ¿Porque no te han servido la vida en bandeja de plata como al resto de los Roth? Si no fuese por Jack, Alvin, yo no estaría aquí gastando saliva. No te has ganado nada. Eso que quede claro. Nada. Durante veintidós años no has sido más que un desastre. Lo hago por tu padre, muchacho, no por ti. Lo hago por tu abuela. «Ayuda al chico», me dice, así que te voy a ayudar. Cuando hayas decidido cómo quieres hacer fortuna, ven a verme con tu pata de palo y hablaremos.

Alvin no lloró, no maldijo, no gritó, ni siquiera después de que Monty hubiera salido por la puerta trasera hacia su coche y él hubiera podido dar rienda suelta a sus malignos pensamientos. Aquel día estaba demasiado ausente para poder rugir. O para perder el control. Fui yo quien lo hizo, cuando después de rogárselo él no quiso abrir los ojos y mirarme; fui yo quien perdió el control, más tarde, a solas, en el único lugar de la casa donde podía ir para estar apartado de los vivos y de todo cuanto no pueden evitar hacer.

5

Marzo de 1942 - junio de 1942
NUNCA HASTA ENTONCES

Así fue como Alvin llegó a tenerle ojeriza a Sandy.

Antes de dejarle solo la mañana del primer lunes después de su regreso, mi madre le hizo prometer a Alvin que usaría las muletas para desplazarse hasta que uno de nosotros estuviera en casa para ayudarle. Pero tal era el desdén de mi primo por las muletas que incluso rechazaba someterse a la estabilidad que le procuraban. De noche, cuando estábamos todos acostados y las luces apagadas, Alvin me hacía reír al explicarme por qué andar con muletas no era tan sencillo como creía·mi madre.

—Vas al baño y siempre se te caen —me decía—, siempre arman jaleo, siempre hacen ruido, las puñeteras. Vas al baño con muletas, intentas sacarte la picha y no te la encuentras, porque las muletas están en medio. Dejas las muletas. Entonces te apoyas en una sola pierna, y eso no va nada bien, porque te inclinas a un lado o al otro y lo salpicas todo. Tu padre me dice que me siente para mear. ¿Sabes lo que le digo? «Me sentaré cuando tú lo hagas, Herman.» Jodidas muletas. En pie con una sola pierna, sacándote la polla… ¡Jesús! Ya es bastante difícil mear sin necesidad de esos trastos.

Yo me troncho de risa, no solo porque la anécdota resulta especialmente divertida contada así, susurrada en la habitación a oscuras, sino también porque nunca hasta ahora un hombre se me ha revelado de esa manera, empleando con tal libertad las palabras prohibidas y contando abiertamente chistes de lavabo.

—Vamos, muchacho, admítelo —me seguía diciendo Alvin—, mear no es tan fácil como parece.

Así pues, aquella primera mañana de lunes en que se quedó solo en casa, cuando la amputación era todavía una pérdida ilimitada y tenía la sensación de que sería un impedimento y un tormento durante el resto de su vida, Alvin sufrió la caída de la que ningún miembro de la familia salvo yo llegó a enterarse. Estaba apoyado en el fregadero de la cocina, adonde había ido sin la ayuda de las muletas para tomar un vaso de agua. Al darse la vuelta para regresar al dormitorio, se olvidó, por la razón que fuese, de que solo tenía una pierna y, en vez de brincar, hizo lo mismo que todos los demás en la casa: echó a andar y, naturalmente, se cayó al suelo. El dolor que subía desde la punta del muñón era más intenso que el dolor en la parte desaparecida de su pierna, un dolor, me explicó Alvin, después de verlo sucumbir a su asedio en la cama de al lado, «que te agarra y no te suelta», aunque no hubiera un miembro que lo causara.

—Te duele lo que tienes —me dijo Alvin cuando llegó el momento de tranquilizarme con alguna observación cómica— y te duele lo que no tienes. Me pregunto a quién se le ocurriría inventar eso.

En el hospital inglés inyectaban morfina a los amputados para controlar el dolor.

—Siempre la estás pidiendo —me contó Alvin—, y cada vez que lo haces te la dan. Aprietas un botón para llamar a la enfermera y, cuando llega a tu lado, le dices: «Morfina, morfina», y entonces el dolor desaparece casi por completo.

—¿Cuánto te dolía en el hospital? —le pregunté.

—No era divertido, muchacho.

—¿Era el dolor más fuerte que has sentido en tu vida?

—El dolor más fuerte que he sentido fue a los seis años, cuando mi padre cerró la puerta del coche y me pilló un dedo. —Se echó a reír, y yo le imité—. Mi padre me dijo, cuando me vio llorar como un desesperado, aquel pequeño mocoso así de alto, mi padre me dijo: «Deja de llorar, eso no sirve de nada». —Alvin volvió a reírse de forma más discreta y añadió—: Y probablemente eso fue peor que el mismo dolor. También es el último recuerdo que tengo de él. Ese mismo día, unas horas después, cayó en redondo y se murió.

Aquel día Alvin se retorció en el suelo de linóleo de la cocina sin poder pedir ayuda a nadie, y no digamos ya una inyección de morfina; todo el mundo estaba en la escuela o el trabajo, así que, antes de que llegaran, tuvo que arrastrarse a través de la cocina y el vestíbulo hasta su cama. Pero, justo cuando se preparaba para levantarse del suelo, reparó en la carpeta de dibujos de Sandy. Mi hermano seguía usando la carpeta para conservar sus grandes dibujos a lápiz y carboncillo entre papel de calco, y para llevarlos consigo cuando tenía que enseñárselos a alguien. La carpeta era demasiado grande para tenerla en la galería, por lo que la dejó en nuestra habitación. La mera curiosidad hizo que Alvin sacara la carpeta un poco de debajo de la cama, pero como en aquellos momentos no podía determinar su utilidad, y como lo que realmente quería era estar de nuevo bajo las mantas, se disponía a dejarlo correr cuando observó la cinta que unía las dos mitades. La existencia carecía de valor, la vida era insoportable, aún sentía los dolorosos latidos cusados por el estúpido accidente junto al fregadero de la cocina, y así, sin más razón que la de que se sentía impotente para realizar una tarea física más formidable que esa, tiró de las cintas hasta que deshizo el lazo.

Lo que encontró dentro de la carpeta fueron los tres retratos de Charles A. Lindbergh con atuendo de aviador que Sandy les había dicho a mis padres que había destruido dos años atrás, así como los que había dibujado a instancias de tía Evelyn después de que Lindbergh llegara a la presidencia. Yo solo había visto los nuevos dibujos cuando tía Evelyn me llevó con ellos a New Brunswick para escuchar el discurso de Sandy de captación de nuevos afiliados a Solo Pueblo en el sótano de la sinagoga. «Aquí el presidente Lindbergh está firmando la Ley de Reclutamiento General, destinada a mantener a Estados Unidos en paz al enseñar a la juventud las habilidades necesarias para proteger y defender a la nación. En este dibujo el presidente está ante un tablero de delineante, añadiendo sus sugerencias aeronáuticas al diseño del más reciente cazabombardero para la nación. En este vemos al presidente Lindbergh relajándose en la Casa Blanca con el perro de la familia.»

Alvin examinó en el suelo del dormitorio cada uno de los nuevos retratos de Lindbergh que Sandy había exhibido como preludio a su charla en New Brunswick. Entonces, a pesar del impulso destructivo provocado por la destreza dedicada de una manera tan meticulosa a conseguir aquellos hermosos parecidos, los colocó entre las hojas de papel de calco y empujó la carpeta hasta quedar de nuevo oculta bajo la cama.

Cuando Alvin salió por fin a la calle y deambuló por el barrio, no tuvo que atenerse solo a los dibujos que Sandy había hecho de Lindbergh para comprender que, mientras él hacía incursiones contra depósitos de municiones en Francia, los judíos, incluso aquellos de nuestros vecinos que habían empezado detestándole de una manera tan apasionada como lo hacía mi padre, si no confiaban del todo en el sucesor republicano de Roosevelt, habían llegado a aceptarlo de momento como tolerable. Walter Winchell insistía en atacar al presidente en su programa radiofónico de la noche dominical, y todo el mundo en la manzana sintonizaba religiosamente el programa para dar crédito, mientras le escuchaban, a sus alarmantes interpretaciones de la política del presidente, pero como nada de lo que temían había llegado a suceder desde la toma de posesión, nuestros vecinos empezaron lentamente a tener más fe en las convicciones optimistas del rabino Bengelsdorf que en las atroces profecías de Winchell. Y no solo los vecinos, sino también los dirigentes judíos de todo el país empezaron a reconocer abiertamente que Lionel Bengelsdorf, de Newark, lejos de haberlos traicionado al refrendar a Lindy en las elecciones de 1940, había sido lo bastante clarividente para ver adónde se dirigía la nación, y que el hecho de haber ascendido a la dirección de la Oficina de Absorción Americana (y al puesto de principal asesor de la administración en asuntos judíos) era consecuencia directa de haberse ganado de un modo inteligente la confianza de Lindbergh al haber sido uno de los primeros en apoyarle. Si el antisemitismo del presidente había sido neutralizado de algún modo (o, lo que todavía era más notable, erradicado), los judíos estaban dispuestos a atribuir el milagro a la influencia del venerable rabino que pronto iba a convertirse —otro milagro— en tío de Sandy y mío gracias a su matrimonio.

Un día, a comienzos de marzo, me dirigí sin haber sido invitado al callejón que estaba detrás del patio de la escuela, donde Alvin había empezado a jugar a los dados y al póquer si la tarde era bastante cálida y no llovía. Ya no solía encontrarse en casa cuando yo regresaba de la escuela, y aunque por lo general solía estar de vuelta a las cinco y media para cenar, después del postre iba al local de perritos calientes, a una manzana de nuestra casa, donde se reunía con sus viejos amigos del instituto, algunos de los cuales solían trabajar llenando depósitos de gasolina en la estación de servicio Esso propiedad de Simkowitz y habían sido despedidos como él por robarle al jefe. Cuando Alvin volvía a casa por la noche, yo ya dormía, y solo cuando se quitaba la pierna artificial y empezaba a brincar para ir y regresar del baño yo abría los ojos y musitaba su nombre antes de volver a dormirme. Al cabo de unas siete semanas desde que empezó a ocupar la cama junto a la mía, dejé de ser indispensable y me encontré bruscamente privado del fascinante sustituto de Sandy —desaparecido de mi lado en el estrellato planeado y organizado para él por tía Evelyn—, que había sido Alvin. El mutilado y sufriente paria norteamericano que había llegado a ser más importante para mí que cualquier otro hombre al que hubiera conocido, incluido mi padre, cuyos apasionados debates habían llegado a ser los míos, por cuyo futuro me inquietaba cuando debería haber estado prestando atención al profesor en clase, había empezado a relacionarse con los mismos inútiles que le habían ayudado a convertirse en un ladronzuelo a los dieciséis años. Lo que parecía haber perdido en combate, junto con la pierna, eran todos los hábitos de decencia que le habían inculcado cuando vivía con nosotros como pupilo de mi padre. Tampoco mostraba interés alguno por la lucha contra el fascismo a la que, dos años atrás, nadie pudo impedirle que se sumara. En realidad, si salía pitando de casa cada noche con la pierna artificial lo hacía en gran parte, por lo menos al principio, para no tener que sentarse en la sala de estar mientras mi padre leía en voz alta las noticias sobre la guerra que traía el periódico.

No había campaña contra las potencias del Eje que no atormentara a mi padre, sobre todo cuando las cosas iban mal para la

Unión Soviética y Gran Bretaña y era evidente la necesidad imperiosa que tenían del armamento norteamericano embargado por Lindbergh y el Congreso. Por entonces mi padre podía exhibir con mucha competencia la terminología de un estratega bélico cuando se explayaba sobre la necesidad que tenían británicos, australianos y holandeses de evitar que los japoneses (quienes, al avanzar por el sudeste asiático, exhibían toda la para ellos justificada crueldad de los racialmente superiores) continuaran hacia el oeste y penetraran en la India, y hacia el sur en Nueva Zelanda y Australia. En los primeros meses de 1942, las noticias que nos leía sobre la guerra del Pacífico eran siempre malas: se había producido el triunfante avance japonés; en Birmania, la captura de Malaya por parte de los nipones; el bombardeo japonés de Guinea y, tras los devastadores ataques por aire y mar y la captura de decenas de miles de soldados británicos y holandeses en tierra, la caída de Singapur, Borneo, Sumatra y Java. Pero el avance de la campaña rusa era lo que más inquietaba a mi padre. El año anterior, cuando los alemanes parecían a punto de invadir cada ciudad importante de la Unión Soviética (incluida Kíev, de cuyos alrededores habían emigrado mis abuelos maternos a América en la década de 1890), los nombres de ciudades rusas incluso más pequeñas, como Petrozavodsk, Novgorod, Dnepropetrovsk y Taganrog, me habían resultado tan familiares como las capitales de los cuarenta y ocho estados. En el invierno de 1941-1942, los rusos emprendieron los inverosímiles contraataques que rompieron los asedios de Leningrado, Moscú y Stalingrado, pero en marzo los alemanes se habían recuperado de su catástrofe invernal y, como demostraron los movimientos de tropas esquematizados en el *Newark News*, se estaban reforzando para llevar a cabo en primavera una ofensiva destinada a conquistar el Cáucaso. Mi padre me explicó que la perspectiva de una derrota rusa era tan terrible porque representaría para el mundo la invencibilidad de la maquinaria bélica alemana. Los vastos recursos naturales de la Unión Soviética caerían en manos germanas y el pueblo ruso se vería obligado a servir al Tercer Reich. Lo peor de todo «para nosotros» era que, con el avance alemán hacia el este, millones y millones de judíos rusos estarían bajo el control de un ejército

ocupante equipado a la perfección para llevar a cabo el mesiáni-
co programa de Hitler diseñado para librar a la humanidad de
las garras de los judíos.

Según mi padre, el brutal triunfo del militarismo antidemo-
crático era inminente en casi todas partes, la matanza de los judíos rusos, incluidos los miembros de la extensa familia de mi
madre, estaba al caer, y a Alvin le importaba un bledo. Ya no
soportaba la carga de preocuparse por el sufrimiento de nadie
excepto el suyo propio.

Encontré a Alvin con la rodilla de la pierna buena en el suelo,
los dados en la mano y un montón de billetes a su lado, asegu-
rados bajo un irregular trozo de cemento. Con la prótesis so-
bresaliendo en línea recta por delante de él, parecía un ruso
acuclillado que bailara una de esas alocadas danzas eslavas. Otros
seis jugadores se apretujaban a su alrededor, tres todavía jugando, aferrándose a la pasta que les quedaba; otros dos, a los que
reconocí vagamente como antiguos alumnos fracasados de Weequahic, ahora veinteañeros, y que se habían quedado sin blanca,
mirando a sus compañeros, y el tipo zanquilargo que descolla-
ba por encima de Alvin y que resultó ser su «socio», Shushy
Margulis, un hombre flaco vestido con un traje holgado, ner-
vudo y de sinuosos movimientos al caminar, el adlátere de Alvin cuando trabajaba en la gasolinera y al que más despreciaba
mi padre. Nosotros, los chicos, conocíamos a Shushy como el
Rey del Millón, porque un tío suyo mafioso del que se jactaba
era, en efecto, el rey de las máquinas del millón (así como el rey
de los garitos ilegales en Filadelfia, donde reinaba), y también
por las horas que se pasaba acumulando puntos en las máquinas
del millón de las tiendas de golosinas del barrio, empujando la
máquina, maldiciéndola, sacudiéndola con violencia de un lado
a otro, hasta que la partida finalizaba, ya fuera porque aparecían
las luces de color que iluminaban la palabra «Falta», o porque el
propietario le echaba del local. Shushy era el famoso come-
diante que entretenía a sus admiradores arrojando alegremente
cerillas encendidas en la boca del gran buzón verde frente a la
escuela, que cierta vez se comió una mantis religiosa viva para

ganar una apuesta, y a quien, durante el breve período de su vida académica, le gustaba hacer reír a la gente en el exterior del local de perritos calientes al cruzar cojeando la avenida Chancellor con una mano alzada para detener el tráfico, cojeando mucho, de una manera trágica, aunque no tenía ningún problema que le impidiera caminar con normalidad. Por entonces ya era treintañero y aún vivía con su madre costurera en uno de los pisitos superiores de una casa de dos familias y media, junto a la sinagoga, en la calle Wainwright. Era a la madre de Shushy, a la que todo el mundo conocía compasivamente como «la pobre señora Margulis», a quien mi madre había llevado los pantalones de Alvin para que les pusiera cremalleras, pobre no solo porque había sobrevivido como viuda trabajando a destajo por un jornal de esclava en una fábrica textil de Down Neck, sino también porque el fullero de su hijo nunca había parecido capaz de tener más empleo que el de mensajero de un corredor de apuestas que trabajaba fuera del salón de billares a la vuelta de la esquina de su manzana y en la calle que bajaba del orfanato católico en la avenida Lyons.

El orfanato se hallaba en el terreno vallado de Saint Peter, la iglesia parroquial que curiosamente monopolizaba tres manzanas cuadradas en el mismo centro de nuestro irredimible barrio. La misma iglesia estaba coronada por un alto campanario con una aguja todavía más alta y una cruz en el extremo que se alzaba divinamente por encima de los postes telefónicos. No se veía en el entorno ningún edificio tan alto, y para encontrar otro tenías que caminar como un kilómetro y medio por la cuesta de la avenida Lyons hasta mi lugar de nacimiento, el hospital Beth Israel, donde todos los chicos a los que conocía también habían nacido y que, a los ocho días, habían sido circuncidados ritualmente en el santuario del hospital. En los flancos del campanario de la iglesia había dos agujas más pequeñas que yo nunca me molestaba en examinar, porque decían que en la piedra estaban talladas las caras de santos cristianos y porque las altas y estrechas vidrieras del edificio sacro relataban una historia que yo no quería conocer. Cerca de la iglesia había una pequeña rectoría; como casi todo lo demás situado al otro lado de la negra verja de aquel mundo extraño, había sido construida en el último tercio del siglo anterior, varias décadas antes de que se alzara la primera de nuestras casas y el borde occidental del barrio de Weequahic se constituyera como la frontera judía de Newark. Detrás de la iglesia estaba la escuela primaria donde estudiaban los huérfanos, de los que había alrededor de un centenar, y un número menor de niños católicos del barrio. Dirigía la escuela y el orfanato una orden de monjas, monjas alemanas, recuerdo que me dijeron. Los niños judíos criados incluso en familias tolerantes como la mía solíamos cruzar la calle en las infrecuentes ocasiones en que las veíamos avanzar hacia nosotros vestidas con su atuendo brujeril, y, según el acervo de nuestra familia, una tarde, cuando mi hermano era pequeño y estaba sentado en los escalones del porche, vio a un par de ellas que se aproximaban desde la avenida Chancellor y llamó exaltado a mi madre: «Mira, mamá... Las locas».

Al lado de la residencia de los huérfanos se alzaba un convento. Ambos eran sencillos edificios de ladrillo rojo, y al final de un día veraniego a veces podía verse a los huérfanos (niños y niñas blancos de entre seis y catorce años) sentados en la escalera de incendios. No recuerdo haber visto a los huérfanos en grupo en ninguna otra parte, y, ciertamente, no los había visto correr libremente por las calles como lo hacíamos nosotros. Un enjambre de ellos me habría desconcertado tanto como la inquietante aparición de las monjas, sobre todo porque eran huérfanos pero también porque se decía que estaban «abandonados» y eran «indigentes».

Detrás del edificio de la residencia, y algo que difícilmente se veía en cualquier otro lugar del barrio (ni tampoco de una ciudad industrial de casi medio millón de habitantes), había una granja hortícola de las que habían convertido Nueva Jersey en «el estado jardín», de la época en que las pequeñas granjas hortícolas familiares que permitían obtener algunos beneficios salpicaban las zonas rurales no desarrolladas del estado. Los alimentos cultivados y cosechados en Saint Peter servían para alimentar a los huérfanos, la docena aproximada de monjas, el viejo monseñor al frente del centro y el sacerdote más joven que era su ayudante. Con la ayuda de los huérfanos, trabajaba la tierra un agricultor alemán que residía allí, llamado Thimmes... si no recuerdo mal, y ese era en realidad el nombre del monseñor de Saint Peter, que llevaba años dirigiendo el lugar.

En nuestra escuela primaria pública, como a un kilómetro y medio de distancia, se rumoreaba que las monjas que enseñaban a los huérfanos solían dar palmetazos en las manos a los más estúpidos de ellos, y que cuando la falta de un chico era tan grave que no se podía tolerar, llamaban al ayudante de monseñor para que le azotara las nalgas con el mismo látigo que el granjero usaba para azotar al par de torpes caballos de carga y de lomo hundido que tiraban del arado cuando se plantaba en primavera. Todos conocíamos y reconocíamos a aquellos caballos porque de vez en cuando atravesaban juntos el terreno de la granja hasta el pequeño prado boscoso en el límite meridional de los dominios de Saint Peter, y asomaban inquisitivamente la cabeza por encima de la verja que se extendía a lo largo de la avenida Goldsmith, donde me encontré con aquella partida de dados.

En el borde del patio de recreo, en el lado más próximo de la avenida Goldsmith, había una valla de tela metálica de unos dos metros de altura, y en el lado más alejado, en el límite boscoso de la granja hortícola, una valla de alambre fijada en postes, y, puesto que aún no se había construido ninguna casa en las inmediaciones y nunca había un tráfico de transeúntes ni vehículos digno de mención, el puñado de perdedores del barrio disponían allí de un conveniente aislamiento casi nemoroso para dedicarse a sus placeres sin correr peligro alguno. Lo más cerca que había estado jamás de uno de aquellos siniestros cónclaves fue cuando, durante un partido en el patio, tuve que perseguir una pelota que había rodado hasta el lugar donde estaban todos apiñados al otro lado de la valla, lanzándose imprecaciones entre ellos y reservando sus palabras amables para los dados.

La verdad, yo no era un chiquillo virtuoso que renegara de los dados, y una tarde, cuando Alvin aún usaba las muletas y mi madre me había pedido que le acompañara al dentista y le ayudara en cosas como pagar en el autobús metiendo las monedas en la ranura de la caja, y sostenerle las muletas mientras él saltaba a la acera por la puerta de atrás del autobús, le rogué a mi primo que me enseñara a jugar. Aquella noche, cuando todos los demás se habían ido a dormir y habíamos apagado la lámpara de la mesilla entre las dos camas, él me observaba sonriente mientras, a la luz de mi linterna, susurraba: «Sed buenos, dados», y, sin hacer ruido, sacaba tres sietes consecutivos sobre la sábana. Sin embargo, al verle ahora en las garras de sus inferiores y recordar los sacrificios que había hecho mi familia para impedir que se convirtiera en una réplica de Shushy, cada obscenidad que aprendí al compartir la habitación con él me contaminaba la mente. Le maldije en nombre de mi padre, de mi madre y, sobre todo, de mi hermano sometido al ostracismo. ¿Para esto habíamos consentido todos nosotros soportar la censurable conducta de Alvin hacia Sandy? ¿Para esto se escapó y fue a luchar en la guerra? Me dije: «¡Toma tu jodida medalla y métetela donde te quepa, lisiado!». Ojalá recibiera una lección y perdiera hasta el último centavo de su pensión de invalidez, pero el caso es que no podía dejar de ganar, de la misma manera que no podía abandonar el deseo de ser de nuevo el héroe de alguien, y, tras haber conseguido ya un buen fajo de billetes, me acercó los dados a los labios y, con la voz áspera que empleaba para divertir a sus amigos, me dijo: «Sóplalos, pequeño». Soplé, lanzó los dados y ganó una vez más. «Seis y uno… ¿cuánto es?» «Siete —respondí obediente—, muy difícil…»

Shushy me revolvió el pelo y empezó a llamarme la mascota de Alvin, como si la palabra «mascota» pudiera abarcar todo lo que yo había resuelto ser para Alvin desde su llegada a casa, como si una palabra tan hueca e infantil pudiera explicar la razón de que yo llevara prendida en mi camiseta la medalla del rey Jorge que me dio Alvin. Shushy vestía un traje de gabardina cruzado de color chocolate, con pantalones anchos de cadera y perneras ajustadas, hombreras enguatadas y exuberantes, su atuendo preferido cuando movía el esqueleto por el barrio chascando los dedos (y, según mi madre, «echado su vida a perder»), mientras en el minúsculo ático donde vivían su madre hacía el dobladillo a un centenar de vestidos al día para pagar las facturas de la familia.

Después de perder una partida, Alvin recogió todas sus ganancias y, con gesto ostentoso, se metió el fajo en el bolsillo: el hombre que había hecho saltar la banca detrás del instituto. Entonces asió la tela metálica de la valla y se puso en pie. Supe (y no solo por la manera, reveladora de un cruel dolor, en que empezó a cojear para alejarse de allí) que la noche anterior le había brotado un gran forúnculo en el muñón y que aquel día no estaba en su mejor forma. Pero se negaba a que nadie, aparte de la familia, siguiera viéndole con muletas, y antes de ir a reunirse con el ruin Shushy, y de pasarse otra noche repudiando abiertamente todos los ideales que le habían convertido en un inválido, se fijó la prótesis al muñón por mucho que le doliera.

—Maldito ortopédico —fue todo lo que dijo a manera de queja cuando se me acercó y me puso la mano en el hombro.

—¿Puedo irme ya a casa? —le susurré.

—Claro, ¿por qué no?

Y entonces se sacó dos billetes de diez dólares del bolsillo, casi la mitad de la paga semanal de mi padre, y los alisó contra la palma de mi mano. Nunca hasta entonces había sentido el dinero como algo vivo.

En vez de regresar a través del patio de recreo, seguí una ruta algo más larga para volver a casa, bajando por la cuesta de la avenida Goldsmith hasta la calle Hobson para poder mirar de cerca los caballos del orfanato. Nunca me había atrevido a extender la mano y tocarlos, y antes de aquel día nunca les había hablado como lo hacían otros chicos, que llamaban satíricamente a aquellas bestias embarradas y de saliva viscosa «Omaha» y «Whirlaway», los nombres de dos de los más grandes ganadores del Derby de Kentucky en nuestra época.

Me detuve a prudente distancia del lugar donde los ojos oscuros y brillantes en altorrelieve miraban por encima de la verja del orfanato, controlando impasibles a través de las largas pestañas la tierra de nadie que separaba el bastión de Saint Peter del barrio de judíos más allá de la cerca. La cadena estaba suelta y colgaba de la puerta. Solo tenía que tirar de la puerta cerrada sin aldaba para abrirla y que los caballos pudieran salir al galope. La tentación era tan enorme como el rencor que sentía.

—Maldito Lindbergh —les dije a los caballos—. ¡Maldito nazi cabrón de Lindbergh!

Y entonces, por temor a que al abrir la puerta en vez de huir libres los caballos me arrastraran con sus grandes dientes al interior del orfanato, eché a correr calle abajo, torcí en Hobson, seguí corriendo a lo largo de la manzana de casas para cuatro familias y llegué a la esquina de la avenida Chancellor, donde amas de casa a las que conocía entraban y salían de la tienda de comestibles, la panadería y la carnicería, y chicos mayores cuyos nombres sabía montaban en sus bicicletas, y el hijo del sastre llevaba sobre cada hombro una carga de ropa recién planchada para su entrega, y donde a través de la puerta del zapatero salían a la calle canciones italianas, su receptor de radio sintonizado siempre en la WEVD (EVD en honor del perseguido héroe socialista Eugene V. Debs), y donde yo estaba a salvo de Alvin, Shushy, los caballos, los huérfanos, los sacerdotes, las monjas y el látigo de la escuela parroquial.

Cuando emprendí la subida de la cuesta hacia mi casa, un hombre bien vestido con traje de calle se colocó a mi lado. Aún era demasiado temprano para que los trabajadores del barrio se dirigieran a sus casas para cenar, por lo que enseguida el desconocido me pareció sospechoso.

—¿El señorito Philip? —me preguntó con una amplia sonrisa—. ¿Ha escuchado alguna vez *Gangbusters* por la radio, señorito Philip? ¿Acerca de J. Edgar Hoover y el FBI?

—Sí.

—Bien, trabajo para el señor Hoover. Es mi jefe. Soy agente del FBI. Mire. —Se sacó una cartera del bolsillo interior de la chaqueta y lo abrió para mostrarme su placa—. Si no le importa, me gustaría hacerle unas preguntitas.

—No me importa, pero voy a casa. Tengo que ir a casa.

Pensé de inmediato en los dos billetes de diez dólares. Si el hombre me registraba, si tenía una orden de registro, ¿no encontraría todo ese dinero y supondría que lo había robado? ¿No era eso lo que supondría todo el mundo? ¡Y hasta diez minutos antes, durante toda mi vida, yo había andado por ahí con los bolsillos vacíos, por las calles sin un centavo que no fuera mío! Mi asignación de cinco centavos semanales la guardaba en un tarro de jalea con una ranura que Sandy practicó en la tapa con la hoja abrelatas de su navaja de los boy scouts. Ahora iba por ahí como un atracador de bancos.

—No se asuste. Tranquilícese, señorito Philip. Ha escuchado usted *Gangbusters*. Estamos de su lado. Le protegemos. Solo quiero hacerle unas pocas preguntas sobre su primo Alvin. ¿Cómo se encuentra?

—Está bien.

—¿Qué tal su pierna?

—Bien.

—¿Puede caminar sin problemas?

—Sí.

—¿No era ese joven con quien le he visto en el lugar de donde viene? ¿No era Alvin quien estaba detrás del patio? Allí en la acera, ¿no era Alvin en compañía de Shushy Margulis? —No respondí, y él siguió diciendo—: No pasa nada porque jueguen a los dados. No es ningún crimen. Eso no es más que una de las cosas que hacen los adultos. Alvin debió de jugar mucho a los dados en el hospital militar de Montreal. —Como seguía sin decir nada, me preguntó—: ¿De qué estaban hablando esos chicos?

—De nada.

—¿Se pasan ahí toda la tarde y no hablan de nada?

—Solo decían cuánto iban perdiendo.

—¿Nada más? ¿Nada acerca del presidente? Sabe quién es el presidente, ¿verdad?

—Charles A. Lindbergh.

—¿Nada acerca del presidente Lindbergh, señorito Philip?

—Yo no he oído nada —respondí sinceramente.

Pero ¿no habría escuchado lo que yo les había dicho a los caballos? Imposible... y, no obstante, ahora estaba seguro de que aquel hombre conocía todos mis movimientos desde que Alvin regresó de la guerra y me dio la medalla. Que estaba enterado de que yo llevaba la medalla era incuestionable. ¿Por qué si no me estaba mirando de la cabeza a los pies?

—¿Hablaban de Canadá? —me preguntó—. ¿De irse a Canadá?

—No, señor.

—Llámame Don, ¿quieres? Y yo te llamaré Phil. Sabes lo que es un fascista, ¿no es cierto, Phil?

—Creo que sí.

—¿Recuerdas si han llamado a alguien fascista?

—No.

—Tranquilo. No tengas prisa en responder. Tómate todo el tiempo que necesites. Haz un esfuerzo por recordar. Es importante. ¿Han llamado a alguien fascista? ¿Han dicho algo de Hitler? Sabes quién es Hitler, ¿no?

—Todo el mundo lo sabe.

—Es un mal hombre, ¿no es cierto?

—Sí —respondí.

—Está en contra de los judíos, ¿verdad?

—Sí.

—¿Quién más está en contra de los judíos?

—El Bund.

—¿Alguien más? —me preguntó.

Yo sabía lo suficiente como para no mencionar a Henry Ford, América Primero, los demócratas del sur o los republicanos aislacionistas, y no digamos Lindbergh. En los últimos tiempos, la lista que había oído en casa de destacados norteamericanos que odiaban a los judíos era mucho más larga que esos pocos nombres, y luego estaban los norteamericanos corrientes, decenas de millares de ellos, tal vez millones, como los bebedores de cerveza de Union, a cuyo lado no quisimos vivir, y el propietario del hotel de Washington y el hombre del mostacho que nos insultó en la cafetería cerca de Union Station. «No hables», me dije, como si un niño de nueve años protegido pudiera estar involucrado con delincuentes y tuviera algo que ocultar. Pero yo ya debía haber empezado a considerarme como un pequeño criminal por ser judío.

—¿Y quién más? —repitió—. El señor Hoover quiere saber quién más. Vamos, Phil, confiesa.

—Lo estoy haciendo —insistí.

—¿Qué tal le va a tu tía Evelyn?

—Está bien.

—Va a casarse. ¿No es cierto que va a casarse? Al menos me puedes responder a eso.

—Sí.

—Eres un chico listo. Creo que sabes más... mucho más. Pero eres demasiado listo para decírmelo, ¿no es así?

—Se va a casar con el rabino Bengelsdorf —respondí—. Es el jefe de la OAA.

Estas últimas palabras le hicieron reír.

—Muy bien —me dijo—. Vete a casa. Vete a casa a comer tus *matzohs*.* ¿No es eso lo que te hace tan listo? ¿Los *matzohs* que te comes?

Habíamos llegado a la esquina de Chancellor y Summit, y veía la escalera del porche de nuestra casa al final de la manzana.

—¡Adiós! —le grité, y no esperé a que cambiara el semáforo, sino que corrí a casa antes de caer en la trampa de aquel hombre, si no había caído ya en ella.

Había tres coches policiales aparcados en la calle delante de nuestra casa, el callejón estaba bloqueado por una ambulancia y en los escalones del porche dos policías hablaban mientras que otro permanecía apostado en la puerta trasera. Las mujeres de la manzana, la mayoría de ellas aún con los delantales puestos, estaban en las entradas de sus casas, tratando de averiguar lo que ocurría, y todos los chicos se apiñaban en la acera de enfrente de nuestra casa, mirando a los policías y la ambulancia entre la hilera de coches aparcados. Nunca hasta entonces, que recordara, los había visto reunidos silenciosamente de aquella manera y con tal expresión de inquietud.

Nuestro vecino del piso de abajo había muerto. El señor Wishnow se había suicidado. Ese era el motivo de que todo cuanto nunca habría esperado ver estuviera ante la puerta de nuestra casa. El hombre, que apenas pesaba cuarenta kilos, había pasado los cordones de la cortina de la sala por encima del travesaño de madera del ropero del vestíbulo, tras hacer un nudo corredizo y ponérselo al cuello; dentro del armario, se había sentado en el borde de una silla de la cocina y se había estrangulado dejándose caer hacia delante. Cuando Seldon volvió de la escuela y fue a colgar el abrigo, encontró a su padre en pijama, colgando hacia abajo en el suelo del ropero, entre las botas

---

* Pan sin levadura en forma de grandes galletas, en general cuadradas y onduladas, que los judíos comen durante la Pascua. *(N. del T.)*

de agua y los chanclos de la familia. Lo primero que pensé al enterarme de la noticia fue que ya no debía temer la posibilidad de oír un acceso de tos del moribundo que vivía en el piso de la planta baja cada vez que me encontraba solo en el sótano, ni de oírlo en el piso de arriba, cuando estaba en la cama e intentaba dormir. Pero entonces comprendí que ahora el fantasma del señor Wishnow se uniría al círculo de fantasmas que habitaban el sótano y que, por el mero hecho de que su muerte me aliviaba, seguiría acosándome durante el resto de mi vida.

Como no sabía qué otra cosa hacer, al principio me arrodillé al lado de los coches aparcados, escondido allí con los demás niños. Ninguno de ellos tenía más idea que yo del cataclismo que les había sobrevenido a los Wishnow, pero sus susurros me permitieron reconstruir lo ocurrido y saber que Seldon y su madre estaban en el interior con uno de los policías y los sanitarios. Y con el cadáver. El cadáver era lo que todos los chicos esperaban ver. Preferí esperar con ellos, en lugar de meterme por el callejón trasero para presenciar el momento en que bajaran al señor Wishnow por las escaleras. Tampoco quería entrar en casa para tener que sentarme allí a solas hasta que aparecieran mis padres o Sandy. En cuanto a Alvin, no quería volver a verle ni que me interrogaran nunca más acerca de él.

La mujer que salió de la casa acompañando a los sanitarios no era la señora Wishnow, sino mi madre. Yo no podía entender por qué había vuelto del trabajo, hasta que caí en la cuenta de que el padre muerto que transportaban era el mío. Sí, claro… mi padre se había suicidado. No había podido seguir soportando a Lindbergh, ni lo que Lindbergh estaba permitiendo que los nazis les hicieran a los judíos de Rusia, ni lo que Lindbergh le había hecho a nuestra familia allí mismo, y por eso se había ahorcado, en nuestro armario.

Entonces no tenía centenares de recuerdos de él, sino tan solo uno, y no me parecía en absoluto lo bastante importante para que fuese el recuerdo que debería tener. El último recuerdo que Alvin tenía de su padre era el de que, al cerrar la puerta del coche, le pillaba un dedo a su hijito; en el que yo tenía de mi padre, este aparecía saludando a aquel hombre que era todo él un muñón y que se pasaba el día mendigando ante el edificio de su oficina. «¿Cómo va eso, Pequeño Robert», le preguntaba mi padre, y el hombre, que era un muñón, replicaba: «¿Qué tal, Herman?».

Fue entonces cuando me abrí paso entre los coches aparcados en el bordillo, casi pegados unos a otros, y crucé la calle corriendo.

Cuando vi que la sábana que cubría el cuerpo y la cara de mi padre le haría imposible respirar, rompí en sollozos.

—No llores, cariño —me dijo mi madre—. No tienes nada que temer. —Me rodeó la cabeza con los brazos, me atrajo hacia sí y repitió—: No tienes nada que temer. Estaba enfermo, sufría y se murió. Ya no sufrirá más.

—Estaba en el armario —dije.

—No, no es cierto. Estaba en la cama. Ha muerto en su cama. Estaba muy, muy enfermo. Ya lo sabías. Por eso tosía sin parar.

Para entonces las puertas de la ambulancia se habían abierto para recibir la camilla. Los sanitarios maniobraron cuidadosamente en su interior y cerraron las puertas tras de sí. Mi madre permaneció a mi lado en la calle, con mi mano entre las suyas, y su perfecta compostura me dejaba perplejo. Solo cuando hice un movimiento para apartarme de ella y correr tras la ambulancia, solo cuando grité: «¡No puede respirar!», por fin se dio cuenta de lo que me torturaba.

—Es el señor Wishnow… El señor Wishnow es quien ha muerto. —Me sacudió suavemente por los hombros para hacerme entrar en razón—. Es el padre de Seldon, cariño… Ha muerto esta tarde a causa de su enfermedad.

No podía saber si me mentía para impedir que me pusiera más histérico o si me estaba diciendo la maravillosa verdad.

—¿Seldon lo encontró en el armario?

—No, ya te he dicho que no. Seldon encontró a su padre en la cama. Su madre estaba fuera de casa, así que él llamó a la policía. He venido porque la señora Wishnow me telefoneó a la tienda y me pidió que viniera a ayudarla. ¿Comprendes? Papá está en el trabajo, papá está trabajando. Oh, ¿qué diablos te has imaginado? Papá vendrá muy pronto a cenar, lo mismo que Sandy. No hay nada que temer. Todo el mundo estará en casa, todo el mundo vuelve a casa, cenaremos y todo irá bien —concluyó en tono tranquilizador.

Pero nada «fue bien». El agente del FBI que me había acribillado a preguntas acerca de Alvin en la avenida Chancellor había pasado antes por la sección de prendas femeninas de Hahne's para interrogar a mi madre, luego por la oficina de la Metropolitan en Newark para interrogar a mi padre y, finalmente, poco después de que Sandy saliera de la oficina de tía Evelyn para volver a casa, había subido al autobús de mi hermano y, desde el asiento a su lado, había realizado otro interrogatorio. Alvin no estuvo presente durante la cena para enterarse de todo esto; cuando nos sentábamos a la mesa, telefoneó y le dijo a mi madre que no le guardara nada. Al parecer, cada vez que se forraba con el póquer o los dados, Alvin se llevaba a Shushy al centro, para cenar un filete a la brasa en el Hickory Grill. «El socio de delincuencia de Alvin», llamaba mi padre a Shushy. Lo que dijo de Alvin aquella noche fue que era ingrato, estúpido, imprudente, ignorante e incorregible.

—Y está amargado —dijo mi madre—, muy amargado a causa de su pierna.

—Pues estoy harto y asqueado de su pierna —replicó mi padre—. Fue a la guerra. ¿Quién le envió? Yo no. Tú tampoco. Ni Abe Steinheim, que había querido enviarle a la universidad. Fue a la guerra por su gusto, y ha tenido suerte de que no le hayan matado. Ha tenido suerte de que solo haya sido la pierna. Esta es la verdad, Bess. Estoy de ese chico hasta la coronilla. ¿El FBI interroga a mis hijos? Ya es bastante desagradable que nos acosen a ti y a mí… y en mi oficina, imagina, ¡delante del Jefe! Esto tiene que terminar, y ahora mismo. Esto es un hogar. Somos una familia. ¿Se va al centro a cenar con Shushy? Pues que se vaya a vivir con Shushy.

—Si por lo menos fuese a la escuela… —dijo mi madre—. Si por lo menos tuviera un trabajo…

—Tiene un trabajo —replicó mi padre—, el de zanganear.

Después de cenar, mi madre cocinó para Seldon y la señora Wishnow, y mi padre la ayudó a llevar los platos al piso de abajo, mientras Sandy y yo recogíamos y fregábamos los de nuestra cena. Nos pusimos a lavar en el fregadero como hacíamos casi todas las noches, pero en esa ocasión no pude callarme. Le hablé a mi hermano del juego de dados. Le hablé del agente del FBI. Le hablé del señor Wishnow.

—No murió en la cama —le confié—. Mamá no nos dice la verdad. Se suicidó, pero ella no quiere decirlo. Seldon lo encontró en el armario cuando volvió de la escuela. Se había ahorcado. Por eso vino la policía.

—¿Se le cambió el color? —me preguntó mi hermano.

—Solo lo vi bajo la sábana. Puede que se le cambiara el color, no lo sé. No lo quiero saber. Ya fue bastante horroroso verle moverse cuando sacudieron la camilla.

No le dije que al principio pensé que era mi padre quien estaba bajo la sábana, por temor a que, si lo hacía, resultara ser cierto. El hecho de que mi padre estuviera vivo, vivo y lleno de vitalidad (enfadado con Alvin y amenazando con echarle de casa), no tenía ningún efecto en mi raciocinio.

—¿Cómo sabes que estaba en el armario? —me preguntó Sandy.

—Eso es lo que decían los chicos.

—¿Y te los crees? —Debido a su fama, se estaba volviendo un muchacho muy duro, cuya tremenda confianza en sí mismo daba una creciente sensación de arrogancia cuando hablaba de mí o de mis amigos.

—Bueno, ¿por qué estaba la policía aquí? ¿Solo porque se murió? La gente se muere continuamente —le dije tratando, sin embargo, de no creerlo—. Se mató. Tenía que hacerlo.

—¿Y acaso matarse va contra la ley? —inquirió mi hermano—. ¿Qué van a hacer, meterlo en la cárcel por matarse?

Yo no lo sabía. No sabía ya qué era la ley y, por lo tanto, no sabía lo que podía o no podía ir contra ella. No parecía saber si mi propio padre, que acababa de ir al piso de abajo con mi madre, estaba vivo de veras o si fingía estarlo o si se lo habían llevado muerto en aquella ambulancia. Yo no sabía nada. No sabía por qué ahora Alvin era malo en vez de bueno. No sabía si había soñado que un agente del FBI me había interrogado en la avenida Chancellor. Tenía que ser un sueño y, sin embargo, no podía serlo si todos los demás aseguraban que también les habían interrogado. A menos que ese fuese el sueño. Me sentía aturdido y pensé que me iba a desmayar. Nunca hasta entonces había visto a nadie desmayarse, como no fuese en una película, y nunca hasta entonces me había desmayado. Nunca hasta entonces había mirado mi casa escondido al otro lado de la calle y deseado que fuese la casa de otro. Nunca hasta entonces había tenido veinte dólares en el bolsillo. Nunca hasta entonces había conocido a nadie que hubiera visto a su padre ahorcado en un armario. Nunca hasta entonces había tenido yo que crecer a semejante ritmo.

Nunca hasta entonces... el gran estribillo de 1942.

—Será mejor que llames a mamá —le dije a mi hermano—. Llámala... ¡Dile que vuelva a casa enseguida!

Pero antes de que Sandy pudiera llegar a la puerta trasera y bajar corriendo al piso de los Wishnow, vomité en el paño de cocina que aún tenía en la mano, y cuando me desplomé fue porque me habían arrancado la pierna de cuajo y mi sangre estaba por todas partes.

Estuve seis días en cama con fiebre alta, tan débil y exangüe que el médico de cabecera pasaba cada noche para examinar el avance de mi enfermedad, esa dolencia infantil bastante frecuente llamada «por qué las cosas no pueden ser como eran».

El día siguiente para mí era ya domingo. Atardecía, y tío Monty nos visitaba. Alvin también estaba presente y, a juzgar por lo que pude oír desde mi cama de lo que se decía en la cocina, no se le había visto por ninguna parte desde el viernes, cuando se suicidó el señor Wishnow y él se había largado de la partida de dados con su fajo de billetes de cinco, diez y veinte dólares. Pero desde la hora de la cena del viernes también yo había estado fuera, con los caballos y sus cascos, envuelto en alucinaciones calidoscópicas de los caballos de carga del orfanato que me perseguían hasta el fin de la tierra.

Y ahora tío Monty de nuevo, otra vez tío Monty atacando a Alvin, y con unas palabras que yo no podía creer que se dijeran en nuestra casa y en presencia de mi madre. Claro que tío

Monty sabía dominar a Alvin de un modo que no estaba al alcance de mi padre.

Al anochecer, cuando los gritos cedieron el paso a los lamentos por mi difunto tío Jack y la resonante voz de Monty se volvió áspera, Alvin aceptó el trabajo en el mercado de verduras que había rechazado considerar cuando Monty se lo ofreció la primera vez. Tan acobardado por su mutilación en la mañana en que llegó a la Penn Station atendido por aquella voluminosa enfermera canadiense, como avasallado por la derrota cuando, desde la silla de ruedas, no se atrevía a mirarnos a los ojos, Alvin consintió en disolver su sociedad con Shushy y abandonar el juego en las calles del barrio. Detestaba tanto el servilismo como el llanto, y por ello sorprendió a todos al verter lágrimas de culpabilidad, rogar que le perdonaran y acceder a no seguir siendo un bruto con mi hermano, un ingrato con mis padres y una mala influencia para mí, y a tratarnos con el aprecio que nos debía. Tío Monty advirtió a Alvin que, si no cumplía sus promesas y seguía saboteando la vida familiar de Herman, los Roth romperían con él para siempre.

A pesar de que Alvin parecía esforzarse por desempeñar con éxito el trabajo pesado y humilde de su primer empleo, no duró suficiente tiempo en el mercado para ascender ni siquiera de la categoría de barrer y acarrear cajas. Un día, cuando llevaba allí poco más de una semana, se presentó el FBI para preguntar por él, el mismo agente que nos hizo las mismas preguntas, amenazantes por su inocuidad, a mis familiares y a mí. Pero ahora, además, insinuó a los restantes trabajadores del almacén de verduras que Alvin era un traidor declarado que tramaba asesinar al presidente Lindbergh con los descontentos antiamericanos como él. Las acusaciones eran ridículas y, sin embargo, pese a lo dócil que Alvin había sido durante toda aquella semana —pese a lo dócil que había jurado ser y se había empeñado en seguir siendo—, lo despidieron en el acto y, cuando se marchaba, uno de los gorilas encargados de la vigilancia le ordenó que no volviera a acercarse por el mercado. Cuando mi padre habló por teléfono con su hermano, exigiendo saber lo que había ocurrido, Monty respondió que no había tenido alternativa, que los muchachos de Longy le habían ordenado que se librara de su sobrino. Longy Zwillman, de Newark, hijo de emigrantes como mi padre y sus hermanos, que habían crecido en los viejos barrios bajos judíos, dirigía entonces los tinglados de Jersey y era el implacable potentado de todo, desde los corredores de apuestas y los saboteadores de huelgas hasta el transporte de cargamentos clandestinos para comerciantes como Belmont Roth. Puesto que lo último que Longy necesitaba era que los agentes federales fisgaran en sus asuntos, Alvin perdió el empleo, se marchó de nuestra casa y abandonó la ciudad en menos de veinticuatro horas, esta vez no a través de la frontera internacional, hacia Montreal y los comandos canadienses, sino al otro lado del Delaware, hacia Filadelfia y con un trabajo con el tío de Shushy, el rey de las máquinas de juego, un mafioso que al parecer era más tolerante con los traidores que su sin par homólogo en Jersey Norte.

En la primavera de 1942, para celebrar el éxito del Acuerdo de Islandia, el presidente Lindbergh y su esposa dieron una cena en la Casa Blanca en honor del ministro de Asuntos Exteriores Joachim von Ribbentrop, de quien era sabido que había alabado a Lindbergh ante sus colegas nazis, considerándole el candidato ideal a la presidencia de Estados Unidos mucho antes de que el Partido Republicano propusiera a Lindbergh en su convención de 1940. Von Ribbentrop fue el negociador sentado junto a Hitler durante las reuniones en Islandia y el primer dirigente nazi a quien un funcionario o una agencia del gobierno invitaba a Estados Unidos desde que los fascistas habían alcanzado el poder casi diez años atrás. Apenas se hizo público el anuncio de la cena en honor de Von Ribbentrop, la prensa liberal manifestó un profundo desacuerdo, y hubo concentraciones y manifestaciones en todo el país en protesta por la decisión de la Casa Blanca. Por primera vez desde que dejara su cargo, el ex presidente Roosevelt abandonó su aislamiento para dirigir un breve discurso a la nación desde Hyde Park, en el que instaba al presidente Lindbergh a cancelar la invitación «por el bien de todos los americanos amantes de la libertad y, en particular, las decenas de millones de americanos de origen europeo, cuyos países de procedencia han de vivir bajo el yugo aplastante de los nazis».

Roosevelt fue atacado de inmediato por el vicepresidente Wheeler por «hacer política» con la manera de llevar los asuntos exteriores de un presidente en su cargo. El vicepresidente dijo de él que no tan solo era cínico, sino que mostraba una irresponsabilidad total al argumentar a favor de las mismas posturas peligrosas que habían estado a punto de arrastrar a Norteamérica a una sangrienta guerra europea cuando los demócratas del New Deal dirigían el país. Wheeler era demócrata, ex senador por Montana en tres legislaturas y el primero y único miembro del partido de la oposición que figuraba en la lista del candidato presidencial desde que Lincoln eligiera a Andrew Johnson para encabezar con él la lista en las elecciones de su segundo mandato en 1864. A comienzos de su carrera política, Wheeler se inclinaba tanto a la izquierda que había sido la voz de los líderes sindicales radicales de Butte, el enemigo de Anaconda Copper (la compañía minera que controlaba Montana más o menos como si fuese el almacén de una compañía) y, como había apoyado desde el principio a FDR, fue propuesto como candidato a la vicepresidencia en 1932. Se apartó por primera vez del Partido Demócrata en 1924 para formar equipo con Robert La Follette, el senador reformista por Wisconsin, en la lista presidencial del Partido Progresista apoyada por los sindicatos, y más adelante, tras abandonar a La Follette y sus partidarios de la izquierda norteamericana no comunista, se unió a Lindbergh y los aislacionistas de derechas, les ayudó a fundar América Primero y atacó a Roosevelt con declaraciones antibélicas tan extremas que impulsaron al presidente a calificar sus críticas como «lo más falso, ruin y antipatriótico que alguien ha dicho públicamente en mi generación». Si Wheeler había sido elegido por los republicanos candidato a la vicepresidencia con Lindbergh, se debía en parte a que su propia maquinaria electoral en Montana había contribuido a la elección de los republicanos al Congreso a lo largo de los años treinta, pero sobre todo serviría para persuadir al pueblo norteamericano de la fuerza que tenía el apoyo de ambos partidos al aislacionismo y lo útil que sería contar en la lista con un candidato combativo, muy distinto a Lindbergh, cuya tarea consistiría en atacar y vilipendiar a su propio partido político cada vez que tuviera ocasión de hacerlo, como así sucedió en la conferencia de prensa celebrada en el despacho de la presidencia, en la que predijo que si la temeraria retórica «bélica» del mensaje de Roosevelt desde Hyde Park era una indicación de la campaña que los demócratas se proponían llevar a cabo en las próximas elecciones, sufrirían unas pérdidas en el Congreso todavía mayores que las sufridas en 1940, cuando tuvo lugar la aplastante victoria republicana.

El siguiente fin de semana, el Bund germanoamericano llenó el Madison Square Garden casi por completo, unas veinticinco mil personas que habían acudido para apoyar la invitación realizada por Lindbergh al ministro de Asuntos Exteriores alemán y para denunciar a los demócratas por su renovado «belicismo». Durante el segundo mandato de Roosevelt, el FBI y los comités del Congreso que investigaban las actividades del Bund habían paralizado las actividades de la organización, a la que consideraron un frente nazi, y presentaron acusaciones criminales contra su alto mando. Pero bajo la presidencia de Lindbergh, cesaron los esfuerzos del gobierno por acosar o intimidar a los miembros del Bund, y pudieron recobrar su fuerza al identificarse no solo como norteamericanos patriotas de origen alemán contrarios a la intervención estadounidense en guerras extranjeras, sino también como enemigos acérrimos de la Unión Soviética. La profunda camaradería fascista que unía al Bund estaba ahora enmascarada por las vociferantes arengas patrióticas sobre los peligros de una revolución comunista de alcance mundial.

Como organización anticomunista más que pronazi, el Bund era tan antisemita como antes, en sus folletos de propaganda equiparaba abiertamente el bolchevismo con el judaísmo e insistía en la cuestión de los judíos «favorables a la guerra», como el secretario del Tesoro Morgenthau y el financiero Bernard Baruch, que habían sido confidentes de Roosevelt, y, por supuesto, se aferraba a los objetivos enunciados en su declaración oficial cuando se organizó en 1936: «Combatir la locura de la amenaza roja al mundo, dirigida por Moscú, y los judíos que son los portadores de sus bacilos» y promover «un Estados Unidos libre gobernado por gentiles». Sin embargo, en el mitin celebrado en el Madison Square Garden habían desaparecido las banderas nazis, los brazaletes con la cruz gamada, el saludo hitleriano con el brazo extendido, los uniformes de las tropas de asalto y el gigantesco retrato del Führer que se exhibió con ocasión del primer mitin, el 20 de febrero de 1939, un acontecimiento que el Bund promocionó como «ejercicios en el día del cumpleaños de George Washington». También habían desaparecido las pancartas que decían «¡Despierta, América! ¡Acabemos con los judíos comunistas!» y las referencias de los oradores a Franklin D. Roosevelt como «Franklin D. Rosenfeld» y las grandes insignias blancas con un texto negro que los miembros del Bund distribuyeron para fijarlas en las solapas, las insignias que rezaban:

MANTENGAMOS A AMÉRICA
FUERA DE
LA GUERRA DE LOS JUDÍOS

Entretanto, Walter Winchell seguía refiriéndose a los miembros del Bund como «bundidos», y Dorothy Thompson, la destacada periodista y esposa del novelista Sinclair Lewis, que en 1939 había sido expulsada del Bund por ejercer lo que ella llamaba su «derecho constitucional a reírse de las declaraciones ridículas en una sala pública», seguía denunciando la propaganda de la organización con el mismo espíritu con que se había manifestado tres años atrás, cuando abandonó el mitin gritando: «¡Bobadas, bobadas, bobadas! ¡*Mein Kampf*, palabra por palabra!». Y en su programa del domingo por la noche, tras el mitin del Bund, Winchell afirmó con su petulancia habitual que la creciente hostilidad a la cena de Estado en honor de Von Ribbentrop señalaba el final de la luna de miel de Norteamérica con Charles A. Lindbergh. «El error presidencial del siglo —lo llamó Winchell—, el error supremo, por el que los sicarios reaccionarios republicanos de nuestro presidente amante de los fascistas pagarán con sus vidas políticas en las elecciones de noviembre.»

La Casa Blanca, acostumbrada a una deificación casi universal de Lindbergh, parecía frustrada porque la oposición estaba consiguiendo con mucha rapidez que la gente desaprobara su actitud, y aunque la administración trataba de distanciarse del mitin bundista en Nueva York, los demócratas, decididos a asociar a Lindbergh con la ignominiosa reputación del Bund, celebraron su propio mitin en el Madison Square Garden. Un orador tras otro denunciaron ferozmente a «los bundistas de Lindbergh», hasta que, para asombro y deleite de todos los presentes, el mismo FDR salió al estrado. La ovación de diez minutos que le dedicaron habría durado incluso más tiempo de no ser porque el ex presidente gritó con energía por encima del clamor de la multitud:

—Compatriotas, compatriotas... Tengo un mensaje para los señores Lindbergh y Hitler. La situación me obliga a declarar con una franqueza que ellos no pueden malinterpretar que somos nosotros, y no ellos, los dueños del destino de América.

Fueron unas palabras tan conmovedoras y dramáticas que todas las personas del público (y de nuestra sala de estar y de las salas de un extremo a otro de nuestra calle) experimentaron la jubilosa ilusión de que la redención del país estaba al caer.

—Lo único que hemos de temer —siguió diciendo FDR a sus oyentes, recordando las seis primeras palabras de una frase tan famosa como la que más entre las pronunciadas en una primera toma de posesión presidencial— es la manera servil con que Charles A. Lindbergh cede ante sus amigos nazis, el desvergonzado cortejo de un déspota responsable de innumerables actos criminales y de salvajismo, un tirano cruel y bárbaro sin parangón en la crónica de las fechorías humanas, por parte del presidente de la mayor democracia del mundo. Pero nosotros, los norteamericanos, no aceptaremos una América dominada por Hitler. Hoy el globo entero está dividido entre la esclavitud y la libertad de los seres humanos. ¡Nosotros... elegimos... la libertad! Si las fuerzas antidemocráticas en nuestro país, que proyectan un plan a lo Quisling para establecer una América fascista, están urdiendo una conjura, o si lo hacen naciones extranjeras codiciosas de poder y supremacía... una conjura para anular el gran incremento de la libertad humana, cuyo documento fundamental es la Declaración de Derechos americana, una conjura para sustituir la democracia de nuestro país por la autoridad absoluta de un gobierno despótico como el que esclaviza los pueblos conquistados de Europa, que quienes se atreven a conspirar en secreto contra nuestra libertad comprendan que los norteamericanos, ni bajo cualquier amenaza ni ante cualquier peligro, no renunciaremos a las garantías de libertad que formularon para nosotros nuestros antepasados en la Constitución de Estados Unidos.

La respuesta de Lindbergh llegó pocos días después; se puso su equipo de vuelo de Águila Solitaria y una mañana temprano despegó de Washington en su bimotor Lockheed Interceptor para encontrarse con los norteamericanos cara a cara y asegurarles que todas y cada una de las decisiones que había tomado estaban ideadas exclusivamente para aumentar su seguridad y garantizar su bienestar. Eso era lo que hacía en cuanto se producía la más pequeña crisis, volar a las ciudades de todas las regiones del país, esta vez hasta cuatro o cinco en una sola jornada gracias a la fenomenal velocidad del Interceptor, y dondequiera que aterrizaba su avión le aguardaba un racimo de micrófonos, así como los peces gordos locales, los corresponsales de los servicios cablegráficos de noticias, los reporteros de la ciudad y los millares de ciudadanos que se habían reunido para poder ver a su joven presidente con su famosa cazadora de aviador y su gorro de cuero. Y cada vez que aterrizaba, dejaba claro que volaba por el país sin escolta, sin la protección del Servicio Secreto ni del Cuerpo Aéreo. Así de seguros consideraba él los cielos de Norteamérica; así de seguro era el país entero ahora que su administración, en poco más de un año, había disipado toda amenaza de guerra. Recordaba a su público que, desde su llegada a la presidencia, no había corrido peligro la vida de un solo muchacho estadounidense, y no lo correría mientras él siguiera siendo presidente. Los norteamericanos habían confiado en su liderazgo y él había cumplido todas las promesas que les hiciera.

Eso fue todo lo que dijo o tenía que decir. Nunca mencionó los nombres de Von Ribbentrop ni de FDR ni se refirió al Bund germanoamericano ni al Acuerdo de Islandia. No dijo nada a favor de los nazis, nada que revelara una afinidad con su líder y los objetivos que tenía, ni siquiera para observar con aprobación que el ejército alemán se había recuperado de las pérdidas sufridas en el invierno y que, a lo largo del frente ruso, estaban empujando a los comunistas más hacia el este, hacia su derrota definitiva. Claro que todo el mundo en América estaba enterado de la inquebrantable convicción del presidente, así como del ala derecha dominante en su partido, de que la mejor protección contra el avance del comunismo por Europa, adentrándose en Asia y Oriente Medio y llegando incluso a nuestro hemisferio, era la total destrucción de la Unión Soviética de Stalin gracias al poderío militar del Tercer Reich.

A su manera discreta, taciturna, encantadora, Lindbergh transmitía a las multitudes congregadas en los aeródromos y a los radioyentes quién era y qué había hecho, y cuando subía de nuevo a bordo del avión para volar a la siguiente ciudad, podría haber anunciado que, después de ofrecer una cena en la Casa Blanca en honor de Von Ribbentrop, la primera dama invitaría a Adolf Hitler y a su novia a pasar el fin de semana del Cuatro de Julio alojados en el dormitorio de Lincoln en la Casa Blanca, y sus compatriotas habrían seguido vitoreándole como un salvador de la democracia.

Shepsie Tirschwell, amigo de la infancia de mi padre, había sido uno de los varios proyeccionistas y editores en el cine Newsreel de la calle Broad desde su inauguración en 1935 como único cine de la ciudad que solo proyectaba noticiarios. La sesión de una hora del Newsreel comprendía fragmentos de noticias, cortos y *La marcha del tiempo*, y estaba abierto todos los días desde primera hora de la mañana hasta la medianoche. Cada jueves, entre los millares de metros de película de noticiario proporcionados por compañías como Pathé y Paramount, el señor Tirschwell y los otros tres editores seleccionaban noticias y montaban un programa de máxima actualidad para que los clientes regulares como mi padre, cuya oficina en la calle Clinton se encontraba a solo unas pocas manzanas del cine, pudieran mantenerse bien informados de las noticias nacionales, los acontecimientos importantes en el resto del mundo y los momentos más emocionantes de las competiciones deportivas cuyas imágenes, en la era de la radio, solo podían verse en los cines. Mi padre procuraba encontrar una hora libre cada semana para ver un programa completo, y cuando lo conseguía, durante la cena nos contaba qué y a quiénes había visto. Tojo. Pétain. Batista. De Valera. Arias. Quezon. Camacho Litvinov. Zhukov. Hull. Welles. Harriman. Dies. Heydrich. Blum. Quisling. Gandhi. Rommel. Mountbatten. El rey Jorge. La Guardia. Franco. El papa Pío. Y eso no era más que una lista abreviada del enorme reparto de los personajes importantes de noticiario en acontecimientos que, según mi padre, un día recordaríamos como historia digna de ser transmitida a nuestros propios hijos.

—Porque ¿qué es la historia? —preguntaba retóricamente cuando estaba en vena instructiva y comunicativa después de cenar—. La historia es cuanto sucede en todas partes. Incluso aquí, en Newark. Incluso aquí, en la avenida Summit. Incluso lo que le ocurre en esta casa a un hombre normal... Eso también será historia algún día.

Los fines de semana en que el señor Tirschwell trabajaba, mi padre nos llevaba a Sandy y a mí al cine Newsreel para que completáramos nuestra educación. El señor Tirschwell dejaba pases gratuitos en la taquilla para nosotros, y cada vez que, después del programa, mi padre nos llevaba a la cabina de proyección nos daba el mismo sermón de civismo. Nos decía que, en una democracia, mantenerse al corriente de los acontecimientos actuales era el deber más importante de un ciudadano y que nunca era demasiado pronto para empezar a informarse sobre las noticias del día. Nos reuníamos cerca del proyector y nos decía el nombre de cada una de sus partes, y luego mirábamos las fotografías enmarcadas que colgaban de las paredes y que fueron tomadas la noche de la inauguración de gala del cine, cuando el primer y único alcalde judío de Newark, Meyer Ellenstein, cortó la cinta que atravesaba el vestíbulo y dio la bienvenida a los invitados famosos, entre los cuales, como nos dijo el señor Tirschwell señalando las fotos, se encontraba el ex embajador de Estados Unidos en España y fundador de los grandes almacenes Bamberger.

Lo que más me gustaba del cine Newsreel era que los asientos estaban construidos de manera que incluso un adulto no tenía que levantarse para dejar pasar a otros, que se decía que la cabina de proyección estaba insonorizada, y que la alfombra del vestíbulo tenía un dibujo de rollos de película que podías pisar al entrar y salir. Solo cuando rememoro aquellos sábados consecutivos de 1942, cuando Sandy tenía catorce años y yo nueve y mi padre nos llevó al cine una semana para que viéramos concretamente el mitin del Bund y, a la semana siguiente, a FDR hablando en el mitin del Garden contra Von Ribbentrop, puedo recordar poco más que la voz de comentarista de Lowell Thomas, presentador de la mayoría de las noticias políticas, y de Bill Stern, que informaba con entusiasmo sobre los deportes. Pero el mitin del Bund no lo he olvidado debido al odio que me inspiraron los bundistas en pie coreando el nombre de Von Ribbentrop como si fuese el presidente de Estados Unidos, ni tampoco el discurso de FDR, porque cuando proclamó ante los congregados en el mitin contra Von Ribbentrop «Lo único que hemos de temer es la manera servil en que Charles A. Lindbergh cede ante sus amigos nazis», al menos la mitad del público de la sala abucheó y silbó, mientras que el resto, mi padre incluido, aplaudían a más no poder, y me pregunté si no podría estallar una guerra allí mismo, en la calle Broad y en pleno día, y si, cuando saliéramos del cine a oscuras, nos encontraríamos el centro de Newark convertido en un montón de ruinas humeantes y habría incendios por todas partes.

A Sandy no le resultó fácil permanecer sentado en el cine Newsreel viendo los programas de aquellos dos sábados por la tarde, y, como ya había comprendido de antemano que iba a pasarlo mal, al principio rechazó la invitación de nuestro padre, y solo accedió a acompañarnos cuando recibió la orden de hacerlo. En la primavera de 1942, a Sandy le faltaban pocas semanas para empezar el instituto, y era un muchacho delgado, alto y bien parecido, que vestía con pulcritud, iba bien peinado y cuya postura, en pie o sentado, era tan perfecta como la de un cadete de West Point. Su experiencia como destacado portavoz de Solo Pueblo le había dotado, además, de un aire de autoridad insólito en un chico tan joven. Que Sandy hubiera revelado tales dotes para influir en los adultos y que tuviera una serie de seguidores que le reverenciaban entre los más jóvenes del barrio, deseosos de emularle y de ser admitidos en el programa agrícola estival de la Oficina de Absorción Americana, había sorprendido a mis padres, cuyo hijo mayor resultaba ahora más intimidante en casa que cuando todo el mundo le consideraba un muchacho afable y bastante normal que tenía el don de hacer unos retratos de asombroso parecido con sus modelos. Para mí, y por ser mayor que yo, siempre había sido el poderoso; ahora me parecía más poderoso que nunca y despertaba fácilmente mi admiración, a pesar de que me había apartado de él debido a lo que Alvin había llamado su oportunismo, aunque incluso el oportunismo (si Alvin estaba en lo cierto y esa era la palabra apropiada) me parecía otro logro notable, el emblema de una madurez serena y consciente de sí misma aliada con las realidades de la vida.

Por supuesto, a los nueve años no estaba familiarizado con el concepto de oportunismo, pero Alvin expresó con bastante claridad su categoría ética mediante la indignación con que manifestó su rechazo y lo que añadió a modo de ampliación. Entonces no hacía mucho que había salido del hospital y sufría demasiado para poder contenerse.

—Tu hermano no es nada —me informó desde su cama una noche—. Es menos que nada.

Y fue entonces cuando etiquetó a Sandy como oportunista.

—¿De veras? ¿Por qué?

—Porque la gente es así, busca su propio beneficio y al diablo con todo lo demás. Sandy es un puñetero oportunista, lo mismo que la zorra de tu tía con sus grandes y puntiagudas tetas, lo mismo que el gran rabino. Tía Bess y tío Herman son personas honestas. Pero Sandy... ¿venderse a esos cabrones de buenas a primeras? ¿A su edad? ¿Con su talento? Es un caso aparte, tu puñetero hermano.

Venderse. Una palabra también nueva para mí, pero no más difícil de entender que «oportunista».

—Tan solo hizo unos dibujos —le expliqué.

Pero Alvin no estaba de humor para permitirme que tratara de quitar importancia a aquellos dibujos, sobre todo porque de alguna manera había llegado a enterarse de la afiliación de Sandy con la organización Solo Pueblo de Lindbergh. No tuve el valor de preguntarle cómo se había enterado de lo que yo había decidido no decirle jamás, aunque me imaginaba que, tras haber descubierto por accidente los dibujos debajo de la cama, debía de haber registrado los cajones del mueble del comedor, donde Sandy guardaba sus cuadernos escolares y el papel de carta, y allí encontró todas las pruebas necesarias para odiar a Sandy eternamente.

—No es lo que crees —le dije, pero de inmediato tuve que pensar qué otra cosa podría ser—. Lo hace para protegernos, para que no tengamos problemas.

—Por mi culpa —dijo Alvin.

—¡No! —protesté.

—Pero eso es lo que él te dijo. Para que la familia no tenga problemas por culpa de Alvin. Así justifica haberse metido en esa porquería.

—Pero ¿por qué otro motivo lo haría? —le pregunté con tanta inocencia como puede tener un niño y con toda la astucia de que es capaz, y sin tener ni idea de cómo iba a librarme de un conflicto que solo había aumentado al mentir idiotamente en defensa de mi hermano—. ¿Qué tiene de malo lo que está haciendo si trata de ayudarnos?

—No te creo, campeón —se limitó a responder Alvin, y, como yo no estaba a su altura, abandoné el intento de creérmelo yo mismo.

¡Ojalá Sandy me hubiera dicho que llevaba una doble existencia! ¡Ojalá estuviera sacando el mejor partido de una situación terrible y se hiciera pasar por alguien leal a Lindbergh para protegernos! Pero, tras haberle visto sermonear a un público de judíos adultos en el sótano de aquella sinagoga de New Brunswick, sabía lo convencido que estaba de lo que decía y cuánto le satisfacía la atención que le prestaban. Mi hermano había descubierto en sí mismo el don infrecuente de ser alguien, y por ello, mientras pronunciaba discursos de alabanza al presidente Lindbergh y exhibía los dibujos que le había hecho, y mientras ensalzaba públicamente (con palabras que le había escrito tía Evelyn) los enriquecedores beneficios de sus dos meses como bracero judío en territorio gentil —mientras hacía, a decir verdad, lo que a mí no me habría importado hacer, lo que era normal y patriótico en toda Norteamérica y aberrante y estrafalario solo en su casa—, Sandy se estaba divirtiendo como jamás lo había hecho en su vida.

Entonces llegó la siguiente gigantesca intrusión de la historia: una invitación grabada en relieve del presidente Charles A. Lindbergh y su esposa dirigida al rabino Lionel Bengelsdorf y la señorita Evelyn Finkel para asistir a la cena de Estado en honor del ministro alemán de Asuntos Exteriores, la noche del sábado 4 de abril de 1942. Su gira por veinticuatro ciudades volando en solitario había llevado la reputación que Lindbergh tenía de hombre del pueblo serio, realista y franco a una altura incluso superior a la que había alcanzado antes de que Winchell hubiera calificado la cena en honor a Von Ribbentrop de «error político del siglo». Pronto los editoriales de la prensa del país, en su mayor parte republicana, alardeaban de que eran FDR y los demócratas quienes habían cometido el error de tergiversar deliberadamene, presentándola como una siniestra conspiración, lo que no era más que una cena cordial dada en la Casa Blanca a un dignatario extranjero.

Por atónitos que se quedaran mis padres al enterarse de la invitación, poco era lo que podían hacer al respecto. Meses atrás le habían expresado a Evelyn lo decepcionados que estaban con ella por haber pasado a formar parte del pequeño grupo de judíos insensatos que actuaban como subordinados de quienes estaban en el poder. No tenía sentido recriminarle de nuevo su lejana relación administrativa con el presidente de Estados Unidos, sobre todo cuando sabían que no era una convicción ideológica lo que la animaba, como parecía haber sido en la época de su actividad sindical, o tan solo una caprichosa ambición política, sino la euforia que sentía porque el rabino Bengelsdorf la había rescatado de su vida como maestra suplente que vivía en un ático de la calle Dewey para vivir en la corte de una manera tan milagrosa como Cenicienta. Sin embargo, cuando una noche telefoneó inesperadamente a mi madre para decirle que el rabino y ella habían arreglado las cosas para que mi hermano les acompañara a la cena en honor de Von Ribbentrop... bueno, al principio nadie podía dar crédito. Aún nos resultaba casi imposible aceptar que Evelyn hubiera podido dar el salto desde nuestra pequeña sociedad urbana para convertirse en una celebridad que aparecía en el noticiario *La marcha del tiempo*, pero ¿ahora Sandy también? ¿Su predicación en sótanos de sinagoga a favor de Lindbergh no era ya bastante inverosímil? Mi padre insistía en que aquello no podía ser, lo cual significaba que no debía ser y que, dejando de lado la credibilidad, era demasiado repugnante para que fuese verdad. «Eso solo demuestra que tu tía está loca», le dijo a mi hermano.

Y quizá lo estuviera, quizá la hubiera enloquecido temporalmente la exagerada sensación de su recién adquirida importancia. De no ser así, ¿cómo habría tenido la audacia de solicitar una invitación para su sobrino de catorce años? ¿Cómo habría logrado convencer al rabino Lionel Bengelsdorf para que hiciera una petición tan extravagente a la Casa Blanca si no hubiese sido insistiendo con la inflexible tenacidad de una chiflada ensimismada en carrera ascendente? Mi padre le habló por teléfono con la mayor serenidad posible. «Basta ya de esta estupidez, Evelyn. No somos personas importantes. Déjanos en paz, por favor. Ya es bastante lo que una persona normal y corriente tiene que aguantar tal como están las cosas.» Pero el empeño de mi tía en liberar a un sobrino excepcional de las limitaciones a que le sometía la insignificancia de un cuñado ignorante (a fin de que, como ella, pudiera desempeñar un papel destacado en el mundo) era por entonces inamovible. La presencia de Sandy en la cena sería un testimonio del éxito de Solo Pueblo, asistiría nada menos que como el representante de Solo Pueblo a nivel nacional, y ningún padre de gueto iba a detenerle… ni tampoco a ella. Evelyn subió a su coche y al cabo de un cuarto de hora llegó el ajuste de cuentas.

Después de colgar el teléfono, mi padre no se esforzó por disimular su indignación y fue alzando la voz como si fuese tío Monty.

—En Alemania, Hitler tiene al menos la decencia de prohibir a los judíos que ingresen en el Partido Nazi. Eso y los brazaletes, y los campos de concentración, y al menos dejan claro que los sucios judíos no son bienvenidos. Pero aquí los nazis fingen que invitan a los judíos a formar parte de su grupo. ¿Y para qué? Para arrullarlos hasta que se duerman. Para arrullarlos hasta que se duerman con el ridículo sueño de que en América todo marcha a las mil maravillas. Pero ¿esto? —inquirió alzando la voz—. ¿Esto? ¿Invitarles a estrechar la mano ensangrentada de un criminal nazi? ¡Increíble…! ¡Sus mentiras y sus maquinaciones no paran nunca! Encuentran al mejor muchacho, al de más talento, al que trabaja con más ahínco, al más maduro… ¡No! ¡Ya se han burlado bastante de nosotros con lo que le están haciendo a Sandy! ¡No irá a ninguna parte! Ya me han robado mi país… ¡no van a robarme a mi hijo!

—¡Pero nadie se burla de nadie! —exclamó Sandy—. Esta es una gran oportunidad.

«Para un oportunista», pensé, pero mantuve la boca cerrada.

—Cállate —le ordenó mi padre, tan solo eso, y la contenida severidad fue más efectiva que la cólera para lograr que Sandy se percatara de que bordeaba el peor momento de su vida.

Tía Evelyn estaba llamando a la puerta trasera y mi madre se levantó para abrir.

—¿Qué está haciendo ahora esa mujer? —le gritó mi padre—. ¡Le digo que nos deje en paz y aquí la tienes, loca de remate!

Mi madre no estaba en desacuerdo ni mucho menos con la resolución de mi padre, pero se las ingenió para implorarle con la mirada antes de abandonar la cocina, confiando en predisponerle a ser un poco compasivo, pese a la escasa compasión que se merecía Evelyn por la temeraria estupidez con que había explotado el entusiasmo de Sandy.

Tía Evelyn estaba asombrada (o fingía estarlo) por la incapacidad de mis padres para comprender lo que significaba para un chico de la edad de Sandy que le invitaran a la Casa Blanca, lo que significaría para su futuro haber sido uno de los invitados a una cena en la Casa Blanca…

—¡No me impresiona la Casa Blanca! —gritó mi padre, golpeando la mesa con el puño para hacerla callar después de que hubiera dicho «la Casa Blanca» por decimoquinta vez—. Solo me impresiona quién vive allí. Y la persona que vive allí es un nazi.

—¡No lo es! —insistió Evelyn.

—¿Y quieres decirme que herr Von Ribbentrop tampoco es un nazi?

Ella reaccionó diciéndole que era un hombre asustado, provinciano, inculto, de miras estrechas... y él la llamó irreflexiva, crédula, trepadora... y los dos discutieron agriamente, sentados a la mesa uno frente al otro, cada uno lanzando acaloradas acusaciones para aumentar la indignación del otro, hasta que una de las cosas que dijo tía Evelyn, algo en verdad relativamente suave, acerca de las teclas que había tocado el rabino Bengelsdorf a favor de Sandy, fue la gota absurda que colmó el vaso, y él se levantó de la mesa y le dijo que se marchara. Salió de la cocina y entró en el vestíbulo trasero, donde abrió la puerta que daba a la escalera, y desde allí le gritó:

—Fuera. Vete y no vuelvas. No quiero volver a verte en esta casa.

Ella no podía creérselo igual que el resto de nosotros. Me parecía una broma, una frase pronunciada en una película de Abbott y Costello. «Fuera, Costello. Si vas a seguir comportándote así, vete de esta casa y no vuelvas jamás.»

Mi madre, que había estado sentada con ellos ante sendas tazas de té, se levantó para seguirle al vestíbulo.

—Esa mujer es idiota, Bess —le dijo mi padre—, una idiota de mentalidad infantil que no comprende nada. Una idiota peligrosa.

—Cierra la puerta, por favor —le pidió mi madre.

—¡Vamos, Evelyn! —gritó él—. Vete ahora mismo.

—No hagas esto —le susurró mi madre.

—Estoy esperando que tu hermana salga de mi casa —replicó él.

—Nuestra casa —dijo mi madre, y regresó a la cocina—. Vete a casa, Ev —le pidió en voz queda—, para que las cosas se calmen.

Tía Evelyn, sentada a la mesa, ocultaba el rostro en las manos. Mi madre la tomó del brazo, la hizo incorporarse y la acompañó hasta la puerta trasera y después afuera. Parecía como si nuestra enérgica y efervescente tía hubiera sido alcanzada por una bala y se la llevaran de allí para morir. Entonces oímos que mi padre cerraba de un portazo.

—Esa mujer se cree que esto es una fiesta —nos dijo a Sandy y a mí cuando fuimos al vestíbulo para ver las consecuencias de la batalla—. Se cree que es un juego. Habéis estado en el cine Newsreel. Yo os llevé. Y sabéis lo que visteis allí.

—Sí —repliqué. Tenía la sensación de que debía decir algo, puesto que mi hermano se negaba a hablar.

Sandy había soportado estoicamente el implacable ostracismo a que le sometiera Alvin, había soportado estoicamente los noticiarios del cine Newsreel y ahora soportaba estoicamente el destierro de su tía favorita... Con catorce años, ya en armonía con los hombres obstinados de la familia, decidido a hacer frente a lo que fuese.

—Pues bien, no es ningún juego —dijo mi padre—. Es una lucha. ¡Recordad esto: es una lucha! —Volví a decir que sí—. Fuera, en el mundo...

Pero entonces se detuvo. Mi madre no había vuelto. Yo tenía nueve años y pensé que nunca iba a volver. Y es posible que mi padre, a los cuarenta y uno, lo pensara también: mi padre, a quien la penuria había liberado de muchos temores, no estaba libre del temor a perder a su preciosa mujer. La catástrofe se cernía sobre la mente de todos nosotros, y él miraba a sus hijos como si de repente nos hubiéramos quedado tan privados de madre como Earl Axman la noche en que la señora Axman sufrió el colapso nervioso. Cuando mi padre fue a la sala de estar para mirar por la ventana, Sandy y yo le seguimos de cerca. El coche de tía Evelyn ya no estaba aparcado junto al bordillo, y mi madre no se encontraba en la acera ni en los escalones de la entrada ni en el callejón, ni siquiera al otro lado de la calle. Tampoco estaba en el sótano cuando mi padre bajó corriendo los escalones, llamándola a gritos, ni con Seldon y su madre, quienes comían en la cocina de su piso cuando mi padre llamó a la puerta y nos hicieron pasar a los tres.

—¿Has visto a Bess? —le preguntó mi padre a la señora Wishnow.

La señora Wishnow era una mujer corpulenta, alta y desgarbada, que caminaba con los puños apretados y de quien, algo que me asombraba, se decía que había sido una chica risueña y desenfadada cuando mi padre la conoció, junto con su familia, en el distrito tercero antes de la Gran Guerra. Ahora que era madre y sostén de la casa, mis padres alababan continuamente sus incansables esfuerzos por el bien de Seldon. No había duda de que su vida era una lucha: no tenías más que mirarle los puños.

—¿Qué ocurre? —le preguntó a mi padre.

—¿No está Bess aquí?

Seldon se levantó de la mesa para acercarse a saludarnos. Desde el suicidio de su padre, la aversión que me producía se había incrementado, y al final de la jornada, cuando sabía que me estaba esperando para volver juntos a casa, me escondía detrás del edificio de la escuela. Y aunque vivíamos a solo una manzana de la escuela, por la mañana bajaba las escaleras de puntillas y salía de casa un cuarto de hora antes de lo necesario para cruzar la puerta antes que él. Pero luego, al final de la tarde siempre me encontraba con él, aunque estuviera en el otro extremo de la cuesta de la avenida Chancellor. Había salido a hacer un recado para mis padres y allí estaba Seldon, pisándome los talones y actuando como si pasara casualmente por el lugar. Y cada vez que venía a casa con la intención de enseñarme a jugar al ajedrez, yo hacía como que no estaba y no le abría la puerta. Si mi madre se hallaba en casa, intentaba persuadirme de que jugara con él, recordándome precisamente lo que yo quería olvidar. «Su padre era un magnífico ajedrecista. Hace años fue campeón de la Asociación de Jóvenes Hebreos. Le enseñó a Seldon, y ahora el chico no tiene a nadie con quien jugar y quiere hacerlo contigo.» Yo le decía que el juego no me gustaba o que no lo entendía o que no sabía cómo jugar, pero al final no me quedaba alternativa y Seldon aparecía con el tablero y las piezas y se sentaba delante de mí a la mesa de la cocina, donde enseguida se ponía a recordarme cómo confeccionó su padre el tablero y encontró las piezas de ajedrez. «Fue a Nueva York, sabía los lugares donde tenía que ir y encontró las piezas adecuadas… ¿Verdad que son bonitas? Están hechas de una madera especial. Y él mismo hizo el tablero. Buscó la madera, la cortó… ¿ves cómo están hechos los distintos colores?», y la única manera de impedir que siguiera hablando de su padre aterradoramente muerto era bombardearle con los últimos chistes de lavabo que había oído en la escuela.

Cuando subimos la escalera para volver a nuestro piso comprendí que ahora mi padre se casaría con la señora Wishnow, y que pronto, una noche, los tres llevaríamos abajo nuestras pertenencias por la escalera trasera y viviríamos con ella y Seldon, y que tanto de camino a la escuela como de regreso a casa ya nunca más podría evitar a Seldon y su incesante necesidad de apoyarse en mí. Y, una vez en casa, tendría que dejar mi abrigo en el armario donde se había ahorcado su padre. Sandy dormiría en la galería de los Wishnow, como lo hizo en la de nuestro piso cuando Alvin vivía con nosotros, yo dormiría en el dormitorio de atrás al lado de Seldon, mientras que en el otro dormitorio mi padre dormiría donde lo hiciera el padre de Seldon, junto a la madre de Seldon con sus puños apretados.

Quería ir a la esquina, tomar un autobús y desaparecer. Aún tenía los veinte dólares de Alvin escondidos en la punta de un zapato en el fondo de mi armario. Sacaría el dinero, subiría a un autobús, me apearía en la Penn Station y compraría un billete solo de ida para el tren de Filadelfia. Allí buscaría a Alvin y no volvería a vivir nunca más con mi familia. Me quedaría con Alvin y cuidaría de su muñón.

Mi madre llamó a casa después de haber acostado a tía Evelyn. El rabino Bengelsdorf estaba en Washington, pero había hablado por teléfono con Evelyn y luego con mi madre, a quien aseguró que sabía mejor que el burro de su marido qué era lo que convenía a los judíos y lo que no. Dijo que no olvidaría el trato que Herman le había dado a Evelyn, sobre todo después de lo que él, a instancias de Evelyn, se había molestado en hacer por su sobrino. El rabino concluyó diciéndole a mi madre que, a su debido tiempo, tomaría las medidas oportunas.

Alrededor de las diez, mi padre fue en busca de mi madre y la trajo a casa. Sandy y yo estábamos ya en pijama cuando ella entró en la habitación, se sentó en mi cama y me tomó la mano. Nunca la había visto tan cansada, no totalmente exhausta, como la señora Wishnow, pero en absoluto era la madre infatigable, satisfecha y rebosante de energía que había sido en la época en que sus preocupaciones se limitaban a arreglárselas para sacar adelante a la familia con el sueldo de su marido, menos de cincuenta dólares a la semana. Un trabajo en el centro de la ciudad, una casa que gobernar, una hermana tempestuosa, un marido que no da su brazo a torcer, un hijo de catorce años testarudo, un hijo de nueve aprensivo... ni siquiera la avalancha simultánea de todas esas preocupaciones con sus rigurosas exigencias habría supuesto una carga excesiva para una mujer tan llena de recursos, de no haber sido también por Lindbergh.

—¿Qué vamos a hacer, Sandy? —le preguntó a mi hermano—. ¿He de explicarte por qué papá cree que no deberías ir? ¿Podemos tratar esto juntos con tranquilidad? En uno u otro momento tenemos que hablar a fondo de todo. Tú y yo a solas. A veces tu padre puede perder los estribos, pero yo no... ya lo sabes. Puedes tener la seguridad de que voy a escucharte, pero necesitamos alguna perspectiva de lo que está ocurriendo, porque a lo mejor resulta que no es una buena idea involucrarte más en una cosa así. Es posible que tía Evelyn se haya equivocado. Está sobreexcitada, cariño. Ha sido así toda su vida. Ocurre algo fuera de lo corriente y pierde toda perspectiva. Papá cree... ¿Sigo, cariño, o quieres dormir?

—Haz lo que quieras —respondió Sandy cansinamente.

—Continúa —le dije.

Mi madre me sonrió.

—¿Por qué? ¿Qué quieres saber?

—Por qué grita todo el mundo.

—Porque cada uno ve las cosas de distinta manera. —Me dio un beso de buenas noches y añadió—: Porque todo el mundo tiene demasiadas cosas en la cabeza.

Pero cuando se inclinó hacia la cama de Sandy para besarle, él volvió la cara contra la almohada.

Normalmente mi padre se iba a trabajar antes de que Sandy y yo nos hubiéramos despertado, y mi madre se levantaba temprano para desayunar con él, prepararnos los bocadillos, envolverlos con papel encerado y meterlos en el frigorífico, y entonces, tras comprobar que los dos estábamos listos para ir a la escuela, ella también partía hacia su trabajo. Pero en esa ocasión, al día siguiente, mi padre no iba a salir de casa hasta haber tenido oportunidad de aclararle a Sandy por qué no iba a la Casa Blanca y por qué no seguiría participando en ningún programa patrocinado por la OAA.

—Esos amigos de Von Ribbentrop no son amigos nuestros —le explicó—. Cada sucio plan que Hitler le ha impuesto a Europa, cada asquerosa mentira que ha dicho a otros países, ha salido de la boca del señor Von Ribbentrop. Algún día estudiarás lo que ocurrió en Munich. Estudiarás el papel que desempeñó el señor Von Ribbentrop en el engaño del señor Chamberlain, a quien hicieron firmar un tratado que no valía el papel en que estaba escrito. Lee lo que dice *PM* sobre ese hombre. Escucha lo que dice Winchell de él. Le llama ministro de Asuntos Exteriores Von Ribbensnob. ¿Sabes a qué se dedicaba antes de la guerra? Vendía champán. Un vendedor de licores, Sandy. Un farsante... un plutócrata, un ladrón y un farsante. Incluso el «von» de su nombre es falso. Pero no sabes nada de esto, no sabes nada de Von Ribbentrop, no sabes nada de Göring, no sabes nada de Goebbels ni Himmler ni Hess... y yo sí que lo sé. ¿Has oído hablar alguna vez del castillo en Austria donde herr Von Ribbentrop invita a beber y cenar a los demás criminales nazis? ¿Sabes cómo lo consiguió? Robándolo. Himmler metió en un campo de concentración al noble que era su dueño, ¡y ahora es propiedad de un vendedor de licores! ¿Sabes dónde está Danzig, Sandy, y lo que ocurrió allí? ¿Sabes qué es el Tratado de Versalles? ¿Has oído hablar de *Mein Kampf*? Pregúntale al señor Von Ribbentrop, él te lo dirá. Y yo también te lo diré, aunque no desde el punto de vista nazi. Yo sigo cómo van las cosas, leo y sé quiénes son esos criminales, hijo. Y no voy a permitir que te acerques a ellos.

–Nunca te perdonaré por esto –replicó Sandy.

–Claro que lo harás –terció mi madre–. Un día comprenderás que lo que papá desea para ti es lo que más te conviene. Tiene razón, cariño, créeme... No se te ha perdido nada con esa gente. Solo eres una herramienta para ellos.

–¿Tía Evelyn? –inquirió Sandy–. ¿Tía Evelyn me convierte en una «herramienta»? Consigue que me inviten a la Casa Blanca y... ¿eso me convierte en una «herramienta»?

–Sí –afirmó mi madre con tristeza.

–¡No! –exclamó Sandy–. ¡Eso no es cierto! Lo siento, pero no puedo defraudar a tía Evelyn.

–Tu tía Evelyn es quien nos ha defraudado –replicó mi padre–. Solo Pueblo –siguió diciendo en tono despectivo–. El único objetivo de esa organización llamada Solo Pueblo es el de convertir a los niños judíos en una quinta columna y volverlos contra sus padres.

—¡Bobadas! —dijo Sandy.

—¡Basta! —gritó mi madre—. Basta ya. ¿No comprendéis que somos la única familia de la manzana que tiene una discusión así? La única familia de todo el barrio. Todos los demás se las han arreglado para seguir viviendo como lo hacían antes de las elecciones y olvidarse de quién es el presidente. Y eso es lo que también vamos a hacer nosotros. Hemos pasado por cosas malas, pero ya han quedado atrás. Alvin se ha ido y ahora tía Evelyn se ha ido y todo va a volver a la normalidad.

—¿Y cuándo nos vamos a Canadá por culpa de vuestro complejo de persecución? —le preguntó Sandy.

Mi padre le apuntó con un dedo mientras le respondía:

—No imites a tu estúpida tía. No vuelvas a contestarme así nunca más.

—Eres un dictador —replicó Sandy—, eres un dictador peor que Hitler.

Puesto que mis padres se habían criado en casas donde un progenitor del país natal no había dudado en disciplinar a sus hijos de acuerdo con los métodos tradicionales de coerción, eran incapaces de pegar a sus hijos y reprobaban los castigos corporales. En consecuencia, todo lo que mi padre hizo cuando un hijo suyo le espetó que era peor que Hitler fue darse la vuelta y salir de casa indignado. Pero apenas había cruzado la puerta trasera para ir al trabajo cuando mi madre alzó la mano y, para mi asombro, abofeteó a Sandy.

—¿Sabes lo que tu padre acaba de hacer por ti? —le gritó—. ¿Comprendes lo que estabas a punto de hacerte a ti mismo? Termina el desayuno y vete a la escuela. Y vuelve a casa en cuanto terminen las clases. Tu padre te ha dado una orden, y será mejor que la obedezcas.

Él no se inmutó al recibir la bofetada, y entonces, decidido a resistir, magnificó su heroísmo al replicarle con descaro:

—Iré a la Casa Blanca con tía Evelyn. Me trae sin cuidado que les guste o no a unos judíos de gueto como vosotros.

Por si no bastara con la violencia de la mañana, por si no bastara con la inverosimilitud de aquel trastorno familiar que destrozaba los nervios, mi madre le hizo pagar caro a Sandy su desafío a la autoridad paterna abofeteándole de nuevo, y esta vez mi hermano rompió a llorar. Y de no haber reaccionado así, nuestra prudente madre habría alzado su mano hecha para las caricias maternales y le habría abofeteado por tercera, cuarta y quinta vez. «No sabe lo que está haciendo —pensé—, no es ella... todos han cambiado», y entonces tomé los libros de texto y bajé corriendo la escalera trasera, corrí por el callejón hasta la calle y, como si el día no hubiera sido ya bastante horrible, allí estaba Seldon, esperándome en los escalones de la entrada principal, para ir conmigo a la escuela.

Al cabo de un par de semanas, cuando mi padre volvía del trabajo, hizo un alto en el cine Newsreel para ver en el noticiario la cobertura de la cena en honor de Von Ribbentrop. Fue entonces cuando Shepsie Tirschwell, su viejo amigo de la infancia, a quien visitó en la cabina de proyección al finalizar el programa, le informó de que el primero de junio se marchaba a Winnipeg con su esposa, sus tres hijos, su madre y los ancianos padres de su mujer. Unos representantes de la pequeña comunidad judía de Winnipeg habían ayudado al señor Tirschwell a encontrar trabajo como proyeccionista en un cine de barrio y habían buscado alojamiento para la familia en una modesta barriada judía muy parecida a la nuestra. Los canadienses también habían conseguido un préstamo a bajo interés para pagar el traslado de los Tirschwell desde Estados Unidos y ayudar a su manutención hasta que la señora Tirschwell encontrara un trabajo en Winnipeg que le permitiera costear el mantenimiento de sus padres. El señor Tirschwell le dijo a mi madre que le dolía marcharse de su ciudad natal y separarse de sus viejos y queridos amigos y que, por supuesto, lamentaba abandonar un trabajo único en su género en el cine más importante de Newark. Era mucho lo que dejaba y mucho lo que perdía, pero los metros de película sin editar que había visto durante los últimos años, rodados por equipos de filmación de noticiarios en todo el mundo, le habían convencido de que el lado oculto del pacto que Lindbergh y Hitler sellaron en Islandia en 1941 consistía en que Hitler derrotara primero a la Unión Soviética, luego invadiera y conquistara Inglaterra y solo después de eso (y después de que los japoneses hubieran invadido China, la India y Australia, completando así la creación de su «Nuevo Orden en la Gran Asia Oriental») el presidente norteamericano establecería el «Nuevo Orden Fascista Norteamericano», una dictadura totalitaria calcada de la hitleriana que prepararía el terreno para la última gran lucha continental: la invasión, conquista y nazificación de Sudamérica por parte de los alemanes. Un par de años más tarde, cuando la esvástica de Hitler ondeara en el Parlamento británico, el sol naciente en Sidney, Nueva Delhi y Pekín y Lindbergh hubiera sido elegido presidente para otros cuatro años, se cerraría la frontera entre Estados Unidos y Canadá, se romperían las relaciones diplomáticas entre los dos países y, a fin de que los norteamericanos se concentraran en el grave peligro interno que exigía el recorte de sus derechos constitucionales, comenzaría el ataque masivo contra los cuatro millones y medio de judíos norteamericanos.

Tal era la predicción del señor Tirschwell tras la visita a Washington de Von Ribbentrop, y el triunfo que representaba para los norteamericanos que eran los partidarios más peligrosos de Lindbergh, y hasta tal punto era más pesimista que cualquier cosa que hubiera predicho mi padre, que decidió no repetírnoslo ni, cuando regresó aquella noche tras salir del cine Newsreel, decirnos nada de la inminente partida de los Tirschwell, convencido de que la noticia me aterraría, irritaría a Sandy y haría que mi madre empezara a gritar que debíamos emigrar enseguida. Desde la toma de posesión de Lindbergh año y medio atrás, se estimaba que solo unas doscientas o trescientas familias judías se habían instalado de manera permanente en el refugio canadiense; los Tirschwell eran los primeros de esos fugitivos a los que mi padre conocía personalmente, y al enterarse de su decisión se había quedado consternado.

Y entonces sufrió la impresión de ver en película al nazi Von Ribbentrop y su esposa cordialmente recibidos en el pórtico de la Casa Blanca por el presidente y la señora Lindbergh. Y la impresión de ver a todos los invitados importantes que bajaban de las limusinas y sonreían ante la perspectiva de cenar y bailar en presencia de Von Ribbentrop. Y entre los invitados, al parecer no menos entusiasmados por la repugnante ocasión, el rabino Lionel Bengelsdorf y la señorita Evelyn Finkel.

—No podía creerlo —comentó mi padre—. Evelyn sonreía de oreja a oreja. ¿Y el futuro marido? Parecía creerse que la cena era en su honor. Deberíais haber visto a ese hombre... ¡Saludando a todo el mundo como si en realidad importara!

—Pero ¿para qué has ido al cine cuando sabías que te iba a trastornar tanto? —le preguntó mi madre.

—Fui porque todos los días me hago la misma pregunta —respondió él—. ¿Cómo es posible que una cosa así esté ocurriendo en Norteamérica? ¿Cómo es posible que personas así estén al frente de nuestro país? Si no lo viera con mis propios ojos, pensaría que estaba sufriendo una alucinación.

Aunque acabábamos de empezar a cenar, Sandy dejó los cubiertos sobre la mesa y musitó «Pero en Norteamérica no está pasando nada, nada en absoluto», y abandonó la mesa... y no por primera vez desde la mañana en que mi madre le cruzó la cara. Ahora, durante las comidas, si se hacía la menor referencia a las noticias, Sandy se levantaba y, sin ninguna explicación ni excusa, se iba a nuestra habitación y cerraba la puerta. Las primeras veces mi madre iba tras él para hablarle y pedirle que volviera a la mesa, pero Sandy se sentaba ante su escritorio y se dedicaba a afilar un carboncillo y garabatear con él en su cuaderno de dibujo hasta que ella le dejaba en paz. Mi hermano ni siquiera me hablaba cuando, únicamente porque me sentía solo, me atrevía a preguntarle hasta cuándo iba a seguir actuando de aquella manera. Empecé a preguntarme si no recogería sus cosas y se iría de casa, y no para ir a la de tía Evelyn sino para vivir con los Mawhinney en su granja de Kentucky. Cambiaría su nombre por el de Sandy Mawhinney y no volveríamos a verle, del mismo modo que jamás veríamos de nuevo a Alvin. Y nadie tendría que molestarse en raptarlo, porque lo haría él mismo, se entregaría a los cristianos para no tener nunca más nada que ver con los judíos. ¡Nadie tenía que raptarlo porque Lindbergh ya lo había raptado, junto con todos los demás!

La conducta de Sandy me afectaba tanto que, por las noches, empecé a hacer los deberes en la cocina, donde no le veía. Fue así como acerté a oír a mi padre —que se encontraba en la sala de estar con mi madre, leyendo el periódico vespertino mientras Sandy proseguía con su encierro despectivo al fondo del piso— recordándole a ella que nuestro conflicto particular era exactamente la clase de disensión que los antisemitas de Lindbergh habían confiado en provocar entre los padres judíos y sus hijos con programas como Solo Pueblo. Sin embargo, comprender esto no había hecho más que afianzar su resolución de no seguir la iniciativa de Shepsie Tirschwell y marcharse.

—¿De qué estás hablando? —replicó mi madre—. ¿Me estás diciendo que los Tirschwell se van a Canadá?

—Sí, en junio —respondió él.

—¿Por qué? ¿Por qué en junio? ¿Qué ocurre en junio? ¿Cuándo te has enterado? ¿Por qué no habías dicho nada?

—Porque sabía que te iba a afectar.

—Y así es… ¿Por qué no habría de afectarme? —quiso saber ella—. ¿Por qué se van en junio, Herman?

—Porque Shepsie considera que ha llegado el momento —dijo mi padre en voz baja—. No hablemos de esto. El pequeño está en la cocina y ya está bastante asustado. Si Shepsie cree que es el momento de marcharse con su familia, es su decisión, y le deseo buena suerte. Shepsie está ahí sentado mirando las últimas noticias hora tras hora. Las noticias son la vida de Shepsie, y las noticias son terribles, y por eso afectan a su manera de pensar y le hacen tomar esa decisión.

—Ha tomado esa decisión porque está informado —replicó mi madre.

—Yo no estoy menos informado y he llegado a una conclusión diferente —observó mi padre con sequedad—. ¿No comprendes que esos cabrones antisemitas quieren que huyamos? Quieren que los judíos estén tan hartos de todo que se marchen para siempre, y entonces los gentiles tendrán este maravilloso país solo para ellos. Pues bien, yo tengo una idea mejor. ¿Por qué no se marchan ellos? Toda la panda. ¿Por qué no se van a vivir con su Führer en la Alemania nazi? ¡Entonces seremos nosotros los que tengamos un país maravilloso! Mira, Shepsie puede hacer lo que crea oportuno, pero nosotros no nos vamos a ninguna parte. En este país todavía hay un Tribunal Supremo. Gracias a

Franklin Roosevelt, hay un Tribunal Supremo que está para velar por nuestros derechos. Está el juez Douglas. Está el juez Frankfurter. Están los jueces Murphy y Black. Están para hacer que se respete la ley. Todavía hay hombres buenos en este país. Están Roosevelt, Ickes, el alcalde La Guardia. En noviembre hay elecciones al Congreso. Todavía están las urnas y la gente aún puede votar sin que nadie le diga lo que debe hacer.

—¿Y a quién votarán? —inquirió mi madre, y ella misma se respondió de inmediato—. Votará el pueblo americano, y los republicanos serán todavía más fuertes.

—No grites. Procura hablar en voz baja, ¿quieres? Cuando llegue noviembre, ya veremos los resultados y habrá tiempo para decidir qué hacemos.

—¿Y si no hay tiempo?

—Lo habrá —replicó él—. Por favor, Bess, no podemos seguir con esto noche tras noche.

Y eso fue lo último que dijeron, aunque probablemente solo porque yo estaba haciendo los deberes en la cocina y mi madre se obligó a no decir nada más.

Al día siguiente, cuando salí de la escuela, caminé por la avenida Chancellor, rodeé la plaza Clinton y fui más allá del instituto, donde imaginaba que sería menos probable que alguien me reconociera, y allí esperé un autobús que se dirigiera al centro para ir al cine Newsreel. La noche anterior había examinado el horario en el periódico. Había un programa de una hora de duración que comenzaba a las cuatro menos cinco, lo cual significaba que podía tomar el autobús de la línea 14 en la parada de la calle Broad, frente al cine, y estar de regreso en casa a la hora de la cena o incluso antes, dependía de cuándo saliera Von Ribbentrop en el noticiario. De una manera u otra, tenía que ver a tía Evelyn en la Casa Blanca, y no solo porque, como en el caso de mis padres, me consternara e indignara lo que ella estaba haciendo, sino porque el hecho de que hubiera ido allí me parecía más notable que cualquier otra cosa que le pudiera acontecer a un miembro de nuestra familia... con excepción de lo que le había ocurrido a Alvin.

«GERIFALTE NAZI INVITADO A LA CASA BLANCA», tal era el titular en letras negras que figuraba a cada lado de la marquesina triangular del teatro, y el hecho de hallarme en el centro de la ciudad sin mi hermano ni Earl Axman ni uno de mis padres, hizo que, cuando me acerqué a la ventanilla y pedí una localidad, experimentara con intensidad la sensación de ser un delincuente.

—¿Sin que te acompañe un adulto? No, señor —me dijo la taquillera.

—Soy huérfano —repliqué—. Vivo en el orfanato de la avenida Lyons. La hermana me ha enviado para que escriba una redacción sobre el presidente Lindbergh.

—¿Dónde está la nota de la hermana?

Yo la había escrito cuidadosamente en el autobús, utilizando una página en blanco de mi cuaderno, y se la entregué a través de la ranura para el dinero. Había tomado como modelo las notas de autorización de mi madre para las excursiones escolares, solo que aquella estaba firmada por la «hermana Mary Catherine, Orfanato de Saint Peter». La mujer la miró sin leerla, y entonces me hizo una seña para que depositara el dinero. Le di uno de los billetes de diez dólares de Alvin (una suma enorme para un niño como yo, y no digamos para un huérfano de Saint Peter), pero ella estaba muy atareada, así que me devolvió el cambio de nueve con cincuenta y me dio la localidad sin más impedimentos. Sin embargo, no me devolvió la nota.

—La necesito —le dije.

—Anda, hijito, vete —dijo ella con impaciencia, y me indicó con un gesto que dejara sitio a la gente que seguía haciendo cola para el próximo programa.

Entré en el cine en el mismo momento en que se apagaban las luces, sonaba una música marcial y empezaba la película. Como al parecer todos los hombres de Newark (el cine atraía a muy pocas mujeres) querían echarle un vistazo al insólito invitado de la Casa Blanca, la sala estaba llena para el programa de aquella tarde de viernes, y el único asiento libre se encontraba en el extremo de la platea alta. Cualquiera que entrase ahora tendría que permanecer en pie tras la última fila del patio de butacas. Me invadía una gran excitación, no solo porque había logrado hacer algo que no se esperaba de mí, sino también porque, sumido en la humareda de los centenares de cigarrillos y el aroma a lujo de los puros de cinco centavos, me sentía envuelto por la magia viril de un chiquillo disfrazado de hombre entre hombres.

Los británicos desembarcan en Madagascar para tomar la base naval francesa.

Pierre Laval, jefe del gobierno francés en Vichy, denuncia la medida británica como «un acto de agresión».

La RAF bombardea Stuttgart por tercera noche consecutiva.

Cazas británicos en cruenta batalla aérea sobre Malta.

El ejército alemán reanuda su asalto de la URSS en la península de Kerch.

Mandalay cae en poder del ejército japonés en Birmania.

El ejército japonés inicia un nuevo avance por las junglas de Nueva Guinea.

El ejército japonés penetra desde Birmania en la provincia china de Yunnan.

Guerrilleros chinos atacan la ciudad de Cantón y matan a quinientos soldados japoneses.

Una multitud de cascos, uniformes, armas, edificios, puertos, playas, flora, fauna, rostros humanos de todas las razas, pero por lo demás el mismo infierno una y otra vez, el mal insuperable de cuyos horrores Estados Unidos, entre todas las grandes naciones, era la única que se libraba. Una imagen tras otra de sufrimiento sin fin: el estallido de los morteros, los soldados de infantería corriendo encorvados, marines con los fusiles alzados vadeando hacia la orilla, aeroplanos que dejaban caer bombas, aeroplanos que estallaban y caían a tierra trazando espirales, las fosas comunes, los capellanes arrodillados, las cruces improvisadas, los barcos que se hundían, los marineros que se ahogaban, el mar en llamas, los puentes destrozados, el bombardeo de los tanques, los hospitales tomados como blanco y destruidos, columnas de fuego alzándose de los tanques de petróleo bombardeados, prisioneros acorralados en un mar de barro, camillas que transportaban torsos vivientes, civiles pasados a bayoneta, bebés muertos, cuerpos decapitados de los que brotaba sangre burbujeante...

Y después la Casa Blanca. Un crepúsculo de primavera. La oscuridad que iba cubriendo la extensión de césped. Arbustos en flor. Árboles en flor. Limusinas conducidas por chóferes uniformados, de las que bajaban personas vestidas de etiqueta. Desde el vestíbulo de mármol más allá de las puertas abiertas del pórtico, un cuarteto de cuerda tocando la canción de mayor éxito el año pasado, «Intermezzo», versión popularizada de un tema de *Tristán e Isolda*, de Wagner. Sonrisas amables. Risa discreta. El delgado, amado y apuesto presidente. A su lado, la poetisa de talento, atrevida aviadora y decorosa dama de sociedad que es la madre de su hijo asesinado. El locuaz invitado de honor, de cabello plateado. La elegante esposa nazi con su largo vestido de satén. Palabras de bienvenida, observaciones ingeniosas, y el galán del Viejo Mundo, macerado en el teatro de la corte regia y con un aspecto espléndido enfundado en sus prendas de gala, besando encantadoramente la mano de la primera dama.

De no haber sido por la Cruz de Hierro, concedida por el Führer a su ministro de Asuntos Exteriores y que embellecía el bolsillo a pocos centímetros por debajo del pañuelo de seda colocado de modo impecable, un fraude tan persuasivamente civilizado como podía idear la astucia humana.

¡Y allí...! Tía Evelyn, el rabino Bengelsdorf... ¡pasando junto a los guardiamarinas y desapareciendo al otro lado de la puerta!

No debían de haber estado en la pantalla más de tres segundos y, sin embargo, el resto de las noticias nacionales y los fragmentos deportivos finales me resultaban incomprensibles y esperaba que la película retrocediera hasta el momento en que aparecía mi tía, centelleante con las gemas que habían pertenecido a la difunta esposa del rabino. Entre las numerosas improbabilidades que las cámaras establecían como irrefutablemente reales, el vergonzoso triunfo de tía Evelyn era para mí la menos real de todas.

Cuando finalizó la proyección y se encendieron las luces, un acomodador uniformado estaba en el pasillo haciéndome gestos con la linterna en la mano.

—Tú —me dijo—. Ven conmigo.

Me llevó entre el público que salía por el vestíbulo a la calle, después por una puerta que abrió con llave, y luego hacia arriba por una escalera que reconocí, la misma del día en que nuestro padre nos trajo a Sandy y a mí para que viéramos los mítines de Von Ribbentrop en el Madison Square Garden.

—¿Qué edad tienes? —me preguntó el portero.

—Dieciséis.

—Esa sí que es buena. Sigue así, pequeño. Métete en más líos.

—Tengo que volver a casa —le dije—. Voy a perder el autobús.

—Vas a perder algo más que eso.

Dio unos golpes enérgicos en la famosa puerta insonorizada que daba acceso a la cabina de proyección del Newsreel, y el señor Tirschwell nos abrió.

Tenía en la mano la nota de la hermana Mary Catherine.

—No tengo más remedio que enseñar esto a tus padres —me dijo.

—Era solo una broma.

—Tu padre viene a buscarte. He telefoneado a su oficina para decirle que estabas aquí.

—Gracias —le dije tan educadamente como me habían enseñado a decirlo.

—Siéntate, por favor.

—Pero si era una broma… —repetí.

El señor Tirschwell estaba preparando los rollos para la siguiente sesión. Cuando miré a mi alrededor, vi que muchas de las fotos firmadas por renombrados clientes del cine habían desaparecido de las paredes, y comprendí que el señor Tirschwell había empezado a recoger los recuerdos que se llevaría a Winnipeg. También comprendí que tan solo la seriedad de semejante decisión podía explicar el rigor con que me trataba. Pero, por otro lado, me parecía exactamente la clase de adulto cuyo sentido de la responsabilidad a menudo se extiende a lo que no es asunto suyo. Habría sido difícil adivinar por su aspecto o su manera de hablar que había crecido con mi padre en un bloque de pisos de alquiler en Newark. Era una versión más modesta y claramente más refinada y orgullosa que mi padre del niño de barrios bajos que recibió escasa educación y que superó la pobreza de sus padres inmigrantes casi por completo gracias a una aplicación atenta y programática. El afán era todo lo que aquellos hombres tenían para seguir adelante. Lo que sus superiores gentiles llamaban prepotencia no era en general más que eso, el afán que ponían en todo.

—Si me voy ahora, todavía podré tomar el autobús y estar en casa a tiempo para la cena —le dije.

—Quédate donde estás, por favor.

—Pero ¿qué he hecho de malo? Quería ver a mi tía. Esto no es justo —protesté, peligrosamente cercano a las lágrimas—. Quería ver a mi tía en la Casa Blanca, eso es todo.

—Tu tía —dijo, y apretó los dientes como para no decir nada más.

Curiosamente, su desdén hacia tía Evelyn fue el desencadenante de mis lágrimas. Entonces el señor Tirschwell perdió la paciencia.

—¿Sufres? —me preguntó sardónicamente—. ¿Tienes idea de lo que está padeciendo la gente en todo el mundo? ¿No has entendido nada de lo que acabas de ver? Solo espero que en el futuro no tengas ninguna razón de verdad para llorar. Espero y ruego que en los días venideros tu familia…

Se interrumpió bruscamente. Se veía que no estaba acostumbrado a tener una indigna erupción de sentimiento irracional, sobre todo al tratar con un insignificante chiquillo. Incluso yo podía comprender que no se dirigía solo a mí, pero eso no suavizaba la dureza de tener que soportar lo más recio de su emoción.

—¿Qué va a pasar en junio? —le pregunté. Era la pregunta sin respuesta que la noche anterior oí que mi madre le hacía a mi padre.

El señor Tirschwell siguió mirándome a la cara como si tratara de determinar hasta qué punto llegaba mi entendimiento.

—Cálmate —me dijo finalmente—. Toma, sécate los ojos —añadió, tendiéndome un pañuelo.

Hice lo que me decía, pero cuando repetí: «¿Qué va a pasar? ¿Por qué se marchan a Canadá?», la exasperación desapareció repentinamente de su voz y emergió algo más fuerte y más suave: su propio entendimiento.

—Allí tengo un nuevo trabajo —replicó.

El hecho de que no me quisiera decir la verdad me aterró, y empecé a llorar de nuevo.

Mi padre llegó al cabo de unos veinte minutos. El señor Tirschwell le dio la nota que yo había escrito para que me dejaran entrar en el cine, pero mi padre no se tomó la molestia de leerla hasta después de haberme llevado por el codo fuera del cine. Cuando estuvimos en la calle, me pegó. Primero mi madre le pega a mi hermano, y ahora mi padre lee las palabras de la hermana Mary Catherine y, por primera vez en mi vida, me cruza la cara sin contemplaciones. Como ya estoy alterado, y no soy en absoluto tan estoico como Sandy, rompo a llorar de modo incontrolable junto a la taquilla, a la vista de todos los gentiles que han salido de sus oficinas en el centro y se apresuran hacia sus casas para pasar un despreocupado fin de semana primaveral en la América en paz de Lindbergh, la fortaleza autónoma a océanos de distancia de las zonas de guerra del mundo, donde nadie está en peligro salvo nosotros.

6

Mayo de 1942 - junio de 1942
SU PAÍS

22 de mayo de 1942

Apreciado señor Roth:

De acuerdo con una solicitud de Colonia 42, Oficina de Absorción Americana, Departamento de Interior de Estados Unidos, nuestra compañía está ofreciendo oportunidades de traslado a empleados veteranos como usted, a quienes se considera cualificados para su inclusión en la audaz nueva iniciativa de la OAA.

Hace exactamente ochenta años que el Congreso de Estados Unidos aprobó la famosa Ley de Colonias de 1862, única en América, que garantizaba ochenta hectáreas de terreno público desocupado casi gratuito a los agricultores dispuestos a levantar campamento y colonizar el nuevo Oeste americano. Nada comparable se ha emprendido desde entonces para proporcionar a los norteamericanos emprendedores nuevas y fascinantes oportunidades de ampliar sus horizontes y fortalecer su país.

Metropolitan Life se enorgullece de figurar en el primer grupo de grandes empresas e instituciones financieras norteamericanas seleccionadas para participar en el nuevo programa Colonia, ideado para dar a jóvenes familias una oportunidad, que solo se da una vez en la vida, de trasladarse por cuenta del gobierno para afincarse en una sugestiva región de Estados Unidos que hasta ahora les era inaccesible. Colonia 42 aportará un entorno estimulante imbuido de las tradiciones más antiguas de nuestro país, donde padres e hijos pueden enriquecer su americanismo generación tras generación.

Al recibir este anuncio, deberá ponerse inmediatamente en contacto con el señor Wilfred Kurth, representante de Colonia 42 en nuestra oficina de la avenida Madison. Él responderá en persona a las preguntas que desee usted formular, y su equipo le ayudará cortésmente en todo cuanto esté a su alcance.

Enhorabuena a usted y a su familia por haber sido elegidos entre numerosos candidatos meritorios de Metropolitan Life para contarse entre los primeros «colonos pioneros» de la compañía.

Cordialmente,

HOMER L. KASSON
Vicepresidente de Recursos Humanos

Transcurrieron varios días antes de que mi padre pudiera recobrar la calma para enseñarle la carta de la compañía a mi madre y darle la noticia de que, a partir del 1 de septiembre de 1942, le transferían desde el distrito de la Metropolitan en Newark a una oficina de distrito que iba a inaugurarse en Danville, Kentucky. En un mapa del estado incluido entre los documentos de Colonia 42 que le había dado el señor Kurth, nos indicó dónde estaba Danville. Entonces leyó en voz alta una página de un folleto de la Cámara de Comercio titulado *El Estado Blue Grass*, en referencia a la hierba que da su sobrenombre a Kentucky.

—«Danville es la capital del condado rural de Boyle. Se encuentra en el hermoso campo de Kentucky, a unos noventa kilómetros al sur de Lexington, la segunda ciudad más grande del estado después de Louisville.» —Empezó a pasar las páginas del folleto en busca de datos aún más interesantes para leerlos en voz alta y que pudieran mitigar de alguna manera la insensatez de aquel giro de los acontecimientos—. «Daniel Boone ayudó a abrir "la senda del territorio virgen" que permitió la colonización de Kentucky... En mil setecientos noventa y dos, Kentucky se convirtió en el primer estado al oeste de los Apalaches que se integraba en la Unión... La población de Kentucky en mil novecientos cuarenta era de dos millones ochocientos cuarenta y cinco mil seiscientos veintisiete habitantes. La población de Danville...» Dejadme que lo mire... «La población de Danville era de seis mil setecientos.»

—¿Y cuántos de esos seis mil setecientos de Danville son judíos? —preguntó mi madre—. ¿Cuántos hay en todo el estado?

—Ya lo sabes, Bess. Hay muy pocos. Lo único que puedo decirte es que podría ser peor. Podría ser Montana, adonde van los Geller. Podría ser Kansas, adonde van los Schwartz. Podría ser Oklahoma, adonde van los Brody. Se marchan siete hombres de nuestra oficina, y yo, créeme, soy el más afortunado. Kentucky es un hermoso lugar con un clima estupendo. No es el fin del mundo. Acabaremos viviendo allí más o menos de la misma manera en que vivíamos aquí, tal vez mejor, puesto que todo es más barato y el clima muy agradable. Habrá escuela para los chicos, un trabajo para mí, la casa para ti. Es posible que podamos permitirnos comprar una casa donde cada chico tenga su propia habitación y un jardín trasero donde jugar.

—¿Y cómo tienen la desfachatez de hacerle a la gente una cosa así? —inquirió mi madre—. Esto me deja completamente estupefacta, Herman. Aquí se encuentran nuestras familias. Nuestros amigos de toda la vida están aquí. Los amigos de los chicos están aquí. Aquí hemos vivido siempre en paz y armonía. Estamos a una sola manzana de la mejor escuela primaria de Newark. Estamos a una manzana del mejor instituto de Nueva Jersey. Nuestros hijos se han criado entre judíos. Van a la escuela con otros chicos judíos. No hay roces con los demás niños. No hay insultos. No hay peleas. Nunca se han sentido excluidos y solitarios como me ocurría a mí de niña. No puedo creer que la compañía te esté haciendo esto. Lo que has trabajado para esa gente, las horas que has dedicado, el esfuerzo... y te recompensan así —concluyó enojada.

—Preguntadme lo que queráis saber, muchachos —dijo mi padre—. Mamá tiene razón. Esto es una gran sorpresa para todos nosotros. Todos estamos un poco desconcertados. Así que preguntad lo que os parezca. No quiero que nadie se sienta confundido por nada.

Pero Sandy no estaba confuso ni tampoco parecía en absoluto desconcertado. Sandy estaba encantado y apenas podía ocultar su júbilo, y todo porque sabía exactamente dónde encontrar Danville, Kentucky, en el mapa: a veintidós kilómetros de la plantación de tabaco de los Mawhinney. También cabía la posibilidad de que hubiera sabido mucho antes que el resto de nosotros que nos trasladaríamos allí. Puede que mis padres no dijeran tal cosa, pero, precisamente por lo que nadie decía, incluso yo podía comprender que el hecho de que mi padre hubiera sido seleccionado como uno de los siete «colonos» judíos de su distrito no era más fortuito que su asignación a la nueva oficina de la compañía en Danville. Desde que abriera la puerta trasera del piso y le dijera a tía Evelyn que abandonara la casa y no volviera nunca, nuestro destino no podría haber sido de otra manera.

Ya habíamos cenado y nos encontrábamos en la sala de estar. El impertérrito Sandy estaba dibujando algo y no tenía nada que preguntar, y yo (mirando al exterior con la cara apretada contra la tela metálica de la ventana abierta) tampoco tenía nada que preguntar, por lo que mi padre, sombríamente absorto en sus pensamientos, y sabiendo que había sido derrotado, se puso a caminar de un lado a otro, y mi madre, sentada en el sofá, murmuró algo entre dientes, negándose a resignarse a lo que nos aguardaba. En el drama de la confrontación en la lucha contra no sabíamos qué, cada uno había adoptado el papel que el otro representara en el vestíbulo del hotel de Washington. Comprendí lo lejos que habían ido las cosas, lo terriblemente confuso que todo era ahora y la manera en que la calamidad, cuando llega, lo hace a toda prisa.

Más o menos desde las tres había estado lloviendo intensamente, pero de repente, llevado por el viento, cesó el aguacero y el sol apareció brillando como si hubieran adelantado los relojes y, en el oeste, la mañana del día siguiente fuese a comenzar ahora a las seis de la tarde de hoy. ¿Cómo era posible que una calle tan modesta como la nuestra produjera semejante éxtasis solo por brillar a causa de la lluvia? ¿Cómo era posible que las lagunas impracticables en la acera cubiertas de hojas y los jardincillos herbosos inundados por el agua que caía de los bajantes emitieran un olor que me deleitaba como si hubiera nacido en una selva tropical? Teñida por la brillante luz posterior a la tormenta, la avenida Summit relucía como una mascota llena de vida, mi propia, sedosa y palpitante mascota, lavada por las cortinas de agua caída y ahora tendida cuan larga era para complacerse en el arrobamiento.

Nada lograría jamás que me marchara de allí.

—¿Y con quién jugarán los chicos? —preguntó mi madre.

—En Kentucky hay muchos niños con los que jugar —le aseguró él.

–¿Y con quién hablaré yo? –inquirió ella–. ¿Quién tendré allí como las amigas que he tenido toda mi vida?

–Allí también hay mujeres.

–Mujeres gentiles –replicó ella. Mi madre no solía sacar fuerzas del desdén, pero ahora hablaba desdeñosamente, tan perpleja y amenazada se sentía–. Buenas mujeres cristianas –siguió diciendo– que se desvivirán por hacer que me sienta como en casa. ¡No tienen ningún derecho a hacer esto! –exclamó.

–Por favor, Bess... Esto es lo que tiene trabajar para una gran empresa. Las grandes empresas transfieren continuamente a la gente. Y cuando lo hacen, tienes que hacer las maletas y partir.

–Te estoy hablando del gobierno. El gobierno no puede hacer esto. No puede obligar a la gente a hacer las maletas y partir... Eso no figura en ninguna Constitución que yo sepa.

–No nos están obligando.

–Entonces, ¿por qué vamos? –replicó ella–. Pues claro que nos están obligando. Esto es ilegal. No puedes coger a los judíos solo por ser judíos y obligarlos a vivir donde ellos quieren que lo hagan. No puedes coger una ciudad y hacer con ella lo que te venga en gana. ¿Hacer desaparecer Newark tal como es, con los judíos viviendo aquí como todos los demás? ¿Por qué se meten donde no les llaman? Esto va en contra de la ley. Todo el mundo sabe que va en contra de la ley.

–Sí –intervino Sandy sin molestarse en alzar la vista del papel de dibujo–, ¿por qué no demandas a Estados Unidos de América?

–Puedes demandar –le dije–. En el Tribunal Supremo.

–No le hagas caso –me pidió mi madre–. Mientras tu hermano no aprenda a ser educado, seguiremos sin hacerle caso.

Entonces Sandy se levantó, recogió sus materiales de dibujo y se fue a nuestro cuarto. Incapaz de seguir contemplando la indefensión de mi padre y la angustia de mi madre, abrí la puerta principal, bajé corriendo las escaleras y salí a la calle, donde los chicos que habían terminado de cenar ya estaban tirando palitos de polo al arroyo del bordillo para ver cómo caían en cascada a través de la rejilla a la gorgoteante cloaca junto con los desechos naturales arrancados de las acacias por la tormenta y el remolino de envoltorios de caramelos, escarabajos, chapas de botella, lombrices de tierra, colillas y misteriosa, inexplicable, predeciblemente, un solitario y mucilaginoso preservativo. Todo el mundo estaba en la calle, pasando un buen rato antes de tener que volver a casa y acostarse, y todos ellos seguían siendo capaces de pasar un buen rato porque ninguno tenía un padre que trabajara en cualquiera de las empresas que colaboraban con Colonia 42. Sus padres eran hombres que trabajaban para sí mismos o con un socio que era un hermano u otro familiar, de modo que no tendrían que irse a ninguna parte. Pero yo tampoco iría a ninguna parte. El gobierno de Estados Unidos no me echaría de una calle por cuyos mismos arroyos corría a borbotones el elixir de la vida.

Alvin se dedicaba a los negocios turbios en Filadelfia, Sandy vivía exiliado en nuestra casa y la autoridad de mi padre como protector estaba seriamente comprometida, si no destruida. Dos años antes, a fin de preservar el estilo de vida que habíamos elegido, él hizo acopio de valor para ir a la sede central de la empresa y, cara a cara con el gran Jefe, rechazar la promoción que habría hecho avanzar su carrera y aumentado sus ingresos, pero al precio de tener que vivir en la Nueva Jersey fuertemente bundista. Ya no tenía fuerzas para plantar cara a un desarraigo que en potencia no era menos arriesgado, tras haber llegado a la conclusión de que el enfrentamiento era inútil y que nuestro destino no estaba en sus manos. Resultaba increíble, pero el hecho de que la empresa donde trabajaba hubiera aceptado obedientemente las imposiciones del Estado había vuelto impotente a mi padre. No quedaba nadie que nos protegiera, excepto yo mismo.

Al día siguiente, cuando salí de la escuela, volví a encaminarme furtivamente hacia la parada del autobús que iba al centro, esta vez el de la línea 7, cuya ruta pasaba a unos cuatrocientos metros de la avenida Summit por el lado más alejado de los terrenos cultivados del orfanato, allí donde la fachada de la iglesia de Saint Peter daba a la avenida Lyons y donde, a la sombra de la aguja rematada por una cruz, era incluso menos probable que me viera un vecino o un compañero de la escuela o un amigo de la familia que cuando pasaba por delante del instituto y cruzaba la plaza Clinton para tomar el 14.

Esperé en la parada del autobús ante la iglesia, al lado de dos monjas sepultadas por igual dentro de la tela gruesa y áspera de aquellos voluminosos hábitos negros que yo nunca había tenido ocasión de examinar como lo hice aquel día. Por aquel entonces, el hábito monjil llegaba a los zapatos, y eso, junto con el brillante y almidonado arco blanco que enmarcaba severamente las facciones e impedía por completo la visión lateral (el rígido griñón que ocultaba el cuero cabelludo, las orejas, la barbilla y el cuello, y que a su vez estaba envuelto en un amplio paño blanco para la cabeza), convertía a las monjas católicas vestidas a la manera tradicional en las criaturas de aspecto más arcaico que había visto jamás, y la contemplación de su estampa en nuestro barrio era incluso mucho más sorprendente que la de los sacerdotes con su escalofriante aspecto de directores de pompas fúnebres. No se les veían botones ni bolsillos, y así no había manera de imaginar cómo se abrochaban aquella funda de tela de cortina muy fruncida ni cómo se la quitaban, ni siquiera si se la quitaban alguna vez, dado que, superpuesto a todo aquello, llevaban un gran crucifijo metálico suspendido de un largo collar de cordón y una ristra de cuentas, grandes y brillantes como canicas «asesinas», que colgaban varios palmos por debajo de la parte delantera de un cinturón de cuero negro, y, fijado al paño de la cabeza, un velo negro que se ensanchaba por la espalda y caía en línea recta hasta la cintura. Salvo en la pequeña región desnuda que era la cara enmarcada por el griñón, lisa y sin adornos, nada de lanilla ni pelusilla ni suavidad en ninguna parte.

Supuse que aquellas eran dos de las monjas que supervisaban las vidas de los huérfanos y enseñaban en la escuela parroquial. Ninguna de las dos miró en mi dirección y, por mi parte, sin un compinche bromista como Earl Axman, no me atrevía a observarlas más que de soslayo, aunque incluso mientras me miraba fijamente los pies, la inteligente capacidad infantil de autocensura me abandonaba y una y otra vez me enfrentaba a los misterios, todas las preguntas relativas a sus cuerpos femeninos y sus funciones más bajas, y todas ellas tendiendo hacia la depravación. Pese a la seriedad de la secreta misión de aquella tarde y todo cuanto dependía de su resultado, no era capaz de estar cerca de una monja, y no digamos de un par de ellas, sin que mis pensamientos judíos no demasiado puros inundaran mi mente.

Las monjas ocuparon los dos asientos detrás del conductor y, aunque la mayor parte de los asientos más al fondo estaban vacíos, me senté a su altura, al otro lado del estrecho pasillo, detrás del torniquete y la caja donde se depositaba la tarifa. No había tenido intención de sentarme allí, no comprendía por qué lo estaba haciendo, pero en vez de instalarme donde pudiera evitar el influjo de la curiosidad sin restricciones, abrí el cuaderno de apuntes para fingir que hacía los deberes, esperando y temiendo simultáneamente oírles decir algo en católico. Pero, ¡ay!, guardaban silencio y supuse que estaban rezando, lo cual no era menos fascinante por hacerlo en un autobús.

A unos cinco minutos del centro, hubo un musical tintineo de cuentas de rosario cuando las dos monjas se levantaron para apearse en el ancho cruce de la calle High y la avenida Clinton. A un lado del cruce estaba el solar de un concesionario de coches y en el otro el hotel Riviera. Al pasar, la monja más alta me sonrió desde el pasillo y, con una vaga tristeza en su voz queda (tal vez porque el Mesías había venido y se había ido sin que yo lo supiera), le comentó a su compañera: «Qué chico tan mono y limpito».

Debía de saber lo que yo había estado pensando. Sí, tal vez lo sabía.

Al cabo de unos minutos, antes de que el autobús tomara la gran curva final en la calle Broad y empezara a bajar por el bulevar Raymond hacia la última parada ante la Penn Station, también yo me apeé y eché a correr hacia el edificio de la Oficina Federal, en la calle Washington, donde tía Evelyn tenía su despacho. En el vestíbulo, un ascensorista me dijo que la OAA estaba en el último piso, y cuando llegué allí pregunté por Evelyn Finkel.

—Eres el hermano de Sandy —dijo la recepcionista—. Podrías ser su gemelo pequeño —añadió apreciativamente.

—Sandy tiene cinco años más que yo.

—Sandy es un chico estupendo de veras —comentó ella—. A todo el mundo le encantaba tenerlo por aquí. —Entonces llamó por el interfono al despacho de tía Evelyn—. Su sobrino Philip está aquí, señorita F. —le anunció, y al cabo de unos segundos tía Evelyn me había hecho pasar ante las mesas de una media docena de hombres y mujeres que escribían a máquina y entrar en el despacho que daba a la biblioteca pública y el Museo de Newark.

Me besó y abrazó y me dijo que me había echado mucho de menos, y, pese a mis aprensiones (empezando, naturalmente, por el temor a que mis padres descubrieran mi encuentro con la tía de la que nos habíamos distanciado), procedí tal como había planeado, diciéndole a mi tía que había ido solo al cine Newsreel para verla en la Casa Blanca. Me senté en el sillón al lado de su mesa (una mesa que fácilmente sería el doble de grande que la de mi padre en su despacho de la avenida Clinton) y le pedí que me contara cómo lo había pasado en la cena con el presidente y la señora Lindbergh. Cuando empezó a responder detalladamente, y con un afán de impresionar que no acababa de tener sentido para un simple niño abrumado ya por la magnitud de su traición, me parecía imposible que fuese tan fácil hacerle creer que ese era el motivo de mi presencia allí.

En la pared, detrás de su mesa, había un enorme tablero de corcho en el que estaban fijados dos grandes mapas donde había clavados en varias agrupaciones agujas con cabezas de diversos colores. El mapa más grande era de los cuarenta y ocho estados y el más pequeño solo de Nueva Jersey, cuyo largo límite fluvial tierra adentro con la vecina Pensilvania nos habían enseñado en la escuela a identificar con el misterioso perfil de un jefe indio, la frente en Phillipsburg, la nariz en Stockton y el mentón diluyéndose en el cuello en las proximidades de Trenton. El ángulo más oriental del estado, densamente poblado, que abarcaba Jersey City, Newark, Passaic y Paterson, y que se extendía hacia el norte hasta el límite recto con los condados más meridionales del estado de Nueva York, denotaba la parte superior trasera del tocado de plumas del indio. Así lo veía entonces y sigo viéndolo ahora; junto con los cinco sentidos, un niño con un bagaje como el mío tenía por entonces un sexto sentido, el sentido geográfico, el agudo sentido de dónde vivía y de quién y qué le rodeaba.

Sobre la espaciosa mesa de tía Evelyn, al lado de unas fotos enmarcadas de mi abuela muerta y del rabino Bengelsdorf, había una gran foto dedicada del presidente y la señora Lindbergh, juntos de pie en el Despacho Oval, y una foto más pequeña de tía Evelyn con vestido de noche estrechando la mano del presidente.

—Esto es en la ceremonia de recepción —me explicó—. Camino del comedor de gala, cada invitado desfila ante el presidente, la primera dama y el invitado de honor. Te presentan por tu nombre y te hacen una fotografía, y luego la Casa Blanca te la envía.

—¿Te dijo algo el presidente?

—Me dijo: «Es un placer tenerla aquí».

—¿Y te permiten responder algo? —quise saber.

—Le dije: «Es un honor para mí, señor presidente».

No se esforzaba por disimular lo importante que ese intercambio había sido para ella y tal vez para el presidente de Estados Unidos. Como siempre sucedía con tía Evelyn, su entusiasmo tenía algo muy atractivo, aunque en el contexto de la confusión que reinaba en mi casa no podía obviar lo que también tenía de diabólico. Jamás en mi vida había juzgado tan duramente a un adulto, ni a mis padres, ni siquiera a Alvin o al tío Monty, como tampoco había comprendido hasta entonces la manera en que la vanidad desvergonzada de los necios sin remedio puede determinar totalmente el destino de los demás.

—¿Conociste al señor Von Ribbentrop?

—Bailé con el señor Von Ribbentrop —respondió ella, ahora casi con la timidez de una niña.

—¿Dónde?

—Después de la cena hubo un baile en una gran carpa levantada en el césped de la Casa Blanca. Hacía una noche preciosa. Una orquesta y baile. A Lionel y a mí nos presentaron al ministro de Asuntos Exteriores y a su esposa, y nos pusimos a hablar, y entonces él hizo una inclinación de cabeza y me pidió que bailáramos. Tiene fama de ser un bailarín excelente, y desde luego lo es, un bailarín de salón realmente mágico. Y su inglés es impecable. Estudió en la Universidad de Londres y luego pasó cuatro años en Canadá. Dice que fue su gran aventura de juventud. Me pareció un caballero encantador y muy inteligente.

—¿Qué te dijo? —le pregunté.

—Pues hablamos del presidente, de la OAA, de nuestras vidas… Hablamos de todo. Toca el violín, ¿sabes? Es como Lionel, un hombre de mundo que puede hablar de lo que sea con conocimiento de causa. Mira esto, cariño, mira lo que llevaba. ¿Ves el bolso que llevo? Es de malla de oro. ¿Ves esto? ¿Ves los escarabajos sagrados? Escarabajos sagrados de oro, esmalte y turquesa.

—¿Por qué sagrados?

—Bueno, lo eran para los egipcios. Pero estos son gemas talladas para que parezcan escarabajos. Y los hicieron aquí mismo, en Newark, la familia de la primera señora Bengelsdorf. Su taller era famoso en el mundo entero. Hacían joyas para los reyes y reinas de Europa y para la gente más rica de América. Mira mi anillo de compromiso. —Acercó tanto a mi cara su manita perfumada que de repente me sentí como un perro y quise lamerla—. ¿Ves la piedra? Es una esmeralda, cariño.

—¿Es auténtica?

Me dio un beso.

—¡Ya lo creo! Y en la foto, aquí… Eso es un brazalete articulado, de oro con zafiros y perlas. ¡Auténticos! —Me besó de nuevo—. El ministro de Asuntos Exteriores dijo que nunca había visto un brazalete más bonito. ¿Y qué crees que es eso alrededor de mi cuello?

—¿Un collar?

—Un collar festoneado.

—¿Qué es «festoneado»?

—Una cadena de flores, una guirnalda de flores. Conoces la palabra «festival». Conoces «festividades». Y también conoces «fiesta», ¿no es cierto? Bueno, pues todas están relacionadas. Y mira, los dos broches, ¿los ves? Son de zafiros, cariño… Zafiros de Montana engastados en oro. ¿Y ves quién los lleva? ¿Quién? ¿Quién es ella? ¡Es tía Evelyn! ¡Es Evelyn Finkel, de la calle Dewey! ¡En la Casa Blanca! ¿No es increíble?

—Supongo que sí —contesté.

—Oh, cielito —dijo ella al tiempo que me atraía hacia sí y me besaba en toda la cara—. También yo supongo que sí. Cuánto me alegro de que hayas venido a verme. Te he echado tanto de menos…

Y entonces me acarició, como para averiguar si tenía los bolsillos llenos de cosas robadas. Solo años después llegué a comprender que su hábil manera de palpar muy bien podría haber sido lo que explicaba la rápida renovación de la vida de tía Evelyn por parte de un personaje de la talla de Lionel Bengelsdorf. Por muy brillante y erudito que fuese el rabino, superior a todos incluso en su egoísmo, tía Evelyn nunca debió de quedarse sin recursos ante él.

Por supuesto, el paraíso envolvente que siguió fue inidentificable en aquellos momentos. Dondequiera que ponía mis manos, allí estaba la blanda superficie de su cuerpo. Dondequiera que movía la cara, allí estaba la densidad de su perfume. Dondequiera que mirase, allí estaba su ropa, nuevos trapitos primaverales, tan livianos y sedosos que ni siquiera velaban el brillo de su enagua. Y allí estaban los ojos de otro ser humano como nunca los había visto antes. Yo no había llegado a la edad del deseo, estaba cegado, naturalmente, por la palabra «tía», aún me parecía que la fortuita turgencia de la bellota en que consistía mi pene era la desconcertante molestia que siempre había sido, y por ello el placer que experimenté al estar anidado en las curvas de la hermana de mi madre, de treinta y un años, una minúscula y alegre Pulgarcita que al parecer desconocía por completo la timidez y estaba moldeada según un modelo de colinas y manzanas, fue una anodina sensación de frenesí y nada más, como si el tesoro de un sello raro, con una imperfección de imprenta, y cuyo valor sabía que era incalculable, hubiera aparecido por accidente en una carta ordinaria echada por el cartero a nuestro buzón de la avenida Summit.

—Tía Evelyn...

—Dime, cariño.

—¿Sabes que nos trasladamos a Kentucky?

—Ajá.

—No quiero irme, tía Evelyn. Quiero seguir en mi escuela.

Se apartó bruscamente de mí, y ahora con el aire de cualquier cosa menos una amante, me preguntó:

—¿Quién te ha enviado aquí, Philip?

—¿Enviado? Nadie.

—¿Quién te ha enviado a verme? Dime la verdad.

—Es la verdad. Nadie.

Ella volvió a la silla de detrás de la mesa, y la expresión de sus ojos requirió toda mi fuerza de voluntad para no levantarme y huir. Pero quería demasiado lo que quería para huir.

—No tienes nada que temer en Kentucky —me dijo.

—No temo nada. Es solo que no quiero tener que irme.

Incluso su silencio era envolvente y, si realmente le hubiera mentido, me habría obligado a hacer la confesión que ella deseaba. Su vida, pobre mujer, era un estado de perpetua intensidad.

—¿No pueden ir Seldon y su madre en vez de nosotros? —le pregunté.

—¿Quién es Seldon?

—El chico del piso de abajo al que se le murió el padre. Ahora su madre trabaja en la Metropolitan. ¿Cómo es que nosotros tenemos que irnos y ellos no?

—¿No habrá sido tu padre quien te ha pedido que hagas esto, cariño?

—No, no. Nadie sabe ni siquiera que estoy aquí.

Pero vi que seguía sin creerme; su aversión hacia mi padre era demasiado valiosa para ser desplazada por la verdad evidente.

—¿Quiere Seldon ir contigo a Kentucky? —me preguntó.

—No se lo he preguntado. No lo sé. Solo pensé en preguntarte si ellos podían ir en lugar de nosotros.

—Mi adorado niñito, ¿ves el mapa de Nueva Jersey? ¿Ves esas agujas en el mapa? Cada una de ellas representa a una familia elegida para su traslado. Ahora mira el mapa de todo el país. ¿Ves todas las agujas que hay allí? Representan el lugar al que ha sido destinada cada familia de Nueva Jersey. Hacer esas asignaciones requiere la ayuda de muchísimas personas, en esta oficina, en la sede de Washington, en el estado al que cada familia se traslada. Las empresas más grandes y más importantes de Nueva Jersey están transfiriendo empleados, trabajando conjuntamente con Colonia Cuarenta y dos, y para ello ha sido necesaria mucha planificación, muchísima más de la que podrías imaginar. Y, naturalmente, ninguna decisión depende de una sola persona, pero aunque así fuera, aunque yo fuese esa persona y pudiera hacer algo por mantenerte cerca de tus amigos y de tu escuela, seguiría pensando que al menos tú te beneficiarías enormemente de ser algo más que otro chico judío cuyos padres le han asustado demasiado para que nunca abandone el gueto. Mira lo que tu familia le ha hecho a Sandy. Viste a tu hermano en New Brunswick aquella noche. Le viste hablar a toda aquella gente de su aventura en la plantación de tabaco. ¿Recuerdas aquella noche? ¿No estuviste orgulloso de él?

—Sí.

—¿Y daba la impresión de que vivir en Kentucky era espantoso y de que Sandy estuviera por un solo momento asustado?

—No.

Entonces, tras tomar algo que estaba sobre la mesa, se levantó y vino a mi lado. Su bonita cara, de grandes facciones y con demasiado maquillaje, me pareció de repente ridícula, la cara carnal de la voraz manía de la que, a juicio de mi madre, su vehemente hermana menor había sido presa sin remedio. Con toda seguridad, para un niño en la corte de Luis XIV las ambiciones y las satisfacciones de tener un familiar como aquel jamás habrían alcanzado la misma aura de importancia que tenía para mí tía Evelyn, ni tampoco el ascenso mundano de un religioso como el rabino Bengelsdorf les habría parecido en absoluto escandaloso a mis padres de haberse criado en la corte como marqués y marquesa. Probablemente no habría sido mucho peor (tal vez habría sido mucho mejor) buscar consuelo en las dos monjas del autobús en la avenida Lyons en lugar de en una persona que se deleitaba en los placeres de las corrupciones habituales e insignificantes que proliferan allí donde la gente compite incluso por las más mínimas ventajas del rango.

—Sé valiente, cariño. Sé un chico valiente. ¿Quieres sentarte en la entrada de tu casa en la avenida Summit durante el resto de tu vida, o quieres salir al mundo como hizo Sandy y demostrar que eres tan bueno como el que más? Supón que hubiera tenido miedo de ir a la Casa Blanca y conocer al presidente porque personas como tu padre dicen cosas de él y le insultan. Supón que hubiera tenido miedo de conocer al ministro de Asuntos Exteriores porque también le insultan. No puedes ir por ahí temiendo todo aquello que no te es familiar. No puedes crecer temeroso como tus padres. Prométeme que no lo harás.

—Te lo prometo.

—Toma, un regalo para ti. —Me dio uno de dos pequeños paquetes de cartón que tenía en la mano—. Te he traído esto de la Casa Blanca. Te quiero, cariño, y deseo que te lo quedes.

—¿Qué es?

—Un bombón para después de la cena. Un bombón envuelto en papel dorado. ¿Y sabes lo que está grabado en relieve en el chocolate? El sello presidencial. Este es para ti, y si te doy el de Sandy, ¿se lo entregarás de mi parte?

—De acuerdo.

—Esto es lo que te ponen a la mesa al final de la comida en la Casa Blanca. Bombones en una bandeja de plata. Y en cuanto los vi pensé en los dos muchachos del mundo a los que más deseo hacer felices.

Me levanté con los bombones en la mano, y tía Evelyn me rodeó los hombros con el brazo y me acompañó, a través de la sala con toda aquella gente que trabajaba para ella, hasta el pasillo, donde pulsó el botón del ascensor.

—¿Cuál es el apellido de Seldon? —me preguntó.

—Wishnow.

—Y es tu mejor amigo.

¿Cómo iba a explicarle que no podía soportarlo? Así que, finalmente, le mentí y le dije «Sí, lo es», y, puesto que mi tía me quería de veras y no mentía al decir que deseaba hacerme feliz, solo al cabo de unos días, después de haberme deshecho de los bombones de la Casa Blanca, aguardando a que nadie me viera para arrojarlos por encima de la valla del orfanato, la señora Wishnow recibió una carta de la Metropolitan informándole de que ella y su familia habían tenido la fortuna de ser elegidos también para trasladarse a Kentucky.

Una tarde de domingo a finales de mayo, se convocó una reunión confidencial en nuestra sala de estar de los agentes de seguros judíos que, junto con mi padre, iban a ser trasladados desde la oficina de la Metropolitan en Newark bajo los auspicios de Colonia 42. Todos acudieron con sus esposas, tras haber convenido que lo mejor sería dejar a los niños en casa. A primera hora de la tarde, Sandy y yo, en unión de Seldon Wishnow, habíamos colocado las sillas para la reunión, incluidas un par de tipo bridge que trajimos de casa de los Wishnow. Después la señora Wishnow nos llevó a los tres en su coche al cine Mayfair, en Hillside, donde veríamos un programa doble y mi padre nos recogería una vez terminada la reunión.

Los otros invitados eran Shepsie y Estelle Tirschwell, que pocos días más tarde se irían con su familia a Winnipeg, y Monroe Silverman, un primo lejano que poco antes había abierto un bufete de abogados en Irvington, encima de la tienda de ropa para caballeros propiedad de Lenny, el hermano mediano de mi padre, el tío que nos proporcionaba a Sandy y a mí nuevas prendas escolares «a precio de coste». Cuando mi madre sugirió (debido a su persistente respeto por todo cuanto a uno le enseñan a respetar) que Hyman Resnick, el rabino de nuestro barrio, debía ser invitado a la reunión, nadie más entre los organizadores que se habían reunido en la cocina la semana anterior mostró demasiado entusiasmo ante la idea y, tras unos deferentes minutos de discusión (durante los cuales mi padre dijo diplomáticamente lo que siempre decía diplomáticamente acerca del rabino Resnick, «Me gusta el hombre, me gusta su mujer, no tengo la menor duda de que hace un trabajo excelente, pero en realidad no es demasiado brillante, ¿sabéis?»), la propuesta de mi madre se pospuso indefinidamente. Pese a que, para deleite de un niño pequeño, aquellos amigos íntimos de nuestra familia hablaban con una gama de voces tan amplia y entretenida como los personajes de *El show de Fred Allen* y cada uno tenía un aspecto tan distinto de los demás como los personajes de las tiras cómicas del periódico vespertino (esto sucedía en los tiempos en que el astuto ingenio de la evolución aún se manifestaba de un modo exuberante, mucho antes de que la renovación juvenil de la cara y la figura se convirtieran en una seria aspiración de los adultos), en el fondo eran personas muy similares: criaban a sus hijos, administraban su dinero, atendían a sus ancianos padres y cuidaban de sus modestos hogares por igual, pensaban del mismo modo respecto a la mayoría de los asuntos públicos, en las elecciones políticas votaban lo mismo. El rabino Resnick dirigía una humilde sinagoga de ladrillo amarillo casi en las afueras del barrio, a la que todo el mundo acudía vestido con sus mejores galas para la observancia de las grandes celebraciones, los tres días anuales de la Rosh Hashanah y el Yom Kippur, pero aparte de eso no pasaban mucho por allí, excepto, dado el caso, para recitar la oración diaria por los difuntos durante el período prescrito. Un rabino tenía que oficiar en bodas y funerales, impartir el *bar mitzvah* a los hijos, visitar a los enfermos en el hospital y consolar a los afligidos en la *shiva*; por lo demás, no desempeñaba ningún papel de importancia en sus vidas, como tampoco ninguno de ellos, incluida mi respetuosa madre, esperaba de él que lo hiciera, y no solo porque Resnick no fuera demasiado brillante. El hecho de ser judíos no procedía del rabinato ni de la sinagoga ni de sus escasas prácticas religiosas formales, aunque con los años, sobre todo por atención a los padres que quedaban vivos y acudían una vez a la semana de visita y a comer, varias familias, entre ellas la nuestra, eran *kosher*. El hecho de ser judíos no procedía de lo alto. Por supuesto, cada viernes al ponerse el sol mi madre, de una manera ritual (y conmovedora, con la devota delicadeza que absorbiera de niña al contemplar a su propia madre), encendía las velas del Sabbath e invocaba al Todopoderoso por su título hebreo, pero por lo demás nadie mencionaba nunca a «Adonai». Eran aquellos unos judíos que no necesitaban grandes términos de referencia, ninguna profesión de fe ni ningún credo doctrinal para ser judíos, y ciertamente no precisaban de otro lenguaje, pues ya tenían uno, su lengua materna, cuya expresividad vernacular manejaban sin esfuerzo y, ya fuese sentados a la mesa para jugar a las cartas o mientras soltaban sus argumentos para conseguir una venta, lo hacían con el despreocupado dominio de la población nativa. Tampoco el hecho de ser judíos era un contratiempo ni una desgracia ni un logro del que estar «orgulloso». Eran aquello de lo que no podían librarse, de lo que de ninguna manera podrían pensar ni siquiera en librarse. El hecho de ser judíos procedía de ser ellos mismos, como sucedía con el hecho de ser americanos. Era como era, estaba en la naturaleza de las cosas, algo tan fundamental como tener arterias y venas, y jamás manifestaban el más ligero deseo de cambiarlo o negarlo, sin importar las consecuencias.

Yo conocía a aquellas personas de toda la vida. Las mujeres eran amigas íntimas y fiables que intercambiaban confidencias y recetas, que se contaban sus cuitas por teléfono, cuidaban de los hijos ajenos y celebraban con regularidad sus respectivos cumpleaños recorriendo los diecinueve kilómetros hasta Manhattan para ver una función en Broadway. Los hombres no solo habían trabajado durante años en la misma oficina de distrito, sino que se reunían para jugar al pinocle las dos noches al mes en que las mujeres jugaban al mahjong, y de vez en cuando, una mañana de domingo, un grupo de ellos iba a los antiguos baños de vapor en la calle Mercer con sus hijos a remolque: resultaba que los vástagos de aquel grupo eran todos chicos de edades comprendidas entre la de Sandy y la mía. El 30 de mayo, día en que se decoran las tumbas de los soldados, el Cuatro de Julio y el día del Trabajo las familias solían organizar una excursión a unos dieciséis kilómetros al oeste de nuestro barrio, a la bucólica reserva de South Mountain, donde padres e hijos lanzaban herraduras y elegían equipos para un partido de softball y escuchaban con muchas interferencias un partido de béisbol que retransmitía la radio portátil que había traído alguien, la tecnología más mágica que conocía nuestro mundo. Los chicos no éramos necesariamente los mejores amigos, pero nos sentíamos conectados a través de la afiliación de nuestros padres. De todos nosotros, Seldon era el menos robusto, el que tenía menos confianza en sí mismo y, lo más penoso para él, el menos afortunado, y, sin embargo, era a Seldon a quien me las había ingeniado para comprometerme con él durante el resto de la infancia y probablemente más allá. Desde que él y su madre se enteraron de su traslado, empezó a seguirme con más obstinación, y yo solo podía pensar en que, como íbamos a ser los dos únicos alumnos judíos en la escuela primaria de Danville, los gentiles de esa población, no menos que nuestros padres, esperarían de mí que fuese su aliado natural y su compañero más íntimo. La omnipresencia de Seldon tal vez no sería lo peor que me aguardaba en Kentucky, mas para la imaginación de un niño de nueve años resultaba un suplicio insoportable y aceleraba la urgencia de rebelarme.

¿Cómo? Aún no lo sabía. Lo único que había sentido hasta entonces era la ira que precede al motín, y todo lo que había hecho al respecto era buscar una pequeña maleta de cartón con manchas de humedad que estaba olvidada debajo del equipaje utilizable en nuestro trastero del sótano y, después de limpiarla de moho por dentro y fuera, meter en ella la ropa que subrepticiamente había cogido, una prenda tras otra, de la habitación de Seldon cada vez que mi madre me presionaba para que soportara en el piso de abajo la sesión de malhumorado estudiante de ajedrez. Habría metido mi propia ropa en la maleta de no haber sabido que mi madre descubriría lo que faltaba y pronto tendría que darle una explicación. Todavía lavaba la ropa los fines de semana y guardaba en su sitio la ropa limpia (así como las prendas lavadas en seco de cuya recogida en la sastrería los sábados me encargaba yo), de modo que tenía grabado en la cabeza un inventario tan completo de las prendas de cada uno que comprendía hasta el último par de calcetines. Por otro lado, robarle prendas de vestir a Seldon era facilísimo y, dado que se me había pegado como si fuese mi otro yo, resultaba vengativamente irresistible. Era muy sencillo conseguir ropa interior y calcetines en el piso de los Wishnow, bajar al sótano y meterlos en la maleta debajo de mis camisetas. Robar y esconder unos pantalones, una camisa deportiva o unos zapatos era un problema más difícil, pero baste decir que a Seldon se le podía distraer con suficiente facilidad para llevar a cabo el hurto y, durante algún tiempo, pasar desapercibido.

Cuando hube reunido todas las prendas suyas que necesitaba, no podría haber dicho qué me proponía hacer a continuación. Él y yo teníamos más o menos la misma talla, y la tarde en que me atreví a ocultarme en el trastero y cambiar mis ropas por las de Seldon, todo lo que hice fue quedarme allí y susurrar «Hola, me llamo Seldon Wishnow», y sentirme como un bicho raro, y no solo porque Seldon se había convertido para mí en un bicho raro y ahora yo era él, sino porque estaba claro, gracias a mis clandestinas y transgresoras correrías por Newark —y que culminaron con aquella fiesta de disfraces en el oscuro sótano—, que yo mismo me había vuelto un bicho mucho más raro. Un bicho raro con un ajuar.

Los diecinueve dólares con cincuenta centavos que me quedaban de los veinte que me diera Alvin también fueron a parar a la maleta, debajo de la ropa. Entonces me apresuré a ponerme mis propias prendas, metí la maleta de cartón debajo del equipaje restante y, antes de que el enojado fantasma del padre de Seldon pudiera estrangularme con una soga de verdugo, corrí hacia el callejón y el aire libre. Durante unos días no pude olvidar lo que había escondido y el propósito no especificado con que lo había hecho. Incluso pude considerar aquella última pequeña aventura como menos aberrante y perjudicial que seguir a cristianos con Earl, hasta la noche en que mi madre tuvo que bajar corriendo para sentarse y sostener la mano de la señora Wishnow, prepararle una taza de té y acostarla, tan desdichada y aturdida estaba la agotada madre de Seldon debido a que su hijo, inexplicablemente, «perdía la ropa».

Entretanto, Seldon estaba en nuestro piso, adonde le habían enviado para que hiciera los deberes conmigo. También él estaba muy aturdido.

—No los he perdido —decía entre lágrimas—. ¿Cómo podría perder unos zapatos? ¿Cómo podría perder unos pantalones?

—Tu madre lo olvidará —le dije.

—No, ella no… Ella no olvida nada. «Por tu culpa acabaremos en el asilo de pobres», me dice. Para mi madre todo es «la gota que colma el vaso».

—Puede que te los dejaras en la clase de gimnasia —le sugerí.

—¿Cómo iba a hacer eso? ¿Cómo iba a salir de la clase de gimnasia sin llevar la ropa puesta?

—Tienes que haberla dejado en alguna parte, Seldon. Piensa.

A la mañana siguiente, antes de encaminarme a la escuela y de que mi madre partiera hacia el trabajo, ella me sugirió que le regalara a Seldon un juego de mi ropa para sustituir la que había desaparecido.

—Esa camisa que nunca te pones… la del tío Lenny, que según tú es demasiado verde. Y los pantalones de pana de Sandy, los marrones que nunca te han sentado bien… Estoy segura de que serán perfectos para Seldon. La señora Wishnow está fuera de sí, y sería un gesto muy considerado por tu parte.

—¿Y ropa interior? ¿Quieres que le dé también mi ropa interior? ¿Me la quito ahora, mamá?

—Eso no es necesario —dijo ella sonriendo para suavizar mi irritación—. Pero la camisa verde y los pantalones de pana marrones, y tal vez uno de tus cinturones viejos que no usas nunca... Depende por completo de ti, pero significaría mucho para la señora Wishnow, y para Seldon no digamos. Seldon te idolatra, ya lo sabes.

Pensé de inmediato: «Lo sabe. Sabe lo que he hecho. Lo sabe todo».

—Pero no quiero que vaya por ahí con mi ropa —objeté—. No quiero que le diga a todo el mundo en Kentucky: «Miradme, llevo la ropa de Roth».

—¿Por qué no te preocupas de Kentucky cuando vayamos allá, si es que vamos?

—Él se la pondrá para ir aquí a la escuela, mamá.

—¿A qué viene esto? —replicó ella—. ¿Qué es lo que te pasa? Te estás volviendo un...

—¡Y tú también!

Salí corriendo hacia la escuela con los libros bajo el brazo, y a mediodía, cuando volví a casa para comer, saqué del armario de mi dormitorio la camisa verde que detestaba y los pantalones de pana marrón que no me sentaban bien y se los llevé a Seldon, que estaba en la cocina comiendo el bocadillo que le había dejado su madre y jugando solo al ajedrez.

—Toma —le dije arrojando las prendas sobre la mesa—. Te doy esto. —Y después, por si podía ayudar a reorientar la dirección de nuestras respectivas vidas, añadí—: ¡Pero deja de seguirme a todas partes!

Cuando Sandy, Seldon y yo volvimos del cine, había bocadillos de fiambres sobrantes para cenar. Para entonces, los adultos, que habían cenado en la sala de estar tras finalizar la reunión, se habían ido a sus casas, excepto la señora Wishnow, que estaba sentada a la mesa de la cocina con los puños apretados, todavía abrumada, todavía debatiéndose un día tras otro con todo cuanto oprimía a ella y a su hijo huérfano de padre. Escuchó con nosotros tres las comedias radiofónicas de la noche del domingo y, mientras comíamos, contemplaba a Seldon de la manera en que un animal vigila a su recién nacido cuando ha olfateado una vaharada de algo que se les acerca sigilosamente. La señora Wishnow había lavado y secado los platos y los había colocado en el armario de la cocina, mi madre estaba en la sala de estar pasando el cepillo mecánico sobre la alfombra, y mi padre, tras recoger y sacar la basura, llevó las sillas de bridge al piso de abajo para de volverlas al fondo del armario donde se ahorcara el señor Wishnow. El hedor a humo de tabaco invadía la atmósfera de la casa a pesar de que todas las ventanas estaban abiertas de par en par, de que cenizas y colillas habían desaparecido en el remolino de la taza del lavabo y de que los ceniceros de vidrio, una vez enjuagados y secos, volvían a ocupar su sitio en el armario de licores del mueble de la sala (del que aquella tarde no había salido ninguna botella ni, de acuerdo con la prosaica templanza practicada en el grueso de los hogares de aquella primera y laboriosa generación nacida en América, un solo invitado había pedido un trago).

De momento, nuestras vidas estaban intactas, nuestra familia estaba en su lugar y el consuelo de los rituales acostumbrados era casi lo bastante poderoso para preservar la ilusión de un niño en tiempo de paz de un ahora eterno y libre de acoso. La radio emitía nuestros programas favoritos, teníamos grasientos emparedados de carne en conserva para cenar y, de postre, pan con pasas, teníamos por delante la reanudación de las tareas de la semana escolar y un programa doble de cine entre pecho y espalda. Pero como no teníamos ni idea de lo que habían decidido nuestros padres acerca del futuro (como tampoco había manera de saber si Shepsie Tirschwell les había persuadido de que emigraran a Canadá, si el primo Monroe había encontrado una maniobra legal factible para oponerse al plan de traslado sin que los despidieran a todos, o si, tras examinar los pros y los contras de su desplazamiento ordenado por el gobierno con la mayor frialdad posible, no habían encontrado más alternativa que la aceptación de que las garantías de ciudadanía ya no se extendían en su totalidad a ellos), la inmersión en lo absolutamente familiar no fue la orgía de noche de domingo que en otras circunstancias habría sido.

Seldon, que había atacado con avidez su bocadillo, tenía toda la cara manchada de mostaza, y me sorprendió ver que su madre se la limpiaba con una servilleta de papel. Que él se lo permitiera me sorprendió todavía más. «Es porque no tiene padre», me dije, y aunque por entonces pensaba así de casi todo cuanto le concernía, probablemente esta vez acertaba. «Así será en Kentucky», me dije. La familia Roth contra el mundo y Seldon y su madre cenando siempre en casa.

Nuestra voz de protesta beligerante, Walter Winchell, aparecía a las nueve. Todo el mundo había esperado en sucesivas noches de domingo que Winchell fustigara a Colonia 42, y, como no lo hizo, mi padre intentó librarse de su agitación sentándose a escribir una carta al único hombre aparte de Roosevelt al que consideraba la mejor esperanza para Estados Unidos. «Esto es un experimento, señor Winchell –le escribió–. Así es como lo hizo Hitler. Los criminales nazis empiezan con algo pequeño y, si se salen con la suya, si nadie como usted da un grito de alarma...», pero no procedió a relacionar los horrores que seguirían, porque mi madre estaba segura de que la carta terminaría en la oficina del FBI. Razonó que si se la enviaba a Walter Winchell, este no la recibiría: en la estafeta de correos la desviarían al FBI y la meterían en una carpeta con el rótulo «Roth, Herman», para archivarla junto a la carpeta ya existente con la etiqueta «Roth, Alvin».

–De ninguna manera –sostuvo mi padre–. Eso no lo hace el servicio postal de Estados Unidos.

Pero la réplica de mi madre, llena de sentido común, le despojó en el acto de la poca certidumbre que le quedaba.

–Estás aquí sentado escribiendo a Winchell –le dijo–, advirtiéndole de que esa gente no se detendrá ante nada en cuanto sepan que pueden salirse con la suya. ¿Y ahora intentas decirme que no pueden hacer lo que se les antoje con el servicio postal? Deja que sea otro quien escriba a Walter Winchell. El FBI ya ha interrogado a nuestros hijos. El FBI nos vigila ya como un halcón debido a lo que hizo Alvin.

–Pero por eso mismo le escribo –objetó él–. ¿Qué otra cosa debería hacer? ¿Qué más puedo hacer? Si lo sabes, avísame. ¿He de quedarme aquí sentado esperando a que ocurra lo peor?

Ella vio su oportunidad en el total desconcierto de mi padre, y no porque fuese insensible sino porque estaba desesperada la aprovechó, y con ello le humilló aún más.

—No ves a Shepsie escribiendo cartas y esperando sentado a que suceda lo peor —le dijo.

—No —replicó mi padre—. ¡Otra vez Canadá, no! —Como si Canadá fuese el nombre de la enfermedad que insidiosamente nos debilitaba a todos—. No quiero ni oír hablar de ello —insistió con firmeza—. Canadá no es una solución.

—Es la única solución —dijo ella en tono suplicante.

—¡No voy a huir! —gritó él alarmando a todos—. ¡Este es nuestro país!

—No —dijo mi madre con tristeza—. Ya no lo es. Es el de Lindbergh. El de los gentiles. Es su país —concluyó.

Su voz quebrada, las impactantes palabras y la inmediatez de pesadilla de lo que era implacablemente real obligaron a mi padre, en la flor de su virilidad, tan sano, centrado e inaccesible al desaliento como podría serlo cualquier hombre de cuarenta y un años, a verse a sí mismo con una claridad humillante: un padre abnegado, con una energía titánica que no era más capaz de proteger de todo daño a su familia que el señor Wishnow ahorcado en el armario.

A Sandy (todavía enfurecido en silencio por la injusticia de haber sido desposeído de su precoz importancia), ninguno de los dos le parecía otra cosa más que estúpido, y cuando estuvimos a solas no dudó en referirse a ellos en el lenguaje que se le había pegado de tía Evelyn. «Judíos de gueto —me dijo Sandy—. Unos judíos de gueto asustados y paranoicos.» En casa se mofaba de casi todo lo que decían, sobre cualquier tema, y después se burlaba de mí cuando parecía escéptico con respecto a su resentimiento. De todos modos, ya por entonces era probable que hubiera empezado a gustarle comportarse con actitud burlona, y tal vez incluso en tiempos normales nuestros padres se habrían visto obligados a tolerar lo mejor que pudieran el escarnio de un adolescente, pero, en 1942, lo que le hacía más que meramente exasperante era la angustiosa situación en que nos encontrábamos, con su ambigua amenaza, y durante la que mi hermano seguiría menospreciándonos a la cara.

—¿Qué es «paranoico»? —le pregunté.

—Alguien temeroso de su sombra. Alguien convencido de que todo el mundo está contra él. Alguien que cree que Kentucky está en Alemania y que el presidente de Estados Unidos es un camisa parda. Esa gente… –añadió imitando a nuestra criticona tía cada vez que se destacaba a sí misma altaneramente de entre la chusma judía–. Les ofreces pagarles los gastos del traslado, les ofreces abrirles las puertas a sus hijos… ¿Sabes lo que significa paranoico? Significa chiflado. Los dos son majaretas, están locos. ¿Y sabes qué es lo que les vuelve locos?

La respuesta era Lindbergh, pero no me atreví a decírselo.

–¿Qué? –le pregunté.

–Vivir como un puñado de palurdos en un puñetero gueto. ¿Sabes cómo dice tía Evelyn que lo llama el rabino Bengelsdorf?

–¿Llamar a qué?

–A la manera de vivir de esta gente. Dice que es «mantener la fe en la certeza de la tribulación judía».

–¿Y eso qué significa? No lo entiendo. Tradúceme, por favor. ¿Qué es «tribulación»?

–¿Tribulación? Es lo que vosotros los judíos llamáis *tsuris*.

Los Wishnow habían vuelto a su piso y Sandy se había instalado en la cocina para terminar los deberes cuando mis padres, que estaban en la parte delantera de la casa, sintonizaron la radio de la sala para escuchar a Walter Winchell. Yo estaba en la cama con las luces apagadas: no quería escuchar otra palabra sobrecogedora por parte de nadie acerca de Lindbergh, Von Ribbentrop ni Danville, Kentucky, y tampoco quería pensar en mi futuro con Seldon. Tan solo deseaba disolverme en el olvido del sueño y despertarme por la mañana en algún otro lugar. Pero como la noche era calurosa y las ventanas estaban abiertas de par en par, no pude evitar que, a las nueve en punto, me acosara desde prácticamente todas direcciones la conocida marca registrada radiofónica de Winchell, el tableteo de puntos y rayas que procedía del receptor telegráfico y que significaba en código Morse (que Sandy me había enseñado) absolutamente nada. Y después, imponiéndose sobre el tableteo menguante del telégrafo, el candente chorro verbal del mismo Winchell que emergía de todas las casas de la manzana. «Buenas noches, señor y señora América…», seguido por la andanada entrecortada de las palabras esperadas durante largo tiempo, por fin el catártico flagelo de Winchell que lo cambiaría todo. En tiempos normales, cuando en general estaba dentro del alcance de mis padres enderezar las cosas y encontrar una explicación convincente a una parte suficiente de lo desconocido para que la existencia pareciera racional, no era en absoluto así, pero debido al exasperante aquí y ahora, Winchell se había convertido, incluso para mí, en todo un dios, y mucho más importante que Adonai.

—Buenas noches, señor y señora América y todos los barcos en el mar. ¡Vayamos a la prensa! ¡Avance informativo! Para júbilo del cara de rata Joe Goebbels y su jefe, el Carnicero de Berlín, la selección de judíos americanos como objetivo por parte de los fascistas de Lindbergh está oficialmente en marcha. El falso apodo que tiene la primera fase de la persecución organizada de judíos es «Colonia Cuarenta y dos». Los capitalistas sin escrúpulos más respetables de Norteamérica ayudan y son cómplices de Colonia Cuarenta y dos, pero no se preocupen, en el próximo Congreso favorable a la codicia, los sicarios republicanos de Lindbergh los recompensarán con amnistías tributarias.

»Ítem más: Los dos principales "facinerosos" de Lindbergh, el vicepresidente Wheeler y el secretario del Interior, Henry Ford, aún tienen que decidir si los judíos de Colonia Cuarenta y dos acaban en campos de concentración *à la* Buchenwald de Hitler. ¿He dicho "si"? Perdonen la grosería. Quería decir "cuándo".

»Ítem más: A doscientas veinticinco familias judías se les ha dicho ya que abandonen las ciudades del nordeste de Estados Unidos para trasladarse a miles de kilómetros, lejos de sus familiares y amigos. Lo reducido de este primer envío obedece a una estrategia, la de rehuir la atención nacional. ¿Por qué? Porque señala el principio del fin de los cuatro millones y medio de norteamericanos de origen judío. Los judíos serán desperdigados a lo largo y ancho del país, a dondequiera que florezcan los hitlerianos de América Primero. Allí los saboteadores de la democracia, los denominados patriotas y cristianos, podrán volverse de la noche a la mañana contra esas familias judías aisladas.

»¿Y quiénes son los siguientes, señor y señora América, ahora que la Declaración de Derechos ya no es la ley que impera en el país y los racistas radicales dirigen el espectáculo? ¿Quiénes son los siguientes bajo el plan pogromo de Wheeler y Ford para la persecución financiada por el gobierno? ¿Los sufridos negros? ¿Los laboriosos italianos? ¿El último mohicano? ¿Quién más entre nosotros ha dejado de ser grato en la América aria de Lindbergh?

»¡Exclusiva! Este periodista ha sabido que Colonia Cuarenta y dos estaba en trámite el veinte de enero de mil novecientos cuarenta y uno, el día en que el Nuevo Orden fascista norteamericano introdujo a su banda en la Casa Blanca, y que fue firmado en la capitulación de Islandia entre el Führer americano y su socio delictivo nazi.

»¡Exclusiva! Este periodista ha sabido que solo a cambio del traslado gradual (y el eventual encarcelamiento masivo) de los judíos de América por parte de los arios de Lindbergh, Hitler accedió a no desencadenar una invasión a gran escala de las islas británicas a través del canal de la Mancha. Los dos amados Führers acordaron en Islandia que enviar a morir a auténticos arios rubios de ojos azules no tendría sentido a menos que fuera irremediable. Y no es ninguna sorpresa que Hitler tendrá que hacerlo definitivamente si el partido fascista británico de Oswald Mosley no logra hacerse con el control dictatorial del número diez de Downing Street antes de mil novecientos cuarenta y cuatro. Para entonces, la raza superior planea haber terminado de esclavizar a trescientos millones de rusos e izar la bandera con la cruz gamada en el Kremlin moscovita.

»¿Y durante cuánto tiempo soportará el pueblo norteamericano esta traición perpetrada por su presidente electo? ¿Durante cuánto tiempo los norteamericanos permanecerán dormidos mientras la quinta columna fascista de los republicanos que marchan bajo el signo de la cruz y la bandera hacen añicos su preciada Constitución? Continúen conmigo, su corresponsal en Nueva York Walter Winchell, y escuchen mi próximo bombazo acerca de las mentiras traicioneras de Lindbergh.

»¡Volveré en un flash con otro flash informativo!

Tres cosas sucedieron al mismo tiempo: la voz tranquilizadora del locutor Ben Grauer comenzó a pregonar las ventajas de la loción de manos que patrocinaba el programa; el teléfono empezó a sonar en el pasillo, al lado de mi habitación, como nunca lo había hecho a las nueve de la noche, y Sandy estalló. Dirigiéndose solo a la radio (pero con tal vehemencia que mi padre se levantó al instante de su sillón en la sala de estar), empezó a gritar:

—¡Sucio embustero! ¡Cabrón mentiroso!

—Basta —dijo mi padre, y fue apresuradamente a la cocina— En esta casa no. Aquí no se usa ese lenguaje. Ya está bien.

—Pero ¿cómo puedes escuchar esa basura? ¿Qué campos de concentración? ¡No hay ningún campo de concentración! Cada palabra es mentira. ¡Sandeces y más sandeces para lograr que la gente como vosotros le sintonice! El país entero sabe que Winchell es puro blablablá… Solo vosotros no lo sabéis.

—¿Y qué gente es esa exactamente? —oí preguntar a mi padre.

—¡He vivido en Kentucky! ¡Kentucky es uno de los cuarenta y ocho estados! ¡Allí las personas viven como lo hacen en cualquier otra parte! ¡No es un campo de concentración! ¡Ese tipo gana millones vendiendo su mierda de loción para las manos… y la gente como vosotros le creéis!

—Ya te he dicho que aquí no queremos tacos, y ahora me refiero a eso de «la gente como vosotros». Vuelve a decir «la gente como vosotros», hijo, y te pediré que te marches de casa. Si quieres irte a vivir a Kentucky en vez de aquí, te llevaré en el coche a la Penn Station y podrás tomar el primer tren que salga. Porque sé muy bien lo que significa «la gente como vosotros». Y tú también lo sabes. Todo el mundo lo sabe. No vuelvas a pronunciar esas palabras otra vez en esta casa.

—Bueno, en mi opinión Walter Winchell es un charlatán.

—Muy bien —replicó mi padre—. Esa es tu opinión y tienes derecho a ella. Pero otros norteamericanos tienen una opinión diferente. Resulta que millones y millones de ellos escuchan a Walter Winchell los domingos por la noche, y no son solo lo que tú y tu brillante tía llamáis «la gente como vosotros». Su programa es todavía el noticiario de mayor audiencia. Franklin Roosevelt le confió a Walter Winchell cosas que jamás diría a otro periodista. Y escúchame, ¿quieres?: se trata de hechos.

—Pero no puedo escucharte. ¿Cómo voy a escucharte cuando me hablas de «millones» de personas? ¡Millones de personas que no son más que idiotas!

Entretanto, mi madre estaba respondiendo al teléfono en el pasillo, y desde mi cama la oía también hablar. Sí, decía, claro que tenían sintonizado a Winchell. Sí, era terrible, era peor de lo que habían pensado, pero por lo menos ahora estaba al descubierto. Sí, Herman llamaría en cuanto terminara el programa de Winchell.

Cuatro veces consecutivas tuvo esta conversación, pero cuando el teléfono sonó por quinta vez, no se levantó de un salto para responder, aun cuando la persona que llamaba tenía que ser uno u otro de sus amigos conmocionado por las revelaciones a fuego graneado de Winchell; no respondió porque el anuncio había finalizado y ella y mi padre habían vuelto a escuchar la radio en la sala de estar. Y ahora Sandy estaba en el dormitorio, donde yo fingía dormir mientras él se preparaba para acostarse a la luz nocturna, la lamparita con interruptor de pera que él había confeccionado en la clase de trabajos manuales cuando no era más que un chico con tendencias artísticas absorto en lo que podía crear con sus hábiles manos y felizmente incontaminado por la lucha ideológica.

El teléfono no se había utilizado de un modo tan incesante y tan entrada la noche desde la muerte de mi abuela, hacía un par de años. Eran cerca de las once cuando mi padre hubo devuelto todas las llamadas, y transcurrió una hora más antes de que los dos abandonaran la cocina, donde habían estado conversando en voz baja, y fueran a acostarse. Y pasaron dos horas más antes de que yo pudiera tener la seguridad de que ambos dormían profundamente y de que, en la cama de al lado, mi hermano ya no contemplaba furibundo el techo sino que también estaba dormido y yo podía ir a la puerta trasera, descorrer el cerrojo, salir del piso, bajar las escaleras hasta el sótano y, en la oscuridad, abrirme camino descalzo por el húmedo suelo hasta nuestro trastero.

No me guiaba nada impulsivo o histérico, no había nada melodramático en mi decisión, nada temerario que yo pudiese ver. Más tarde mis familiares dirían que no tenían ni idea de que bajo la pátina de obediencia y buenos modales de un alumno de cuarto curso de primaria pudiera haber un niño tan sorprendentemente irresponsable y fantasioso. Pero no era aquella ninguna ensoñación frívola. No estaba jugando a fantasear ni tampoco haciendo una travesura por el gusto de hacerla. Las correrías con Earl Axman resultaron ser un adiestramiento valioso, pero realizado con un objetivo totalmente distinto. Desde luego, no tenía la sensación de que me precipitaba de cabeza en la locura, ni siquiera cuando estaba en la oscuridad del trastero quitándome el pijama y poniéndome los pantalones de Seldon, al tiempo que mentalmente mantenía a raya al fantasma de su padre e intentaba que no me aterrase la silla de ruedas vacía de Alvin. Estaba absorbido tan solo por la determinación de resistir al desastre que nuestra familia y nuestros amigos no podían eludir y al que tal vez no sobrevivirían. Más adelante mis padres dirían: «No sabía lo que estaba haciendo», y «sonambulismo» se convirtió en la explicación oficial. Pero yo era plenamente consciente y mi motivación siempre estuvo clara para mí. Lo que no estaba claro era si tendría éxito. Uno de mis maestros sugirió que había sufrido «delirios de grandeza» inspirados por lo que estaba aprendiendo en la escuela acerca del Ferrocarril Clandestino, organizado antes de la guerra civil para ayudar a los esclavos a huir al norte hacia la libertad. Nada de eso. Yo no era en absoluto como Sandy, a quien la oportunidad había aguzado el deseo de ser un muchacho megalómano, en la cresta de la historia. Yo no quería tener nada que ver con la historia. Quería ser un chico lo más humilde posible. Quería ser un huérfano.

Había una sola cosa que no podía dejar atrás: mi álbum de sellos. Tal vez si hubiera estado seguro de que nadie lo tocaría durante mi ausencia, en el último momento, antes de salir del dormitorio, no me habría detenido para abrir el cajón de la cómoda y, con el máximo sigilo posible, sacarlo de donde lo tenía guardado, bajo la ropa interior y los calcetines. Pero me resultaba intolerable imaginar que me rompían el álbum o lo tiraban o, lo peor de todo, se lo daban intacto a otro chico, así que me lo puse bajo el brazo junto con el abrecartas en forma de mosquete que compré en Mount Vernon y cuya bayoneta en forma de pico utilizaba para abrir el único correo dirigido a mí, aparte de las felicitaciones de cumpleaños: los paquetes de sellos «sin obligación de compra» enviados con regularidad desde Boston 17, Massachusetts, por «la mayor compañía filatélica del mundo», H. E. Harris & Co.

No recuerdo nada de lo sucedido entre mi sigilosa huida de la casa y mi avance por la calle desierta hacia los terrenos del orfanato, y mi despertar al día siguiente, cuando vi a mis padres al pie de mi cama, sus semblantes muy serios, y un doctor que me estaba extrayendo alguna clase de tubo de la nariz me dijo que estaba ingresado en el hospital Beth Israel y que, aunque probablemente tenía un terrible dolor de cabeza, todo iría bien. La cabeza me dolía, desde luego, de una manera espantosa, pero no se debía a un coágulo de sangre que me presionara el cerebro (una posibilidad que habían temido cuando me encontraron sangrando e inconsciente) ni tampoco a que hubiera daño cerebral. La radiografía descartó una fractura de cráneo y el examen neurológico no mostró ninguna lesión nerviosa. Aparte de una laceración de unos ocho centímetros de longitud que requirió dieciocho puntos de sutura que me quitaron a la semana siguiente, y del hecho de que no recordaba el golpe, no me sucedía nada grave. Una conmoción cerebral rutinaria, según el médico; eso era todo lo que causaba el dolor, así como la amnesia. Probablemente jamás recordaría haber recibido la coz del caballo ni la serie de hechos que condujeron a la colisión, pero el doctor dijo que también eso era rutinario. Por lo demás, mi memoria estaba intacta. Afortunadamente. Pronunció esa palabra varias veces, y sonaba ridícula en mi dolorida cabeza.

Permanecí ingresado en observación todo aquel día y la noche (despertándome más o menos cada hora para asegurarse de que no había vuelto a sumirme en la inconsciencia), y a la mañana siguiente me dieron el alta y me dijeron que no realizara actividades físicas fuertes durante una o dos semanas. Mi madre había pedido permiso en el trabajo para hacerme compañía en el hospital, y estaba allí para llevarme a casa en el autobús. Como la cabeza no dejó de dolerme durante unos diez días, y como no se podía hacer nada por evitarlo, permanecí ese tiempo en casa sin ir a la escuela, pero por lo demás me dijeron que estaba bien, y lo estaba sobre todo gracias a Seldon, que, desde lejos, había presenciado casi todo lo que yo era incapaz de recordar. Si Seldon no se hubiera levantado de la cama cuando me oyó bajar por la escalera trasera, si no me hubiera seguido en la oscuridad a lo largo de la avenida Summit y a través del campo deportivo del instituto hasta el lado del orfanato que daba a la avenida Goldsmith y, si no hubiera cruzado la puerta con el pestillo descorrido y entrado en el bosque del orfanato, probablemente yo habría yacido inconsciente, vestido con sus ropas, hasta morir desangrado. Seldon corrió a la casa, despertó a mis padres, que de inmediato llamaron a la operadora en busca de ayuda, subió al coche con ellos y los llevó al lugar donde me encontraba. Para entonces ya eran cerca de las tres de la madrugada, y la negrura de la noche, absoluta. Arrodillándose a mi lado en el suelo húmedo, mi madre me apretó la cabeza con una toalla que había traído para detener la hemorragia, mientras mi padre me cubría con una vieja manta de picnic que tenía en el maletero del coche y me mantenía caliente hasta que llegó la ambulancia. Mis padres organizaron mi rescate, pero Seldon Wishnow me salvó la vida.

Al parecer, había sobresaltado a los dos caballos cuando, desorientado, empecé a dar tumbos en la oscuridad, allí donde el bosque cedía el paso al campo de labranza, y cuando me volví para alejarme de los caballos y regresar a la calle a través del bosque, uno de ellos se encabritó, tropecé y caí, y el otro caballo, al huir, me hizo un corte con un casco a la altura del occipital. Durante semanas, Seldon, lleno de excitación, me contó una y otra vez (y, por supuesto, a toda la escuela) cada detalle de mi intento nocturno de fugarme de casa para que las monjas me aceptaran como un niño sin familia, deleitándose sobre todo en el percance con los caballos de tiro así como en el hecho de que, fuera de casa en plena noche, descalzo y solo con el pijama puesto, había recorrido dos veces el kilómetro y medio de áspero terreno entre el bosque del orfanato y nuestra casa.

Al contrario que su madre y mis padres, Seldon no podía sobreponerse a la emoción de descubrir que no era él quien había «perdido» inexplicablemente sus ropas, sino que era yo quien las había robado para usarlas en la fuga. Esta absoluta inverosimilitud confería, como nunca hasta entonces, un valor a su propia existencia que anteriormente había escapado a su atención. Contar el relato con todo el prestigio del salvador y al mismo tiempo camarada de conspiración, y mostrar a todo el que quisiera mirar sus pies rasguñados, parecía dotar por fin de importancia a Seldon, incluso a sus propios ojos, un muchacho corajudo capaz de llamar poderosamente la atención que se presta a un héroe por primera vez en su vida, mientras que yo estaba anonadado, no solo por la vergüenza de todo aquello, que era más insoportable y duradera que el dolor de cabeza, sino también porque mi álbum de sellos, mi mayor tesoro, aquel sin el que no podía vivir, había desaparecido. No recordé habérmelo llevado conmigo hasta el día siguiente de mi regreso del hospital, cuando me levanté por la mañana y, al ir a vestirme, descubrí que no estaba bajo los calcetines y la ropa interior. El motivo de que lo guardara allí en primera instancia había sido el de verlo cada mañana —lo primero que veía— cuando me vestía para ir a la escuela. Y ahora, lo primero que veía en mi primera mañana en casa era que lo más importante que había poseído jamás se había esfumado. Desaparecido e insustituible. Era igual —y totalmente distinto— que perder una pierna.

—¡Mamá! —grité—. ¡Mamá! ¡Ha pasado algo terrible!

—¿Qué es? —replicó ella alarmada, y vino corriendo a mi habitación desde la cocina—. ¿Qué pasa?

Naturalmente, pensaba que había empezado a brotar sangre de los puntos o que estaba a punto de desmayarme o que el dolor de cabeza era insoportable.

—¡Mis sellos!

Eso fue todo lo que pude decir, y ella fue capaz de imaginar el resto.

Lo que hizo entonces fue ir a buscarlos. Fue sola al bosque del orfanato y registró el suelo donde me habían encontrado, pero no dio con el álbum en ninguna parte, no encontró ni siquiera un solo sello.

—¿Estás seguro de que los tenías? —me preguntó cuando llegó a casa.

—¡Sí! ¡Sí! ¡Están allí! ¡Tienen que estar allí! ¡No puedo perder mis sellos!

–Pero los he buscado a fondo. He mirado en todas partes.

–Pero ¿quién puede haberlos cogido? ¿Dónde pueden estar? ¡Son míos! ¡Tenemos que encontrarlos! ¡Son mis sellos!

No había consuelo posible. Imaginaba una horda de huérfanos que descubrían el álbum en el bosque y lo destrozaban con sus sucias manos. Les veía arrancar los sellos y comérselos y pisotearlos y echarlos a puñados en la taza del lavabo y tirar de la cadena en su espantoso cuarto de baño. Odiaban el álbum porque no era suyo, lo odiaban porque nada era suyo.

Como le pedí que no lo hiciera, mi madre no les contó a mi padre ni a mi hermano lo que había sido de mis sellos, ni les habló del dinero que tenía en los pantalones de Seldon.

–Cuando te encontramos, tenías en el bolsillo diecinueve dólares y cincuenta centavos. No sé de dónde ha salido ese dinero ni quiero saberlo. El episodio ha terminado, es cosa pasada. Te he abierto una libreta en la Caja de Ahorros Howard. Lo he depositado allí para tu futuro.

Entonces me dio una pequeña libreta con mi nombre escrito en el interior y la cifra «19,50$», el primer y único apunte estampado en negro en la página de depósito.

–Gracias –le dije.

Y entonces expresó el juicio sobre su segundo hijo que creo que se llevó consigo hasta la tumba.

–Eres el niño más extraño… –me dijo–. No tenía ni idea. No sabía nada de ti.

Y a continuación me dio el abrecartas, el mosquete de peltre en miniatura adquirido en Mount Vernon. La culata estaba raspada y sucia, y la bayoneta un poco deformada. Lo había encontrado una tarde en que, sin que yo lo supiera, había salido corriendo del trabajo a la hora del almuerzo y había ido a examinar por segunda vez el suelo del bosque del orfanato, en busca del más pequeño resto de la colección de sellos que se había evaporado.

7

Junio de 1942 - octubre de 1942
LOS DISTURBIOS CAUSADOS POR WINCHELL

El día anterior al descubrimiento de que mis sellos habían desaparecido, me enteré de la decisión que había tomado mi padre de abandonar su empleo. El martes por la mañana, solo unos minutos después de regresar a casa desde el hospital, él llegó al volante de la camioneta de tío Monty, aquel vehículo con tablillas de madera en los costados, y aparcó en el callejón detrás del coche de la señora Wishnow, una vez finalizada su primera noche de trabajo en el mercado de la calle Miller. A partir de entonces, desde el domingo por la noche hasta el viernes por la mañana, volvía a casa a las nueve o las diez de la mañana, se lavaba, tomaba una comida copiosa, se acostaba y hacia las once se quedaba dormido, y cuando yo volvía de la escuela debía tener cuidado al cerrar la puerta trasera para no despertarle. Un poco antes de las cinco de la tarde se levantaba y se iba, porque hacia las seis o las siete los agricultores empezaban a llegar al mercado con sus verduras, y más tarde, entre las diez de la noche y las cuatro de la madrugada, los minoristas iban a comprar, así como los propietarios de restaurantes, los hoteleros y hasta el último buhonero de la ciudad con carreta tirada por caballo. Mi padre sobrevivía durante la larga noche gracias al termo de café y el par de bocadillos que mi madre le había preparado para que se los llevara al trabajo. Los domingos por la mañana visitaba a su madre en casa de tío Monty, o bien este la traía a la nuestra para que nos viera, y se pasaba el resto del domingo durmiendo, por lo que una vez más teníamos que hacer poco ruido para no molestarle. Era una vida dura, sobre todo porque en ocasiones, si a tío Monty le salía más rentable, debía conducir mucho antes del alba hasta los condados de Passaic y Union y traerse él mismo las verduras de los agricultores.

Yo sabía que era una vida dura porque cuando volvía a casa por la mañana se tomaba una copa. Normalmente, en nuestra casa una botella de Four Roses duraba años. Mi madre, una caricatura del abstemio, no podía soportar la visión de un vaso de cerveza espumosa, y no digamos el olor del whisky solo, y ¿cuándo mi padre tomaba un trago de no ser en su aniversario de bodas o cuando su jefe venía a cenar y le servía Four Roses con hielo? Pero ahora volvía a casa desde el mercado y, antes de quitarse la ropa sucia y ducharse, vertía el whisky en un vaso pequeño, echaba la cabeza atrás y se lo tomaba de un trago, poniendo la cara de un hombre que se hubiera tragado una bombilla. «¡Bueno! −decía en voz alta−. ¡Bueno!» Solo entonces podía calmarse lo suficiente para hacer una comida completa sin sufrir una indigestión.

Yo estaba perplejo, y no solo por el brusco descenso de la categoría vocacional de mi padre (no solo por la camioneta en el callejón y las botas de gruesa suela que calzaban los pies de un hombre que antes iba a trabajar con traje y corbata y unos lustrosos zapatos negros, no solo por la ridiculez de engullir el trago de whisky y cenar a solas a las diez de la mañana), sino también por mi hermano, por su imprevista transformación.

Sandy ya no estaba enfadado. No se mostraba despreciativo. No actuaba en modo alguno con aires de superioridad. Era como si también él hubiera recibido un golpe en la cabeza, pero un golpe que, en lugar de producirle amnesia, había rejuvenecido al muchacho tranquilo y serio cuyas satisfacciones no emanaban de ser un pez gordo precoz que siempre llevaba la contraria, sino de la intensa y uniforme corriente de vida interior que le impulsaba con determinación de la mañana a la noche y que, a mi modo de ver, siempre le había hecho genuinamente superior a los demás chicos de su edad. O tal vez se tratara de que la pasión del estrellato, junto con la capacidad para el conflicto, se habían agotado; tal vez nunca había tenido el egoísmo necesario, y en su fuero interno se sentía aliviado por no tener que seguir siendo públicamente formidable. O tal vez nunca había creído en lo que se suponía que debía promulgar. O tal vez, mientras yo estaba tendido inconsciente en el hospital con un hematoma que podría ser fatal, mi padre le había echado el sermón que logró cambiarle. O tal vez, tras la crisis que yo había precipitado, él no hacía más que ocultar su yo formidable detrás del Sandy de antes, enmascarado, calculador, aguardando oculto de un modo inteligente hasta que... hasta quién sabía lo que nos ocurriría después. En cualquier caso, de momento la conmoción de las circunstancias habían hecho volver a mi hermano al redil familiar.

Y mi madre ya no era una trabajadora. En la cuenta de ahorros en Montreal no había, ni mucho menos, lo que ella había esperado acumular, pero sí lo suficiente para que pudiéramos cruzar la frontera y empezar de nuevo en Canadá si teníamos que huir en cualquier momento. Había dejado su trabajo en Hahne's con no menos resolución que la de mi padre al echar por la borda la seguridad de su pertenencia durante doce años a la Metropolitan, a fin de frustrar los planes gubernamentales de transferirnos a Kentucky y salvaguardarnos contra el subterfugio antisemita que él, junto con Winchell, había comprendido que era Colonia 42. Mi madre había vuelto a dedicar todo su tiempo a las tareas domésticas, y de nuevo estaría allí cuando llegáramos a casa desde la escuela, y durante las vacaciones de verano también estaría allí para controlarnos a Sandy y a mí, a fin de evitar que volviéramos a desmandarnos por falta de supervisión.

Un padre remodelado, un hermano restaurado, una madre recuperada, dieciocho puntos de seda negra cosidos en mi cabeza y mi mayor tesoro irrecuperablemente perdido, y todo con una asombrosa rapidez de cuento de hadas. Una familia desclasada y arraigada de nuevo de la noche a la mañana, que no se enfrentaba ni al exilio ni a la expulsión, sino que seguía afianzada en la avenida Summit, mientras que al cabo de tres meses escasos, Seldon —a quien ahora me encontraba inevitablemente unido, ahora que iba por el barrio jactándose de haber impedido que yo muriese desangrado vestido con su ropa—, Seldon se marcharía. El 1 de septiembre, Seldon se iría con su madre y sería el único chico judío en Danville, Kentucky.

Mi «sonambulismo» probablemente habría causado un escándalo incluso más humillante en nuestro entorno inmediato de no haber sido porque Loción Jergens había despedido a Walter Winchell solo unas horas después de la emisión radiofónica la noche de domingo en que me escapé de casa. Esa era la noticia realmente escandalosa que nadie podía creer y que Winchell no estaba dispuesto a permitir que el país olvidara. Tras ser durante diez años el periodista radiofónico más importante de Estados Unidos, el domingo siguiente, a las nueve en punto, fue sustituido por una de aquellas orquestas de baile que retransmitía desde un sofisticado club con música y cena en la terraza de un hotel del centro de Manhattan. La primera acusación de Jergens contra él fue que un locutor radiofónico con una audiencia semanal en todo el país de más de veinticinco millones de personas, básicamente, «había gritado "¡Fuego!" en un teatro abarrotado»; la segunda fue que había difamado al presidente de Estados Unidos con acusaciones malintencionadas «que solo idearía el demagogo más injurioso para despertar las pasiones de las masas».

Incluso el moderado *New York Times*, un periódico fundado por judíos y propiedad de estos, por cuyo motivo mi padre lo tenía en alta estima, y que no escatimaba en críticas contra la política de Lindbergh con respecto a la Alemania de Hitler, anunció su apoyo incondicional a la acción emprendida por Loción Jergens en un editorial titulado «Una vergüenza profesional». Según el *Times*, se estaba produciendo desde hacía tiempo una competición

entre los empresarios contrarios a Lindbergh para determinar quién puede dar las explicaciones más indignantes de las motivaciones de la administración Lindbergh. De una zancada jactanciosa, Walter Winchell se ha puesto en cabeza de la jauría. Los dudosos escrúpulos y el discutible gusto del señor Winchell han llegado a exabrupto vitriólico tan imperdonable como carente de ética. Con unas acusaciones tan exageradas que incluso un demócrata de toda la vida podría sentir una inesperada simpatía hacia el presidente, Winchell se ha desacreditado de una manera irreparable. Loción

Jergens es digna de alabanza por la rapidez con que le ha apartado de las ondas. El periodismo tal como lo practican los Walter Winchell de este país es un insulto tanto para nuestra ciudadanía ilustrada como para los criterios periodísticos de exactitud, imparcialidad y responsabilidad, hacia los cuales el señor Winchell, sus cínicos adláteres sensacionalistas y sus editores ávidos de dinero siempre han mostrado el mayor desprecio.

En un ataque posterior efectuado en nombre de la administración Lindbergh, publicado por el *Times* como la primera y más larga de las cartas provocadas por el editorial, un eminente corresponsal, tras aludir con agradecimiento al texto y reforzar su argumento con nuevos ejemplos del ostentoso abuso que Winchell había hecho de la Primera Enmienda, concluía: «El intento de inflamar y asustar a sus conciudadanos judíos no es menos detestable que la falta de consideración hacia las normas de decencia que su periódico condena con tanta energía. Ciertamente, no hay nada tan abyecto como aprovechar los temores históricos de un pueblo perseguido, sobre todo cuando la plena participación en una sociedad abierta libre de opresión es precisamente lo que la actual administración se propone conseguir para ese mismo grupo gracias a los esfuerzos de la Oficina de Absorción Americana. Que Walter Winchell caracterice Colonia 42, un programa diseñado para ampliar y enriquecer la participación de los orgullosos ciudadanos judíos de Estados Unidos en la vida nacional, como una estrategia fascista para aislar a los judíos y excluirlos de la vida nacional es el colmo de la temeridad periodística y una ilustración de la técnica de la Gran Mentira que hoy constituye la mayor amenaza para la libertad democrática en todas partes».

La carta estaba firmada por el «Rabino Lionel Bengelsdorf, director, Oficina de Absorción Americana, Departamento del Interior, Washington, D. C.»

La respuesta de Winchell llegó desde la columna que escribía para el *Daily Mirror*, el periódico neoyorquino perteneciente al editor más rico de Estados Unidos, William Randolph Hearst, que poseía una cadena de unos treinta periódicos de derechas y media docena de revistas populares, así como King

Features, que distribuía los artículos de Winchell a diversas publicaciones, con lo cual era leído por otros muchos millones. Hearst despreciaba las lealtades políticas de Winchell, en particular su glorificación de FDR, y le habría despedido años atrás de no haber sido porque los mismos neoyorquinos por cuyos centavos el *Mirror* competía con el *Daily News* encontraban irresistible el encanto sensacionalista del singular mejunje winchelliano de polémica y trapos sucios con un empalagoso patriotismo. Según Winchell, el motivo de que Hearst acabara por despedirle tenía menos que ver con la vieja animosidad entre el periodista y su editor que con la presión de la Casa Blanca, a la que ni siquiera un viejo e implacable magnate tan poderoso como Hearst podía atreverse a oponer resistencia por temor a las consecuencias.

«Los fascistas de Lindbergh —comenzaba el artículo de un Winchell tan descarado e impenitente como siempre, publicado solo unos días después de que hubiera perdido su contrato radiofónico— han emprendido abiertamente su ataque nazi contra la libertad de expresión. Hoy Winchell es el enemigo que hay que silenciar… Winchell "el belicista", "el embustero", "el alarmista", "el rojo", "el judío". Hoy le toca a este servidor, mañana le tocará a cada presentador y periodista que se atreva a decir la verdad sobre la conjura fascista para destruir América. Arios honorarios como el rábido rabino Lioso Lionel B. y los altaneros y aristocráticos propietarios del debilucho *New York Times* no son los primeros Quislings judíos ultracivilizados que se prosternan ante un amo antisemita, porque son excesivamente refinados para luchar como Winchell… y no serán los últimos. Los memos de Jergens no son los primeros cobardes empresariales que le siguen la corriente a la máquina de mentir dictatorial que ahora arruina este país… y tampoco serán los últimos.»

Y ese artículo, en el que Winchell procedía a relacionar unos quince enemigos personales más que podían considerarse como importantes colaboradores del fascismo en Estados Unidos, iba a ser en realidad el último que escribiera.

Tres días después de visitar Hyde Park para asegurarse de que FDR seguía decidido a no abandonar su retiro político para presentarse a un tercer mandato, Winchell anunció su candidatura a la presidencia de Estados Unidos en las próximas elecciones generales. Hasta ese momento, los considerados para la nominación eran el secretario de Estado de Roosevelt, Cordell Hull; el ex secretario de Agricultura y su candidato a la vicepresidencia en la lista de 1940, Henry Wallace; el director general de Correos de Roosevelt y presidente del Partido Demócrata, James Farley; el juez del Tribunal Supremo, William O. Douglas, y dos demócratas moderados, ninguno de ellos relacionado con el New Deal, el ex gobernador de Indiana, Paul V. McNutt, y el senador por Illinois, Scott W. Lucas. Había también un informe no confirmado (que Winchell había hecho circular y tal vez había ideado en la época en que aún ganaba ochocientos mil dólares al año haciendo circular informes no confirmados), según el cual si la convención terminaba en empate, como podría suceder muy fácilmente con una lista de candidatos tan poco interesante, Eleanor Roosevelt, una enérgica presencia política y diplomática durante los dos mandatos de su marido, y todavía una figura popular cuya mezcla de franqueza y reserva aristocrática le había valido muchos seguidores entre los electores liberales del partido, así como numerosos enemigos que se burlaban de ella en la prensa de la derecha, aparecería en la sala de la convención a la manera en que Lindbergh lo hizo en la Convención Republicana de 1940 y lograría que la nominaran por aclamación. Pero una vez que Walter Winchell se convirtió en el primer aspirante demócrata que postulaba a la candidatura, y lo hizo casi dos años y medio antes de las elecciones de 1944, antes incluso de las elecciones al Congreso a medio plazo —y tan inmediatamente después del ruidoso altercado a raíz de ser «expulsado» de su profesión por «el brazo fuerte golpista de la banda de fascistas en la Casa Blanca» (como Winchell describía a sus enemigos y los métodos con que anunciaban su candidatura)—, el otrora articulista de cotilleos se convirtió en el hombre que había que derrotar, el único demócrata con un nombre que todo el mundo conocía y lo bastante audaz para plantar cara con ferocidad a un presidente en ejercicio tan amado como Lindy.

Los dirigentes republicanos no se dignaron tomarse en serio a Winchell, suponiendo que o bien el indomable acróbata estaba realizando un jactancioso espectáculo secundario para obtener fondos de un puñado de ricos y acérrimos demócratas, o bien que era una extravagante tapadera que ocultaba la candidatura real de FDR (o tal vez de la ambiciosa esposa de Roosevelt) y al mismo tiempo estimulaba y calibraba el posible sentimiento clandestino contrario a Lindbergh en una nación donde las encuestas le mostraban su apoyo con una cifra récord del ochenta al noventa por ciento de cada clasificación y categoría de votantes, excepto los judíos. En una palabra, Winchell era el candidato de los judíos, y él mismo un judío de la especie más tosca, que no se parecía en modo alguno al círculo interno de demócratas judíos distinguidos y circunspectos como Bernard Baruch, el amigo rico de Roosevelt, o Herbert Lehman, el banquero y gobernador de Nueva York, o Louis Brandeis, el juez del Tribunal Supremo recientemente retirado. Y como si ser un judío de origen humilde, que encarnaba casi todos los rasgos vulgares que hacían de los judíos personas poco gratas en los mejores estratos de la alta sociedad y el mundo empresarial norteamericano, no bastara para reducirlo a una impertinencia intrascendente en la escena política, en todas partes salvo en los predios con fuerte componente judío de la ciudad de Nueva York, allí estaba su reputación de mujeriego adúltero con tendencia a seducir a coristas de largas piernas, y su disoluta vida nocturna entre las celebridades libertinas de Hollywood y Broadway que bebían a todas horas en el Stork Club neoyorquino, para convertirlo en anatema para la multitud mojigata. Su candidatura era una broma, y los republicanos solo la tomaban como tal.

Pero aquella semana en nuestra calle, inmediatamente después del despido de Winchell y de su resurrección instantánea como candidato presidencial, la importancia de los dos acontecimientos era tal que los vecinos apenas podían hablar de otra cosa entre ellos. Después de casi dos años de no saber nunca si temerse lo peor, de intentar concentrarse en las exigencias de la vida cotidiana y luego absorber impotentes cada rumor sobre lo que el gobierno les reservaba, de no ser nunca capaces de justificar con hechos irrefutables ni su alarma ni su serenidad...

después de tanta perplejidad, estaban tan maduros para la vana ilusión que, cuando los padres se reunían por la noche en los callejones para charlar sentados en sus tumbonas, el juego de adivinanzas que invariablemente comenzaba podía proseguir sin descanso durante horas: ¿quién sería el vicepresidente en la lista de Winchell? ¿A quién nombraría para su gabinete? ¿A quién nombraría para el Tribunal Supremo? ¿Quién resultaría ser el gran líder, FDR o Walter Winchell? Se zambullían de cabeza en un millar de fantasías, y los niños más pequeños también captaban la onda e iban por ahí dando brincos y bailando y cantando: «¡Wind-shield, presidente! ¡Wind-shield, presidente!».* Por supuesto, que ningún judío pudiera ser elegido jamás para la presidencia (y muchísimo menos un judío con una verborrea tan imparable como la de Winchell) era algo que ya aceptaba incluso un niño como yo, como si la proscripción figurase expresamente en la Constitución de Estados Unidos. Sin embargo, ni siquiera esa certidumbre acorazada podía impedir que los adultos prescindieran del sentido común y, por una o dos noches, se imaginaran, a ellos y a sus hijos, como ciudadanos nativos del Paraíso.

La boda del rabino Bengelsdorf y tía Evelyn tuvo lugar un domingo a mediados de junio. Mis padres no fueron invitados, ni tampoco ellos lo esperaban ni querían, y, sin embargo, no podía hacerse nada por aliviar la consternación de mi madre. Yo la había oído llorar en otras ocasiones al otro lado de la puerta de su dormitorio, y aunque no era algo que sucediera con frecuencia ni que me gustara, en todos los meses durante los que mis padres se esforzaron por evaluar la amenaza que representaba la administración Lindbergh y determinar la reacción juiciosa que debería tener una familia judía, jamás la había visto tan inconsolable.

–¿Por qué tiene que ocurrir esto? –le preguntó a mi padre.

–Solamente se casan –respondió mi padre–. No es el fin del mundo.

–Pero no puedo dejar de pensar en mi padre.

* *Windshield* significa «parabrisas». *(N. del T.)*

–Tu padre murió y el mío también. Eran mayores, enfermaron y murieron.

Habría sido difícil imaginar un tono más comprensivo, pero tal era la aflicción de mi madre que, cuanto mayor era la ternura con que le hablaba su marido, tanto más aumentaba su padecimiento.

–Y pienso en mi madre –siguió diciendo–, en que mamá ya no entendería nada.

–Mira, cariño, podría haber sido mucho más terrible, ya lo sabes.

–Y lo será –dijo ella.

–Quizá no, quizá no. Puede que todo esté empezando a cambiar. Winchell...

–Oh, por favor, Walter Winchell no...

–Chsss, chsss –la acalló él–. El pequeño...

Y así comprendí que, en realidad, Walter Winchell no era el candidato de los judíos: era el candidato de los hijos de los judíos, algo que se nos daba para que nos aferrásemos a ello, del mismo modo en que no hacía muchos años nos habían dado el pecho no solo para alimentarnos, sino también para aliviar los temores de la infancia.

La ceremonia nupcial tuvo lugar en el templo del rabino y la recepción posterior en el salón de baile de la Essex House, el hotel más lujoso de Newark. La lista de los notables que asistieron, cada uno acompañado de una esposa o un marido, apareció en el *Newark Sunday Call* en un recuadro independiente del relato de la boda, justo al lado de las fotografías de los novios. La relación de invitados sorprendía, tan larga e impresionante era, y la ofrezco aquí para explicar por qué, yo, por ejemplo, tuve que preguntarme si mis padres y sus amigos de la Metropolitan no habrían perdido del todo el contacto con la realidad para imaginar que podría sobrevenirles cualquier daño por el hecho de que una lumbrera de la talla de Bengelsdorf administrara un programa del gobierno.

Para empezar, numerosos judíos asistieron a la ceremonia nupcial, entre ellos familiares y amigos, feligreses del templo del rabino Bengelsdorf, admiradores y colegas de toda Nueva Jersey y otros que habían viajado desde distintas partes del país para estar presentes. Y también había muchos cristianos. Y, según el artículo del *Sunday Call*, que aquel día ocupaba página y media de las dos dedicadas a sociedad, entre los invitados que no pudieron asistir pero que enviaron sus felicitaciones por medio de la Western Union figuraba la esposa del presidente, la primera dama, Anne Morrow Lindbergh, identificada como amiga íntima del rabino, «conciudadana de Nueva Jersey y poeta como él», con quien el rabino compartía «intereses culturales e intelectuales» y se reunía con frecuencia «para tomar el té en la Casa Blanca y hablar en privado de filosofía, literatura, religión y ética».

En representación de la ciudad estaban los dos judíos de rango más elevado que jamás habían ocupado cargos en el gobierno de Newark, Meyer Ellenstein, alcalde durante dos mandatos, y el actuario municipal Harry S. Reichenstein, junto con cinco miembros del nutrido grupo de irlandeses que por entonces ocupaban cargos importantes en la ciudad, el director de Seguridad Pública, el director del Departamento de Hacienda y Finanzas, el director de Parques y Propiedad Pública, el administrador jefe municipal y el consejo de corporaciones. El director general de Correos de Newark estaba allí y el bibliotecario jefe de la Biblioteca Pública de Newark, así como el presidente del consejo de administración de la biblioteca. Entre los distinguidos educadores que asistieron a la boda estaban el presidente de la Universidad de Newark, el presidente de la Escuela de Ingeniería de Newark, el superintendente de los centros docentes y el director de la escuela privada de enseñanza secundaria Saint Benedict. Y un despliegue de distinguidos religiosos, protestantes, católicos y judíos, se hallaban también entre los presentes. La Primera Iglesia Baptista Memorial Peddie, la mayor congregación negra de la ciudad, había enviado al reverendo George E. Dawkins; la catedral de la Trinidad, al reverendo Arthur Dumper; la iglesia episcopal de la Gracia, al reverendo Charles L. Gomph; la iglesia ortodoxa griega de Saint Nicholas, de la calle High, al reverendo George E. Spyridakis, y la catedral de Saint Patrick, al muy reverendo John Delaney.

No había asistido —y para mis padres era una ausencia muy destacada, aunque el artículo del periódico no aludía a ella— el rabino antagonista de Bengelsdorf y que era el más importante de Newark, Joachim Prinz, de la congregación B'nai Abraham. Antes de que el rabino Bengelsdorf alcanzara preeminencia nacional, la autoridad del rabino Prinz entre los judíos de la ciudad, en la comunidad judía general, y entre los estudiosos y teólogos de todas las religiones, había superado con creces a la de sus colegas mayores, y era el único entre los rabinos conservadores que dirigían las tres congregaciones más ricas de la ciudad que jamás había titubeado en su oposición a Lindbergh. En cambio los otros dos, Charles I. Hoffman, de Oheb Shalom, y Solomon Foster, de B'nai Jeshurun, estaban presentes, y el rabino Foster ofició la ceremonia nupcial.

Estaban también los presidentes de los cuatro principales bancos de Newark, los presidentes de dos de sus mayores compañías de seguros, el presidente de su principal despacho de arquitectura, los dos socios fundadores del bufete de abogados más prestigioso, el presidente del Club Atlético de Newark, el propietario de tres de los grandes cines del centro de la ciudad, el presidente de la Cámara de Comercio, el presidente de la compañía telefónica Bell de Nueva Jersey, los redactores jefes de los dos periódicos y el presidente de P. Ballantine, la fábrica de cerveza más famosa de Newark. El gobierno del condado de Essex había enviado al supervisor de la Junta de Propietarios de Bienes Raíces y a tres de sus miembros, y la judicatura de Nueva Jersey al vicecanciller del Tribunal de Equidad y a un juez adjunto del Tribunal Supremo del estado. De la Asamblea del estado estaban presentes el portavoz de la mayoría y tres de los cuatro asambleístas del condado de Essex, y del Senado del estado un representante del condado de Essex. El funcionario estatal de más categoría era judío, el fiscal general David T. Wilentz, que había dirigido con éxito el proceso de Bruno Hauptmann, pero el funcionario del estado cuya presencia más me impresionó fue Abe J. Greene, también judío pero, lo que era más importante, presidente de la Federación de Boxeo de Nueva Jersey. Uno de los senadores nacionales por Jersey estaba allí, el republicano W. Warren Barbour, así como nuestro congresista Robert W. Kean. El Tribunal de Distrito de Estados Unidos correspondiente al distrito de Nueva Jersey había enviado a un juez de territorio jurisdiccional, dos jueces de distrito y el fiscal del distrito (cuyo nombre reconocí por haberlo oído en el programa de radio *Gangbusters*), John J. Quinn.

Varios estrechos colaboradores del rabino en la sede nacional de la OAA y diversos funcionarios que representaban al Departamento del Interior habían acudido desde Washington, y aunque no asistió a la boda nadie de los escalones más altos del gobierno federal, hubo un elocuente sustituto que representaba a un personaje no inferior al mismo presidente: el telegrama de la primera dama, que leyó en la recepción el rabino Foster, tras cuya lectura los invitados a la boda se levantaron espontáneamente para aplaudir los afectuosos sentimientos de la primera dama, y después el novio les pidió que permanecieran en pie y se unieran con él y su novia en la interpretación del himno nacional.

El *Sunday Call* publicó en su totalidad el texto del telegrama. Decía así:

> Mis queridos rabino Bengelsdorf y Evelyn:
> Mi marido y yo les enviamos cordialmente nuestros mejores deseos y hacemos votos por que su vida en común esté llena de felicidad.
> Fue un placer tener la oportunidad de conocer a Evelyn en la cena de Estado celebrada en la Casa Blanca en honor del ministro de Asuntos Exteriores alemán. Es una mujer enérgica y encantadora, claramente una persona de la mayor valía y rectitud, y me bastaron los pocos momentos que pasé charlando con ella para reconocer los dones de personalidad e intelecto que le han valido el fervor de un hombre tan extraordinario como Lionel Bengelsdorf.
> Hoy recuerdo los versos espléndidamente concisos que mi encuentro con Evelyn me evocó aquella noche. La poeta es Elizabeth Barrett Browning, y las palabras con las que comienza el decimocuarto de sus *Sonetos del portugués* encarnan precisamente la sabiduría femenina que vi emanar de los ojos asombrosamente oscuros y bellos de Evelyn. «Si debes amarme —escribió la señora Browning—, que sea por nada / salvo por el mismo amor...»

Rabino Bengelsdorf, ha sido usted más que un amigo desde que nos reunimos aquí, en la Casa Blanca, tras la ceremonia inaugural de la Oficina de Absorción Americana; desde su traslado a Washington para convertirse en el director de la OAA, ha sido usted un mentor inestimable. Nuestras apasionantes conversaciones, junto con los instructivos libros que me ha dado generosamente a leer, me han enseñado mucho no solo acerca de la fe de los judíos, sino acerca de las tribulaciones del pueblo judío y las fuentes de la gran fuerza espiritual que ha sido el motivo principal de su supervivencia durante tres mil años. Me he sentido mucho más enriquecida al descubrir gracias a usted hasta qué punto mi herencia religiosa está arraigada en la suya.

Nuestra misión más grande como norteamericanos es vivir en armonía y hermandad como un pueblo unido. Sé, por el excelente trabajo que ustedes dos están haciendo en la OAA, los esfuerzos que dedican a ayudarnos en la consecución de ese precioso objetivo. De las muchas bendiciones que Dios ha otorgado a este país, ninguna es más valiosa que contar entre nosotros con ciudadanos como ustedes, orgullosos y vitales paladines de una raza indomable cuyos antiguos conceptos de la justicia y la libertad han sostenido nuestra democracia norteamericana desde 1776.

Con mis mejores deseos,

ANNE MORROW LINDBERGH

La segunda vez que el FBI apareció en nuestras vidas fue mi padre el que estuvo bajo vigilancia. El mismo agente que se había detenido para interrogarme acerca de Alvin el día en que se ahorcó el señor Wishnow (y que había interrogado a Sandy en el autobús, a mi madre en la tienda y a mi padre en la oficina) se presentó en el mercado de verduras y anduvo rondando por el restaurante adonde los hombres iban a comer y tomar café en plena noche, y, comportándose como lo hiciera cuando Alvin empezó a trabajar para el tío Monty, ahora comenzó a hacer preguntas sobre el tío Herman de Alvin y lo que le decía a la gente acerca de Estados Unidos y nuestro presidente. Tío Monty se enteró por uno de los esbirros de Longy Zwillman, que le informó de lo que le había dicho el agente McCorkle, a saber, que tras haber dado cobijo y comida a un traidor que luchó por un país extranjero, ahora mi padre había abandonado un buen empleo en Metropolitan Life antes que participar en un programa del gobierno destinado a unificar y reforzar al pueblo americano. Tío Monty le dijo al hombre de Longy que su hermano era un pobre *schnook*, un idiota sin educación que tenía mujer y dos hijos que mantener y no podía hacerle mucho daño al país acarreando trabajosamente cajas de verdura seis veces a la semana. Y el hombre de Longy escuchó, comprensivo, según tío Monty, que, sin un ápice del decoro practicado de ordinario en nuestra casa, nos lo contó todo en la cocina un sábado por la tarde.

−... y aun así va el tipo y me dice: «Tu hermano tiene que irse». Así que le digo: «Todo esto son huevadas. Dile a Longy que todo esto forma parte de las chorradas contra los judíos». Y él mismo es judío, Niggy Apfelbaum, pero lo que le digo le importa un rábano. Niggy se presenta ante Longy y le dice que Roth no hace lo que le piden. ¿Qué ocurre entonces? Viene el Largo en persona, aparece allí, en mi apestosa oficinucha, vestido con un traje de seda a medida. Alto, hablando suave, vestido impecablemente... como un actor de cine. Le digo: «Te recuerdo de la escuela primaria, Longy. Entonces ya veía que ibas a llegar lejos». Y Longy me contesta: «Yo también te recuerdo. Incluso entonces ya veía que no llegarías a ninguna parte». Nos echamos a reír, y le digo: «Mi hermano necesita trabajo, Longy. ¿No puedo emplear a mi propio hermano?». Y él me pregunta: «¿Y yo puedo evitar que el FBI ande fisgando por aquí?». «Eso ya lo sé −le digo−. ¿No me libré de mi sobrino Alvin a causa del FBI? Pero con mi propio hermano no es lo mismo, ¿no es cierto? Mira, dame veinticuatro horas y lo arreglaré. Si no lo hago, si no puedo, Herman se va.» Así que espero hasta que cerramos a la mañana siguiente y entonces voy al local de Sammy Eagle, y sentado a la barra está el irlandés inútil del FBI. «Permítame que le invite a desayunar», le digo, y le pido una cerveza con whisky, y me siento a su lado y le digo: «¿Qué tiene contra los judíos, McCorkle?». «Nada», responde. «Entonces, ¿por qué va a por mi hermano de esa manera? ¿Qué le ha hecho él a nadie?» «Mire, si tuviera algo contra los judíos, ¿estaría aquí sentado en el local de Eagle? ¿Sería Sammy Eagle amigo mío si así fuera?» Llama a Eagle, que está en el otro extremo de la barra, para que venga. «Díselo –le dice McCorkle–, ¿tengo algo contra los judíos?» «No que yo sepa», responde Eagle. «Cuando tu hijo hizo el *bar mitzvah*, ¿no fui y le regalé una aguja de corbata?» «Todavía la lleva», me dice Eagle. «¿Lo ve? –me dice McCorkle–. Solo estoy haciendo mi trabajo, de la misma manera que Sammy y usted hacen el suyo.» «Y eso es todo lo que mi hermano está haciendo», le digo. «Muy bien, de acuerdo. Entonces no diga que estoy en contra de los judíos.» «Ha sido un error –le digo–. Le pido disculpas.» Y entretanto le deslizo el sobre, el sobrecito marrón, y asunto zanjado.

Entonces mi tío se volvió hacia mí.

–Tengo entendido que eres un ladrón de caballos –me dijo–. Tengo entendido que robaste un caballo de la iglesia. Eres un chico listo. Déjame ver. –Me incliné para enseñarle el lugar de la cabeza donde el casco del caballo me había abierto una brecha. Él se rió al pasar ligeramente el dedo por la cicatriz y alrededor de la zona afeitada donde estaba creciendo el pelo–. Ojalá recibas muchas más –me dijo, y entonces, como lo había hecho desde que yo tenía memoria, me alzó con brusquedad sobre uno de sus muslos para llevarme a horcajadas, precisamente como a caballo–. Has estado en la ceremonia del *bris*, ¿no es cierto? –me preguntó, y empezó a subir y bajar la pierna para darme la impresión de que cabalgaba–. Cuando circuncidan a un bebé en el *bris*, sabes lo que le hacen, ¿verdad?

–No –respondí.

–Le cortan el prepucio –me explicó–. ¿Y sabes lo que hacen con el pequeño prepucio? Después de quitarlo, ¿sabes lo que hacen?

–No –repetí.

–Bueno –dijo tío Monty–, lo guardan y, cuando tienen bastantes, se los dan al FBI para que hagan agentes con ellos.

No pude contenerme y, aunque sabía que no debía hacerlo, como sabía también que la última vez que me contó el chiste había dicho: «Los envían a Irlanda para que hagan curas con ellos», me eché a reír.

–¿Qué había en el sobre? –le pregunté.

–Adivínalo.

–No sé. ¿Dinero?

—Exacto, dinero. Eres un pequeño ladrón de caballos muy listo. El dinero que hace desaparecer todos los problemas.

Solo más adelante supe por mi hermano, que había oído conversar a mis padres en su dormitorio, que sería preciso devolverle a tío Monty la totalidad del soborno efectuado a McCorkle, deduciéndolo de la ya magra paga de mi padre a razón de diez dólares por semana en el transcurso de los próximos seis meses. Y mi padre no podría hacer nada al respecto. Sobre lo penoso que era el trabajo y la mortificación de servir a su propio hermano, lo único que llegó a decir fue: «Ha sido así desde que tenía diez años, y así será hasta que se muera».

Aquel verano, aparte de los sábados y los domingos por la mañana, apenas veíamos a mi padre. En cambio, mi madre estaba siempre en casa, y como Sandy y yo teníamos que volver a mediodía para comer y luego a media tarde para rendirle cuentas de lo que estábamos haciendo, ninguno de nosotros podía alejarse demasiado, y por las noches teníamos prohibido ir más allá del campo de juegos de la escuela, que estaba a una manzana de nuestra casa. O bien nuestra madre mantenía un autocontrol muy estricto, o bien se las había ingeniado para hacer las paces con su desazón, porque aunque la paga de mi padre había sufrido una merma importante y fue preciso efectuar un difícil recorte del presupuesto doméstico, no mostraba signos de desfallecimiento pese a la increíble sucesión de acontecimientos que había afrontado durante el año anterior. Su resistencia debía mucho a la circunstancia de que volvía a tener una tarea cuya compensación le importaba más que la derivada de vender vestidos, un trabajo que no había aborrecido pero que le parecía sin sentido en comparación con sus actividades normales. Hasta qué punto sus preocupaciones seguían perturbándola solo llegaba a estar claro para mí cada vez que llegaba una carta de Estelle Tirschwell, en la que le informaba de los progresos de la familia en Winnipeg. Todos los días, a la hora de comer, recogía el correo en el buzón de la entrada, lo subía a casa y, si había un sobre con franqueo de Canadá, ella se sentaba de inmediato a la mesa de la cocina y, mientras Sandy y yo comíamos bocadillos, leía la carta en silencio una o dos veces, y entonces la doblaba para llevarla en el bolsillo del delantal y mirarla otras diez veces antes de dársela a leer a mi padre cuando se levantara para ir al mercado: la carta para mi padre, los sellos con matasellos canadiense para mí, para ayudarme a empezar una nueva colección.

De repente, las amistades de Sandy eran las chicas de su edad, las adolescentes a las que conocía de la escuela pero a las que nunca hasta entonces había examinado de una manera tan codiciosa. Iba a buscarlas al campo de deportes, donde tenían lugar las actividades veraniegas organizadas durante todo el día hasta el anochecer. También yo estaba allí, ahora normalmente en compañía de Seldon. Observaba a Sandy con unos sentimientos que fluctuaban entre la inquietud y el placer, como si mi propio hermano se hubiera convertido en un ratero o en cómplice profesional de un tahúr. Se sentaba en un banco cerca de la mesa de ping-pong, donde las chicas solían a reunirse, y empezaba a hacer bocetos a lápiz de las más guapas en su cuaderno de dibujo. Ellas siempre querían ver los dibujos, y así, antes de que el día hubiera finalizado, era muy probable que se fuera de allí caminando como en sueños con una de ellas de la mano. La fuerte tendencia de Sandy al encaprichamiento ya no estaba galvanizada por la propaganda de Solo Pueblo o por la poda de plantas de tabaco para los Mawhinney, sino fomentada por aquellas chicas. O bien la nueva excitación del deseo había transformado su existencia con la misma e increíble rapidez con que lo hiciera Kentucky y, a los catorce años y medio, el primer embate hormonal lo había transformado por completo, o bien, como yo creía, con mi propia proclividad a concederle omnipotencia, conseguir que las chicas salieran con él no era más que una treta divertida, la manera de pasar el tiempo hasta que... Yo pensaba siempre que Sandy debía de tener unas motivaciones mucho más profundas de lo que yo podría comprender, cuando lo cierto era que, pese a su aire de muchacho apuesto seguro de sí mismo, no tenía más idea que cualquier otro de por qué picaba el anzuelo. El lindberghiano cultivador de tabaco judío descubre los pechos femeninos y, de repente, se vuelve como cualquier otro adolescente.

Mis padres achacaron la chifladura por las chicas a desafío, a «rebeldía», a una exhibición de independencia compensatoria tras su forzada retirada de la causa de Lindbergh, y parecían dispuestos a considerarla relativamente inofensiva. Por supuesto, la madre de una de las muchachas lo veía de otra manera, y telefoneó para manifestarlo así. Cuando mi padre volvió de trabajar, hubo una larga conversación entre mis padres al otro lado de la puerta de su dormitorio, y luego otra entre mi hermano y mi padre al otro lado de la puerta del dormitorio, y durante el resto de la semana no le permitieron a Sandy alejarse mucho de la casa. Pero, claro, no podían mantenerlo encerrado en la avenida Summit durante todo el verano, de modo que no tardó en volver al campo de juegos y dibujar confiadamente a las chicas guapas, y lo que aquellas le permitieran hacer con las manos cuando estas se movían como si tuvieran voluntad propia (que no podría ser gran cosa tratándose de alumnos de octavo curso, tan ignorantes del sexo como los muchachos de esa edad lo eran en aquellos años) no corrían a contarlo en casa, así que no hubo más llamadas telefónicas nerviosas a las que mis padres tuvieran que enfrentarse en medio de todas sus demás dificultades.

Seldon. Seldon fue el verano para mí. El hocico de Seldon en mi cara como el de un perro, y los chicos a los que conocía de toda la vida riéndose y llamándome Sonámbulo, niños con los brazos extendidos hacia delante caminando con pasos lentos, toscos, de zombi, supuestamente imitando lo que hice cuando fui dormido y tambaleante al orfanato, y los chicos del equipo en el campo entonando a coro «¡Hi ho Silver!» cada vez que iba a batear en un partido.

Aquel año no habría excursión de fin de verano a la reserva South Mountain el día del Trabajo, ya que en septiembre todos los amigos de mis padres en la Metropolitan ya habían abandonado Newark con sus hijos para establecerse en otros lugares del país antes de que comenzara el curso escolar. Una tras otra, a lo largo del verano, cada una de las familias nos visitó un sábado para despedirse de nosotros. Resultó terrible para mis padres, los únicos que habían decidido quedarse del grupo de la Metropolitan en aquel distrito seleccionados para su traslado por Colonia 42. Eran sus amigos más queridos, y las calurosas tardes de sábado, cuando los llorosos adultos se abrazaban en la calle, contemplados tristemente por los niños (tardes que finalizaban con nosotros cuatro agitando las manos desde la acera mientras mi madre gritaba al coche que partía: «¡No os olvidéis de escribir!»), eran sin duda los momentos más desgarradores, cuando nuestra indefensión adquiría realidad para mí y percibía el comienzo de la destrucción de nuestro mundo. Y cuando comprendí que mi padre, entre todos aquellos hombres, era el más obstinado, irremediablemente ligado a sus mejores instintos y a sus exigencias desmesuradas. Solo entonces comprendí que había abandonado su trabajo no solo porque temiera lo que nos aguardaba más adelante si nos trasladaban, sino porque, para bien o para mal, cuando le acosaban unas fuerzas superiores a las que él juzgaba corruptas, en su naturaleza estaba el no ceder: en este caso, resistirse a huir a Canadá, como le urgía a hacer mi madre, o a inclinar la cabeza ante una directriz del gobierno que era flagrantemente injusta. Había dos clases de hombres fuertes: los que eran como tío Monty y Abe Steinheim, despiadados en su afán de ganar dinero, y los que eran como mi padre, implacablemente obedientes a su idea del juego limpio.

—Vamos —nos dijo mi padre tratando de animarnos el sábado en que la última de las seis familias colonizadoras parecía haberse desvanecido para siempre—. Venga, muchachos. Vamos a tomar un helado.

Los cuatro caminamos por Chancellor hasta el drugstore, cuyo farmacéutico era uno de sus más antiguos clientes de seguros y donde en verano generalmente se estaba mejor que en la calle, con los toldos desplegados para impedir que los rayos del sol atravesaran la luna del escaparate y las aspas acanaladas de los tres ventiladores de techo que chirriaban al girar. Nos sentamos a una mesa y pedimos helado con frutas y nueces, y aunque mi madre no podía ni tragar pese a la insistencia de mi padre, finalmente logró evitar que las lágrimas siguieran rodando por sus mejillas. Al fin y al cabo, no nos enfrentábamos menos que nuestros amigos exiliados a un futuro incognoscible, y así permanecimos sentados tomando el helado en la penumbra bajo el toldo del fresco local, mudos y totalmente desanimados, hasta que por fin mi madre alzó la vista de la servilleta de papel que estaba cortando pulcramente a tiras y, con esa sonrisa irónica, casi una mueca, que aparece cuando uno ha agotado las lágrimas, le dijo a mi padre:

—Bueno, nos guste o no, Lindbergh nos está enseñando lo que significa ser judíos. —Y después añadió—: Nosotros solo pensamos que somos americanos.

—Chorradas —replicó mi padre—. ¡No! Son ellos quienes piensan que nosotros solo pensamos que somos americanos. Eso no es discutible, Bess, no es un asunto que se pueda negociar. ¡Esa gente no comprende que yo lo doy por sentado, maldita sea! ¿Otros? ¿Se atreven a decir que somos otros? Él es el otro. El que parece más americano que nadie… ¡y es el menos americano de todos! Ese hombre es un inepto. No debería estar ahí. ¡No debería estar ahí, así de simple!

Para mí, la separación más difícil de encajar fue la de Seldon. Por supuesto, me encantaba que se marchara, y durante todo el verano había contado los días que faltaban. No obstante, a primera hora de aquella mañana de la última semana de agosto, cuando los Wishnow partieron con dos colchones amarrados al techo de su vehículo (donde la noche anterior mi padre y Sandy los habían puesto y atado bajo un toldo impermeable) y ropas amontonadas hasta arriba sobre el asiento trasero del viejo Plymouth (rimeros de prendas, entre ellas varias mías que mi madre y yo habíamos ayudado a llevar desde la casa), era yo, por grotesco que parezca, quien no podía contener las lágrimas. Recordaba una tarde, cuando Seldon y yo solo teníamos seis años y el señor Wishnow estaba vivo y aparentemente sano, y trabajaba a diario para la Metropolitan, y la señora Wishnow era todavía ama de casa como mi madre, concentrada en las necesidades cotidianas de su familia, e incluso a veces cuidaba de mí cuando mi madre tenía que ausentarse para realizar su cometido en la Asociación de Padres y Profesores y Sandy estaba por ahí y yo solo en casa al volver de la escuela. Recordaba el maternalismo que la señora Wishnow compartía con mi madre, la calidez amparadora en la que me deleitaba como algo de lo más natural, y que experimenté de una manera sorprendente la tarde en que me quedé encerrado en su cuarto de baño y no podía salir. Recordaba lo amable que había sido conmigo mientras yo trataba una y otra vez de abrir la puerta sin conseguirlo, tranquilizándome espontáneamente como si, pese a las diferencias de aspecto, temperamento y circunstancias inmediatas, los cuatro, Seldon y Selma, Philip y Bess, fuéramos una y la misma persona. Recordaba a la señora Wishnow cuando lo que más ocupaba sus pensamientos era lo mismo que ocupaba los de mi madre, en aquella época en que era otro miembro vigilante del matriarcado local cuya tarea primordial consistía en establecer un estilo de vida doméstica para la siguiente generación. Recordaba a la señora Wishnow impertérrita, cuando no tenía los puños apretados ni una expresión de profundo dolor en el rostro.

Era un cuarto de baño pequeño, exactamente como el nuestro, muy reducido, la puerta junto al inodoro, este contiguo al lavabo y una bañera encajada al lado. Tiraba de la puerta pero no se abría. En casa me habría limitado a cerrarla después de entrar, pero en casa de Seldon corrí el pestillo, algo que jamás hasta entonces había hecho en mi vida. Corrí el pestillo, oriné, tiré de la cadena, me lavé las manos y, como no quería tocar su toalla, me las sequé en la parte posterior de las perneras de mis pantalones de pana; todo iba bien, hasta que me dispuse a salir del baño y no pude mover el pestillo que estaba encima del pomo. Podía hacerlo girar un poco, pero entonces se trababa y se detenía. No golpeé la puerta ni sacudí el pomo, sino que me limité a seguir tratando de mover el pestillo de la manera más discreta posible. Pero era inútil, así que me senté en el inodoro y pensé que tal vez de algún modo el problema se resolvería solo. Estuve un rato sentado, pero entonces me sentí solo y desamparado e intenté mover de nuevo el pestillo. Seguía sin destrabarse y empecé a dar golpecitos en la puerta, lo cual hizo que acudiera la señora Wishnow, que me dijo:

—Oh, a veces pasa esto con el pestillo. Tienes que hacerlo girar así.

Me explicó el modo de moverlo, pero yo seguía sin poder abrir la puerta, y ella me dijo con mucha calma:

—No, Philip, mientras lo haces girar, tienes que tirar de la puerta hacia atrás.

Y, aunque intenté hacer lo que me decía, no conseguía nada.

—Escucha, cariño, giro y atrás simultáneamente… giro y atrás al mismo tiempo.

—¿Hacia dónde es atrás? —le pregunté.

—Atrás. Atrás hacia la pared.

—Ah, la pared, de acuerdo —le dije, pero no acertaba, hiciera lo que hiciese—. No funciona —añadí mientras empezaba a sudar, y entonces oí a Seldon.

—¿Philip? Soy Seldon. ¿Por qué la has cerrado? No íbamos a entrar.

—No he dicho que fuerais a entrar —repliqué.

—Entonces, ¿por qué la has cerrado?

—No lo sé.

—¿Crees que deberíamos llamar a los bomberos, mamá? Pueden sacarlo con una escalera.

—No, no, no —respondió la señora Wishnow.

—Vamos, Philip —me dijo Seldon—. No es tan difícil.

—Claro que lo es. Está atascado.

—¿Cómo va a salir, mamá?

—Cállate, Seldon. ¿Philip?

—Sí.

—¿Estás bien?

—Bueno, aquí dentro hace calor. Cada vez hace más calor.

—Toma un vaso de agua, cariño. Hay un vaso en el botiquín. Toma un vaso de agua, bébetelo poco a poco y estarás bien.

—De acuerdo.

Pero el vaso tenía algo viscoso en el fondo y, aunque lo saqué, solo fingí que bebía de él y lo hice con las manos ahuecadas.

—¿Qué es lo que Philip está haciendo mal, mamá? —preguntó Seldon—. ¿Qué estás haciendo mal, Philip?

—¿Cómo voy a saberlo? Señora Wishnow, señora Wishnow…

—Sí, cariño.

—Aquí dentro está haciendo demasiado calor. Estoy empezando a sudar.

—Entonces abre la ventana. Abre la ventanita de la ducha. ¿Eres lo bastante alto para hacerlo?

—Creo que sí.

Me descalcé, entré en el plato de la ducha con solo los calcetines y, poniéndome de puntillas, pude llegar a la ventana, un ventanuco de cristal granulado que daba al callejón, pero cuando intenté abrirlo también estaba atascado.

—No se mueve —le dije.

—Golpéala un poco, cariño. Golpea la parte inferior del marco, pero no demasiado fuerte, y estoy segura de que se abrirá.

Hice lo que ella me decía, pero no conseguí nada. Para entonces tenía la camisa empapada en sudor, y me ladeé un poco para poder dar a la ventana un fuerte empujón hacia arriba, pero al volverme debí de golpear la manija de la ducha con el codo porque de repente empezó a salir agua.

—¡Oh, no! —exclamé, y el agua helada cayó sobre mi cabeza y por la espalda de mi camisa, y salté de la ducha a las baldosas del suelo.

—¿Qué ha ocurrido?

—La ducha se ha puesto en marcha.

—¿Cómo? —preguntó Seldon—. ¿Cómo puede haberse puesto en marcha la ducha?

—¡No lo sé!

—¿Estás muy mojado? —inquirió la señora Wishnow.

—Más o menos.

—Coge una toalla —me dijo—. Coge una toalla del armario. Las toallas están en el armario.

Nosotros teníamos el mismo estrecho armario de cuarto de baño directamente sobre el de los Wishnow, y también lo usábamos para guardar las toallas, pero cuando intenté abrir el suyo no pude: la puerta estaba atascada. Tiré de ella, pero no se abría.

—¿Qué pasa ahora, Philip?

—Nada. —No podía decírselo.

—¿Has sacado una toalla?

—Sí.

—Entonces sécate. Y estate tranquilo. No tienes por qué preocuparte.

—Estoy tranquilo.

—Siéntate. Siéntate y sécate.

Yo estaba completamente mojado, y ahora el suelo también se mojaba, y yo estaba sentado en la taza del lavabo, y fue entonces cuando vi lo que un cuarto de baño es realmente, el extremo superior de una alcantarilla, y fue entonces cuando noté que las lágrimas se agolpaban en mis ojos.

—No te preocupes —me dijo Seldon desde el otro lado de la puerta—, tus padres volverán pronto a casa.

—Pero ¿cómo voy a salir?

Y de repente se abrió la puerta, y allí estaba Seldon y su madre detrás de él.

—¿Cómo lo has hecho? —le pregunté.

—He abierto la puerta —respondió.

—Pero ¿cómo?

Él se encogió de hombros.

—La he empujado, solo eso. Estaba abierta desde el principio.

Y fue entonces cuando me eché a llorar y la señora Wishnow me estrechó en sus brazos.

—No pasa nada —me dijo—. Estas cosas ocurren. Pueden pasarle a cualquiera.

—Estaba abierta, mamá —le dijo Seldon.

—Chsss —replicó ella—. Chsss. No importa.

Y entonces entró en el baño y cerró el agua fría, que aún seguía cayendo a chorro en la bañera, y, sin problema alguno, abrió la puerta del armario y sacó una toalla limpia y empezó a secarme el pelo, la cara y el cuello, mientras me decía suavemente que no importaba y que esas cosas le pasaban continuamente a la gente.

Pero eso fue mucho antes de que todo lo demás se torciera.

La campaña al Congreso comenzó a las ocho de la mañana del martes siguiente al día del Trabajo, con Walter Winchell subido a una caja de jabón en el cruce de Broadway y la calle Cuarenta y dos —el célebre cruce donde había anunciado su candidatura a la presidencia subido a la misma caja de jabón de madera genuina— y, a la luz del día, exactamente con el mismo aspecto que tenía en las fotos de prensa, en las que aparecía retransmitiendo desde el estudio de la NBC los domingos por la noche a las nueve: sin chaqueta, en mangas de camisa, con los puños remangados, la corbata desanudada y, echado hacia atrás, el sombrero Fedora del reportero curtido. Al cabo de unos pocos minutos, ya era necesaria una media docena de policías montados de la ciudad de Nueva York para desviar el tráfico del torrente de entusiastas trabajadores que se lanzaban a la calle para oírle y verle en persona. Y cuando se difundió la noticia de que el orador con megáfono no era un pelmazo bíblico más que profeti zaba la condenación de la pecadora América, sino el asiduo del Stork Club que solo recientemente se había convertido en el presentador radiofónico más influyente del país y el periodista de prensa sensacionalista más inicuo de la ciudad, el número de espectadores aumentó de cientos a miles, casi diez mil personas en total según los periódicos, que salían de las bocas de metro y bajaban de los autobuses atraídos por el disidente y su falta de moderación.

—Los cobardes de la radiodifusión —les dijo— y los vándalos multimillonarios de la prensa controlados por la banda de Lind bergh que ocupa la Casa Blanca dicen que echaron a Winchell porque había gritado «¡Fuego!» en un teatro abarrotado de gente. Señor y señora Ciudad de Nueva York, no fue «¡Fuego!» sino «Fascismo» lo que gritó Winchell, y esa sigue siendo la palabra. ¡Fascismo! ¡Fascismo! Y seguiré gritando «Fascismo» a cada multitud de americanos que encuentre hasta que el traidor partido prohitleriano de herr Lindbergh sea barrido del Congreso el día de las elecciones. Los hitlerianos pueden arrebatarme mi micrófono en la radio, y eso es lo que han hecho, como sabéis. Pueden arrebatarme mi columna en el periódico, y eso es lo que han hecho, como sabéis. Y cuando, Dios no lo quiera, América se vuelva fascista, los camisas pardas de Lindbergh podrán encerrarme en un campo de concentración y hacerme callar… y también lo harán, como sabéis. Incluso podrán encerraros a vosotros en un campo de concentración para haceros callar. Y confío en que a estas alturas seáis muy conscientes de ello. Pero lo que nuestros hitlerianos caseros no pueden arrebatarnos es mi amor y el vuestro por América. Mi amor y el vuestro por la democracia. Mi amor y el vuestro por la libertad. Lo que no pueden arrebatarnos, a menos que los crédulos, los pusilánimes y los aterrados sean lo bastante estúpidos para hacer que vuelvan a Washington, es el poder de las urnas. Es preciso detener la conjura hitleriana contra América... ¡y vosotros debéis detenerla! ¡Vosotros, señor y señora Nueva York! ¡El poder del voto de los amantes de la libertad en esta gran ciudad, el martes tres de noviembre de mil novecientos cuarenta y dos!

Durante todo aquel día, el 8 de septiembre de 1942, y por la noche, Winchell se subió a la caja de jabón en cada barrio de Manhattan, desde Wall Street, donde apenas le hicieron caso, hasta Little Italy, donde le hicieron callar a gritos, pasando por Greenwich Village, donde le ridiculizaron, el Garment District, donde fue aplaudido a ratos, y el Upper West Side, donde fue recibido como su salvador por los judíos de Roosevelt, y finalmente se dirigió al norte, a Harlem, donde, entre la multitud de varios centenares de negros que se reunieron en la oscuridad para oírle hablar en la esquina de la avenida Lenox y la calle Ciento veinticinco, unos pocos se rieron y un puñado aplaudieron, pero la mayoría permanecieron respetuosamente insatisfechos, como si para lograr conectar con su descontento tuviera que dirigirles un discurso muy diferente.

Resultaba difícil determinar el impacto que aquel día Winchell tuvo entre los votantes. Para su antiguo periódico, el *Daily Mirror* de Hearst, el aparente esfuerzo por obtener el apoyo de las bases locales para derrotar al Partido Republicano en el Congreso nacional parecía más una treta publicitaria que cualquier otra cosa (una treta publicitaria prediciblemente egomaníaca practicada por un columnista de cotilleos en paro que no soportaba hallarse al margen de la atención pública), y era así sobre todo porque ni un solo candidato demócrata al Congreso que se presentaba a las elecciones en Manhattan se acercó a suficiente distancia para oír lo que decía Winchell a través de su megáfono. Si había candidatos en la calle haciendo campaña, se mantuvieron lejos de dondequiera que Winchell cometiera una y otra vez el error político de asociar el nombre de Hitler con el de un presidente norteamericano cuya heroicidad el mundo todavía idolatraba, cuyos logros incluso el Führer respetaba, y a quien una abrumadora mayoría de sus compatriotas seguía adorando como su divino catalizador de paz y prosperidad para la nación. En un breve y sardónico editorial, «Vuelta a lo mismo», el *New York Times* solo pudo llegar a una conclusión sobre las «interesadas jugarretas» de Winchell. El *Times* decía: «No hay nada para lo que Walter Winchell tenga más talento que para ser él mismo».

Winchell se pasó un día entero en cada uno de los otros cuatro distritos de Nueva York, y a la semana siguiente se dirigió al norte, a Connecticut. Aunque todavía necesitaba un candidato demócrata dispuesto a aliar una incipiente campaña para el Congreso a su incendiaria retórica, Winchell siguió adelante y colocó su caja de jabón ante las puertas de las fábricas de Bridgeport y a la entrada de los astilleros de New London, donde se echó hacia atrás el Fedora, se aflojó la corbata y gritó «¡Fascismo! ¡Fascismo!» a la cara de la muchedumbre. Desde la costa industrial de Connecticut viajó de nuevo hacia el norte, hasta los enclaves obreros de Providence, y después cruzó desde Rhode Island a las ciudades fabriles del Massachusetts sudoriental, dirigiéndose a minúsculas congregaciones en las esquinas de las calles en Fall River, Brockton y Quincy, con no menos fervor del que manifestó en su discurso inaugural en Times Square. Desde Quincy fue a Boston, donde se proponía pasar tres días recorriendo el Dorchester irlandés y Boston Sur hasta el North End italiano. Sin embargo, en su primera tarde en la concurrida plaza Perkins de Boston Sur, los pocos burlones que le interrumpían y le provocaban por su condición de judío desde que partiera de su Nueva York natal (y dejara atrás la protección policial garantizada por Fiorello La Guardia, el alcalde republicano de Nueva York contrario a Lindbergh) se convirtieron en una multitud con pancartas hechas a mano que recordaban a las pancartas y los letreros que embellecían las concentraciones del Bund en el Madison Square Garden. Y en el momento en que Winchell abrió la boca para hablar, alguien que blandía una cruz en llamas corrió hacia la caja de jabón para prenderle fuego y otro disparó dos veces al aire, ya fuera una señal de los organizadores a los revoltosos, ya una advertencia al hombre notable de la «Judiyork», o ambas cosas. Allí, en el paisaje urbano dominado por el ladrillo añejo de tiendecillas familiares, tranvías, árboles de sombra y casitas, cada una coronada en aquella época, antes de la televisión, solo por el apéndice de una alta chimenea, en el Boston donde la Depresión nunca había terminado, entre las sagradas fachadas de la calle principal norteamericana (la heladería, la barbería, la farmacia), y por el camino que partía del oscuro y aguzado perfil de la iglesia de Saint Augustine, matones con porras avanzaban en tropel gritando «¡Matadlo!» y, dos semanas después de su comienzo en los cinco distritos neoyorquinos, la campaña de Winchell, tal como este la había imaginado, estaba en marcha. Por fin había hecho aflorar el carácter esperpéntico de Lindbergh, el reverso de la insulsez afable de Lindbergh, en bruto y sin disimulo.

Aunque la policía de Boston no hizo nada por contener a los alborotadores (los disparos habían sonado una hora antes de que un coche patrulla apareciera para inspeccionar el escenario de los hechos), el equipo de guardaespaldas profesionales vestidos de civil que habían permanecido al lado de Winchell durante el viaje lograron apagar las llamas que consumieron una de las perneras de sus pantalones y, tras liberarlo de la primera oleada de la multitud después de que se hubieran repartido solo unos pocos golpes, introducirlo en un coche aparcado a unos metros de la caja de jabón y llevarlo al hospital Carney, en Telegraph Hill, donde le trataron de heridas faciales y quemaduras de poca importancia.

La primera persona que le visitó en el hospital no fue el alcalde, Maurice Tobin, ni el rival de este, el aspirante a la alcaldía derrotado y ex gobernador James M. Curley (otro demócrata de FDR, que, como el demócrata Tobin, no quería saber nada de Walter Winchell). Tampoco fue el congresista local, John W. McCormack, cuyo hermano matón, un camarero conocido como Knocko, presidía el vecindario con tanta autoridad como el popular representante demócrata. Para sorpresa de todo el mundo, empezando por el mismo Winchell, su primer visitante fue un patricio republicano de distinguido linaje de Nueva Inglaterra, el gobernador por Massachusetts durante dos mandatos, Leverett Saltonstall. Al enterarse de la hospitalización de Winchell, el gobernador Saltonstall abandonó su despacho en el edificio de la cámara legislativa para expresarle en persona a Winchell su preocupación, pese a que en privado solo podría haberle despreciado, y prometer una investigación a fondo del pandemónium bien planeado y evidentemente premeditado que, solo el milagro, no había causado víctimas. También le aseguró a Winchell la protección de la policía estatal y, si fuese necesario, de la Guardia Nacional, durante el tiempo que Winchell llevase a cabo su campaña en Massachusetts. Y antes de que el gobernador saliera del hospital, se encargó de que dos guardias armados se apostaran en la puerta, a pocos metros de la cama de Winchell.

El *Boston Herald* interpretó la intervención de Saltonstall como una maniobra política para obtener reconocimiento como un conservador valiente, honorable, imparcial, que podía servir a su partido como un digno sustituto en 1944 del vicepresidente demócrata, Burton K. Wheeler, que había hecho el trabajo requerido en la campaña de 1940, pero cuya imprudencia como orador muchos republicanos creían ahora que podría comprometer a su presidente en un segundo mandato. En una conferencia de prensa en el hospital, donde Winchell apareció ante los fotógrafos en bata, con apósitos quirúrgicos cubriéndole media cara y el pie izquierdo envuelto en un voluminoso vendaje, agradeció la oferta del gobernador Saltonstall pero rechazó la ayuda en un mensaje (lanzado, ahora que era objeto de ataque, en un lenguaje más propio de un estadista que en su enfebrecido tono habitual) que se distribuyó a las dos docenas de periodistas de la radio y la prensa que se habían reunido en su habitación. La declaración empezaba diciendo: «El día en que un candidato a la presidencia de Estados Unidos requiera una falange de policías armados y miembros de la Guardia Nacional para proteger su derecho de libre expresión, este gran país habrá caído en la barbarie fascista. No puedo aceptar que la intolerancia religiosa que emana de la Casa Blanca ya haya corrompido de tal manera al ciudadano de a pie, que ha perdido todo el respeto por sus compatriotas de un credo o una fe diferente de los suyos. No puedo aceptar que la abominación de mi religión que comparten Adolf Hitler y Charles A. Lindbergh ya pueda haber corroído…».

A partir de entonces, los agitadores antisemitas persiguieron a Winchell en cada esquina, aunque sin éxito en Boston, donde Saltonstall hizo caso omiso de la arrogante provocación de Winchell y envió a sus tropas para que impusieran el orden, empleando la fuerza si fuese necesario, y encarcelaran a los violentos, una orden que estas ejecutaron aunque fuera a regañadientes. Entretanto, utilizando un bastón para apoyarse debido al pie quemado, y con la mandíbula y la frente todavía vendados, Winchell empezó a atraer a una multitud airada que canturreaba «¡Judío, vete a casa!» en cada parroquia donde mostraba sus estigmas a los fieles, desde la iglesia Puerta del Cielo en Boston Sur hasta el monasterio de Saint Gabriel en Brighton. Más allá de Massachusetts, en comunidades al norte del estado de Nueva York, en Pensilvania y en todo el Medio Oeste, que ya eran notorias por su intolerancia y a las que inevitablemente apuntaba la explosiva estrategia de Winchell, la mayor parte de las autoridades locales no compartieron la disposición de Saltonstall a impedir los desórdenes, y así, pese a que había duplicado su entorno de guardaespaldas vestidos de civil, el candidato corría el peligro de ser atacado cada vez que se subía a la caja de jabón para denunciar «al fascista de la Casa Blanca» y atribuir responsabilidades directamente al «odio religioso» del presidente por «fomentar la inaudita barbarie nazi en las calles de América».

Los peores y más extendidos actos de violencia tuvieron lugar en Detroit, donde estaba la sede en el Medio Oeste del «sacerdote de la radio», el padre Coughlin y su Frente Cristiano que odiaba a los judíos, así como la del ministro adulador de las masas conocido como «el decano de los antisemitas, el reverendo Gerald L. K. Smith, que predicaba que «el carácter cristiano es la verdadera base del auténtico americanismo». Detroit, claro está, era también el hogar de la industria automovilística y del anciano secretario del Interior de Lindbergh, Henry Ford, cuyo periódico declaradamente antisemita, el *Dearborn Independent*, publicado en la década de 1920, se proponía «una investigación de la cuestión judía» que Ford acabó por publicar en cuatro volúmenes con un total de casi mil páginas, una obra titulada *El judío internacional*, en la que indicaba que, en la limpieza de Estados Unidos, «no se perdona al judío internacional ni a sus satélites como enemigos deliberados de cuanto los anglosajones entienden por civilización».

Era de esperar que organizaciones como la Unión Americana de Libertades Civiles y eminentes periodistas liberales como John Gunther y Dorothy Thompson se indignaran por los disturbios de Detroit e hicieran público su rechazo de inmediato, pero lo mismo les sucedía a muchos norteamericanos convencionales de clase media, que, aunque considerasen repugnantes a Walter Winchell y su retórica y entendieran que «se estaba buscando problemas», también se sentían consternados por los informes de los testigos presenciales sobre cómo los alborotos que comenzaron en la primera parada de Winchell en Hamtramck (el barrio residencial habitado principalmente por trabajadores de la industria automovilística y sus familias, donde se decía que vivía la mayor población polaca fuera de Varsovia) se habían extendido de un modo sospechoso, en cuestión de minutos, a la calle Doce, a Linwood y luego al bulevar Dexter. Allí, en los mayores barrios judíos de la ciudad, hubo saqueo de tiendas y rotura de escaparates, judíos atrapados en el exterior fueron atacados y golpeados y se encendieron cruces empapadas de queroseno en los céspedes de lujosas mansiones a lo largo del bulevar Chicago y ante las modestas viviendas para dos familias de los pintores, fontaneros, carniceros, panaderos, chatarreros y tenderos que vivían en Webb y Tuxedo, y en los pequeños patios con suelo de tierra de los judíos más pobres en Pingry y Euclid. A media tarde, solo momentos antes de que finalizara la jornada escolar, lanzaron una bomba incendiaria contra el vestíbulo de la escuela primaria Winterhalter, donde la mitad del alumnado era judía, otra en el vestíbulo de Central High, cuyo cuerpo estudiantil era judío en un noventa y cinco por ciento, otra a través de una ventana del instituto Sholem Aleichem, una organización cultural que Coughlin había identificado ridículamente como comunista, y una cuarta en el exterior de otro de los blancos «comunistas» de Coughlin, la Alianza de los Trabajadores Judíos. A continuación se produjo el ataque a los lugares de culto. No solo rompieron las ventanas y pintarrajearon las paredes de aproximadamente la mitad de las treinta y tantas sinagogas ortodoxas de la ciudad, sino que, cuando iban a comenzar los servicios religiosos de acuerdo con el horario previsto, se produjo una explosión en los escalones del prestigioso templo Shaarey Zedek, en el bulevar Chicago. La explosión causó graves daños a la exótica fachada central de diseño moruno del arquitecto Albert Kahn, las tres grandes entradas arqueadas que mostraban llamativamente a una población de clase obrera en un estilo a todas luces antiamericano. Cinco transeúntes, ninguno de ellos judío, resultaron heridos a causa de los escombros desprendidos de la fachada, pero, por lo demás, no se informó de víctimas.

Al anochecer, varios centenares de los treinta mil judíos de la ciudad habían huido para refugiarse en Windsor, Ontario, al otro lado del río Detroit, y la historia norteamericana había registrado su primer pogromo a gran escala, cuyo modelo eran claramente las «manifestaciones espontáneas» contra los judíos de Alemania conocidas como *Kristallnacht*, la Noche de los Cristales Rotos, cuyas atrocidades fueron planeadas y perpetradas por los nazis cuatro años atrás y que el padre Coughlin defendió entonces en su tabloide semanal *Social Justice* como una reacción de los alemanes contra el «comunismo de inspiración judía». La página editorial del *Detroit Times* justificó de manera similar la *Kristallnacht* de Detroit como la reacción violenta, desafortunada pero inevitable y totalmente comprensible, a las actividades del intruso alborotador que el periódico identificaba como «el demagogo judío cuyo propósito desde el comienzo había sido incitar la cólera de los americanos patriotas con su traicionera agitación populachera».

Una semana después del ataque de septiembre contra los judíos de Detroit, al que no hicieron frente con diligencia ni el gobernador de Michigan ni el alcalde de la ciudad, se produjeron nuevos actos de violencia contra las casas, tiendas y sinagogas de los barrios judíos en Cleveland, Cincinnati, Indianápolis y Saint Louis, violencia que los enemigos de Winchell atribuyeron a sus apariciones deliberadamente desafiantes en aquellas ciudades tras el cataclismo que había instigado en Detroit, y que el mismo Winchell (que en Indianápolis se libró por los pelos de ser alcanzado por una losa arrojada desde un tejado y que le rompió el cuello a uno de sus guardaespaldas) explicaba por el «clima de odio» que emanaba de la Casa Blanca.

Nuestra propia calle en Newark se encontraba a muchos cientos de kilómetros del bulevar Dexter de Detroit, ninguno de nosotros había estado nunca en esa ciudad y, antes de septiembre de 1942, todo lo que los chicos de la manzana sabíamos de Detroit era que en su equipo de béisbol profesional solo había un jugador judío, la estrella de los Tigers, el primera base Hank Greenberg. Pero entonces se produjeron los disturbios causados por Winchell y, de repente, hasta los niños podían recitar los nombres de las barriadas de Detroit que habían sido agitadas por la violencia. Repitiendo como loros lo que habían oído decir a sus padres, discutían acerca de si Walter Winchell era valiente o estúpido, abnegado o interesado, y si le estaba siguiendo o no el juego a Lindbergh al propiciar que los gentiles se convencieran que los judíos eran los causantes de sus propias penalidades. Discutían acerca de si sería mejor que, antes de que Winchell desencadenase un pogromo a nivel nacional, desistiera y permitiera que se restaurasen las relaciones «normales» entre los judíos y sus compatriotas norteamericanos, o si a la larga sería mejor que siguiera causando alarma entre los judíos más displicentes del país (y despertar la conciencia de los cristianos) al exponer la amenaza del antisemitismo de un extremo al otro del país. Camino de la escuela, en el campo de juegos después de las clases, entre una y otra clase en los corredores de la escuela, podías ver a los chicos más listos hablando entre ellos, chicos de la edad de Sandy y bastantes no mayores que yo, dedicados a debatir acaloradamente si sería bueno o malo para los judíos el hecho de que Walter Winchell fuese de un lado a otro del país con su caja de jabón para abochornar públicamente a los bundistas germanoamericanos, los seguidores de Coughlin, los miembros del Ku Klux Klan, los camisas plateadas y los afiliados a América Primero, la Legión Negra y el Partido Nazi Americano, y conseguir que esos antisemitas organizados y sus miles de simpatizantes invisibles se revelasen como lo que eran, y revelasen al mismo presidente como lo que era, un jefe ejecutivo y comandante en jefe que aún no se había molestado en reconocer que existía un estado de emergencia, y no digamos ya en llamar a las tropas federales para que impidieran nuevos disturbios.

Después de Detroit, los judíos de Newark, que sumaban unos cincuenta mil en una ciudad de más de medio millón de habitantes, empezaron a prepararse para una grave erupción de violencia en sus propias calles, ya fuese por una visita de Winchell a Nueva Jersey cuando regresara al este del país, ya por los disturbios que se propagarían inevitablemente a ciudades donde, como en Newark, había un denso vecindario judío contiguo a grandes comunidades de irlandeses, italianos, alemanes y eslavos de clase obrera, que ya albergaban a un buen número de intolerantes. Estaba claro que esas personas no necesitarían demasiado estímulo para que la conspiración pronazi que había urdido tan exitosamente los disturbios en Detroit las convirtiera en una muchedumbre salvaje y destructiva.

Casi de la noche a la mañana, el rabino Joachim Prinz, junto con otros cinco eminentes judíos de Newark entre los que figuraba Meyer Ellenstein, establecieron el Comité de Newark de Ciudadanos Judíos Preocupados. El grupo se convirtió rápidamente en un modelo para otros grupos similares ad hoc de ciudadanos judíos en otras grandes ciudades, decididos a garantizar la seguridad de sus comunidades logrando que las autoridades diseñaran planes de contingencia para estar prevenidos ante las peores expectativas. El comité de Newark convocó primero una reunión en el ayuntamiento (presidida por el alcalde Murphy, cuya elección había puesto fin a los ocho años de Ellenstein en el cargo) con el jefe de policía de Newark, el jefe de bomberos y el director del Departamento de Seguridad Pública. Al día siguiente el comité se reunió en el edificio de la cámara legislativa, en Trenton, con el gobernador demócrata Charles Edison, el director de la policía del estado de Nueva Jersey y el oficial al mando de la Guardia Nacional de Nueva Jersey. También asistió el fiscal general Wilentz, conocido de los seis miembros del comité, y, en el boletín del comité de Newark entregado a la prensa de Jersey, se informaba de que le había asegurado al rabino Prinz que todo el peso de la ley recaería en cualquiera que intentase atacar a los judíos de Newark. A continuación, el comité envió un telegrama al rabino Bengelsdorf, para solicitar una reunión con él en Washington, pero la respuesta fue que se trataba de un asunto local y no federal, y les aconsejaron que plantearan su preocupación, como ya estaban haciendo, a los funcionarios estatales y municipales.

Los partidarios del rabino Bengelsdorf le alabaron por mantenerse distanciado del sórdido caso Walter Winchell mientras discretamente, en conversaciones privadas con la señora Lindbergh en la Casa Blanca, pedía con insistencia ayuda para aquellos inocentes judíos diseminados por todo el país que estaban pagando de un modo trágico por la conducta inicua del candidato renegado, un provocador que cínicamente alentaba a los ciudadanos norteamericanos, que en modo alguno tenían que sentirse acosados, para que se aferraran a sus más antiguas y paralizantes inquietudes. Los seguidores de Bengelsdorf constituían una influyente camarilla procedente del escalón superior profundamente asimilado de la sociedad judía alemana. Muchos de ellos eran ricos de nacimiento y figuraban entre la primera generación judía que había asistido a institutos de élite y a las universidades más prestigiosas, donde, debido a lo reducido de su número, se habían mezclado con los gentiles, con los que posteriormente se asociaron en empeños comunales, políticos y comerciales, y que en ocasiones parecían aceptarlos como a iguales. Para esos judíos privilegiados no había nada sospechoso en los programas diseñados por la agencia del rabino Bengelsdorf para ayudar a los judíos más pobres y menos cultivados a que aprendieran a vivir en una armonía más estrecha con los cristianos de la nación. Lo desafortunado, en su opinión, era que judíos como nosotros siguiéramos hacinados en ciudades como Newark a causa de una xenofobia fomentada por unas presiones históricas que ya no existían. El estatus conferido por las ventajas económicas y vocacionales les predisponía a creer que quienes carecían de su prestigio eran rechazados por la sociedad general debido al aislamiento tribal más que a un pronunciado gusto de la mayoría cristiana por la exclusividad, y que vecindarios como el nuestro no eran tanto el resultado de la discriminación como su caldo de cultivo. Por supuesto, reconocían que había bolsas de gente retrógrada en Norteamérica cuyo antisemitismo virulento seguía siendo su pasión más fuerte y obsesiva, pero eso solo parecía un motivo más para que el director de la OAA alentara a los judíos perjudicados por las limitaciones de una existencia segregada a permitir que por lo menos sus hijos se integraran en la corriente dominante norteamericana, y una vez dentro demostraran que no se parecían en nada a la caricatura del judío difundida por nuestros enemigos. La razón de que aquellos judíos ricos, urbanos y seguros de sí mismos abominaran especialemnte de Winchell, una caricatura de sí mismo, era que reforzaba de una manera muy deliberada la misma hostilidad que ellos creían haber aplacado con su conducta ejemplar hacia sus colegas y amigos cristianos.

Además del rabino Prinz y el ex alcalde Ellenstein, los otros cuatro miembros del comité de Newark eran Jenny Danzis, la anciana dirigente cívica responsable del éxito de los programas de americanización para niños inmigrantes en el sistema escolar de Newark, y esposa del cirujano jefe del hospital Beth Israel; Moses Plaut, el ejecutivo de grandes almacenes e hijo del fundador de S. Plaut & Co., así como presidente en diez ocasiones de la asociación de la calle Broad; el líder comunitario Michael Stavitsky, importante propietario de fincas en la ciudad y antiguo presidente de la Conferencia de Newark de Obras Benéficas Judías, y el doctor Eugene Parsonette, jefe del personal médico del Beth Israel. Que el capo mafioso de Newark, Longy Zwillman, no hubiera sido reclutado para formar parte de un grupo de judíos locales tan distinguido como aquel no era una sorpresa para nadie, aun cuando Longy era un hombre acaudalado de enorme influencia y no menos consternado que el rabino Prinz por la amenaza que planteaban los antisemitas que, con el pretexto de haber sido provocados por Walter Winchell, habían iniciado lo que a muchos les parecía la primera etapa de la resolución contenida en la «cuestión judía» de Henry Ford.

Longy empezó a actuar por su cuenta, al margen de las numerosas autoridades civiles que habían prometido al rabino Prinz su máxima cooperación para garantizar que si, llegado el momento, la policía de Newark y las tropas estatales no lograban responder al desorden con más vigor que el mostrado por las fuerzas de seguridad en Boston y Detroit, los judíos de la ciudad no se quedaran sin protección. Bala Apfelbaum, el socio y amigo íntimo de Longy, conocido en toda la ciudad como su mano derecha y hermano mayor de Niggy Apfelbaum, recibió el encargo de complementar la buena obra realizada por el Comité de Newark de Ciudadanos Judíos Preocupados mediante el reclutamiento de los muchachos judíos desperdigados e incorregibles que no habían conseguido graduarse en el instituto, a fin de adiestrarlos como cuadros para un cuerpo de voluntarios formado a toda prisa que se llamaría Policía Provisional Judía. Eran muchachos del barrio sin ninguno de los ideales arraigados en el resto de nosotros, que ya desde quinto curso habían empezado precozmente a emanar un aura de anarquía, inflando condones en los lavabos de la escuela, liándose a mamporros en el autobús 14 y peleándose hasta sangrar en la acera de hormigón delante de los cines; aquellos a los que, durante sus años escolares, señalaban los padres de los demás niños para decirles que no se relacionaran con ellos, y que ahora eran veinteañeros y se dedicaban a correr apuestas, jugar al billar y fregar platos en las cocinas de alguno de los restaurantes del barrio. La mayoría de nosotros solo los conocíamos por la magia de matonismo de sus apodos, con fuerte carga emocional: Leo «el León» Nusbaum, Nudillos Kimmelman, el Gran Gerry Schwartz, Pelele Breitbart, Duke «Puños» Glick, y por las bajas cifras de sus cocientes de inteligencia.

Y ahora estaban apostados en las esquinas de las calles, nuestro puñado de fracasados del barrio, escupiendo expertamente entre los dientes en las alcantarillas e intercambiándose señales por medio de silbidos con los dedos bien metidos en la boca. Allí estaban, los insensibles, los obtusos y los deficientes mentales, los más anormales del colectivo judío, recorriendo las calles como marineros de permiso en tierra en busca de pelea. Allí estaban los pocos descerebrados con los que habíamos crecido sintiendo lástima y temor, los brutos de la Edad de Piedra, los mequetrefes rabiosos y los levantadores de pesas ominosos y fanfarrones, que acorralaban a los chicos como yo en la avenida Chancellor y nos decían que tuviéramos a mano los bates de béisbol por si nos llamaban por la noche para echarnos a las calles, que iban a la Asociación de Jóvenes Hebreos por las tardes y a los campos de béisbol los domingos y a las tiendas del barrio los días laborables para reclutar entre los adultos del barrio a hombres sanos y fuertes, a fin de reunir patrullas de tres en cada manzana con las que poder contar en caso de emergencia. Encarnaban todo lo burdo y despreciable que nuestros padres habían confiado en dejar atrás, junto con las penurias de su infancia, en los barrios bajos del distrito tercero, y, no obstante, allí estaban nuestros demonios disfrazados de guardianes, cada uno de ellos con un revólver cargado y atado a la pantorrilla, un arma tomada en préstamo de la colección de Bala Apfelbaum, a quien todo el mundo conocía como alguien que había dedicado su existencia a intimidar lealmente a la gente en nombre de Longy, amenazándoles, golpeándoles, torturándoles y (pese a que, imitando a un jefe que debía de pesar quince kilos menos y medir treinta centímetros más, a Bala siempre se le veía con un traje de tres piezas adornado con un pañuelo de seda pulcramente doblado en el bolsillo superior y del mismo color que la corbata, y con un caro Borsalino garbosamente ladeado a pocos centímetros de lo que en verdad era el ceño poco generoso de un juez de la naturaleza humana severo en extremo) acabando con sus vidas, si así le placía al jefe.

Lo que convirtió la muerte de Walter Winchell en un acontecimiento digno de cobertura instantánea a nivel nacional no fue solo que su heterodoxa campaña había desencadenado los peores disturbios antisemitas del siglo fuera de la Alemania nazi, sino también que el asesinato de un mero candidato a la presidencia no tenía precedentes en Estados Unidos. Aunque los presidentes Lincoln y Garfield fueron abatidos a tiros en la segunda mitad del siglo xix y McKinley a comienzos del xx, y aunque en 1933 FDR sobrevivió a un intento de asesinato que en cambio arrebató la vida de su partidario demócrata Cermak, el alcalde de Chicago, no sería hasta veintiséis años después del asesinato de Winchell cuando dispararon contra un segundo candidato presidencial, el senador demócrata por Nueva York Robert Kennedy, fatalmente herido en la cabeza tras ganar las primarias de su partido en California el martes 4 de junio de 1968.

El lunes 5 de octubre de 1942 estaba solo en casa después de la escuela, escuchando por la radio de la sala las entradas finales del quinto partido de la Serie Mundial entre los Cardinals y los Yankees, cuando, en el turno de bateo por los Cardinals, en la novena entrada y con dos hombres fuera y dos strikes —y con ventaja en la Serie de tres juegos a uno—, interrumpió la retransmisión una voz que, con una dicción muy clara y elegante con una leve influencia británica, algo muy apreciado en un locutor de noticias en aquella época temprana de la radio, anunció: «Interrumpimos este programa para darles una noticia importante. El candidato a la presidencia Walter Winchell ha sido tiroteado mortalmente. Repetimos: Walter Winchell ha muerto. Ha sido asesinado en Louisville, Kentucky, cuando celebraba un mitin al aire libre. Esto es todo lo que se sabe por el momento sobre el asesinato en Louisville del candidato demócrata a la presidencia Walter Winchell. Seguimos con nuestra programación habitual».

Aún no eran las cinco de la tarde. Mi padre acababa de salir hacia el mercado en la camioneta de tío Monty, mi madre había ido a la avenida Chancellor unos minutos antes para comprar algo para la cena, y mi obseso hermano había salido en busca de un lugar de encuentro donde poder seguir importunando a alguna de las chicas con las que se veía después de la escuela para que le dejara tocarle los senos. Oí griterío en la calle, y luego un grito que salía de una casa cercana, pero se había reanudado la retransmisión del partido y el suspense era tremendo: Red Ruffing lanzando al novato tercera base de los Cardinals, Whitey Kurowski; el receptor de los Cardinals, Walker Cooper, en la primera base con su sexto hit en cinco juegos, y los Cardinals solo necesitaban esa victoria para ganar la Serie. Rizzuto había conseguido un home-run para los Yankees, el jugador con el siniestro apodo «Matarife» Enos había hecho lo mismo para los Cardinals y, como les gusta decir a los pequeños hinchas histriónicos, yo «sabía» antes incluso de que Ruffing efectuara su primer lanzamiento que Kurowski iba a conseguir un segundo home-run y dar a los Cardinals su cuarta victoria consecutiva tras la derrota del día inaugural. No podía esperar a salir corriendo a la calle y gritar «¡Lo sabía! ¡Yo ya lo dije! ¡Tenía que ser Kurowski!». Pero cuando Kurowski hizo el home-run, terminó el partido y yo salí de casa corriendo a toda velocidad por el callejón, vi a dos miembros de la policía judía, Gran Gerry y Duke Glick, que corrían de un lado a otro de la calle y gritaban en los portales: «¡Han disparado contra Winchell! ¡Winchell ha muerto!».

Mientras tanto, más niños salían corriendo de sus casas, delirantes de júbilo tras haber escuchado la retransmisión de la Serie Mundial. Pero en cuanto llegaban a la calle gritando el nombre de Kurowski, Gran Gerry les espetaba: «¡A por los bates! ¡Ha empezado la guerra!». Y no se refería a la guerra contra Alemania.

Por la noche no había una sola familia judía en nuestra calle que no estuviera parapetada detrás de la puerta cerrada con dos vueltas de llave, las radios emitiendo sin cesar para escuchar las últimas noticias y todo el mundo telefoneando a sus conocidos para contarles que Winchell no había dicho nada ni remotamente incendiario a la multitud de Louisville, que en realidad había comenzado su discurso con lo que solo había pretendido ser una sincera apelación a la autoestima cívica («Señor y señora Louisville, Kentucky, orgullosos ciudadanos de la singular ciudad norteamericana que es la sede de la carrera de caballos más grande del mundo y lugar de nacimiento del primer juez judío del Tribunal Supremo de Estados Unidos…») y, sin embargo, antes de que pudiera pronunciar el nombre de Louis D. Brandeis, tres balazos en la nuca lo habían abatido. Un segundo informe, emitido momentos después, decía que el lugar donde se había producido el asesinato estaba a solo pocos metros de uno de los edificios más elegantes de todo Kentucky, construido en un estilo griego neoclásico, el palacio de justicia del condado de Jefferson, con su imponente estatua de Thomas Jefferson de cara a la calle y una larga y ancha escalera que conducía al majestuoso pórtico con columnas. Los proyectiles que mataron a Winchell parecían haber sido disparados desde una de las ventanas grandes, austeras y hermosamente proporcionadas de la fachada del palacio de justicia.

Mi madre empezó a hacer las primeras llamadas en cuanto regresó de la compra. Yo me había puesto junto a la puerta para contarle lo de Walter Winchell en cuanto llegara a casa, pero para entonces ella ya sabía lo poco que se podía saber, primero porque la mujer del carnicero había telefoneado a la tienda para contarle a su marido la noticia difundida por la radio mientras él envolvía el pedido de mi madre, y luego por el desconcierto manifiesto entre la gente de la calle, que ya se escabullía para ponerse a salvo en sus casas. No pudo contactar con mi padre, cuya camioneta aún no había llegado al mercado, y como es natural empezó a preocuparse por mi hermano, que de nuevo apuraba hasta el último momento y probablemente no subiría corriendo las escaleras de atrás hasta unos segundos antes de la hora de sentarse a la mesa de la cocina, con las manos recién lavadas de la mugre del día y la cara de las huellas de pintalabios. Era el peor momento imaginable para que cualquiera de los dos estuviese lejos de casa y su paradero preciso fuese desconocido, pero, sin tomarse tiempo para sacar los comestibles de la bolsa ni mostrar alarma, mi madre me dijo:

–Dame el mapa. Dame tu mapa de Estados Unidos.

Había un gran mapa de América del Norte plegado en una bolsa dentro del primer volumen de la enciclopedia que compramos a un vendedor a domicilio el año que comencé la escuela. Corrí a la galería, donde en un estante, entre los sujetalibros de latón que representaban a George Washington adquiridos en Mount Vernon por mi padre, estaba toda nuestra biblioteca: los seis volúmenes de la enciclopedia, un ejemplar encuadernado en piel de la Constitución de Estados Unidos que había sido un premio de Metropolitan Life, y el diccionario Webster no abreviado que tía Evelyn le regaló a Sandy cuando cumplió diez años. Abrí el mapa y lo extendí sobre el hule de la mesa de la cocina, y entonces mi madre, utilizando la lupa que me dieron mis padres como regalo por mi séptimo cumpleaños junto con el insustituible y no olvidado álbum de sellos, buscó la mota en el centro del norte de Kentucky que era la ciudad de Danville.

En cuestión de segundos los dos estuvimos de nuevo junto a la mesa del teléfono en el vestíbulo, sobre la que colgaba otro de los galardones que mi padre había recibido por vender seguros, un grabado en cobre enmarcado que era una réplica de la Declaración de Independencia. El servicio telefónico local dentro del condado de Essex apenas tenía diez años de antigüedad y probablemente la tercera parte de los habitantes de Newark aún carecían de teléfono, y la mayor parte de los que lo tenían usaban, como nosotros, una línea colectiva, por lo que la llamada a larga distancia era todavía un fenómeno extraordinario, no solo porque poner una conferencia era algo que se apartaba mucho de la experiencia doméstica cotidiana de una familia con nuestros medios, sino también porque ninguna explicación tecnológica, por básica que fuese, podría alejarla por completo del reino de la magia.

Mi madre le habló a la operadora con mucha precisión, para asegurarse de que nada saliera mal y no nos cobraran por error cualquier extra.

—Quiero hacer una llamada a larga distancia, operadora. A Danville, Kentucky. Con la señora Selma Wishnow. Y, por favor, operadora, cuando hayan acabado mis tres minutos, no se olvide de decírmelo.

Hubo una larga pausa mientras la operadora solicitaba el número al servicio de información. Cuando mi madre oyó por fin que estaban haciendo la llamada, me indicó con una seña que acercara mi oreja a la suya pero que no hablara.

—¡Diga! —responde Seldon con entusiasmo.

La operadora:

—Es una conferencia. Tengo una llamada para la señora Selma Wistful.

—Ah, no —masculla Seldon.

—¿Es usted la señora Wistful?

—¿Oiga? Mi madre no está en casa en este momento.

La operadora:

—Pregunto por la señora Selma Wistful...

—Wishnow —grita mi madre—. ¡Wish-now!

—¿Quién es? —pregunta Seldon—. ¿Quién llama?

La operadora:

—¿Está su madre en casa, señorita?

—Soy un chico —responde Seldon. Desconcertado. Otro golpe. Nunca acabarán. Sin embargo, lo cierto es que su voz parece femenina, más aguda incluso que cuando vivía en el piso de abajo—. Mi madre aún no ha vuelto del trabajo.

La operadora:

—La señora Wishnow no está en casa, señora.

Mi madre me mira y dice:

—¿Qué puede haber pasado? El chico está solo. ¿Dónde puede estar? Completamente solo en casa. Operadora, hablaré con quien sea.

La operadora:

—Adelante, señor, hable.

304

—¿Quién es? —pregunta Seldon.

—Soy la señora Roth, Seldon. De Newark.

—¿La señora Roth?

—Sí. He puesto una conferencia para hablar con tu madre.

—¿Desde Newark?

—Ya sabes quién soy.

—Pero parece como si estuviera abajo, en la calle.

—Bueno, pues no lo estoy. Esto es una conferencia, Seldon. ¿Dónde está tu madre?

—Estoy comiendo algo. Espero que vuelva del trabajo. Estoy tomando unas Fig Newtons y un vaso de leche.

—Seldon…

—Estoy esperando a que vuelva del trabajo… Trabaja hasta muy tarde. Siempre trabaja hasta muy tarde. Me quedo aquí sentado. A veces como algo…

—Para, Seldon. Cállate un momento.

—Y entonces ella vuelve a casa y hace la cena. Pero vuelve tarde todas las noches.

Mi madre se vuelve hacia mí y me hace un gesto para que me ponga al teléfono.

—Habla con él. No me escucha cuando yo le hablo.

—¿Hablar con él de qué? —replico apartando el aparato.

—¿Está Philip ahí? —pregunta Seldon.

—Un momento, Seldon —responde mi madre.

—¿Está Philip ahí? —repite Seldon.

—Pero ¿qué quieres que le diga? —pregunto.

—Tú ponte al teléfono.

Me pone el receptor en una mano y alza el micrófono para que lo sujete con la otra.

—¿Qué hay, Seldon?

—¿Philip? —replica él en voz queda, vacilante, incrédulo.

—Sí. Hola, Seldon.

—Oye, ¿sabes?, no tengo ningún amigo en la escuela.

—Queremos hablar con tu madre —le digo.

—Mi madre está en el trabajo. Trabaja hasta muy tarde todas las noches. Estoy comiendo algo. Estoy tomando unas Fig Newtons y un vaso de leche. Dentro de una semana será mi cumpleaños y mi madre dice que podría dar una fiesta…

—Espera un momento, Seldon.

—Pero no tengo ningún amigo.

—Tengo que hacerle una pregunta a mi madre, Seldon. Espera un momento. Cubro el micrófono con la mano para susurrarle—: ¿Qué debo decirle?

—Pregúntale si sabe lo que ha ocurrido hoy en Louisville —susurra mi madre.

—Seldon, mi madre quiere saber si sabes lo que ha pasado hoy en Louisville.

—Vivo en Danville. Vivo en Danville, Kentucky. Estoy esperando a que mi mamá vuelva a casa. Estoy comiendo un poco. ¿Ha pasado algo en Louisville?

—Espera un momento, Seldon —le digo—. ¿Y ahora qué? —le susurro a mi madre.

—Háblale, por favor. Sigue hablando con él. Y si la operadora dice que se han terminado los tres minutos, me avisas.

—¿Por qué me llamas? —pregunta Seldon—. ¿Vas a venir a visitarme?

—No.

—¿Recuerdas cuando te salvé la vida? —me pregunta.

—Sí, me acuerdo.

—Oye, ¿qué hora es ahí? ¿Estáis en Newark? ¿Estáis en la avenida Summit?

—Sí, ya te lo hemos dicho.

—Se oye muy claro, ¿verdad? Parece como si estuvieras aquí al lado. Me gustaría que vinieras a comer algo conmigo y entonces podrías venir a mi fiesta de cumpleaños la semana que viene. No tengo ningún amigo para invitarle a mi fiesta de cumpleaños. No tengo ningún amigo para jugar al ajedrez. Ahora estoy aquí sentado, practicando el movimiento de apertura. ¿Te acuerdas de mi apertura? Muevo el peón que está delante del rey. ¿Recuerdas cuando trataba de enseñártelo? Muevo el peón del rey, ¿recuerdas? Después saco el alfil, luego muevo el caballo y a continuación el otro caballo… ¿Y te acuerdas del movimiento cuando no hay piezas entre el rey y una de las torres? ¿Cuando muevo el rey dos casillas para protegerlo?

—Seldon…

—Dile que le echas de menos —me susurra mi madre.

—¡Mamá! —protesto.

—Díselo, Philip.

—Te echo de menos, Seldon.

—Entonces, ¿quieres venir a comer algo conmigo? Quiero decir que suena como si… ¿De verdad no estás aquí en la calle?

—No, esto es una conferencia.

—¿Qué hora es ahí?

—A ver… las seis menos diez.

—Ah, aquí también son las seis menos diez. Mi madre ya debería estar en casa, llega sobre las cinco. Las cinco y media como mucho. Una noche llegó a casa a las nueve. Imagina.

—Oye, Seldon, ¿sabes que han matado a Walter Winchell?

—¿Quién es?

—Déjame terminar. Han matado a Walter Winchell en Louisville, Kentucky. En tu estado. Hoy mismo.

—Pues lo siento. ¿Quién era?

La operadora:

—Sus tres minutos han terminado, señor.

—¿Es tu tío? —pregunta Seldon—. ¿Es el tío que fue a verte? ¿Está muerto?

—No, no —respondo, y pienso que ahora, solo allá en Kentucky, es como si fuese él quien había sido golpeado en la cabeza. Parece aturdido. Atrofiado. Parece paralizado. Y, sin embargo, era el chico más listo de nuestra clase.

Mi madre se pone al aparato.

—Soy la señora Roth, Seldon. Quiero que anotes una cosa.

—De acuerdo. Tengo que buscar papel y lápiz.

La espera se prolonga.

—¿Seldon? —dice mi madre.

Más espera.

—Ya está.

—Anota esto, Seldon. Ahora la llamada está costando mucho dinero.

—Lo siento, señora Roth. Es que no podía encontrar un lápiz en casa. Estaba sentado a la mesa de la cocina. Estaba comiendo algo.

—A ver, Seldon, escribe que la señora Roth…

—De acuerdo.

—… ha llamado desde Newark.

—Desde Newark. Caray. Ojalá estuviera todavía en Newark, viviendo en el piso de abajo. Le salvé la vida a Philip, ¿sabe?

—La señora Roth ha llamado desde Newark para comprobar…

—Espere un momento. Estoy escribiendo…

—… para comprobar que todo va bien.

—¿Hay algo que podría no ir bien? Quiero decir que Philip está bien. Y usted está bien. ¿Está bien el señor Roth?

—Sí, gracias por preguntarlo, Seldon. Dile a tu madre que por eso he llamado. Aquí todo está bien y no hay nada por lo que deba preocuparse.

—¿Debería yo preocuparme por algo?

—No, sigue comiendo…

—Creo que ya he comido suficientes Fig Newtons, pero gracias de todos modos.

—Adiós, Seldon.

—Pero me gustan las Fig Newtons.

—Adiós, Seldon.

—¿Señora Roth?

—¿Sí?

—¿Vendrá Philip a visitarme? La semana que viene es mi cumpleaños y no tengo a nadie a quien invitar a mi fiesta. No tengo ningún amigo en Danville. Aquí los chicos me llaman Galleta Salada. Tengo que jugar al ajedrez con un niño de seis años. Vive en la casa de al lado. Es el único con quien puedo jugar. Un niño. Le he enseñado a jugar al ajedrez. A veces hace jugadas que no se pueden hacer. O mueve la reina y tengo que decirle que no lo haga. Gano siempre, pero no es divertido. Claro que no tengo a nadie más con quien jugar.

—Es duro para todos, Seldon. Ahora es duro para todos. Adiós, Seldon.

Y mi madre colgó el aparato y empezó a sollozar.

Solo unos días antes, el primero de octubre, unas familias italianas procedentes del distrito primero ocuparon los dos pisos de la avenida Summit desalojados por los «colonos de 1942», el que estaba debajo del nuestro y uno al otro lado de la calle, tres puertas más abajo. En esencia, un terminante decreto del gobierno les había asignado los nuevos alojamientos, aunque con el goloso incentivo de un descuento en el alquiler del quince por ciento (o 6,37 dólares de los 42,50 mensuales) durante un período de cinco años, un dinero que el Departamento del Interior pagaría directamente al casero durante los primeros tres años de arriendo y luego durante los dos primeros años de una renovación de tres. Tales arreglos derivaban de una sección, a la que hasta entonces no se había dado publicidad, del plan de ocupación de viviendas llamado Proyecto Buen Vecino, destinado a introducir a un número creciente de no judíos en los barrios predominantemente judíos y «enriquecer» así el «carácter americano» de todos los involucrados. Pero lo que uno oía en casa, y a veces de labios de los maestros en la escuela, era que el objetivo subyacente del Proyecto Buen Vecino, como el de Solo Pueblo, consistía en debilitar la solidaridad de la estructura social judía así como reducir la fuerza electoral, cualquiera que fuese, que pudiera tener una comunidad judía en las elecciones locales y al Congreso. Si el desplazamiento de familias judías y su sustitución por familias gentiles reclutadas para su traslado seguía la agenda del plan maestro de la agencia, una mayoría cristiana podría llegar a ser dominante en al menos veinte de los vecindarios judíos más poblados en fecha tan temprana como el comienzo del segundo mandato de Lindbergh y, por uno u otro medio, estaría al alcance de la mano la resolución de la cuestión judía de Norteamérica.

La familia reclutada para mudarse al piso de abajo eran los Cucuzza, formada por madre, padre, un hijo y una abuela. Como mi padre se había pasado años vendiendo seguros en el distrito primero, cobrando cada mes las minúsculas cuotas de sus clientes, que eran en su mayoría italianos, ya estaba familiarizado con los nuevos inquilinos y, en consecuencia, cuando volvió de trabajar la mañana en que el señor Cucuzza, vigilante nocturno, había traído en camioneta las posesiones de la familia desde su vivienda sin agua caliente en un bloque de pisos de alquiler en una pequeña calle no lejos del cementerio del Santo Sepulcro, mi padre hizo un alto en el piso de abajo para ver si, a pesar de que se presentaba allí sin chaqueta y sin corbata y con las manos sucias, la anciana abuela le reconocía como el agente de seguros que vendió a su marido la póliza que había proporcionado a la familia los medios para enterrarlo.

Los «otros» Cucuzza (parientes de «nuestros» Cucuzza, que se habían trasladado desde su propia vivienda sin agua caliente en el distrito primero a la casa situada tres puertas calle abajo) eran una familia mucho más numerosa (tres hijos, una hija, los dos padres y un abuelo) y potencialmente unos vecinos más ruidosos y molestos. A través del padre y el abuelo estaban asociados con Ritchie «la Bota» Boiardo, el mafioso que mandaba en la zona italiana de Newark y que era el único competidor serio del monopolio que ejercía Longy en los bajos fondos. Con toda seguridad, el padre, Tommy, era uno más entre una serie de subordinados y, como su padre retirado, trabajaba además como camarero en el popular restaurante de Boiardo, el Vittorio Castle, cuando no estaba haciendo la ronda de las tabernas, barberías, burdeles, patios escolares y confiterías de los barrios bajos del distrito tercero para sacarles la calderilla a los negros que jugaban fielmente a diario a la lotería clandestina. Al margen de la religión, los otros Cucuzza no eran precisamente la clase de vecinos que mis padres querían tener cerca de sus impresionables y jóvenes hijos, y para consolarnos durante el desayuno la mañana del domingo, mi padre nos explicó hasta qué punto estaríamos mucho peor si nos hubiera tocado en suerte el corredor de lotería clandestina y sus tres chicos en lugar del vigilante nocturno y su hijo, Joey, un chico de once años recientemente matriculado en Saint Peter y, según mi padre, de natural bondadoso y con un problema de oído, que tenía poco que ver con los matones de sus primos. Mientras que allá en el distrito primero los cuatro hijos de Tommy Cucuzza habían ido a la escuela pública local, aquí se habían matriculado junto con Joey en Saint Peter, antes que asistir a una escuela pública como la nuestra, rebosante de pequeños y sesudos judíos.

Como mi padre había salido del trabajo solo unas pocas horas después del asesinato de Winchell y, pese a las enojadas objeciones de tío Monty, había vuelto a casa para pasar el resto de aquella tensa noche al lado de su mujer y sus hijos, los cuatro estábamos sentados a la mesa de la cocina esperando que la radio emitiera nuevas noticias cuando el señor Cucuzza y Joey subieron por la escalera de atrás para hacernos una visita. Llamaron a la puerta y tuvieron que aguardar en el descansillo hasta que mi padre estuvo seguro de quién se trataba.

El señor Cucuzza era un hombre calvo y corpulento, de casi dos metros de altura y más de ciento veinticinco kilos de peso, que para ir al trabajo vestía con su uniforme de vigilante nocturno, camisa azul oscuro, pantalones azul oscuro recién planchados y un ancho cinturón negro que, aparte de sujetarle los pantalones, sostenía varios kilos del más extraordinario equipamiento que yo había visto jamás al alcance de mi mano. Había manojos de llaves, cada uno del tamaño de una granada de mano, que pendían junto a cada bolsillo de los pantalones, había unas esposas auténticas y un reloj de vigilante nocturno con caja negra que colgaba de una correa junto a la lustrosa hebilla del cinturón. A primera vista, tomé el reloj por una bomba, pero no era posible confundir la pistola enfundada a la cintura. Una linterna alargada que también debía de servir como porra sobresalía, con la lámpara hacia arriba, del bolsillo posterior, y en lo alto de una manga de su camisa almidonada había un parche blanco triangular con unas letras negras que decían «Guardián especial».

Joey también era corpulento (con solo dos años más que yo, ya duplicaba mi peso), y el equipo que llevaba era para mí tan intrigante como el de su padre. El pabellón de la oreja derecha estaba taponado por un audífono que parecía goma de mascar moldeada, del que emergía un cable que conectaba con un estuche redondo y negro que tenía un mando en la parte delantera, fijado con una pinza al bolsillo de la camisa, y otro cable conectado a una pila más o menos del tamaño de un encendedor que llevaba en el bolsillo del pantalón. Sostenía una tarta, regalo de su madre a la mía.

El regalo de Joey era la tarta y el del señor Cucuzza una pistola. Tenía dos, una que llevaba al trabajo y otra que guardaba en casa. Venía a ofrecerle a mi padre la de repuesto.

—Es usted muy amable —le dijo mi padre—, pero la verdad es que no sé disparar.

311

—Se aprieta el gatillo y ya está.

El señor Cucuzza tenía una voz sorprendentemente suave en una persona tan enorme, aunque un tanto rasposa, como si hubiera estado expuesta demasiado tiempo a la intemperie durante las horas de la ronda de vigilancia. Y su acento era tan divertido que, cuando estaba a solas, a veces fingía que hablaba como él. ¿Cuántas veces me entretuve diciendo en voz alta «Se aprieta el gatillo y ya está»? Con la excepción de la madre de Joey, norteamericana de nacimiento, todos nuestros Cucuzza tenían voces curiosas, la de la bigotuda abuela la más singular de todas, incluso más que la de Joey, que parecía menos una voz que el eco sin inflexiones de una voz. Y curiosa no solo porque la mujer hablara únicamente italiano, tanto si era con los demás (yo incluido) como si era consigo misma mientras barría la escalera de atrás o se arrodillaba en la tierra para plantar verduras en nuestro minúsculo patio trasero o permanecía en pie mascullando en el portal a oscuras. Su voz era la más extraña porque sonaba como la de un hombre; parecía un viejecito con un largo vestido negro y también tenía la voz de uno, sobre todo cuando lanzaba a gritos órdenes y mandatos que Joey nunca se atrevía a desobedecer. La faceta divertida de este, el alma que las monjas y los curas nunca veían lo suficiente para salvarla, era prácticamente todo lo que yo siempre encontraba cuando los dos estábamos a solas. El motivo de que resultara difícil tenerle demasiada lástima por su problema de oído estribaba en que Joey era un chico muy alegre y travieso, con una tendencia a soltar risotadas, un muchacho hablador, curioso y de monumental credulidad, cuya mente se movía con rapidez aunque de una manera impredecible. Era difícil tenerle lástima y, sin embargo, cuando estaba con sus familiares, la obediencia de Joey era tan concienzuda que me asombraba casi tanto como la concienzuda anarquía de Shushy Margulis. No podría haber habido un hijo mejor en todo el barrio italiano de Newark, y por ello pronto resultó irresistible para mi madre: su impecable lealtad filial y sus largas y oscuras pestañas, la expresión implorante con que miraba a los adultos esperando que le dijeran lo que debía hacer, permitieron a mi madre dejar de lado la incómoda actitud distante que era su defensa innata contra los gentiles. En cambio, la abuela procedente del viejo país le ponía, igual que a mí, los pelos de punta.

—Usted apunta —le explicaba el señor Cucuzza a mi padre, haciendo la demostración con el índice y el pulgar— y dispara. Apunta y dispara, y eso es todo.

—No lo necesito —le dijo mi padre.

—Pero si ellos vienen, ¿cómo va a protegerse? —objetó el señor Cucuzza.

—Mire, Cucuzza, nací en la ciudad de Newark en mil novecientos uno —le respondió mi padre—. Durante toda mi vida he pagado el alquiler a tiempo, he pagado los impuestos a tiempo y he pagado mis facturas a tiempo. Nunca le he sisado a un patrono ni un centavo. Jamás he intentado engañar al gobierno de Estados Unidos. Creo en este país. Amo este país.

—Yo también —dijo nuestro corpulento nuevo vecino del piso de abajo, de cuyo ancho cinturón negro podrían haber colgado cabezas reducidas, dada la fascinación que seguía produciéndome—. Vine aquí de diez años. Mejor país del mundo. No Mussolini aquí.

—Me alegro de que piense así, Cucuzza. Es una tragedia para Italia, es una tragedia para las personas como usted.

—Mussolini, Hitler... me dan asco.

—¿Sabe lo que me encanta, Cucuzza? —le dijo mi padre—. El día de las elecciones. Me encanta votar. Desde que tuve la edad suficiente, no me he perdido una sola convocatoria. En mil novecientos veinticuatro voté contra el señor Coolidge y a favor del señor Davis, y ganó el señor Coolidge. Y todos sabemos lo que hizo el señor Coolidge por los pobres de este país. En mil novecientos veintiocho voté contra el señor Hoover y a favor del señor Smith, y ganó el señor Hoover. Y ya sabemos lo que hizo ese hombre por los pobres de este país. En mil novecientos treinta y dos voté contra el señor Hoover por segunda vez y por el señor Roosevelt por primera vez, y gracias a Dios, ganó el señor Roosevelt e hizo que América volviese a prosperar. Sacó a este país de la Depresión y dio a la gente lo que le había prometido, un nuevo trato. En mil novecientos treinta y seis voté contra el señor Landon y por el señor Roosevelt, y este ganó de nuevo... Dos estados, Maine y Vermont, es todo lo que el señor Landon es capaz de conseguir. Ni siquiera puede ganar en Kansas. El señor Roosevelt arrasa con el mayor número de votos que ha habido jamás en unas elecciones presidenciales, y una vez más cumple la promesa que hiciera a los trabajadores en aquella campaña. Y entonces, ¿qué van y hacen los votantes en mil novecientos cuarenta? Eligen a un fascista. No solo un idiota como Coolidge, no solo un necio como Hoover, sino un fascista integral con una medalla para demostrarlo. Colocan a un fascista y a un agitador fascista, el señor Wheeler, como su compinche, y colocan al señor Ford en el gabinete, no solo un antisemita a la altura de Hitler sino un negrero que ha convertido al trabajador en una máquina humana. Y esta noche viene usted a mi casa, señor, y me ofrece una pistola. En Estados Unidos, en el año mil novecientos cuarenta y dos, un nuevo vecino, un hombre al que ni siquiera conozco todavía, ha venido aquí a ofrecerme una pistola para que proteja a mi familia de la turba antisemita del señor Lindbergh. Bueno, no crea que no se lo agradezco, señor Cucuzza. Jamás olvidaré su interés. Pero soy un ciudadano de los Estados Unidos de América, como lo es mi mujer y lo son mis hijos y lo fue —se le quebró la voz— el señor Walter Winchell…

Y en ese momento, de repente, se emite un boletín radiofónico precisamente sobre Walter Winchell.

—¡Chsss! —sisea mi padre—. ¡Chsss! —como si alguien en vez de él en la cocina hubiera sido el orador. Todos escuchamos, incluso Joey parece escuchar, a la manera en que las aves se reúnen en bandadas para migrar y los peces para nadar en bancos.

El cadáver de Walter Winchell, abatido aquel día durante un mitin político en Louisville, Kentucky, por un presunto asesino del Partido Nazi americano que actuaba en colaboración con el Ku Klux Klan, sería transportado por la noche en tren desde Louisville a la Penn Station, en la ciudad de Nueva York. Allí, por orden del alcalde Fiorello La Guardia y bajo la protección de la policía neoyorquina, se instalaría la capilla ardiente en el gran vestíbulo de la estación y el cadáver permanecería expuesto durante toda la mañana. Según la costumbre judía, aquel mismo día, a las dos de la tarde, tendría lugar un servicio fúnebre en el templo Emanu-El, la mayor sinagoga de Nueva York.

Un sistema de altavoces retransmitiría el acto en el exterior del templo para la apenada multitud en la Quinta Avenida, que se esperaba que fuera de decenas de miles. Junto con el alcalde La Guardia, los oradores serían el senador demócrata James Mead, el gobernador judío de Nueva York, Herbert Lehman, y el ex presidente de Estados Unidos, Franklin D. Roosevelt.

—¡Está ocurriendo! —exclama mi padre—. ¡Ha vuelto! ¡FDR ha vuelto!

—Le necesitamos muchísimo —dice el señor Cucuzza.

—¿Comprendéis lo que está pasando, muchachos? —pregunta mi padre, y entonces nos rodea a Sandy y a mí con los brazos—. ¡Es el comienzo del fin del fascismo en América! No Mussolini aquí, Cucuzza... ¡No Mussolini más aquí!

8

Octubre de 1942
DÍAS MALOS

Alvin apareció en nuestra casa a la noche siguiente, al volante de
un flamante Buick verde y con una prometida llamada Minna
Schapp. De niño la palabra «prometida» siempre me desconcer-
taba cuando la oía. Convertía en alguien especial a la persona en
cuestión; entonces se presentó ella, y no era más que una chica
que, cuando conoció a la familia, tenía miedo de decir algo inconveniente. En cualquier caso, ese alguien especial no era allí
la futura esposa sino el futuro suegro, un poderoso negociante
dispuesto a apartar a Alvin del negocio de las máquinas de juego (donde, ayudado por dos matones intimidantes que transportaban la carga y mantenían a raya a los malhechores, mi primo trabajaba como transportista e instalador de las máquinas
ilegales) y convertirlo en un restaurador de Atlantic City vestido con un traje de seda de Hong Kong a medida y camisa blanca con monograma. Aunque el señor Schapp inició su carrera
en los años veinte como Flipper Billy Schapiro, un estafador
de tres al cuarto asociado con los peores matones de las hileras de
casas más ruinosas en las calles más violentas de las malas tierras
de Filadelfia Sur (entre ellos el tío de Shushy Margulis), en 1942
los beneficios de las máquinas del millón y tragaperras ascendían
a más de quince mil dólares sin declarar cada semana, y Flipper
Billy se había regenerado como William F. Schapp II, miembro
altamente estimado del club de campo Green Valley, de la organización fraternal judía Brith Achim (donde los sábados por la
noche, en compañía de su dinámica esposa cargada de joyas,

iba a bailar al ritmo de la música de Jackie Jacobs y sus Jolly Jazzers) y de la sinagoga Har Zion (a través de cuya sociedad funeraria adquirió una parcela familiar en un rincón bellamente ajardinado del cementerio de la sinagoga), así como el marajá de una mansión de dieciocho habitaciones en el barrio residencial de Merion y el ocupante en invierno –el sueño de todo muchacho pobre– de una suite en la planta superior, reservada para él cada año, en el Eden Roc de Miami Beach.

Con treinta y un años de edad, Minna era ocho mayor que Alvin, una mujer de cutis cremoso y expresión amedrentada que, cuando se atrevía a hablar con su voz infantil, enunciaba cada palabra como si acabara de aprender a decir la hora. Era de pies a cabeza la hija de unos padres autoritarios, pero como el padre poseía, además de la Compañía de Transporte Interurbano (la fachada del negocio de máquinas de juego), un restaurante especializado en langosta en un terreno de dos mil metros cuadrados frente al Embarcadero de Acero, donde los fines de semana la gente hacía una cola para entrar que daba dos veces la vuelta a la manzana, y como a principios de los años treinta, cuando finalizó la Prohibición y se secó el lucrativo interés secundario de Flipper Billy por la organización mafiosa de contrabando de licores interestatal de Waxey Gordon, había abierto el Original Schapp's de Filadelfia (el restaurante especializado en bistecs muy frecuentado por lo que en Filadelfia llamaban la Mafia Judía), Flipper Billy le expuso a Alvin sus vehementes razones a favor de Minna. «El contrato es como sigue –le dijo Schapp al darle a Alvin el dinero para que comprara el anillo de compromiso de su hija–. Minna cuida de tu pierna, tú cuidas de Minna y yo cuido de ti.»

Así fue como mi primo llegó a vestir los trajes hechos a medida y arrogarse la glamurosa responsabilidad de acompañar a sus mesas a clientes famosos como el corrupto alcalde de Jersey City, Frank Hague; el campeón de los pesos semipesados de Nueva Jersey, Gus Lesnevich, y magnates de negocios turbios como Moe Dalitz de Cleveland, King Solomon de Boston, Mickey Cohen de Los Ángeles e incluso el Cerebro en persona, Meyer Lansky, cuando estaban en la ciudad para celebrar una convención del hampa. Y regularmente, cada septiembre, recibía a la nueva Miss América, que llegaba tras la triunfal ceremonia de coronación con todos sus aturdidos parientes a remolque. Una vez que todos habían sido colmados de elogios y les habían puesto los ridículos baberos para comer langosta, Alvin tenía el placer de indicarle al camarero, chascando los dedos, que la comida corría a cuenta de la casa.

El futuro yerno cojo de Flipper Billy no tardó en tener un apodo propio, Gallito, que le había puesto, como Alvin le decía a todo el mundo, Allie Stolz, el aspirante al título mundial de peso ligero. Alvin acababa de visitar en Fildelfia a Stolz –natural de Newark como Gus Lesnevich– el día en que él y Mina se presentaron a cenar en nuestra casa. En mayo, Stolz había perdido a los puntos un combate de quince asaltos contra el campeón de los pesos ligeros en el Madison Square Garden, y ese otoño estaba entrenando en el gimnasio de Masrillo de la calle Market para librar un combate en noviembre contra Beau Jack, que, si ganaba, le abriría las puertas a un enfrentamiento con Tippy Larkin. «Cuando Allie se deshaga de Beau Jack –decía Alvin–, solo quedará Larkin entre él y el título, y Larkin tiene la mandíbula de cristal.»

Mandíbula de cristal. Amañado. Una somanta. Un tipo duro. ¿Qué pega tiene? Aguantaré el chaparrón. El truco más viejo del mundo. Alvin tenía un nuevo vocabulario y una nueva y ostentosa manera de hablar que a todas luces molestaba a mis padres. Sin embargo, cuando, en tono de adoración habló de la generosidad de Stolz –«A Allie los dólares se le caen de las manos»–, no podía esperar a sonar yo mismo como un tipo duro y repetir en la escuela la sorprendente expresión, junto con el amplio popurrí de jerga que Alvin usaba ahora para decir «dinero».

Minna guardó silencio durante la comida, pese a los esfuerzos de mi madre por hacerla participar, yo estaba abrumado por la timidez y mi padre no podía pensar en otra cosa que no fuera el atentado con bomba de que había sido objeto la sinagoga de Cincinnati la noche anterior y el saqueo de tiendas propiedad de judíos en ciudades norteamericanas diseminadas por dos husos horarios. Esa era la segunda noche consecutiva que plantaba a tío Monty antes que dejar sola a la familia en la avenida

Summit, pero en momentos como aquellos no podía preocuparse por la ira de su hermano, y, en lugar de ello, durante la cena se levantó varias veces de la mesa para ir a la sala de estar, encender la radio y escuchar las noticias de lo que sucedía tras el funeral de Winchell. Entretanto, Alvin solo hablaba de «Allie» y de su búsqueda de la corona mundial, como si el púgil de los pesos ligeros natural de Newark encarnara el concepto más profundo que tenía Alvin de la especie humana. ¿Podría haber abandonado de un modo más absoluto el código moral que le había costado la pierna? Se había deshecho de lo que en otro tiempo se interpuso entre él y las aspiraciones de un Shushy Margulis: se había deshecho de nosotros.

Yo me preguntaba si, cuando Alvin conoció a Minna, le dijo que le habían amputado una pierna. No se me ocurría pensar que su personalidad subyugada era precisamente lo que la convirtió en la primera y única mujer a la que Alvin podía decírselo, como tampoco comprendía que Minna era la prueba de su incapacidad con las mujeres. De hecho, el muñón constituyó el gran éxito de Alvin con Minna, sobre todo después de la muerte de Schapp en 1960, cuando el inútil hermano de Minna se quedó con las máquinas tragaperras mientras que Alvin se contentó con adquirir los restaurantes y empezar a relacionarse con las furcias más atractivas de dos estados. Cada vez que el muñón se agrietaba, le dolía, sangraba y se infectaba (a consecuencia de sus muchas locuras), Minna intervenía de inmediato y no le permitía que se pusiera la prótesis. Alvin le decía: «Por el amor de Dios, no te preocupes por eso, no pasará nada», pero ese era el único aspecto en el que Minna se imponía. «No puedes poner una carga en la pierna hasta que esté curada», replicaba refiriéndose a la pierna artificial, que siempre estaba, según la expresión de ortopedista que Alvin me enseñó cuando aún no tenía nueve años y era yo quien se mostraba maternal como Minna, «perdiendo el encaje». Cuando Alvin se hizo mayor y el muñón se lesionaba continuamente a causa de su aumento de peso, tenía que pasarse semanas enteras sin la prótesis hasta que se curase, y en verano Minna lo llevaba a la playa pública y, completamente vestida, lo vigilaba bajo un gran parasol mientras él jugaba durante horas en el oleaje que todo lo curaba, se mecía en las olas, flotaba boca arriba, lanzaba al aire géiseres de agua salada, y luego, para asustar a los turistas que llenaban la playa, salía del agua gritando «¡Tiburón! ¡Tiburón!» mientras señalaba horrorizado su muñón.

Alvin se presentó a cenar con Minna tras haber telefoneado por la mañana para decirle a mi madre que estaría en Jersey Norte y que quería pasar por casa para agradecer a sus tíos todo lo que hicieron por él cuando volvió de la guerra y se lo hizo pasar mal a todo el mundo. Dijo que era mucho lo que tenía que agradecer, y quería hacer las paces con ellos dos, ver a los dos muchachos y presentarnos a su prometida. Eso fue lo que dijo, y hasta es posible que eso fuese lo que pensaba hacer antes de enfrentarse a mi padre y al recuerdo del instinto reformador de mi padre (y al hecho de su antipatía innata, la antipatía como tipos humanos que había existido desde el principio), y fue por eso por lo que, cuando regresé de la escuela y me enteré de la noticia, busqué en el cajón, encontré su medalla y, por primera vez desde que él se marchara a Filadelfia, me la prendí de la camiseta.

Por supuesto, aquel no era precisamente un día ideal para una visita conciliatoria de la oveja negra de la familia. No se había registrado durante la noche violencia antisemita en Newark ni en ninguna otra ciudad importante de Nueva Jersey, pero el ataque con una bomba incendiaria contra la sinagoga que ardió y quedó reducida a escombros, a unos ciento sesenta kilómetros río Ohio arriba desde Louisville, en Cincinnati, así como la aleatoria rotura de cristales y el saqueo de tiendas de propiedad judía en otras ocho ciudades (Saint Louis, Buffalo y Pittsburgh las tres mayores), no hizo nada por reducir el temor a que el espectáculo del funeral judío de Walter Winchell al otro lado del Hudson, en Nueva York (y las manifestaciones y contramanifestaciones coincidentes con las solemnes prácticas religiosas), pudieran fácilmente provocar un estallido de violencia mucho más cerca de casa. En la escuela, a primera hora de la mañana, se había convocado una asamblea especial de media hora para los alumnos de cuarto a octavo. Junto con un representante de la Junta de Educación, un delegado del alcalde Murphy y el entonces presidente de la Asocación de Padres y Profesores, el director expuso las medidas que se estaban tomando para garantizar nuestra seguridad durante el día y ofrecer las diez reglas que nos protegerían en el trayecto de ida y vuelta a la escuela. Aunque no hicieron mención alguna de la policía judía de Bala Apfelbaum (cuyos integrantes habían pasado la noche entera en las calles y seguían allí por la mañana, provistos de termos de café caliente y rosquillas facilitadas por la panadería de Lehrhoff, cuando Sandy y yo partimos hacia la escuela), el delegado del alcalde nos aseguró que «hasta que se restauren las condiciones normales», destacamentos adicionales de policía urbana patrullarían el barrio, y nos dijeron que no nos alarmásemos si veíamos un policía uniformado en cada puerta de la escuela y otro en los pasillos. A continuación, distribuyeron dos hojas mimeografiadas a los alumnos, una que contenía las normas que debían seguirse en la calle, y que los maestros repasarían con nosotros cuando volviéramos a las aulas, y la otra, que debíamos llevar a nuestros padres, en la que les advertían sobre las nuevas medidas de seguridad. Si tenían alguna duda, nuestros padres debían dirigirse a la señora Sisselman, la presidenta de la Asociación de Padres y Profesores que había sucedido a mi madre.

Cenamos en el comedor, que habíamos usado por última vez cuando tía Evelyn nos presentó al rabino Bengelsdorf. Tras la llamada de Alvin, mi madre (cuya incapacidad de guardarle rencor a alguien debió de percibir Alvin en cuanto la oyó responder al teléfono) salió a comprar comida para una cena que le gustara especialmente a su sobrino, pese a la inquietud que experimentaba cada vez que tenía que abrir la puerta y aventurarse por la calle. La presencia de policías armados de Newark haciendo rondas y recorriendo las calles del barrio en coches patrulla solo le daba algo más de seguridad que la visión fugaz de la policía judía de Bala Apfelbaum, y así, como cualquier persona que fuera de compras en una ciudad asediada, fue y volvió casi corriendo de la avenida Chancellor tras comprar lo que necesitaba. En la cocina procedió a hornear la tarta de varias capas con baño de chocolate y nueces picadas que había sido el postre favorito de su sobrino, a pelar las patatas y cortar las cebollas para los *latkes* que Alvin era capaz de devorar a docenas, y en la casa aún flotaban los olores del horneado, la fritura y el asado desencadenados por la inesperada visita cuando Alvin entró en el callejón con su Buick. Allí, donde habíamos jugado juntos a lanzar pases con el balón que robé, Alvin se detuvo detrás de la camioneta Ford que el señor Cucuzza utilizaba para transportar muebles como segundo empleo, y que estaba aparcada en el garaje porque esa jornada trabajaba como vigilante nocturno y el hombre se pasaba durmiendo el día entero.

Alvin vestía un traje de lana asargada color gris perla con voluminosas hombreras, zapatos bicolores perforados y con piezas metálicas en las punteras, y traía regalos para todos: el de tía Bess era un delantal blanco decorado con rosas rojas, el de Sandy un bloc de bocetos, el mío una gorra de los Phillies y el de tío Herman un vale por una cena gratis para una familia de cuatro personas en el restaurante de langosta de Atlantic City. El hecho de que nos hiciera a todos regalos me convenció de que, por el mero hecho de haber huido a Filadelfia, no había olvidado todas las cosas buenas que encontró en nuestra casa en los años anteriores a la pérdida de la pierna. Desde luego, en aquel momento no daba la impresión de que fuéramos una familia dividida o que, cuando la cena hubiera terminado (y Minna ya estuviera en la cocina, recibiendo las instrucciones de mi madre para hacer *latke*), fuera a desatarse una batalla campal entre mi padre y Alvin. Tal vez si este no se hubiera presentado con su vistosa ropa y su llamativo coche, exteriorizando su desbordante entusiasmo por las hazañas físicas que tenían lugar en el gimnasio de Marsillo y eufórico por la inminente adquisición de una inimaginable riqueza... Tal vez si Winchell no hubiera sido asesinado veinticuatro horas antes y lo peor que se había temido tras la llegada de Lindbergh a la presidencia no hubiera estado más cerca de acontecernos que nunca hasta entonces... Tal vez entonces los dos hombres que más me importaron en mi infancia nunca hubieran estado tan al borde de matarse entre ellos.

Antes de aquella noche, no tenía ni idea de que mi padre estuviera tan bien dotado para causar estragos o equipado para realizar esa transformación rápida como el rayo desde la cordura a la locura que es indispensable para llevar a la práctica el desenfrenado impulso de destruir. Al contrario que tío Monty, él prefería no hablar nunca de la terrible experiencia de un niño judío que vivía en un bloque de pisos de alquiler en la calle Runyon antes de la Primera Guerra Mundial, cuando los irlandeses, armados con palos, piedras y tubos de hierro, cruzaban regularmente en tropel por los pasos subterráneos del viaducto de la sección Ironbound en busca de venganza contra los asesinos de Cristo del distrito tercero judío, y por mucho que le gustara llevarnos a Sandy y a mí al Laurel Garden de la avenida Springfield cuando conseguía localidades para un buen combate, los hombres que se peleaban fuera de un cuadrilátero de boxeo le consternaban. Yo sabía que mi padre había tenido un físico musculoso por una instantánea tomada a los dieciocho años que mi madre había pegado en el álbum de fotos familiares, junto con la otra única fotografía que sobrevivía de su infancia, en la que aparecía a los seis años de edad al lado de tío Monty, tres años mayor que él y casi medio metro más alto, dos chiquillos heterogéneos que posaban rígidamente vestidos con sus viejos monos y sus camisas sucias y las gorras echadas hacia atrás lo justo para revelar la crueldad de sus cortes de pelo. En esa foto sepia de cuando tenía dieciocho años está ya muy alejado de la infancia, una auténtica fuerza de la naturaleza en bañador y cruzado de brazos en la soleada playa de Spring Lake, Nueva Jersey, la inamovible piedra angular en la base de la pirámide humana de seis tunantes camareros de hotel que disfrutan de su tarde libre. Como probaba esa foto de 1919, desde joven había tenido un pecho poderoso, y de alguna manera había conservado los brazos musculosos y los hombros capaces de soportar un yugo durante los años que pasó llamando a las puertas para Metropolitan Life, de modo que ahora, a los cuarenta y un años, tras haber trabajado alzando pesadas cajas y sacos de cincuenta kilos seis noches a la semana durante todo el mes de septiembre, probablemente aquel cuerpo albergaba más fuerza explosiva que nunca antes en su vida.

Antes de aquella noche, me habría sido imposible imaginarle dándole una paliza a alguien —y no digamos golpeando hasta hacer sangrar al amado hijo huérfano de su hermano mayor—, tanto como imaginarle encima de mi madre, sobre todo porque, entre los judíos de orígenes europeos pobres como los nuestros y con unas ambiciones americanas tenazmente mantenidas, no existía un tabú más fuerte que la prohibición arraigada y tácita de resolver las disputas por la fuerza. En aquel entonces, la tendencia general de los judíos era en su conjunto no violenta así como no alcohólica, una virtud cuyo punto flaco estribaba en que no se educaba a la mayoría de los jóvenes de mi generación en la agresión combativa que era la primera ley de otras educaciones étnicas e indiscutiblemente de gran valor práctico cuando uno no podía arreglárselas sin violencia o no tenía ocasión de huir. Digamos que entre los varios centenares de muchachos de mi escuela primaria entre los cinco y los catorce años que no estaban cromosómicamente predeterminados para ser pesos ligeros de primera categoría como Allie Stolz, o mafiosos de éxito como Longy Zwillman, seguramente se producían muchas menos peleas a puñetazos que en cualquiera de las demás escuelas de barrio en la industrial Newark, donde las obligaciones éticas de un niño estaban definidas de un modo distinto y los colegiales manifestaban su beligerancia por medios que no estaban al alcance de nuestra mano.

Así pues, aquella fue una noche devastadora por todas las razones imaginables. En 1942, yo no tenía la capacidad suficiente para empezar a descifrar todas las espantosas implicaciones, pero la sola visión de la sangre de mi padre y de Alvin resultó ya bastante impactante. La sangre salpicaba a lo largo y ancho de nuestra alfombra oriental de imitación, la sangre goteaba de los restos astillados de la mesita baja, la sangre manchaba como un estigma la frente de mi padre, la sangre brotaba de la nariz de mi primo... Y los dos, no tanto intercambiando golpes, no tanto luchando como entrechocando, colisionando con un terrible sonido de huesos, echándose atrás y embistiendo como hombres con astas que les salieran de la frente, criaturas fantásticas de especies cruzadas surgidas de la mitología en nuestra sala de estar y convirtiéndose mutuamente en pulpa con sus cuernos macizos y dentados. Dentro de una casa se suelen controlar los movimientos, reducir la velocidad, pero allí la escala de las cosas estaba invertida y su contemplación era terrible. Los disturbios de Boston Sur, los tumultos de Detroit, el asesinato de

Louisville, el atentado con bomba incendiaria de Cincinnati, el caos de Saint Louis, Pittsburgh, Buffalo, Akron, Youngstown, Peoria, Scranton y Syracuse... y ahora aquello: en la sala de estar de una familia normal y corriente (tradicionalmente la zona donde se escenificaba el esfuerzo colectivo para defenderse el frente contra las intrusiones de un mundo hostil), los antisemitas estaban a punto de ser secundados en su vigorosa solución al peor problema de Norteamérica por nuestro acto de empuñar las porras y destruirnos histéricamente a nosotros mismos.

El horror finalizó cuando el señor Cucuzza, con camisa y gorro de dormir (un atuendo que nunca le había visto llevar a nadie, hombre o muchacho, salvo en una película cómica), irrumpió en el piso con la pistola desenfundada. La abuela de Joey, venida del Viejo Mundo y apropiadamente vestida como la Reina de las Sombras calabresa, lanzó un frenético gemido al pie del rellano, y desde nuestro piso surgió un ruido no menos espeluznante cuando la puerta trasera astillada se abrió bruscamente y mi madre vio que el intruso en camisa de dormir estaba armado. Minna empezó a vomitar en sus manos todo lo que acababa de engullir durante la cena, yo no pude evitarlo y enseguida me oriné encima, mientras que Sandy, el único de nosotros capaz de encontrar las palabras apropiadas y con la fuerza vocal necesaria para pronunciarlas, gritó: «¡No dispare! ¡Es Alvin!». Pero el señor Cucuzza era un guardián profesional de la propiedad privada, adiestrado para actuar al momento y hacer luego las distinciones y, sin detenerse a preguntar «¿Quién es Alvin?», inmovilizó al atacante de mi padre con una llave Nelson paralizante, utilizando para ello un brazo mientras con la mano del otro le aplicaba la pistola a la cabeza.

La prótesis de Alvin se había partido en dos, el muñón estaba lleno de desgarrones y tenía una muñeca rota. A mi padre le faltaban tres dientes de delante, tenía dos costillas fracturadas y una brecha abierta en el pómulo derecho que fue preciso suturar con casi el doble de los puntos necesarios para coserme la herida que me infligió el caballo del orfanato, y tenía el cuello tan torcido que luego hubo de llevar durante meses un collarín de acero. La mesa baja con sobre de vidrio y marco de caoba, para cuya compra en Bam's mi madre ahorró durante años (y sobre la que al final de una agradable hora de lectura nocturna depositaba, con la cinta del punto en su lugar, la nueva novela de Pearl S. Buck o Fannie Hurst o Edna Ferber tomada en préstamo en la pequeña biblioteca del drugstore local), estaba diseminada en fragmentos por toda la estancia, y esquirlas microscópicas de vidrio se habían incrustado en las manos de mi padre. La alfombra, las paredes y los muebles estaban salpicados de chocolate (procedente de los trozos de tarta que habían estado comiendo cuando se sentaron para tomar el postre y conversar en la sala de estar), y también manchados con su sangre, impregnados de su olor, el olor nauseabundo a matadero cerrado.

Es tan desgarradora la violencia cuando tiene lugar en una casa... como ver ropa colgando en un árbol después de una explosión. Puedes estar preparado para ver la muerte, pero no la ropa en el árbol.

Y todo ello porque mi padre no había podido entender que la naturaleza de Alvin nunca había sido realmente susceptible de reforma, a pesar de los sermones y del amor severo; todo ello por haberle aceptado en casa para salvarlo de aquello en lo que iba a convertirse sencillamente porque así era su naturaleza. Todo ello a consecuencia de que mi padre había mirado a Alvin de arriba abajo y había recordado la vida trágicamente evanescente de su difunto padre y, en su desesperación, cabeceando entristecido, había dicho:

—Un automóvil Buick, trajes de tahúr, la escoria de la tierra para tus amigos... pero ¿sabes, Alvin? ¿Te importa, te preocupa lo que está ocurriendo esta noche en el país? Hace años te importaba, maldita sea. Recuerdo con toda claridad la época en que te importaba. Pero ahora no. Ahora lo que te interesan son los buenos puros y los coches. Pero ¿tienes alguna idea de lo que les está pasando a los judíos mientras estamos aquí sentados?

Y Alvin, cuya vida por fin había llegado a algo, cuyas perspectivas nunca habían sido tan esperanzadoras, no podía soportar y tolerar que el custodio cuya tutela había significado tanto para él en otro tiempo, el familiar que, cuando nadie más estaba dispuesto a aceptarlo, se avino en dos ocasiones a que viviera en un acogedor pisito de Weequahic, en el seno de una familia amable y de saludables inquietudes, le comunicara que no había llegado a nada. Con la voz entrecortada y enronquecida por el resentimiento de quien se siente agraviado, sin una sola cesura que permitiera la inclusión de cualquier palabra que no fuese una represalia, todo calumnia, todo reprobación, todo coacción y necia fanfarronada, Alvin le gritó a mi padre:

—¿Los judíos? ¡Arruiné mi vida por los judíos! ¡Perdí la jodida pierna por los judíos! ¡Perdí la jodida pierna por ti! ¿Qué coño me importaba a mí Lindbergh? Pero tú me envías a luchar contra él, y el puñetero y estúpido crío que soy va y obedece. Y mira, ¡mira!, tío Jodido Desastre… ¡no tengo la jodida pierna!

Entonces alzó la tela gris perla con la que estaba tan lustrosamente vestido para revelar que, en efecto, allí ya no había una extremidad inferior de piel, sangre, músculo y hueso. Y acto seguido, insultado, negado, sintiéndose una vez más en su interior el hombre acobardado (y el muchacho que era un pobre diablo), añadió su toque heroico final escupiendo a la cara de mi padre. A este le gustaba decir que una familia era paz y guerra al mismo tiempo, pero aquella era una guerra familiar como yo jamás podría haberla imaginado. ¡Escupir a la cara de mi padre como había escupido a la cara de aquel soldado alemán muerto…!

Si se le hubiera dejado seguir adelante sin rehabilitación, seguir su propia fétida trayectoria… pero eso no había sucedido, y por ello la gran amenaza nos trastornó y la abominación de la violencia entró en nuestra casa, y vi cómo el resentimiento ciega a un hombre y el envilecimiento que engendra.

¿Y por qué, por qué fue a luchar en primera instancia? ¿Por qué luchó y por qué cayó? Como hay una guerra en curso, él elige ese camino… ¡el instinto virulento, rebelde, históricamente atrapado! Si la época hubiera sido distinta, si él hubiese sido más inteligente… Pero él quiere luchar. Es igual que los mismos padres de los que quiere desligarse. Ahí reside la tiranía del problema. El intento de ser fiel a aquellos de quienes trata de desligarse. El intento de ser fiel y de desligarse de aquellos a los que es fiel al mismo tiempo. Y por eso fue a luchar en primera instancia, o esa es al menos la mejor explicación que encuentro.

Entrada la noche, después de que un par de amigos de Alvin llegaran en un Cadillac con matrícula de Pensilvania (uno de ellos para llevar a Alvin y Minna al consultorio del doctor de Allie Stolz, en la avenida Elizabeth, el otro para llevar su Buick de regreso a Filadelfia); después de que mi padre hubiera regresado de la sala de urgencias del Beth Israel (donde le extrajeron las esquirlas de vidrio de las manos, le cosieron la brecha de la cara, le hicieron una radiografía del cuello, le vendaron la caja torácica y, al salir, le dieron tabletas de codeína contra el dolor); después de que el señor Cucuzza, que había llevado a mi padre al hospital en su camioneta, lo trajera de regreso sin ningún percance al campo de batalla sucio y sembrado de escombros que era ahora nuestro piso, estalló el tiroteo en la avenida Chancellor. Disparos, chillidos, gritos, sirenas... el pogromo había comenzado, y solo transcurrieron unos segundos antes de que el señor Cucuzza subiera corriendo de nuevo la escalera que acababa de bajar y golpeara otra vez la puerta rota antes de entrar apresuradamente.

Yo estaba muerto de sueño y mi hermano tuvo que arrastrarme fuera de la cama, pero, como mis piernas se negaban a moverse y me caía continuamente debido al temor incontrolable, mi padre tuvo que cogerme en brazos. El señor Cucuzza llevó a mi madre –que en vez de acostarse e intentar dormir se había puesto el delantal y unos guantes de goma para limpiar la suciedad de la casa con un cubo, una escoba y una fregona–, mi meticulosa madre, llorando en medio de su sala de estar destrozada, hasta la puerta, y los cuatro bajamos la escalera y entramos en el antiguo piso de los Wishnow para refugiarnos allí.

Esta vez, cuando el señor Cucuzza le ofreció una pistola, mi padre la aceptó. Su pobre cuerpo estaba lleno de cardenales y vendado casi por completo, la boca con varios dientes rotos, y aun así se sentó con nosotros en el suelo del vestíbulo trasero sin ventanas de los Cucuzza, contemplando el arma que tenía en las manos con una concentración total, como si ya no fuese solo un arma sino el objeto más importante que le habían confiado desde la primera vez que le tendieron a sus bebés para que los sostuviera. Mi madre se sentaba erguida entre el afectado estoicismo de Sandy y mi inerte estupefacción, sujetándonos a cada uno del brazo más cercano a ella y esforzándose al máximo para que una delgada capa de valor ocultara a sus hijos el terror que sentía. Entretanto, el hombre más corpulento que yo había visto jamás se movía pistola en mano por el piso a oscuras, avanzando con sigilo de una ventana a otra para determinar con la precisión de lince del vigilante nocturno veterano si acechaba alguien en las proximidades con un hacha, un arma de fuego, una soga o una lata de queroseno.

El señor Cucuzza había indicado a Joey, a su madre y a su abuela que permanecieran en sus camas, aunque la anciana no podía resistirse al magnetismo de toda aquella turbulencia y a la estampa de pura aflicción que formábamos los cuatro. Soltando con voz áspera frasecillas en italiano que no podían ser de cumplido hacia sus invitados, miraba desde la puerta el interior de la cocina a oscuras (donde solía dormir vestida en un catre al lado de los fogones), apuntándonos a través de la mira telescópica de su locura (porque loca estaba, desde luego) como si fuese la santa patrona del antisemitismo cuyo crucifijo de plata había engendrado todo aquello.

El tiroteo prosiguió durante no más de una hora, pero no regresamos a nuestro piso hasta el amanecer, y no supimos, hasta después de que el señor Cucuzza se aventurase valientemente como un explorador hasta el lugar donde la avenida Chancellor estaba acordonada, que la batalla no había sido entre la policía municipal y los antisemitas, sino entre la policía municipal y la policía judía. Aquella noche no había habido ningún pogromo en Newark, sino solo un tiroteo, extraordinario porque se había producido tan cerca de nuestra casa que habíamos podido oírlo, pero por lo demás no muy distinto a los sucesos que podían darse en cualquier ciudad grande después de oscurecer. Y aunque habían muerto tres judíos (Duke Glick, Gran Gerry y el mismo Bala), no había sido necesariamente por que fuesen judíos («aunque eso no les venía mal», dijo mi tío Monty), sino porque eran la clase de matones que el nuevo alcalde quería fuera de las calles, ante todo para recordarle a Longy que ya no era un miembro honorario de la Junta de Comisionados (una posición que, según rumoreaban los enemigos de Ellenstein, había detentado bajo el predecesor judío de Murphy). Nadie se molestó en tomarse demasiado en serio al comisario de policía cuando explicó en el *Newark News* que fueron los «parapolicías que disparan a la menor provocación» quienes, sin que hubiera habido ninguna, habían abierto fuego poco antes de medianoche contra dos guardias a pie que hacían la ronda, como tampoco, entre nuestros vecinos, hubo ninguna expresión visible de pesar por la manera en que aquellos tres (unos tipos peligrosos por derecho propio, cuya protección a ninguna persona decente se le habría ocurrido solicitar) habían sido liquidados sin miramientos. Por supuesto, era terrible que la sangre de unos hombres violentos manchara la acera por donde los niños del barrio iban a la escuela cada día, pero por lo menos no era sangre vertida en un choque con el Ku Klux Klan ni los camisas plateadas ni el Bund.

No hubo ningún pogromo y, sin embargo, a las siete de aquella mañana mi padre ponía una conferencia con Winnipeg para admitir ante Shepsie Tirschwell que los judíos estaban tan asustados y los antisemitas tan envalentonados que en Newark (donde afortunadamente el prestigio del rabino Prinz había seguido ejerciendo influencia sobre las fuerzas vivas y ninguna familia judía había sido sometida todavía a algo peor que el traslado) ya no era posible vivir como personas normales. Nadie podía decir con seguridad si una persecución abierta sancionada por el gobierno era inevitable, pero el temor a la persecución era tal que ni siquiera un hombre pragmático sumido en sus actividades cotidianas, una persona que se esforzara al máximo por contener la incertidumbre, la inquietud y la cólera y actuara de acuerdo con los dictados de la razón, podía confiar en seguir conservando su equilibrio.

Mi padre admitió que, en efecto, se había equivocado desde el comienzo, mientras que Bess y los Tirschwell habían tenido razón, y entonces prescindió lo mejor que pudo de su vergüenza por todo lo que había manejado mal y había juzgado erróneamente, incluida la inverosímil violencia que había destrozado, junto con la mesita baja, aquella barrera de rígida rectitud que durante toda su vida se había alzado entre la severa educación que recibió y sus ideales de madurez.

—Se acabó —le dijo a Shepsie Tirschwell—. Ya no puedo vivir sin saber lo que ocurrirá mañana.

Y la conversación telefónica giró luego en torno a la emigración, los pasos que debían darse y los trámites necesarios, de modo que cuando Sandy y yo salimos de casa estaba completamente claro que, de la manera más increíble, las fuerzas desplegadas contra nosotros nos habían vencido y estábamos a punto de huir y convertirnos en extranjeros. Lloré durante todo el trayecto hasta la escuela. Nuestra incomparable infancia americana había terminado. Pronto mi patria no sería más que mi lugar de nacimiento. Incluso la idea de Seldon en Kentucky era mucho mejor ahora.

Pero entonces se terminó. La pesadilla llegó a su fin. Lindbergh había desaparecido y estábamos a salvo, aunque nunca volvería a ser capaz de experimentar aquella sensación de seguridad imperturbable inculcada primero en un niño pequeño por una república grande y protectora y por sus padres irreductiblemente responsables.

Extraído de los
Archivos del cine Newsreel de Newark

Martes, 6 de octubre de 1942

Treinta mil personas desfilan por el gran vestíbulo de la Penn Station para ver el ataúd de Walter Winchell envuelto en la bandera. La asistencia supera incluso las expectativas del alcalde de Nueva York, Fiorello La Guardia, cuya intención era convertir el asesinato en un día de duelo en toda la ciudad por las «víctimas americanas de la violencia nazi», que culminaría con una oración fúnebre pronunciada por FDR. En el exterior de la estación (como en muchos otros lugares de la ciudad), hombres y mujeres silenciosos vestidos de oscuro distribuyen unas insignias negras del tamaño de una moneda de medio dólar, cuyas letras blancas plantean la pregunta: «¿Dónde está Lindbergh?». Poco antes del mediodía, el alcalde La Guardia llega al estudio de la emisora de radio de la ciudad, donde se quita el Stetson negro de ala ancha (un recuerdo de sus raíces juveniles en el Territorio de Arizona como hijo de un director de banda del ejército norteamericano) para rezar el padrenuestro; después se vuelve a poner el sombrero para leer en voz alta, en hebreo, la plegaria judía por los difuntos. A las doce en punto, por decreto del concejo municipal, se observa un minuto de silencio en los cinco distritos. La policía neoyorquina está presente en todas partes, principalmente para supervisar las manifestaciones de protesta organizadas por los grupos de derechas localizados en Yorkville, el barrio de Manhattan al norte del Upper East Side y al sur de Harlem donde predominan los alemanes, y que es la sede principal del movimiento nazi norteamericano que refrenda con firmeza militante al presidente y su política. A la una de la tarde, una guardia de honor formada por policías motorizados con brazaletes negros se alinea con el cortejo fúnebre situado en el exterior de la Penn Station y, precedida por el alcalde en un sidecar, escolta lentamente al cortejo en dirección norte por la Octava Avenida, luego al este por la calle Cincuenta y siete, al norte de nuevo por la Quinta Avenida hasta la calle Sesenta y cinco, y finalmente al templo Emanu-El. Allí, entre los dignatarios convocados por La Guardia para ocupar hasta el último asiento del templo, están los diez miembros del gabinete de Roosevelt de 1940, los cuatro jueces nombrados por Roosevelt para el Tribunal Supremo, el presidente del Congreso de Organizaciones Industriales, Philip Murray, el presidente de la Federación Americana del Trabajo, William Green, el presidente de Trabajadores Mineros Unidos, John L. Lewis, Roger Baldwin, de la Unión Americana de Libertades Civiles, así como gobernadores, senadores y congresistas demócratas de legislaturas anteriores y en activo, de Nueva York, Nueva Jersey, Pensilvania y Connecticut, entre ellos el aspirante demócrata a la presidencia derrotado en 1928, el ex gobernador de Nueva York Al Smith. Los altavoces instalados por la noche por los trabajadores municipales, fijados a postes de teléfono, postes de barbería y dinteles de puertas en toda la ciudad, transmiten el servicio fúnebre a los neoyorquinos que se han congregado en las calles de cada barrio de Manhattan (excepto Yorkville) y a los millares de residentes fuera de la ciudad que se han reunido con ellos; todos aquellos señor y señora América que han escuchado semanalmente a Walter Winchell desde que empezó a emitir su programa y que han viajado a la ciudad natal del periodista para presentarle sus respetos. Y prácticamente cada uno de esos hombres, mujeres y niños lleva ahora esa insignia omnipresente de desafiante solidaridad, la placa negra y blanca con la pregunta: «¿Dónde está Lindbergh?».

Fiorello H. La Guardia, el pragmático ídolo de los trabajadores de la ciudad, el extravagante ex congresista que representó con beligerancia a un congestionado distrito de Harlem Este lleno de italianos y judíos pobres durante cinco mandatos, que ya en 1933 calificó a Hitler de «maníaco pervertido» y pidió un boicot a los productos alemanes; el tenaz portavoz de los sindicatos, los necesitados y los desempleados que se enfrentó casi en solitario a los pasivos congresistas republicanos durante el primer año oscuro de la Depresión y que, para consternación de su propio partido, exigió impuestos que «desplumaran a los ricos»; el republicano liberal reformador contrario al Tammany, con tres mandatos como alcalde apoyado por una coalición de facciones políticas de la ciudad más populosa del país, la metrópoli que es el hogar de la más grande concentración de judíos del hemisferio... La Guardia es el único entre los miembros de su partido que exterioriza su desprecio por Lindbergh y por el dogma nazi de la superioridad aria que él (hijo de una madre judía no practicante procedente del Trieste austríaco y un padre italiano librepensador que llegó a Estados Unidos como músico en un barco) ha identificado como el precepto en el núcleo del credo de Lindbergh y del enorme culto norteamericano de adoración al presidente.

La Guardia permanece en pie al lado del ataúd y se dirige a los dignatarios con esa misma voz nerviosa y aguda que se hizo famosa cuando, con ocasión de una huelga de periódicos en Nueva York, cada mañana de domingo narraba por la radio las tiras cómicas para los niños de la ciudad, como el mejor de los tíos que explicaba pacientemente, una viñeta tras otra, un bocadillo tras otro, desde Dick Tracy hasta la huerfanita Annie y el resto de las historietas seriadas.

—Para empezar, prescindamos de la hipocresía —dice el alcalde—. Todo el mundo sabe que Walter no era un ser humano encantador. Walter no era el tipo fuerte y silencioso que lo oculta todo, sino el periodista sensacionalista que detesta todo lo que está oculto. Como puede deciros cualquier persona de la que se ocupó en su columna, Walter no fue nunca tan exacto como podría haber sido. No era tímido, no era modesto, no era decoroso, discreto, amable, etcétera. Amigos míos, si tuviera que haceros una relación de todas las cosas encantadoras que W.W. no era, estaríamos aquí hasta el próximo Yom Kippur. Me temo que el difunto Walter Winchell no fue más que otro formidable espécimen del hombre imperfecto. Al presentarse como candidato a la presidencia de Estados Unidos, ¿fueron sus motivos tan puros como el jabón Ivory? ¿Los motivos de Walter Winchell? ¿No estaba contaminada su ridícula candidatura por un ego delirante? Amigos míos, solo un Charles A. Lindbergh tiene unos motivos tan puros como el jabón Ivory cuando se presenta a las elecciones presidenciales de Estados Unidos. Solo un Charles A. Lindbergh es decoroso, discreto, etcétera… Ah, y también exacto, siempre del todo exacto cuando, cada pocos meses, hace acopio de la sociabilidad necesaria para dirigir sus diez perogrulladas favoritas a la nación. Solo Charles A. Lindbergh es un dirigente abnegado y un santo fuerte y silencioso. Walter, por su parte, era el señor Columnista Chismoso. Walter, por su parte, era el señor Broadway: le gustaban las carreras, le gustaba trasnochar, le gustaba el propietario del Stork Club, Sherman Billingsley… Alguien me dijo una vez que incluso le gustaban las mujeres. Y la revocación de ese «noble experimento», como lo llamaba el señor Herbert Hoover, la revocación de la hipócrita, cara, estúpida e inaplicable Decimoctava Enmienda de la Prohibición, no fue más innoble para Walter Winchell que para el resto de nosotros aquí en Nueva York. En una palabra, Walter carecía de todas las resplandecientes virtudes demostradas a diario por el incorruptible piloto de pruebas instalado en la Casa Blanca.

»Oh, sí, tal vez haya algunas diferencias más dignas de mención entre el falible Walter y el infalible Lindy. Nuestro presidente es un simpatizante de los fascistas, más que probablemente un fascista cabal, y Walter Winchell era el enemigo de los fascistas. A nuestro presidente no le gustan los judíos y más que probablemente es un antisemita recalcitrante, mientras que Walter Winchell era judío y un firme y vociferante enemigo de los antisemitas. Nuestro presidente es un admirador de Adolf Hitler y más que probablemente él mismo un nazi... y Walter Winchell fue el primer enemigo americano de Hitler y su peor enemigo americano. Es en ese aspecto en el que nuestro imperfecto Walter era incorruptible, en lo que realmente importaba. Walter es demasiado ruidoso, Walter habla demasiado rápido, Walter dice demasiado, y, sin embargo, por comparación, la vulgaridad de Walter es algo grande, mientras que el decoro de Lindbergh es espantoso. Walter Winchell, amigos míos, era el enemigo de los nazis en todas partes, sin excluir los Dieses y los Bilbos y los Parnell Thomas que sirven a su Führer en el Congreso de Estados Unidos, sin excluir a los hitlerianos que escriben para el *New York Journal-American* y el *New York Daily News*, sin excluir a quienes agasajan con gran pompa a los asesinos nazis en nuestra Casa Blanca americana a costa de los contribuyentes. Y precisamente porque era enemigo de Hitler, precisamente porque era enemigo de los nazis, ayer lo abatieron a tiros a la sombra del monumento a Thomas Jefferson en la plaza pública más histórica y hermosa de la refinada y antigua Louisville. Por decir lo que pensaba en el estado de Kentucky, los nazis de América que, gracias al silencio de nuestro fuerte, silencioso y abnegado presidente, corren hoy desenfrenados por toda esta gran tierra, lo han asesinado. ¿No es posible que pase aquí? Amigos míos, está pasando aquí... ¿Y dónde está Lindbergh? ¿Dónde está Lindbergh?

En las calles, quienes escuchan juntos en torno a los altavoces secundan el grito del alcalde, y pronto su griterío cae en inquietante cascada por toda la ciudad («¿Dónde está Lind-bergh? ¿Dónde está Lind-bergh?»), mientras en el interior de la sinagoga el alcalde repite una y otra vez las sílabas airadas, golpeando coléricamente el púlpito no como un orador que recalcara teatralmente una frase sino como un indignado ciudadano que exige la verdad. «¿Dónde está Lindbergh?» Esta es la reprochadora perorata con que La Guardia, el rostro encendido, prepara a los reunidos para la culminante aparición de Franklin D. Roosevelt, que deja atónitos incluso a sus compinches políticos más allegados (Hopkins, Morgenthau, Farley, Berle, Baruch, todos sentados y con el sombrero puesto a unos pocos metros del ataúd del candidato mártir, cuya clase de megalomanía nunca gustó al círculo interno de la Casa Blanca, por muy útil que pudiera haber sido para su jefe como portavoz) al decretar como sucesor de Winchell al astuto, desdeñoso, irascible, obstinado y regordete político de poco menos de metro sesenta conocido cariñosamente por sus leales votantes como Florecilla. Desde el púlpito del templo Emanu-El, el jefe nominal del Partido Demócrata promete su apoyo al alcalde republicano de Nueva York como un candidato de «unidad nacional» para enfrentarse a la búsqueda de un segundo mandato por parte de Lindbergh en 1944.

Miércoles, 7 de octubre de 1942

Pilotado por el presidente Lindbergh, el *Spirit of Saint Louis* parte de Long Island por la mañana, despegando de la pista que sirvió como punto de embarque para el vuelo transatlántico en solitario del 20 de mayo de 1927. El aparato, sin ninguna escolta protectora, se desliza por un cielo otoñal despejado a través de Nueva Jersey, Pensilvania y Ohio, y después baja hacia Kentucky. Solo una hora antes de aterrizar bajo el sol de mediodía en el aeropuerto comercial de Louisville, el presidente notifica su destino a la Casa Blanca. La hora escogida concede solo el tiempo justo a Wilson Wyatt, el alcalde de Louisville, a la ciudad y a sus habitantes para que estén preparados cuando llegue el presidente. Un mecánico está dispuesto en tierra para revisar el aparato, ponerlo a punto y equiparlo para el vuelo de regreso.

La policía calcula que, de los 320.000 habitantes de Louisville, por lo menos un tercio han efectuado el recorrido de ocho kilómetros desde la ciudad y ya están llenando los campos y las carreteras adyacentes al aeropuerto Bowman Field cuando el presidente aterriza y su avión avanza suavemente por la pista hasta una plataforma en la que han instalado un micrófono para que se dirija a la multitud. Cuando por fin el gran estrépito de saludos empieza a disminuir y su voz es audible, el presidente no menciona a Walter Winchell, no alude al asesinato dos días antes ni al funeral del día anterior ni al discurso pronunciado por el alcalde La Guardia con motivo de su unción como sucesor de

Winchell por Franklin Roosevelt en una sinagoga de Nueva York. No tiene necesidad de hacerlo. Que La Guardia, como Winchell antes que él, solo sea un candidato presentado para favorecer a FDR en su dictatorial búsqueda de un tercer mandato sin precedentes, y que quienes están detrás de la «maligna difamación de nuestro presidente por parte de La Guardia» sean las mismas personas que habrían obligado a Norteamérica a intervenir en la guerra en 1940, ya ha sido vívidamente explicado la noche anterior a la nación por el vicepresidente Wheeler en un improvisado discurso en Washington ante la convención de la Legión Americana.

Todo lo que el presidente dice a la multitud es: «Nuestro país está en paz. Nuestra gente trabaja. Nuestros hijos van a la escuela. He volado hasta aquí para recordaros eso. Ahora me vuelvo a Washington para hacer que las cosas sigan así». Una serie de frases bastante inocuas, mas para esas decenas de miles de kentuckyanos que han sido objeto del interés nacional durante dos días es como si les hubiera anunciado el fin de todas las penalidades en la Tierra. Vuelve a estallar el pandemónium, mientras el presidente, tan lacónico como siempre y agitando la mano una sola vez a modo de despedida, vuelve a introducir su cuerpo larguirucho en la carlinga del avión y, desde la pista de aterrizaje, un sonriente mecánico indica con la llave inglesa que lo ha revisado todo y el aparato está listo para el despegue. Enciende el motor, el Águila Solitaria saluda con la mano por última vez y, con una acometida y un rugido, el *Spirit of Saint Louis* se alza sobre la naturaleza aún virgen del espléndido estado de Daniel Boone, centímetro a centímetro, palmo a palmo, hasta que al fin (como el piloto acrobático que fue en su juventud, cuando recorría las zonas rurales lanzándose en picado, caminando sobre las alas, volando bajo sobre las poblaciones agrícolas del Oeste, entusiasmando a la multitud delirante) Lindy surca los aires casi a ras de los cables telefónicos tendidos entre los postes a lo largo de la Ruta 58. Alzándose continuamente en la corriente de un cálido y suave viento de cola, el pequeño aeroplano más famoso en la historia de la aviación, la contrapartida moderna de la *Santa María* de Colón y el *Mayflower* de los peregrinos, desaparece hacia el este para no volver a ser visto jamás.

Jueves, 8 de octubre de 1942

Los registros en tierra de la ruta aérea regular entre Louisville y Washington no revelan ningún indicio de siniestro, a pesar del perfecto tiempo otoñal que posibilita a los grupos de búsqueda locales adentrarse bastante en las escarpadas montañas de Virginia Occidental y explorar las tierras de labor de Maryland, y a las autoridades estatales enviar lanchas policiales que recorren de arriba abajo las costas de Maryland y Delaware durante las horas diurnas. Por la tarde, el ejército, la guardia costera y la marina se unen a la búsqueda, junto con centenares de hombres y muchachos en cada condado de cada estado al este del Mississippi que se han ofrecido voluntarios para ayudar a las unidades de la Guardia Nacional movilizadas por los gobernadores del estado. Sin embargo, a la hora de cenar aún no ha llegado a Washington ninguna noticia del avistamiento del avión o de un accidente, por lo que a las ocho de la tarde se convoca una reunión de emergencia en casa del vicepresidente. Allí, Burton K. Wheeler anuncia que, tras consultar con la primera dama, los dirigentes de la mayoría en la Cámara Baja y el Senado y el presidente del Tribunal Supremo, ha considerado que lo más conveniente para el país es que él asuma los cometidos de presidente en funciones de acuerdo con el artículo II, sección 1 de la Constitución de Estados Unidos.

En docenas de periódicos, el titular de la tarde, impreso con los tipos más grandes y gruesos que se han visto en las primeras páginas de la prensa norteamericana desde el crack del mercado de valores en 1929 (y con la intención de avergonzar a Fiorello La Guardia), dice sombríamente: «¿DÓNDE ESTÁ LINDBERGH?».

Viernes, 9 de octubre de 1942

Cuando los norteamericanos se despiertan para comenzar la jornada, ha sido impuesta la ley marcial en todos los Estados Unidos continentales, los territorios y las posesiones. A mediodía, el presidente en funciones Wheeler, rodeado por una guardia militar, se dirige al Capitolio, donde, en una sesión de emergencia del Congreso a puerta cerrada, anuncia que el FBI ha recibido una información según la cual el presidente ha sido secuestrado y está retenido por facciones desconocidas en algún lugar de Norteamérica. El presidente en funciones asegura al Congreso que se están tomando todas las medidas para asegurar la liberación del presidente y llevar ante la justicia a los perpetradores del delito. Entretanto, las fronteras del país con Canadá y México han sido cerradas, al igual que los aeropuertos y los puertos marítimos, y el presidente en funciones afirma que las fuerzas armadas de Estados Unidos mantendrán la ley y el orden en el distrito de Columbia, mientras que en el resto del país lo hará la Guardia Nacional en cooperación con el FBI y las autoridades políticas locales.

¡OTRA VEZ!

Así reza el escueto titular de dos palabras en todos los periódicos del país de la cadena Hearst, y que aparece sobre unas imágenes del pequeño bebé de los Lindbergh, fotografiado vivo por última vez en 1932, solo unos días antes de su rapto a la edad de veinte meses.

Sábado, 10 de octubre de 1942

La radio estatal alemana anuncia el descubrimiento de que el rapto de Charles A. Lindbergh, trigesimotercer presidente de Estados Unidos y firmante por parte de Norteamérica del histórico Acuerdo de Islandia con el Tercer Reich, ha sido perpetrado gracias a una conspiración de «intereses judíos». Se citan datos secretos del servicio de inteligencia de la Wehrmacht para corroborar los informes iniciales del Ministerio de Estado, según los cuales la conjura ha sido planeada y organizada por el belicista Roosevelt (en connivencia con su secretario del Tesoro judío, Morgenthau, su juez del Tribunal Supremo judío, Frankfurter, y el banquero de negocios judío Baruch) y está siendo financiada por los usureros judíos internacionales Warburg y Rothschild y ejecutada bajo el mando del sicario mestizo de Roosevelt, el gángster medio judío La Guardia, alcalde de la judía ciudad de Nueva York, junto con el poderoso gobernador judío del estado de Nueva York, el financiero Lehman, a fin de lograr que Roosevelt vuelva a la Casa Blanca y lance una guerra total judía contra el mundo no judío. Los datos de los servicios secretos, que el embajador alemán en Washington ha entregado al FBI, afirman que el asesinato de Walter Winchell fue planeado y ejecutado por la misma camarilla de judíos de Roosevelt (y que, como era predecible, han atribuido la responsabilidad del crimen a norteamericanos de origen alemán) a fin de promover la maligna campaña bajo el lema «¿Dónde está Lindbergh?», que a su vez impulsó al presidente a emprender el vuelo y presentarse en el escenario del asesinato para tranquilizar a los habitantes de Louisville, Kentucky, que estaban justificadamente temerosos de las represalias judías organizadas. Pero allí, según los informes de la Wehrmacht, mientras el presidente se dirigía a la multitud, un mécanico del aeropuerto sobornado por la conspiración judía (que también ha desaparecido y se cree que ha sido asesinado por orden de La Guardia) dejó inoperativa la radio del aeroplano. En cuanto el presidente despegó rumbo a Washington, ya no pudo establecer contacto con tierra ni con otro avión, y no tuvo más alternativa que capitular cuando el *Spirit of Saint Louis* fue acorralado por cazas británicos que volaban a gran altura y que le obligaron a desviarse de su ruta y aterrizar, unas horas después, en una pista mantenida en secreto por intereses judíos internacionales al otro lado de la frontera canadiense con el estado de Nueva York de Lehman.

En Estados Unidos, el anuncio alemán hace que el alcalde La Guardia manifieste a los reporteros del ayuntamiento: «Cualquier norteamericano que se crea esa absurda mentira nazi ha llegado al nivel más bajo posible». Sin embargo, fuentes bien informadas aseguran que tanto el alcalde como el gobernador han sido entrevistados a fondo por agentes del FBI, y el secretario del Interior Ford exige que Mackenzie King, primer ministro de Canadá, lleve a cabo una búsqueda exhaustiva del presidente Lindbergh y sus captores en suelo canadiense. Sostienen que el presidente en funciones Wheeler está examinando la documentación alemana con asesores de la Casa Blanca, pero que no hará ningún comentario sobre las alegaciones hasta que haya finalizado la búsqueda del avión del presidente. Destructores de la armada junto con lanchas torpederas de la guardia costera buscan ahora indicios de un accidente aéreo por el norte hasta el cabo May, en Nueva Jersey, y por el sur hasta el cabo Hatteras, en Carolina del Norte, mientras que unidades terrestres del ejército, el cuerpo de marines y la Guardia Nacional siguen buscando en una veintena de estados pistas sobre el paradero del avión desaparecido.

Las unidades de la Guardia Nacional que hacen cumplir el toque de queda en toda la nación no informan sobre incidentes de violencia provocados por la desaparición del presidente. Estados Unidos permanece en calma bajo la ley marcial, aunque el Gran Mago del Ku Klux Klan y el dirigente del Partido Nazi americano han pedido conjuntamente al presidente en funciones que «aplique medidas extremas para proteger América de un golpe de Estado judío».

Entretanto, un comité de religiosos judíos norteamericanos, encabezado por el rabino Stephen Wise de Nueva York, envía un telegrama a la primera dama expresándole su más profunda solidaridad en estos angustiosos momentos para su familia. A primera hora de la noche, se ve entrar al rabino Bengelsdorf en la Casa Blanca, al parecer convocado por la señora Lindbergh para ofrecer orientación espiritual a la familia durante el que ya el tercer día de su vigilia. La invitación de la Casa Blanca al rabino Bengelsdorf se interpreta en general como una señal de que la primera dama se niega a aceptar que «intereses judíos» hayan tenido nada que ver con la desaparición de su marido.

Domingo, 11 de octubre de 1942

En los servicios religiosos que tienen lugar en todo el país, se ofrecen plegarias por la familia Lindbergh. Las tres principales emisoras de radio cancelan su programación regular para retransmitir la misa celebrada en la Catedral Nacional de Washington, a la que asisten la primera dama y sus hijos, y durante el resto del día y por la noche se emite exclusivamente música clásica. A las ocho de la tarde, el presidente en funciones Wheeler se dirige a la nación y asegura a sus compatriotas que no tiene intención de suspender la búsqueda. Informa de que, por invitación del primer ministro canadiense, representantes de los cuerpos y fuerzas de seguridad norteamericanos ayudarán a la Real Policía Montada canadiense a rastrear la mitad oriental de la frontera entre Estados Unidos y Canadá y los condados más meridionales de las provincias canadienses orientales.

Tras haberse convertido en portavoz oficial de la primera dama, el rabino Lionel Bengelsdorf comunica a un nutrido grupo de reporteros que aguardan en el pórtico de la Casa Blanca que la señora Lindbergh insta al pueblo norteamericano a hacer caso omiso de las especulaciones procedentes de cualquier gobierno extranjero relativas a las circunstancias de la desaparición de su marido. A ella le gustaría recordar a la gente, dice el rabino, que en 1926, cuando era piloto de correo aéreo en la ruta entre Saint Louis y Chicago, el presidente salió ileso de dos accidentes que destrozaron su aparato, y que por el momento la primera dama cree que una vez más, de haberse producido otro accidente, se descubrirá que el presidente ha sobrevivido. La primera dama, sigue diciendo el rabino, mantiene su escepticismo ante las pruebas de un secuestro que le ha presentado el presidente en funciones. Cuando preguntan al rabino Bengelsdorf por qué razón la señora Lindbergh no puede hablar en persona y por qué se impide a la prensa preguntarle directamente, él replica: «Tengan en cuenta que esta no es la primera vez en sus treinta y seis años de vida que se le pide a la señora Lindbergh enfrentarse a las preguntas de la prensa durante la más grave de las crisis familiares. Estoy convencido de que los norteamericanos estarán totalmente dispuestos a aceptar cualquier disposición que la primera dama considere mejor a fin de proteger su intimidad y la de sus hijos durante el tiempo que dure la búsqueda». Cuando le preguntan si hay algo cierto en los rumores de que la señora Lindbergh está demasiado trastornada para tomar sus propias decisiones y que es Lionel Bengelsdorf quien las toma por ella, el rabino responde: «Cualquiera que haya visto el porte de la primera dama esta mañana en la catedral habrá podido contemplar por sí mismo que su competencia intelectual es absoluta, que está en completa posesión de sus facultades y que, pese a la magnitud de la situación, ni su razón ni su juicio se han visto afectados en modo alguno».

A pesar de las afirmaciones tranquilizadoras del rabino, los servicios telegráficos difunden las sospechas manifestadas por un «funcionario del gobierno en un alto cargo» –se cree que es el secretario Ford– de que la primera dama se ha convertido en cautiva del «rabino Rasputín», y el portavoz judío es comparado por su influencia sobre la esposa del presidente con el lunático monje campesino siberiano que controló las mentes del zar y la zarina de Rusia y que prácticamente gobernó el palacio imperial en los días que condujeron a la revolución rusa, y cuyo demencial reinado solo finalizó cuando fue asesinado por una conspiración de aristócratas rusos patrióticos.

Lunes, 12 de octubre de 1942

Los periódicos matutinos de Londres informan de que los servicios de inteligencia británicos han enviado al FBI unos comunicados alemanes en clave que demuestran sin lugar a dudas que el presidente Lindbergh está vivo y se encuentra en Berlín. La inteligencia británica asegura que el 7 de octubre, de acuerdo con un antiguo plan concebido por el mariscal del aire Hermann Göring, el presidente de Estados Unidos consiguió amerizar el *Spirit of Saint Louis* en unas coordenadas predeterminadas en el Atlántico, a unos quinientos kilómetros al este de Washington. Allí contactó con un submarino alemán que le estaba esperando, cuya tripulación lo trasladó a un buque de guerra alemán que esperaba frente a la costa de Portugal para llevarle a Cotor, en Montenegro, una localidad del mar Adriático ocupada por los italianos. Los restos del avión del presidente fueron recogidos y subidos a bordo por un carguero militar alemán, desmantelados, embalados y transportados a un almacén de la Gestapo en Bremen. En cuanto al presidente, fue conducido desde el aeródromo de Cotor a Alemania en un avión de la Luftwaffe camuflado, acompañado por el mariscal Göring, y tras su llegada a una base aérea de la Luftwaffe fue llevado hasta el escondrijo de Hitler en Berchtesgaden para conferenciar con el Führer.

Grupos de resistencia serbios en Yugoslavia confirman los informes de los servicios de inteligencia británicos, basándose en la información aportada por fuentes internas del gobierno de Belgrado del general Milan Nedich, instituido por los alemanes, cuyo ministro del Interior dirigió la operación naval en el puerto de Cotor.

En Nueva York, el alcalde La Guardia afirma a los reporteros: «Si es cierto que nuestro presidente ha huido voluntariamente a la Alemania nazi, si es cierto que, desde que juró de su cargo, ha estado trabajando desde la Casa Blanca como agente nazi, si es cierto que nuestra política interior y exterior le ha sido dictada al presidente por el régimen nazi que hoy tiraniza a todo el continente europeo, entonces carezco de palabras para describir una traición cuya malignidad no ha sido superada en la historia de la humanidad».

Pese a la imposición de la ley marcial y el toque de queda en toda la nación, y pese a la presencia de tropas de la Guardia Nacional fuertemente armadas que patrullan por las calles de todas las ciudades norteamericanas importantes, poco después de ponerse el sol comienzan los disturbios antisemitas en Alabama, Illinois, Indiana, Iowa, Kentucky, Missouri, Ohio, Carolina del Sur, Tennessee, Carolina del Norte y Virginia, y prosiguen durante toda la noche y las primeras horas de la mañana. Hasta aproximadamente las ocho de la mañana, las tropas federales enviadas por el presidente en funciones Wheeler para reforzar a las unidades de la Guardia Nacional no logran sofocar los disturbios y extinguir los incendios más graves provocados por los alborotadores. Por entonces, ciento veintidós ciudadanos norteamericanos han perdido la vida.

Martes, 13 de octubre de 1942

En una alocución radiofónica difundida a mediodía, el presidente en funciones Wheeler atribuye la responsabilidad de los disturbios «al gobierno británico y los norteamericanos belicistas que lo apoyan»: «Tras propagar difamatoriamente las más viles acusaciones que podrían dirigirse contra un patriota de la talla de Charles A. Lindbergh, ¿qué esperaba esa gente de una nación ya afligida por la desaparición de un líder amado? Para fomentar sus propios intereses económicos y raciales —dice el presi-

344

dente en funciones–, esas personas deciden llevar al límite la conciencia de una nación compungida, ¿y qué esperan entonces que ocurra? Puedo infomar de que el orden se ha restaurado en nuestras saqueadas ciudades del Sur y el Medio Oeste, pero ¿a qué coste para el equilibrio de la nación?».

A continuación, el rabino Lionel Bengelsdorf transmite una declaración de la esposa del presidente. Una vez más la primera dama aconseja a sus compatriotas que hagan caso omiso de todas las hipótesis no verificables acerca de la desaparición de su marido procedentes de capitales extranjeras, y solicita al gobierno de Estados Unidos el cese inmediato de la búsqueda del avión de su marido iniciada hace una semana. La primera dama desea que el país recuerde el trágico destino de Amelia Earhart, la más grande aviadora, que, siguiendo el ejemplo del presidente Lindbergh, en 1932 realizó su celebrado vuelo en solitario a través del Atlántico, para desaparecer sin dejar rastro en 1937 cuando intentaba cruzar en solitario el Pacífico. «Como experta aviadora por derecho propio –dice el rabino Bengelsdorf a la prensa–, la primera dama ha llegado a la conclusión de que algo como lo que le sucedió a Amelia Earhart parece haberle ocurrido ahora al presidente. La vida no está exenta de riesgo, y la aviación, por supuesto, tampoco, sobre todo para personas como Amelia Earhart y Charles A. Lindbergh, cuya osadía y valor como aviadores en solitario dieron impulso a la era aeronáutica en la que ahora vivimos.»

Las peticiones de los reporteros para reunirse con la primera dama vuelven a ser rechazadas cortésmente por su portavoz oficial, lo cual lleva al secretario Ford a exigir la detención del rabino Rasputín.

Miércoles, 14 de octubre de 1942

A primera hora de la noche, el alcalde La Guardia convoca una conferencia de prensa para llamar la atención especialmente sobre tres manifestaciones del «puro desquiciamiento que está amenazando la cordura de la nación».

En primer lugar, un artículo en la primera plana del *Chicago Tribune*, fechado en Berlín, informa de que el hijo de doce años

345

del presidente y la señora Lindbergh (el niño que se creía secuestrado y asesinado en Nueva Jersey en 1932) se ha reunido con su padre en Berchtesgaden, tras haber sido rescatado por los nazis de una mazmorra en Cracovia, Polonia, donde había estado prisionero en el gueto judío de la ciudad desde su desaparición y donde, cada año, se extraía sangre al muchacho cautivo para usarla en la preparación ritual de los *matzohs* pascuales de la comunidad.

En segundo lugar, los republicanos de la Cámara Baja presentan un proyecto de ley para pedir la declaración de guerra contra la Mancomunidad de Canadá si el primer ministro King no revela el paradero del desaparecido presidente de Estados Unidos en un plazo de cuarenta y ocho horas.

En tercer lugar, los cuerpos y fuerzas de seguridad del Sur y el Medio Oeste informan de que «los llamados disturbios antisemitas» del 12 de octubre fueron instigados por «elementos judíos locales» que forman parte de una «conspiración judía de largo alcance que intenta minar la moral del país». De las ciento veintidós personas muertas en los disturbios, noventa y siete ya han sido identificadas como «provocadores judíos» que trataban de desviar las sospechas del auténtico grupo responsable del desorden y maquinaban para hacerse con el control del gobierno federal.

El alcalde La Guardia manifiesta: «Hay una conjura en marcha, desde luego, y mencionaré gustosamente las fuerzas que la impulsan: la histeria, la ignorancia, la maldad, la estupidez, el odio y el miedo. ¡En qué repugnante espectáculo se ha convertido nuestro país! Falsedad, crueldad y maldad por todas partes, y la fuerza bruta entre bastidores esperando para acabar con nosotros. Ahora leemos en el *Chicago Tribune* que durante todos estos años maestros panaderos judíos de Polonia han estado utilizando la sangre del hijo secuestrado de Lindbergh para elaborar los *matzohs* pascuales, un relato tan demencial hoy como lo era la primera vez que lo idearon los maníacos antisemitas hace quinientos años. Cómo debe de complacerle al Führer envenenar a nuestro país con esa siniestra estupidez. Intereses judíos. Elementos judíos. Usureros judíos. Represalias judías. Conspiraciones judías. Una guerra judía contra el mundo. ¡Haber esclavizado a América con ese galimatías! ¡Haber cautivado a las gentes de la nación más grande del mundo sin haber dicho una sola palabra veraz! ¡Ah... el placer que debemos de proporcionar al hombre más malévolo de la Tierra!».

Jueves, 15 de octubre de 1942

Poco antes del amanecer, el FBI detiene al rabino Lionel Bengelsdorf, sospechoso de figurar «entre los cabecillas de la conjura judía contra América». Al mismo tiempo, trasladan en ambulancia a la primera dama, de quien se dice que padece «fatiga nerviosa extrema», desde la Casa Blanca al hospital militar Walter Reed. Entre los demás detenidos en la redada matutina figuran el gobernador Lehman, Bernard Baruch, el juez Frankfurter, el protegido de este y administrador de Roosevelt, David Lilienthal, los asesores del New Deal Adolf Berle y Sam Rosenman, los dirigentes sindicales David Dubinsky y Sidney Hillman, el economista Isador Lubin, los periodistas de izquierdas I. F. Stone y James Wechsler, y el socialista Louis Waldman. Se afirma que son inminentes más detenciones, pero el FBI no ha revelado si se acusará a alguno o a todos los sospechosos de conspiración para raptar al presidente.

Unidades de carros blindados e infantería del ejército entran en Nueva York para ayudar a la Guardia Nacional a sofocar los actos esporádicos de violencia callejera antigubernamental. En Chicago, Filadelfia y Boston, los intentos de organizar manifestaciones de protesta contra el FBI se saldan solo con heridos leves, aunque la policía informa de cientos de detenciones.

En el Congreso, los dirigentes republicanos alaban al FBI por frustrar la conjura de los conspiradores. En Nueva York, Eleanor Roosevelt y Roger Baldwin, de la Unión Americana de Libertades Civiles, se unen al alcalde La Guardia en una conferencia de prensa para exigir la liberación inmediata del gobernador Lehman junto con sus presuntos compañeros de conspiración. Posteriormente, La Guardia es detenido en la mansión del alcalde.

Con la intención de dirigirse a los asistentes a una concentración de protesta convocada con carácter de urgencia por un comité de ciudadanos de Nueva York, el ex presidente Roosevelt se traslada desde su hogar en Hyde Park a Nueva York; «por su propia seguridad», es retenido bajo custodia por la policía. El ejército cierra todas las redacciones de periódicos y las emisoras de radio de Nueva York, donde el toque de queda al oscurecer decretado por la ley marcial se impondrá las veinticuatro horas del día hasta nueva orden. Los tanques cierran todos los puentes y túneles que dan acceso a la ciudad.

El alcalde de Buffalo anuncia su intención de distribuir máscaras antigás a los ciudadanos, y el alcalde de la cercana Rochester inicia un programa de refugios antiaéreos «para proteger a nuestra población en caso de un ataque canadiense por sorpresa». La Compañía de Radiodifusión Canadiense informa de un intercambio de disparos con armamento ligero en la frontera entre Maine y la provincia de New Brunswick, no lejos de la residencia de verano de Roosevelt en la isla de Campobello, en la bahía de Fundy. Desde Londres, el primer ministro Churchill advierte de una inminente invasión alemana de México, supuestamente para proteger el flanco meridional de Norteamérica, mientras Estados Unidos se dispone a arrebatar a los británicos el control de Canadá. «Ya no se trata de que la gran democracia americana emprenda una acción militar para salvarnos —dice Churchill—. Ha llegado el momento de que los ciudadanos americanos emprendan una acción civil para salvarse a sí mismos. No hay dos dramas históricos aislados, el americano y el británico, y nunca los ha habido. Hay un solo sufrimiento, y ahora, como en el pasado, nos enfrentamos a él juntos.»

Viernes, 16 de octubre de 1942

A las nueve de la mañana, una emisora de radio oculta en algún lugar de la capital de la nación empieza a transmitir la voz de la primera dama, que, con la ayuda de los leales a Lindbergh en el seno del servicio secreto, ha logrado escapar del hospital Walter Reed, donde (declarada por las autoridades una paciente mental bajo custodia de los psiquiatras militares) ha sido inmovilizada con una camisa de fuerza y retenida como prisionera durante casi veinticuatro horas. Su tono es conmovedoramente suave, las palabras pronunciadas sin asomo de aspereza ni justificado desprecio, la voz cadenciosa de una persona de gran respetabilidad que ha sido educada para enfrentarse a la profunda aflicción y al desengaño sin perder nunca el dominio de sí misma. No es un ciclón y, sin embargo, la empresa es extraordinaria y no muestra ningún temor.

—Queridos compatriotas, no podemos permitir y no permitiremos que las fuerzas y cuerpos de seguridad de Estados Unidos impongan la ilegalidad. En nombre de mi marido, pido a las unidades de la Guardia Nacional que se disuelvan y a sus hombres que vuelvan a la vida civil. Pido a todos los miembros de las fuerzas armadas de Estados Unidos que abandonen nuestras ciudades y se reagrupen en sus bases al mando de sus oficiales autorizados. Pido al FBI que libere a todos los detenidos bajo la acusación de conspirar para causar daño a mi marido y que les sean devueltos de inmediato sus plenos derechos ciudadanos. Pido a las autoridades responsables de mantener el orden en toda la nación que hagan lo mismo con quienes han sido ingresados en cárceles locales y estatales. No hay la menor prueba de que un solo detenido sea responsable en modo alguno de lo que les sucedió a mi marido y su avión el miércoles siete de octubre de mil novecientos cuarenta y dos o posteriormente. Pido a la policía de la ciudad de Nueva York que abandone las sedes ilegalmente ocupadas de los periódicos, revistas y emisoras de radio secuestrados por el gobierno, y que todos esos medios de comunicación reanuden sus actividades normales garantizadas por la Primera Enmienda de la Constitución. Pido al Congreso estadounidense que inicie los trámites para destituir al actual presidente en funciones de Estados Unidos y nombrar un nuevo presidente de acuerdo con la Ley de Sucesión Presidencial de mil ochocientos ochenta y seis, que designa al secretario de Estado como el siguiente en la línea sucesoria a la presidencia si la vicepresidencia ha quedado vacante. La Ley de Sucesión de mil ochocientos ochenta y seis también establece que, en las circunstancias mencionadas, el Congreso decidirá si convoca unas elecciones presidenciales extraordinarias, y por ello pido al Congreso que actúe en este sentido y autorice unas elecciones presidenciales que coincidan con las elecciones al Congreso previstas para el primer martes después del primer lunes de noviembre.

La primera dama repite su alocución radiofónica cada media hora hasta que, a mediodía, desafiando al presidente en funciones, al que acusa de haber ordenado su secuestro y confinamiento ilegales, anuncia su regreso a su residencia en la Casa Blanca junto a sus hijos. Apropiándose deliberadamente para su perorata del texto más reverenciado de la democracia estadounidense, concluye:

–No cederé a los representantes ilegales de una administración sediciosa ni me dejaré intimidar por ellos, y solo pido al pueblo americano que siga mi ejemplo y se niegue a aceptar o apoyar una conducta del gobierno que es indefendible. La historia de la actual administración es una historia de agravios y usurpaciones continuas, todos los cuales tienen como único objeto el establecimiento de una tiranía absoluta en estos estados. El gobierno ha prestado oídos sordos a la voz de la justicia y ha extendido sobre nosotros una jurisdicción injustificable. Por lo tanto, en defensa de esos mismos derechos inalienables que proclamaran en julio de mil setencientos setenta y seis Jefferson, de Virginia, Franklin, de Pensilvania, y Adams, de la Bahía de Massachusetts, por la autoridad del mismo buen pueblo de estos Estados Unidos, y sometiendo al mismo juez supremo del mundo la rectitud de nuestras intenciones, yo, Anne Morrow Lindbergh, natural del estado de Nueva Jersey, residente en el distrito de Columbia y esposa del trigesimotercer presidente de Estados Unidos, declaro que debe ponerse fin a este ofensivo historial de usurpación. La conjura de nuestros enemigos ha fracasado, la libertad y la justicia se han restaurado y quienes han violado la Constitución de Estados Unidos deben ser ahora enjuiciados por la rama judicial del gobierno, en estricto cumplimiento de las leyes de la nación.

«Nuestra Señora de la Casa Blanca», como bautiza con inquina Harold Ickes a la señora Lindbergh, regresa esa noche a los aposentos presidenciales, y desde allí, armada con el poder de su mística como afligida madre del niño martirizado y resuelta viuda del dios desaparecido, trama el rápido desmantelamiento de la administración Wheeler por parte del Congreso y los tribunales, cuya criminalidad, con tan solo ocho días en el cargo, ha excedido con mucho a la de la administración republicana de Warren Harding veinte años atrás.

La restauración sistemática de los procedimientos disciplinados iniciada por la señora Lindbergh culmina dos semanas y media después, el martes 3 de noviembre de 1942, cuando los demócratas barren en la Cámara Baja y el Senado y Franklin Delano Roosevelt obtiene por abrumadora victoria un tercer mandato presidencial.

Al mes siguiente, tras el devastador ataque por sorpresa de los japoneses contra Pearl Harbor y, cuatro días después, la declaración de guerra a Estados Unidos por parte de Alemania e Italia, Norteamérica entra en el conflicto global que se había iniciado en Europa unos tres años antes con la invasión alemana de Polonia y que desde entonces se había expandido hasta abarcar a dos tercios de la población mundial. Deshonrados por su connivencia con el presidente en funciones y desmoralizados por su tremenda derrota electoral, los pocos republicanos que quedan en el Congreso prometen apoyar al presidente demócrata y su lucha hasta el fin contra las potencias del Eje. La Cámara Baja y el Senado aprueban la participación de Estados Unidos en la guerra sin un solo voto en contra en ninguna de las dos cámaras, y el día siguiente al de su toma de posesión el presidente Roosevelt emite la Proclamación n.º 2568, «concediendo el perdón a Burton Wheeler». El documento dice entre otras cosas:

Como resultado de ciertos actos ocurridos antes de su destitución como presidente en funciones, Burton K. Wheeler se ha visto expuesto a una posible acusación y juicio por delitos cometidos contra Estados Unidos. A fin de evitar a la nación la dura prueba de semejante proceso criminal contra un ex presidente en funciones de Estados Unidos, y proteger al país contra la perjudicial distracción que supondría ese espectáculo en tiempo de guerra, yo, Franklin Delano Roosevelt, presidente de Estados Unidos, de conformidad con el poder de perdonar que me confiere el artículo II, sección 2 de la Constitución, he concedido y por el presente documento concedo un perdón pleno, libre y absoluto a Burton Wheeler por todos los delitos contra Estados Unidos que él, Burton Wheeler, ha cometido o pueda haber cometido o tomado parte durante el período comprendido entre el 8 de octubre de 1942 y el 16 de octubre de 1942.

Como todo el mundo sabe, el presidente Lindbergh no fue encontrado ni se volvió a saber nada más de él, aunque durante toda la guerra y la década posterior circularon diversas historias, junto con los rumores acerca de otras prominentes personas desaparecidas en aquella época turbulenta como Martin Bormann, el secretario particular de Hitler, de quien se creía que había burlado a los ejércitos aliados y había huido a la Argentina de Juan Perón (pero que con más probabilidad pereció durante los últimos días del Berlín nazi), y Raoul Wallenberg, el diplomático sueco cuya distribución de pasaportes de su nacionalidad salvó a unos veinte mil judíos húngaros del exterminio a manos de los nazis, aunque él mismo desapareció, probablemente en una cárcel soviética, cuando los rusos ocuparon Budapest en 1945. Entre el número menguante de estudiosos de la conspiración de Lindbergh, los informes sobre pistas y avistamientos han seguido apareciendo en boletines de publicación intermitente dedicados a especular sobre el destino inexplicado del trigesimotercer presidente de Estados Unidos.

El relato más complejo, el más increíble (aunque no necesariamente el menos convincente), fue el que tía Evelyn contó antes que a nadie a nuestra familia tras la detención del rabino Bengelsdorf, y cuya fuente no era otra que la propia Anne Morrow Lindbergh, que supuestamente confió los detalles al rabino pocos días antes de que se la llevaran de la Casa Blanca contra su voluntad y la retuvieran como prisionera en el pabellón psiquiátrico del hospital Walter Reed.

El rabino Bengelsdorf explicó que la señora Lindbergh sostenía que todo se remontaba al secuestro de su hijo Charles en 1932, secretamente tramado y financiado, según ella, por el Partido Nazi poco antes de que Hitler llegara al poder. Según la recapitulación que hizo el rabino del relato de la primera dama, Bruno Hauptmann había entregado el bebé para su salvaguarda a un amigo que vivía cerca de él, en el Bronx (un inmigrante alemán que, en realidad, era un agente del espionaje nazi), y solo unas horas después de que Hauptmann lo hubiera arrebatado de su cuna en Hopewell, Nueva Jersey, y lo hubiera bajado en brazos por una escalera improvisada, el pequeño Charles ya había sido sacado clandestinamente del país y viajaba hacia Alemania. El cadáver hallado e identificado como el del desaparecido dos meses y medio después era el de otro niño, seleccionado y asesinado por los nazis por su parecido con el hijo de Lindbergh, y, cuando el cuerpo ya estaba descompuesto, lo dejaron en un bosque cercano al hogar de los padres para asegurarse de que Hauptmann fuese condenado y ejecutado y así mantener en secreto las verdaderas circunstancias del rapto, que desconocía todo el mundo excepto el matrimonio Lindbergh. Por medio de un espía nazi que trabajaba como corresponsal de prensa extranjera en Nueva York, la pareja había sido informada enseguida de la llegada de Charles sano y salvo a suelo alemán, y les había asegurado que un equipo selecto de médicos, enfermeras, maestros y personal militar nazi le prodigarían los mejores cuidados (unos cuidados que merecía por su condición de primogénito del más grande aviador del mundo), siempre que los Lindbergh cooperasen plenamente con Berlín.

Como resultado de esta amenaza, durante los diez años siguientes la suerte de los Lindbergh y su hijo secuestrado (y, gradualmente, el destino de los Estados Unidos de América) estuvo determinada por Adolf Hitler. Gracias a la habilidad y eficiencia de sus agentes en Nueva York y Washington, así como en Londres y París después de que la célebre pareja, obedeciendo órdenes, «huyera» para vivir como expatriados en Europa, y donde Lindbergh empezaría a visitar con regularidad la Alemania nazi y a ensalzar los logros de su maquinaria militar, los nazis se dispusieron a explotar la fama de Lindbergh a favor del Tercer Reich y a expensas de América, dictando dónde residiría la pareja, con quién trabarían amistad y, sobre todo, qué opiniones manifestarían en sus apariciones públicas y en sus escritos publicados. En 1938, como recompensa a la deferente aceptación por parte de Lindbergh de la prestigiosa medalla concedida por Hermann Göring en la cena en honor del piloto celebrada en Berlín, y tras numerosas cartas de súplica, que fueron secretamente canalizadas, de Anne Morrow Lindbergh al mismo Führer, por fin permitieron al matrimonio visitar a su hijo, por entonces un guapo y rubio muchacho de casi ocho años que, desde el día de su llegada a Alemania, había sido educado como un modelo de la juventud hitleriana. El cadete germanohablante no comprendía, ni tampoco se lo dijeron, que los famosos norteamericanos a quienes él y sus compañeros de clase fueron presentados tras el desfile en su academia militar de élite eran sus padres, y no permitieron a los Lindbergh hablarle ni fotografiarse con él. La visita tuvo lugar en el preciso momento en que Anne Morrow Lindbergh había llegado a la conclusión de que la historia del secuestro nazi era un engaño indeciblemente cruel y que ya hacía mucho tiempo que los Lindbergh debían haberse liberado de su esclavitud bajo Adolf Hitler. Sin embargo, tras haber visto a Charles vivo por primera vez desde su desaparición en 1932, los Lindbergh se marcharon de Alemania irrevocablemente sometidos al peor enemigo de su país.

Les ordenaron poner fin a su expatriación y regresar a Estados Unidos, donde el coronel Lindbergh abrazaría la causa de América Primero. Les proporcionaron discursos, escritos en inglés, denunciando a los británicos, a Roosevelt y a los judíos, y apoyando la neutralidad de Estados Unidos en la guerra europea; instrucciones detalladas especificaban dónde y cuándo debían pronunciarse los discursos, e incluso la clase de indumentaria que requería cada aparición pública. Lindbergh puso en práctica todas las estratagemas políticas procedentes de Berlín con el mismo perfeccionismo meticuloso que distinguía sus actividades aeronáuticas, hasta la noche en que llegó vestido de aviador a la Convención Republicana y aceptó la nominación a la presidencia con unas palabras escritas para la ocasión por Joseph Goebbels, el ministro de propaganda nazi. Los nazis urdieron cada maniobra de la campaña electoral posterior y, una vez que Lindbergh hubo derrotado a FDR, fue Hitler en persona quien se puso al frente y procedió a elaborar —en reuniones semanales con Göring, designado como su sucesor y director de la economía alemana, y con Heinrich Himmler, máxima autoridad de Interior de Alemania y jefe de la Gestapo, la policía encargada de la custodia de Charles Lindbergh hijo– la política exterior de Estados Unidos que mejor sirviera a los objetivos de Alemania en tiempo de guerra y a su grandioso proyecto imperial.

Pronto Himmler empezaría a interferir directamente en los asuntos domésticos de Estados Unidos por el procedimiento de presionar al presidente Lindbergh (cómicamente menospreciado en los memorandos del jefe de la Gestapo como «nuestro *Gauleiter* americano») para que instituyera medidas represivas contra los cuatro millones y medio de judíos norteamericanos, y fue entonces, según la señora Lindbergh, cuando el presidente comenzó, aunque al principio pasivamente, a afirmar su resistencia. Para empezar, ordenó el establecimiento de la Oficina de Absorción Americana, que a su modo de ver era una agencia lo bastante intrascendente para que los judíos siguieran básicamente indemnes al tiempo que, mediante programas simbólicos como Solo Pueblo y Colonia 42, parecía cumplir con la directriz de Himmler para «iniciar en Norteamérica un proceso sistemático de marginación que, en un futuro previsible, lleve a la confiscación de la riqueza judía y a la total desaparición de la población judía, sus pertenencias y sus propiedades».

Heinrich Himmler no era hombre al que se pudiera despistar con un engaño tan transparente ni se molestara en ocultar su decepción cuando Lindbergh se atrevió a justificarse (por medio de Von Ribbentrop, a quien Himmler envió a Washington, supuestamente en una solemne visita de Estado, para ayudar al presidente en la formulación de unas medidas antijudías más estrictas) explicando al jefe supremo de los campos de concentración de Hitler que ciertas garantías insertas en la Constitución de Estados Unidos, combinadas con las añejas tradiciones democráticas norteamericanas, imposibilitaban que una solución final del problema judío se realizara en América con tanta rapidez y eficacia como en un continente con una historia de dos mil años de antisemitismo profundamente arraigado en el pueblo y donde el dominio nazi era absoluto. Durante la cena de Estado celebrada en honor de Von Ribbentrop, el apreciado invitado hizo un aparte con el presidente y le entregó un cablegrama, descodificado unos momentos antes en la embajada alemana, que contenía en su totalidad la réplica de Himmler.

«Piense en el niño –decía el cablegrama–, antes de responder de nuevo con semejantes paparruchas. Piense en el joven y valiente Charles, un sobresaliente cadete militar alemán que ya a la edad de doce años conoce mejor que su célebre padre el valor que nuestro Führer concede a las garantías constitucionales y las tradiciones democráticas, especialmente en lo que se refiere a los derechos de los parásitos.»

La reprimenda que le dio Himmler al «Águila Solitaria con corazón de gallina», como llamaba Himmler a Lindbergh en un memorándum interno, señaló el comienzo del repudio de Lindbergh a ser un esbirro útil al Tercer Reich. Al derrotar a Roosevelt y a los intervencionistas antinazis, había proporcionado al ejército alemán más tiempo para aplastar la continua e inesperada resistencia de la Unión Soviética sin que Alemania corriera el riesgo de tener que enfrentarse simultáneamente al poderío industrial y militar de Estados Unidos. Más importante todavía era que la presidencia de Lindbergh concedía a la industria alemana y a los círculos científicos alemanes (que ya estaban desarrollando en secreto una bomba de fuerza explosiva sin parangón basada en la fisión atómica, así como un cohete capaz de transportar esa arma a través del Atlántico) dos años más para completar los preparativos de su lucha apocalíptica contra Estados Unidos, cuyo resultado, tal como preveía Hitler, determinaría el curso de la civilización occidental y el progreso de la humanidad durante el siguiente milenio. Si Himmler hubiera encontrado en Lindbergh al visionario que odiaba a los judíos esperado por el alto mando alemán basándose en los informes de los servicios secretos, en lugar de lo que él mismo motejó despectivamente como «un antisemita de salón», tal vez habrían permitido al presidente completar su mandato y permanecer cuatro años más en el cargo antes de retirarse y ceder el gobierno a Henry Ford, por quien Hitler ya se había decidido como sucesor de Lindbergh pese a su avanzada edad. Si Himmler hubiera podido confiar en un presidente americano de impecables credenciales americanas para llevar a cabo la solución final del problema judío en Estados Unidos, eso, por supuesto, habría sido preferible al empleo en una fecha posterior de recursos y personal alemanes para realizar esa misión en Norteamérica, y el avión de Lindbergh no habría tenido que desaparecer en los cielos, como lo juzgaron necesario en Berlín, el miércoles 7 de octubre de 1942, ni tampoco el presidente en funciones Wheeler habría asumido el poder la noche siguiente y, para asombro y regocijo de quienes hasta entonces no le habían considerado más que un bufón, no se habría revelado como un auténtico líder en cuestión de días, al poner en práctica de una manera espontánea las mismas medidas que Von Ribbentrop le propuso a Lindbergh y que, como Himmler creía, el héroe norteamericano no había podido llevar a cabo debido a las pueriles objeciones morales de su esposa.

Menos de una hora después de la desaparición del presidente, la embajada alemana había informado a la señora Lindbergh de que ahora la responsabilidad del bienestar de su hijo era exclusivamente suya y que, si hacía cualquier cosa que no fuese abandonar la Casa Blanca y retirarse en silencio de la vida pública, Charles hijo saldría de la academia militar y sería enviado al frente ruso para la ofensiva de noviembre sobre Stalingrado, y permanecería allí de servicio como el combatiente de infantería más joven del Tercer Reich hasta que expirase valientemente en el campo de batalla para mayor gloria del pueblo alemán.

Esto es lo que, en líneas generales, tía Evelyn le contó a mi madre cuando se presentó en nuestra casa horas después de que agentes del FBI se llevaran esposado al rabino Bengelsdorf de su hotel en Washington. Desarrollado con más detalle, es lo que el rabino Bengelsdorf contó en *Mi vida bajo Lindbergh*, la disculpa en forma de diario de alguien que había vivido la historia en primera persona, un libro de quinientas cincuenta páginas que publicó poco después de la guerra y que entonces fue rechazado en un comunicado de prensa por un portavoz de la familia Lindbergh como «una calumnia censurable que no se basa en los hechos, motivada por la venganza y la codicia, sostenida por el engaño egomaníaco, inventada con vistas a una burda explotación comercial, y a la que la señora Lindbergh no se dignará dar más respuesta». Cuando mi madre oyó la historia por primera vez, le pareció una prueba concluyente de que la conmoción sufrida al presenciar la detención del rabino Bengelsdorf había hecho que su hermana perdiera temporalmente el juicio.

El día siguiente a la visita por sorpresa de tía Evelyn fue el viernes 16 de octubre de 1942, cuando la señora Lindbergh, antes de regresar a la Casa Blanca, habló por radio desde un lugar secreto de Washington y, basándose únicamente en su autoridad como «esposa del trigesimotercer presidente de Estados Unidos», declaró que «debía ponerse fin» al «ofensivo historial de usurpación» llevado a cabo por la administración del presidente en funciones. Que, a consecuencia de la valentía mostrada por la primera dama, su hijo raptado sufriera algún daño, que Charles hijo sobreviviera a su infancia para padecer el terrible destino que Himmler había prometido, y no digamos para soportar la infancia de un pupilo privilegiado y preciado rehén del Estado alemán, que Himmler, Göring y Hitler hubieran desempeñado un papel relevante en la ascensión de Lindbergh a la cumbre de la política como miembro de América Primero, o hubieran intervenido en la conformación de la política estadounidense durante la misteriosa desaparición de Lindbergh, ha sido objeto de controversia durante más de medio siglo, aunque a estas alturas sea un debate mucho menos apasionado y extendido que cuando, durante treinta y tantas semanas de 1946 (y a pesar de la descripción a menudo citada que hiciera de él Westbrook Pegler, el decano de los periodistas estadounidenses de derechas contrario a Roosevelt, como «el diario estrafalario de un mitómano redomado»), *Mi vida bajo Lindbergh* permaneció en lo alto de las listas de superventas norteamericanas junto con dos biografías personales de FDR, que había muerto en el ejercicio de su cargo el año anterior, solo unas semanas antes de que la rendición incondicional de la Alemania nazi ante los Aliados señalara el fin de la Segunda Guerra Mundial en Europa.

9

Octubre de 1942
MIEDO PERPETUO

La llamada de Seldon se produjo cuando mi madre, Sandy y yo estábamos ya en la cama. Era el lunes 12 de octubre, y mientras cenábamos habíamos escuchado las noticias de la radio acerca de los disturbios desencadenados en el Medio Oeste y el Sur, seguidos por el anuncio de los servicios británicos de inteligencia de que el presidente había amerizado deliberadamente a unos quinientos kilómetros mar adentro, desde donde los cuerpos naval y aéreo de la Alemania nazi lo habían llevado a una cita secreta con Hitler. Los periódicos no pudieron aportar detalles de los alborotos causados por esta información hasta la mañana siguiente, aunque pocos minutos después de que la noticia hubiera llegado a la mesa de nuestra cocina mi madre había supuesto correctamente cuál había sido el objetivo y los motivos de los alborotadores. Para entonces habían transcurrido ya tres días desde el cierre de la frontera con Canadá, e incluso para mí, a quien la idea de abandonar Estados Unidos me parecía una perspectiva insoportable, estaba claro que la negativa de mi padre a hacerle caso a mi madre y salir del país unos meses antes había sido la peor equivocación que él había cometido en su vida. Ahora volvía a trabajar de noche en el mercado, mi madre salía a la calle todos los días para hacer la compra (quijotescamente, una tarde había asistido a una reunión en la escuela para elegir posibles observadores de los colegios electorales en las elecciones de noviembre), Sandy y yo íbamos todas las mañanas a la escuela con nuestros amigos, pero, así y todo, cuando comenzó la segunda semana de la administración del presidente en funciones Wheeler, el miedo estaba en todas partes, y ello a pesar de la recomendación realizada por la señora Lindbergh a los norteamericanos de que rechazaran las noticias procedentes de países extranjeros acerca del paradero del presidente, y a pesar de que el rabino Bengelsdorf era un personaje público en alza, ahora miembro de nuestra familia, tío por matrimonio que incluso había cenado una vez en casa, pero que no podía hacer absolutamente nada por ayudarnos, y aunque pudiera no lo haría debido al desprecio que él y mi padre se profesaban mutuamente. El miedo estaba en todas partes, la expresión despavorida estaba en todas partes, especialmente en los ojos de nuestros protectores, la expresión que aparece en la fracción de segundo después de cerrar la puerta y darte cuenta de que no tienes la llave. Nunca hasta entonces habíamos observado a todos los adultos pensando impotentes lo mismo. Los más fuertes hacían todo lo posible por conservar la calma y el coraje, y parecían realistas cuando nos decían que pronto terminarían nuestras preocupaciones y volveríamos a llevar nuestra vida normal, pero cuando sintonizaban las noticias se quedaban desolados por la rapidez con que se sucedían las atrocidades.

Entonces, la noche del día 12, cuando todos estábamos acostados en la cama sin poder dormir, sonó el teléfono: Seldon, llamando a cobro revertido desde Kentucky. Eran las diez de la noche y su madre aún no había vuelto a casa, y como se sabía nuestro número de memoria (y no tenía a nadie más a quien llamar), hizo girar la manivela, se puso en contacto con la operadora y, precipitadamente, tratando de pronunciar todas las palabras necesarias antes de que le abandonara la capacidad del habla, le dijo:

—Llamada a cobro revertido, por favor. Newark, Nueva Jersey. Avenida Summit, ochenta y uno. Waverley tres, cuarenta y ocho, veintisiete. Me llamo Seldon Wishnow. Quiero hablar con el señor o la señora Roth. O con Philip. O con Sandy. Con quien sea, operadora. Mi madre no está en casa. Tengo diez años. No he comido y ella no está aquí. Por favor, operadora… ¡Waverley tres, cuarenta y ocho, veintisiete! ¡Hablaré con quien sea!

Esa mañana la señora Wishnow había ido en coche a Louisville, a la oficina regional de la Metropolitan, para informar al supervisor del distrito a instancias de la compañía. Louisville se encontraba a más de ciento sesenta kilómetros de Danville, y las carreteras eran tan malas en la mayor parte de la ruta que el viaje de ida y vuelta requeriría toda la jornada. Nadie comprendió nunca por qué razón el supervisor del distrito no podría haberle escrito una carta o llamarla por teléfono para comunicarle lo que tenía que decirle, ni tampoco se le pidieron explicaciones de ello. Mi padre conjeturaba que la empresa se proponía despedirla aquel día, pedirle que devolviera el libro de contabilidad con las anotaciones a mano de los cobros efectuados y prescindir de ella, desempleada al cabo de solo un mes y medio en el trabajo y a más de mil kilómetros de casa. No había realizado una actividad digna de mención durante aquellas primeras semanas en las zonas rurales del condado de Boyle, aunque no se debía a la falta de esfuerzo por su parte, sino principalmente a que allí no había nadie interesado en contratar un seguro. De hecho, todos y cada uno de los traslados efectuados por la Metropolitan bajo los auspicios de Colonia 42 se estaban convirtiendo en catastróficos para los agentes que procedían del distrito de Newark. En los rincones apenas habitados de aquellos estados distantes donde los habían establecido con sus familias, ninguno de ellos podría conseguir jamás ni la cuarta parte de las comisiones que estaban acostumbrados a recibir en la Nueva Jersey metropolitana, y así, aunque fuese solo por ese motivo, mi padre había sido asombrosamente presciente al abandonar su empleo e irse a trabajar para tío Monty. No había sido tan presciente por lo que respectaba a llevarnos al otro lado de la frontera canadiense antes de que la cerraran y declarasen la ley marcial.

—Si estuviera viva... —le dijo Seldon a mi madre cuando ella aceptó el coste de la llamada y se puso al aparato—, si estuviera viva...

Al comienzo, debido al llanto, eso era todo lo que podía decir, e incluso estas tres palabras apenas eran comprensibles.

—Basta ya, Seldon. Te lo estás imaginando todo, te estás poniendo histérico. Pues claro que tu madre está viva. Llegará tarde a casa... eso es todo lo que pasa.

—¡Pero si estuviera viva me llamaría!

—¿Y si lo único que pasa, Seldon, es que se ha quedado atrapada en un atasco? ¿Y si le ha ocurrido algo al coche y ha tenido que parar para arreglarlo? ¿No pasaba antes, cuando vivíais aquí en Newark? ¿Recuerdas aquella noche que llovía, cuando se le pinchó una rueda y tuviste que subir y quedarte con nosotros? Probablemente no es más que un pinchazo, así que, por favor, cariño, cálmate. Deja de llorar. Tu madre está bien. Lo que dices solo sirve para trastornarte, y además no es cierto, así que, te lo pido por favor, haz un esfuerzo ahora mismo y trata de calmarte.

—¡Pero está muerta, señora Roth! ¡Lo mismo que mi padre! ¡Ahora mis dos padres están muertos!

Y, por supuesto, estaba en lo cierto. Seldon no sabía nada de los disturbios ocurridos lejos de allí, en Louisville, y muy poco de lo que estaba ocurriendo en el resto del país. Como en la vida de la señora Wishnow no quedaba espacio para nada más que el niño y el trabajo, en la casa de Danville no había nunca un periódico que leer, y cuando los dos se sentaban a cenar no escuchaban las noticias como lo hacíamos nosotros en Newark. Era más que probable que en Danville estuviera demasiado fatigada para escucharlas, demasiado embotada ya para enterarse de cualquier desgracia que no fueran las suyas propias.

Pero Seldon había dado en el clavo: la señora Wishnow estaba muerta, aunque nadie lo sabría hasta el día siguiente, cuando el coche quemado que contenía los restos de su madre fue encontrado humeante en una acequia junto a un patatal en la campiña llana al pie de Louisville. Al parecer, tras darle una paliza y robarle, habían prendido fuego al coche en los primeros momentos del estallido de violencia nocturna, que no se había restringido a las calles del centro de Louisville, donde estaban las tiendas de propiedad judía, ni a las calles residenciales donde vivían los pocos ciudadanos judíos de Louisville. Los hombres del Klan sabían que, una vez encendidas las antorchas y las cruces ardiendo, las sabandijas tratarían de salir, y por ello estaban ojo avizor no solo en la carretera principal que conducía al norte, hacia Ohio, sino también a lo largo de las estrechas carreteras comarcales que se dirigían al sur, donde la señora Wishnow pagó con su vida por la difamación del buen nombre de Lindbergh llevada a cabo primero por el difunto Walter Winchell, y ahora por el aparato de propaganda controlado por los judíos del primer ministro Churchill y el rey Jorge VI.

—Tienes que comer algo, Seldon —le dijo mi madre—. Eso te ayudará a tranquilizarte. Ve a la nevera y saca algo para comer.

—Me he comido las Fig Newtons. No queda ninguna.

—Me refiero a comer algo sustancioso, Seldon. Tu madre volverá a casa muy pronto, pero entretanto no puedes esperar ahí sentado a que vuelva y te dé la cena... Tienes que alimentarte, y no solo de galletas. Deja el teléfono, ve a la nevera, vuelve y dime qué hay para comer.

—Pero es una conferencia...

—Haz lo que te digo, Seldon.

Sandy y yo estábamos junto a ella, en el vestíbulo de atrás. Nos dijo:

—Su madre tarda mucho y él no ha cenado, se encuentra solo y ella no le ha llamado, y el pobre chico está frenético y muerto de hambre.

—¿Señora Roth?

—Sí, Seldon.

—Hay requesón. Pero es de hace tiempo. No tiene muy buen aspecto.

—¿Qué más hay?

—Remolacha. En un cuenco. Sobras. Está fría.

—¿Y algo más?

—Voy a mirar... Espere un momento.

Esta vez, cuando Seldon dejó el teléfono, mi madre le preguntó a Sandy:

—¿A qué distancia de Danville están los Mawhinney?

—En camioneta, a unos veinte minutos.

—En mi tocador —le dijo mi madre a Sandy—, encima, en el monedero... Ahí está su número de teléfono. Un trocito de papel en el pequeño monedero marrón. Tráemelo, por favor.

—¿Señora Roth? —preguntó Seldon.

—Sí, dime.

—Hay mantequilla.

—¿Eso es todo? ¿No hay leche? ¿No hay zumo?

—Pero eso es para el desayuno, no para la cena.

—¿Hay Krispies de arroz, Seldon? ¿Hay copos de maíz?

—Claro —respondió él.

—Entonces cómete los cereales que más te gusten.

—Krispies de arroz.

—Coge los Krispies, saca la leche y el zumo, y prepárate el desayuno.

—¿Ahora?

—Haz lo que te digo, por favor —insistió ella—. Quiero que te tomes el desayuno.

—¿Está Philip ahí?

—Sí, está aquí, pero no puedes hablar con él. Primero tienes que comer. Volveré a llamarte dentro de una hora, cuando hayas comido. Son las diez y diez, Seldon.

—¿En Newark son las diez y diez?

—En Newark y en Danville. Es exactamente la misma hora en los dos sitios. Te llamaré a las once menos cuarto.

—¿Podré hablar entonces con Philip?

—Sí, pero quiero que primero te sientes a la mesa de la cocina con todo lo que necesitas. Quiero que uses cuchara, tenedor, cuchillo y servilleta. Come despacio. Usa platos. Usa un tazón. ¿Hay algo de pan?

—Está duro. Solo un par de rebanadas.

—¿Tienes tostadora?

—Claro, la trajimos aquí en el coche. ¿Recuerda la mañana en que lo cargamos todo en el coche?

—Escúchame, Seldon. Concéntrate. Hazte unas tostadas, con los cereales. Y ponles mantequilla, no te olvides de ponérsela. Y sírvete un vaso grande de leche. Quiero que te tomes un buen desayuno, y cuando vuelva tu madre quiero que le digas que nos llame inmediatamente. Puede llamarnos a cobro revertido. Dile que no se preocupe por el dinero. Es importante para nosotros saber cuándo vuelve a casa. Pero, en cualquier caso, volveré a llamarte dentro de media hora, así que no vayas a ninguna parte.

—Fuera está oscuro. ¿Adónde podría ir?

—Tómate el desayuno, Seldon.

—De acuerdo.

—Adiós —le dijo ella—. Adiós, de momento. Te llamaré a las once menos cuarto. Quédate donde estás.

A continuación, mi madre telefoneó a los Mawhinney. Mi hermano le dio el trocito de papel con el número, ella pidió a la operadora que hiciera la llamada y, cuando alguien respondió al otro extremo de la línea, le dijo:

—¿Es usted la señora Mawhinney? Soy la señora Roth, la madre de Sandy. La llamo desde Newark, Nueva Jersey, señora Mawhinney. Si la he despertado, lo lamento, pero necesitamos que ayuden a un niño que está solo en Danville. ¿Qué? Sí, por supuesto, sí. —Se volvió hacia nosotros—: Va a buscar a su marido.

—Oh, no —se quejó mi hermano.

—No es momento de ponerse así, Sanford. Tampoco a mí me gusta lo que estoy haciendo. Comprendo que no son como nosotros. Sé que los campesinos se acuestan y se levantan temprano y que trabajan muy duro. Pero ya me dirás qué otra cosa podemos hacer. Ese muchacho se volverá loco si continúa solo más tiempo. No sabe dónde está su madre. Alguien tiene que estar allí con él. Ya ha sufrido demasiados golpes para alguien de su edad. Perdió a su padre, y ahora su madre ha desaparecido. ¿No puedes comprender lo que eso significa?

—Claro que puedo —replicó mi hermano en tono indignado—. Claro que lo entiendo.

—Muy bien. Entonces comprenderás que alguien tiene que ir a su casa. Alguien... —Pero entonces el señor Mawhinney se puso al aparato, mi madre le explicó por qué le llamaba y él accedió de inmediato a hacer lo que le pedía. Cuando colgó, nos dijo—: Por lo menos queda algo de decencia en este país. Por lo menos hay un poco de decencia en alguna parte.

—Ya te lo había dicho —susurró mi hermano.

Mi madre nunca me había parecido más excepcional que aquella noche, y no solo por la desenvoltura con que aceptaba y hacía llamadas telefónicas desde y a Kentucky. Había más, mucho más. Para empezar, estaba el ataque de Alvin a mi padre la semana anterior. Estaba la violenta reacción de mi padre. Estaba el destrozo de nuestra sala de estar. Estaban las costillas y los dientes rotos de mi padre, los puntos en la cara y el collarín ortopédico en el cuello. Estaba el tiroteo en la avenida Chancellor. Estaba nuestra certeza de que se trataba de un pogromo. Estaban las sirenas que sonaron durante toda la noche. Estaba el griterío en las calles que se prolongó durante toda la noche. Estaba el vestíbulo de los Cucuzza donde nos escondimos, la pistola cargada en el regazo de mi padre, la pistola cargada en la mano del señor Cucuzza... y todo eso solo la semana anterior. También estaban el mes anterior, el año anterior y el anterior, todos aquellos golpes, insultos y sorpresas con la intención de debilitar y asustar a los judíos que aún no habían logrado quebrantar la fortaleza de mi madre. Antes de que la oyera decirle a Seldon, desde más de mil kilómetros de distancia, que se preparase algo de comer y se sentara a comerlo, antes de oírla llamar a los Mawhinney (gentiles que iban a la iglesia y a los que ella nunca había visto) para ayudarla a impedir que Seldon se volviera loco, antes de oírla pedir hablar con el señor Mawhinney y decirle que si algo grave le había ocurrido a la señora Wishnow no debían preocuparse por hacerse cargo de Seldon, porque mi padre estaba dispuesto a coger el coche, viajar a Kentucky y traerlo de regreso a Newark (y le prometió esto al señor Mawhinney a pesar de que nadie sabía aún hasta dónde permitirían los Wheeler y los Ford que llegara la turba norteamericana), yo no había entendido nada de la historia que fue su vida en aquellos años. Hasta que Seldon hizo su frenética llamada telefónica desde Kentucky, yo nunca había sumado el coste para mis padres de la presidencia de Lindbergh; hasta aquel momento, había sido incapaz de hacer una suma tan elevada.

Cuando mi madre llamó a Seldon a las once menos cuarto, le explicó el plan establecido con los Mawhinney. Tenía que meter el cepillo de dientes, el pijama, la ropa interior y un par de calcetines limpios en una bolsa de papel, tenía que ponerse un suéter grueso, el abrigo y la gorra de franela, y esperar en casa a que el señor Mawhinney fuese a buscarle en su camioneta. El señor Mawhinney era un hombre muy amable, le dijo mi madre a Seldon, un hombre amable y generoso con una mujer encantadora y cuatro hijos a los que Sandy conocía del verano que había vivido en la granja de los Mawhinney.

—¡Entonces está muerta! —exclamó Seldon.

No, no, no, de ninguna manera; a la mañana siguiente su madre iría a buscarlo a casa de los Mawhinney y desde allí lo llevaría a la escuela. Los señores Mawhinney se encargarían de todo y él no tenía que preocuparse de nada, pero, entretanto, había cosas que hacer: Seldon tenía que escribir con su mejor caligrafía una nota para su madre que dejaría sobre la mesa de la cocina, una nota en la que le diría que iba a pasar la noche en casa de los Mawhinney, cuyo número de teléfono le indicaba. También debía poner en la nota que llamara a la señora Roth de Newark, a cobro revertido, en cuanto llegara a casa. A continuación Seldon se sentaría en la sala de estar y esperaría allí hasta que el señor Mawhinney hiciera sonar la bocina en el exterior, y entonces apagaría todas las luces de la casa…

Mi madre le orientó en cada etapa de su partida y entonces, a un coste financiero que yo era incapaz de calcular, siguió al aparato hasta que Seldon hubo hecho todo lo que le decía y él volvió a ponerse al teléfono para decirle que lo había hecho, y aun así ella no colgaba ni dejaba de tranquilizarle acerca de todo, hasta que el chico finalmente gritó:

—¡Es él, señora Roth! ¡Está tocando la bocina!

—De acuerdo, muy bien —le dijo mi madre—, pero ahora tranquilo, Seldon, tranquilo… Coge la bolsa, apaga las luces, no te olvides de cerrar la puerta con llave al salir, y mañana por la mañana, en cuanto se haga de día, verás a tu madre. Ahora buena suerte, cariño, y no corras y… ¿Seldon? ¡Seldon, cuelga el teléfono!

Pero no lo hizo. En su apresuramiento por huir lo más rápido posible de aquella casa inquietante, solitaria, sin padres, dejó el teléfono descolgado, aunque eso poco importaba. La casa podría haber ardido hasta reducirse a cenizas y no habría importado, porque Seldon nunca volvería a poner los pies en ella.

El domingo 18 de octubre regresó a la avenida Summit. Mi padre, acompañado por Sandy, viajó a Kentucky para recogerlo. El ataúd con los restos de la señora Wishnow llegó después que ellos en tren. Yo sabía que se había quemado dentro del coche hasta el punto de quedar irreconocible, pero seguía imaginándola en el interior del ataúd con los puños todavía apretados. Y también me veía a mí mismo encerrado en su cuarto de baño y a la señora Wishnow desde fuera explicándome la manera de abrir la puerta. ¡Qué paciente había sido…! ¡Qué parecida a mi madre…! Y ahora estaba dentro de un ataúd, y era yo quien la había metido allí.

Eso era todo lo que podía pensar la noche en que mi madre, como un oficial en combate, orientó a Seldon para organizar su cena y su partida y ponerse a salvo en manos de los Mawhinney. Yo lo hice. Eso era todo lo que podía pensar entonces y todo lo que puedo pensar ahora. Le hice eso a Seldon y se lo hice a ella. El rabino Bengelsdorf había hecho lo que había hecho, tía Evelyn había hecho lo que había hecho, pero yo había sido el desencadenante, el causante de toda aquella devastación.

El jueves 15 de octubre (el día en que el *putsch* de Wheeler alcanzó el apogeo de la ilegalidad), el teléfono sonó en casa a las seis menos cuarto de la mañana. Mi madre pensó que eran mi padre y Sandy que llamaban con malas noticias desde Kentucky o, peor aún, alguien que llamaba para algo sobre ellos dos, pero de momento las malas nuevas procedían de mi tía. Solo unos minutos antes, agentes del FBI habían llamado a la puerta del hotel de Washington donde vivía el rabino Bengelsdorf. Tía Evelyn había acudido desde Newark el día anterior, por lo que esa noche se encontraba allí; de lo contrario, no habría podido conocer las circunstancias de la desaparición del rabino. Los agentes no se molestaron en esperar a que nadie abriera la puerta desde dentro; lo hizo la llave maestra del servicial gerente del hotel, y, tras presentar una orden de arresto del rabino Bengelsdorf y aguardar en silencio mientras se vestía, se lo llevaron esposado de la habitación sin dar ninguna explicación a tía Evelyn, que, inmediatamente después de verlos alejarse en un coche camuflado, llamó a mi madre para pedir ayuda. Pero en unos momentos como aquellos mi madre no estaba dispuesta a dejarme al cuidado de nadie ni a viajar cinco horas en tren para ayudar a una hermana de la que llevaba meses distanciada. Ciento veintidós judíos habían sido asesinados tres días antes (entre ellos, como acabábamos de saber, la señora Wishnow), mi padre y Sandy estaban todavía fuera, en su peligroso viaje para rescatar a Seldon, y nadie sabía lo que nos esperaba ni siquiera a los que estábamos en casa, en la avenida Summit. El tiroteo con la policía de la ciudad que había causado la muerte de tres matones locales era lo peor que había sucedido en Newark hasta ese momento. Sin embargo, el hecho de que hubiera ocurrido a la vuelta de la esquina, en la avenida Chancellor, había dejado a todo el mundo en la calle con la sensación de que se había derribado un muro que hasta entonces protegía a sus familias, no el muro del gueto (que no había protegido a nadie, desde luego no los había protegido del miedo y las patologías de la exclusión), no un muro ideado para hacerlos callar o encerrarlos, sino un muro protector de garantías legales que se alzaba entre ellos y los padecimientos de un gueto.

A las cinco de aquella tarde, tía Evelyn se presentó ante nuestra puerta, más enajenada de lo que había estado por teléfono tras el arresto del rabino Bengelsdorf. Nadie en Washington estaba dispuesto a decirle, o desconocía, dónde retenían a su marido, o incluso si aún seguía con vida, y cuando se enteró de las detenciones de personas que parecían invulnerables, como el alcalde La Guardia, el gobernador Lehman y el juez Frankfurter, sucumbió al pánico y tomó el tren de Washington a Newark. Temerosa de regresar sola a la mansión del rabino en la avenida Elizabeth, temerosa también de que si llamaba antes a mi madre esta le diría que se mantuviera alejada, en la Penn Station tomó un taxi para ir directamente a la avenida Summit y rogar que la dejaran entrar. Solo un par de horas antes la radio había difundido una noticia espantosa, la de que el presidente Roosevelt, al llegar a Nueva York para asistir a una concentración nocturna de protesta en el Madison Square Garden, había sido «detenido» por la policía de la ciudad, y fue eso lo que impulsó a mi madre a abandonar la casa y, por primera vez desde que empecé a ir al parvulario en 1938, ir a recogerme al salir de la escuela. Hasta entonces había estado tan dispuesta como el resto de la gente de la calle a seguir las instrucciones del rabino Prinz para que la comunidad siguiera comportándose como siempre y dejara los asuntos de la seguridad en manos de su comité, pero aquella tarde decidió que los acontecimientos habían superado la sapiencia del rabino y, junto con un centenar de madres que habían llegado a una conclusión similar, estaba allí para recoger a su hijo cuando sonaba la última campana y los niños empezaban a cruzar las puertas de la escuela para volver a casa.

—¡Van a por mí, Bess! Tengo que esconderme… ¡Tienes que esconderme!

Como si buena parte de nuestro mundo no se hubiera convulsionado en poco más de una semana, allí estaba mi tía vibrante y altiva, la esposa (o tal vez por entonces la viuda) del personaje más importante que jamás habíamos visto en persona, allí estaba la diminuta tía Evelyn, sin maquillaje, el cabello desordenado, convertida de repente en un ogro, afeada y de aspecto vulnerable tanto por el desastre como por su propia teatralidad. Y allí estaba mi madre, impidiéndole el paso y más enojada de lo que yo jamás podría haberla imaginado. Nunca la había visto tan furiosa ni la había oído soltar palabrotas. Ni siquiera sabía que supiera hacerlo.

—¿Por qué no vas a esconderte a casa de Von Ribbentrop? —dijo mi madre—. ¿Por qué no buscas la protección de tu amigo herr Von Ribbentrop? ¡Estúpida! ¿Y qué pasa con mi familia? ¿Crees que nosotros no tenemos miedo? ¿Crees que no estamos también en peligro? Zorra egoísta… ¡Todos tenemos miedo!

—¡Pero van a detenerme! ¡Me torturarán, Bessie, porque conozco la verdad!

—¡No puedes quedarte aquí! —exclamó mi madre—. ¡De ninguna de las maneras! Tienes una casa, dinero, criados… Lo tienes todo para protegerte. Nosotros no tenemos nada de eso, nada en absoluto. ¡Márchate, Evelyn! ¡Vete! ¡Sal de esta casa!

Sorprendentemente, mi tía se dirigió entonces a mí para suplicar refugio.

—Mi pequeño, cariño…

—¡Cómo te atreves…! —gritó mi madre, y cerró de un portazo. Por poco no alcanzó la mano que mi tía tendía hacia mí.

Cuando nos quedamos solos, me abrazó con tal fuerza que noté en la frente los latidos de su corazón.

—¿Cómo volverá a casa? —le pregunté.

—En el autobús. No es asunto nuestro. Tomará el autobús como todo el mundo.

—Pero ¿qué quería decir con eso de la verdad, mamá?

—Nada. Olvídate de lo que quería decir. Ya no tenemos nada que ver con tu tía.

Una vez en la cocina, se cubrió la cara con las manos y de repente fue presa de un llanto convulso. Cedieron los escrúpulos maternos responsables, y con ellos la fuerza que empleaba rigurosamente para ocultar sus debilidades y ofrecer una apariencia de normalidad.

—¿Cómo es posible que Selma Wishnow esté muerta? —inquirió—. ¿Cómo es posible que detengan al presidente Roosevelt? ¿Cómo es posible que estén pasando estas cosas?

—¿Porque Lindbergh desapareció? —le pregunté.

—Porque apareció —replicó ella—. Porque apareció en primer lugar, ¡un gentil idiota que vuela en un estúpido avión! ¡Oh… nunca debería haberles dejado ir en busca de Seldon! ¿Dónde está tu hermano? ¿Dónde está tu padre? —¿Dónde también, parecía preguntar, está aquella existencia ordenada antes tan llena de sentido, dónde está la gran empresa de ser nosotros cuatro?—. Ni siquiera sabemos dónde están —añadió, pero por su tono parecía como si fuese ella la que estaba perdida—. Enviarlos allá de esa manera… ¿En qué estaría pensando? Dejarles ir cuando todo el país… cuando…

Al llegar a ese punto se interrumpió deliberadamente, pero el hilo de su pensamiento estaba muy claro: cuando los gentiles matan a los judíos en las calles.

Yo no podía hacer nada más que esperar a que el llanto hubiera consumido sus energías, y entonces la idea que tenía de ella experimentó un cambio sorprendente: mi madre era una criatura como yo. La revelación me dejó asombrado, pero era demasiado joven para comprender que aquel era el vínculo más fuerte de todos.

—¿Cómo he podido echarla? —dijo entonces—. Oh, cariño, ¿qué… qué diría ahora la abuela?

Como cabía predecir, el remordimiento era la forma que adoptaba su aflicción, los azotes implacables que constituyen la condena de uno mismo, como si en unos tiempos tan extraños como aquellos hubiera un camino correcto y uno erróneo que otra persona habría visto con claridad, como si, al enfrentarse a tales apuros, la mano de la estupidez estuviera siempre lejos de guiar a nadie. No obstante, se reprochaba a sí misma unos errores de juicio que no solo eran naturales cuando ya no había una explicación lógica para nada, sino que estaban generados por emociones de las que ella no tenía ningún motivo para dudar. Lo peor de todo era lo convencida que estaba de su error catastrófico, aunque, de haber actuado contra su instinto, no habría tenido menos motivos para deplorar lo que había hecho. Para el niño que la veía maltratada por la confusión más angustiosa (y que también estaba temblando de miedo), todo aquello se reducía al descubrimiento de que uno no podía hacer nada bien sin hacer también algo mal, tan mal, en realidad, que especialmente cuando reinaba el caos y todo estaba en juego, lo mejor que podía hacerse era limitarse a esperar y no hacer nada –excepto que no hacer nada era también hacer algo… en tales circunstancias, no hacer nada era hacer mucho–, y al hecho de que ni siquiera para la madre que llevaba a cabo todos los días una metódica oposición al turbulento flujo de la vida existiera algún sistema que le permitiese controlar un caos tan siniestro.

A la luz de los drásticos acontecimientos de la jornada (que ni siquiera la aprobación de las leyes de extranjería y sedición de 1798, ni siquiera lo que Jefferson llamó el «reino de brujas» federalista, era ni remotamente comparable en intolerancia tiránica o traición), aquella noche se convocaron reuniones de emergencia en las cuatro escuelas donde estaban matriculados casi todos los alumnos judíos del sistema de educación primaria de Newark. Cada reunión estaría presidida por un miembro del Comité de Ciudadanos Judíos Preocupados. A última hora de la tarde, desde una camioneta provista de altavoces, se había pedido a todo el mundo que propagara la noticia de la reunión entre sus vecinos. Se invitaba a la gente a acudir con sus hijos si no deseaban dejarlos solos en casa, y les aseguraban que el alcalde Murphy había prometido al rabino Prinz una movilización policial a gran escala en todo el distrito sur, protección que se extendía por el este hasta la avenida Frelinghuysen y por el norte hasta la avenida Springfield. La dotación completa de la policía montada del departamento (dos secciones de doce agentes distribuidos en cuatro recintos distintos con sus correspondientes establos) fue destinada específicamente a patrullar las calles al oeste del sector de Weequahic que bordeaba Irvington (donde la noche anterior una tienda de licores judía en la calle comercial más importante había sido incendiada y reducida a cenizas tras ser saqueada) y las calles al sur que bordeaban el condado de Union y las poblaciones de Hillside (famosa para mí por la enorme planta de Bristol-Myers que se veía desde la Ruta 22 y que fabricaba el polvo dental Ipana que usábamos en casa, y donde el día anterior habían destrozado las ventanas de una sinagoga) y Elizabeth (donde los padres inmigrantes de mi madre se instalaron a comienzos de siglo —donde, lo más intrigante para un niño de nueve años, se decía que la Pretzel Factory de Nueva Jersey en la calle Livingston contrataba a sordomudos de todo el estado para dar su forma a los lazos de pretzel— y donde habían profanado algunas tumbas en el cementerio del templo B'nai Jeshurun, a unas pocas manzanas del campo de golf del parque Weequahic).

Poco antes de las seis y media, mi madre se dirigió rápidamente calle abajo a la reunión de emergencia en la escuela de la avenida Chancellor. Yo me quedé en casa, encargado de responder al teléfono y aceptar el coste si mi padre llamaba desde la carretera. Los Cucuzza le habían prometido cuidar de mí hasta que regresara a casa, y, en efecto, cuando ella bajaba la escalera, Joey subía los escalones de tres en tres, enviado por la señora Cucuzza para hacerme compañía mientras yo esperaba —una espera que resultaría vana— la conferencia informándonos de que mi padre y mi hermano estaban bien y pronto llegarían a casa con Seldon. Como debido a la ley marcial el ejército había requisado las instalaciones de la compañía Bell Telephone para uso militar, los servicios de llamadas a larga distancia todavía disponibles para los ciudadanos estaban saturados, y ya habían transcurrido cuarenta y ocho horas desde la última vez que hablamos con mi padre.

Como la linde entre Newark y Hillside estaba solo a unos doscientos metros al sur de nuestra casa, aquella noche fue posible, incluso con las ventanas cerradas, experimentar cierta sensación de seguridad al oír el fuerte chacoloteo de los caballos policiales que iban arriba y abajo por la cuesta de la avenida Keer, a la vuelta de la esquina. Y cuando abrí la ventana de mi dormitorio y me asomé al callejón a oscuras para escuchar, logré oírlos, aunque débilmente, cuando rondaban a cierta distancia hacia el lugar donde terminaba la avenida Summit y se convertía en la avenida Liberty de Hillside. Esta cruzaba Hillside hasta la Ruta 22, luego se dirigía hacia el oeste, entraba en Union y desde ahí descendía al sur y penetraba en el vasto territorio ignoto y cristiano de aquellas poblaciones de nombres auténticamente anglosajones, Kenilworth, Middlesex y Scotch Plains.

No eran aquellos los suburbios de Louisville, pero estaban más al oeste de lo que yo había estado jamás, y aunque había que atravesar otros tres condados de Nueva Jersey para llegar o la frontera oriental de Pensilvania, la noche del 15 de octubre podría experimentar alarma ante una visión de pesadilla de la furia antisemita norteamericana rugiendo hacia el este a través del conducto de la Ruta 22, emergiendo en la avenida Liberty y luego vertiéndose directamente en nuestro callejón de la avenida Summit, desde donde subiría por la escalera trasera de nuestra casa como las aguas de una inundación, de no haber sido por la sólida y resistente barrera que ofrecían las relucientes grupas zainas de los caballos de la fuerza policial de Newark, cuya fuerza, velocidad y belleza el preeminente rabino de Newark, noblemente llamado Prinz, había logrado que se materializaran al final de nuestra calle.

Como era lógico, Joey no podía oír casi nada de lo que sucedía en el exterior, y por ello corría de una habitación a otra mirando por las ventanas en cada extremo de la casa para poder vislumbrar al menos la anatomía de un caballo (caballos de una casta con miembros mucho más largos, torsos musculosos mucho más esbeltos, cráneos alargados y mucho más exquisitos que los del caballo de labranza nada elegante que me había golpeado en la cabeza con un casco en el orfanato), así como para ver a los policías uniformados, cada uno con dos hileras de botones de latón relucientes a lo largo de la guerrera cruzada y ceñida y una pistola enfundada a la cadera.

Varios años antes, un sábado por la mañana, mi padre nos llevó a Sandy y a mí al parque Weequahic para practicar el juego del lanzamiento de herraduras en la pista pública, y vimos a un policía montado cabalgar por el parque persiguiendo a alguien que había arrebatado el bolso a una mujer, una escena en Newark que parecía salida de la corte del rey Arturo. Pasaron varios días antes de que remitiera la emoción y dejara de sentirme conmovido por el acto de heroísmo que había presenciado. Reclutaban a los agentes más flexibles y atléticos para adiestrarlos como policías montados, y un niño pequeño podía quedar hipnotizado ante la mera contemplación de uno de aquellos hombres que se hubiera detenido majestuosamente con su caballo a un lado de la calle para extender una multa de aparcamiento, y después se inclinara mucho desde su montura a fin de colocar la multa bajo el parabrisas, un gesto físico, como jamás existió otro, de magnífica condescendencia a la era de las máquinas. En las famosas Cuatro Esquinas de la ciudad había puestos de patrullas montadas, cada uno mirando a un punto cardinal diferente, y un sábado llevaron a los niños a aquel lugar del centro para ver a los caballos de servicio, acariciarles los hocicos, darles terrones de azúcar y aprender que cada policía a caballo valía por cuatro hombres a pie y, naturalmente, poder hacer las preguntas habituales a los policías montados: «¿Cómo se llama?», «¿El caballo es de verdad?» y «¿De qué están hechos los cascos?». A veces podía verse un caballo atado en un lateral de una concurrida calle del centro, imperterrito y tranquilo a más no poder bajo la sudadera marcada con las letras NP, un caballo castrado de casi dos metros de altura y media tonelada de peso, con una amenazante y larga porra fijada al flanco y una expresión tan displicente como la del más guapo actor de cine, mientras el policía que acababa de desmontar estaba cerca, con sus pantalones de montar azul oscuro y botas negras de caña alta, la pornográfica pistolera de cuero con la forma perfecta de los genitales masculinos en estado de erección, indiferente a sufrir posibles daños en medio del pandemónium de ruidosos coches, camiones y autobuses y haciendo elegantes señales con los brazos para recuperar un suave flujo de tráfico en la ciudad. Aquellos policías tenían talento para todo, incluso para hacer algo que disgustaba a mi padre, galopar hacia una multitud de huelguistas y hacer que los miembros de los piquetes salieran huyendo, y el hecho de que estuvieran tan cerca y con un aspecto tan magníficamente heroico me ayudaba a apuntalar mis nervios para la calamidad inminente.

En la sala de estar, Joey se quitó el audífono y me lo ofreció, me lo dio, incomprensiblemene me obligó a cogerlo, el auricular junto con el estuche negro del micrófono, la pila y todos sus cables. No sé por qué había pensado que lo querría, sobre todo en una noche como aquella, pero allí estaba el chisme, en las palmas de mis manos y, si ello era posible, con un aspecto más horripilante que cuando él lo llevaba puesto. Yo no sabía si esperaba que le preguntara cosas acerca del aparato, o que lo admirase, o que tratara de desmontarlo y arreglarlo. Lo que quería es que me lo pusiera.

—Póntelo —me dijo con su voz cavernosa, como un graznido.

—¿Por qué? —le grité—. No me va a encajar en la oreja.

—No encaja en la de nadie —replicó él—. Póntelo.

—No sé ponérmelo —me quejé alzando la voz al máximo, y entonces Joey me prendió el estuche del audífono en la camisa, metió la pila en un bolsillo de mis pantalones y, tras comprobar que todos los cables estaban en su sitio, dejó que me insertara el auricular. Lo hice cerrando los ojos y fingiendo que era una caracola, que estábamos en la orilla del mar y él quería que escuchara el rugido de las olas… pero tuve que reprimir las arcadas cuando logré encajar en su lugar la pieza, que aún conservaba el calor de la oreja de Joey.

—Bueno, ¿y ahora qué?

Entonces él alargó la mano y, como si fuese el interruptor de la silla eléctrica y yo el enemigo público número uno, hizo girar alegremente el mando en el centro del estuche del micrófono.

—No oigo nada —le dije.

—Espera a que lo ponga más alto.

—¿Llevar puesto esto va a dejarme sordo?

Me imaginé no solo sordo, sino también mudo y atrapado en Elizabeth durante el resto de mi vida, dando forma de lazo a los palitos salados en la Pretzel Factory de Nueva Jersey.

Mis palabras le hicieron reír de buena gana, aunque no las había dicho en broma.

—Oye, no quiero hacerlo —le dije—. Ahora no. Ahí fuera están pasando cosas muy malas, ¿sabes?

Pero él no hacía ningún caso de las cosas muy malas, ya fuese porque era católico y no tenía nada de lo que preocuparse, o tan solo porque era el indómito Joey.

—¿Sabes lo que dijo el estafador que nos lo vendió? —inquirió él—. Ni siquiera es médico, pero de todos modos me hace esa gilipollez de prueba. Se saca el reloj del bolsillo, me lo pone en la oreja y me pregunta: «¿Oyes el tictac del reloj, Joey?», y lo oigo un poco, pero él empieza a echarse atrás y me dice: «¿Lo oyes ahora, Joey?», y no puedo, no oigo nada, así que anota unos números en una hoja de papel. Entonces se saca del bolsillo dos monedas de medio dólar y hace lo mismo. Golpea una con la otra junto a mi oído y pregunta: «¿Oyes el chasquido, Joey?», y entonces vuelve a alejarse y le veo golpear las monedas pero no oigo nada. «Lo mismo», le digo, y él lo anota. Entonces mira lo que ha escrito, lo mira muy concentrado, y después saca este chisme de un cajón. Me lo pone, con todas las piezas, y le dice a mi padre: «Este modelo es tan bueno que su hijo va a oír crecer la hierba». —Y diciendo esto, Joey empezó a mover de nuevo el mando hasta que oí un ruido de agua que llenaba una bañera... y yo era la bañera. Entonces lo hizo girar vigorosamente... y el ruido fue como de truenos.

—¡Apágalo! —grité—. Basta.

Pero Joey estaba dando alegres brincos, así que me quité el auricular y me quedé momentáneamente perplejo al pensar que, encima de que el alcalde La Guardia estaba detenido y el presidente Roosevelt estaba detenido e incluso el rabino Bengelsdorf estaba detenido, mi nuevo vecino del piso de abajo no iba a ser de trato más fácil que el anterior, y fue entonces cuando decidí huir de nuevo. Todavía era demasiado inexperto en las relaciones humanas para comprender que, a la larga, no es fácil el trato con nadie, y que tratar conmigo tampoco era fácil para los demás. Primero no podía aguantar a Seldon cuando vivía en el piso de abajo, y ahora me ocurría lo mismo con Joey, su sucesor, y en aquel momento decidí que huiría de ambos. Me fugaría antes de que Seldon llegara a casa, me fugaría antes de que los antisemitas llegaran a casa, me fugaría antes de que el cadáver de la señora Wishnow llegara a casa y tuviera que asistir a un funeral. Bajo la protección de la policía montada, huiría aquella misma noche de todo cuanto me perseguía, de todo cuanto me odiaba y quería matarme. Huiría de todo lo que había hecho y todo lo que no había hecho, y empezaría mi vida de nuevo como un chico al que nadie conocía. Y de repente supe adónde debía huir… a Elizabeth, a la fábrica de pretzels. Les diría por escrito que era sordomudo. Allí me emplearían para hacer pretzels, nunca hablaría y fingiría no oír, y nadie descubriría quién era.

—¿Sabes lo del chico que se bebió la sangre del caballo? —me preguntó Joey.

—¿La sangre de qué caballo?

—El caballo de Saint Peter. El chico entró en la granja por la noche y se bebió la sangre del caballo. Lo están buscando.

—¿Quiénes?

—Los tíos. Nick. Esos tíos. Los mayores.

—¿Quién es Nick?

—Uno de los huérfanos. Tiene dieciocho años. El chico que lo hizo es judío como tú. Están seguros de que es judío, y van a encontrarlo.

—¿Cómo es que se bebió la sangre del caballo?

—Los judíos beben sangre.

—Pero ¿de qué estás hablando? Yo no bebo sangre. Sandy no bebe sangre. Mis padres no beben sangre. Nadie que yo conozca bebe sangre.

—Pues ese chico sí.

—¿Ah sí? ¿Y cómo se llama?

—Nick no lo sabe todavía, pero lo están buscando. No te preocupes, lo atraparán.

—¿Y qué harán entonces, Joey? ¿Se beberán su sangre? Los judíos no beben sangre. Decir eso es de locos.

Le devolví el audífono, pensando que ahora podría añadir a Nick a todo lo demás de lo que tenía que huir, y enseguida Joey volvió a correr de una ventana a otra tratando de ver a los caballos, hasta que, cuando no pudo soportar más estar perdiéndose un espectáculo que, a su modo de ver, era comparable al Show del Salvaje Oeste de Buffalo Bill que llega a la ciudad y alza su gran carpa delante de nuestra casa, se levantó, cruzó corriendo la puerta y ya no volví a verlo en toda la noche. Corría el rumor de que un caballo de la policía de Newark mascaba tabaco como el hombre que lo montaba, y que era capaz de sumar dando golpecitos con el casco delantero derecho, y más tarde Joey aseguró haberlo visto en nuestra manzana, un caballo del distrito octavo llamado Ned, que dejaba a los niños columpiarse de su cola sin espantarlos a coces. Y tal vez encontró realmente al legendario Ned, y tal vez eso hizo que su escapada valiera la pena a pesar de las consecuencias. Sin embargo, por abandonarme aquella noche y no regresar, por sucumbir a su pasión por las emociones fuertes en lugar de obedecer las órdenes de su madre, cuando su padre regresó del trabajo a la mañana siguiente le castigó con severidad, azotándole sin compasión en su grupa caballuna con la correa negra del reloj de vigilante nocturno.

Cuando Joey se marchó, cerré la puerta con doble vuelta de llave, y habría encendido la radio para distraerme de mis preocupaciones de no haber temido que otro boletín interrumpiera la programación habitual y me transmitiera, estando completamene solo, unas noticias incluso más horribles de las que se habían producido a lo largo del día. No pasó mucho tiempo hasta que empecé a pensar de nuevo en huir a la fábrica de pretzels. Recordaba el artículo sobre ella que apareció más o menos un año atrás en el *Sunday Call* y que había recortado para llevarlo a la escuela con vistas a una redacción que debía escribir sobre una industria de Nueva Jersey. En el artículo se decía que el propietario, un tal señor Kuenze, había echado por tierra la idea, al parecer extendida en todo el mundo, de que se tardaba años en enseñar a alguien a fabricar pretzels. «Si son receptivos, puedo enseñarles de la noche a la mañana», afirmaba. Una parte considerable del artículo trataba de una controversia sobre la necesidad de añadir sal a un pretzel. El señor Kuenze afirmaba que la sal en el exterior era innecesaria y que la espolvoreaba solamente «para satisfacer la demanda del mercado». Lo importante, decía, era echar la sal a la masa, cosa que solo él hacía entre todos los fabricantes de pretzels del estado. El artículo revelaba que el señor Kuenze tenía un centenar de empleados, muchos de ellos sordomudos, pero también «chicos y chicas que trabajan al salir de la escuela».

Yo sabía qué autobús pasaba por delante de la fábrica de pretzels: era el mismo que Earl y yo tomamos la tarde que seguimos hasta Elizabeth al cristiano de quien Earl descubrió en el último momento que era marica. Tendría que rezar por que el marica no estuviera en el mismo autobús y, si casualmente estaba, me bajaría y tomaría el siguiente. Lo que debía llevar era una nota, esta vez no una nota de la hermana Mary Catherine, sino de un sordomudo. «Querido señor Kuenze: He leído acerca de usted en el *Sunday Call*. Quiero aprender a hacer pretzels. Estoy seguro de que me puede enseñar de la noche a la mañana. Soy sordo y mudo. Soy huérfano. ¿Me dará trabajo?» Y firmé: «Seldon Wishnow». Por más que me esforzara, no se me ocurría otro nombre.

Necesitaba una nota, y también ropa. Tenía que darle al señor Kuenze la impresión de que era un niño en el que podía confiar, y no podía presentarme sin ropa apropiada. Y esta vez necesitaba un plan, lo que mi padre llamaba «un plan de largo alcance». Lo vi claro enseguida: mi plan de largo alcance consistiría en ahorrar lo suficiente del dinero que ganara en la fábrica de pretzels para comprar un billete solo de ida a Omaha, Nebraska, donde el padre Flanagan dirigía la Ciudad de los Muchachos. Como todos los chicos de Norteamérica, yo conocía la Ciudad de los Muchachos y al padre Flanagan por la película que protagonizó Spencer Tracy, que obtuvo un premio de la Academia por representar al famoso sacerdote y después donó el Oscar a la auténtica Ciudad de los Muchachos. Yo tenía cinco años cuando vi la película con Sandy, en el Roosevelt, un sábado por la tarde. El padre Flanagan admitía chicos de la calle, algunos de ellos ya ladrones y pequeños gángsteres, y los llevaba a su granja, donde los alimentaban, los vestían y les proporcionaban una educación, y donde jugaban al béisbol, cantaban en el coro y aprendían a convertirse en buenos ciudadanos. El padre Flanagan era el padre de todos ellos, al margen de su raza o religión. La mayoría de los chicos eran católicos, algunos protestantes, pero en la granja también vivían unos pocos muchachos judíos necesitados. Esto lo sabía yo por mis padres, que, como miles de familias norteamericanas que habían visto y llorado con la película, efectuaban una contribución ecuménica anual a la Ciudad de los Muchachos. Claro que no me identificaría como judío cuando llegase a Omaha. Diría, hablando por fin en voz alta, que no sabía qué o quién era... que no era nada ni nadie, tan solo un muchacho y nada más, y no precisamente la persona responsable de la muerte de la señora Wishnow y de que su hijo se hubiera quedado huérfano. Que mi familia lo criara a partir de entonces como si fuese su propio hijo... Podría quedarse con mi hermano. Podría tener mi futuro. Yo viviría con el padre Flanagan en Nebraska, que incluso estaba más lejos de Newark que Kentucky.

De repente se me ocurrió otro nombre y escribí de nuevo la nota, firmando como: «Philip Flanagan». Después bajé al sótano en busca de la maleta de cartón en la que había escondido las prendas robadas de Seldon antes de huir por primera vez. En esta ocasión metí en la maleta mi propia ropa y me guardé en un bolsillo el mosquete de peltre en miniatura que había comprado en Mount Vernon y que usaba para abrir los sobres de la empresa filatélica cuando aún poseía una colección de sellos importante y recibía correo. La bayoneta apenas medía dos centímetros y medio de longitud, pero al irme de casa para siempre necesitaría alguna protección, y un abridor de cartas era todo lo que tenía.

Minutos después, mientras bajaba la escalera con una linterna, logré sacar la fuerza necesaria para que las piernas no dejaran de sostenerme al comprender que aquella sería la última vez que debía bajar al sótano y enfrentarme a la escurridora o a los gatos de callejón o a los desagües o a los muertos. O a aquella pared húmeda y sucia que daba a la calle y sobre la que el amputado Alvin esparció cierta vez su aflicción.

Aún no hacía bastante frío para que empezáramos a quemar carbón, y cuando, desde el pie de la escalera del sótano, dirigí la luz de la linterna a la mole de color ceniciento de las calderas, me recordaron a aquellos ostentosos panteones donde, como si les sirviera de algo, se entierran los ricos y poderosos. Permanecí allí en pie esperando que el fantasma del padre de Seldon se hubiera ido a Kentucky (tal vez sin ser visto en el maletero del coche de mi padre) en busca de su mujer muerta, pero convencido plenamente de que no lo había hecho, de que su cometido como fantasma estaba allí conmigo, de que su corazón espectral rebosaba de maldiciones, y todas ellas dirigidas contra mí.

—Yo no quería que se mudaran —susurré—. Eso fue un error. Yo no soy el verdadero responsable. No quería que Seldon saliera perjudicado.

Por supuesto, estaba preparado para el silencio que inevitablemente envolvía a las súplicas que dirigía a los muertos implacables, y sin embargo oí que alguien pronunciaba mi nombre... ¡una mujer! ¡Desde más allá de las calderas, una mujer pronunciaba mi nombre en tono angustiado! ¡Solo llevaba muerta unas horas y ya regresaba para empezar a acosarme durante el resto de mi vida!

—Sé la verdad —me dijo, y entonces, saliendo de nuestro trastero como una sacerdotisa oracular de Delfos, apareció mi tía—. Van a por mí, Philip —dijo tía Evelyn—. ¡Sé la verdad, y van a matarme!

Como mi tía tenía que usar el lavabo y comer algo —y como yo no sabía qué otra cosa podía hacer más que proporcionarle lo que necesitaba—, no tuve otra alternativa que acompañarla al piso. Le corté una rebanada de pan de la media hogaza que quedaba de la cena, la unté de mantequilla, le serví un vaso de leche y, después de que hubo ido al baño (y yo hube bajado las persianas de la cocina para que nadie pudiera ver el interior desde la casa de enfrente), entró en la cocina y lo engulló todo febrilmente. Tenía el abrigo y el bolso en el regazo y aún llevaba puesto el sombrero, y confié en que, en cuanto hubiera comido lo suficiente, se levantaría y volvería a su casa, y yo podría bajar a buscar la maleta, haría el equipaje y me fugaría antes de que mi madre regresara de la reunión. Pero cuando acabó de comer, mi tía se puso a charlar, repitiendo una y otra vez que conocía la verdad y que por eso iban a matarla. Me informó de que habían alertado a la policía montada para descubrir dónde se ocultaba.

En el silencio que siguió a aquella sorprendente revelación –que, en tales circunstancias, cuando de repente ya no había acontecimientos predecibles, yo era lo bastante niño para casi creerla–, seguimos el avance audible de un solo caballo corveteando por la manzana hacia la avenida Chancellor.

–Saben que estoy aquí –dijo ella.

–No lo saben, tía Evelyn –repliqué, pero ni yo mismo me creía lo que estaba diciendo–. Yo no sabía que estabas aquí.

–Entonces, ¿por qué has venido a buscarme?

–No es eso. Estaba buscando otra cosa. La policía está ahí fuera –le dije convencido de que mentía deliberadamente pese a hablar con la mayor seriedad posible–, la policía está ahí fuera por lo del antisemitismo. Patrullan las calles para protegernos.

Ella me obsequió con la sonrisa reservada para las almas cándidas.

–Cuéntame otra, Philip.

Ahora nada de lo que yo sabía coincidía con nada de lo que ninguno de los dos estaba diciendo. La sombra de su locura me había ido cubriendo sin que yo todavía comprendiera que, mientras estaba escondida en nuestro trastero (o tal vez antes, mientras contemplaba cómo el FBI se llevaba al rabino esposado), había perdido realmente el juicio. A menos, por supuesto, que ya hubiera empezado a deslizarse sin remedio hacia la locura la noche en que bailó con Von Ribbentrop en la Casa Blanca. Esa iba a ser la teoría de mi padre, la de que mucho antes de que detuvieran al rabino, cuando Bengelsdorf asombraba a todo Newark con la indecencia de lo alto que había llegado en la estimación del presidente, ella se abandonó a la misma credulidad que había transformado todo el país en un manicomio: el culto a Lindbergh y su concepción del mundo.

–¿Quieres acostarte? –le pregunté, temiendo que me dijera que sí–. ¿Necesitas descansar? ¿Quieres que llame al médico?

Ella me tomó la mano con tanta fuerza que sus uñas se clavaron en mi piel.

–Philip, cariño, lo sé todo.

–¿Sabes lo que le ha pasado al presidente Lindbergh? ¿Es eso lo que quieres decir?

–¿Dónde está tu madre?

—En la escuela. En una reunión.

—Me traerás comida y agua, cariño.

—¿Te traeré...? Sí, claro. ¿Adónde?

—Al sótano. No puedo beber de la pila del lavadero. Alguien podría descubrirme.

—Y tú no quieres eso —le dije, pensando de inmediato en la abuela de Joey y en el abrasador hálito de locura que emanaba de ella—. Te lo llevaré todo.

Pero, tras hacerle esa promesa, ya no podía huir.

—¿Tienes una manzana por casualidad? —preguntó tía Evelyn.

Abrí la nevera.

—No, no hay ninguna manzana. Se nos han terminado las manzanas. Mi madre no ha tenido mucho tiempo para comprar. Pero hay una pera, tía Evelyn. ¿La quieres?

—Sí, y otra rebanada de pan. Córtame otra rebanada de pan.

La voz le cambiaba sin cesar. Ahora sonaba como si no estuviéramos haciendo otra cosa que preparar un picnic, cogiendo lo mejor que teníamos a mano para ir al parque Weequahic y comerlo junto al lago bajo un árbol, como si los acontecimientos de la jornada fuesen tan poco importantes para nosotros como probablemente lo eran para el resto de los habitantes de Norteamérica, una pequeña molestia para los cristianos, en todo caso. Puesto que había más de treinta millones de familias cristianas en Estados Unidos y solo alrededor de un millón de familias judías, ¿por qué, realmente, habría de molestarles?

Corté una segunda rebanada de la hogaza para llevarla al sótano y la unté con una gruesa capa de mantequilla. Si luego me preguntaban por el pan que faltaba de la hogaza, diría que Joey se la había comido, eso y la pera, antes de salir corriendo para ver los caballos.

Cuando mi madre regresó a casa y supo que mi padre no había llamado, no pudo ocultar su reacción. Dirigió una mirada de tristeza y desamparo al reloj de la cocina, tal vez recordando qué parte del día solía ser a aquella hora: la hora de acostarse, cuando todo lo que se requería era que los niños se lavaran las caras y se cepillaran los dientes para que la jornada llena de tareas realizables concluyera a satisfacción de todos. Ahora las nueve de la noche era *aquello*, o eso nos había hecho creer la verosimilitud inmutable y del todo convincente que, finalmente, había resultado ser una farsa.

Y la rutina de ir a la escuela un día tras otro, ¿era también una farsa, un astuto engaño perpetrado para ablandarnos con expectativas racionales y fomentar unos absurdos sentimientos de confianza?

—¿Por qué no hay escuela? —le pregunté cuando me dijo que al día siguiente tendríamos el día libre.

Mi madre recurrió a la anodina fórmula sugerida a los padres para ser veraces sin asustar demasiado a los niños.

—Porque la situación se ha agravado.

—¿Qué situación? —le pregunté.

—Nuestra situación.

—¿Por qué? ¿Qué ha pasado ahora?

—No ha pasado nada. Solo que es mejor que mañana los niños os quedéis en casa. ¿Dónde está Joey? ¿Dónde está tu amigo?

—Comió un poco de pan, cogió la pera y se marchó. Cogió la pera de la nevera y salió corriendo. Se fue a ver los caballos.

—¿Y estás seguro de que no ha telefoneado nadie? —me preguntó ella, demasiado fatigada para estar enfadada con Joey por haberle fallado en un momento como aquel.

—Quiero saber por qué no hay escuela, mamá.

—¿Tienes que saberlo esta noche?

—Sí, ¿por qué no puedo ir a la escuela?

—Pues… porque puede que haya guerra con Canadá.

—¿Con Canadá? ¿Cuándo?

—Nadie lo sabe, pero es mejor que os quedéis en casa hasta que sepamos lo que pasa.

—Pero ¿por qué vamos a tener una guerra con Canadá?

—Por favor, Philip, esta noche no estoy de humor para seguir hablando de eso. Ya te he dicho todo lo que sé. Querías saberlo y te lo he dicho. Ahora solo nos queda esperar. Tenemos que esperar a ver qué pasa, como todo el mundo. —Y después, como si el paradero desconocido de mi padre y mi hermano hubiera dado rienda suelta a sus peores suposiciones (que se resumían en que ahora nosotros dos, al igual que los Wishnow, solo éramos una viuda y su hijo), añadió, intentando recuperar obstinadamente el antiguo protocolo de las nueve de la noche—: Quiero que te laves y te vayas a la cama.

La cama... como si la cama fuese todavía un lugar cálido y cómodo en vez de una incubadora de temor.

La guerra con Canadá no representaba para mí un enigma tan grande como el de qué utilizaría tía Evelyn durante la noche como lavabo. Por lo que yo podía entender, Estados Unidos estaba entrando por fin en la guerra mundial no al lado de Inglaterra y la Mancomunidad Británica, a las que todo el mundo había esperado que apoyaríamos mientras FDR fuese presidente, sino al lado de Hitler y sus aliados, Italia y Japón. Además, habían pasado dos días enteros desde la última vez que tuvimos noticias de mi padre y Sandy, y, por lo que sabíamos, podrían haber sido tan horriblemente asesinados como la madre de Seldon por los agitadores antisemitas; además, al día siguiente no había escuela, y tenía la sensación de que tal vez nunca volvería a haberla si ahora el presidente Wheeler nos sometía a las leyes que, como sabíamos, los nazis habían impuesto a los niños judíos de Alemania. Una catástrofe política de proporciones inimaginables estaba transformando una sociedad libre en un Estado policial, pero un niño es un niño, y todo lo que yo podía pensar en mi cama era que, cuando llegara el momento de hacer de vientre, tía Evelyn tendría que hacerlo en el suelo de nuestro trastero. Ese era el hecho incontrolable que me abrumaba en lugar de todo lo demás, que se cernía imponente sobre mí como la encarnación de todo lo demás, y que me hacía olvidar todo lo demás. El peligro más insignificante de todos llegó a adquirir una importancia tan trascendental que, hacia medianoche, fui de puntillas al baño y, en el fondo del estante inferior del armario de las toallas, encontré la cuña que habíamos comprado para que Alvin la usara en caso de emergencia cuando volvió de Canadá. Ya estaba en la puerta trasera, dispuesto a llevarle la cuña a tía Evelyn, cuando me encontré ante mi madre en camisón de dormir, aterrada por la estampa que ofrecía de un niño pequeño tan absolutamente abrumado que estaba perdiendo la cordura.

Unos minutos después mi madre hizo subir a tía Evelyn desde el sótano hasta nuestro piso. No es necesario describir el trastorno que esto causó a la familia Cucuzza, ni la reacción hostil a la espantosa figura de mi tía por parte de aquella espantosa figura que era la abuela de Joey: todo el mundo está familiarizado con el aspecto ridículo del sufrimiento. Tuve que dormir en la cama de mis padres, y las dos hermanas ocuparon mi habitación, donde la siguiente gran tarea de mi madre fue impedir que tía Evelyn se levantara de la cama de Sandy y fuera sigilosamente a la cocina para encender el gas y matarnos a todos.

El viaje de ida y vuelta, dos mil cuatrocientos kilómetros en total, constituyó la mayor aventura que Sandy había vivido jamás. Para mi padre resultó ser algo más aciago. Supongo que fue su Guadalcanal, su batalla de las Ardenas. A los cuarenta y un años de edad era demasiado mayor para ser llamado a filas aquel mes de diciembre en que, desacreditada la política de Lindbergh, con Wheeler deshonrado y Roosevelt de nuevo en la Casa Blanca, Estados Unidos entró finalmente en guerra con las potencias del Eje, por lo que aquella fue la máxima aproximación que tendría mi padre al miedo, la fatiga y los padecimientos físicos del soldado en el frente. Con el alto collarín de acero, dos costillas rotas en proceso de curación y una herida facial suturada, revelando varios dientes rotos al abrir la boca y con la pistola de repuesto del señor Cucuzza en la guantera para protegerse contra la gente que ya había asesinado a ciento veintidós judíos en aquellas mismas regiones del país hacia las que el coche se dirigía, condujo los mil doscientos kilómetros hasta Kentucky sin detenerse más que para repostar e ir al lavabo. Y tras haber dormido cinco horas en casa de los Mawhinney y haber comido algo, emprendió el viaje de regreso, aunque ahora con una dolorosa infección hirviendo a fuego lento a lo largo de la sutura y con Seldon, presa de náuseas y febril en el asiento trasero, sufriendo alucinaciones acerca de su madre y haciendo todo lo posible por devolverle la vida, salvo trucos de magia.

El viaje de ida había requerido algo más de veinticuatro horas, pero el de regreso se prolongó el triple de tiempo, debido a las numerosas ocasiones en que tuvieron que detenerse para que

Seldon vomitara al lado de la carretera o para bajarse los pantalones y acuclillarse en una zanja, y porque, en un radio de solo treinta kilómetros desde Charleston, Viginia Occidental (donde avanzaron en círculos, completamente perdidos, en vez de dirigirse al este y el norte hacia Maryland), el vehículo se averió en seis ocasiones en poco más de un día: una en medio de las vías de ferrocarril, el tendido eléctrico y las enormes cintas transportadoras de Alloy, una aldea de doscientos habitantes donde enormes montículos de ganga y sílice rodeaban los edificios de la fábrica Electro-Metallurgical Company; otra en la cercana población de Boomer, donde las llamas de los hornos de coque llegaban tan alto que mi padre, en medio de la calle sin iluminación tras la puesta del sol, podía leer (o malinterpretar) el mapa de carreteras bajo aquella luz incandescente; otra en Belle, uno más de esos minúsculos y espantosos villorrios industriales, donde los gases de la fábrica de amoníaco Du Pont casi los derribaron al suelo cuando bajaron del coche para alzar el capó y tratar de descubrir la causa de la avería; otra vez en Charleston Sur, la ciudad que le pareció a Seldon «un monstruo» debido al vapor y el humo que trazaba espirales sobre las zonas de carga, los almacenes y los largos y oscuros tejados de las factorías ennegrecidas por el hollín, y otras dos veces en las mismas afueras de la capital del estado, Charleston. Allí, alrededor de medianoche, para poder pedir una grúa por teléfono, mi padre tuvo que cruzar a pie un terraplén de ferrocarril y luego bajar por una colina de chatarra hasta un puente tendido sobre un río en el que se alineaban gabarras para el transporte de carbón, dragas y remolcadores, en busca de un tugurio a orillas del río que tuviera teléfono público, y entretanto nos dejó a los dos muchachos solos en el coche, en la carretera que corría paralela al río y en cuya ribera opuesta se alzaba una fábrica que era un amasijo interminable (cobertizos y casuchas, edificios de plancha de hierro, vagonetas abiertas para acarrear carbón, grúas y plumas de carga y torres de armazón de acero, hornos eléctricos y forjas rugientes, achaparrados tanques de almacenamiento y altas cercas de alambre), una fábrica que era, si se daba crédito a un letrero del tamaño de una valla publicitaria, «La fábrica de hachas, hachuelas y guadañas más grande del mundo».

La fábrica rebosante de hojas afiladas asestó el golpe definitivo al poco equilibrio mental que le quedaba a Seldon, que esa mañana había estado gritando que los indios le iban a cortar la cabellera. Y, curiosamente, no dejaba de tener algo de razón: aunque estuviera delirando, podría establecerse una analogía con aquellos colonizadores blancos que irrumpieron sin ser invitados a través de la barrera de los Apalaches en los territorios de caza favoritos de las tribus delaware y algonquina, salvo que, en lugar de forasteros blancos de extraño aspecto que se enfrentaron a los habitantes del lugar con su rapacidad, aquellos eran forasteros judíos de extraño aspecto que provocaban con tan solo su presencia. Pero, en esta ocasión, los que defendían violentamente sus tierras de la usurpación y su estilo de vida de la destrucción no eran indios encabezados por el gran Tecumsch, sino rectos cristianos norteamericanos a los que había dado rienda suelta el presidente en funciones de Estados Unidos.

Para entonces ya era 15 de octubre, el mismo jueves en que el alcalde La Guardia fue arrestado en Nueva York, en que la primera dama fue encarcelada en Walter Reed, en que FDR fue «detenido» junto con los «judíos de Roosevelt» que presuntamente habían planeado y organizado el secuestro de Lindbergh *père*, en que el rabino Bengelsdorf fue detenido en Washington y tía Evelyn se desmoronó en nuestro trastero. Ese mismo día mi padre y Sandy recorrían las montañas de Virginia Occidental en busca del último médico diplomado del condado (en contraposición al único barbero diplomado, que ya había ofrecido sus servicios), para intentar que le diese a Seldon algo que lo calmara. El hombre que encontraron en una carretera rural sin pavimentar tenía más de setenta años y apestaba a whisky, un viejo «Doc» bueno, amable y dinámico que tenía un dispensario en el campo, una casita de madera donde los pacientes que hacían cola aguardando su turno en el porche delantero eran, como Sandy me contó más adelante, el grupo de gente de aspecto más andrajoso que había visto en su vida. El doctor barruntó que el delirio de Seldon se debía principalmente a la deshidratación y le dijo que durante una hora bebiera un cucharón tras otro de agua del pozo situado cerca del riachuelo que estaba detrás de la casa. También extrajo el pus de la cara infectada de mi padre para evitar el envenenamiento de la sangre que, en aquellos tiempos en que se acababan de descubrir los antibióticos y todavía no estaban al alcance de todo el mundo, probablemente se habría extendido por su organismo y le habría matado antes de llegar a casa. El anciano doctor demostró menos talento al volver a suturar la herida del que había mostrado al diagnosticar la incipiente septicemia, y así, durante el resto de su vida, mi padre lució en el rostro una cicatriz como si fuera el recuerdo de un duelo mantenido cuando estudiaba en Heidelberg. Más tarde no me parecería solo una marca de los riesgos que corrió durante aquel viaje, sino que para mí representaba también la impronta de su demencial estoicismo. Cuando por fin llegó a Newark, estaba tan agotado por la fiebre y los escalofríos, y por una tos convulsiva no menos alarmante que la del señor Wishnow, que el señor Cucuzza tuvo que llevarlo de nuevo desde nuestra cocina, donde se había desvanecido sentado a la mesa durante la cena, al hospital Beth Israel, donde estuvo muy cerca de morir a causa de una neumonía. Pero nada pudo detenerlo hasta que Seldon estuvo a salvo. Mi padre era un salvador y los huérfanos eran su especialidad. Una dislocación mucho mayor que la de tener que mudarse a Union o marcharse a Kentucky era la de perder a tus padres y quedarte huérfano. No había más que ver, te diría él, lo que le había ocurrido a Alvin. No había más que ver lo que le había ocurrido a su cuñada tras la muerte de la abuela. Nadie debería quedarse huérfano de ambos padres. Sin padre ni madre eres vulnerable a la manipulación, a las influencias; sin raíces, eres vulnerable a todo.

Mientras esperaban, Sandy se sentó en la barandilla del porche del dispensario para dibujar a los pacientes, uno de ellos una chica de trece años llamada Cecile. Era aquella la época en que mi precoz hermano fue tres muchachos distintos en el transcurso de dos años, la época en que, a pesar de su imperturbabilidad, no parecía hacer nada satisfactorio ni siquiera cuando destacaba: a mis padres no les había gustado que trabajase para Lindbergh y se convirtiera en el joven prodigio orador de tía Evelyn y en la principal autoridad de Nueva Jersey en el cultivo de tabaco; no les gustó que abandonara a Lindbergh por las chicas y, de la noche a la mañana, se convirtiera en el donjuán más joven del barrio;

y ahora, tras ofrecerse voluntario para acompañar a mi padre y atravesar una cuarta parte del continente hasta la granja de los Mawhinney (y confiando en que una exhibición de auténtica valentía le devolviera su prestigio como hijo mayor y le permitiera incorporarse de nuevo a la familia de la que había sido arrebatado) prácticamente socavó su causa por un divertimento que, por el hecho de ser «artístico», debía de haberle parecido del todo inocuo: dibujar a la núbil Cecile. Cuando mi padre, con un nuevo vendaje que le cubría la mejilla, salió del dispensario y vio lo que Sandy estaba haciendo, lo cogió por el cinturón de los pantalones y lo arrastró, bloc de dibujo incluido, fuera del porche y de allí a la carretera y al coche.

—¿Estás loco? —susurró mi padre mirándole enfurecido, el cuello rígido a causa del collarín—. ¿Has perdido el juicio? Dibujar a la chica…

—Es solo la cara —intentó explicarle Sandy, apretando el bloc de dibujo contra el pecho. Y mintiendo.

—¡No me importa lo que sea! ¿Es que nunca has oído hablar de Leo Frank? ¿Nunca has oído hablar del judío al que lincharon en Georgia por culpa de la muchachita de la fábrica? ¡Deja de dibujarla, maldita sea! ¡Deja de dibujar a cualquiera de ellas! A esa gente no les gusta que los dibujen… ¿Es que no te das cuenta? ¡Hemos ido a Kentucky a buscar a este chico porque han matado a su madre quemándola dentro del coche! ¡Por el amor de Dios, guarda esas cosas de dibujo y no dibujes a ninguna chica más!

Por fin, de nuevo en la carretera, no tenían ni idea de que Filadelfia, adonde mi padre esperaba llegar al amanecer del día 17, había sido ocupada por tanques y tropas del ejército norteamericano, ni tampoco sabía mi padre que tío Monty, indiferente a las súplicas de mi madre e impermeable a toda penalidad que no le afectara personalmente, le había despedido por no presentarse al trabajo dos semanas seguidas. Mi padre elige la resistencia, el rabino Bengelsdorf elige la colaboración y tío Monty se elige a sí mismo.

Para llegar al condado de Boyle y la casa de los Mawhinney habían viajado en diagonal hacia el sur, a través de Nueva Jersey hasta Camden, a través de Delaware hasta Filadelfia, desde allí al sur hasta Baltimore, al oeste y el sur a través de Virginia Occidental, a continuación entraron en Kentucky hasta que, a unos ciento sesenta kilómetros, llegaron a Lexington y, cerca de un lugar llamado Versailles, giraron de nuevo al sur, hacia las ondulantes colinas del condado de Boyle. Mi madre trazó la ruta en mi mapa plegable de los cuarenta y ocho estados y las diez provincias canadienses que contenía mi enciclopedia, y que extendía sobre la mesa del comedor para mirarlo cada vez que la acometía la inquietud, mientras en la carretera, Sandy, armado con una linterna para ver en la noche, seguía su rumbo en un mapa de carreteras de la Esso, atento a la proximidad de personajes de aspecto sospechoso, sobre todo cuando cruzaban algún pueblo de una sola calle cuyo nombre ni siquiera figuraba en el mapa. Aparte de las seis veces que el coche se averió en el camino de regreso, Sandy contó por lo menos otras seis ocasiones en Virginia Occidental en las que mi padre (a quien no le gustaba el aspecto de una desvencijada camioneta que les seguía o los vehículos aparcados al azar junto a una taberna al lado de la carretera o el muchacho vestido con un mono de la estación de servicio donde repostaban, que examinó la parte delantera del vehículo y escupió al suelo cuando tomó el dinero) le había pedido a Sandy que abriera la guantera y le diera la pistola de repuesto del señor Cucuzza para tenerla en el regazo mientras conducía, y en cada ocasión sonaba como si él, que no había disparado un tiro en su vida, no vacilaría, si era necesario, en apretar el gatillo.

Sandy, que al llegar a casa dibujaría de memoria la obra maestra de su adolescencia, la historia ilustrada de su gran descenso al mundo de la América profunda, admitía que casi siempre había tenido miedo: lo tuvo cuando cruzaron ciudades donde los hombres del Ku Klux Klan tenían que estar agazapados y a la espera de cualquier judío lo bastante insensato para pasar por allí, pero no se sintió menos asustado cuando estaban más allá de las siniestras ciudades, más allá de las vallas publicitarias desvaídas, las minúsculas gasolineras y las últimas casuchas donde vivía la gente más pobre y harapienta (ruinosas cabañas de madera que Sandy reproducía con meticulosidad, apuntaladas en las cuatro esquinas por destartalados montones de piedras, con agujeros a modo de ventanas, una tosca chimenea desmoronándose en un extremo y, en el tejado desgastado por la intemperie, algunas rocas esparcidas que sujetaban las ripias sueltas) y en lo que mi padre llamaba «el quinto pino». Asustado, contaba Sandy, cuando pasaban a toda velocidad ante las vacas, los caballos, los graneros y los silos sin otro coche a la vista, asustado al tomar curvas muy cerradas en las montañas sin arcén ni valla de seguridad al lado de la carretera, y asustado cuando la carretera pavimentada cedía el paso a la grava y el bosque se cerraba a su alrededor como si fuesen los exploradores pioneros Lewis y Clark. Y le asustaba sobre todo que nuestro coche no tuviera radio y no saber si la matanza de judíos había cesado o si tal vez se encaminaban directamente hacia la zona donde más asesina era la furia contra gente como nosotros.

Al parecer, el único interludio que no había amedrentado a mi hermano fue el que tanto asustó a mi padre ante la casa del médico: Sandy dibujando a la chica montañesa de Virginia Occidental cuyo aspecto tanto le había entusiasmado. Resultó que tenía exactamente la edad de «la muchachita de la fábrica», como el país entero llegó a conocerla, asesinada en Atlanta unos treinta años atrás por su supervisor judío, un hombre de negocios de veintinueve años que estaba casado y se llamaba Leo Frank. En 1913, el famoso caso de la pobre Mary Phagan, a la que hallaron muerta con un nudo corredizo alrededor del cuello en el suelo del sótano de la fábrica de lápices después de haber pasado por el despacho de Frank el día del crimen para recoger su paga, salió en todas las primeras planas, tanto en el Norte como en el Sur, más o menos en la época en que mi padre, un impresionable chiquillo de doce años que poco antes había dejado la escuela para ayudar a la familia, se dirigía al trabajo en una fábrica de sombreros de East Orange, donde obtuvo una educación de primera clase en el tópico calumnioso que le vinculaba inextricablemente a los crucificadores de Cristo. Tras la condena de Frank (basándose en unas pruebas circunstanciales no del todo fiables que hoy están casi desacreditadas), un compañero de prisión se convirtió en un héroe en todo el estado al hacerle un tajo en la garganta que casi lo mató. Al cabo de un mes, una horda linchadora formada por respetables ciudadanos terminó el trabajo sacando a Frank de su celda y, para gran satisfacción de los obreros de la planta donde trabajaba mi padre, colgando de un árbol al «sodomita» en Marietta, Georgia (ciudad natal de Mary Phagan), como advertencia pública a otros «libertinos judíos» para que no se les ocurriera acercarse por el Sur y se mantuvieran alejados de sus mujeres.

Ciertamente, el caso Frank era solo una parte de la historia que alimentaba la sensación de peligro de mi padre en el campo de Virginia Occidental la tarde del 15 de octubre de 1942. Todo se remontaba mucho más atrás.

Así fue como Seldon vino a vivir con nosotros. Después de que regresaran sanos y salvos a Newark desde Kentucky, Sandy se mudó a la galería y Seldon ocupó el lugar que habían dejado libre Alvin y tía Evelyn: una persona destrozada por las malignas vejaciones de la América de Lindbergh que dormía en la cama al lado de la mía. Esta vez yo no tenía ningún muñón del que cuidar. El mismo chico era el muñón y, hasta que se fue a vivir con la hermana casada de su madre en Brooklyn diez meses después, yo fui la prótesis.

APÉNDICE

Nota para el lector
Cronología real de los personajes principales
Otros personajes históricos que aparecen en la obra
Algunos documentos

Nota para el lector

La conjura contra América es una obra de ficción. La finalidad de este apéndice es la de servir como referencia a los lectores interesados en conocer dónde finalizan los hechos históricos y dónde comienza la parte ficticia de la narración. Los hechos presentados más adelante proceden de las siguientes fuentes: John Thomas Anderson, *Senator Burton K. Wheeler and United States Foreign Relations* (tesis presentada en la facultad de posgrado, Universidad de Virginia), 1982; Neil Baldwin, *Henry Ford and the Jews: The Mass Production of Hate*, 2001; A. Scott Berg, *Lindbergh*, 1998; Biography Resource Center, *Newark Evening News* y *Newark Star-Ledger*; Allen Bodner, *When Boxing Was a Jewish Sport*, 1997; William Bridgwater y Seymour Kurtz, eds., *The Columbia Encyclopedia*, 1963; James MacGregor Burns, *Roosevelt: The Soldier of Freedom*, 1970, y *Roosevelt: The Lion and the Fox*, 1984; Wayne S. Cole, *America First: The Battle Against Intervention, 1940-1941*, 1953; Sander A. Diamond, *The Nazi Movement in the United States, 1924-1941*, 1974; John Drexel, ed., *The Facts on File Encyclopedia of the Twentieth Century*, 1991; Henry Ford, *The International Jew: The World's Foremost Problem*, vol. 3, *Jewish Influences in American Life*, 1920-1922; Neal Gabler, *Winchell: Gossip, Power, and the Culture of Celebrity*, 1994; Gale Group Publishing, *Contemporary Authors*, vol. 182, 2000; John A. Garraty y Mark C. Carnes, eds., *American National Biography*, 1999; Susan Hertog, *Anne Morrow Lindbergh: Her Life*, 1999; Richard Hofstadter y Beatrice K. Hofstadter, eds., *Great Issues in American History: From Reconstruction to the Present Day, 1864-1981*, vol. 3, 1982; Joseph G. E. Hopkins, ed., *Dictionary of American Biography*, suplementos 3-9, 1974-1994; Joseph K. Howard, «The Decline and Fall of Burton K. Wheeler», *Harper's Magazine*, marzo de 1947; Harold L. Ickes, *The Secret Diary of Harold L. Ickes, 1939-1941*, 1974; Thomas Kessner, *Fiorello H. La Guardia and the Making of Modern New York*, 1989; Herman Klurfeld, *Winchell: His Life and Times*, 1976; Anne Morrow Lindbergh, *The Wave of the Future: A Confession of Faith*, 1940; Albert S. Lindemann, *The Jew Accused: Three Anti-*

Semitic Affairs (Dreyfus, Beilis, Frank), 1894-1915, 1991; Arthur Mann, *La Guardia: A Fighter Against His Times, 1882-1933*, 1959; Samuel Eliot Morrison y Henry Steele Commager, *The Growth of the American Republic*, vol. 2, 1962; Charles Moritz, ed., *Current Biography Yearbook, 1988*, 1988; John Morrison y Catherine Wright Morrison, *Mavericks: The Lives and Battles of Montana's Political Legends*, 1997; *Random House Dictionary of the English Language*, 1983; Arthur M. Schlesinger, Jr., *The Coming of the New Deal, 1933-1935*, 1958, y *The Politics of Upheaval, 1935-1936*, 1960 (vols. 2 y 3 de *The Age of Roosevelt*); Peter Teed, *A Dictionary of Twentieth-Century History, 1914-1990*, 1992; Walter Yust, ed., *Britannica Book of the Year Omnibus, 1937-1942* y *Britannica Book of the Year, 1943*; y Ben D. Zevin, ed., *Nothing to Fear: The Selected Addresses of Franklin D. Roosevelt, 1932-1945*, 1961.

Cronología real de los personajes principales

FRANKLIN DELANO ROOSEVELT (1882-1945)

NOVIEMBRE DE 1920. Tras servir como secretario adjunto de la marina a las órdenes de Wilson, Roosevelt es candidato a la vicepresidencia en la lista demócrata con el gobernador James M. Cox de Ohio. Derrota de los demócratas y victoria arrolladora de Harding.

AGOSTO DE 1921. Contrae la poliomielitis, que le deja paralítico de por vida.

NOVIEMBRE DE 1928. Elegido para el primero de dos mandatos de dos años como gobernador demócrata de Nueva York, mientras la lista nacional, encabezada por el ex gobernador Alfred E. Smith, es derrotada por Herbert Hoover. Como gobernador, Roosevelt se afianza como liberal progresista que aboga por la ayuda del gobierno a las víctimas de la Depresión, incluido el seguro de desempleo, y contrario a la Prohibición. Tras la aplastante victoria en las elecciones a gobernador de 1930, se convierte en el candidato demócrata favorito en las presidenciales.

JULIO-NOVIEMBRE DE 1932. Seleccionado como candidato presidencial por los demócratas en la convención de julio; en noviembre derrota al presidente Hoover con el 57,4 % de los votos, y los demócratas barren en ambas cámaras del Congreso.

MARZO DE 1933. El 4 de marzo es investido como presidente; con el país paralizado por la Depresión, en su discurso de investidura afirma que «lo único que hemos de temer es al mismo miedo». Rápidamente propone la legislación del New Deal para la recuperación de la agricultura, la industria, el empleo y los negocios, así como programas de ayuda para las personas con hipotecas y los desempleados. En el gabinete figuran Harold L. Ickes, secretario del Interior; Henry A. Wallace, secretario de Agricultura: Frances Perkins (primera mujer nombrada para un gabinete presidencial), secretaria de Trabajo, y Henry Morgenthau, Jr. hijo (el segundo judío del país que llegó a ser miembro del gabinete), secretario del Tesoro (para sustituir por enfermedad al antiguo secretario, William Woodin, el 17 de noviembre de 1933). Inicia breves retransmisiones radiofónicas de alcance nacional desde la Casa Blanca, conocidas como charlas junto a la chimenea, y hace intervenir a los reporteros en conferencias de prensa informativas.

NOVIEMBRE DE 1933-DICIEMBRE DE 1934. Reconoce a la Unión Soviética y pronto empieza a reconstruir la flota norteamericana, debido en parte a las actividades japonesas en Extremo Oriente. Para 1934, los votantes negros habían cambiado su apoyo político, pasando del Partido Republicano de Lincoln al Partido Demócrata de Roosevelt, como reacción a los programas del presidente para los menos privilegiados.

1935. Una oleada de iniciativas de reforma, conocidas como «el segundo New Deal» , tiene como resultado la Ley de Seguridad Social, la Ley Nacional de Relaciones Laborales, así como la WPA (Administración para el Progreso del Trabajo), que proporciona empleo a dos millones de trabajadores al mes. Firma la primera de varias medidas de neutralidad como respuesta a la agitada situación europea.

NOVIEMBRE DE 1936. Derrota al gobernador republicano de Kansas, Alfred M. Landon, y gana en todos los estados excepto Maine y Vermont; los demócratas amplían su presencia en el Congreso. En su discurso de investidura afirma: «He aquí un desafío a nuestra democracia ... Veo a la tercera parte de la nación con una mala vivienda, mal vestida y mal nutrida». En 1937 la recuperación económica está bastante avanzada, pero se produce una crisis económica que, junto con el malestar entre los trabajadores, conduce a las victorias republicanas en el Congreso en 1938.

SEPTIEMBRE-NOVIEMBRE DE 1938. Preocupado por las intenciones de Hitler en Europa, hace un llamamiento al líder nazi para que acepte un acuerdo negociado en la disputa con Checoslovaquia. El 30 de septiembre, en la conferencia de Munich, Gran Bretaña y Francia capitulan a la exigencia alemana de los Sudetes checos y el desmembramiento de Checoslovaquia; tropas alemanas, encabezadas por Hitler, entran en octubre (y al cabo de cinco meses conquistan todo el país, garantizando a Eslovaquia la independencia como república fascista apoyada por los alemanes). En noviembre Roosevelt ordena un enorme incremento en la producción de aviones de combate.

ABRIL DE 1939. Pide a Hitler y Mussolini que accedan a abstenerse de atacar durante un período de diez años a las naciones europeas más débiles. En un discurso pronunciado en el Reichstag, Hitler replica menospreciando a Roosevelt y jactándose del poderío militar alemán.

AGOSTO-SEPTIEMBRE DE 1939. Telegrafía a Hitler pidiéndole negociar un acuerdo con Polonia con respecto a la disputa territorial; Hitler responde invadiendo Polonia el 1 de septiembre. Inglaterra y Francia declaran la guerra a Hitler, y comienza la Segunda Guerra Mundial.

SEPTIEMBRE DE 1939. La guerra europea lleva a Roosevelt a introducir cambios en la Ley de Neutralidad para proporcionar a Gran Bretaña y Francia armamento de Estados Unidos. Cuando Hitler invade Dinamarca, Noruega, Bélgica, los Países Bajos, Luxemburgo y Francia en la primera mitad de 1940, Roosevelt aumenta de modo considerable la producción de armas.

MAYO DE 1940. Establece el Consejo de Defensa Nacional y, más adelante, la Oficina de Gestión de la Producción, a fin de preparar a la industria y las fuerzas armadas para una posible guerra.

SEPTIEMBRE DE 1940. Japón, en guerra con China y tras invadir la Indochina francesa (y haberse anexionado ya Corea en 1910 y ocupado Manchuria en 1931), firma la Triple Alianza con Italia y Alemania en Berlín. A instancias de Roosevelt, el Congreso aprueba el primer proyecto de ley de servicio militar obligatorio en tiempo de paz en la historia de Estados Unidos, que exige que todos los hombres entre los veintiuno y los treinta y cinco años se registren para el llamamiento a filas y dispone el reclutamiento en los servicios armados de ochocientos mil hombres.

NOVIEMBRE DE 1940. Denunciado por los republicanos de derechas por «belicista», y mostrándose en campaña como un enemigo declarado de Hitler y el fascismo comprometido a hacer todo lo posible por mantener a Norteamérica al margen de la guerra europea, Roosevelt obtiene un tercer mandato, algo sin precedentes, por 449 a 82 votos electorales, derrotando al republicano Wendell L. Willkie en unas elecciones en las que la defensa nacional y la relación de Estados Unidos con la guerra son las grandes cuestiones. Willkie solo gana en Maine, Vermont y el Medio Oeste aislacionista.

ENERO-MARZO DE 1941. Investido presidente el 20 de enero. En marzo, el Congreso aprueba su Ley de Préstamo y Arriendo, que autoriza al presidente a «vender, transferir, prestar, arrendar» armamento, alimentos y servicios a países cuya defensa juzgue vital para la defensa de Estados Unidos.

ABRIL-JUNIO DE 1941. Después de que el ejército alemán haya invadido Yugoslavia y luego Grecia, Hitler rompe el Pacto de No Agresión e invade Rusia. En abril, Estados Unidos toma Groenlandia bajo su protección; en junio, Roosevelt autoriza el desembarco de fuerzas norteamericanas en Islandia y extiende a Rusia la Ley de Prestamo y Arriendo.

AGOSTO DE 1941. Roosevelt y Churchill se reúnen en alta mar y redactan la Carta Atlántica de «principios comunes», que contiene una declaración en ocho puntos de sus propósitos de paz.

SEPTIEMBRE DE 1941. Anuncia que se ha ordenado a la armada destruir todo submarino alemán o italiano que penetre en las aguas jurisdiccionales de Estados Unidos y amenace la defensa del país; pide a Japón que inicie la evacuación militar de China e Indochina, pero el ministro de la Guerra, el general Tojo, se niega a hacerlo.

OCTUBRE DE 1941. Pide al Congreso que rectifique la Ley de Neutralidad para permitir que se arme a los buques mercantes norteamericanos y posibilitarles la entrada en zonas de combate.

NOVIEMBRE DE 1941. Una enorme fuerza de ataque japonesa se concentra secretamente en el Pacífico, mientras las negociaciones con Estados Unidos sobre asuntos militares y económicos parecen continuar con la llegada a Norteamérica de enviados especiales para celebrar «conversaciones de paz».

DICIEMBRE DE 1941. Japón lanza un ataque por sorpresa contra las posesiones estadounidenses del Pacífico y las posesiones de Gran Bretaña en Extremo Oriente; tras un discurso de emergencia del presidente, al día siguiente el Congreso aprueba por unanimidad declarar la guerra a Japón. El 11 de diciembre, Alemania e Italia declaran la guerra a Estados Unidos; el Congreso responde declarando la guerra a Alemania e Italia. (Cifras de bajas del ataque japonés contra Pearl Harbor: 2.403 marineros, soldados, marines y civiles norteamericanos muertos; 1.178 heridos.)

1942. Dirigir el conflicto bélico y los esfuerzos de la población civil ocupan al presidente casi por completo. En su mensaje anual al Congreso, hace hincapié en el incremento de la producción de armamento y declara que «nuestros objetivos están claros: aplastar el militarismo impuesto por los señores de la guerra a sus pueblos esclavizados». Propone un presupuesto récord de 58.927.000.000 dólares para hacer frente a los gastos de la guerra. Anuncia con Churchill la creación de un mando militar unificado en el súdeste asiático. La conferencia sobre estrategia celebrada con Churchill en junio tiene como resultado la invasión en noviembre del norte de África francés, llevada a cabo por tropas aliadas al mando del general Dwight D. Eisenhower (siete meses después expulsan de África al ejército alemán); el presidente asegura a Francia, Portugal y España que los Aliados no albergan ninguna intención respecto a sus territorios. En junio pide al Congreso que reconozca la existencia del estado de guerra contra los regímenes fascistas de Rumanía, Bulgaria y Hungría, aliados con las potencias del Eje. En julio nombra una comisión para juzgar a ocho saboteadores nazis detenidos por agentes federales tras desembarcar en las costas estadounidenses desde un submarino enemigo; tras el juicio secreto, dos son encarcelados y seis ejecutados en Washington. En septiembre, Stalin recibe en Moscú al emisario presidencial Wendell Willkie, que insiste en la apertura de un segundo frente militar en Europa occidental. En octubre, el presidente realiza una gira secreta de dos semanas por las instalaciones de producción bélica y anuncia que se están cumpliendo los objetivos. Pide al Congreso que extienda el llamamiento a filas a los jóvenes de dieciocho y diecinueve años.

ENERO DE 1943–AGOSTO DE 1945. La guerra europea (y la simultánea matanza de los judíos europeos y la expropiación de sus propiedades por parte de Hitler) se prolonga hasta 1945. En abril, partisanos italianos ejecutan a Mussolini, e Italia se rinde. Alemania se rinde incondicionalmente el 7 de mayo, una semana después del suicidio de Hitler en su búnker de Berlín y menos de un mes después de la muerte repentina, a causa de una hemorragia cerebral, del presidente Roosevelt —entonces en el primer año de su cuarto mandato presidencial— y el juramento de su sucesor, el vicepresidente Harry S. Truman. La guerra finaliza en Extremo Oriente cuando Japón se rinde incondicionalmente el 14 de agosto. La Segunda Guerra Mundial ha terminado.

CHARLES A. LINDBERGH (1902-1974)

MAYO DE 1927. Charles A. Lindbergh, de veinticinco años, natural de Minnesota, aviador acrobático y piloto de correo aéreo, vuela en el monoplano *Spirit of Saint Louis* desde Nueva York a París en treinta y tres horas y treinta minutos. Haber completado el primer vuelo transatlántico sin escalas le convierte en una celebridad mundial. El presidente Coolidge concede a Lindbergh la Cruz Distinguida del Aire y lo nombra coronel en reserva del Cuerpo Aéreo del Ejército de Estados Unidos.

MAYO DE 1929. Lindbergh se casa con Anne Morrow, de veintitrés años, hija del embajador norteamericano en México.

JUNIO DE 1930. Nace en Nueva Jersey Charles A. Lindbergh, hijo de Charles y Anne Lindbergh.

MARZO-MAYO DE 1932. Secuestran a Charles hijo en la aislada casa familiar, situada en un terreno de unas doscientas hectáreas en la población rural de Hopewell, Nueva Jersey; unas diez semanas después se descubre casualmente en un bosque cercano el cadáver en descomposición de un bebe.

SEPTIEMBRE DE 1934-MARZO DE 1935. Un pobre inmigrante alemán, carpintero de profesión y ex presidiario, Bruno R. Hauptmann, detenido en el Bronx, Nueva York, por el secuestro y asesinato del bebé de los Lindbergh. Juicio durante un mes y medio en Flemington, Nueva York, considerado por la prensa como «el juicio del siglo». Hauptmann declarado culpable y ejecutado en la silla eléctrica en abril de 1936.

ABRIL DE 1935. Anne Morrow Lindbergh publica su primer libro, *North to the Orient*, un relato de sus aventuras aéreas en 1931 con Lindbergh. La obra se convierte en un bestseller y recibe el Premio Nacional de los Libreros concedido a la obra de no ficción más distinguida del año.

DICIEMBRE DE 1935-DICIEMBRE DE 1936. En busca de intimidad, los Lindbergh abandonan Estados Unidos con sus dos hijos pequeños y, hasta su regreso en la primavera de 1939, residen principalmente en un pueblecito de Kent, Inglaterra. A invitación del ejército norteamericano, Lindbergh viaja a Alemania para informar sobre el desarrollo de la aviación nazi; en el transcurso de los tres años siguientes realiza varias visitas con esa finalidad. Asiste a los Juegos Olímpicos de 1936 en Berlín, y más adelante escribe a un amigo acerca de Hitler: «Indudablemente es un gran hombre, y creo que ha hecho mucho por el pueblo alemán». Anne Morrow Lindbergh acompaña a su marido a Alemania y luego escribe en un tono crítico sobre «la estricta visión puritana que tenemos en nuestro país de que las dictaduras son malas por necesidad, malignas, inestables, y que de ellas no puede salir nada bueno, combinada con nuestra visión caricaturesca de Hitler como un payaso, combinada con la fortísima propaganda judía (naturalmente) en los periódicos propiedad de judíos».

OCTUBRE DE 1938. «Por orden del Führer», el mariscal Hermann Göring impone a Lindbergh, durante una cena en la embajada norteamericana en Berlín, la Cruz de Servicio del Águila Alemana, un medallón de oro con cuatro pequeñas esvásticas, concedida a extranjeros por servicios prestados al Reich. Anne Morrow Lindbergh publica un segundo volumen de sus aventuras como piloto, *Listen! the Wind*, un bestséller de no ficción pese a la creciente impopularidad de su marido entre los antifascistas norteamericanos y el rechazo de algunos libreros judíos a vender la obra.

ABRIL DE 1939. Después de que Hitler invada Checoslovaquia, Lindbergh anota en su diario: «Por mucho que desapruebe numerosas acciones de Alemania, creo que ha seguido la única política consecuente en Europa en los años recientes». A petición del jefe del Cuerpo Aéreo, el general «Hap» Arnold, y con la aprobación del presidente Roosevelt —a quien no le gusta Lindbergh y desconfía de él—, sigue en servicio activo como coronel del Cuerpo Aéreo del Ejército de Estados Unidos.

SEPTIEMBRE DE 1939. En anotaciones de diario posteriores a la invasión alemana de Polonia, el 1 de septiembre Lindbergh expresa la necesidad de «protegernos contra el ataque de ejércitos enemigos, el debilitamiento a causa de las razas extranjeras ... y la infiltración de sangre inferior». La aviación, escribe, es «una de esas posesiones inestimables que permiten a la raza blanca vivir en un mar proceloso de amarillos, rojos y morenos». En una fecha anterior de ese mismo año se refiere a una conversación privada con un miembro de alto rango del Comité Nacional Republicano y el periodista conservador Fulton Lewis, Jr.: «Estamos muy preocupados por el efecto de la influencia judía en nuestra prensa, radio e industria del cine ... Es una lástima, porque creo que unos pocos judíos de la clase apropiada son un bien para cualquier país». En una anotación de diario correspondiente a abril de 1939 (omitida en la edición de sus *Wartime Journals* publicada en 1970), escribe: «Ya hay demasiados judíos en lugares como Nueva York. Unos pocos aportan fuerza y carácter a un país, pero demasiados crean caos. Y ya tenemos demasiados». En abril de 1940, ante los micrófonos de Columbia Broadcasting System, dice: «La única razón de que corramos peligro de involucrarnos en esta guerra es que hay en Estados Unidos poderosos elementos que desean nuestra intervención. Representan una pequeña minoría del pueblo norteamericano, pero controlan gran parte de la maquinaria de influencia y propaganda. Aprovechan cada oportunidad para empujarnos más al borde». Cuando el senador republicano por Idaho William E. Borah alienta a Lindbergh a presentarse como candidato a la presidencia, Lindbergh replica que prefiere tomar posiciones políticas como ciudadano particular.

OCTUBRE DE 1940. En primavera se funda en la facultad de derecho de la Universidad de Yale el comité América Primero para oponerse a las políticas intervencionistas y promover el aislacionismo norteamericano; en octubre, Lindbergh habla ante unas tres mil personas en Yale, abogando por que Norteamérica reconozca a «las nuevas potencias de Europa». Anne Morrow Lindbergh publica su tecer libro,

The Wave of the Future, un opúsculo antiintervencionista subtitulado «Una profesión de fe», que provoca una enorme controversia y se convierte de inmediato en la obra de no ficción más vendida, a pesar de la denuncia por parte del secretario del Interior Harold Ickes de que es «la Biblia de todo nazi norteamericano».

ABRIL-AGOSTO DE 1941. Se dirige a una concentración de diez mil personas organizada por el comité América Primero en Chicago, y otras diez mil en Nueva York, lo cual hace que su enconado enemigo, el secretario Ickes, le llame «el compañero de viaje de los nazis número uno de Estados Unidos». Cuando Lindbergh escribe al presidente Roosevelt quejándose de los ataques de que es objeto por parte de Ickes, en especial por haber aceptado la medalla alemana, Ickes escribe: «Si el señor Lindbergh se siente humillado cuando se refieren correctamente a él como un caballero del Águila Alemana, ¿por qué no devuelve la deshonrosa condecoración y zanja así el asunto?». (Con anterioridad, Lindbergh había rechazado la devolución de la medalla, aduciendo que eso constituiría «un insulto innecesario» a los dirigentes nazis.) El presidente cuestiona abiertamente la lealtad de Lindbergh, lo cual impulsa a este a presentar su renuncia como coronel del ejército al secretario de la Guerra de Roosevelt. Ickes observa que, mientras Lindbergh se apresura a renunciar a su grado militar, sigue manteniéndose firme en su decisión de no devolver la medalla recibida de la Alemania nazi. En mayo, junto con el senador Burton K. Wheeler, de Montana, que está sentado en el estrado junto a Anne Morrow Lindbergh, el famoso aviador se dirige a unos veinticinco mil seguidores de América Primero en el Madison Square Garden. Su aparición es saludada con gritos de «¡Nuestro próximo presidente!», y su discurso es seguido por una ovación de cuatro minutos. En primavera y verano vuelve a hablar contra la intervención norteamericana en la guerra europea ante grandes audiencias de todo el país.

SEPTIEMBRE-DICIEMBRE DE 1941. El 11 de septiembre pronuncia su discurso radiofónico «¿Quiénes son los agitadores belicistas?» en una concentración de América Primero en Des Moines. El público formado por ocho mil personas le vitorea cuando cita a «la raza judía» entre los elementos más poderosos y efectivos que empujan a Estados Unidos, «por razones que no son norteamericanas», hacia la involucración en la guerra. Añade que «no podemos culparles de defender lo que creen que son sus propios intereses, pero también debemos defender los nuestros. No podemos permitir que las pasiones naturales y los prejuicios de otros pueblos lleven a nuestro país a la destrucción». Al día siguiente, tanto demócratas como republicanos atacan el discurso de Des Moines, pero el senador Gerald P. Nye, republicano por

Dakota del Norte y acérrimo seguidor de América Primero, defiende a Lindbergh de las críticas y reitera las acusaciones contra los judíos, al igual que otros partidarios. Lindbergh cancela el discurso del 10 de diciembre, previsto para la concentración de América Primero en Boston, tras el ataque japonés contra Pearl Harbor y la declaración de guerra a Japón, Alemania e Italia. La dirección pone fin a las actividades del comité América Primero y la organización se disuelve.

ENERO-DICIEMBRE DE 1942. Viaja a Washington en un intento de volver a ser admitido en el Cuerpo Aéreo, pero miembros clave del gabinete de Roosevelt se oponen con firmeza, al igual que gran parte de la prensa, y el presidente rechaza su petición. Repetidos intentos de encontrar un puesto en la industria de la aviación también fracasan, a pesar de una lucrativa asociación durante los últimos años veinte y primeros treinta con Transcontinental Air Transport («la línea de Lindbergh») y a su cargo de asesor muy bien remunerado de Pan American Airways. Finalmente, en primavera encuentra trabajo, con la aprobación del gobierno, como asesor del programa de desarrollo de bombarderos de Ford, en Willow Run, en las afueras de Detroit, y la familia se traslada a un barrio residencial de Detroit. (La tarde de septiembre que el presidente Roosevelt visita Willow Run para inspeccionar los proyectos de producción bélica, Lindbergh se las ingenia para estar ausente.) Participa en experimentos en el laboratorio aeromédico de la clínica Mayo para reducir los riesgos físicos del vuelo a gran altura; más adelante participa como piloto de pruebas en experimentos con equipo de oxígeno a grandes altitudes.

DICIEMBRE DE 1942-JULIO DE 1943. Interviene activamente en el adiestramiento de pilotos para el Corsair de la Armada y el Cuerpo de Marines, un caza que él ayuda a desarrollar para United Aircraft en Connecticut.

AGOSTO DE 1943. Anne Morrow Lindbergh, ahora madre de cuatro hijos, publica *The Steep Ascent*, una novela corta sobre una peligrosa aventura en el aire. Es su primer fracaso editorial, debido en gran parte a la hostilidad de los críticos y los lectores hacia la política de la familia Lindbergh antes de la guerra.

ENERO-SEPTIEMBRE DE 1944. Tras una temporada en Florida probando varios aviones de combate, incluido el nuevo bombardero Boeing B-29, obtiene permiso del gobierno para viajar al Pacífico Sur y estudiar los Corsair en acción. Una vez allí, empieza a intervenir en acciones de combate y bombardeos contra blancos japoneses desde una base de Nueva Guinea, al principio como observador, pero pronto, y con gran éxito, como entusiasta participante. Enseña a los pilotos a aumentar la autonomía de combate conservando combustible en vuelo. Tras volar en cincuenta misiones y derribar un caza japonés, en septiembre regresa a Estados Unidos para seguir trabajando en el programa de cazas de United Aircraft, y la familia se traslada desde Michigan a Westport, Connecticut.

FIORELLO H. LA GUARDIA (1882-1947)

NOVIEMBRE DE 1922. Tras varios mandatos en el Congreso como representante del Lower East Side de Manhattan justo antes y después de la Primera Guerra Mundial, La Guardia vuelve al Congreso y, durante cinco mandatos sucesivos, ejerce como representante republicano de los votantes italianos y judíos de East Harlem. Encabeza en la Cámara la oposición al impuesto sobre las ventas del presidente Hoover y denuncia el fracaso de las políticas de este para remediar los sufrimientos causados por la Depresión. También se opone a la Prohibición.

NOVIEMBRE DE 1924. En las elecciones presidenciales, apoya abiertamente al candidato del Partido Progresista, Robert M. La Follette, en lugar de al presidente republicano Coolidge.

ENERO DE 1931. El gobernador de Nueva York, Franklin D. Roosevelt convoca una conferencia de gobernadores para afrontar los problemas de desempleo causados por la Depresión. La Guardia le alaba por promover planteamientos que conduzcan a una legislación acerca del trabajo y el desempleo, sobre la que él mismo ha insistido sin éxito al presidente Hoover.

1932. Como republicano disidente y congresista no reelegido en los últimos meses de su mandato, Roosevelt, el presidente electo, recurre a él para introducir la legislación del New Deal en el Congreso número setenta y dos, carente de poder tras la aplastante victoria de los demócratas en 1932.

NOVIEMBRE DE 1933. Se presenta como candidato contrario al grupo Tammany, es elegido, como miembro del grupo llamado de Fusión republicano (y más tarde, además, el Partido Laborista Americano), alcalde de Nueva York en el primero de tres mandatos consecutivos. Como alcalde activista, se propone conseguir la recuperación económica de Nueva York bajo la Depresión fomentando proyectos de obras públicas, creando nuevos servicios públicos y ampliando los existentes. Denuncia el fascismo y a los nazis norteamericanos; como respuesta a la etiqueta que le ponen los nazis, «el alcalde judío de Nueva York», bromea: «Nunca había pensado que tuviera suficiente sangre judía en las venas que justificara alardear de ello».

SEPTIEMBRE DE 1938. Después del desmembramiento de Checoslovaquia por parte de Hitler, La Guardia ataca a los aislacionistas republicanos y se pone al lado de FDR en la creciente controversia acerca de la intervención.

SEPTIEMBRE DE 1940. Aunque se dice que Wendell Willkie está pensando en él como candidato a la vicepresidencia, La Guardia abandona de nuevo a los republicanos, como lo hiciera en 1924, y, junto con el senador George Norris, forma el grupo Independientes por Roosevelt y hace abiertamente campaña a favor del tercer mandato de Roosevelt.

AGOSTO-NOVIEMBRE DE 1940. Con el conflicto bélico en perspectiva, Roosevelt se inclina por La Guardia como secretario de la Guerra, pero finalmente elige al republicano Henry Stimson y nombra a La Guardia presidente por parte norteamericana en la Junta de Defensa Estadounidense-Canadiense.

ABRIL DE 1941. Acepta un puesto no remunerado como director de FDR de la defensa civil, mientras sigue ejerciendo el cargo de alcalde de Nueva York.

FEBRERO-ABRIL DE 1943. Insiste a Roosevelt para que le permita volver al ejército como general de brigada, pero Roosevelt, que no le ha concedido un puesto en el gabinete ni le ha considerado como candidato a la vicepresidencia, se niega, aconsejado por personas de su círculo más próximo, íntimos a quienes La Guardia les parece demasiado provocador. El decepcionado alcalde vuelve a ponerse su «uniforme de barrendero».

AGOSTO DE 1943. El conflicto racial en tiempo de guerra que anteriormente había asolado Beaumont, Mobile, Los Ángeles y Detroit, donde se producen treinta y cuatro muertes en los veintiún disturbios de junio, estalla en el Harlem de Nueva York. Después de casi tres días de vandalismo, saqueos y derramamiento de sangre, los dirigentes negros alaban a La Guardia por su liderazgo fuerte y solidario durante los disturbios que dejan seis muertos y ciento ochenta y cinco heridos, y que cuestan cinco millones de dólares en daños y perjuicios.

MAYO DE 1945. Pasado un mes desde la muerte de FDR, anuncia que no se presentará a un cuarto mandato. Antes de retirarse, obtiene gran reconocimiento público al leer por la radio las tiras cómicas a los niños de Nueva York durante una huelga de periódicos. Tras abandonar el cargo, acepta dirigir la UNRRA (Administración para Ayuda y Rehabilitación de las Naciones Unidas).

1924. El ex actor de vodevil Walter Winchell es contratado por el *New York Evening Graphic* y pronto se hace popular como reportero de Broadway y columnista.

JUNIO DE 1929. Se incorpora como columnista al *New York Daily Mirror* de William Randolph Hearst, un empleo que conservará durante más de treinta años. King Features de Hearst distribuye los artículos de Winchell a diarios de todo el país, y finalmente aparece en más de dos mil periódicos. Inventor de la moderna columna de cotilleos, se convierte lógicamente en asiduo del Stork Club, un club nocturno frecuentado por celebridades.

MAYO DE 1930. Hace su debut radiofónico como locutor de sociedad de Broadway. Alcanza una gran popularidad con el programa *Lucky Strike Dance Hour* y, en diciembre de 1932, los domingos a las nueve de la noche, el programa para Loción Jergens en la NBC Blue Network. El cuarto de hora semanal de Winchell sobre cotilleos de primera mano y noticias generales se convierte pronto en líder de audiencia radiofónica, y su frase de presentación («Buenas noches, señor y señora América y todos los barcos en el mar. ¡Vayamos a la prensa!») pasa a formar parte del lenguaje coloquial norteamericano.

MARZO DE 1932. Empieza a cubrir informativamente el rapto del hijo de Lindbergh, ayudado por informaciones que le proporciona J. Edgar Hoover, el director del FBI; sigue cubriendo el caso hasta la detención de Bruno Hauptmann en 1934 y el juicio en 1935.

FEBRERO DE 1933. Prácticamente el único entre los comentaristas públicos y entre los judíos populares, inicia un ataque público contra Hitler y los nazis norteamericanos, incluido Fritz Kuhn, el dirigente del Bund; prosigue su ataque por la radio y en la prensa hasta el estallido de la Segunda Guerra Mundial; acuña los neologismos *razis* y *swastinkers* para ridiculizar al movimiento nazi.

ENERO-MARZO DE 1935. J. Edgar Hoover elogia su cobertura del caso Hauptman. Posteriormente, Hoover y Winchell intercambian información sobre los nazis norteamericanos, unos datos que acaban en la columna de Winchell.

1937. El apoyo que presta en sus artículos a Roosevelt y el New Deal conduce a una invitación en mayo a la Casa Blanca y a una comunicación regular entre el presidente y Winchell. Se produce un enfrentamiento entre Hearst y Winchell por el apoyo público que este presta a FDR. Winchell entabla amistad con su conciudadano neoyorquino, el mafioso Frank Costello.

1940. La audiencia total de Winchell, entre lectores de prensa y radioyentes, se calcula en cincuenta millones de personas, más de la tercera parte de la población estadounidense. Su salario anual de ochocientos mil dólares lo coloca entre los norteamericanos mejor pagados. Winchell redobla sus ataques contra las actividades pronazis con artículos como «La columna de Winchell contra la Quinta Columna». Refrenda con firmeza a FDR para un tercer mandato sin precedentes; después de que Hearst censure las críticas de Winchell al candidato republicano Willkie en el *Daily Mirror*, escribe artículos bajo seudónimo para *PM*, en los que sigue atacando a Willkie.

ABRIL-MAYO DE 1941. Ataca a Lindbergh por su aislacionismo y sus manifestaciones a favor de Alemania; advierte al ministro de Asuntos Exteriores Von Ribbentrop de que Estados Unidos está dispuesto a luchar, y después recibe el ataque del senador Burton K. Wheeler por «utilizar la táctica de la guerra relámpago para meter al pueblo norteamericano en esta guerra».

SEPTIEMBRE DE 1941. Tras el discurso de Lindbergh en Des Moines acusando a los judíos de empujar a Estados Unidos hacia la guerra, escribe que «el halo de Lindbergh se ha convertido en su nudo corredizo» y ataca repetidamente a Lindbergh así como a los senadores Wheeler, Nye y Rankin entre otros, a los que identifica como pronazis.

DICIEMBRE DE 1941-FEBRERO DE 1972. Tras la entrada de Estados Unidos en la Segunda Guerra Mundial, las emisiones radiofónicas y los artículos de Winchell se ocupan predominantemente de noticias de la guerra; como capitán de corbeta en la reserva naval, insiste a FDR para participar en el conflicto y es llamado al servicio activo en noviembre de 1942. Al finalizar la guerra, da un giro hacia la extrema derecha, se convierte en enemigo encarnizado de la Unión Soviética y en anticomunista que apoya al senador Joseph McCarthy. A mediados de los años cincuenta se hunde casi por completo en el olvido, y cuando muere, en 1972, solo su hija asiste al funeral.

BURTON K. WHEELER (1882-1975)

NOVIEMBRE DE 1920-NOVIEMBRE DE 1922. Tras desafiar al poderoso gigante de Montana, la Anaconda Mining Company, como legislador del Estado, y tras oponerse a las violaciones de los derechos humanos cometidos durante el «Pánico Rojo» de la posguerra, Wheeler sufre una estrepitosa derrota en las elecciones a gobernador de 1920, pero en 1922 es elegido senador demócrata para el primero de cuatro mandatos, con un fuerte apoyo de los agricultores y los obreros. Con el tiempo, convierte el gobierno estatal de Montana en el aparato bipartidista de Wheeler.

FEBRERO-NOVIEMBRE DE 1924. Elegido para encabezar la investigación senatorial en el escándalo de corrupción de Teapot Dome, que conduce a la dimisión del fiscal general del presidente Coolidge, Harry M. Dougherty, y a la humillación de su Departamento de Justicia. Abandona a los demócratas –y la lista demócrata encabezada por John W. Davis– para ser candidato a la vicepresidencia en la lista del Partido Progresista con el senador de Wisconsin Robert M. La Follete. Coolidge derrota abrumadoramente a demócratas y progresistas, aunque este último partido obtiene seis millones de votos en todo el país y casi el cuarenta por ciento del voto en Montana.

1932-1937. Antes de la Convención Demócrata de 1932, visita dieciséis estados para promover la nominación de Roosevelt. Pese a que es la primera figura conocida a nivel nacional que aprueba al candidato demócrata y en general simpatiza con la reforma social del New Deal, en 1937 Wheeler se opone tajantemente al presidente por su proyecto de ley para ampliar el Tribunal Supremo y «llenarlo» de defensores del *New Deal*; al encabezar la oposición que finalmente logra, de forma controvertida, que no prospere el proyecto de ley, se agrava la enemistad personal entre él y el presidente.

1938. El aparato de Wheeler en Montana se pone en marcha para debilitar a su rival demócrata, el congresista Jerry O'Connell, y ayudar a que sea elegido para la Cámara Jacob Thorkelson, un republicano de derechas calificado por Walter Winchell como «el portavoz del movimiento nazi en el Congreso». Thorkelson llama a Winchell «vilipendiador judío» y entabla una demanda contra él cuando Winchell incluye a Thorkelson en la serie de artículos publicada por la revista *Liberty* titulada «Norteamericanos de los que podemos prescindir». El congresista O'Connell, al comentar las actividades electorales de los demócratas de Wheeler, describe a este como un «Benedict Arnold para su partido y un traidor para su presidente».

1940-1941. Se constituye en Montana el club Wheeler para Presidente, formado por demócratas influyentes. En su estado natal y en otros lugares se le considera un formidable aspirante a la nominación demócrata hasta que Roosevelt anuncia su candidatura a un tercer mandato. En el Senado, Wheeler se alinea cada vez más con los republicanos y los demócratas sureños contrarios al ala liberal rooseveltiana del Partido Demócrata. Se opone ruidosamente a la intervención norteamericana en la guerra europea. En junio de 1940 amenaza con abandonar el Partido Demócrata «si va a ser un partido belicista». Ese mes, y a fin de trazar planes «para contrarrestar la agitación y la propaganda bélicas», se reúne con Charles A. Lindbergh y un grupo de senadores aislacionistas. En el Senado defiende a Lindbergh contra las acusaciones de ser pronazi, y al cabo de unos meses, después de que Roosevelt comparase públicamente a Lindbergh con un *copperhead* de la guerra civil (norteños que simpatizaban con el Sur), dice de esa observación que es «escandalosa y consterna a todo norteamericano con dos dedos de frente». A través de la emisora de radio NBC, presenta una propuesta de paz en ocho puntos para negociar con Hitler, y Lindbergh le envía un telegrama de felicitación. Se reúne con estudiantes de Yale que planean organizar el comité América Primero y adopta el papel de asesor no oficial. Junto con Lindbergh, se convierte en el orador más popular en las concentraciones de América Primero. Se manifesta contrario al servicio militar obligatorio y dice que la propuesta efectuada por Roosevelt de llamamiento a filas en tiempo de paz es «un paso hacia el totalitarismo». En el Senado, argumentando en contra del proyecto de Ley de Préstamo y Arriendo, dice que «si el pueblo norteamericano quiere una dictadura, si quiere una forma de gobierno totalitaria y quiere la guerra, este proyecto de ley debe ser aprobado por el Congreso, aplastando a la oposición, como suele hacer el presidente Roosevelt», haciendo que Roosevelt califique la observación de Wheeler como «lo más falso … lo más ruin, lo más antipatriótico … que se ha dicho en la vida pública en mi generación». También de forma pública –y prematura–, revela que Estados Unidos está enviando tropas a Islandia; la Casa Blanca, junto con el primer ministro Churchill, acusan a Wheeler de poner en peligro vidas de norteamericanos y británicos. Vuelve a la carga con secretos militares comprometedores cuando, en noviembre de 1941, filtra al aislacionista *Chicago Tribune* un documento clasificado del Departamento de la Guerra, que revela la estrategia norteamericana en caso de entrar en el conflicto.

DICIEMBRE DE 1941-DICIEMBRE DE 1946. Después de Pearl Harbor, apoya los esfuerzos colectivos para sostener la guerra, aunque argumenta que la alianza de Estados Unidos con la Unión Soviética ayuda a la supervivencia del gobierno comunista. En 1944, tras afirmar que «los comunistas están detrás de la MVA», se pone en contra de los liberales y a favor de la Montana Power Company y la Anaconda Copper Company para contribuir a derrotar a la Missouri Valley Authority, la contrapartida de la Tennesse Valley Authority (TVA). Posteriormente pierde los últimos apoyos que tenía en Montana y, en 1946, es derrotado en la campaña de las primarias para el Senado por el joven liberal de Montana Leif Erickson.

DÉCADA DE 1950. Ejerce como abogado en Washington, D. C. Se alía ideológica y políticamente con el senador Joseph McCarthy.

HENRY FORD (1863-1947)

1903-1905. El primer automóvil Ford, el modelo A, de dos cilindros y ocho caballos de vapor, diseñado por Henry Ford y fabricado por su recién constituida Ford Motor Company, aparece en 1903 a un precio de ochocientos cincuenta dólares. Modelos más caros aparecen en los años siguientes.

1908. Diseñado para la América rural, se presenta el modelo T y, hasta 1927, es el único modelo producido por la empresa. Ford se convierte en el principal fabricante de coches del país, realizando su plan de «construir un vehículo a motor para el gran público».

1910-1916. Con sus asociados en la industria de la automoción, establece un sistema de producción secuencial cuyo desarrollo es la cadena de montaje en movimiento continuo, considerada el gran avance industrial desde el advenimiento de la revolución industrial, que conduce a la producción en masa del modelo T. En 1914, Ford anuncia un salario base de cinco dólares por jornada de ocho horas, si bien, en realidad, la oferta solo abarca a una parte de sus trabajadores. Sin embargo, su defensa de «la jornada de cinco dólares» le vale muchas alabanzas y fama de hombre de negocios ilustrado, que no de pensador ilustrado. «No me gusta leer libros —explica—. Me desordenan la mente.» Afirma que «la historia consiste básicamente en bobadas».

1916-1919. Su nombre es presentado a la nominación para la presidencia en la Convención Nacional Republicana, y obtiene treinta y dos votos en la primera votación. Logra ejercer un control absoluto sobre todas las empresas Ford. En 1916, la empresa fabrica dos mil vehículos al día, con una producción total hasta la fecha de un millón de unidades del modelo T. Cuando estalla la Primera Guerra Mundial se convierte en un pacifista activo contrario a la guerra, y ataca la especulación de guerra. En una reunión de dirigentes de la Ford, anuncia: «Sé quién ha causado la guerra. Los banqueros alemanes judíos. Tengo las pruebas aquí. Los hechos. Los banqueros judíos alemanes han sido los causantes de la guerra». Con la entrada de Norteamérica en la guerra se compromete a «trabajar sin un centavo de beneficio» para cumplir con los contratos del gobierno, pero no lo hace. A instancias del presidente Wilson, se presenta al Senado como demócrata, aunque anteriormente se identificaba como republicano, y es derrotado en unas elecciones muy reñidas. Atribuye su derrota a los «intereses» de Wall Street y a «los judíos».

1920. En mayo, el *Dearborn Independent*, un semanario local adquirido por Ford en 1918, publica el primero de noventa y un detallados artículos dedicados a desenmascarar a «El judío internacional: el problema del mundo»; en números posteriores, publica el texto de los fraudulentos *Protocolos de los sabios de Sión*, mientras afirma que el documento, y su revelación de un plan judío para la dominación del mundo, es auténtico. Al segundo año de su publicación, la tirada de la revista asciende a trescientos mil ejemplares; a los trabajadores de los concesionarios de Ford se les obliga a suscribirse a la revista como un producto de la empresa, y los artículos fuertemente antisemitas se reúnen en una edición de cuatro volúmenes, *The International Jew: The World's Foremost Problem*.

DÉCADA DE 1920. En 1921 se producen cinco millones de vehículos Ford; más de la mitad de los coches vendidos en Norteamérica son del modelo T. Construye una enorme fábrica en River Rouge y una ciudad industrial en Dearborn. Adquiere bosques, minas de hierro y minas de carbón para proporcionar materias primas a la empresa automovilística. Diversifica la línea de automóviles Ford. Su autobiografía, *My Life and Work*, publicada en 1921, es un bestséller entre las obras de no ficción, y el nombre y la leyenda de Ford se hacen conocidos en todo el mundo. Las encuestas demuestran que su popularidad es mayor que la del presidente Harding, y se habla de él como potencial candidato republicano. En el otoño de 1922 considera la posibilidad de presentarse a las elecciones presidenciales. En 1923, Adolf Hitler dice en una entrevista: «Consideramos a Heinrich Ford el líder del movimiento fascista en América». A mediados de los años veinte, una demanda de difamación interpuesta contra él por un abogado judío de Chicago se soluciona extrajudicialmente, y en 1927 se retracta de sus ataques contra los judíos, accede a suspender las publicaciones antisemitas y cierra el *Dearborn Independent*, una empresa deficitaria que le ha costado cerca de cinco millones de dólares. Cuando Lindbergh pilota el *Spirit of Saint Louis* hasta Detroit, en agosto de 1927, se reúne con homónimo en el aeropuerto Ford y lo lleva en el famoso aeroplano durante su primer vuelo. Lindbergh hace que Ford se interese por la fabricación de aviones. Los dos se reúnen luego en numerosas ocasiones y, en una entrevista concedida en 1941 en Detroit, Ford explica: «Cuando Charles viene aquí, solo hablamos de los judíos».

1931-1937. La competencia de Chevrolet y Plymouth y el impacto de la Depresión ocasionan grandes pérdidas a la empresa, a pesar de la innovación que representa el motor Ford V-8. Malas relaciones laborales en la planta de River Rouge, causadas por el acelerado ritmo de trabajo, la inseguridad del empleo y el espionaje laboral. Los esfuerzos del sindicato United Auto Workers por organizar el trabajo en la Ford, así como en General Motors y Chrysler, topan con actos de violencia e intimidación por parte de Ford; grupos parapoliciales de Detroit golpean a sindicalistas en River Rouge. La política laboral de la Ford Company condenada por la Junta Nacional de Relaciones Laborales, consideradas como la peor en la industria automovilística.

1938. En julio, el día que cumple setenta y cinco años, acepta la Cruz de Servicio del Águila Alemana que le impone el gobierno nazi de Hitler, en una cena de aniversario ofrecida en Detroit a mil quinientos ciudadanos destacados. (La misma medalla concedida a Lindbergh durante una ceremonia celebrada en octubre en Alemania, lo cual hace que el secretario del Interior, Ickes, manifieste durante un encuentro de la Sociedad Sionista de Cleveland que tiene lugar en diciembre: «Henry Ford y Charles A. Lindbergh son los dos únicos ciudadanos libres de un país libre que han aceptado servilmente símbolos de distinción despreciable en una época en que quien los concede considera un día perdido aquel en el que no puede cometer nuevos crímenes contra la humanidad».) Sufre el primero de dos ataques de apoplejía.

1939-1940. Al estallar la Segunda Guerra Mundial, se une a su amigo Lindbergh en el apoyo al aislacionismo y al comité América Primero. Poco después de que Ford sea nombrado miembro del comité ejecutivo de América Primero, Lessing J. Rosenwald, director judío de Sears, Roebuck and Company, dimite debido a la reputación antisemita de Ford. Durante algún tiempo se reúne de manera regular con el sacerdote antisemita que tiene un programa de radio, el padre Coughlin, cuyas actividades Roosevelt y Ickes creen que son financiadas por Ford. Presta apoyo financiero al demagogo antisemita Gerald L. K. Smith para su emisión de radio semanal y su manutención. (Unos años después, Smith reimprime *The International Jew* de Ford en una nueva edición y, en los años sesenta, sostiene que Ford «jamás ha cambiado de opinión acerca de los judíos».)

1941-1947. Sufre el segundo ataque de apoplejía. La empresa se transforma para la producción de material bélico a medida que se aproxima la guerra. Durante el conflicto, produce el bombardero B-24 en las enormes instalaciones de Willow Run, donde contrata a Lindbergh como asesor. Debido a su enfermedad, Ford ya no puede dirigir la empresa y renuncia en 1945. Muere en abril de 1947, y cien mil personas desfilan ante el cadáver. Su inmensa fortuna en acciones de la empresa va a parar principalmente a la Fundación Ford, que no tarda en ser la fundación privada más rica del mundo.

Otros personajes históricos que aparecen en la obra

BERNARD BARUCH (1870-1965). Financiero y asesor del gobierno. Como director de la Junta de Industrias de Guerra bajo Woodrow Wilson, movilizó los recursos industriales de la nación para la Primera Guerra Mundial. Miembro del círculo de la Casa Blanca durante las administraciones de Roosevelt. Nombrado por Truman, en 1946, representante estadounidense de la Comisión de la Energía Atómica de las Naciones Unidas.

GUGGIERO «RITCHIE LA BOTA» BOIARDO (1890-1984). Personaje de la escena criminal de Newark y rival local del mafioso Longy Zwillman; su influencia era más fuerte en el distrito primero italiano de la ciudad, donde poseía un popular restaurante.

LOUIS D. BRANDEIS (1856-1941). Nacido en Louisville, Kentucky, en el seno de una culta familia de inmigrantes judíos procedente de Praga. Abogado de intereses públicos y laboralista en Boston. Uno de los primeros organizadores del movimiento sionista en Norteamérica. Nombrado por el presidente Wilson juez adjunto del Tribunal Supremo, aunque tras una fuerte controversia que se prolongó durante cuatro meses en el Comité Judicial del Senado y alrededor del país, y que Brandeis atribuyó al hecho de ser el primer judío nombrado para el cargo. Lo ejerció durante veintitrés años, hasta 1939.

CHARLES E. COUGHLIN (1891-1979). Sacerdote católico romano y pastor del Santuario de la Pequeña Flor en Royal Oak, Michigan. Consideraba a Roosevelt comunista y admiraba fervientemente a Lindbergh. En la década de 1930 difundió vigorosamente ideas antisemitas en una emisión de radio semanal que llegaba a todo el país y en su publicación *Social Justice*, que fue prohibida en el Servicio Postal de Estados Unidos durante la guerra porque violaba la Ley de Espionaje, y que dejó de publicarse en 1942.

AMELIA EARHART (1897-1937). En 1932 estableció el récord transatlántico de vuelo en catorce horas y cincuenta y seis minutos, desde Terranova a Irlanda. La primera mujer que efectuó vuelos en solitario a través del Atlántico y el Pacífico desde Honolulú a California. En 1937, cuando intentaba dar la vuelta al mundo con el copiloto Frederick J. Noonan, su avión se perdió en algún lugar del Pacífico.

MEYER ELLENSTEIN (1885-1963). Tras haber sido dentista y abogado, elegido por los comisionados municipales de Newark en 1933 como alcalde de la ciudad. El primero y único alcalde judío de Newark, tuvo dos mandatos, 1933-1941.

EDWARD FLANAGAN (1886-1948). En 1904 emigró desde Irlanda a Estados Unidos, donde empezó a estudiar en el seminario; ordenado en 1912. En 1917, a fin de aportar protección a muchachos sin hogar de todas las razas y religiones, fundó el Hogar para Muchachos del Padre Flanagan en Omaha. En 1938 se convirtió en una figura nacional gracias a la popular película sobre la Ciudad de los Muchachos, protagonizada por Spencer Tracy en el papel del padre Flanagan.

LEO FRANK (1884-1915). Gerente de una fábrica de lápices en Atlanta, declarado culpable del asesinato de Mary Phagan, empleada de trece años, el 26 de abril de 1913; atacado con un cuchillo mientras estaba en prisión y, más adelante, en agosto de 1915, ciudadanos locales lo sacaron por la fuerza de la cárcel y lo lincharon. Se cree que el antisemitismo desempeñó un papel importante en la dudosa condena.

FELIX FRANKFURTER (1882-1965). Juez adjunto del Tribunal Supremo de Estados Unidos nombrado por Roosevelt, 1939-1962.

JOSEPH GOEBBELS (1897-1945). Uno de los primeros miembros del Partido Nazi, en 1933 se convierte en ministro de propaganda de Hitler y zar de la cultura, responsable de supervisar la prensa, la radio, las películas y el teatro y de montar espectáculos públicos tales como desfiles y concentraciones de masas. Uno de los cómplices de Hitler más fervientes y brutales. En abril de 1945, con Alemania destruida y los rusos entrando en Berlín, él y su mujer mataron a sus seis hijos pequeños y después se suicidaron juntos.

HERMANN GÖRING (1893-1946). Fundador y primer jefe de la Gestapo, la policía secreta, y responsable de la creación de la fuerza aérea alemana. En 1940, Hitler lo nombró su sucesor, pero lo descartó cerca del final de la guerra. Condenado en Nuremberg por crímenes de guerra y sentenciado a muerte, se suicidó dos horas antes de la ejecución.

HENRY (HANK) GREENBERG (1911-1986). Primera base y gran bateador de los Tigers de Detroit en los años treina y cuarenta. Se quedó a dos home-runs del récord que Babe Ruth estableció en 1938. Héroe de los hinchas de béisbol judíos, fue el primero de los dos jugadores judíos elegidos para figurar en el Salón de la Fama del béisbol.

WILLIAM RANDOLPH HEARST (1863-1951). Editor norteamericano, considerado el principal defensor del «periodismo amarillo» sensacionalista y patriotero, dirigido a un público masivo. Su imperio periodístico floreció en la década de 1930. Inicialmente alineado con los populistas demócratas, fue volviéndose cada vez más derechista y enconado enemigo de FDR.

HEINRICH HIMMLER (1900-1945). Dirigente nazi, comandante de las SS, que controlaban los campos de concentración, y jefe de la Gestapo. Encargado de los programas de «purificación» racial, solo superado en poder por Hitler. Se envenenó y murió antes de ser capturado por las tropas británicas en mayo de 1945.

J(OHN) EDGAR HOOVER (1895-1972). Director del FBI (Federal Bureau of Investigation, originalmente el Bureau of Investigation, auxiliar del Departamento de Justicia), 1924-1972.

HAROLD L. ICKES (1874-1952). Republicano progresista convertido en demócrata, fue durante casi trece años secretario del Interior de Roosevelt, siendo de todos los miembros de gabinete de Roosevelt el segundo en estar más tiempo en el cargo. Ferviente conservador y activo enemigo del fascismo.

FRITZ KUHN (1886-1951). Veterano de la Primera Guerra Mundial, de origen alemán, que emigró a Estados Unidos en 1927 y, en 1938, como Bundesleiter que se consideraba a sí mismo el Führer norteamericano, fundó el Bund germanoamericano, el grupo nazi más poderoso, activo y rico de Estados Unidos, con veinte mil afiliados. Acusado de robo en 1939, desnaturalizado en 1943, deportado a Alemania en 1945. En 1948, acusado por el tribunal de desnazificación alemán de intento de trasplantar el nazismo a Estados Unidos y de mantener estrechos vínculos con Hitler, sentenciado a diez años de trabajos forzados.

HERBERT H. LEHMAN (1878-1963). Socio de Lehman Brothers, casa de banca fundada por su familia. Lugarteniente del gobernador de Nueva York Roosevelt, sucedió a este en el cargo, 1932-1942. Defensor del New Deal y enérgico intervencionista. Como senador demócrata por Nueva York (1949-1957), uno de los primeros opositores al senador Joseph McCarthy.

JOHN L. LEWIS (1880-1969). Líder de los trabajadores norteamericanos. En 1935, como presidente de Trabajadores Mineros Unidos (UMW), rompió con la Federación Americana del Trabajo (AFL) para formar el nuevo Comité de Organizaciones Industriales, que se convirtió en el Congreso de Organizaciones Industriales (CIO) en 1938. Inicialmente defendió a Roosevelt, apoyó al republicano Willkie en las elecciones de 1940 y, tras la derrota de Willkie, presentó su dimisión como presidente del CIO. Las huelgas convocadas por el UMW durante la guerra contribuyeron a aumentar la enemistad entre Lewis y la administración.

ANNE SPENCER MORROW LINDBERGH (1906-2001). Escritora y aviadora norteamericana. Nacida en el seno de una familia rica y privilegiada en Englewood, Nueva Jersey. Su padre, Dwight Morrow, socio de la firma de inversiones J. P. Morgan and Co., fue embajador en México durante la administración Hoover y senador republicano por Nueva Jersey; su madre, Elizabeth Reeve Cutter Morrow, escritora, educadora y, durante un breve período, presidenta en funciones del Smith College, donde Morrow se licenció en literatura en 1928. El año anterior le habían presentado a Charles Lindbergh, mientras visitaba a su familia en la residencia del embajador en Ciudad de México. Para detalles sobre la vida de Morrow tras su encuentro, véase «Cronología real», Charles A. Lindbergh.

HENRY MORGENTHAU, JR. (1891-1967). Secretario del Tesoro nombrado por Roosevelt, 1934-1945.

VINCENT MURPHY (1888-1976). Sucesor de Meyer Ellenstein como alcalde de Newark, 1941-1949. Nombrado en 1943 candidato demócrata a gobernador de Nueva Jersey y figura dominante del mundo laboral de dicho estado durante treinta y cinco años, después de su elección en 1933 como tesorero y secretario de la Federación del Trabajo estatal.

GERALD P. NYE (1892-1971). Senador republicano por Dakota del Norte, 1925-1945, ferviente aislacionista.

WESTBROOK PEGLER (1894-1969). Periodista de derechas cuya columna, «Tal como Pegler lo ve», apareció en los periódicos de Hearst entre 1944 y 1962. En 1941 ganó el premio Pulitzer por sus revelaciones sobre el crimen organizado en el mundo laboral. Crítico feroz de los Roosevelt y el New Deal, que consideraba de inspiración comunista, y abiertamente hostil hacia los judíos. Acérrimo defensor y amigo del senador Joseph McCarthy, y asesor de su comité de investigación.

JOACHIM PRINZ (1902-1988). Rabino, escritor y activista de los derechos civiles, fue rabino del templo B'nai Abraham, Newark, 1939-1977.

JOACHIM VON RIBBENTROP (1893-1946). Principal asesor de Hitler en política extranjera y ministro de Asuntos Exteriores, 1938-1945. En 1939 firmó con Molotov, el ministro soviético de Asuntos Exteriores, un pacto de no agresión que incluía el acuerdo secreto de repartirse Polonia. El pacto abrió el camino a la Segunda Guerra Mundial. Declarado culpable de crímenes de guerra en Nuremberg, el 16 de octubre de 1946, se convirtió en el primer condenado nazi en ser ahorcado.

ELEANOR ROOSEVELT (1884-1962). Sobrina de Theodore Roosevelt, esposa de su primo lejano FDR y madre de su hija y cinco hijos varones. Como primera dama, pronunció discursos liberales a favor de causas de contenido social, dio conferencias sobre la situación de las minorías, los desfavorecidos y las mujeres, se manifestó en contra del fascismo, escribió una columna que se publicaba diariamente en sesenta periódicos y, durante la Segunda Guerra Mundial, fue copresidenta de la Oficina de Defensa Civil. Como delegada de las Naciones Unidas nombrada por el presidente Truman, apoyó el establecimiento de un Estado judío, y en 1952 y 1956 hizo campaña por el candidato presidencial Adlai Stevenson. Nombrada de nuevo delegada de las Nacionales Unidas por el presidente Kennedy, a cuya invasión de Bahía de Cochinos se opuso.

LEVERETT SALTONSTALL (1892-1979). Descendiente de sir Richard Saltonstall, miembro original de la Compañía de la Bahía de Massachusetts que llegó a Norteamérica en 1630. Gobernador republicano de Massachusetts, 1939-1944; senador republicano, 1944-1967.

GERALD L. K. SMITH (1898-1976). Pastor y orador famoso, aliado primero con Huey Long y más adelante con el padre Coughlin y Henry Ford, los cuales le apoyaban en su implacable odio a los judíos. Su revista antisemita, *The Cross and the Flag*, culpaba a los judíos de ser los causantes de la Depresión y de la Segunda Guerra Mundial. En 1942, obtuvo cien mil votos en Michigan como candidato republicano al Senado. Sostenía que Roosevelt era judío, que *Los Protocolos de los sabios de Sión* era un documento auténtico y, después de la guerra, que el Holocausto no había existido.

ALLIE STOLZ (1918-2000). Boxeador de peso ligero natural de la Newark judía. Venció en setenta y tres de ochenta y cinco combates, y en la década de 1940 perdió dos combates por el título, el primero, controvertido, tras quince asaltos y por puntos, con el campeón Sammy Angott; el segundo, que condujo a su retirada en 1946, noqueado en el decimotercer asalto, con el campeón Bob Montgomery.

DOROTHY THOMPSON (1893-1961). Periodista, activista política y columnista cuyos artículos se publicaron en ciento setenta periódicos durante la década de 1930. Una de las primeras enemigas del nazismo y de Hitler, y muy crítica acerca de la política de Lindbergh. Casada con el novelista Sinclair Lewis en 1928 y divorciada en 1942. Contraria al sionismo, apoyó a los árabes palestinos en las décadas de 1940 y 1950.

DAVID T. WILENTZ (1894-1988). Fiscal general de Nueva Jersey (1934-1944), cuya labor como acusación en el caso del secuestro del hijo de Lindbergh llevó a la condena y ejecución de Bruno Hauptmann. Más adelante influyó en la organización del Partido Demócrata en Nueva Jersey y fue asesor de tres gobernadores demócratas del estado.

ABNER «LONGY» ZWILLMAN (1904-1959). Contrabandista en la época de la Prohibición, nacido en Newark, que dirigió la mafia de Nueva Jersey desde la década de 1920 a la de 1940. Miembro del grupo de crimen organizado de la Costa Este conocido como «Los Seis Grandes», entre ellos Lucky Luciano, Mayer Lansky y Frank Costello. Las sesiones televisadas del juicio a que fue sometido en 1951 por el Comité de Delitos del Senado sacaron a la luz su dilatado historial delictivo. Se suicidó ocho años después.

Algunos documentos

Discurso de Charles Lindbergh, «¿Quiénes son los agitadores belicistas?», pronunciado en la concentración del comité América Primero en Des Moines el 11 de septiembre de 1941. El texto que sigue aparece en www.pbs.org/wgbh/ amex/lindbergh/filmmore/reference/primary/desmoinesspeech.html.

Han pasado dos años desde que comenzó la última guerra europea. Desde aquel día de septiembre de 1939 hasta el momento presente, se ha hecho un esfuerzo creciente por provocar a Estados Unidos para que intervenga en el conflicto.

Ese esfuerzo ha corrido a cargo de intereses extranjeros y de una pequeña minoría de nuestra propia gente, pero su éxito ha sido tan grande que hoy nuestro país se encuentra al borde de la guerra.

En estos momentos, cuando la guerra está a punto de entrar en su tercer invierno, parece apropiado revisar las circunstancias que nos han conducido a nuestra posición actual. ¿Por qué estamos al borde de la guerra? ¿Era necesario que nos involucráramos tanto? ¿Quién es responsable del cambio de nuestra política nacional, que ha pasado de la neutralidad y la independencia a inmiscuirnos en los asuntos europeos?

Personalmente, creo que no existe mejor argumento contra nuestra intervención que un estudio de las causas y la evolución de la guerra actual. He sostenido con frecuencia que, si se presentaran al pueblo americano los hechos y los asuntos verdaderos, no habría peligro alguno de que nos involucráramos.

En este punto, quisiera señalaros una diferencia fundamental entre los grupos que abogan por la guerra extranjera y los que creen en un destino independiente para América.

Si repasáis los documentos que reflejan nuestra trayectoria, observaréis que quienes se oponen a la intervención han tratado constantemente de clarificar los hechos y los asuntos, mientras que los intervencionistas han tratado de ocultar los hechos y confundir los asuntos.

Os pedimos que leáis lo que decíamos el mes pasado, el año pasado e incluso antes de que comenzara la guerra. Nuestra trayectoria es franca y clara, y estamos orgullosos de ella.

No os hemos engatusado mediante el subterfugio y la propaganda. No hemos recurrido a dar pequeños pasos de ningún tipo, a fin de llevar al pueblo norteamericano a donde no quería ir.

Lo que decíamos antes de las elecciones, lo decimos hoy una y otra vez. Y mañana no os diremos que se trataba tan solo de oratoria propia de la campaña electoral. ¿Habéis oído alguna vez a un intervencionista o a un agente británico o a un miembro de la administración en Washington pediros que examinéis lo que han dicho desde el comienzo de la guerra? ¿Están dispuestos sus defensores de la democracia, nombrados por sí mismos, a someter a la votación de nuestro pueblo la cuestión de la guerra? ¿Encontráis a esos cruzados por la libertad de expresión extranjera, o la eliminación de la censura aquí en nuestro propio país?

El subterfugio y la propaganda que existen en nuestro país son evidentes en cada lado. Esta noche trataré de penetrar parcialmente en ellos para llegar a los hechos desnudos que se encuentran debajo.

Cuando esta guerra comenzó en Europa, estaba claro que el pueblo americano se oponía firmemente a entrar en ella. ¿Por qué no habríamos de hacerlo? Teníamos la mejor posición defensiva del mundo; teníamos una tradición de independencia de Europa, y la única vez que participamos en una guerra europea, esta dejó los problemas de Europa sin resolver y las deudas contraídas con Norteamérica sin pagar.

Las encuestas nacionales demostraron que, en 1939, cuando Inglaterra y Francia declararon la guerra a Alemania, menos del diez por ciento de nuestra población estaba de acuerdo en que Estados Unidos siguiera un rumbo similar.

Pero hay varios grupos de personas, aquí y en el extranjero, cuyos intereses y creencias exigían la involucración de Estados Unidos en la guerra. Esta noche voy a mencionar algunos de tales grupos y bosquejar sus métodos de actuación. Al hacer esto, debo hablar con la máxima franqueza, pues, a fin de contrarrestar sus esfuerzos, debemos saber exactamente quiénes son.

Los tres grupos más importantes que han estado empujando a este país hacia la guerra son los británicos, los judíos y la administración Roosevelt.

Detrás de estos grupos, pero con una importancia menor, hay una serie de capitalistas, anglófilos e intelectuales que creen que el futuro de la humanidad depende del dominio del Imperio británico. Añadidles los grupos comunistas que se oponían a la intervención hasta hace unas pocas semanas y creo haber nombrado a los grandes agitadores belicistas de este país.

Me refiero tan solo a los agitadores belicistas, no a los hombres y mujeres sinceros pero equivocados que, confundidos por la información errónea y asustados por la propaganda, siguen la iniciativa de los agitadores belicistas.

Como he dicho, estos agitadores belicistas constituyen solamente una pequeña minoría de nuestro pueblo, pero tienen una enorme influencia. Han organizado el poder de su propaganda, su dinero y su influencia política contra la determinación del pueblo americano de mantenerse al margen de la guerra.

Consideremos a estos grupos, uno por uno.

Primero, los británicos: es evidente y perfectamente comprensible que Gran Bretaña desee que Estados Unidos participe en la guerra a su lado. Inglaterra se encuentra ahora en una situación desesperada.

No tiene una población lo bastante amplia y sus ejércitos no son lo bastante fuertes para invadir el continente europeo y ganar la guerra declarada contra Alemania.

Su posición geográfica es tal que no puede ganar la guerra solo con el uso de la aviación, al margen del número de aparatos que le enviemos. Incluso si Norteamérica entrara en la guerra, es improbable que los ejércitos aliados pudieran invadir Europa y arrollar a las potencias del Eje. Pero una cosa es cierta: si Inglaterra es capaz de arrastrar a este país a la guerra, podrá cargar sobre nuestros hombros gran parte de la responsabilidad de librarla y de pagar sus costes.

Como todos sabéis, nos quedamos con las deudas sin saldar de la última guerra europea, y, a menos que seamos más cautos en el futuro de lo que lo hemos sido en el pasado, en el caso que nos ocupa nos quedaremos con las deudas sin saldar. De no ser por la esperanza de que asumamos la responsabilidad de la guerra tanto financiera como militarmente, creo que Inglaterra habría negociado la paz en Europa meses atrás, y se encontraría ahora en una situación mejor.

Inglaterra ha dedicado y seguirá dedicando todos los esfuerzos a meternos en la guerra. Sabemos que, durante el conflicto anterior, gastó enormes sumas de dinero en este país para involucrarnos. Los ingleses han escrito libros acerca del inteligente uso que hicieron de esa financiación.

Sabemos que, durante la guerra actual, Inglaterra está gastando en Norteamérica grandes sumas de dinero en propaganda. Si nosotros fuésemos ingleses, haríamos lo mismo. Pero nuestros intereses están primero en Norteamérica y, como americanos, es esencial que nos demos cuenta de los esfuerzos que están haciendo los intereses británicos para arrastrarnos a su guerra.

El segundo gran grupo que he mencionado es el de los judíos.

No es difícil comprender por qué razón el pueblo judío desea la derrota de la Alemania nazi. La persecución que han sufrido en Alemania bastaría para convertir a cualquier raza en implacables enemigos.

Ninguna persona con sentido de la dignidad humana puede aprobar la persecución de la raza judía en Alemania. Pero ninguna persona honesta y con visión de futuro puede considerar aquí y ahora su política a favor de la guerra sin ver los peligros que entraña tanto para nosotros como para ellos. En vez de agitar las conciencias para entrar en guerra, los grupos judíos de este país deberían oponerse de todas las maneras posibles, pues ellos figurarán entre los primeros en sufrir sus consecuencias.

La tolerancia es una virtud que depende de la paz y la fortaleza. La historia demuestra que no puede sobrevivir a la guerra y la devastación. Unos pocos judíos clarividentes se percatan de ello y se oponen a la intervención, pero la mayoría siguen sin hacerlo.

El mayor peligro que representan para este país reside en el alcance de sus posesiones y su influencia en nuestra industria cinematográfica, nuestra prensa, nuestra radio y nuestro gobierno.

No estoy atacando ni a los judíos ni al pueblo británico. Admiro a ambas razas, pero digo que los dirigentes de las razas británica y judía, por razones que son tan comprensibles desde sus puntos de vista como desaconsejables desde el nuestro, por razones que no son americanas, desean involucrarnos en la guerra.

No podemos culparles de que salgan en defensa de aquello que estiman sus propios intereses, pero nosotros también debemos defender los nuestros. No podemos permitir que las pasiones y los prejuicios naturales de otros pueblos lleven a nuestro país a la destrucción.

La administración Roosevelt es el tercer grupo poderoso que ha estado llevando a este país hacia la guerra. Sus miembros han utilizado la situación de emergencia bélica para obtener un tercer mandato presidencial por primera vez en la historia norteamericana. Han utilizado la guerra para añadir una cantidad ilimitada de miles de millones a una deuda que ya era la más alta que hemos conocido jamás. Y han utilizado la guerra para justificar la restricción del poder del Congreso y la asunción de procedimientos dictatoriales por parte del presidente y los miembros de su gabinete.

El poder de la administración Roosevelt depende del mantenimiento de una situación de emergencia en tiempo de guerra. El prestigio de la administración Roosevelt depende del éxito de Gran Bretaña, a la que el presidente unió su futuro político en una época en que la mayoría de la gente pensaba que Inglaterra y Francia ganarían fácilmente la guerra. El peligro de la administración Roosevelt radica en su subterfugio. Mientras sus miembros nos han prometido paz, nos han conducido a la guerra sin hacer caso del programa por el que fueron elegidos.

Al seleccionar a estos tres grupos como los principales agitadores belicistas, he incluido solo a aquellos cuyo apoyo es esencial para quienes desean entrar en guerra. Si cualquiera de estos tres grupos —los británicos, los judíos o la administración— deja de agitar en pro de la guerra, creo que correremos poco peligro de involucrarnos.

No creo que dos de ellos sean lo bastante poderosos para llevar a este país a la guerra sin el apoyo del tercero. Y comparados con esos tres, como he dicho, todos los demás grupos belicistas tienen una importancia secundaria.

En 1939, cuando comenzaron las hostilidades en Europa, esos grupos comprendieron que el pueblo americano no tenía intención de entrar en la guerra. Sabían que sería peor que inútil pedirnos una declaración de guerra en aquel momento, pero creyeron que sería posible involucrar a este país en la guerra de una manera muy parecida a la de nuestra intervención en el conflicto anterior.

Lo planearon así: primero, preparar a Estados Unidos para la guerra extranjera so capa de defensa norteamericana; en segundo lugar, involucrarnos en la guerra, paso a paso, sin que nos demos cuenta; en tercer lugar, crear una serie de incidentes que nos obliguen a intervenir en el conflicto actual. Por supuesto, estos planes debían ser encubiertos y ayudados por el pleno poder de su propaganda.

Nuestros teatros pronto se llenaron de obras que escenificaban la gloria de la guerra. Los noticiarios cinematográficos perdieron todo asomo de objetividad. Periódicos y revistas empezaron a perder publicidad si publicaban artículos contrarios a la intervención. Se instituyó una campaña de desprestigio contra los individuos que se oponían a la intervención. Sin cesar se calificaba con los términos «quintacolumnista», «traidor», «nazi», «antisemita» a cualquiera que se atreviese a sugerir que entrar en la guerra no convenía a Estados Unidos. Los hombres perdían sus empleos si se mostraban francamente antibelicistas. Otros muchos ya no se atrevían a hablar.

No pasó mucho tiempo antes de que las salas de conferencias que estaban abiertas para los defensores de la guerra estuvieran cerradas para los oradores que se oponían a ella. Se inició una campaña de miedo. Nos dijeron que la aviación, que ha mantenido a la flota británica alejada del continente europeo, hacía a Estados Unidos más vulnerable que nunca a una invasión. La propaganda estaba en su apogeo.

No había dificultad para obtener armamento por valor de miles de millones de dólares con el pretexto de defender Norteamérica. Nuestro pueblo estaba unido en un programa de defensa. El Congreso aprobaba una asignación tras otra para adquirir armas, aviones y buques de guerra, con la aceptación de una abrumadora mayoría de nuestros ciudadanos. Que una parte considerable de esas asignaciones se utilizaba para fabricar armamento con destino a Europa, no lo supimos hasta más adelante. Ese fue otro paso.

Por poner un ejemplo concreto: en 1939 se nos dijo que debíamos aumentar los efectivos de nuestro cuerpo aéreo hasta un total de cinco mil aviones. El Congreso aprobó la legislación necesaria. Al cabo de unos meses, la administración nos dijo que Estados Unidos debería contar por lo menos con cincuenta mil aviones para nuestra defensa nacional. Pero casi con tanta rapidez como los cazas salían de las fábricas, eran enviados al extranjero, a pesar de que nuestro propio cuerpo aéreo tenía una mayor necesidad de nuevo equipo; así, pues, hoy, dos años después del comienzo de la guerra, el ejército norteamericano tiene unos pocos centenares de bombarderos y cazas rigurosamente modernos; de hecho, menos de los que Alemania es capaz de producir en un solo mes.

Desde sus inicios, nuestro programa de armamento ha sido trazado con el objetivo de continuar la guerra en Europa, mucho más que con el objetivo de construir una adecuada defensa de Norteamérica.

Ahora bien, al mismo tiempo que nos preparábamos para una guerra extranjera, era necesario, como he dicho, involucrarnos en la guerra. Esto se consiguió bajo la ya famosa frase «pequeños pasos, excepto el de la guerra».

Se nos dijo que Inglaterra y Francia vencerían con solo que Estados Unidos retirase el embargo de armas y les vendiéramos municiones. Y entonces empezó a sonar un estribillo familiar, un estribillo que marcó durante muchos meses cada paso que dábamos hacia la guerra: «la mejor manera de defender a América y mantenernos al margen de la guerra», nos decían, era «ayudar a los aliados».

Primero, aceptamos vender armas a Europa; a continuación, aceptamos prestar armas a Europa; luego, aceptamos patrullar el océano por Europa; después, ocupamos una isla europea en zona de guerra. Ahora, hemos llegado al borde de la guerra.

Los grupos belicistas han triunfado en los dos primeros de sus tres pasos principales hacia la guerra. El mayor programa de armamento en nuestra historia está en marcha.

Nos hemos involucrado en la guerra desde prácticamente todos los puntos de vista, excepto el de combatir directamente. Lo único que queda por hacer es la creación de suficientes «incidentes», y podéis ver que el primero de ellos ya está teniendo lugar, de acuerdo con lo planeado, un plan que jamás se presentó al pueblo americano para su aprobación.

Hombres y mujeres de Iowa: hoy en día, una sola cosa mantiene a este país al margen de la guerra, y es la creciente oposición del pueblo americano. Hoy nuestro sistema de democracia y nuestro gobierno representativo están sometidos a prueba como nunca lo habían estado antes. Nos hallamos al borde de una guerra en la que el único vencedor sería el caos y la postración.

Nos hallamos al borde de una guerra para la que aún no estamos preparados y para la que nadie ha ofrecido un plan de victoria factible, una guerra que no se puede ganar sin enviar a nuestros soldados al otro lado del océano para forzar el desembarco en una costa hostil contra ejércitos más fuertes que el nuestro.

Nos encontramos al borde de una guerra, pero aún no es demasiado tarde para permanecer al margen. No es demasiado tarde para demostrar que ninguna cantidad de dinero ni propaganda ni influencia política pueden obligar a un pueblo libre e independiente a ir a la guerra contra su voluntad. Todavía no es demasiado tarde para recuperar y mantener el destino norteamericano independiente que nuestros antepasados establecieron en este nuevo mundo.

Todo el futuro descansa sobre nuestros hombros. Depende de nuestra acción, nuestro valor y nuestra inteligencia. Si estáis en contra de nuestra intervención en la guerra, ahora es el momento de hacer oír vuestra voz.

Ayudadnos a organizar estas reuniones, y escribid a vuestros representantes en Washington. Os digo que el último bastión de la democracia y el gobierno representativo en este país se encuentra en nuestra Cámara de Representantes y en nuestro Senado.

Allí todavía podemos hacer valer nuestra voluntad. Y si nosotros, el pueblo americano, hacemos eso, la independencia y la libertad seguirán vivas entre nosotros, y no habrá ninguna guerra extranjera.

De Lindbergh, *de A. Scott Berg, 1998*

Lindbergh creía que la paz solo podía existir mientras «nos unamos para preservar esa posesión inestimable, nuestra herencia de sangre europea, solo mientras nos protejamos contra los ataques de ejércitos enemigos y la dilución ocasionada por las razas extranjeras». Consideraba la aviación como «un don del cielo para las naciones occidentales que ya eran los líderes de su tiempo … una herramienta hecha especialmente para manos occidentales, un arte científico que otros solo pueden copiar de una manera mediocre, otra barrera entre la ingente población asiática y la herencia griega europea, una de esas inestimables posesiones que permiten a la raza blanca vivir en un mar proceloso de amarillos, negros y morenos».

Lindbergh creía que la Unión Soviética se había convertido en el imperio más maligno de la Tierra y que la civilización occidental dependía de repeler tanto a ella como a las potencias asiáticas que se encontraban más allá de sus fronteras, «el mongol, el persa y el moro». Escribió que también dependía de «una fuerza unificada entre nosotros mismos, una fuerza demasiado grande para que las potencias extranjeras la desafíen; de una Muralla Occidental de raza y armas que pueda frenar tanto a Genghis Khan como a una infiltración de sangre inferior…».